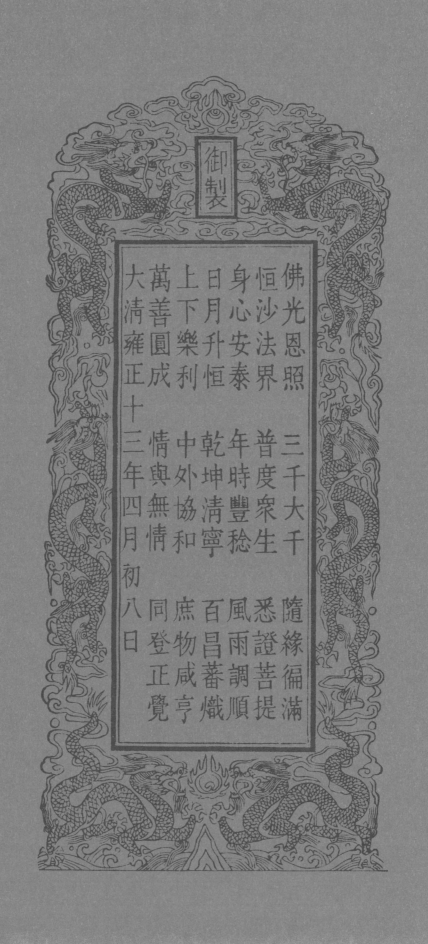

御製

佛光恩照　三千大千　隨緣徧滿
恒沙法界　普度衆生　悉證菩提
身心安泰　年時豐稔　風雨調順
日月升恒　乾坤清寧　百昌蕃熾
上下樂利　中外協和　庶物咸亨
萬善圓成　情與無情　同登正覺

大清雍正十三年四月初八日

第一四八册　此土著述（三八）

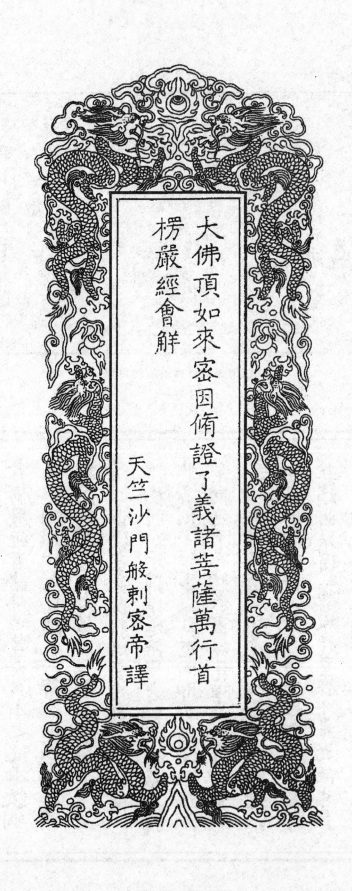

大佛頂如來密因脩證了義諸菩薩萬行首楞嚴經會觧

天竺沙門般剌密帝譯

清刻龍藏佛說法變相圖

大佛頂首楞嚴經會解敘

師子林沙門　　惟則

首楞嚴經者諸佛之慧命衆生之達道教綱之宏綱禪門之要關也世尊成道以來五時設化無非爲一大事因緣求其總攝化機直指心體發宣真勝義性簡定真實圓通使人轉物同如來彈指超無學者無尚楞嚴矣釋其名則一切事究竟堅固即所謂徹法底源無動無壞而如來密因菩薩萬行靡不資始乎此而歸極乎此耳考其所詮則談圓理以明真性闡圓行以示真脩其性也體用雙彰其脩也果因一契原始要終了義之說也良由諸脩行人背真向妄不成無上菩提或愛念小乘得少爲足或欲漏不除畜聞成過故阿難以多聞邪染爲緣淩發大教而世尊首

告之曰一切衆生生死相續皆由不知常住真心性淨明體用諸妄想此想不真故有輪轉又曰有三摩提名大佛頂首楞嚴王具足萬行十方如來一門超出妙莊嚴路斯一經理行之大本也歟由是破七處攀縁別二種根本因見顯心因心顯見雖心見互顯而正顯在心如以盲人矚暗喻見非眼屈指飛光驗見不動印觀河之非變比垂手之無遺辨於八還擇於諸物非舒非縮無是無非使悟淨圓真心妄爲色空及聞見耳既悟妄爲尚疑混濫故又破自然因縁示見見之非見合別業同分指見妄之所生且以一人例多人以一國例諸國總顯器界根身同一妄耳自淺而深自狹而廣雖多方顯妄而所顯惟真故又舉陰入處界廣及七大融會入於如来

藏性使悟物我同根是非一體妄無自性全體即真九十界依正之相皆循業發現而已既悟即真尚迷循發故又答山河大地之難深窮生起之由譬虛空不拒諸相發揮顯真妙覺明圓照法界一多互應小大相容即體即用非俗非真至于離即離非是即非即則藏心妙性不涉名言矣復引照鏡狂走喻妄無因結責多聞勸脩無漏通而言之皆圓理也理解雖圓非行莫證故又明二決定義初審因地發心伏斷無明爲脩行之要次審煩惱根本意擇圓根爲發行之由於是定六根優劣令一門深入擊鐘驗常縮巾示結陳二十五聖所證法門勅選耳根爲初心方便而又教以攝心軌則安立道場遂聞四重律儀頂光神咒通而言之皆圓行也乃至由三增

進成就五十五位真菩提路雖談證位未盡行因下而戒業習於七趣情想防禪定於五陰魔邪無非行門之事必期於圓滿菩提歸無所得始得名爲究竟堅固之證也然則依究竟堅固之理立究竟堅固之行脩究竟堅固之行證究竟堅固之理楞嚴教旨大抵如是是知教行理三悉號楞嚴了義之説莫此加矣科經者合理行爲正宗離正宗爲五分一見道二脩道三證果四結經五助道謂見道而後脩道脩道而後證果此常途之序固爾究論上根脩證如發明藏性之後謂不歷僧祇獲法身請入華屋之前謂疑惑銷除心悟實相之類又豈局於常哉大哉教乎夫欲發真歸元明心見性者於此宜盡心焉然是經無教不收無機不攝或言偏意圓或名同體異眛劣之士有所不達弘經者思所以達之從而爲之解自唐而宋解者凡十餘家始余見長水璿師孤山圓師沕潭月師温陵環師之説又閲吳興岳師之集併得與福懿資中流真際節樵李敏諸師之意無不大同惟所見或各從一長乃不能不小異遂使行者泣岐莫辨良導則不達之患不在彼而在乎此矣今余會諸家要解以通大途異不公乎衆者節之異而互通者互存之互爲激揚者審其的據而取之間有隱略乖隔處則又附已意目爲補註若合殊流同歸于海故爲之會解噫道本無言非言不顯佛不得已而言矣言有不達道無以明則諸師之言亦不容其已也言既多而不同去道轉遠則會解者又豈容其自已哉解既會矣庶幾覽者因會

解以知人之言因人言以知佛之言佛言知矣究竟堅固者得矣曰行曰理曰教曰禪曰達道曰慧命皆剩語矣況所謂解與會哉時至正二年壬午佛成道日廬陵沙門惟則述于姑蘇城中之師子林

昔天台智者大師聞西域有是經夙夜西望頓見而未及見也唐武后長安末般剌密帝三藏始持梵本自南海至廣州會宰相房融知南銓在廣請就制止寺譯出而筆受之中宗神龍元年乙巳五月廿三日經成謄寫入奏適朝廷多故未遑頒行有神秀禪師入內道場見所奏本傳寫歸荆州度門寺時慧振法師訪度門而得之經始傳天寶十年西京興福寺惟慤法師復於故相房融家得其筆受之本始作疏解而廣傳之繼是則有長水孤山吳興諸公迭相發明而解益詳矣然學者或困於詳而莫能徧探今師子林天如禪師會解一出則不待徧探而衆美具在不勞辨覈而群疑自消誦習之便莫便於是矣愚與師遊從既久自其搜括諸家參酌去取凡三年而會解成皆愚所目擊蓋亦頗知其深有功於是經者也茲因募衆梓以流通乃復紀經來之歲月云臨川沙門克立題

會解所引教禪諸師名目

年代未詳姑據所聞而列

興福法師諱惟慤　資中法師諱弘沇
真際法師諱崇節　檇李法師諱洪敏
長水法師諱子璿　孤山法師諱智圓
吳興法師諱仁岳　泐潭禪師諱曉月

溫陵禪師諱戒環

開經偈

無上甚深微妙法　百千萬劫難遭遇

我今見聞得受持　願解如來真實義

大佛頂如來密因脩證了義諸菩薩萬行首
楞嚴經會觧卷第一
天竺沙門般剌密帝譯
烏萇國沙門彌伽釋迦譯語
菩薩戒弟子前正議大夫同中書門下平
章事房融筆受
師子林沙門　惟則　會觧

溫陵曰如來果體其體本然何假密因菩薩道用其用無作孰爲萬行無因無行無脩無證無了不了大小名相一切不立此真首楞嚴究竟堅固者也特以衆生如来隱於蔵心非密因不顯衆生菩薩淪於七趣非萬行不脩覺皇於是示之以大法使不迷於小道而黙得乎無外之體諭之以佛頂使不滯於相見而妙極乎無上之致指如來密因使明本妙心知三世諸佛皆依此爲初因明脩證了義使悟究竟法知一切聖人皆依此而證果乃至具足菩薩萬行一切事法無不究竟至於實相堅固不壞故名大佛頂如来密因脩證了義諸菩薩萬行首楞嚴經經即能詮之文而已詮猶筌也知經爲筌則從而釋之者皆筌也非魚也學者慎勿執筌爲魚然後首楞真經可得矣補註曰梵語首楞嚴乃大定之總名也此翻一切事究竟堅固古師云未脩此定一切事法宛尔差殊爲法所縛得此定時山河大地明暗色空一切事法當處寂滅即是常住心性故云究竟堅固如法華云是法住法位世間相常住韶國師云心外無法滿目青山亦此義也上畧

譯經題竟若其翻譯筆受等来歷及分門
科判之類諸師既有明文玆不繁引

如是我聞一時佛在室羅筏城祇桓精舍與
大比丘衆千二百五十人俱

温陵曰如是之法我從佛聞此集者因佛
立言證法有所授而已不必他說一時之
語亦因佛立諸經通用故不定指也孤山
曰室羅筏或云舍衛新翻豊德以國豊四
德一貨財二欲境三多聞四觧脫祇具云
祇陀正云逝多此翻戰勝太子之名也生
時父正與外國戰勝因立美號即須達爲
之買園造立精舍以施佛者桓即林也比
丘含三義乞士破惡怖魔也長水曰千二
百五十人者初度陳如等五人次度三迦
葉兄弟兼徒一千次度舍利弗目揵連各
兼徒一百次度耶舍長者等五十人經舉
大數故減五人此衆並先事外道勤苦累
劫一無所證纔遇佛即得上果故感佛恩
常隨佛化爲常隨衆也補註曰會觧之例
不以人品年代先後爲次第蓋於諸家之
觧互有去取但以所取之解隨經文先後
而揷入焉解之同者不重取貴在一路貫
通如出一人之口而已

皆是無漏大阿羅漢佛子住持善超諸有能
於國土成就威儀從佛轉輪妙堪遺囑嚴淨
毘尼弘範三界應身無量度脫衆生拔濟未
来越諸塵累

孤山曰無漏者内冥中道不漏落二邊也
準涅槃四依品十地菩薩名阿羅漢温陵
曰華嚴歎衆住一切菩薩智所住境護持

諸佛正法之輪所謂佛子住持也法華歎衆盡諸有結心得自在所謂善超諸有也能於國土成就威儀者隨刹現身正容悟物也從佛轉輪妙堪遺囑者道能助化德足利生也而又嚴毘尼而作範示應身而度生意非利彼一時直欲拔濟未來使皆超諸有塵累耳此阿難同列之德也凡經序衆皆隨緣起此經以阿難起教示墮淫室疑若未能住持佛法善超諸有虧威儀汙戒律不堪遺囑度生拔濟未來故因歎同列之德以顯阿難示迹實無虧汙意在拔濟也

其名曰大智舍利弗摩訶目揵連摩訶拘絺羅富樓那弥多羅尼子須菩提優波尼沙陀等而爲上首

長水曰舍利此云鶖也弗即子也其母名舍利以其眼黒白分明轉動流利如之故連母爲名目揵連姓也此云采菽氏名拘律陀此云無節樹摩訶拘絺羅此云大膝乃舍利弗之舅常論勝姊姊懷鶖子論即不勝知懷智人寄辯母口遂往南天學十八經無暇剪爪號長爪梵志學畢還家而甥已爲佛弟子起大憍慢往佛所奪之佛令立論義墮負媿得法眼淨成阿羅漢獲四辯才富樓那父名此云滿彌多羅尼母名此云慈今連父母名召云滿慈子須菩提云空生生時庫藏皆空占者云既善且吉故亦云善現善吉優波尼沙陀此云塵性空孤山曰諸經列名不同尚年臘則先陳如尚聲德則先鶖子今從尚德之例也

復有無量辟支無學并其初心同来佛所屬諸比丘休夏自恣十方菩薩咨決心疑欽奉慈顔將求密義即時如来敷坐宴安爲諸會中宣示深奥法筵清衆得未曾有迦陵仙音徧十方界恒沙菩薩来聚道場文殊師利而爲上首

長水曰辟支具云辟支迦羅此云獨覺亦云縁覺獨但自悟縁依教悟獨覺自分二類其利根者曰麟喻喻麟之獨出無佛世觀物變易自覺無生其鈍根者曰部行亦出無佛世部黨而行師徒訓化也縁覺依佛教觀十二縁作流轉還滅二種觀法者也資中曰此是部行遇佛回向者吳興曰并其初心正似師徒共集實部行也孤山曰自恣律開三日七月十四十五十六也温陵曰自有愆失恣任僧舉曰自恣九旬禁足莫由覲佛故於休夏咨決心疑自恣決疑皆所以考九旬德業也欽奉如来而稱慈嚴者慈以恩言嚴以威言宣示深奥所以爲楞嚴發起如法華以無量義爲發起也迦陵頻伽仙禽也其音和雅佛音如之文殊此云妙德表根本智楞嚴會上爲擇法眼故居上首也

時波斯匿王爲其父王諱日營齋請佛宫掖自迎如来廣設珍羞無上妙味兼復親延諸大菩薩

孤山曰波斯匿此云勝軍温陵曰匿王舍衛國王也宫掖王之内庭也於内庭延佛敬之至也

城中復有長者居士同時飯僧佇佛来應佛

勑文殊分領菩薩及阿羅漢應諸齋主惟有阿難先受別請遠遊未還不遑僧次既無上座及阿闍黎途中獨歸其日無供即時阿難執持應器於所遊城次第循乞心中初求最後檀越以爲齋主無問淨穢刹利尊姓及旃陀羅方行等慈不擇微賤發意圓成一切衆生無量功德

温陵曰此叙其愼墮婬室之由也律制僧遠出侶須三人一上座一軌範師所以嚴行止防誤失也鉢曰應器最後檀越謂未飯僧者平等之慈於巳等心而化使彼等心而施於食等者於法亦等所以能成無量功德若摩登者即穢而微賤阿難既無揀擇所以誤墮也刹帝利王族旃陀羅云殺者即屠膾婬酒之家

阿難巳知如来世尊訶須菩提及大迦葉爲阿羅漢心不均平欽仰如来開闡無遮度諸疑謗經彼城隍徐步郭門嚴整威儀肅恭齋法

温陵曰此叙平等行慈之意也須菩提捨貧從富大迦葉捨富從貧一謂富者易施一謂貧者植因如来訶之欲其心無遮限而息不均之疑謗故阿難欽仰以肅恭齋法齋法者齊整嚴重次第行乞之謂也或局維摩經謂非如来訶責安知如來不訶獨淨名訶哉

爾時阿難因乞食次經歷婬室遭大幻術摩登伽女以娑毗迦羅先梵天咒攝入婬席婬躬撫摩將毁戒體

長水曰摩登伽義翻本性下經云性比丘

尼是也温陵曰摩登伽妓女也娑毘迦羅此云黄髮外道所傳幻咒名先梵天實妖術耳婬躬撫摩将毁戒體者以身逼近将毁淨戒之體也後云心清淨故尚未淪溺則将毁而已

如来知彼婬術所加齋畢旋歸王及大臣長者居士俱来隨佛願聞法要于時世尊頂放百寶無畏光明光中出生千葉寶蓮有佛化身結跏趺坐宣說神咒勑文殊師利将咒往護惡咒銷滅提奬阿難及摩登伽歸来佛所

資中曰如来常儀受請齋畢皆爲說法今既速歸必有所爲故王臣大衆隨而来也温陵曰頂門爲無上果光有百寶色謂之無畏者能攝魔外物無以勝也世尊不自說咒而於頂光化佛說者示此咒乃無爲心佛無上心法也孤山曰登伽得益而經家不叙者下文顯故然約實行則機熟得道之時由阿難牽以欲鉤故使後入佛智也若是大權則同阿難發起斯教以益羣機耳補註曰一經大分準常爲三一序分二正宗分三流通分序分齋此下文爲正宗分蓋阿難返省前非啓請妙奢摩他等正是正宗之發端也環師於正宗一分又科爲五初見道分始於此而止於第四卷中二脩道分始於第四卷中而止於第七卷三證果分始於第七卷末而止於第八卷中四結經分在證果分後五助道分始於第八卷中而止於第十卷末正宗文竟遂入流通而卷終焉

阿難見佛頂禮悲泣恨無始来一向多聞未

全道力殷勤啓請十方如来得成菩提妙奢摩他三摩禪那最初方便於時復有恒沙菩薩及諸十方大阿羅漢辟支佛等俱願樂聞退坐默然承受聖旨

補註曰奢摩他等三名乃楞嚴大定之名也昔孤山嘗用天台三止配之一曰體真止止於真諦二曰方便隨緣止止於俗諦三曰息二邊分别止止於中道第一義諦以止屬於定故也今復釋而明之奢摩他者寂靜之義也三摩者觀照之義也禪那者寂照不二之義也義立三名體惟一法舉一具三言三即一三一互融故謂之妙如是妙脩方曰楞嚴大定此乃一經之要旨趣理之玄門阿難昧之是以遭難至是始以多聞小慧爲恨而以楞嚴大定爲請雖以大定爲請然如來下文所示别無其方始則决擇真妄次則真妄和融乃至會通藏性深窮萬法直至第四卷中皆是發明究竟之圓理而已盖此圓理乃大定之本也吳興曰最初方便者阿難所請有通有别通謂奢摩他等是諸佛成道之法也别謂最初方便即當機發行之由也應知下文從破心見以去酬其通請如佛告阿難有三摩提名大佛頂首楞嚴王具足萬行十方如來一門超出妙莊嚴路汝今諦聽等至辨諸聖圓通本根酬其别請如佛告大衆吾今問汝最初發心悟十八界誰爲圓通從何方便入三摩地等舉要言之惟觀音所觀耳根圓通是此經最初方便舊有多說今無取焉

佛告阿難汝我同氣情均天倫當初發心於我法中見何勝相頓捨世間深重恩愛阿難白佛我見如来三十二相勝妙殊絶形體暎徹猶如琉璃常自思惟此相非是欲愛所生何以故欲氣麁濁腥臊交遘膿血雜亂不能發生勝淨妙明紫金光聚是以渴仰從佛剃落

温陵曰阿難此云慶喜斛飯王之子如来成道夜生淨飯既聞太子成道斛飯又奏宫中生男舉國欣慶因名慶喜是佛堂弟故云同氣同氣共本也天倫兄弟也吳興曰阿難既厭多聞而欣妙定如来欲談是義先詰妄縁故問發心見相之由爲止散入寂之本迷解之要並在于茲孤山曰見相實有生滅宛然縁此發心妄趣常果故下經云若於因地以生滅心爲本脩因而求佛乘不生不滅無有是處補註曰阿難見相乃縁塵分别之見其所發心即妄想攀縁之心後文七徵八辨重重逐破者此也

佛言善哉阿難汝等當知一切衆生從無始来生死相續皆由不知常住真心性淨明體用諸妄想此想不真故有輪轉

孤山曰常住真心即下文如来藏心圓融三諦也用諸妄想謂九界衆生不達此三本惟一念於是六趣見其俗二乘見其真菩薩見其中皆由不了圓融妄生取著故致輪轉二種生死

汝今欲研無上菩提真發明性應當直心酬我所問十方如来同一道故出離生死皆以

直心心言直故如是乃至終始地位中間永無諸委曲相阿難我今問汝當汝發心緣於如來三十二相將何所見誰爲愛樂阿難白佛言世尊如是愛樂用我心目由目觀見如來勝相心生愛樂故我發心願捨生死

泐潭曰此正陳妄體也目即眼根心即意識根識虛妄猶如空花若執有體能見能樂豈惟迷於法空亦起我人見愛故後文云六爲賊媒自劫家寶無始虛習住地無明皆由根識更非他物想相爲塵識情爲垢生死輪轉莫不由斯故下推徵令知虛妄

佛告阿難如汝所說真所愛樂因于心目若不識知心目所在則不能得降伏塵勞譬如國王爲賊所侵發兵討除是兵要當知賊所在使汝流轉心目爲咎吾今問汝惟心與目今何所在

孤山曰王譬真心賊譬妄想真爲妄轉如國被賊侵發兵討除喻脩大定汝合國王心目合賊

大佛頂如來密因脩證了義諸菩薩萬行首楞嚴經會解卷第一

音釋

浚思閏切深也　厲音礪遇也　腥桑丁切息肉也　臊音騷豕膏臭也

遘古候切遇也

大佛頂如来密因脩證了義諸菩薩萬行首
楞嚴經會解卷第二

阿難白佛言世尊一切世間十種異生同將識心居在身內縱觀如来青蓮華眼亦在佛面我今觀此浮根四塵秖在我面如是識心實居身內

溫陵曰謂心在內目在外自衆生至如来阿難皆然文互見也異生有十二類除土木空散非心眼倫也補註曰浮根四塵言眼也詳見第四卷中

佛告阿難汝今現坐如来講堂觀祇陀林今何所在世尊此大重閣清淨講堂在給孤園今祇陀林實在堂外阿難汝今堂中先何所見世尊我在堂中先見如来次觀大衆如是外望方矚林園阿難汝矚林園因何有見世尊此大講堂戶牖開豁故我在堂得遠瞻見

溫陵曰定內外境欲明在內之心當次第見定先後見欲破在內之心不先見內汝矚等皆且引事辨定下乃牒破

爾時世尊在大衆中舒金色臂摩阿難頂告示阿難及諸大衆有三摩提名大佛頂首楞嚴王具足萬行十方如來一門超出妙莊嚴路汝今諦聽阿難頂禮伏受慈旨

溫陵曰三摩提亦云三摩地亦云三昧此云正定首楞三昧千聖共由故曰一門妙莊嚴海由此而至故謂之路孤山曰阿難向以三名爲請今如来但舉三摩提者圓融三止舉一即三故下文奢摩他路其意亦爾

佛告阿難如汝所言身在講堂戶牖開豁遠

矚林園亦有衆生在此堂中不見如来見堂外者阿難荅言世尊在堂不見如来能見林泉無有是處阿難汝亦如是汝之心靈一切明了若汝現前所明了心實在身内爾時先合了知内身頗有衆生先見身中後觀外物縱不能見心肝脾胃爪生髮長筋轉脉摇誠合明了如何不知必不内知云何知外是故應知汝言覺了能知之心住在身内無有是處

温陵曰心在身内合見身中頗猶可也引衆以問決不能也心胃内蔵縱不能知爪脉外浮云何不曉既不内知果非在内矣

補註曰前文雙呈心目所在今乃先破妄心雖曰破妄心而但言此心無有處所却不顯言此心是妄者要引阿難處處推呈令其情盡而理窮也由是直至七處徵心之後始告之曰此非汝心等然則七處逐破者且破妄心無所在也

阿難稽首而白佛言我聞如来如是法音悟知我心實居身外所以者何譬如燈光然於室中是燈必能先照室内從其室門後及庭際一切衆生不見身中獨見身外亦如燈光居在室外不能照室是義必明將無所惑同佛了義得無妄邪佛告阿難是諸比丘適來從我室羅筏城循乞摶食歸祇陀林我已宿齋汝觀比丘一人食時諸人飽不阿難荅言不也世尊何以故是諸比丘雖阿羅漢軀命不同云何一人能令衆飽

温陵曰因破非内復生妄計謂心在外彼食不能飽此則外心不能知身矣宿預也

食有四種摶即段也有形段可摶取揀非思食識食等也孤山曰前云受請今言從我乞食者提奬阿難在赴請日爲彼演法事應隅宥故指即日循乞爲例我巳宿齋者即我一人巳飽也

佛告阿難若汝覺了知見之心實在身外身心相外自不相干則心所知身不能覺覺在身際心不能知我今示汝兜羅綿手汝眼見時心分別不阿難荅言如是世尊佛告阿難若相知者云何在外是故應知汝言覺了能知之心住在身外無有是處

溫陵曰身心相外下辨非外也我今示汝下驗非外也兜羅此云細香其綿色如霜佛手柔軟如之

阿難白佛言世尊如佛所言不見內故不居身內身心相知不相離故不在身外我今思惟知在一處佛言處今何在阿難言此了知心既不知內而能見外如我思忖潛伏根裏猶如有人取琉璃椀合其兩眼雖有物合而不留礙彼根隨見隨即分別然我覺了能知之心不見內者爲在根故分明矚外無障礙者潛根內故

長水曰琉璃喻根眼喻於心眼根色淨不礙於心同琉璃椀不礙於眼隨照一境心隨根知

佛告阿難如汝所言潛根內者猶如琉璃彼人當以琉璃籠眼當見山河見琉璃不如是世尊是人當以琉璃籠眼實見琉璃佛告阿難汝心若同琉璃合者當見山河何不見眼若見眼者眼即同境不得成隨若不能見云

何説言此了知心潛在根内如琉璃合是故應知汝言覺了能知之心潛伏根裏如琉璃合無有是處

真際曰此責阿難有法喻不齊之過喻見琉璃法不見根縱許見根根即是境若是境者不得言隨以前文云彼根隨見隨即分別故溫陵曰事理俱違非潛根矣

阿難白佛言世尊我今又作如是思惟是衆生身腑藏在中竅穴居外有藏則暗有竅則明今我對佛開眼見明名爲見外閉眼見暗名爲見内是義云何

吳興曰初計心在身内佛以不見腑藏爲破次計在外復招身心相離之難又計潛根且乖琉璃籠眼之喻今立内外欲免前三之過也何者良以有藏則暗故見暗時即名爲内何必須見内之物耶有竅則明故見明時即名爲外豈應更責外不相干耶内外若成自顯此心不在一處亦異潛根也然則雖云見外所執心體還成在内以開眼見明不同燈在室外故泐潭曰白虎通云五臟即肝心肺腎脾六腑者即五臟之宮府也胃爲脾之府膀胱爲腎之府三焦爲命之府膽爲肝之府大小腸爲心府肺府也溫陵曰復計心在内故以見暗爲見腑藏也下約三節破之

佛告阿難汝當閉眼見暗之時此暗境界爲與眼對爲不對眼若與眼對暗在眼前云何成内若成内者居暗室中無日月燈此室暗中皆汝焦腑若不對者云何成見

溫陵曰汝當下問之若與下難之若不下

破也

若離外見內對所成合眼見暗名為身中開眼見明何不見面若不見面內對不成

溫陵曰眼前之境名外見身內之境名內對前以對眼為外不得成內今縱離外見而成內對即是眼能返觀且合能返觀身中則開應返觀已面若不爾者義不成矣見面若成此了知心及與眼根乃在虛空何成在內若在虛空自非汝體即應如來今見汝面亦是汝身汝眼已知身合非覺必汝執言身眼兩覺應有二知即汝一身應成兩佛是故應知汝言見暗名見內者無有是處

溫陵曰展轉辨明無返觀理也汝眼已知身合非覺者既在虛空自非汝體也若執兩皆有知則成兩體矣吳興曰是故應知下不言見明為外者略也又見外為成見內今從正計結也

阿難言我嘗聞佛開示四眾由心生故種種法生由法生故種種心生我今思惟即思惟體實我心性隨所合處心則隨有亦非內外中間三處

孤山曰心生法生境從心起也法生心生心逐境遷也溫陵曰以心法相生則隨境思惟即是心體心法合處即為心在

佛告阿難汝今說言由法生故種種心生隨所合處心隨有者是心無體則無所合若無有體而能合者則十九界因七塵合是義不然若有體者如汝以手自挃其體汝所知心為復內出為從外入若復內出還見身中若從外來先合見面

温陵曰以即思惟體爲心特浮想耳故難其體之有無也設若無體則空有其名云何隨合如十九界七塵特空名耳設若有體當何所在令拄身而驗明體實無在也拄猶觸也

阿難言見是其眼心知非眼爲見非義佛言若眼能見汝在室中門能見不則諸巳死尚有眼存應皆見物若見物者云何名死

温陵曰阿難言下觧上難也謂心但能知不可言見曾不悟能見在心徒眼不見也佛言下舉門喻能見在心舉死明徒眼不見

阿難又汝覺了能知之心若必有體爲復一體爲有多體今在汝身爲復徧體爲不徧體若一體者則汝以手拄一支時四支應覺若咸覺者拄應無在若拄有所則汝一體自不能成若多體者則成多人何體爲汝若徧體者同前所拄若不徧者當汝觸頭亦觸其足頭有所覺足應無知今汝不然是故應知隨所合處心則隨有無有是處

温陵曰當知真心非一非多非徧不徧四義既非則不可謂隨所合處心隨有也

阿難白佛言世尊我亦聞佛與文殊等諸法王子談實相時世尊亦言心不在內亦不在外如我思惟內無所見外不相知內無知故在內不成身心相知在外非義今相知故復內無見當在中間

温陵曰以爲在內則不見腑藏以爲在外則身不相知二義不成當在根境之中長水曰外不相知合云外又相知恐字之誤

也

佛言汝言中間中必不迷非無所在今汝推中中何爲在爲復在處爲當在身若在身者在邊非中在中同内若在處者爲有所表爲無所表無表同無表則無定何以故如人以表表爲中時東看則西南觀成北表體既混心應雜亂

溫陵曰此且各就根境辨定中位身即根處即境也若在身者下謂身有中邊二義在邊則不得爲中在中則同前在内應見内矣若在處者下亦辨中位無定也表者標物以表顯也混亂則無所取中矣

阿難言我所説中非此二種如世尊言眼色爲緣生於眼識眼有分別色塵無知識生其中則爲心在佛言汝心若在根塵之中此之心體爲復兼二爲不兼二若兼二者物體雜亂物非體知成敵兩立云何爲中兼二不成非知不知即無體性中何爲相是故應知當在中間無有是處

溫陵曰若兼二者下破兼二不得爲中也物根塵也體心體也物非體知者物不同體之有知則根塵與心兩立無中位矣兼二不成下破不兼不得爲中也不兼根則非知不兼塵則非不知二義既非中云何定補註曰環師鮮物非體知則曰根塵無知心體有知及鮮非知不知則又以根爲有知語似未順今應仍以知屬心體不知屬根塵蓋謂若不兼二則非心又非根塵即無體性矣中何相哉物非體知古人有以體知爲根者非也蓋佛明言此之心體

故

阿難白佛言世尊我昔見佛與大目連須菩提富樓那舍利弗四大弟子共轉法輪常言覺知分別心性既不在内亦不在外不在中閒俱無所在一切無著名之爲心則我無著名爲心不

泐潭曰既非内外中閒即知心無所著而不知佛意破妄無體令識本真如云三際求心心不有心不有故妄元無妄心無處即菩提生死涅槃本平等不了此意謬引

佛言妄立無著

佛告阿難汝言覺知分別心性俱無在者世閒虚空水陸飛行諸所物象名爲一切汝不著者爲在爲無無則同於龜毛兔角云何不著有不著者不可名無

補註曰七徵之文皆且破其妄心無所依處阿難前云隨所合處心即隨有佛即難其心體是有是無是一是多是徧不徧雖似破其隨有之心然既令其㨿身以驗則意在破其隨所合處也今指一切無著名之爲心佛乃難其世閒虚空水陸飛行一切物象爲在爲無等者亦是就其所依之處破也温陵曰爲在爲無者問汝心不著而彼物象爲存在耶爲空無耶若彼空無則同龜毛云何可著而說不著若有不著者則爲有物故曰不可名無此皆牒難下

乃結破

無相則無非無即相相有則在云何無著是故應知一切無著名覺知心無有是處

温陵曰物果無相則同龜毛物果非無即

自有相知相有則心有在云何得爲無著也吳興曰夫相不自有由心在故有心不自無由相盡故無是以有相而言無著者理不可也孤山曰總此七番似破四性在内潛根見内似自性在外似他性中間似共性隨合無著似無因性故龍樹云諸法不自生亦不從他生不共不無因是故說無生是知如来七番逐破使介爾妄心無逃避處妄賊既除真王得顯無生之理於兹見矣利根上智已合潛悟但爲中下之輩更廣說耳補註云虚妄淨心緣塵而有本無實體亦無定所上文七番破其妄所意在顯真而阿難未悟故於下文重請開示世尊乃復放光現瑞示以二種根本次則舉拳驗見重詰其心引其復認能推然後咄而告之乃至令其微細揣摩離塵無體等始是破其妄心無實體也

爾時阿難在大衆中即從座起偏袒右肩右膝著地合掌恭敬而白佛言我是如来最小之弟蒙佛慈愛雖今出家猶恃憍憐所以多聞未得無漏不能折伏娑毗羅咒爲彼所轉溺於婬舍當由不知真際所詣惟願世尊大慈哀愍開示我等奢摩他路令諸闡提隳彌戾車作是語已五體投地及諸大衆傾渴翹佇欽聞示誨

温陵曰因前徵發乃知迷妄而責躬請教求詣真際真際者真心實際也奢摩他路乃所以詣真際也長水曰闡提即撥無之人隳壞也彌戾車惡見也

爾時世尊從其面門放種種光其光晃耀如

百千日普佛世界六種震動如是十方微塵國土一時開現佛之威神令諸世界合成一界其世界中所有一切諸大菩薩皆住本國合掌承聽

温陵曰將顯本明故先現此瑞言面門放種種光即口眼耳鼻眉間之光並放示此本明於諸根門無所不現也以無所不現故齊彰並照如百千日普佛世界即法界也六震者表破六識無明感結妄境也微塵國土一時開現者本明洞照妄塵不隔也十方世界合成一界者智境圓現情量不礙也菩薩聽衆皆住本國者心量本周心聞本洞也了茲光瑞則菩提涅槃元清淨體得矣補註曰六種震動者即動踊震起吼擊也搖揚不安曰動𡑞壠凹凸曰踊隱隱有聲曰震自下升高曰起砰磕發響曰吼打搏警物曰擊然各有三直動名動四天下動名徧動盡大千動名等徧動餘五例此

佛告阿難一切衆生從無始來種種顛倒業種自然如惡叉聚諸脩行人不能得成無上菩提乃至別成聲聞緣覺及成外道諸天魔王及魔眷屬皆由不知二種根本錯亂脩習猶如煑沙欲成嘉饌縱經塵劫終不能得云何二種阿難一者無始生死根本則汝今者與諸衆生用攀緣心爲自性者二者無始菩提涅槃元清淨體則汝今者識精元明能生諸緣緣所遺者由諸衆生遺此本明雖終日行而不自覺枉入諸趣

温陵曰衆生業種成聚行人不成正果皆

由不知二本錯亂脩習故須決擇也業種者顛倒妄惑也惡叉果一枝三子生必同科喻惑業苦三生必同聚也攀縁心即前七處妄認者清淨體即今正與決擇者不染煩惱名菩提不涉生死名涅槃不染不涉故號元清淨體識精陀那性識也元明本覺妙明也根身器界一切縁法依此而生而人者認縁失真故曰縁所遺者由遺此故無明不覺枉入諸趣言元體元明又言本明者自本而出曰元直指當體曰本

阿難汝今欲知奢摩他路願出生死今復問汝即時如来舉金色臂屈五輪指語阿難言汝今見不阿難言見佛言汝何所見阿難言我見如来舉臂屈指為光明拳耀我心目佛言汝將誰見阿難言我與大衆同將眼見佛告阿難汝今答我如来屈指為光明拳耀汝心目汝目可見以何為心當我拳耀阿難言如来現今徵心所在而我以心推窮尋逐即能推者我將為心

溫陵曰金拳舉處直下要識本明塵相未除依舊認賊為子

佛言咄阿難此非汝心阿難矍然避座合掌起立白佛此非我心當名何等

孤山曰佛言咄者嗟其迷重故叱以語之矍驚愕貌

佛告阿難此是前塵虛妄相想惑汝真性由汝無始至于今生認賊為子失汝元常故受輪轉阿難白佛言世尊我佛寵弟心愛佛故令我出家我心何獨供養如來乃至徧歷恒沙國土承事諸佛及善知識發大勇猛行諸

一切難行法事皆用此心縱令謗法永退善根亦因此心若此發明不是心者我乃無心同諸土木離此覺知更無所有云何如来說此非心我實驚怖兼此大衆無不疑惑惟垂大悲開示未悟

吳興曰阿難以對境覺知異乎土木封爲我心此則正當人執之相忽聞訶斥故以無情爲難而不知真我無我靈知無知妙淨明心何所不在斯由大權起教豈慶喜之實然乎

爾時世尊開示阿難及諸大衆欲令心入無生法忍於師子座摩阿難頂而告之言如來常說諸法所生惟心所現一切因果世界微塵因心成體阿難若諸世界一切所有其中乃至草葉縷結詰其根元咸有體性縱令虛空亦有名貌何況清淨妙淨明心性一切心而自無體

溫陵曰因其怖謂無心故舉常所說引物以證示有真心使知所措也心入無生法忍者令悟實相不生滅心也三界惟心萬法惟識故曰諸法所生惟心所現一切因果指十界正報也世界微塵指十界依報也既無不因心成體安得謂之無心同土木哉以本自無染曰清淨染而不染曰妙

淨孤山曰諸法所生惟心所現者因心本具隨緣能造故所造法全能造心依正既是一心一心實無能所譬如水具波性方能造波全所造波即能造水故觀所造惟見本具此則實相真心法爾具足諸法諸法法爾性本無生故雖本具有而不有共

而不雜離亦不分雖一一徧亦無所在性一切心者即常住真心能爲九界妄心之本性也

若汝執悋分別覺觀所了知性必爲心者此心即應離諸一切色香味觸諸塵事業別有全性如汝今者承聽我法此則因聲而有分別縱滅一切見聞覺知内守幽閑猶爲法塵分別影事

温陵曰此依六塵辨無自性也分別覺觀即能推心也此心離塵無性不應執以爲真覺知滅則意幽閑然彼幽閑者猶是法塵影事亦無自性也真際曰諸塵事業即色等六塵皆有牽心爲緣業用

我非勑汝執爲非心但汝於心微細揣摩若離前塵有分別性即真汝心若分別性離塵無體斯則前塵分別影事塵非常住若變滅時此心則同龜毛兎角則汝法身同於斷滅其誰脩證無生法忍

補註曰我非勑汝執爲非心等者暫縱之辭也蓋上已破其執悋分別覺觀非真心矣恐其固執而未悟乃復暫縱之曰我非勑汝所執定非真心汝且試將此心微細揣摩以自驗其真邪妄邪孤山曰但汝下勸其揣摩分別之心爲當離塵有體爲復離塵無體若此妄心離塵有體則容是真心既離塵無體非妄而何應知即真汝心亦暫縱之語非顯真也蓋六塵如形分別如影影由形有故無自體心因塵有豈有體邪

即時阿難與諸大衆默然自失佛告阿難世

間一切諸脩學人現前雖成九次第定不得漏盡成阿羅漢皆由執此生死妄想誤爲真實是故汝今雖得多聞不成聖果

長水曰四禪四空及滅受想名爲九定從一禪入一禪次第而脩然脩此定能成無漏今言不得成阿羅漢者此明不得大乘阿羅漢也滅受想亦云二乘滅盡定補註曰上文破妄心此下破妄見以至會見歸心漸顯真性也原夫妄心本無自性依真發現全體即真所謂破無所破無明即明真無別真一念即是如鏡現像全像是鏡此乃今經之圓旨也世尊前云一切衆生不知常住真心用諸妄想今云執此生死妄想誤爲真實然則妄想果非真心邪當知法無得失迷悟在人若根利惑薄者了達妄想之體直下便是真心是猶因像悟鏡則無像而不是於鏡因鏡悟像則無鏡而不具於像也今阿難示同於迷大似不識鏡體却認去來之像而執以爲鏡不亦誤哉故假重重破斥掃蕩執情使其是非明白然後始可會妄全真也會通之文備見於第二第三卷中

阿難聞已重復悲淚五體投地長跪合掌而白佛言自我從佛發心出家恃佛威神常自思惟無勞我脩將謂如來惠我三昧不知身心本不相代失我本心雖身出家心不入道譬如窮子捨父逃逝今日乃知雖有多聞若不脩行與不聞等如人說食終不能飽世尊我等今者二障所纏良由不知寂常心性惟願如來哀愍窮露發妙明心開我道眼

資中曰煩惱所知名爲二障煩惱障謂根本及隨也所知障亦云智障障一切種智故吳興曰前破妄心但離麄執故今請云發妙明心也將破妄見欲顯真見故復請云開我道眼也又則眼見必由識心故心眼雙舉扣佛音教其旨甚微問何故先破妄心後破妄見荅應有三義一者心爲迷妄之元復是人執之本須先破之二者心屬王數通乎三性故在前破見惟眼根但屬無記故在後破三者所破妄心且離緣塵分別想相而未能知心性常住今破妄見則引盲人矚暗等以彰見性不滅乃至舉手飛光皆顯性無搖動當知如來從麄至細自淺而深開示阿難奢摩他路也

即時如來從胸卍字涌出寶光其光晃昱有百千色十方微塵普佛世界一時周徧徧灌十方所有寶刹諸如來頂旋至阿難及諸大衆

溫陵曰將明真見而從胸卍字放寶光者表由寶明妙心發正知見也佛胸有卍字表吉祥萬德所集其光晃然明昱然盛有百千色亦表妙心照用具足萬德也光徧佛界者示清淨本然也徧灌佛頂者表極果所同也旋及大衆者示群靈共有也此即妙心道眼之真光在聖不增處凡不減但隨量應現耳

告阿難言吾今爲汝建大法幢亦令十方一切衆生獲妙微密性淨明心得清淨眼

溫陵曰幢表摧邪立正也下明妙心淨眼使摧伏邪異得正知見是謂建大法幢邪

異既摧知見既正則妙心可獲淨眼可得矣生佛等有而不可測知曰妙微容垢不能染暗不能昏曰性淨明見離眚病廓然照了曰清淨眼

阿難汝先荅我見光明拳此拳光明因何所有云何成拳汝將誰見阿難言由佛全體閻浮檀金赩如寶山清淨所生故有光明我實眼觀五輪指端屈握示人故有拳相佛告阿難如來今日實言告汝諸有智者要以譬喻而得開悟阿難譬如我拳若無我手不成我拳若無汝眼不成汝見以汝眼根例我拳理其義均不阿難言唯然世尊既無我眼不成我見以我眼根例如來拳事義相類

温陵曰閻浮檀樹果汁入水沙石成金赩赤焰也眼根例拳事義不類而阿難示同未悟故荅言類

佛告阿難汝言相類是義不然何以故如無手人拳畢竟滅彼無眼者非見全無所以者何汝試於途詢問盲人汝何所見彼諸盲人必来荅汝我今眼前惟見黑暗更無他矚以是義觀前塵自暗見何虧損

温陵曰見暗即見矣是知盲非無見特無眼耳

阿難言諸盲眼前惟覩黑暗云何成見佛告阿難諸盲無眼惟觀黑暗與有眼人處於暗室二黑有别爲無有别如是世尊此暗中人與彼群盲二黑校量曾無有異阿難若無眼人全見前黑忽得眼光還於前塵見種種色名眼見者彼暗中人全見前黑忽獲燈光亦於前塵見種種色應名燈見若燈見者燈能

有見自不名燈又則燈觀何關汝事是故當知燈能顯色如是見者是眼非燈眼能顯色如是見性是心非眼

溫陵曰若燈見者下牒上結明見不由眼也資中曰心爲其主餘是助緣既知見性屬心漸明真見矣

阿難雖復得聞是言與諸大衆口已默然心未開悟猶冀如來慈音宣示合掌清心佇佛悲誨

真際曰大衆默然佇誨良由真妄未明若認見境之心前來已奪若謂本真之見豈假根塵口既默然心希開悟

爾時世尊舒兜羅綿網相光手開五輪指誨勑阿難及諸大衆我初成道於鹿園中爲阿若多五比丘等及汝四衆言一切衆生不成菩提及阿羅漢皆由客塵煩惱所誤汝等當時因何開悟今成聖果

長水曰五比丘者初佛入山脩道王命父族三人一阿濕婆二跋提三摩訶男拘利毋族二人一憍陳如二十人迦葉隨而衛之後各捨佛去在鹿苑脩異道佛得果已乃往爲三轉四諦法輪問言解不陳那先荅已解已知故佛命名阿若多者解也憍陳那姓也此云火器其先事火因以命族也資中曰客塵煩惱即見思二惑非無始無明也吳興曰此中所問且約昔時小乘所悟耳意令荅出客塵是動主空不動欲將動以譬妄不動喻真下文屈指飛光義亦如是或曰此教既經開顯故今問荅客塵二字即是根本無明者非也

時憍陳那起立白佛我今長老於大衆中獨得解名因悟客塵二字成果世尊譬如行客投寄旅亭或宿或食食宿事畢俶装前途不遑安住若實主人自無攸往如是思惟不住名客住名主人以不住者名爲客義又如新霽清暘升天光入隙中發明空中諸有塵相塵質摇動虚空寂然如是思惟澄寂名空摇動名塵以摇動者名爲塵義佛言如是

吴興曰小乘客塵喻見思生滅主空喻真諦寂然真諦理一以喻從法則主之與空不可分二見思惑異則客之與塵應有二義何則客義麄故喻迷事之惑塵義細故喻迷理之惑

即時如来於大衆中屈五輪指屈已復開開已又屈謂阿難言汝今何見阿難言我見如来百寶輪掌衆中開合佛告阿難汝見我手衆中開合爲是我手有開有合爲復汝見有開有合阿難言世尊寳手衆中開合我見如来手自開合非我見性有開有合佛言誰動誰靜阿難言佛手不住而我見性尚無有靜誰爲無住佛言如是如来於是從輪掌中飛一寶光在阿難右即時阿難廻首右盼又放一光在阿難左阿難又則廻首左盼佛告阿難汝頭今日何因摇動阿難言我見如来出妙寶光来我左右故左右觀頭自摇動阿難汝盼佛光左右動頭爲汝頭動爲復見動世尊我頭自動而我見性尚無有止誰爲摇動佛言如是

長水曰前明手有開合見無動靜對外境以辨也次於内身自分動靜動中有不動

也

於是如来普告大衆若復衆生以揺動者名之爲塵以不住者名之爲客汝觀阿難頭自動揺見無所動又汝觀我手自開合見無舒巻云何汝今以動爲身以動爲境從始洎終念念生滅遺失真性顛倒行事

補註曰只一身境所計不同凡夫則計其身境以爲實有是於無常而計常也二乘雖知身境無常而尚未悟其真常之理是於真常而計無常也故佛因普告大衆而總責之語意淺深隨機各解吴興曰此因阿難謂身境有動見性不動寄斥大衆迷真常而見無常也智論明無常有二種謂相續法壞及念念生滅今云從始洎終蓋言從生至死即相續法壞也既失真性惟造妄業故曰顛倒行事

性心失真認物爲己輪迴是中自取流轉

吴興曰前云顛倒行事但是爲物所轉正斥能迷之心今言認物爲己又斥認所迷之境爲我我所也如圓覺云妄認四大爲自身相六塵縁影爲自心相若如是則塵勞之境何由可出邪故曰輪迴是中自取流轉巳上經文雖明見性不動然猶未論此見亦妄離見乃真資中曰此寄麤相密談真見分别顯了並在後文

大佛頂如來密因脩證了義諸菩薩萬行首楞嚴經會解巻第二

音釋

牖與久切窻孔也　竅口弔切穴也空也　挃竹栗切禾聲也　揣初委切度高下曰丨又試也　矍居縛切驚愕白　赩許極切大赤也

大佛頂如来密因脩證了義諸菩薩萬行首
楞嚴經會觧卷第三

天竺沙門般剌密帝譯
烏萇國沙門彌伽釋迦譯語
菩薩戒弟子前正議大夫同中書門下平
章事房融筆受
師子林沙門　惟則　會觧

爾時阿難及諸大衆聞佛示誨身心泰然念無始來失却本心妄認緣塵分別影事今日開悟如失乳兒忽遇慈母合掌禮佛願聞如来顯出身心真妄虛實現前生滅與不生滅二發明性時波斯匿王起立白佛我昔未承諸佛誨勑見迦旃延毗羅胝子咸言此身死後斷滅名爲涅槃我雖值佛今猶狐疑云何發揮證知此心不生滅地今此大衆諸有漏者咸皆願聞

温陵曰前責以動爲身以動爲境則身心真妄未辨虛實又責念念生滅遺失真性則生滅者亦未能辨故願顯出二義而因匿王發起者明不生滅性在纒皆具孤山曰外道有六師一富蘭那迦葉所說諸法皆不生不滅二末伽黎拘賒黎子說衆生雖有苦樂無有因緣自然而爾三刪闍多毗羅胝子說於衆生任運時熟得道如縷丸所投極則停住又言八萬刧滿自然得道四阿耆多翅舍欽婆羅說於衆生當受苦報今以苦行拔髮熏鼻麁衣代之謂後受涅槃樂也五迦羅鳩陀迦旃延說於諸法亦有亦無六尼犍陀若提子所說皆由業定無可改無逃避處準今經所說則有

　三人皆執斷見故匿王引旃延毗羅而問後如来舉末伽而斥然則第一第四第六必執常見乎

佛告大王汝身現在今復問汝汝此肉身爲同金剛常住不朽爲復變壞世尊我今此身終從變滅佛言大王汝未曾滅云何知滅世尊我此無常變壞之身雖未曾滅我觀現前念念遷謝新新不住如火成灰漸漸銷殞殞亡不息決知此身當從滅盡

　長水曰佛舉此問欲顯生滅中有不生滅如前頭自摇動見無所動吳興曰前示阿難見無揺動後示匿王性無生滅一往似同義須甄別何則阿難以身境爲動此相猶麄謂見性不動且據目前對揚而說今佛問匿王肉身變壞乃至荅云剎那剎那不得停住其相甚微泊談見性自童至耄不遷不變由是而知所破生滅則麄細有殊所顯見性則近遠成異聖人引物入如来藏其致漸深讀者詳此

佛言如是大王汝今生齡已從衰老顏貌何如童子之時世尊我昔孩孺膚腠潤澤年至長成血氣充滿而今頹齡迫於衰耄形色枯悴精神昏昧髮白面皺逮將不久如何見比充盛之時

　孤山曰佛問兩時荅出三時謂孩孺長成衰耄也孩纔成骸也孺需人以養者皮表曰膚文理曰腠耄昏忘也然八十曰耄時匿王方六十二蓋通言昏忘耳

佛言大王汝之形容應不頓朽王言世尊變化密移我誠不覺寒暑遷流漸至於此何以

故我年二十雖號年少顏貌已老初十歲時三十之年又衰二十于今六十又過于二觀五十時宛然強壯世尊我見密移雖此殂落其間流易且限十年若復令我微細思惟其變寧惟一紀二紀實惟年變豈惟年變亦兼月化何直月化兼又日遷沉思諦觀剎那剎那念念之間不得停住故知我身終從變滅

孤山曰殂落猶遷謝也尚書以殂落爲死非今經義溫陵曰且限十年以寬數粗觀也自促細觀實念念不停矣

佛告大王汝見變化遷改不停悟知汝滅亦於滅時汝知身中有不滅耶波斯匿王合掌白佛我實不知佛言我今示汝不生滅性大王汝年幾時見恒河水王言我生三歲慈母攜我謁耆婆天經過此流爾時即知是恒河水佛言大王如汝所說二十之時衰於十歲乃至六十日月歲時念念遷變則汝三歲見此河時至年十三其水云何王言如三歲時宛然無異乃至于今年六十二亦無有異佛言汝今自傷髮白面皺其面必定皺於童年則汝今時觀此恒河與昔童時觀河之見有童耄不王言不也世尊

溫陵曰耆婆此云長壽天神携子謁之求長壽也孤山曰既知見境不易可喻真性無遷大聖動樹訓風舉扇類月故令先識見無童耄然後直示性無生滅也沕潭曰無異之語甚好思量一往應浮再思有旨

佛言大王汝面雖皺而此見精性未曾皺皺者爲變不皺非變變者受滅彼不變者元無生滅云何於中受汝生死而猶引彼末伽黎

等都言此身死後全滅王聞是言信知身後捨生趣生與諸大衆踊躍歡喜得未曾有

温陵曰末伽黎即迦旃毗羅之徒既無生死即汝真常不應惑彼斷滅異論也孤山曰見精即見性也皺者爲變則顯生死無常不皺非變則顯涅槃常住生死涅槃雖分兩派克論體性豈有二殊言偏意圓變即非變若然者豈但破匿王引外之見抑亦酬阿難二發之請也長水曰敘其淺悟但云捨生趣生詳彼深意必知滅元不滅隨宜領解未即顯言也

阿難即從座起禮佛合掌長跪白佛世尊若此見聞必不生滅云何世尊名我等輩遺失真性顛倒行事願興慈悲洗我塵垢

温陵曰因王問答反動疑塵以謂性有生滅可說遺失既無生滅云何能遺

即時如來垂金色臂輪手下指示阿難言汝今見我母陀羅手爲正爲倒阿難言世間衆生以此爲倒而我不知誰正誰倒

温陵曰此明諸佛衆生同一體性固無遺失特依倒見言遺失也如臂順垂爲正反以爲倒逆豎爲倒反以爲正是失真也母陀羅云印手即三十二相之一

佛告阿難若世間人以此爲倒即世間人將何爲正阿難言如來豎臂兜羅綿手上指於空則名爲正佛即豎臂告阿難言若此顛倒首尾相換諸世間人一倍瞻視則知汝身與諸如來清淨法身比類發明如來之身名正徧知汝等之身號性顛倒

補註曰首尾相換謂其錯認正倒如以首

爲尾以尾爲首諸世間人一皆如此倒見也倍與背同即倒義也瞻視即見也佛初以手問阿難正倒而阿難皆推世人之見以爲之答佛乃就阿難之意而告之曰諸世間人既皆倒見故以正爲倒以倒爲正矣今阿難之見豈同世間人哉必能以正爲正以倒爲倒如此則當知汝身佛身比類發明如來之身名正徧知汝等之身號性顛倒矣長水曰正徧知者離倒名正窮盡法界名徧凡夫二乘無此名號者性顛倒故

隨汝諦觀汝身佛身稱顛倒者名字何處號爲顛倒于時阿難與諸大衆瞪瞢瞻佛目睛不瞬不知身心顛倒所在

補註曰既知汝等之身號性顛倒且此顛倒名字何從而得邪意斥阿難認悟中迷即是顛倒所在時衆未達於是瞢然

佛興慈悲哀愍阿難及諸大衆發海潮音徧告同會諸善男子我常說言色心諸緣及心所使諸所緣法惟心所現汝身汝心皆是妙明真精妙心中所現物云何汝等遺失本妙圓妙明心寶明妙性認悟中迷

溫陵曰色總舉五根六塵也心總舉六識八識也諸緣即根識所緣諸法也心所使即善惡業行靜作思想諸所緣法廣舉山河大地明暗色空真妄性相邪正因果悉無自體惟心所現如鏡中像全體是鏡然則汝今幻妄身心皆是妙明心鏡所現全體是心直不即幻妄而悟妙體反乃遺本妙而執幻妄是認悟中之迷此即顛倒所

在也妙心則一而稱謂多異者依法隨用之異也此明心所現物如鏡故稱妙明真精也又明迷本逐末故稱本妙明心所謂本妙者本來自妙不假脩爲也心之與性乃體用互稱也心則從妙起明圓融照了如鏡之光故曰圓妙明心性則即明而妙凝然湛寂如鏡之體故曰寶明妙性

晦昧爲空空晦暗中結暗爲色色雜妄想想相爲身聚縁内揺趣外奔逸昏擾擾相以爲心性一迷爲心決定惑爲色身之内不知色身外洎山河虛空大地咸是妙明真心中物譬如澄清百千大海棄之惟認一浮漚體目爲全潮窮盡瀛渤汝等即是迷中倍人如我垂手等無差別如來說爲可憐愍者

孤山曰晦昧爲空者迷性明故而成無明由此無明變成頑空即下經云迷妄有虛空也空晦暗中結暗爲色者所變頑空與能變無明二法和合變起四大爲山河依報外色即想澄成國土也以四大色雜妄想心變起衆生正報内色故曰色雜妄想想相爲身想謂妄心相謂妄色色心和合五陰備矣即知覺乃衆生也溫陵曰正原迷倒之由也聚縁内揺等者妄有縁氣於中積聚内則隨想揺蕩外則逐境奔逸此特雜妄縁塵昏擾之相而人以爲自心體性得非迷哉既一迷此則決定以心爲在幻質之内曾不知妙明真心範圍天地包含萬象乃認之於蕞爾身中何異棄彼無邊刹海認一浮漚以爲全潮之體溟渤之量哉補註曰全潮者徧海而涌也背真逐

妄如藁海認漚執妄爲真如認漚爲海既藁海認漚早是迷矣復認漚爲海又一迷也是謂迷中倍人其迷如此則與以正爲倒以倒爲正者無以異也故引垂手之事結之

阿難承佛悲救深誨垂泣叉手而白佛言我雖承佛如是妙音悟妙明心元所圓滿常住心地而我悟佛現說法音現以緣心允所瞻仰徒獲此心未敢認爲本元心地願佛哀愍宣示圓音拔我疑根歸無上道

溫陵曰因聞法音悟妙明心本來圓滿了無遺失故曰常住心地然情猶幽莽見未精明尚以能聞緣心爲所悟本性此固常情疑混根於心而難拔者故願佛與拔之吳興曰前破妄心已責因聲分別之性今阿難重以緣心爲問者欲顯真性無能所之相也既於緣心已離麁執是故但言未敢認爲本元心地豈同前云若此發明不是心者我乃無心同諸土木邪所以下文指月喻等略簡所緣之法能緣之心真體可見矣

佛告阿難汝等尚以緣心聽法此法亦緣非得法性如人以手指月示人彼人因指當應看月若復觀指以爲月體此人豈惟亡失月輪亦亡其指何以故以所標指爲明月故豈惟亡指亦復不識明之與暗何以故即以指體爲明月性明暗二性無所了故汝亦如是

真際曰以能緣心緣佛法音認爲自性非自性也以此法音但是所緣聲教故孤山曰人喻如來手指喻聲教月喻真理示人

喻化衆生也教詮真理理是衆生之心聞教自合觀心離指方能識月吴興曰此指月喻雖遺所標之指正簡能緣之心以阿難云現以緣心允所瞻仰故由是經文惟破分別之性良有以也

若以分別我說法音爲汝心者此心自應離分別音有分別性辟如有客寄宿旅亭暫止便去終不常住而掌亭人都無所去名爲亭主此亦如是若真汝心則無所去云何離聲無分別性斯則豈惟聲分別心分別我容離諸色相無分別性如是乃至分別都無非色非空拘舍離等昧爲冥諦

温陵曰斯則下躡阿難之意廣明也聲分別心指聲上緣心即悟佛法音者也分別我容謂色上緣心即允所瞻仰者也蓋言非但聲分別心離聲無性色分別心離色相外亦無其性如是乃至等即兼舉六塵緣影皆無自性也一切皆無故非色對緣妄有故非空既非色空冥然莫辨於是外道昧爲冥諦拘舍離即末伽黎異稱也

離諸法緣無分別性則汝心性各有所還云何爲主

温陵曰此結前起後也

阿難言若我心性各有所還則如來說妙明元心云何無還惟垂哀愍爲我宣說

吴興曰此問心性云何無還向下別指見精爲不還者蓋前文已說如是見性是心非眼故然其見精真妄猶雜所以廣約緣塵簡出真性披沙若盡金體自純

佛告阿難且汝見我見精明元此見雖非妙

精明心如第二月非是月影汝應諦聽今當示汝無所還地

孤山曰見精明元即同匿王觀河之見雖異緣塵而猶是妄妄依真起故曰明元此見雖非下簡妄異真也如第二月非是月影者真月喻妙精明心第二月喻見精明元水中影喻緣塵分別吳興曰阿難所問妙明元心云何無還而佛以見精爲荅者以真心無朕發悟良難故託見精方便開示此雖屬妄切近於真如第二月取譬非遠應知此見亦是前來緣塵之見但緣塵分別之性則破云有還緣塵能見之性則示云不還如下文云汝今徧觀此會衆聚其目周視但如鏡中無別分析此即見精也即第二月也即能見之性不還者也又云汝識於中次第標指此是文殊等此即聖緣分別者也補註曰第二月固非真月然因揑目而成其實一體非若水月之端有二相例見精明元雖非妙精明心而此見元自妙心而出故岳師所謂切近於真取譬非遠者此也

阿難此大講堂洞開東方日輪升天則有明耀中夜黑月雲霧晦暝則復昏暗戶牖之隙則復見通墻宇之間則復觀壅分別之處則復見緣頑虛之中徧是空性鬱垺之象則紆昏塵澄霽斂氛又觀清淨

真際曰欲示無還之性先指可還之相此八但是舉要而已吳興曰此八緣中七緣皆就能映色根論之惟分別緣則於七境而起分別是故經文列在中間蓋通上下

也補註曰岳師前云緣塵分別之性則破
云有還者義見乎此

阿難汝咸看此諸變化相吾今各還本所因處云何本因阿難此諸變化明還日輪何以故無日不明明因屬日是故還日暗還黑月通還戶牖壅還墻宇緣還分別頑虛還空鬱埻還塵清明還霽則諸世間一切所有不出斯類汝見八種見精明性當欲誰還何以故若還於明則不明時無復見暗雖明暗等種種差別見無差別諸可還者自然非汝不汝還者非汝而誰則知汝心本妙明淨汝自迷悶喪本受輪於生死中常被漂溺是故如來名可憐愍

吳興曰見性不還猶喻二月此見屬妄將亦須還惟有真月所喻真性誠不還耳下文云但一月真中間自無是月非月又云見見之時見非是見豈非此見亦可還乎問此還何所答還無明也由無明故而有能見無明若破此見即還起信論云若離業識則無見相厥旨顯然

阿難言我雖識此見性無還云何得知是我真性

吳興曰此問意者如云雖識二月何謂真月

佛告阿難吾今問汝今汝未得無漏清淨承佛神力見於初禪得無障礙而阿那律見閻浮提如觀掌中菴摩羅果諸菩薩等見百千界十方如來窮盡微塵清淨國土無所不矚衆生洞視不過分寸

孤山曰那律見三千大千世界如觀掌果

此云閻浮且從近示耳吳興曰菴摩羅云難分别其果似桃非桃似柰非柰故温陵曰此泛叙見用而有五一聲聞二羅漢三菩薩四如来五衆生意明四聖六凡見量雖異見性不殊皆可即諸物象而決擇之也長水曰不過分寸者隔紙膜不見外物隔皮膚不見五臟也

阿難且吾與汝觀四天王所住宫殿中間徧覽水陸空行雖有昏明種種形像無非前塵分别留礙汝應於此分别自他今吾將汝擇於見中誰是我體誰爲物像阿難極汝見源從日月宫是物非汝至七金山周徧諦觀雖種種光亦物非汝漸漸更觀雲騰鳥飛風動塵起樹木山川草芥人畜咸物非汝

温陵曰極汝見源令窮力諦觀也上極日月下極輪圍中極萬物令一一詳擇也

阿難是諸近遠諸有物性雖復差殊同汝見精清淨所矚則諸物類自有差别見性無殊此精妙明誠汝見性

吳興曰阿難所疑雖識見性而未知真性如来所荅豈不顯真但由見性似在於内真性必周於外佛欲示之故指一切物象皆是見精所矚矚既斯徧性何攸局此寄見性之徧以顯真性之徧也然則肉眼所見物象森羅佛眼所觀真空寘寂猶恐阿難認此見性既周外物仍謂外物同我能見故下文破之

若見是物則汝亦可見吾之見若同見者名爲見吾吾不見時何不見吾不見之處

真際曰若汝認見爲物吾見亦同是物汝

應可見温陵曰同見者依物之迹也不見者離物之體也若謂吾汝同見一物是見吾之見特迹而已吾當離物不見之時其體何在既無處可見定非是物矣

若見不見自然非彼不見之相

温陵曰縱使妄意謂能見吾不見者終自非是彼不見相補註曰彼不見之相本自無相豈汝所能見哉

若不見吾不見之地自然非物云何非汝

長水曰此之文意展轉皆歸應有五重經文存三而隱二意若具論者合云若不見吾不見之地亦不見吾見處既不見吾見處吾見自然非物吾見若非是物汝見亦非是物汝見既非是物云何非汝真見又則汝今見物之時汝既見物物亦見汝體性紛雜則汝與我并諸世間不成安立

温陵曰又紛物我雜亂辨見非物也若見是物則物應有見而有情無情體性錯亂不可分辨故曰不成安立則見非是物又可明也諸世間謂衆生及器通指有情無情也

阿難若汝見時是汝非我見性周徧非汝而誰云何自疑汝之真性性汝不真取我求實

真際曰見性雖同各自受用一室千燈光豈有別而彼此自照各不相雜温陵曰牒上以顯真性也見性周徧即汝真性何疑不真而求質於我邪此結荅云何得知是我真性之問也孤山曰性汝不真等謂真性在汝而自不能知其真翻取我言以求其實迷之甚也責之深也

阿難白佛言世尊若此見性必我非餘我與如来觀四天王勝藏寶殿居日月宮此見周圓徧娑婆國退歸精舍秖見伽藍清心戶堂但瞻簷廡世尊此見如是其體本来周徧一界今在室中唯滿一室爲復此見縮大爲小爲當墻宇夾令斷絕我今不知斯義所在願垂弘慈爲我敷演

孤山曰既觀初天則惟見一四天下言娑婆者舉其通名耳非指大千也補註曰前文泛叙見用意顯真性本来周徧特聖凡見量之不齊耳今阿難以所視廣狹而疑見體舒縮故有斯問

佛告阿難一切世間大小內外諸所事業各屬前塵不應說言見有舒縮譬如方器中見方空吾復問汝此方器中所見方空爲復定方爲不定方若定方者別安圓器空應不圓若不定者在方器中應無方空汝言不知斯義所在義性如是云何爲在

溫陵曰一切世間則根身器界之類大小內外則一界一室之類諸所事業則舒縮夾絕之類此總舉萬法皆屬前塵與吾靈覺自不相涉是故前塵大小見無舒縮譬如下器喻前塵空喻見體也孤山曰方圓因器不在虛空大小由塵何關見性是故責言云何爲在

阿難若復欲令入無方圓但除器方空體無方不應說言更除虛空方相所在

孤山曰空性無動寧有出入因器去留強云出入故云若復欲令入無方圓等空體無方喻見性無二也以虛空無方圓可除

況見性無大小可還惟言方者義攝於圓佛語之略耳溫陵曰離塵觀性自得本真不勞功用

若如汝問入室之時縮見令小仰觀日時汝豈挽見齊於日面若築墻宇能夾見斷穿爲小竇寧無續跡是義不然

溫陵曰既非可挽定非可縮既非可續定非可斷義既不然無用情計

一切衆生從無始來迷己爲物失於本心爲物所轉故於是中觀大觀小若能轉物則同如來身心圓明不動道場於一毛端徧能含受十方國土

補註曰前云認物爲己今云迷己爲物前乃就妄擇真且言物與己異故斥自身皆謂之物今將以真融妄應知萬物皆己萬物皆己而迷以爲物故失本心爲物所轉而見內外之殊大小之異也吳興曰爲物所轉則物爲能轉心爲所轉以心逐境遷故若能下心爲能轉物爲所轉以境隨智亡故楞伽云未達境惟心起種種分別達境惟心已分別即不生上二句爲物所轉也下二句若能轉物也則同如來者肇師云會萬物以成己者其惟聖人乎毛含國土者此明無量爲一蓋攝事成理非從體起用也大品云一切法趣一法斯之謂也若下文理事雙顯體用備陳方有一爲無量之言塵中轉法之義彼詳此略意不徒然近古諸師並作用解惟真際云既滅前塵形量不立一切即一性乃圓成斯亦節公之知言矣

阿難白佛言世尊若此見精必我妙性今此妙性現在我前見必我真我今身心復是何物而今身心分別有實彼見無別分辨我身若實我心令我今見見性實我而身非我何殊如来先所難言物能見我惟垂大慈開發未悟

孤山曰向云迷己爲物失於本心故爲物轉若能轉物則同如来是則所見山河皆我妙性故云今此妙性現在我前此領旨也見必我真下阿難尚存能所謂所見既是真性則我能見復是何物若謂身無見性而今分別非虛若言現前是見則彼之外物別無心智反辨我身若彼外物實是我心現今能見則成外物是我內身非我溫陵曰物能見我謂見在物而不在身是物能見我矣

佛告阿難今汝所言見在汝前是義非實若實汝前汝實見者則此見精既有方所非無指示且今與汝坐祇陀林徧觀林渠及與殿堂上至日月前對恒河汝今於我師子座前舉手指陳是種種相陰者是林明者是日礙者是壁通者是空如是乃至草樹纖毫大小雖殊但可有形無不指著若必其見現在汝前汝應以手確實指陳何者是見阿難當知若空是見既已成見何者是空若物是見既已是見何者爲物汝可微細披剝萬象析出精明淨妙見元指陳示我同彼諸物分明無惑阿難言我今於此重閣講堂遠洎恒河上觀日月舉手所指縱目所觀指皆是物無是見者世尊如佛所說況我有漏初學聲聞乃

至菩薩亦不能於萬物象前剖出精見離一切物别有自性佛言如是如是

温陵曰物無是見故雖大聖不能即物剖辨意須離物矣長水曰如是如是者印其不能分出見性也

佛復告阿難如汝所言無有精見離一切物别有自性則汝所指是物之中無是見者今復告汝汝與如來坐祇陀林更觀林苑乃至日月種種象殊必無見精受汝所指汝又發明此諸物中何者非見阿難言我實徧見此祇陀林不知是中何者非見何以故若樹非見云何見樹若樹即見復云何樹如是乃至若空非見云何見空若空即見復云何空我又思惟是萬象中微細發明無非見者佛言如是如是

温陵曰若樹非見何能見樹若即是見樹當名見云何名樹然前斷爲無是見者既不中理故復思惟無非見者二義無定佛皆許者以色空等象如虚空華本無所有不可定指也故下文云此諸物象與此見精元是菩提妙淨明體云何於中有是非是

於是大衆非無學者聞佛此言茫然不知是義終始一時惶悚失其所守如來知其魂慮變慴心生憐愍安慰阿難及諸大衆諸善男子無上法王是真實語如所如說不誑不妄非末伽黎四種不死矯亂論議汝諦思惟無忝哀慕

真際曰向執心境各别見相歴然今蒙一異推之是非不决心無所措於是茫然吳

與曰終始者終則見性非物始則見性是物又始則妙性現在我前終則究竟指歸何所温陵曰蒐𢡟變慴即惶悚失守也真語等者謂上荅二義乃稱真之語非矯論也末伽外道四種矯亂見于第十卷忝辱也資中曰如來有五語真語實語如語不誑語不異語無僞曰真稱理曰實不變曰如心境相應曰不誑懸見未然曰不異補註曰如所如説者上如稱義下如即真如謂稱所證真如以説也

是時文殊師利法王子愍諸四衆在大衆中即從座起頂禮佛足合掌恭敬而白佛言世尊此諸大衆不悟如來發明二種精見色空是非是義世尊若此前緣色空等象若是見者應有所指若非見者應無所矚而今不知是義所歸故有驚怖非是疇昔善根輕尠惟願如來大慈發明此諸物象與此見精元是何物於其中間無是非是

温陵曰佛意爲顯見與見緣如虚空華於中本無是非是義然此非有學小智所及故大衆茫然失守而必須文殊請明也二種者精明見元及前緣色空是非二義也若此前緣下牒前罔措之意請明也

佛告文殊及諸大衆十方如來及大菩薩於其自住三摩地中見與見緣并所想相如虚空華本無所有此見及緣元是菩提妙淨明體云何於中有是非是

温陵曰自住三摩地即自性首楞正定也聖人住是定中了見萬法惟一圓融清淨寶覺曾無非是此正荅所問也見根也見

緣境也所想相識也根境識三攝盡萬法夫能了諸緣元一寶覺無是非是則從前真妄虛實倒心緣影疑異分別之情豁然而蕩矣

文殊吾今問汝如汝文殊更有文殊是文殊者爲無文殊

吴興曰問意有三如汝文殊一也更有文殊是文殊者二也爲無文殊三也

如是世尊我真文殊無是文殊何以故若有是者則二文殊然我今日非無文殊於中實無是非二相

吴興曰我真文殊荅第一義例立菩提妙淨明體也無是文殊荅第二義例破色空是見也何以故下釋成上義然我今日非無文殊荅第三義例破色空非見也於中實無是非二相總結破意夫真無是非是非由妄若謂色空是真見者斯乃從妄辨真對於無妄之真則成二義故曰若有是者則二文殊又若謂色空非真見者其如妄境全體是真故曰然我今日非無文殊實而言之真性本來無是非是

佛言此見妙明與諸空塵亦復如是本是妙明無上菩提淨圓真心妄爲色空及與聞見如第二月誰爲是月又誰非月文殊但一月真中間自無是月非月

吴興曰前第二月別喻見精明元今通喻色空及與聞見者由佛爲阿難已約諸法偏示真性故大衆惶悚正迷諸法是非是義故文殊對揚既無二相復舉月喻以遣妄情且第二月適言是月捏目所成故適

言非月影不離真故皆言誰者責問之辭

捏影若亡是非何在

是以汝今觀見與塵種種發明名爲妄想不能於中出是非是由是真精妙覺明性故能令汝出指非指

温陵曰見與塵指妄根妄境也觀見塵而發明終沉妄想不出是非由真精而發明可出是非得無分別出指非指言是非雙泯也吳興曰物爲所指見非可指真性俱離故云出指非指

大佛頂如來密因脩證了義諸菩薩萬行首楞嚴經會解卷第三

音釋

耄莫報切九十曰丨 孺如揄切乳子也 腠千奏切膚丨也 殂在乎切

泐力得切召散丨也 瞪直耕切直視也 瞢音盲 瀛以成切大海也

渤蒲没切海名也 蕞才外切小貌 慴之涉切懼也

大佛頂如来密因修證了義諸菩薩萬行首楞嚴經會解卷第四

阿難白佛言世尊誠如法王所說覺緣徧十方界湛然常住性非生滅與先梵志娑毗迦羅所談冥諦及投灰等諸外道種說有真我徧滿十方有何差別

吴興曰覺謂菩提緣即色空聞見等如前文云此見及緣元是菩提妙淨明體溫陵曰覺緣即覺性徧緣無乎不在者也然黃髮之流亦說真我徧界及所立冥諦謂真性冥冥體非生滅則與佛說何異蓋外道不見性真但依賴耶妄計混濫真說故此問難與佛甄別也外道通稱梵志投灰苦行外道也

世尊亦曾於楞伽山爲大慧等敷演斯義彼外道等常說自然我說因緣非彼境界我今觀此覺性自然非生非滅遠離一切虛妄顛倒似非因緣與彼自然云何開示不入羣邪獲真實心妙覺明性

真際曰楞伽山名此云不可往惟得通者能到溫陵曰先引佛說起疑也楞伽會上爲大慧菩薩說因緣義以破外道自然之執非彼境界者非同外道所見也楞伽雖說因緣破彼妄執今觀覺性有真自然體遠離倒妄則似非因緣矣吴興曰向云我今觀此覺性自然今云與彼自然云何開示蓋言今之自然似非昔之因緣則與外道自然云何分別邪

佛告阿難我今如是開示方便真實告汝汝猶未悟惑爲自然阿難若必自然自須甄明有自然體汝且觀此妙明見中以何爲自此

見爲復以明爲自以暗爲自以空爲自以塞爲自阿難若明爲自應不見暗若復以空爲自體者應不見塞如是乃至諸暗等相以爲自者則於明時見性斷滅云何見明

温陵曰釋非自然也自然謂自體本然也自體本然則不隨境變今皆隨變非自然矣

阿難言必此妙見性非自然我今發明是因緣生心猶未明咨詢如來是義云何合因緣性

孤山曰始疑妙性同外自然既聞逐破則謂如佛昔說正因緣義但未知妙性云何符合耳

佛言汝言因緣吾復問汝汝今因見見性現前此見爲復因明有見因暗有見因空有見因塞有見阿難若因明有應不見暗如因暗有應不見明如是乃至因空因塞同於明暗復次阿難此見又復緣明有見緣暗有見緣空有見緣塞有見阿難若緣空有應不見塞若緣塞有應不見空如是乃至緣明緣暗同於空塞

温陵曰釋非因緣也假物爲因循物爲緣既無定趣非因緣矣真際曰因親緣疎故分二門

當知如是精覺妙明非因非緣亦非自然非不自然無非不非無是非是離一切相即一切法

温陵曰疊拂徧計真是精覺也因緣自然是非等相皆是妄情徧計分別精覺妙明本無是事故曰離一切相徧計既離則圓

成實體觸處現前故曰即一切法祖師所謂但離妄縁即如如佛又云是非已去了是非裏薦取此離一切相即一切法之意也吳興曰非因縁下不言非不因縁者以此中正破因縁故且置之無非不非無是非是者此顯覺性本無非與不非亦無是與非是上句謂因縁下句謂自然離則顯真非俗即乃觸境惟心亡然存然不可得而名焉

汝今云何於中措心以諸世間戲論名相而得分別如以手掌撮摩虛空秖益自勞虛空云何隨汝執捉

溫陵曰結上文而責滯情也精覺不可措心如虛空不可措手

阿難白佛言世尊必妙覺性非因非縁世尊云何常與比丘宣說見性具四種縁所謂因空因明因心因眼是義云何佛言阿難我說世間諸因縁相非第一義

溫陵曰縁生之法因空而有因明而顯因心而知因眼而見是乃世間名相於第一義皆爲戲論

阿難吾復問汝諸世間人說我能見云何名見云何不見阿難言世人因於日月燈光見種種相名之爲見若復無此三種光明則不能見阿難若無明時名不見者應不見暗若必見暗此但無明云何無見阿難若在暗時不見明故名爲不見今在明時不見暗相還名不見如是二相俱名不見若復二相自相陵奪非汝見性於中暫無如是則知二俱名見云何不見

吳興曰若必見暗等與初卷盲人覩暗見性是同所破有異前顯見性是心且破眼根能見今顯見性非明廣破因緣能見破緣既廣顯性實深由是下文談見見非見

是故阿難汝今當知見明之時見非是明見暗之時見非是暗見空之時見非是空見塞之時見非是塞

補註曰此明離緣之見即見精也向於八還文中且指見精爲不還者今於下文則遣之矣

四義成就汝復應知見見之時見非是見見猶離見見不能及云何復說因緣自然及和合相汝等聲聞狹劣無識不能通達清淨實相吾今誨汝當善思惟無得疲怠妙菩提路

溫陵曰四義成就等結上起下也吳興曰準前文云見明之時見非是明等皆以能見見於所見能非是所也例今見見之時義亦如是即以前之能見復爲今之所見蓋言真見見於見精之時真既無妄故曰見非是見也問見精屬妄何以真見復見於妄乎荅夫見精者映色之性也見雖屬妄其性元真當知見見之時無別所見只是見於見中之性耳然則若未見性性在見中同名見精若能見性性脫于見方名見見補註曰今圖簡便易曉且借見精作一眚字配成四句云見眚之時見非是眚見猶離眚眚不能及上二句與後經覺所覺眚覺非眚中同義下二句義連云何復說等文蓋謂真見尚離於見精故見精有所不能及何況因緣自然和合等說而能

及之哉汝等下責而勉之之辭也清淨實相即真見也又即前之精覺妙明也前舉精覺妙明既已盡拂因緣自然之計且以戲論分別如手摩空等語責之矣而阿難滯情未解再引世尊常說因緣以爲問難由是重拂因緣發明真見乃復責而勉之可謂詳且明矣然阿難終於慧目未開覺心未淨故又起後章之問也

阿難白佛言世尊如佛世尊爲我等輩宣說因緣及與自然諸和合相與不和合心猶未開而今更聞見見非見重增迷悶伏願弘慈施大慧目開示我等覺心明淨作是語已悲淚頂禮承受聖旨爾時世尊憐愍阿難及諸大衆将欲敷演大陀羅尼諸三摩提妙修行路告阿難言汝雖強記但益多聞於奢摩他微密觀照心猶未了汝今諦聽吾當爲汝分別開示亦令将来諸有漏者獲菩提果

孤山曰陀羅尼此云總持即慧性也三摩提此云正受即定性也定慧均平故云妙修行是趣果之要故喻以道路奢摩他三止也微密觀照三觀也經家所敘則先慧而後定如来所告則先定而後慧用顯圓融止觀體無二也吳興曰阿難所迷心境轉細如来所示觀照愈深故曰微密

阿難一切衆生輪迴世間由二顛倒分別見妄當處發生當業輪轉云何二見一者衆生別業妄見二者衆生同分妄見

溫陵曰二倒見妄即同別二見也由此見妄循造妄業故云當處發生隨業受報人天諸趣故云當業輪轉補註曰別業者一

人妄見也同分者多人妄見也故後文先引別業且喻阿難一人眼根之妄次連同分廣喻十方衆生根身器界同一妄耳

云何名爲別業妄見阿難如世間人目有赤眚夜見燈光別有圓影五色重疊

孤山曰目喻本具真智燈喻本具真理赤眚喻妄心圓影喻妄境境謂五陰故云五色重疊

於意云何此夜燈明所現圓光爲是燈色爲當見色阿難此若燈色則非眚人何不同見而此圓影惟眚之觀若是見色見已成色則彼眚人見圓影者名爲何等

補註曰五色圓影既非燈色又非見色惟彼見者目眚所成喻五陰妄境皆是衆生妄心所成也惟眚之觀謂獨有眚者見之也名爲何等謂若是見色見已成色則彼眚人見圓影者不得名爲見矣色即影也

復次阿難若此圓影離燈別有則合傍觀屏帳几筵有圓影出離見別有應非眼矚云何眚人目見圓影

温陵曰上即燈見既無實體此離燈見又無定處足知其妄矣

是故當知色實在燈見病爲影影見俱眚見眚非病終不應言是燈是見於是中有非燈非見如第二月非體非影何以故第二之觀捏所成故諸有智者不應說言此捏根元是形非形離見非見此亦如是目眚所成今欲名誰是燈是見何況分別非燈非見

補註曰前分兩節難破圓影一即燈見二離燈見至此牒結以顯其妄也第二月等

又復以喻明喻重疊結顯使知妄本無體不應窮詰也孤山曰色實在燈理體本真也見病爲影妄心成境也影見俱眚心境皆妄也見眚非病謂有智眚人知因目眚終不執言圓影實有故雖有眚不爲見病也譬圓初心無明雖在而達無明本自不有則無妄境可得也吳興曰詳夫目眚見燈之喻諸師並用法相配之未必然也今一往且順圓師所解應知如來舉此推破性執者正欲引例阿難目觀山河等皆是妄見義在下文其昭昭矣是形非形離見非見上句雙是形與非形下句雙離見與非見文略而互顯也是燈是見謂圓影由燈見而有即因緣義也非燈非見謂圓影離燈見而有即自然義也前文已破此重責之故曰今欲名誰等

云何名爲同分妄見阿難此閻浮提除大海水中間平陸有三千州正中大洲東西括量大國凡有二千三百其餘小洲在諸海中其間或有三兩百國或一或二至於三十四十五十阿難若復此中有一小洲只有兩國惟一國人同感惡緣則彼小洲當土衆生覩諸一切不祥境界或見二日或見兩月其中乃至暈適珮玦彗孛飛流負耳虹蜺種種惡相但此國見彼國衆生本所不見亦復不聞

溫陵曰不祥氣現惟災地見之乃同業妄感彼無災地不聞不見暈適珮玦日月之災象也彗孛飛流星辰之災象也負耳虹蜺陰陽之災象也惡氣環日曰暈日食曰適所謂適見于日月之災也珮玦謂妖氣

近日如環珮之狀星芒偏指曰彗如彗帚也芒氣四出曰孛孛孛然也絶迹而去曰飛光迹相連曰流陰陽之氣或背日如負旁日如耳或明而爲虹暗而爲蜺

阿難吾今爲汝以此二事進退合明阿難如彼衆生別業妄見矚燈光中所現圓影雖現似境終彼見者目眚所成眚即見勞非色所造然見眚者終無見咎

溫陵曰圓影無實則似境而已乃見勞目眚所成非燈色所造也

例汝今日以目觀見山河國土及諸衆生皆是無始見病所成見與見緣似現前境元我覺明見所緣眚覺見即眚本覺明心覺緣非眚

吴興曰無始見病如目眚也以法言之則阿賴耶識能見相分以惑言之正屬無明

補註曰以眼根及山河等境俱例圓影然則所指見病即無明也無明即覺明也上舉圓影無實乃目眚所成例今根境無實乃無始無明所成見與見緣下牒顯而詳釋也見即根見緣即境此根與境雖似現前實有而元非實有元我覺明見所緣眚之所成耳見所緣三字釋成覺明也此一見字即能見分謂此覺明能見其所緣者即眚也覺見即眚等謂有覺有見即爲眚病惟吾本覺明心能覺諸緣者非眚也蓋本覺如好眼覺明如青病根境如燈影耳

覺所覺眚覺非眚中此實見見云何復名覺聞知見是故汝今見我及汝并諸世間十類衆生皆即見眚非見眚者彼見真精性非眚

者故不名見

補註曰覺所覺下牒上覺緣非眚之意釋前見見非見之疑也所覺即覺明等也今吾覺其所覺是眚而吾真覺非墮眚中此實見見之時見非是見也真見如是云何復以覺聞知見眚中之事而名之哉是故下重明眚事彼見下重結見非是見也吳興曰云何復名覺聞知見者顯其離妄亦責其未悟也然佛所說二種顛倒分别見妄者由前阿難云世尊爲我宣說因緣及與自然心猶未開是故廣示别業同分所見之相皆是虛妄此即重破因緣自然二種之執也又阿難云而今更聞見見非見重增迷悶故今再示覺非眚中此實見見也閱此文者當曉大途

阿難如彼衆生同分妄見例彼妄見别業一人一病目人同彼一國彼見圓影眚妄所生此衆同分所見不祥同見業中瘴惡所起俱是無始見妄所生

溫陵曰引别業例同分引眚妄例瘴惡以明妄業雖異妄本不殊故曰俱是無始見妄所生吳興曰上文云吾今爲汝以此二事進退合明義見於此如彼衆生等進同例别也一病目人等退别例同也問何故作此例邪荅由别業中引目眚爲喻顯妄則易以因眚見影人皆知虛故同分中引瘴惡爲喻顯妄則難以因瘴覩相事皆如實故佛意欲彰同分之妄悉如别業之妄故有進退合明之說然目眚瘴惡所喻之法要顯阿難一人及閻浮提乃至十方衆

生妄見咸爾又同業中瘴惡之妄猶易可知諸有漏國及諸衆生虛妄病緣其實難信是故經文從狹至廣以易例難展轉相濟也如此

例閻浮提三千洲中兼四大海娑婆世界并洎十方諸有漏國及諸衆生同是覺明無漏妙心見聞覺知虛妄病緣和合妄生和合妄死

溫陵曰上以一人例一國此以一國例大千合顯器界根身無非見病和合妄起也覺明無漏妙心即依真起妄者吳興曰真妄和合故有生死偏言妄者真如在迷故若能遠離諸和合緣及不和合則復滅除諸生死因圓滿菩提不生滅性清淨本心本覺常住

吳興曰不和合者有似自然下文所破其義頗異

阿難汝雖先悟本覺妙明性非因緣非自然性而猶未明如是覺元非和合生及不和合

補註曰阿難前云因緣自然諸和合相與不和合心猶未開如來乃就同別二見文中重破因緣自然二種之執意謂阿難之心必已悟矣但和合等義疑猶未明故此下因辨覺元而重與明之先悟者已悟也

阿難吾今復以前塵問汝汝今猶以一切世間妄想和合諸因緣性而自疑惑證菩提心和合起者則汝今者妙淨見精爲與明和爲與暗和爲與通和爲與塞和

吳興曰菩提心者覺性也上文云而猶未明如是覺元非和合生等古人以佛果菩

提解者謬矣溫陵曰則汝下意謂設有所和即涉妄塵而不名妙淨矣

若明和者且汝觀明當明現前何處雜見見相可辨雜何形像若非見者云何見明若即見者云何見見必見圓滿何處和明若明圓滿不合見和見必異明雜則失彼性明名字雜失明性和明非義彼暗與通及諸羣塞亦復如是

資中曰明屬前相見屬內心齊何處所而論其雜見之與相目擊可分明見相雜作何形像溫陵曰若非下謂明若非見不能見明此疑若相雜也明若即見誰爲能見又非雜矣此章皆明浮塵幻相一無實體不容窮詰必見下謂惟見與明體必圓滿不合相和蓋和則間雜不圓滿矣見必異明下牒上結成非和也孤山曰性謂見性見被明雜豈得名見明被見雜豈得名明和雜既失明性兩名則知謂見和明不成義理故云和明非義彼暗與通下知非與明和則餘皆非也

復次阿難又汝今者妙淨見精爲與明合爲與暗合爲與通合爲與塞合若明合者至於暗時明相已滅此見即不與諸暗合云何見暗若見暗時不與暗合與明合者應非見明既不見明云何明合了明非暗彼暗與通及諸羣塞亦復如是

資中曰上明和義如水和土今明合義如蓋合函溫陵曰和則雜而不辨合則附而不離合則不離故明相滅時見亦隨滅不復合暗若不合暗而能見暗則與明合時

應非見明然既不見明云何言與明合云何了明非暗邪合義不成則菩提心非和合起矣

阿難白佛言世尊如我思惟此妙覺元與諸緣塵及心念慮非和合耶

真際曰若和合不成即非和合形對必然故也此計真妄二法了不相觸吳興曰中論破計不出四性謂自他共無因也初破自然即無因也次破因緣即自他共也如以明暗空塞推於因緣正約他性又阿難所執空明心眼四種因緣空明即他心眼即自又佛說同別二種見境見亦自也境亦他也既有自他必含共性但由共性難破是故更作和合而說然則非和合義亦從自他開出為防末習委曲搜揚耳問此與前七處推心四性何別荅七處四性都未涉真但破第六識心分別較計今自然等皆依覺性破妄顯真微密觀照於茲見矣

佛言汝今又言覺非和合吾復問汝此妙見精非和合者為非明和為非暗和為非通和為非塞和若非明和則見與明必有邊畔汝且諦觀何處是明何處是見在見在明自何為畔阿難若明際中必無見者則不相及自不知其明相所在畔云何成彼暗與通及諸羣塞亦復如是

溫陵曰若非下謂和則同而無畔非和則異故必有畔且求畔不得非非和矣阿難下謂相及乃有畔畔義不成非非和矣

又妙見精非和合者為非明合為非暗合為

非通合爲非塞合若非明合則見與明性相乖角如耳與明了不相觸見且不知明相所在云何甄明合非合理彼暗與通及諸羣塞亦復如是

吳興曰非和約體不相入故以際畔推之非合約性自差別故以乖角破之溫陵曰以爲非合則根境乖背既不知明亦不顯見二體既無從何甄別合與非合之理邪資中曰自徵心辨見以來齊此廣破人執此下陰入處界等文破法執也

阿難汝猶未明一切浮塵諸幻化相當處出生隨處滅盡幻妄稱相其性真爲妙覺明體如是乃至五陰六入從十二處至十八界因緣和合虛妄有生因緣別離虛妄名滅殊不能知生滅去來本如來藏常住妙明不動周圓妙真如性性真常中求於去來迷悟生死了無所得

溫陵曰明暗通塞合非合理皆所謂浮塵幻相和合妄起和合妄滅故當處出生隨處滅盡本無有生亦無和合則幻妄稱相而已幻無自性依真而立如華起空全體即空如泡生水全體即水故曰其性真爲妙覺明體近取諸身遠取諸物莫不皆然故曰如是乃至等也如來藏者當人法身妙性也依果而稱曰如來含攝衆德曰藏未嘗去來曰常住暗不能昏曰妙明不隨生滅曰不動無不徧足曰周圓妙萬物而至神性一切而不異曰妙真如性能見是性則迷悟生死了不可得矣問真常之性人人本具既無去來生死柰何今之實有

邪荅不真常則有真常則不有譬之空水目病則華風擊則泡豈其真常哉若晴明澄湛乃謂真常於明湛中靜求華泡夫何所得能審乎此則不疑聖言惟務了幻妄而復真常也孤山曰五陰等諸經皆列三科謂陰處界以對愚根樂各有三故而今有四更加六入只是破十二處中內六處耳隨機增減何必定三此並色心開合之殊廣上浮塵諸幻化相也

阿難云何五陰本如来藏妙真如性

長水曰梵語塞健陀此云蘊古翻為陰蘊謂積聚陰謂盖覆積聚有為盖覆真性

阿難譬如有人以清淨目觀晴明空惟一晴虛逈無所有其人無故不動目睛瞪以發勞則於虛空別見狂華復有一切狂亂非相色陰當知亦復如是

孤山曰淨目況本具真智晴空況本具真理惟一晴虛即理智一如也逈無所有絕九界妄色也其人喻衆生也背真合妄故曰無故不動目睛妄心取着也瞪以發勞妄惑潤業也於妙性中現九界色故曰於空見狂華等溫陵曰狂華喻色陰狂相喻色境皆妄感也

阿難是諸狂華非從空来非從目出如是阿難若空来者既從空来還從空入若有出入即非虛空空若非空自不容其華相起滅如阿難體不容阿難若目出者既從目出還從目入即此華性從目出故當合有見若有見者去既華空旋合見眼若無見者出既翳空旋當翳眼又見華時目應無翳云何晴空號

清明眼

温陵曰若有出入則有實體故非虚空非空則實故如阿難體更無所容此辨狂華不因空生也若華從目出則得目之性故應有見今旋時既不見眼又不翳眼非目出矣又若華從目出則華在空時目應無翳云何見華目尚有翳必見晴空無華方號清明眼邪此辨狂華不因目出也

是故當知色陰虚妄本非因緣非自然性

温陵曰既了幻華無因當知色陰虚妄本非因緣自然即如来藏妙真如性餘四例此資中曰若知華相即空則顯色陰本如来藏

阿難譬如有人手足宴安百骸調適忽如忘生性無違順其人無故以二手掌於空相摩於二手中妄生澁滑冷熱諸相受陰當知亦復如是

温陵曰觸情於境納境於心曰受宴安調適性無違順喻藏性本無諸受也二手空摩妄生澁滑喻妄觸引起諸受也忘生如圓覺所謂忽忘我身言調適之至也

阿難是諸幻觸不從空来不從掌出如是阿難若空来者既能觸掌何不觸身不應虚空選擇来觸若從掌出應非待合又掌出故合則掌知離則觸入臂腕骨髓應亦覺知入時蹤跡必有覺心知出知入自有一物身中往来何待合知要名為觸是故當知受陰虚妄本非因緣非自然性

温陵曰空體常徧不應有擇掌當自出不應有待又若從掌出出必有入然合而出

時掌雖有知離而入時臂且不覺既無定實全一虛妄耳

阿難譬如有人談說酢梅口中水出思蹋懸崖足心酸澁想陰當知亦復如是

溫陵曰想無實相由心成相說梅思崖無實相也口水足酸由心成相也凡想如之

阿難如是酢說不從梅生非從口入如是阿難若梅生者梅合自談何待人說若從口入自合口聞何須待耳若獨耳聞此水何不耳中而出想蹋懸崖與說相類是故當知想陰虛妄本非因緣非自然性

溫陵曰人談梅而口水梅不能談則計梅出者妄也耳聞梅而心想口不能聞則計口入者妄也耳聞梅而耳無水則計說計聞皆妄也補註曰談梅口水者因聞他人說梅而吾口水出思崖足酸者吾自思耳真際曰與說相類者應云如是思蹋非懸崖来非足心入若從崖来崖合自想何待人思若從足入足合自思何待心想若獨心思何故足心覺有酸澀

阿難譬如瀑流波浪相續前際後際不相踰越行陰當知亦復如是

溫陵曰妙湛妄動隨境轉徙念念遷謝新新不停故名行陰而譬瀑流也以念念生滅後不至前故曰不相踰越

阿難如是流性不因空生不因水有亦非水性非離空水如是阿難若因空生則諸十方無盡虛空成無盡流世界自然俱受淪溺若因水有則此瀑流性應非水有所有相今應現在若即水性則澄清時應非水體若離空

水空非有外水外無流是故當知行陰虛妄本非因緣非自然性

溫陵曰牒釋流性不因空水非即非離以明行陰無實體也有所有相謂流應離水別有體相也空非有外水流其間水外無流流終依水則非離空水矣資中曰若因水有下謂若因其水別有流性因果性別則瀑流性不應是水能有是水所有是流二相若殊俱應現在

阿難譬如有人取頻伽缾塞其兩孔滿中擎空千里遠行用餉他國識陰當知亦復如是

檇李曰頻伽好聲鳥也缾形象之孤山曰缾喻妄業空喻妄識業牽識走如缾擎空行捨身受身喻以遠行現陰如此國中陰生陰悉如他國

阿難如是虛空非彼方來非此方入如是阿難若彼方來則本缾中既貯空去於本缾地應少虛空若此方入開孔倒缾應見空出是故當知識陰虛妄本非因緣非自然性

孤山曰虛空非從彼方來入此方若缾盛空從彼入此何故彼方不見空少此方不見空出溫陵曰性空真覺周徧法界一迷爲識故如缾中之空耳內外一空喻性識一體塞其兩孔喻妄分同異也空無來往不可擎餉喻性無生滅亦無捨受今言擎餉者比迷性爲識妄隨流轉之狀也身心萬法即如來藏妙真如性道嫌揀擇理忘情謂凡有言說皆爲戲論擬心動念盡涉迷倒大覺將與覺之故此卷之初權且明正倒辨緣影擇見精示真量一就其迷倒

情計為之拂心眼之塵翳洗肺腸之垢濁使心境灑落真妄兩忘然後融會入如来藏遂知根塵處界法法無非妙真如性此第二及第三卷大旨也

大佛頂如来密因修證了義諸菩薩萬行首楞嚴經會解卷第四

音釋

暈（於問切，日月傍氣也）　適（陟革切，往也）　珮（蒲昧切，玉珮也）　玦（居穴切）

虹（戶工切，螮蝀也）　蜺（五兮切，寒蟬）　澁（色立切，與澀同）　酢（倉故切，醬酸也）

大佛頂如来密因修證了義諸菩薩萬行首
楞嚴經會解卷第五

天竺沙門般剌密帝譯
烏萇國沙門彌伽釋迦譯語
菩薩戒弟子前正議大夫同中書門下平
章事房融筆受

師子林沙門　惟則　會解

復次阿難云何六入本如来藏妙真如性

長水曰梵語鉢羅吠奢此云入亦云處境入之處也亦是識生處故然根境二法俱識生處今分六根別破故惟以根為入也

阿難即彼目睛瞪發勞者兼目與勞同是菩提瞪發勞相

吳興曰前色陰中辟如目睛瞪以發勞則於虛空別見狂花等相盖以目喻真以勞喻妄以華喻色今指前喻故云即彼目睛等兼目與勞下斯取前文能喻之根便為此中所喻之法以彼勞目正是眼入虛妄之相故當知眼入乃至意入皆如空華故六入文并云同是菩提瞪發勞相問何不直就根塵推破見性而須指前勞目之事乎荅夫根塵偏迷悟必從要故指凡夫易觧之妄事用開阿難未了之執情向下塞耳聞聲畜鼻覺觸例亦如是

因于明暗二種妄塵發見居中吸此塵象名為見性此見離彼明暗二塵畢竟無體如是阿難當知是見非明暗来非於根出不於空生何以故若從明来暗即隨滅應非見暗若從暗来明即隨滅應無見明若從根生必無明暗如是見精本無自性若於空出前矚塵

象歸當見根又空自觀何關汝入是故當知眼入虚妄本非因緣非自然性

溫陵曰因塵發見因根吸塵故名眼入然離塵無體足知虚妄乃至云非明暗来非根出等既無所從則非因緣自然本如来藏妙真如性矣補註曰按環師科經此有三科即彼目睛下依真起妄因于明暗下辨妄無實是故當知下了妄即真蓋謂妄無自性全體即真也餘五例此

阿難譬如有人以兩手指急塞其耳耳根勞故頭中作聲無耳與勞同是菩提瞪發勞相

吴興曰譬如者此以假設其事曉訓令悟故云譬如非取比況之義也下文亦尔

因于動靜二種妄塵發聞居中吸此塵象名聽聞性此聞離彼動靜二塵畢竟無體如是

阿難當知是聞非動靜来非於根出不於空生何以故若從靜来動即隨滅應非聞動若從動来靜即隨滅應無覺靜若從根生必無動靜如是聞體本無自性若於空出有聞成性即非虚空又空自聞何關汝入是故當知耳入虚妄本非因緣非自然性

孤山曰耳聞動靜猶目見明暗也諸經所說對聲有聞緣明有見今文了義靜亦名聞暗亦名見鼻聞通塞意知生滅例亦如是

阿難譬如有人急畜其鼻畜久成勞則於鼻中聞有冷觸因觸分别通塞虚實如是乃至諸香臭氣無鼻與勞同是菩提瞪發勞相因于通塞二種妄塵發聞居中吸此塵象名嗅聞性此聞離彼通塞二塵畢竟無體當知是

聞非通塞来非於根出不於空生何以故若從通来塞則聞滅云何知塞如因塞有通則無聞云何發明香臭等觸若從根生必無通塞如是聞機本無自性若從空出是聞自當廻齅汝鼻空自有聞何關汝入是故當知鼻入虛妄本非因緣非自然性

溫陵曰畜縮氣也冷因畜有不畜本無鼻入之妄皆如是也吳興曰機者弩牙也根有發聞之義故取譬之

阿難譬如有人以舌舐吻熟舐令勞其人若病則有苦味無病之人微有甜觸由甜與苦顯此舌根不動之時淡性常在兼舌與勞同是菩提瞪發勞相因甜苦淡二種妄塵發知居中吸此塵象名知味性此知味性離彼甜苦及淡二塵畢竟無體如是阿難當知如是嘗苦淡知非甜苦来非因淡有又非根出不於空生何以故若甜苦来淡則知滅云何知淡若從淡出甜即知亡復云何知甜苦二相若從舌生必無甜淡及與苦塵斯知味根本無自性若於空出虛空自味非汝口知又空自知何關汝入是故當知舌入虛妄本非因緣非自然性阿難譬如有人以一冷手觸於熱手若冷勢多熱者從冷若熱功勝冷者成熱如是以此合覺之觸顯於離知涉勢若成因于勞觸兼身與勞同是菩提瞪發勞相因于離合二種妄塵發覺居中吸此塵象名知覺性此知覺體離彼離合違順二塵畢竟無體如是阿難當知是覺非離合来非違順有不於根出又非空生何以故若合時来離當已滅云何覺離違順二相亦復如是若從根

出必無離合違順四相則汝身知元無自性必於空出空自知覺何關汝入是故當知身入虛妄本非因緣非自然性

溫陵曰身入主觸然觸無自性猶如二手冷熱相涉兩無定勢足知其妄也手不自觸因合覺觸故曰合覺之觸合不自合因離知合故曰顯於離知涉勢若成等者謂以熱涉冷使冷成熱亦則勞觸而已

阿難譬如有人勞倦則眠睡熟便寤覽塵斯憶失憶為忘是其顛倒生住異滅吸習中歸不相踰越稱意知根兼意與勞同是菩提瞪發勞相

吳興曰寤則覽塵斯憶睡則失憶為忘又睡中有夢寤中有忘皆是覽塵失憶之相憶之則生忘之則滅故下文云因于生滅二種妄塵也以妄對真即是顛倒此二妄塵復為生住異滅四種細相吸習此相中歸意根四相刹那前後不離故曰不相踰越

因于生滅二種妄塵集知居中吸撮內塵見聞逆流流不及地名覺知性此覺知性離彼寤寐生滅二塵畢竟無體

孤山曰前舉四相此惟二者以生攝住以滅收異而且以憶者為生忘者為滅內塵法塵也見聞逆流者以憶故則能逆緣落謝五塵即覽塵斯憶也流不及地者以忘故則成緣於思不及處即失憶為忘也又解眼等五根但緣現境惟意知根能緣過去乃是流入五根不及之地雖通兩釋前義為正

如是阿難當知如是覺知之根非寤寐来非生滅有不於根出亦非空生何以故若從寤来寐即隨滅將何爲寐必生時有滅即同無令誰受滅若從滅有生即滅無誰知生者若從根出寤寐二相隨身開合離斯二體此覺知者同於空華畢竟無性若從空生自是空知何關汝入是故當知意入虛妄本非因緣非自然性

資中曰列子云其悟也形開其寐也形交交即合也寤寐二相自是形之開合汝覺知性則無別體故云同於空華補註曰將何爲寐令誰受滅爲受二字當作知字寤寐當互破但文略耳

復次阿難云何十二處本如来藏妙真如性

孤山曰前六入破六根雖以塵對辨而正意在根今十二處雖根塵互破正破在塵後十八界雖根境識三相對推破而正意惟在六識也吳興曰初五陰中以喻比法用破執情次六入中指假設事顯其妄相今十二處乃至七大即於現前見聞之境及近所目擊者示其藏性是則經文從疎洎親去假就實善巧開發之義了然可別矣

阿難汝且觀此祇陀樹林及諸泉池於意云何此等爲是色生眼見眼生色相阿難若復眼根生色相者見空非色色性應銷銷則顯發一切都無色相既無誰明空質空亦如是若復色塵生眼見者觀空非色見即銷亡亡則都無誰明空色是故當知見與色空俱無處所即色與見二處虛妄本非因緣非自然

性

温陵曰眼能生色則眼為色性然見空之時既無色相則色性應銷眼中之色性既銷則顯發一切都無色相矣且色空二法對待而顯色相既無何以顯空故曰誰明空質然則計眼生色處者妄也空亦如是者因色例空亦無定處也若復色塵下謂色能生見則觀空之時見無所生故曰銷亡亡即無見誰明空色然則計色生眼處者妄也

阿難汝更聽此祇陀園中食辦擊鼓衆集撞鐘鐘鼓音聲前後相續於意云何此等為是聲来耳邊耳往聲處阿難若復此聲来於耳邊如我乞食室羅筏城在祇陀林則無有我此聲必来阿難耳處目連迦葉應不俱聞何況其中一千二百五十沙門一聞鐘聲同来食處若復汝耳往彼聲邊如我歸住祇陀林中在室羅城則無有我汝聞鼓聲其耳已往擊鼓之處鐘聲齊出應不俱聞何況其中象馬牛羊種種音響若無来生亦復無聞是故當知聽與音聲俱無處所即聽與聲二處虛妄本非因緣非自然性

温陵曰如我入城祇林無我喻聲来耳邊則餘處無聲然千衆皆聞則聲處無實矣若復汝耳下謂如我歸林城中無我喻耳往聲處則餘處無耳然異音皆聞則耳處無實矣孤山曰若無来往下謂聲不来耳耳不往聲聞義不立

阿難汝又齅此爐中栴檀此香若復然於一銖室羅筏城四十里内同時聞氣於意云何

此香為復生栴檀木生於汝鼻為生於空阿難若復此香生於汝鼻稱鼻所生當從鼻出鼻非栴檀云何鼻中有栴檀氣稱汝聞香當於鼻入鼻中出香說聞非義若生於空空性常恒香應常在何藉爐中爇此枯木若生於木則此香質因爇成煙若鼻得聞合蒙煙氣其煙騰空未及遥遠四十里內云何已聞是故當知香鼻與聞俱無處所即齅與香二處虛妄本非因緣非自然性

溫陵曰鼻非栴檀非鼻生也藉爇而有非空生也香質木也烟非木也離木離烟又遠四十里聞香豈木生哉既非鼻非空非木無實處矣檇李曰此中義理稍難成立且鼻舌身三者是合中知也設四十里內聞香亦是香有殊勝之力其氣遠騰彼合之處久久方聞而言不待鼻蒙烟氣等甚與教相及現量相違若約互用自在壞法相說又非此意今此釋者恐取聖人根力強利能速疾遠聞不取凡常鈍劣者說理實必須氣通於鼻方得成聞經中一往據麄顯邊似不到鼻故作斯破吳興曰敏師一往之說其實然也若爾但是香有殊勝之力不須更取聖人根力強利也如法華經云此香六銖價直娑婆世界不亦勝乎

阿難汝常二時衆中持鉢其間或遇酥酪醍醐名為上味於意云何此味為復生於空中生於舌中為生食中阿難若復此味生於汝舌在汝口中只有一舌其舌爾時已成酥味遇黑石蜜應不推移若不變移不名知味若變移者舌非多體云何多味一舌之知若生

於食食非有識云何自知又食自知即同他食何預於汝名味之知若生於空汝噉虛空當作何味必其虛空若作鹹味既鹹汝舌亦鹹汝面則此界人同於海魚既常受鹹了不知淡若不識淡亦不覺鹹必無所知云何名味是故當知味舌與嘗俱無處所即嘗與味二俱虛妄本非因緣非自然性

温陵曰生於汝舌下謂舌無定味又非多體則味不生於舌矣石蜜沙糖也堅如沙石若生於食下謂食不自知因舌知味縱食能知則知不在汝便同他食汝無所預何名知味理既不然則味不生於食矣若生於空下謂虛空無味則味不生於空矣

阿難汝常晨朝以手摩頭於意云何此摩所知誰為能觸能為在手為復在頭若在於手頭則無知云何成觸若在於頭手則無用云何名觸若各各有則汝阿難應有二身若頭與手一觸所生則手與頭當為一體若一體者觸則無成若二體者觸誰為在在能非所在所非能不應虛空與汝成觸是故當知覺觸與身俱無處所即身與觸二俱虛妄本非因緣非自然性

温陵曰觸因根境能所相感而獨依根明者示萬法一體由妄分能所故有妄觸然在手在頭初無定處即身與觸處皆虛妄矣若各各有下二者合辨身觸二處皆無實矣觸則無成者謂觸須二物一則不成非所非能言皆無實處

阿難汝常意中所緣善惡無記三性生成法則此法為復即心所生爲當離心別有方所

阿難若即心者法則非塵非心所緣云何成
處
温陵曰善惡緣慮心也無記昏住心也意
緣不出此三而吸撮内塵成所緣法故曰
生成法則若即心者下謂法若即心則不
屬塵既非所緣何成法處
若離於心別有方所則法自性為知非知知
則名心異汝非塵同他心量即汝即心云何
汝心更二於汝若非知者此塵既非色聲香
味離合冷暖及虛空相當於何在今於色空
都無表示不應人間更有空外心非所緣處
從誰立是故當知法則與心俱無處所則意
與法二俱虛妄本非因緣非自然性
温陵曰法塵非相因意知顯故問為知非
知知則屬心然體異於汝又且非塵故同
他心量設若非知然此法塵既非色等特
由知發今既非知處當何在既色空之内
無所表顯不應存於色空之外况空又非
有外也則心緣法處終無實矣孤山曰即
汝即心者防轉計也云何下難也汝心惟
一云何有二根塵俱知是二心也離合冷
暖者觸塵也
復次阿難云何十八界本如來藏妙真如性
温陵曰根塵識三各六分内外中為界孤
山曰界者因也種族也
阿難如汝所明眼色為緣生於眼識此識為
復因眼所生以眼為界因色所生以色為界
吳興曰如汝所明者小乘所解因緣生法
皆是實有不了即空今據彼計之用破其
執也他皆放此

阿難若因眼生既無色空無可分別縱有汝識欲將何用汝見又非青黃赤白無所表示從何立界若因色生空無色時汝識應滅云何識知是虛空性若色變時汝亦識其色相遷變汝識不遷界從何立從變則變界相自無不變則恒既從色生應不識知虛空所在若兼二種眼色共生合則中離離則兩合體性雜亂云何成界是故當知眼色為緣生眼識界三處都無則眼與色及色界三本非因緣非自然性

溫陵曰若獨因眼不有色空則識無所緣見無所表界無所立非因眼矣若因色生當隨色滅色滅空現當不識知矣若亦識知則是色相遷變汝識獨存獨則無鄰界從何立非因色矣從變下牒難變則無體故界相自無若不隨變則識性常一當一於色應不識空理又不然非從色生矣若眼色兼合共生識界當半有知半無知故曰中離若中離者半合根半合境故曰兩合二義推窮皆不成界既不因色亦不兼二諸妄併除藏性自顯餘五例此孤山曰體性雜亂謂根境兩屬乖種族也

阿難又汝所明耳聲為緣生於耳識此識為復因耳所生以耳為界因聲所生以聲為界阿難若因耳生動靜二相既不現前根不成知必無所知知尚無成識何形貌若取耳聞無動靜故聞無所成云何耳形雜色觸塵名為識界則耳識界復從誰立

長水曰若因耳生等破勝義根也若無前境根自無知若實無知更有何識若取耳

聞等破浮塵根也設取浮塵之耳容有聞者若無動靜亦不成聞云何將此可見浮塵雜色觸法為識界耶則耳下雙質二根也溫陵曰雜色觸塵謂耳形雜物色觸聲塵而已

若生於聲識因聲有則不關聞無聞則亡聲相所在識從聲生許聲因聞而有聲相聞應聞識不聞非界聞則同聲識已被聞誰知聞識若無知者終如草木不應聲聞雜成中界界無中位則內外相復從何成是故當知耳聲為緣生耳識界三處都無則耳與聲及聲界三本非因緣非自然性

長水曰聲能生識何假於聞若無於聞聲亦不有縱謂識從聲生又許因根有相則聞聲時即是聞識若不聞識則非界義若聞於識識則同聲既能了之識作所聞之境誰為能知知此聞識溫陵曰若無知者下謂能聞而無知則如草木矣亦不可也不應聲聞等謂依根依境單論既非不應二者合成識界而為中位中位既無邊界何立

阿難又汝所明鼻香為緣生於鼻識此識為復因鼻所生以鼻為界因香所生以香為界阿難若因鼻生則汝心中以何為鼻為取肉形雙爪之相為取齅知動搖之性若取肉形肉質乃身身知即觸名身非鼻名觸即塵鼻尚無名云何立界

孤山曰若取肉形下破浮塵根也溫陵曰名身則非鼻名觸則屬身根所對之塵故曰鼻尚無名也

若取齅知又汝心中以何爲知以肉爲知則肉之知元觸非鼻以空為知空則自知肉應非覺知是則應虛空是汝汝身非知今日阿難應無所在以香為知知自屬香何預於汝若香臭氣必生汝鼻則彼香臭二種流氣不生伊蘭及栴檀木二物不來汝自嗅鼻為香為臭臭則非香香應非臭若香臭二俱能聞者則汝一人應有兩鼻對我問道有二阿難誰為汝體若鼻是一香臭無二臭既為香香復成臭二性不有界從誰立

孤山曰破勝義也溫陵曰肉質之知屬身故曰元觸非鼻虛空之質屬空故曰肉應非覺伊蘭臭樹也吳興曰從二物不來下以根從境破境既有二根應成兩先定之云為香為臭次責云臭則非香香應非臭意在俱聞惟兩鼻之失也若鼻是一復以境從根破根既惟一境云何二二性不立識界奚存已上皆破根生也問既云以香為知知自屬香豈非破境邪荅斯蓋對根而說正破勝義下文不對根辨方破境生也

若因香生識因香有知眼有見不能觀眼因香有故應不知香知即非生不知非識香非知有香界不成識不知香因界則非從香建立既無中間不成內外彼諸聞性畢竟虛妄是故當知鼻香為緣生鼻識界三處都無則鼻與香及香界三本非因緣非自然性

溫陵曰眼識因眼而有既不能見眼鼻識因香而有應不知香若曰能知即非香生若曰不知即不名識皆不可也香非知有下謂香不因根則不成香界識不知香則

不成識界孤山曰中間識也内外根境也
阿難又汝所明舌味為緣生於舌識此識為
復因舌所生以舌為界因味所生以味為界
阿難若因舌生則諸世間甘蔗烏梅黃連石
鹽細辛薑桂都無有味汝自嘗舌為甜為苦
若舌性苦誰來嘗舌舌不自嘗孰爲知覺舌
性非苦味自不生云何立界
温陵曰甘蔗等舉五味也味因舌嘗若舌
本苦則無能嘗者孰爲識體若舌本淡既
不因境味無所生無味與對從何立界此
計識因舌生者妄也
若因味生識自為味同於舌根應不自嘗云
何識知是味非味又一切味非一物生味既
多生識應多體識體若一體必味生鹹淡甘
辛和合俱生諸變異相同為一味應無分別
分別既無則不名識云何復名舌味識界不
應虛空生汝心識
温陵曰識自為味謂識即味也同於舌根
謂識不自嘗也又一切味下謂識因味生
則味多識亦應多識一味亦應一體必味
生者牒定識因味生也鹹淡甘辛同為一
味者結成識一味亦應一也異識既一異
味既同則無分別無別則非識非識則無
界此計識因味生者妄也吳興曰鹹淡甘
辛略舉四味詳則有六更加苦酢言和合
者衆味共成也俱生者本性不易也變異
者燒煮異本也
舌味和合即於是中元無自性云何界生是
故當知舌味為緣生舌識界三處都無則舌
與味及舌界三本非因緣非自然性

孤山曰初因舌是破自生二因味是破他生三不應虛空是破無因生四舌味和合是破共生前後諸文皆爾此中最顯

阿難又汝所明身觸為緣生於身識此識為復因身所生以身為界因觸所生以觸為界

阿難若因身生必無合離二覺觀緣身何所識若因觸生必無汝身誰有非身知合離者

溫陵曰覺觀即身識而以合離二境為緣若無緣則無識是則因境非因身也若因觸生下謂若無身則不知合離是又因身非因境也

阿難物不觸知身知有觸知身即觸知觸即身即觸非身即身非觸身觸二相元無處所合身即為身自體性離身即是虛空等相內外不成中云何立中不復立內外性空即汝識生從誰立界是故當知身觸為緣生身識界三處都無則身與觸及身界三本非因緣非自然性

溫陵曰物不觸知身知有觸者徒觸不能生知因身然後知觸此明身識由根境合顯也合則當知身即觸也觸即身也若身即觸則身非身矣若觸即身則觸非觸矣身觸互奪故無處所合身則無觸位故即為身體離身則無觸用故即同虛空然則內外中間之位皆不成立矣

大佛頂如來密因修證了義諸菩薩萬行首楞嚴經會解卷第五

音釋

舐 神帋切以舌取物也 吻 武粉切口丨也 撮 倉括切取物也 鹽 音閻鹹也

大佛頂如来密因脩證了義諸菩薩萬行首楞嚴經會解卷第六

阿難又汝所明意法爲緣生於意識此識爲復因意所生以意爲界因法所生以法爲界阿難若因意生於汝意中必有所思發明汝意若無前法意無所生離緣無形識將何用

溫陵曰意識發於所思意根生於法塵二者皆屬前境離此則根無形識無用是必因境計根生者妄也

又汝識心與諸思量兼了別性爲同爲異同意即意云何所生異意不同應無所識若無所識云何意生若有所識云何識意惟同與異二性無成界云何立

溫陵曰又辨根識混濫不成因界也同則無復能所異則不能有識二既混濫已無自性則界無所立矣吴興曰俱舍論云集起名心籌量名意了別名識此文識心同彼第一即意根也思量兼了別性同彼第二第三即意根所生之識也彼第二亦云意者盖識之異名耳故婆沙中明心意識三無有差別如火名焰亦名爲熾亦名燒薪是知意識名同但約先後以分二義也同意下謂若識同意云何復有能生所生異意下謂若異意則應所生同於無情若無下謂又縱計云所生無識則與能生體性非類若有下謂又若救云所生有識此識既無前法可緣必須反識其意意若爲境根義不成補註曰若有所識云何識意者若異意而又自有識則何名意識盖識意語倒也

若因法生世間諸法不離五塵汝觀色法及諸聲法香法味法及與觸法相狀分明以對五根非意所攝汝識決定依於法生汝今諦觀法法何狀若離色空動靜通塞合離生滅越此諸相終無所得生則色空諸法等生滅則色空諸法等滅所因既無因生有識作何形相相狀不有界云何生

資中曰以五塵之法各配五根離五塵外意無別法長水曰法法者法塵之法也檇李曰色空動靜通塞即色聲香三塵也合離即味觸兩塵生滅即法塵然生滅但是五塵通相離五無體故云生則諸法生滅則諸法滅也補註曰所因者即法塵也所因之法自無實狀則因之生識復作何狀耶狀不有則界亦亡矣此闕根境合辨之

科高麗幻師以所因既無等科爲合辨然未有的據姑從闕之

是故當知意法爲緣生意識界三處都無則意與法及意界三本非因緣非自然性

温陵曰既非因緣自然是謂妙眞如性也前近取諸身顯如來藏故依陰入處界四科以明雖悟一身未融萬法根境尚異見性未圓後復遠取諸物圓示藏性故依地水火風空見識七大以明使悟物我同根是非一體法法圓成塵塵周徧法界頌云若人欲識眞空理身内眞如還徧外情與無情共一體處處皆同眞法界此七大之大旨也謂之大者以性圓周徧含裹十方爲義所以有七者萬法生成不離四大而依空建立因見有覺因識有知故也前五

無情所具後二有情兼之今舉其七則萬法該矣然彼大性先非水火亦非空識全一如来藏體循業發現而已七大既爾萬法皆然凡我依正先非根身亦非器界皆即循業之相性真圓融初無生滅所以阿難蒙佛開示身心蕩然得無罣礙了知世間諸所有物皆即妙心含裹十方反觀幻身起滅無從獲本妙心常住不滅

阿難白佛言世尊如来常說和合因緣一切世間種種變化皆因四大和合發明云何如来因緣自然二俱排擯我今不知斯義所屬惟垂哀愍開示衆生中道了義無戲論法

温陵曰此依權教問難由四大發起七大因緣自然之義也孤山曰阿難執昔所談世諦疑今所演第一義諦將恐衆生聞昔和合則滞於有聞今排擯則溺於空不達中道動成戲論故請開示

爾時世尊告阿難言汝先厭離聲聞緣覺諸小乗法發心勤求無上菩提故我今時為汝開示第一義諦如何復將世間戲論妄想因緣而自纒繞汝雖多聞如說藥人真藥現前不能分別如来說為真可憐愍汝今諦聽吾當為汝分別開示亦令當来脩大乗者通達實相阿難黙然承佛聖旨阿難如汝所言四大和合發明世間種種變化阿難若彼大性體非和合則不能與諸大雜和猶如虚空不和諸色若和合者同於變化始終相成生滅相續生死死生生生死死如旋火輪未有休息

吳興曰若彼大性下破非和合之疑也以

阿難既執和合疑非和合故今破之意云若謂四大之性不和四大之相斯則性居相外二不相雜故曰猶如虚空不和諸色此約真如隨緣不同頑空之性也若和合者下破和合也既破非和恐計於合故復破之此約真如不變不同變化等相也温陵曰旋火之輪無有實體喻虚妄相成相續之相也

阿難如水成氷氷還成水

温陵曰直示大性非和不和之理而起後文故復召告也夫水何和而成氷氷何和而成水七大之性不因和合循業發現如此而已

汝觀地性麤爲大地細爲微塵至鄰虚塵析彼極微色邊際相七分所成更析鄰虚即實空性

温陵曰塵之細者曰微細之又細曰極微微之又微曰鄰虚極微之塵猶有微色故名色邊際相析極微爲七分則微色殆虚故名鄰虚

阿難若此鄰虚析成虚空當知虚空出生色相汝今問言由和合故出生世間諸變化相汝且觀此一鄰虚塵用幾虚空和合而有不應鄰虚合成鄰虚又鄰虚塵析入空者用幾色相合成虚空若色合時合色非空若空合時合空非色色猶可析空云何合

孤山曰既能析色爲空亦可合空成色資中曰若空不可合色從何生故知此色本無自性

汝元不知如來藏中性色真空性空真色清

淨本然周徧法界隨衆生心應所知量循業發現世間無知惑爲因緣及自然性皆是識心分別計度但有言說都無實義

温陵曰如來藏性萬法一如而循業似異遂有七大之名特體用異稱耳真空者一如之體也故七大皆言真空七大即循業之用也故曰性空真色乃至性空真識體用不二故相依互舉不離妙性故一一皆言性也不垢不淨曰清淨非和不和曰本然無乎不在曰周徧既非垢淨和合而能成七大萬法者但隨心應量循業發現而已孤山曰如來藏即心性中道也即俗而真故曰性色真空即真而俗故曰性空真色以真俗即中故並云性三諦圓融不一不異非縱非横名如來藏俗則十界備矣真則生佛寂然此言理具非關事造然理必融事事豈殊理理事雙泯故曰清淨本然心佛衆生三無差別彼彼互攝一一相融故曰周徧法界隨衆生心下即如來藏隨染淨緣順差別業變造十界依正之事也世間通指九界因緣義含自他共三性自然即無因性

阿難火性無我寄於諸緣汝觀城中未食之家欲炊爨時手執陽燧日前求火阿難名和合者如我與汝一千二百五十比丘今爲一衆衆雖爲一結其根本各各有身皆有所生氏族名字如舍利弗婆羅門種優樓頻螺迦葉波種乃至阿難瞿曇種姓阿難若此火性因和合有彼手執鏡於日求火此火爲從鏡中而出爲從艾出爲於日來阿難若日來者

自能燒汝手中之艾来處林木皆應受焚若鏡中出自能於鏡出然于艾鏡何不鎔紆汝手執尚無熱相云何鎔泮若生於艾何藉日鏡光明相接然後火生汝又諦觀鏡因手執日從天來艾本地生火從何方遊歷於此日鏡相遠非和非合不應火光無從自有汝猶不知如来藏中性火真空性空真火清淨本然周徧法界隨衆生心應所知量阿難當知世人一處執鏡一處火生徧法界執滿世間起起徧世間寧有方所循業發現世間無知惑爲因緣及自然性皆是識心分別計度但有言說都無實義

温陵曰火無自體寓物成形故曰無我衆名和合詰之各有根本真和合也火名和合詰之各無根本非和合矣優樓頻螺云木瓜林迦葉波云龜氏瞿曇云地最勝亦云日種孤山曰瞿曇星名從星立姓至于後代改姓釋迦檇李曰陽燧者崔豹古今註云以銅爲之如鏡之狀照物則影倒向日則火出淮南子云陽燧火方諸也論衡曰於五月丙午日午時銷鍊五方石圓如鏡中央窪紆者屈也

阿難水性不定流息無恒如室羅城迦毗羅仙斫迦羅仙及鉢頭摩訶薩多等諸大幻師求太陰精用和幻藥是諸師等於白月晝手執方諸承月中水此水爲復從珠中出空中自有爲從月来

温陵曰求則流否則息所謂流息無恒也迦毗羅等四皆外道善幻術太陰精月中之水也月望前曰白亭午曰晝方諸取水

之珠也即陰燧也孤山曰淮南子云方諸見月則津而爲水高誘註曰方諸陰燧大蛤也熟拭令熱以向月則水生也許慎註曰方石也諸珠也譯人今取許註故文云從珠中出等也

阿難若從月来尚能遠方令珠出水所經林木皆應吐流流則何待方諸所出不流明水非從月降若從珠出則此珠中常應流水何待中宵承白月晝若從空生空性無邊水當無際從人洎天皆同滔溺云何復有水陸空行汝更諦觀月從天陟珠因手持承珠水盤本人敷設水從何方流注於此月珠相遠非和非合不應水精無從自有汝尚不知如来藏中性水真空性空真水清淨本然周徧法界隨衆生心應所知量一處執珠一處水出徧法界執滿法界生生滿世間寧有方所循業發現世間無知惑爲因緣及自然性皆是識心分別計度但有言說都無實義

温陵曰謂林木既不吐流明知此水非從月降水非月来又非珠出不從空生則本然周徧非和合矣

阿難風性無體動靜不常汝常整衣入於大衆僧伽梨角動及傍人則有微風拂彼人面此風爲復出袈裟角發於虛空生彼人面阿難此風若復出袈裟角汝乃披風其衣飛搖應離汝體我今說法會中垂衣汝看我衣風何所在不應衣中有藏風地若生虛空汝衣不動何因無拂空性常住風應常生若無風時虛空當滅滅風可見滅空何狀若有生滅不名虛空名爲虛空云何風出若風自生被

拂之面從彼面生當應拂汝自汝整衣云何倒拂汝審諦觀整衣在汝面屬彼人虛空寂然不參流動風自誰方皷動来此風空性隔非和非合不應風性無從自有汝宛不知如来藏中性風真空性空真風清淨本然周徧法界隨衆生心應所知量阿難如汝一人微動服衣有微風出徧法界拂滿國土生周徧世間寧有方所循業發現世間無知惑爲因緣及自然性皆是識心分别計度但有言說都無實義

温陵曰拂衣則動垂衣則靜所謂動靜不常也汝審下謂三性不參二性相隔求風所從杳莫可究既非衣出又非空生非生彼面了無所從非和合矣謂本然周徧循業發現得不信哉風性或作風心誤也真際曰僧伽梨大衣也袈裟從色得名三衣通稱

阿難空性無形因色顯發如室羅城去河遥處諸刹利種及婆羅門毗舍首陀兼頗羅墮旃陀羅等新立安居鑿井求水出土一尺於中則有一尺虛空如是乃至出土一丈中間還得一丈虛空虛空淺深隨出多少此空爲當因土所出因鑿所有無因自生

温陵曰鑿土得空所謂因色顯發也西天貴賤族分四姓如此方四民刹帝利王族也婆羅門淨志也亦云淨行以守道居正潔白其操也毗舍商賈也首陀農夫也是謂四姓頗羅墮利根也旃陀羅魁膾也此又智愚之族也孤山曰頗羅墮此翻捷疾亦利根慈恩云婆羅門凡十八姓此居其

一也旃陀羅此云嚴幟惡業自嚴行持標幟謂摇鈴持竹也

阿難若復此空無因自生未鑿土前何不無礙惟見大地逈無通達若因土出則土出時應見空入若土先出無空入者云何虛空因土而出若無出入則應空土元無異因無異則同則土出時空何不出若因鑿出則鑿出空應非出土不因鑿出鑿自出土云何見空

汝更審諦諦審諦觀鑿從人手隨方運轉土因地移如是虛空因何所出鑿空虛實不相爲用非和非合不應虛空無從自出

補註曰若因土出下謂虛空若因土出則鑿土出井之時應見虛空出於土而入於井今既不然矣故又破云虛空若無出入則空於土二無有異而同體矣既同體則土出井時何不見空從井出耶溫陵曰汝更下令詳察其非因緣自然也鑿空虛實謂鑿實空虛也上諸巧辯皆遣識心妄計而顯圓融真體也

若此虛空性圓周徧本不動摇當知現前地水火風均名五大性真圓融皆如來藏本無生滅

溫陵曰會上義而通前文也由上所明非因緣和合則知空性圓徧非生滅法一大既爾餘大皆然故通言地水火風云現前者使觸事而明無他求也吳興曰四大後所以點空均名五大者盖諸經常談惟四而已此既異彼故特言之下根識中其例亦爾通名大者且依事立智論云佛說四大無處不有故名爲大若言大性周徧必

須指事即理攝末歸本不可名而名之是謂如来藏也或有直以藏性釋於大名者一何誤哉

阿難汝心昏迷不悟四大元如来藏當觀虚空爲出爲入爲非出入

溫陵曰若悟虚空性圓周徧本無出入即悟四大性真圓融本無生滅也

汝全不知如来藏中性覺真空性空真覺清淨本然周徧法界隨衆生心應所知量阿難如一井空空生一井十方虚空亦復如是圓滿十方寧有方所循業發現世間無知惑爲因縁及自然性皆是識心分别計度但有言說都無實義

溫陵曰空與覺亦體用異稱也體用不二故相依而舉

阿難見覺無知因色空有如汝今者在祇陀林朝明夕昏設居中宵白月則光黒月便暗則明暗等因見分析此見爲復與明暗相并太虚空爲同一體爲非一體或同非同或異非異

檇李曰此問四句一同二異三亦同亦異四非同非異但經文分兩同兩異各成一句

阿難此見若復與明與暗及與虚空元一體者則明與暗二體相亡暗時無明明時無暗若與暗一明則見亡必一於明暗時當滅滅則云何見明見暗若明暗殊見無生滅一云何成若此見精與暗與明非一體者汝離明暗及與虚空分析見元作何形相離明離暗及離虚空是見元同龜毛兎角明暗虚空三

事俱異從何立見明暗相背云何或同離三元無云何或異分空分見本無邊畔云何非同見暗見明性非遷改云何非異汝更細審微細審詳審諦審觀明從太陽暗隨黑月通屬虛空壅歸大地如是見精因何所出見覺空頑非和非合不應見精無從自出

溫陵曰阿難下辨非一體也若此見精下辨非異體也明暗相背下辨非或同非同或異非異也汝更下令詳察其性真圓融不涉諸妄也

若見聞知性圓周徧本不動搖當知無邊不動虛空并其動搖地水火風均名六大性真圓融皆如來藏本無生滅阿難汝性沉淪不悟汝之見聞覺知本如來藏汝當觀此見聞覺知為生為滅為同為異為非生滅為非同

異

孤山曰若見聞知者前於六根廣破眼見餘根並畧今類通顯示其性皆徧聞即耳根覺即鼻舌身根知即意根不言覺者畧也溫陵曰為生為滅等者生滅同異皆因妄塵非生非異不離妄計離此諸妄即如來藏也

汝曾不知如來藏中性見覺明覺精明見清淨本然周徧法界隨眾生心應所知量如一見根見周法界聽齅嘗觸覺觸覺知妙德瑩然徧周法界圓滿十虛寧有方所循業發現世間無知惑為因緣及自然性皆是識心分別計度但有言說都無實義

溫陵曰性見等者亦體用相依而舉有見有覺雖覺明之咎而體實性見用實覺精

也如一下例餘根也嘗觸即舌根以味合方覺故亦名觸覺觸覺知身意根也

阿難識性無源因于六種根塵妄出汝今徧觀此會聖衆用目循歷其目周視但如鏡中無别分析汝識於中次第標指此是文殊此富樓那此目揵連此須菩提此舍利弗此識了知爲生於見爲生於相爲生虛空爲無所因突然而出

真際曰根但照境故如鏡中識有了别故能標指溫陵曰見根也相境也

阿難若汝識性生於見中如無明暗及與色空四種必無元無汝見見性尚無從何發識若汝識性生於相中不從見生既不見明亦不見暗明暗不矚即無色空彼相尚無識從何發若生於空非相非見非見無辨自不能知明暗色空非相滅緣見聞覺知無處安立處此二非空則同無有非同物縱發汝識欲何分别若無所因突然而出何不日中别識明月

溫陵曰阿難下明識性非生於見亦非生於相也若生下明非生於空也若生於空則非是相亦非是見非是見則無所辨非是相則無所緣若無所緣能緣何立又處此非相非見之間識體若空則同龜毛識體若有非同物相既自無體安能有用故曰欲何分别若無下明非無因也長水曰日中無月既無見月之識應知非是無因而有也

汝更細詳微細詳審見託汝睛相推前境可狀成有不相成無如是識緣因何所出識動

見澄非和非合聞聽覺知亦復如是不應識緣無從自出

溫陵曰見託根相託境有出可狀無出非相識何所從出邪識有分別名動見無分別名澄識動見澄性相隔異見與識隔聞知亦然皆非和合又非自然是則性真圓融不涉諸妄矣

若此識心本無所從當知了別見聞覺知圓滿湛然性非從所兼彼虛空地水火風均名七大性真圓融皆如來藏本無生滅阿難汝心麤浮不悟見聞發明了知本如來藏汝應觀此六處識心為同為異為空為有為非同異為非空有

溫陵曰若此識心總指識大了別見聞覺知別指六識也兼彼空等總會七大旁通萬法也既本無所從則湛然圓徧地等既爾世界衆生物物皆爾不惟地等名大草芥塵毛皆可名大性真圓融本無生滅矣前文詳辨意皆萃此故自根境萬法總會旁通也阿難下謂識體深潛當微細沉思不可麤浮觀得其真則悟其本如來藏矣

汝元不知如來藏中性識明知覺明真識妙覺湛然徧周法界含吐十虛寧有方所循業發現世間無知惑為因緣及自然性皆是識心分別計度但有言說都無實義

溫陵曰識知皆出於性明故曰性識明知識雖覺明之咎其體實真故曰覺明真識體用不二真妄一如所以迭舉也

爾時阿難及諸大衆蒙佛如來微妙開示身心蕩然得無罣礙是諸大衆各各自知心徧

十方見十方空如觀手中所持葉物一切世間諸所有物皆即菩提妙明元心心精徧圓含裹十方反觀父母所生之身猶彼十方虛空之中吹一微塵若存若亡如湛巨海流一浮漚起滅無從了然自知獲本妙心常住不滅禮佛合掌得未曾有於如來前說偈讚佛

溫陵曰自初決擇心見終至陰入七大多方發明使悟器界萬法當體全真本如來藏是謂微妙開示也既悟器界性真圓融故身心蕩然得無罣礙悟妙覺湛然周徧法界故各各自知心徧十方也孤山曰各各自知即能覺之智也心徧十方即所覺之理也常住真心徧融十界故曰十方天台智者釋法華經深達罪福相徧照於十方亦云十方即十界也見十方空謂十界循業發現之空也迷妄有空比真爲小故以掌葉爲喻一切世間等謂依空立世界也即十界循業發現依正之法耳皆即菩提等謂十方虛空十界依正一法叵得皆我真心含裹十方者即此真心具足十界而非斷滅觀此文者豈疑無情有性無情作佛之說耶反觀下阿難大衆自觀巳界正報之身也虛空巨海以況心精微塵浮漚以況巳質理即事故若塵存而漚起事即理故若塵亡而漚滅事理不二故曰無從獲本妙心等得分真智知本覺理得未曾有謂得圓頓之解也

妙湛總持不動尊首楞嚴王世希有

孤山曰妙湛讚真諦般若德也總持讚俗諦解脫德也不動讚中諦法身德也又即

三而一故曰妙湛即一而三故曰總持非三非一故曰不動尊者十號之一也由證此三號世中尊首楞嚴大定之總名此云事究竟也寔三德之理故曰究竟別而徃目即奢摩他等三馬阿難以別名而請今舉總名而歎以顯圓定三一無礙也出偏小上喻之以王是則行從理而得名教從行而立稱教行理三悉號楞嚴今正舉能詮以歎也如来在世所說經中最爲殊勝故曰世希有也

銷我億劫顛倒想不歷僧祇獲法身

孤山曰億劫顛倒想即無始無明也不歷僧祇者若婆沙論明三阿僧祇劫脩六度行百劫種相好因然後獲五分法身乃至如唯識云地前歷一僧祇初地至七地滿二僧祇八地至等覺是三僧祇然後獲究竟法身此皆方便之談時長行遠今云不歷即同法華八歲龍女南方作佛華嚴發心便成正覺胎經云凡夫賢聖人平等無高下唯在心垢滅取證如反掌資中曰由前廣破人法二執故此分見如来藏心也又解或是諸佛神力示現暫令得見如華嚴中金剛藏說十地境界恐有不信即入三昧以神通力攝諸大衆皆入身中菩薩既爾佛亦如是不爾何故阿難向後方得二果邪長水曰據此經文且叙解悟如云各各自知心徧十方知即解也叙雖論解不無證悟以隨人入位淺深不同故呉興曰此文疑論久矣而多所未決今試以愚情辨之且經家叙云爾時阿難及諸大衆

蒙佛開示身心蕩然等是則說偈領悟非迷一人而釋者競以阿難一人爲妨者不亦局哉當知若約解證言之必屬於證以知爲解無的可憑如云正徧知者豈曰解乎須據偈中不歷僧祇獲法身義驗前知字實頓證之智也若釋銷我之言應有二義一者且指諸菩薩及利根二乘等人爲我阿難雖在衆中未同其證蓋從多分得證者稱之也二者設是阿難自稱爲我已同其證斯亦無妨下文所得二果不可以小乘實證爲比及乎踰以旅人請入華屋乃爲鈍根者發起行相耳大權引物唯變是宜或曰不然余不知其然也

願今得果成寶王還度如是恒沙衆將此深心奉塵刹是則名爲報佛恩伏請世尊爲證明五濁惡世誓先入如一衆生未成佛終不於此取泥洹

孤山曰前獲法身乃是初住分果今願成正覺極果也此即佛道誓成以攝法門誓學由學法門而得果故還度下即衆生誓度以攝煩惱誓斷由斷煩惱方度生故以此願心歸奉塵刹如來是報我佛徵妙開示之恩也溫陵曰願得聖果智心也還度多衆悲心也智悲雙運廣大無盡即所謂深心也誓入五濁不取涅槃即深心之効也憑此報恩故請佛爲證也補註曰泥洹云滅度而有二義一聲聞泥洹滅見思煩惱度分斷生死證偏空之理理既偏矣空不能有故身土皆亡此方便之說也二諸佛泥洹滅無明煩惱度變易生死證中道

之理理既中矣非空非有應化無窮此了義之説也今云不取泥洹特不入涅槃耳

大雄大力大慈悲希更審除微細惑令我早登無上覺於十方界坐道場舜若多性可銷亡爍迦羅心無動轉

孤山曰請更開導除我細惑者以今始入初住尚有微細無明故温陵曰舜若多此云空爍迦羅云堅固謂空性無體尚可銷亡我心堅固終無動轉此依首楞定力結前願心自誓究竟畢無退墮願心如此然後聖果可期佛恩可報也

大佛頂如来密因脩證了義諸菩薩萬行首楞嚴經會解卷第六

音釋

檇音醉　燧徐醉切取火於日也　窪烏瓜切深也

大佛頂如来密因脩證了義諸菩薩萬行首
楞嚴經會解卷第七

天竺沙門般剌密帝譯
烏萇國沙門彌伽釋迦譯語
菩薩戒弟子前正議大夫同中書門下平
章事房融筆受
師子林沙門　惟則　會解

爾時富樓那彌多羅尼子在大衆中即從座起偏袒右肩右膝著地合掌恭敬而白佛言大威德世尊善爲衆生敷演如來第一義諦世尊常推說法人中我爲第一今聞如來微妙法音猶如聾人逾百步外聆於蚊蚋本所不見何况得聞佛雖宣明令我除惑今猶未詳斯義究竟無疑惑地世尊如阿難輩雖則開悟習漏未除我等會中登無漏者雖盡諸漏今聞如来所說法音尚紆疑悔

長水曰如来藏心不空不有即性即相名第一義是佛所證決定無妄審實名諦吳興曰聾人聆蚋等譬小乘根性遠第一義諦雖承如来微妙法音本不似見何況真聞孤山曰雖則開悟習漏未除者初果已破見惑思惑全在阿難向悟常心實登圓位欲汲引小機令歸大道故舉其初果以爲請端也資中曰雖盡諸漏至尚紆疑悔者羅漢雖斷煩惱障而所知障在

世尊若復世間一切根塵陰處界等皆如来藏清淨本然云何忽生山河大地諸有爲相次第遷流終而復始

温陵曰清淨則宜無諸相本然則宜無遷流資中曰從初至第二卷破心見二執以

顯人空從汝猶未明一切浮塵至第三卷破陰處界等以顯法空故知前破人法二執顯空如来藏今顯不空如來藏故富那有此問也

又如來說地水火風本性圓融周徧法界湛然常住世尊若地性徧云何容水水性周徧火則不生復云何明水火二性俱徧虛空不相陵滅世尊地性障礙空性虛通云何二俱周徧法界而我不知是義攸往惟願如來宣流大慈開我迷雲及諸大衆作是語已五體投地欽渴如来無上慈誨

溫陵曰二問皆躡前四科七大之文起疑也意以性相相違理事相礙實常情疑滯故致此問庶獲決通

爾時世尊告富樓那及諸會中漏盡無學諸阿羅漢如來今日普爲此會宣勝義中真勝義性令汝會中定性聲聞及諸一切未得二空回向上乘阿羅漢等皆獲一乘寂滅場地真阿練若正脩行處汝今諦聽當爲汝說富樓那等欽佛法音默然承聽

溫陵曰有世俗諦有勝義諦脫俗宜真超情離妄世間三有出世二乘以所知心不能測度是謂勝義諦中真勝義性即下文由覺明以辯真覺因了發以窮諸妄至於山河不復出水火不相陵身含十方毛現塵刹皆勝義諦中真勝義性也阿練若云無諠雜孤山曰未得二空者未得大乘人法二空亦未得大乘性相二空吳興曰滅場指得果之地練若指脩因之處因果所依皆是實相故曰寂曰真也

佛言富樓那如汝所言清淨本然云何忽生山河大地汝常不聞如来宣說性覺妙明本覺明妙富樓那言唯然世尊我常聞佛宣說斯義

孤山曰本亦性也變其文耳以本元自性既能所雙絶而寂照互融即寂而照曰妙明即照而寂曰明妙寂則三諦俱寂照則三諦俱照只是本性之覺妙明互融故作兩句說耳吳興曰性覺本覺中道之體也妙明明妙空假之用也體用不二空假相即如来藏性彷佛在茲又若複疎顯妙當如圓師云三諦俱寂三諦俱照亦應更云俱非寂俱非照盖是文畧然此句義與前性色真空性空真色辭異意同上云忽生山河大地下云無同異中熾然成異即循業發現之謂也由當機未悟故滿慈發起如来重示又前文正明破妄顯真此下多說從真起妄故資中以空不空二藏收之頗得其旨補註曰性覺妙明本覺明妙二家之釋皆通此盖佛意欲顯山河大地由妄覺生故且先標真覺體用互顯而初無能所者以立本也下文乃舉真妄二覺詰其所解方便勾引以顯妄覺耳

佛言汝稱覺明爲復性明稱名爲覺爲覺不明稱爲明覺

温陵曰促舉前義問之定其解惑也夫汝所謂覺所謂明意作何解爲復性本自明靈然不昧故稱之爲覺邪爲復性自不明用心覺之故稱之爲明覺邪靈然不昧者真覺也用心覺之者妄覺也

富樓那言若此不明名爲覺者則無所明

補註曰上文兼舉真妄二覺以詰富那性明者真覺也覺不明者妄覺也不明即是無明若謂覺了無明稱爲明覺則有能覺與所明矣既有能所非妄而何而富那未觧詰意乃以覺不明者爲是故此荅云若此不明名爲覺者則無所明意謂必有所明方名爲覺殊不知纔有所明即墮明覺無窮妄業由是而生故下文云覺非所明因明立所所既妄立生汝妄能

佛言若無所明則無明覺有所非覺無所非明無明又非覺湛明性

補註曰若無所明則無明覺者如云若得果無所明則無明覺矣豈不幸哉盖明覺之妄由所明起也孤山曰有所非覺者若有所明則非真覺以真覺之性離能所故無所非明者若無所明則無妄明以因妄明立能立所故非明之明指妄明也無明又非覺湛明性者無明即妄明也以無覺湛之真明故曰無明

性覺必明妄爲明覺

吳興曰本性之覺必具湛明之性以不了故妄爲能明之明所覺之覺

覺非所明因明立所所既妄立生汝妄能

吳興曰性覺之體本非所明但因妄明對能立所此即因惑立所見之相也所見之相既立能見之相即生能所同時前後異説耳

無同異中熾然成異異彼所異因異立同同異發明因此復立無同無異

吳興曰此明所立境界後文虛空爲同世界爲異者顯示其相也熾然成異等三義資中以起信論業轉現三細配之乃至長水等亦復承用洎乎孤山別以惑性具九界執執有執空及取中道三相釋之余研此文竊所不韙若論三細應在因明立所所既妄立生汝妄能此三句中已有三相明即業相能即轉相所即現相斯由不生不滅與生滅和合非一非異而分三相微而未著故曰三細今文既云熾然成異又云同異發明合是六麁境界耳況將三細配屬同異等其義甚迂不煩叙引又若以惑性所具亦應須在性覺必明及覺非所明二句中攝其猶木具火性未有燒相今熾然發明豈性具邪良由諸師見下文云如是擾亂相待生勞乃至引起塵勞煩惱等便謂此中未涉麁事抑爲細惑今謂不爾蓋此經所說迷真起妄多是先說無情世界次說有情因果如前文云晦昧爲空空晦暗中結暗爲色色雜妄想想相爲身聚緣內揺趣外奔逸等又下文明三種相續先世界次衆生後業果耳如是若將起信麁細次第對之則並成顛亂矣

如是擾亂相待生勞勞久發塵自相渾濁由是引起塵勞煩惱

吳興曰指前因明立所動雜真性故曰擾亂所既妄立生汝妄能即相待生勞無同異中熾然成異等即勞久發塵自相渾濁也上言勞者且屬無明下云塵勞正謂見思煩惱

起爲世界靜成虛空虛空爲同世界爲異彼無同異真有爲法

吴興曰空界屬依有爲屬正界是器界色相差別故云起云異也空是頑空不動常一故云靜云同也彼指上之辭真猶實也上云無同無異名濫於理今指其體實有爲耳何者衆生正報兼乎色心造作善惡靡不由此以有心性故非如世界之異以有色相故非如虛空之同相待立之故云無同異也然有爲之法實通依正既以世界爲異則知別就衆生得名如滿慈所問云何忽生山河大地諸有爲相豈獨問依而不問正故華嚴云何等名有爲法所謂三界衆生況下文云精研七趣皆是昏沉諸有爲相豈非顯以正報名有爲耶又如文殊云迷妄有虛空依空立世界想澄成國土知覺乃衆生此與今文三義符合但空界有先後之異耳適時之說理在不疑

補註曰此章問答良有以焉前佛舉地水火風空見識以該萬法則世界虛空衆生業果皆在其中矣惟其談七大之相則曰如来藏中循業發現談七大之性則曰周徧圓融本如来藏富那至是未達其循發徧融之義因此二疑而興二問初問清淨本然云何忽生山河大地諸有爲相等清淨本然即如来藏性也山河大地即世界及虛空也諸有爲相即衆生及業果也以其未達循發之義故曰云何忽生此四字爲要緊問也如来遂指性覺之中妄爲明覺者諭之而斷之曰因明立所此四字爲

要緊荅也盖明即妄明妄明即無明也所即山河大地諸有為相發現之由也要而言之因明立所者即是因無明而生起世界虛空衆生業果也然則循業發現之疑云何忽生之問一荅俱銷不勞餘說立所以後雖復隱顯發揚總別開示特不過鋪陳世界衆生業果之說以終其說耳今復逐節明之因明立所所既妄立生汝妄能此一節且指無明也無同異中熾然成異至因此復立無同無異此一節謂因上無明而成世界虛空及衆生也如是擾亂相待生勞勞久發塵自相渾濁者上二句重指因明立所等下二句重指熾然成異等塵即世界衆生由世界衆生而有業果故復云由是引起塵勞煩惱此一節躡括前義而且隱然示三種之情狀也起為世界至真有為法乃牒合上文異同等義而顯示三種之名相矣然此猶是總顯自覺明空昧以後始別開三節詳叙三種之相續詳叙既終復云如是三種顛倒相續皆是覺明明了知性因了發相從妄見生山河大地諸有為相次第遷流因此虛妄終而復始者此又總結一章荅意以牒示之也

第二問荅後文別釋

覺明空昧相待成摇故有風輪執持世界因空生摇堅明立礙彼金寶者明覺立堅故有金輪保持國土堅覺寶成摇明風出風金相摩故有火光為變化性寶明生潤火光上蒸故有水輪含十方界火騰水降交發立堅濕為巨海乾為洲潭以是義故彼大海中火光

常起彼洲潭中江河常注水勢劣火結爲高山是故山石擊則成焰融則成水土勢劣水抽爲草木是故林藪遇燒成土因絞成水交妄發生遞相爲種以是因緣世界相續

温陵曰萬法自五行變起五行由妄覺發生故世界起始摩於覺明而依風金火水以生成萬物也真覺妙空本非明昧由妄爲明覺遂有昧空明昧相傾則不覺心動故曰覺明空昧相待成揺故有風輪世界最下依風輪住故曰執持世界因空生揺等者因空昧動念覺明堅執而立礙感金也大地最下依金輪起故曰保持國土土水生木木土生金金木生火火金生水水火生土世界初由覺明發識爲水空昧結色爲土相待成揺爲風爲木即土水生木也又因空昧之土生揺爲木而堅明立礙即木土生金也餘文甚明土由水火所生若子受父母氣分故海中火起潭中水注也五行以我尅爲妻夫劣然後陰陽和而生子故水劣火爲山土劣水爲木燄融明水火氣分燒絞明土水氣分也此世界相續之由也孤山曰四輪持世其實土輪金輪水輪風輪也此不言土者土與金同是堅性俱屬地大故此但言四大則已攝四輪矣然此四大風金則由妄心而起火水復由風金而起或曰愛心外感於水者則違經文遞相爲種者如覺明空昧相待成揺爲風輪種因揺立礙爲金輪種風金相摩爲火大種金火復爲水大種火水又爲海洲種水土復爲草木種應了此諸妄法

於一真性如空中華華處空處本無有異故觀妄具惟見真具具無具相彼此誰名世界相續既然下二相續其旨亦爾吳興曰俱舍論謂諸有情業增上力先於最下依止虛空有風輪生風輪之上次有水輪水輪之上方有金輪謂諸有情業增上力起大雲雨澍風輪上滴如車軸積水成輪復有別風搏擊此水上結成金此與彼異者彼約安立世界自下升上以成其次此約生起世界由內感外以成其次然大小義別不須會通

復次富樓那明妄非他覺明爲咎所妄既立明理不踰以是因緣聽不出聲見不超色色香味觸六妄成就由是分開見覺聞知同業相纏合離成化

吳興曰明妄即妄明也非他者言此妄明之體更非他法所成全是真覺起於妄明而爲過咎覺明爲咎已是妄能故今但言所妄既立即前文云因明立所由妄明之性非局而局故曰明理不踰聽不出聲等示不踰之相也下文云元依一精明分成六和合溫陵曰真明妙理本無能所元一圓融清淨寶覺由所妄既立遂成隔礙故明理不踰以不踰故聽見六根於是妄局色香六塵於是妄染覺知六識於是妄分根塵識三爲業性故發起妄業於是同業相纏合離成化此六道四生之始也同業即胎卵類因父母已三者業同故相纏著而有生合離即濕化類不因父母但由已業或合濕而成形即蠢蝡也或離異而託

化如天獄鬼等類也

見明色發明見想成異見成憎同想成愛流愛爲種納想爲胎交遘發生吸引同業故有因緣生羯羅藍遏蒲曇等胎卵濕化隨其所應卵惟想生胎因情有濕以合感化以離應情想合離更相變易所有受業逐其飛沉以是因緣衆生相續

孤山曰妄心見妄境故云見明色發即於中陰見其父母也明見想成者依妄境起妄惑也異見謂父是所憎境同想謂母是所愛境女子託胎反此流愛爲種者注愛於母識託其中故涅槃明十二因緣無明有二一潤業無明謂過去煩惱也二潤生無明即託胎時於父母起憎愛也納想爲胎者有福之人想其母胎如華林殿堂薄福之者惟棘樹圊廁交遘發生謂男女會合染心成就吸引同業謂吸引過去同業而入胎也俱舍明胎中凡有五位一七名羯剌藍此云凝滑二七名頞部曇此云皰狀如瘡皰三七名閉尸此云輭肉四七名健南此云堅肉五七名鉢羅奢佉此云形位今畧舉前二等取餘三温陵曰四生之類卵應於想胎應於情濕應於合化應於離故曰隨其所應也亂思曰想結愛曰情氣附曰合合濕而生也形遁曰離離此生彼也情想合離有生皆具此以多分言之卵生居首者想念初動情愛後起又兼胎濕化故也此文論想乃内分染想非外分淨想論化乃轉蛻業化非意生妙化也情想合離更相變易者或情變爲想合變爲

離無定業也卵易爲胎濕易爲化無定質也故所受業報或升或沉無定趣也此衆生相續之由也

富樓那想愛同結愛不能離則諸世間父母子孫相生不斷是等則以欲貪爲本貪愛同滋貪不能止則諸世間卵化濕胎隨力強弱遞相吞食是等則以殺貪爲本以人食羊羊死爲人人死爲羊如是乃至十生之類死死生生互來相噉惡業俱生窮未來際是等則以盜貪爲本

吳興曰欲貪通乎四生今正約胎生言之又胎生復通今多就人倫辨之以其易見故也以強殺弱因食成貪不滋口腹則屬瞋恚以人食羊下問此與殺貪何異荅殺貪未論酬償先債今約過去於身命財非理而取故互來相噉以責其盜也溫陵曰不與而取曰盜又陰取曰盜以人食羊不與取也羊死爲人互來相噉陰取也世間相噉皆盜貪也婬殺盜三爲業果根本

汝負我命我還汝債以是因緣經百千劫常在生死汝愛我心我憐汝色以是因緣經百千劫常在纏縛惟殺盜婬三爲根本以是因緣業果相續

溫陵曰上明業果之本此明相續之由負債殺盜由也愛憐欲貪由也惟殺下結顯也補註曰命債二句文義互見如云汝負我命汝還我命我負汝債我還汝債愛憐二句亦應互見此即相續之由也

富樓那如是三種顛倒相續皆是覺明明了知性因了發相從妄見生山河大地諸有爲

相次第遷流因此虛妄終而復始

温陵曰總牒前文結荅世界衆生業果皆覺明爲咎也覺明明了知性即妄爲明覺者也了發相即因明立所者也妄見即生汝妄能者也此虛妄指覺明也前問云何忽生山河大地至終而復始此全牒其辭而指覺明以荅也

富樓那言若此妙覺本妙覺明與如來心不增不減無狀忽生山河大地諸有爲相如来今得妙空明覺山河大地有爲習漏何當復生

温陵曰衆生覺體與佛無別無端忽生諸有爲相則如来既證空覺何時復生諸有耶此固常情所惑故富樓那特反難也孤山曰無狀猶言無故也

佛告富樓那譬如迷人於一聚落惑南爲北此迷爲復因迷而有因悟所出富樓那言如是迷人亦不因迷又不因悟何以故迷本無根云何因迷悟非生迷云何因悟佛言彼之迷人正在迷時倏有悟人指示令悟富樓那於意云何此人縱迷於此聚落更生迷不不也世尊富樓那十方如來亦復如是此迷無本性畢竟空昔本無迷似有迷覺覺迷迷滅覺不生迷

補註曰昔本無迷似有迷覺謂本無有迷亦無有覺覺即悟也然今既因迷而得悟則似有覺迷之覺矣覺乃始覺也覺至始本不異惟一妙覺則不復生迷此顯既覺不迷也

亦如翳人見空中華翳病若除華於空滅忽

有愚人於彼空華所滅空地待華更生汝觀是人爲愚爲慧富樓那言空元無華妄見生滅見華滅空已是顛倒勑令更出斯實狂癡云何更名如是狂人爲愚爲慧佛言如汝所觧云何問言諸佛如來妙覺明空何當更出山河大地

温陵曰翳喻妄見華喻山河空華滅地喻妙空明覺佛言下謂既了所喻何復前疑

又如金鑛雜於精金其金一純更不成雜如木成灰不重爲木諸佛如來菩提涅槃亦復如是

温陵曰金喻菩提果覺無變灰喻涅槃果德無生果至無變無生則習漏不生可知矣前以聚落喻既覺不迷復以空華喻妙空無習然四喻之意前二明昔本無迷迷由妄起後金灰二喻明習漏妄緣證乃永斷若但舉前二恐謂妄不妨真惑能自滅成撥無執但舉後二恐謂覺本非淨性本有生成雜染見所以四喻兼舉使知迷悟雖妄而不廢脩證也補註曰此卷之初富那有二問一問清淨本然何生諸相二問四大各徧云何相容此下荅第二問也

富樓那又汝問言地水火風本性圓融周徧法界疑水火性不相陵滅又徵虚空及諸大地俱徧法界不合相容富樓那譬如虚空體非群相而不拒彼諸相發揮

吳興曰譬前如來藏性本非七大而不拒彼七大發生

所以者何富樓那彼太虚空日照則明雲屯則暗風摇則動霽澄則清氣凝則濁土積成

霾水澄成映於意云何如是殊方諸有爲相爲因彼生爲復空有若彼所生富樓那且日照時既是日明十方世界同爲日色云何空中更見圓日若是空明空應自照云何中宵雲霧之時不生光耀當知是明非日非空不異空日觀相元妄無可指陳猶邀空華結爲空果云何詰其相陵滅義觀性元真惟妙覺明妙覺明心先非水火云何復問不相容者

溫陵曰所以下示諸相於意下明相容也觀相元妄陵滅亦妄觀性一真無不容者隨處而發故曰殊方彼指日雲等也補註曰諸像之妄既無可指何況更詰相陵滅義是猶邀空華而結空果也

真妙覺明亦復如是汝以空明則有空現地水火風各各發明則各各現若俱發明則有俱現

資中曰以真如不守自性隨緣所現有種種相溫陵曰此如虛空非相而不拒發揮也

云何俱現富樓那如一水中現於日影兩人同觀水中之日東西各行則各有日隨二人去一東一西先無準的不應難言此日是一云何各行各日既雙云何現一宛轉虛妄無可憑據

孤山曰日喻真性水喻妄心水中之日喻妄境兩人喻妄業各行則循業俱發隨去則妄境俱現同觀是一知二是虛各行既二驗一是妄故云宛轉虛妄

富樓那汝以色空相傾相奪於如來藏而如來藏隨爲色空周徧法界是故於中風動空

澄日明雲暗衆生迷悶背覺合塵故發塵勞有世間相

吳興曰色攝四大對空成五前滿慈問地水火風本性圓融疑水火性不相陵滅即相傾也虛空大地不合相容即相奪也溫陵曰迷失真體分别緣影名背覺合塵了相元妄觀性元真名滅塵合覺

我以妙明不滅不生合如来藏而如来藏惟妙覺明圓照法界是故於中一爲無量無量爲一小中現大大中現小不動道場徧十方界身含十方無盡虛空於一毛端現寶王剎坐微塵裏轉大法輪滅塵合覺故發真如妙覺明性

吳興曰妙明謂寂照之智不滅不生謂智體真常此皆能合如来藏即所合也而如来藏牒所合之理惟妙覺明牒能合之智圓照法界示鑑物之用以譬言之如来藏如鏡之體妙覺明如鏡之光圓照法界如鑑現像雖三而一雖一而三一爲無量等皆顯此義也一爲無量無量爲一小中現大大中現小者總列四義不動下别示其相不動道場徧十方界者一爲無量也道場指寂滅之地依此起應應徧十方亦如華嚴中不動不離而升而遊身含十方無盡虛空者無量爲一也身即法體故能含受十方虛空虛空必攝世界則一切法趣一也於一毛端現寶王剎坐微塵裏轉大法輪者小中現大也毛端現剎即正中現依塵裏轉輪即依中現正也大中現小易明故畧之滅塵合覺等者總結前義也不

思議用非脩所成故曰發今不言用而云性者並由理具方有事用

而如来藏本妙圓心非心非空非地非水非風非火非眼非耳鼻舌身意非色非聲香味觸法非眼識界如是乃至非意識界非明無明明無明盡如是乃至非老非死非老死盡非苦非集非滅非道非智非得非檀那非尸羅非毗梨耶非羼提非禪那非般剌若非波羅密多如是乃至非怛闥阿竭非阿羅訶三耶三菩非大涅槃非常非樂非我非淨

涅陵曰雖滅塵發真於一多小大能一切如而本妙圓體初無變異故非心非空乃至非世出世法也非心至非火謂非七大五陰也心即識大而攝五陰也非眼非耳至非意識界謂非十八界亦攝十二處此上爲世間法也非明無明至非老死盡謂非緣覺法也緣覺觀十二緣有生起相有脩斷相此兼舉之自緣覺至涅槃皆爲出世法也孤山曰非心至非意識界總非六凡界也非明無明等非緣覺界也非苦非集等非聲聞界也非智非得者非二乘理智得即理也非檀那等非菩薩界先非能趣行非波羅密多者總非所趣理也非怛闥阿竭下非佛界先非能證人三號是也次非所證法涅槃四德是也怛闥阿竭云如来阿羅訶云應供三耶三菩云正徧知即十號之三也涅槃是總四德是別

以是俱非世出世故

孤山曰世結六凡也出世結四聖也蔵理即空無有十界故並非之温陵曰結上起

下也

即如来藏元明心妙即心即空即地即水即風即火即眼即耳鼻舌身意即色即聲香味觸法即眼識界如是乃至即意識界即明無明明無明盡如是乃至即老即死即老死盡即苦即集即滅即道即智即得即檀那即尸羅即毗梨耶即羼提即禪那即般剌若即波羅密多如是乃至即怛闥阿竭即阿羅訶三耶三菩即大涅槃即常即樂即我即淨

温陵曰體雖無變用乃如如故即心即法即法即心也孤山曰上文俱非約真諦示如來藏此文俱即約俗諦示如來藏以藏理即無而有十界宛然故也

以是俱即世出世故即如来藏妙明心元離即離非是即非即

温陵曰此文似乎矯亂而各有所至初本妙圓心自體言也次曰元明心妙自用言也終曰妙明心元合體用言之也長水曰本妙圓心非心非空等約非相以明真諦也元明心妙即心即空等約即相以明俗諦也妙明心元離即離非是即非即者約遮照以明中道諦也此約二門不二惟是一心雙遮真俗故曰離即離非雙照真俗故曰是即非即三諦一體故皆云即如来藏且法界一如本無名相因迷有妄對妄說真真妄相形名言不息隨名執相顛倒何窮是故因言遣言以至無遣初且以非遣相次乃以即遣非終帶名言未極一真之旨離即非即無非不非言語道斷心行處滅方顯一真法界如来藏心故維摩

經三十二菩薩說不二法門皆以言遣相文殊師利以言遣言維摩大士以無言遣言方爲究竟此之三義亦復如是補註曰是即非即者如云不離即不離非也

如何世間三有衆生及出世間聲聞緣覺以所知心測度如來無上菩提用世語言入佛知見

孤山曰所以但斥凡小而不言菩薩者正對滿慈是二乘故其實偏教菩薩亦不能測故法華云不退諸菩薩亦所不能知

譬如琴瑟箜篌琵琶雖有妙音若無妙指終不能發汝與衆生亦復如是寶覺真心各各圓滿如我按指海印發光汝暫舉心塵勞先起由不勤求無上覺道愛念小乘得少爲足

長水曰琴等喻衆生妙音喻藏性妙指喻實智發喻起用汝與衆生合前琴等寶覺真心合前妙音按指即智契於理發光即大用現前汝暫舉心等合前無妙指也資中曰海印者大集云閻浮所有色像大海皆有印文此喻如來法身性海普現一切世間之相也此文大意爲釋伏難難云若一切即真我等云何與如來不同妙用故今釋云汝雖具有寶覺真心未得妙用以塵勞妄念未清淨故孤山曰由不勤求下釋塵勞先起之由也雖别指小乘意該餘界故向云汝與衆生等

富樓那言我與如來寶覺圓明真妙淨心無二圓滿而我昔遭無始妄想久在輪迴今得聖乘猶未究竟世尊諸妄一切圓滅獨妙真常敢問如來一切衆生何因有妄自蔽妙明

受此淪溺

温陵曰躡上各各圓滿之言發問也既悟無二益顯妄淪而不知妄之所由故請窮其因補註云近則躡上遠則躡前蓋前文未達循業發現之義遂有云何忽生之問如来乃以妄爲明覺因明立所等答之富那既知其妄但未知何因有妄故有此問也孤山曰猶未究竟此有二意若就外現則無學小聖無明全在故未究竟若就内秘則分真大士有上地惑故未究竟諸妄圓滅即極果斷德獨妙真常即究竟智德

佛告富樓那汝雖除疑餘惑未盡吾以世間現前諸事今復問汝汝豈不聞室羅城中演若達多忽於晨朝以鏡照面愛鏡中頭眉目可見瞋責己頭不見面目以爲魑魅無狀狂走於意云何此人何因無故狂走富樓那言是人心狂更無他故

温陵曰演若達多云祠授從神乞得故也孤山曰照鏡喻妄心推畫分别愛鏡中頭喻取著妄境妄事易著如眉目可見真理難知如瞋責己頭等背悟向迷如無狀狂走也四趣則背善向惡人天則背苦向樂二乗則背有向空菩薩則背邊向中悉名狂走心狂者喻九界取舍悉由妄心補註曰引達多照鏡爲喻而言其無故狂走使知狂走無故則知妄元無因矣

佛言妙覺明圓本圓明妙既稱爲妄云何有因若有所因云何名妄自諸妄想展轉相因從迷積迷以歷塵刼雖佛發明猶不能返如是迷因因迷自有識迷無因妄無所依尚無

有生欲何爲滅得菩提者如寤時人說夢中事心縱精明欲何因緣取夢中物況復無因本無所有如彼城中演若達多豈有因緣自怖頭走忽然狂歇頭非外得縱未歇狂亦何遺失富樓那妄性如是因何爲在

溫陵曰妙覺明圓指我與如来無二圓滿者本圓明妙言本無虧欠本無迷妄此人人本来面目也柰何以妄二之虧之遂分物我強起憎愛諸妄相因迷輪不返識迷下因富樓那自恨昔遭妄想而稱世尊諸妄圓滅似謂迷有所因妄有可滅故告以此如彼城中下牒喻重顯令了妄無因無可滅者資中曰自諸妄想展轉相因者如初一人忽然妄說遞遞相承乃至多人及推其本了無所實

汝但不隨分别世間業果衆生三種相續三緣斷故三因不生則汝心中演若達多狂性自歇歇即菩提勝淨明心本周法界不從人得何藉劬勞肎綮脩證

吳興曰三緣即業果中殺盜婬也三因即殺等三種貪也即指此因名爲狂性也溫陵曰世間業果衆生皆妙心影明如鏡中頭分别則妄故不隨分别則狂性自歇也以世間業果衆生爲三緣者妄心緣之而起也以殺盜婬爲三因者妄心因之而有也所謂自諸妄想展轉相因故斷而不生則狂性自歇也歇即菩提等者所謂但離妄緣即如如佛骨間肉曰肎筋肉結處曰綮莊子技經肎綮之未嘗今以肎綮譬微細惑結蓋劬勞脩證只爲妄惑妄因既息

惑結自除故不勞肎綮脩證也補註曰汝但不隨分别世間業果衆生三種相續三縁斷故三因不生者三縁三因即指三種相續之因縁也相續因縁即無明能所等也故前文云以是因縁世界相續等是也無明能所即微細惑結也即肎綮之所喻者也此之因縁既斷而不生則菩提心得矣蓋富那於前相續文中已聞妄爲明覺因明立所之説至此但問何因有妄是亦要緊一問窮到最深最微處矣如来欲示妄元無因自無藉口故引達多照鏡無因狂走以喻之引喻將終即復勸曰汝但不隨等如云汝但不隨妄見分别三種相續併其能所無明斷而不生則狂性自歇歇即菩提勝淨明心本周法界復何藉肎綮脩證㦲上所謂忽然狂歇頭非外得者義顯于此環師乃指殺盜婬三業爲三因岳師又指三業爲縁三貪爲因二師之意皆爲下文阿難一語之所礙耳阿難云世尊現説殺盜婬業者此乃就三種相續中畧舉業果而世界衆生在其間矣是則舉一該三本非獨指殺盜婬也且殺等三貪尚屬麤浮之惑此惑纔斷而便謂不籍肎綮脩證可乎古人指歇即菩提爲頓教者盖以其頓斷細惑而不藉脩證也詳味佛語厥旨甚明

譬如有人於自衣中繫如意珠不自覺知窮露他方乞食馳走雖實貧窮珠不曾失忽有智者指示其珠所願從心致大饒富方悟神珠非從外得

吴興曰衣喻五陰珠喻藏性由無明故不覺之妙用故窮露佛界如本國九界如他方求人天樂取偏小益猶乞食馳走妄情暫失真性本圓猶雖貧珠在佛如智者教如示珠證理起用則致大饒富也溫陵曰得珠之喻亦喻妄息真現不勞脩證也

即時阿難在大衆中頂禮佛足起立白佛世尊現說殺盜婬業三緣斷故三因不生心中達多狂性自歇歇即菩提不從人得斯則因緣皎然明白云何如來頓棄因緣我從因緣心得開悟世尊此義何獨我等年少有學聲聞今此會中大目揵連及舍利弗須菩提等從老梵志聞佛因緣發心開悟得成無漏今說菩提不從因緣則王舍城拘舍梨等所說自然成第一義惟垂大悲開發迷悶

溫陵曰遞躡上文起難爲後學決疑也上稱緣斷而因不生斯正因緣之義何前言頓棄邪今棄因緣則外道自然之說爲當矣富那之後復以阿難問難者諸決既明則進脩無滯將示脩證之門故又以當機之人發起

佛告阿難即如城中演若達多狂性因緣若得滅除則不狂性自然而出因緣自然理窮於是

溫陵曰狂因既滅則自然性出不狂之前二皆本無由是觀之凡所謂因緣自然本皆不有悉因狂妄而立故曰理窮於是

大佛頂如來密因脩證了義諸菩薩萬行首楞嚴經會解卷第七

音釋

遘古候切遇也　遏於曷切止也　羼初限切小德也　闥他達切門内也

綮去挺切結綮也　藉子夜切以蘭茅藉也

大佛頂如来密因修證了義諸菩薩萬行首楞嚴經會解卷第八

阿難演若達多頭本自然本自其然無然非自何因緣故怖頭狂走

温陵曰此以因緣破自然也自然者本自天然不假因緣也若本自然則或狂不狂無所然而非自矣夫何又假照鏡因緣而後狂走此自然之計墮矣

若自然頭因緣故狂何不自然因緣故失本頭不失狂怖妄出曾無變易何藉因緣

温陵曰此以自然破因緣也若本自不狂假因緣故狂則本自不失盍假因緣故失頭既不失特由狂妄則因緣之計墮矣補註曰達多不見已頭將謂失其頭矣故狂走今頭本在初不曾因照鏡而失又况他人照鏡亦不曾狂然則汝自然狂非關因緣矣

本狂自然本有狂怖未狂之際狂何所潛不狂自然頭本無妄何爲狂走

温陵曰若狂怖本於自然則是本有狂怖然既無所潛非本狂矣若狂怖不本於自然則頭本無妄何爲狂走非本不狂矣非本狂非不本狂足知自然因緣之説皆妄立矣

若悟本頭識知狂走因緣自然俱爲戲論是故我言三緣斷故即菩提心菩提心生生滅心滅此但生滅滅生俱盡無功用道若有自然如是則明自然心生生滅心滅此亦生滅無生滅者名爲自然猶如世間諸相雜和成一體者名和合性非和合者稱本然性本然

非然和合非合合然俱離離合俱非此句方名無戲論法

温陵曰菩提心中本無生滅亦無自然若謂菩提心生生滅心滅此但生滅非菩提也若謂滅生俱盡無功用道有自然者因是則明自然心生生滅心滅此亦生滅非菩提也而又反指無生滅者名爲自然皆則戲論辟如因有雜和故說和合而又反指非和合者稱本然性皆是對待妄立戲論之法直使然與非然合與非合一切遠離亦無遠離之心乃真無功用道無戲論法也

菩提涅槃尚在遥遠非汝歷刧辛勤脩證雖復憶持十方如來十二部經清淨妙理如恒河沙只益戲論

補註曰此責阿難之妄計也前文佛說緣斷狂歇歇即菩提阿難遂疑菩提從因緣得若棄因緣即屬自然故佛重舉狂諭反覆破之而復結曰若悟本頭識知狂走因緣自然俱爲戲論是故我言三緣斷故即菩提心如云戲論斷故即菩提心也菩提心生下復與詳示無戲論法至此乃責其妄計戲論戲論未斷即狂心未歇難契菩提故云菩提涅槃尚在遥遠苟非歷刧脩證雖持多經妙理只益戲論也

汝雖談說因緣自然決定明了人間稱汝多聞第一以此積劫多聞薰習不能免離摩登伽難何須待我佛頂神咒摩登伽心婬火頓歇得阿那含於我法中成精進林愛河乾枯令汝解脫

長水曰問阿難尚在初果登伽何以却證第三荅一約權實阿難示迹現多聞無功尚在初果登伽實人顯咒力功大速證第三二約根行阿難圓頓根發前經悟解或入信住登伽小機雖得第三望圓信住霄壤有異也孤山曰令汝解脫得離婬室也問此經惟圓登伽何證小果荅以接引小乘故重施小而皆解圓令云那含即圓教相似位也登伽實行乃證那含阿難權人示居初果若以登伽惟作小釋者則使此經全同阿含縱異阿含豈殊方等

是故阿難汝雖歷劫憶持如來秘密妙嚴不如一日脩無漏業遠離世間憎愛二苦如摩登伽宿爲婬女由神咒力銷其愛欲法中今名性比丘尼與羅睺母耶輸陀羅同悟宿因知歷世因貪愛爲苦一念熏脩無漏善故或得出纏或蒙授記如何自欺尚留觀聽

孤山曰脩無漏業者圓脩止觀則不漏落二種生死亦無漏失三諦義理無漏既深憎愛非淺捨妄取真去事就理悉名憎愛溫陵曰如摩登伽下明熏無漏業之速效也宿因即歷世貪愛苦因也出纏登伽也授記耶輸也如何下結責阿難令捨苦本脩無漏道無以貪愛存於心目也自初決擇真妄發明覺性乃至深窮萬法決通疑滯使其信解真正爲因地心因心既真斯可圓成果地脩證故前經爲見道分者止此下文別起爲脩道分也蓋雖見性真非脩莫證故即前了義示脩行門吳興曰依諸師以解行分經前開解竟後示行也然

則上根利器隨聞獲證楞嚴大體亦已備矣其有中下之器更俟談行思而脩之故假阿難等請入華屋於是廣示三摩提路

阿難及諸大衆聞佛示誨疑惑銷除心悟實相身意輕安得未曾有重復悲淚頂禮佛足長跪合掌而白佛言無上大悲清淨寶王善開我心能以如是種種因緣方便提奬引諸沉冥出於苦海

吳興曰疑惑銷除心悟實相者第三卷末說偈述益若作證悟此則增道也設作解悟今豈無證乎故知請行權爲發起耳

世尊我今雖承如是法音知如來藏妙覺明心徧十方界含育如來十方國土清淨寶嚴妙覺王刹如來復責多聞無功不逮脩習我今猶如旅泊之人忽蒙天王賜與華屋雖獲大宅要因門入惟願如來不捨大悲示我在會諸蒙暗者捐捨小乘畢獲如來無餘涅槃本發心路令有學者從何攝伏疇昔攀緣得陀羅尼入佛知見作是語已五體投地在會一心佇佛慈旨

溫陵曰失性如旅泊見性如華屋見性不脩如獲屋不入故請如來本發心路兾入佛知見也無餘涅槃圓果也本發心路圓因也既已見性又求入佛知見者見方開示脩乃悟入周稱天子曰天王簡諸王也

孤山曰法華明三陀羅尼即空假中三義也今請一心三觀攝伏妄想行門欲入初住三智一時開發故云入佛知見

爾時世尊哀愍會中緣覺聲聞於菩提心未自在者及爲當來佛滅度後末法衆生發菩

提心開無上乘妙脩行路宣示阿難及諸大衆汝等決定發菩提心於佛如來妙三摩提不生疲倦應當先明發覺初心二決定義云何初心二義決定阿難第一義者汝等若欲捐捨聲聞脩菩薩乘入佛知見應當審觀因地發心與果地覺爲同爲異阿難若於因地以生滅心爲本脩因而求佛乘不生不滅無有是處以是義故汝當照明諸器世間可作之法皆從變滅阿難汝觀世間可作之法誰爲不壞然終不聞爛壞虛空何以故空非可作由是始終無壞滅故

吳興曰空假離中皆名生滅中即空假是謂佛乘法華明聲聞緣覺不退菩薩不測佛智良由於此法皆變滅喻妄體無常空無爛壞喻真性常住

則汝身中堅相爲地潤濕爲水煖觸爲火動搖爲風由此四纒分汝湛圓妙覺明心爲視爲聽爲覺爲察從始入終五疊渾濁云何爲濁阿難譬如清水清潔本然即彼塵土灰沙之倫本質留礙二體法爾性不相循有世間人取彼土塵投於淨水土失留礙水亡清潔容貌汨然名之爲濁汝濁五重亦復如是

孤山曰由此四纒至五疊渾濁者四大纒縛總成五陰也以四大成五根而心王居中能令眼視耳聽鼻舌身覺心意則察因隨色聲而有受想行識故成五陰色爲始識爲終五陰翳彼湛圓故有劫等五重渾濁也今文五濁永異餘經餘經所明者見以五利爲體煩惱以五鈍爲體利鈍共十使也衆生但擥見慢果報立此假名命以

連持一期色心為體摧年促壽故曰命濁劫無别體但以四濁聚在其時故名劫濁今文不然蓋約五陰妄想為五濁也故下文色陰有堅固妄想受陰有虛明妄想等也補註曰諸師以三細六麄釋五濁莫若圓師釋作五陰妄想為易通且與辨魔中色陰盡則超劫濁等文辭義無礙也

阿難汝見虛空徧十方界空見不分有空無體有見無覺相織妄成是第一重名為劫濁

孤山曰此濁依於色陰夫四大五根五塵同名色陰今以眼根見空塵而說者以渾濁義顯故何故名劫濁邪以成住壞空四皆名劫故指見空名為劫濁有空無體者空無體質故有見無覺者以見空時無好醜違順可覺故相織妄成者以無體之空織無覺之見以無覺之見織無體之空乃妄見空而兩無其實此即土失留礙也渾濁真性過在茲乎此則如來方便巧示即指阿難目所對空成劫濁義

汝身現摶四大為體見聞覺知壅令留礙水火風土旋令覺知相織妄成是第二重名為見濁

孤山曰此濁依於受陰夫領納所緣名之為受而有六種謂六觸因緣生於六受但境有違順非違非順亦别故六受亦各有若受樂受不苦不樂受之異也相織妄成者六受為四大所壅故令留礙所以見不超色聞不出聲四大為六受所旋故令覺知也二法交織妄為受陰以其見境領納渾濁真性故名見濁

又汝心中憶識誦習性發知見容現六塵離塵無相離覺無性相織妄成是第三重名煩惱濁

長水曰憶過去境識現在塵誦習未來境界孤山曰此濁依於想陰能取所領之緣相名爲想而有六種謂取所領六塵之相爲六想也性發知見謂能取六想容現六塵謂所取六塵之相也以此相織妄成想陰既取著所領則擾亂甚前既渾真性故名煩惱濁

又汝朝夕生滅不停知見每欲留於世間業運每常遷於國土相織妄成是第四重名衆生濁

孤山曰此濁依於行陰造作之心能趣於果名爲行行有六種大品經中說爲六思思即是業謂於六想之後各起不善業善業無動業也知見即六思業運即隨善惡遷移國土亦世間也如私心雖戀鄉井以官事須往他郡例六道往還義亦如是相織妄成者知見欲留業運常去妄成行陰而去留假合渾濁真性名衆生濁

汝等見聞元無異性衆塵隔越無狀異生性中相知用中相背同異失準相織妄成是第五重名爲命濁

孤山曰此濁依於識陰了別所緣之境名爲識識有六種即是六識也元無異性者了別之心惟一故衆塵隔越者六塵不同故牽生六識故云無狀異生性中相知釋上元無異性也用中相背釋上無狀異生也眼不別聲耳不別色是相背也同異失

準者適言其同則用相背適言其異則性相知故無定準以此交織妄成識陰識住命存識去命謝渾濁眞性故名命濁

阿難汝今欲令見聞覺知遠契如來常樂我淨應當先擇死生根本依不生滅圓湛性成以湛旋其虛妄滅生伏還元覺得元明覺無生滅性爲因地心然後圓成果地脩證如澄濁水貯於靜器靜深不動沙土自沉清水現前名爲初伏客塵煩惱去泥純水名爲永斷根本無明明相精純一切變現不爲煩惱皆合涅槃清淨妙德

温陵曰見聞覺知六受用根也常樂我淨涅槃妙德也死生根本五濁業用也夫欲返妄契眞先當擇去生死妄本依不生滅圓湛之性以成其功如澄濁水必於靜器也吳興曰以圓湛之性旋虛妄之心斯盖脩三止觀照三諦境伏斷生滅證無生滅也伏還下因該十信然後下果通分滿靜器即止觀之心也信前猶淺入信漸深沙土自深麄垢先落也清水現前三諦似顯也檇李曰客塵煩惱諸經論皆說名煩惱障天台目爲界内見思等根本無明諸經論皆說爲所知障智障等天台目爲界外見思言永斷者且約從因至果通相而說理實妙覺方名永斷故曰明相精純孤山曰一切變現即隨機所感十界現形也俱是淨用故云不爲煩惱即用是體故云皆合涅槃

第二義者汝等必欲發菩提心於菩薩乘生大勇猛決定棄捐諸有爲相應當審詳煩惱

根本此無始來發業潤生誰作誰受阿難汝脩菩提若不審觀煩惱根本則不能知虛妄根塵何處顛倒處尚不知云何降伏取如來位

吳興曰發業潤生者此指煩惱也誰作誰受者此推根本也意顯六根自作自受補註曰初義審因地發心故指五濁業用爲生死根本即虛妄滅生者也令其擇之旋之而依圓湛不生滅性以成其功也次義令審煩惱根本無含選擇圓根之意故下即指六根媒賊劫家爲煩惱根本而繼以世界相涉之義備顯六根功德數量定其優劣次第發揚令知所擇耳既得無生滅性爲因地心又審煩惱根本知所降伏復擇圓根爲一門深入然則六根清淨乃至圓成果地脩證者無出二決定義也

阿難汝觀世間解結之人不見所結云何知解不聞虛空被汝隳裂何以故空無相形無結解故則汝現前眼耳鼻舌及與身心六爲賊媒自劫家寶由此無始衆生世界生纏縛故於器世間不能超越

溫陵曰汝觀下釋上須知其處也引空義者謂除無結則無解而孰能無結哉則汝下示虛妄根塵顛倒也眼等六媒妄根也媒引六賊妄塵也自劫真性顛倒也吳興曰外之六塵内之六識皆由眼等引發和合故云六爲賊媒所起煩惱害如來藏故云自劫家寶由六根所起煩惱故發業潤生乃有無始衆生世界等孤山曰衆生世界是正報器世界是依報以由正報纏縛

故於依報不能超越故下但約正報而明也

阿難云何名爲衆生世界世爲遷流界爲方位汝今當知東西南北東南西南東北西北上下爲界過去未來現在爲世方位有十流數有三一切衆生織妄相成身中貿遷世界相涉而此界性設雖十方定位可明世間只目東西南北上下無位中無定方四數必明與世相涉三四四三宛轉十二流變三疊一十百千總括始終六根之中各各功德有千二百

溫陵曰衆生世界亦具四方即左右前後是也世者三際迭遷界者各從定位界位有十世數有三一身所具理自互涉故曰身中貿遷世界相涉界方雖十常數惟四三四互涉故曰宛轉三世流變故有三疊自一疊十十疊百百疊千成千二百六根各具然此權依世論以顯妙用大畧耳若夫六解一亡互用圓照則何數量所及哉

吳興曰此約十二遷流變易共成三重也一十百千者通舉增數之法耳謂增一爲十增十爲百等今且以方涉世明三疊者第一約四方各論三世共成十二也第二於東方三世變一爲十成三十南西北方亦復如是四方各三十成一百二十也第三於東方三十變十爲百成三百三方亦爾四方各三百成一千二百也以世涉方其例可解斯蓋如來只指凡夫六根根塵相織世界相涉從麄至細且至三疊以彰厥德大意令知現前見聞覺知刹那刹那

皆涉方世麄細之相也此據六根了別之性是同故云各各功德有千二百下對六塵了別之用有異所以功德全闕不等前文云性中相知用中相背不其然乎慜師約三世四方具有五根五塵成百二十一一根塵熏成十類衆生爲千二百沇公非之節公是之而敏師又謂十二中一一皆具十善成百二十一一善中具十如是成千二百然佛旨難測人情異端茍無的據誰爲至當至於資中孤山長水但合數而已皆變疊不同余雖別解亦未敢配其法相來括無黨惟善是從補註曰上下無位者指著上下皆是四方之上下也除此別無上下故曰無位中無定方者謂四隅之中也隅以兩方交接而得名既一隅而屬兩方故曰無定方也

阿難汝復於中克定優劣如眼觀見後暗前明前方全明後方全暗左右旁觀三分之二統論所作功德不全三分言功一分無德當知眼惟八百功德

温陵曰先顯織妄欲明根結之始次辨優劣欲明耳根圓通使知所選也補註曰若以一方三百言之則前與左右合成九百義不通也當知四方各二百四隅各一百今眼所見前及左右三方已成六百併前二隅二百共成八百惟後方二百及後二隅二百不見故云三分之二也

如耳周聽十方無遺動若邇遥靜無邊際當知耳根圓滿一千二百功德

温陵曰能周聽故功全也動若等者隨彼

之動則似有近遠在我之靜則周聽無邊

如鼻齅聞通出入息有出有入而闕中交驗於鼻根三分闕一當知鼻惟八百功德

溫陵曰出能取香入能聞香出入之中無能故闕中交長水曰出入中交共成三分一分四百闕於中交故惟八百

如舌宣揚盡諸世間出世間智言有方分理無窮盡當知舌根圓滿一千二百功德

溫陵曰世出世智所知之境惟舌詮顯其言雖局其理不窮孤山曰取能言說不論嘗味若取嘗味其功則劣以合中知故

如身覺觸識於違順合時能覺離中不知離一合雙驗於身根三分闕一當知身惟八百功德

溫陵曰離闕一分合全二分曰離一合雙孤山曰離一合雙者離中不知是闕一分合時能覺有違有順故具二分

如意默容十方三世一切世間出世間法惟聖與凡無不包容盡其涯際當知意根圓滿一千二百功德

真際曰意識獨生徧緣諸法故云默容孤山曰此經明六根功德與法華不同今示發覺初心令知顛倒處所故辨六根優劣之用意在阿難擇於耳根以爲脩證之本彼明依經脩行已發相似之解而六根清淨互用無方雖眼八百亦具餘五根功德乃至意根亦復如是即同今文一根既返元六根成解脫

阿難汝今欲逆生死欲流返窮流根至不生滅當驗此等六受用根誰合誰離誰深誰淺

誰爲圓通誰不圓滿若能於此悟圓通根逆彼無始織妄業流得循圓通與不圓根日劫相倍

温陵曰流根即妙湛不動者也次之而出流逸奔境名生死流逆之而入反流全一名不生滅六受用根即上所明者循圓則合性而深不圓則離性而淺深淺相遼故遲速之功日劫相倍夫欲速返須擇圓根也

我今備顯六湛圓明本所功德數量如是隨汝詳擇其可入者吾當發明令汝增進十方如來於十八界一一脩行皆得圓滿無上菩提於其中間亦無優劣但汝下劣未能於中圓自在慧故我宣揚令汝但於一門深入入一無妄彼六知根一時清淨

吳興曰六湛圓明等指六根妄明功德全是真明本性所具由真具故所以妄具温陵曰得圓自在慧則十八界無非圓通然下劣初機未能圓得且自一門而入一根無妄則六皆清淨不惟悟十八界塵塵剎剎皆圓通矣

阿難白佛言世尊云何逆流深入一門能令六根一時清淨佛告阿難汝今已得須陀洹果已滅三界衆生世間見所斷惑然猶未知根中積生無始虛習彼習要因脩所斷得何況此中生住異滅分劑頭數

温陵曰湛圓因惑而分一六因惑而生將告一六之義先與辨惑也孤山曰見諦所斷之惑即八十八使也脩道所斷之惑即八十一思也生住異滅即同體無明也分

劑頭數謂初住以上至于妙覺四十二品也虛習猶云妄惑也

今汝且觀現前六根爲一爲六阿難若言一者耳何不見目何不聞頭奚不履足奚無語若此六根决定成六如我今會與汝宣揚微妙法門汝之六根誰来領受阿難言我用耳聞佛言汝耳自聞何關身口口来問義身起欽承是故應知非一終六非六終一終不汝根元一元六阿難當知是根非一非六由無始来顛倒淪替故於圓湛一六義生汝須陀洹雖得六銷猶未亡一

孤山曰金剛般若云須陀洹名爲入流而無所入不入色聲香味觸法此即六銷也猶未亡一者執有涅槃也以小乘所證全是無明故資中曰不因六塵所造新業名得六銷尚迷六根而爲一體故未亡一吳興曰流師所解一體之義異乎涅槃但一義未明耳應知下文見精乃至知精元是一體

如太虛空叅合群器由器形異名之異空除器觀空說空爲一彼太虛空云何爲汝成同不同何况更名是一非一則汝了知六受用根亦復如是

溫陵曰虛空本非同異喻圓湛本非一六合器除器喻一六義生之由也知虛空之同異是非了無所立則一六併亡而圓湛不分矣一六既無而現有六根者由粘湛妄發耳故下原其妄發之源以示之補註曰前以阿難未明一入六淨之說故佛欲與明之始則辨惑謂其積生虛習等尚亦

脩斷宜其未知一入六淨之説也次則難
以一六令知兩無定趣乃直示之曰當知
是根非一非六由顛倒故一六義生也今
文如太虛空下諭一六義生彼太虛空下
諭本非一六例合後文由明暗等至見精
暎色結色成根等即一六義生也汝但不
循下至隨拔一根五粘圓脱即本非一六
也即正釋阿難一入六淨之疑也
由明暗等二種相形於妙圓中粘湛發見見
精暎色結色成根根元目爲清淨四大因名
眼體如蒲萄朶浮根四塵流逸奔色
吳興曰粘湛發見者由明暗等塵染起淨
性也他皆放此檇李曰見精暎色下勝義
根也雖用能造所造八法爲體是不可見
有對色能照境發識乃聖人所知之境其
義深遠非同塵境麤淺故名清淨此是染
中説淨非無漏妙明之淨也因名眼體下
浮塵根也亦名世俗根以麤淺易知故翻
前立名亦用能所八法爲體今言四塵但
舉所造也問浮塵但與勝義爲所依處不
能照境發識何言流逸奔色荅理實勝義
然浮塵是所依處舉所依顯能依也又連
上清淨四大爲言義亦無失能造者地水
火風四大也所造者色香味觸四塵也餘
五例此
由動靜等二種相擊於妙圓中粘湛發聽聽
精暎聲卷聲成根根元目爲清淨四大因名
耳體如新卷葉浮根四塵流逸奔聲由通塞
等二種相發於妙圓中粘湛發齅齅精暎香
納香成根根元目爲清淨四大因名鼻體如

雙垂爪浮根四塵流逸奔香由恬變等二種相叅於妙圓中粘湛發嘗嘗精暎味絞味成根根元目爲清淨四大因名舌體如初偃月浮根四塵流逸奔味由離合等二種相摩於妙圓中粘湛發覺覺精暎觸摶觸成根根元目爲清淨四大因名身體如腰鼓顙浮根四塵流逸奔觸由生滅等二種相續於妙圓中粘湛發知知精暎法攬法成根根元目爲清淨四大因名意思如幽室見浮根四塵流逸奔法

孤山曰粘湛發知者妄慮知也根元下此取肉團心根爲慮知之所託也故勝義根還是清淨四大如幽室見即浮塵根爲意思託附如處幽室正法念經云如蓮華開合者是也

阿難如是六根由彼覺明有明明覺失彼精了粘妄發光是以汝今離暗離明無有見體離動離靜元無聽質無通無塞齅性不生非變非恬嘗無所出不離不合覺觸本無無滅無生了知安寄

孤山曰由彼覺明真明也有明明覺妄明也迷彼真明故云失彼精了成此妄明故云粘妄發光温陵曰是以汝今下釋上因妄發故六皆虛妄若離六塵悉無自體

汝但不循動靜合離恬變通塞生滅明暗如是十二諸有爲相隨拔一根脫粘內伏伏歸元真發本明耀耀性發明諸餘五粘應拔圓脫不由前塵所起知見明不循根寄根明發由是六根互相爲用

温陵曰粘妄則由塵而循根故成隔礙脫

粘則不循特寄根而巳故能互用吳興曰寄二種根覺明開發故千二百功德根根互用也孤山曰用有真似似如法華真如華嚴

阿難汝豈不知今此會中阿那律陀無目而見跋難陀龍無耳而聽殑伽神女非鼻聞香驕梵鉢提異舌知味舜若多神無身覺觸如来光中映令暫現既為風質其體元無諸滅盡定得寂聲聞如此會中摩訶迦葉久滅意根圓明了知不因心念

溫陵曰那律尊者因精進失明而能見賢喜龍王無耳而聽恒河之神無鼻聞香驕梵受牛呞報故曰異舌舜若多神主空神也其質如風而能覺觸脩滅盡定得空寂者意根斯滅如大迦葉雖滅意根而能了知孤山曰殑伽河名此云天堂来以其自雪山頂無熱惱池流出故也那律等六人或是凡夫業報或是小聖脩得斯皆妄力尚不依根何况圓脫豈無互用

阿難今汝諸根若圓拔巳內瑩發光如是浮塵及器世間諸變化相如湯銷氷應念化成無上知覺阿難如彼世人聚見於眼若令急合暗相現前六根黯然頭足相類彼人以手循體外繞彼雖不見頭足一辨知覺是同緣見因明暗成無見不明自發則諸暗相永不能昏根塵既銷云何覺明不成圓妙

吳興曰真智如湯妄境如氷了妄即真化成知覺前明真覺不由於根故舉那律無目能見等今示真覺不假於緣故指世人暗中有辨也彼人即指合眼之人循體謂

繞他人之體知覺是同言暗中知覺與明中所見不殊凡夫尚有不假明緣而能有辨況聖人眞覺何籍緣發乎緣見下指妄不明下顯眞畧示明暗諸緣例爾

阿難白佛言世尊如佛說言因地覺心欲求常住要與果位名目相應世尊如果位中菩提涅槃眞如佛性菴摩羅識空如來藏大圓鏡智是七種名稱謂雖別清淨圓滿體性堅凝如金剛王常住不壞若此見聽離於明暗動靜通塞畢竟無體猶如念心離於前塵本無所有云何將此畢竟斷滅以爲脩因欲獲如來七常住果

溫陵曰離幻復眞常住不壞名常住果而見聽六用離塵無體是斷滅法依斷滅因求常住果焉得相應邪此誤認緣塵迷失常性也由失常性故難契常果實脩證大患故須難明也諸佛所得曰菩提寂靜常樂曰涅槃不妄不變曰眞如離過絶非曰佛性分別一切而無染著曰菴摩羅識一法不立煩惱蕩盡曰空如來藏洞照萬法而無分別曰大圓鏡智菴摩羅此云無垢即第九白淨識也此已成智而名識者以能分別故楞伽經曰分別是識無分別是智有空如來藏有不空如來藏有空不空如來藏寶積經曰空如來藏離不解脫一切煩惱不空如來藏具河沙佛不思議法空不空如來藏隨爲色空普應一切後二隨用得名獨空如來藏爲眞體故爲果號

世尊若離明暗見畢竟空如無前塵念自性滅進退循環微細推求本無我心及我心所

将誰立因求無上覺如来先說湛精圓常違越誠言終成戲論云何如来真實語者惟垂大慈開我蒙恡

溫陵曰復揣六用疑若斷滅反以佛說湛常爲不誠而近乎戲論不得爲真實語者

佛告阿難汝學多聞未盡諸漏心中徒知顛倒所因真倒現前實未能識恐汝誠心猶未信伏吾今試将塵俗諸事當除汝疑

溫陵曰倒因即疑妄分別也真倒即執常爲斷也

即時如来勑羅睺羅擊鐘一聲問阿難言汝今聞不阿難大衆俱言我聞鐘歇無聲佛又問言汝今聞不阿難大衆俱言不聞時羅睺羅又擊一聲佛又問言汝今聞不阿難大衆又言俱聞佛問阿難汝云何聞云何不聞阿難大衆俱白佛言鐘聲若擊則我得聞擊久聲銷音響雙絕則名無聞

溫陵曰此但無聲非謂無聞必再擊疊問者欲令審辨而有悟也

如来又勑羅睺擊鐘問阿難言汝今聲不阿難大衆俱言有聲少選聲銷佛又問言爾今聲不阿難大衆荅言無聲有頃羅睺更来撞鐘佛又問言爾今聲不阿難大衆俱言有聲佛問阿難汝云何聲云何無聲阿難大衆俱白佛言鐘聲若擊則名有聲擊久聲銷音響雙絕則名無聲

溫陵曰上荅爲倒此答爲正盖聲有生滅聞性常在迷情不了以聞同聲是以常爲斷也

佛語阿難及諸大衆汝今云何自語矯亂大

衆阿難俱時問佛我今云何名爲矯亂佛言我問汝聞汝則言聞又問汝聲汝則言聲惟聞與聲報荅無定如是云何不名矯亂阿難聲銷無響汝説無聞若實無聞聞性已滅同于枯木鐘聲更擊汝云何知知有知無自是聲塵或無或有豈彼聞性爲汝有無聞實云無誰知無者是故阿難聲於聞中自有生滅非爲汝聞聲生聲滅令汝聞性爲有爲無

温陵曰聲塵或有或無聞性未嘗有無所謂聲無亦無滅聲有亦非生此即不生不滅真常性也夫知無者亦因聞根不可謂無聲則無聞也是故阿難下牒上顯常也

吴興曰前阿難通疑六根離塵無體云何将此斷滅爲因欲獲常果如来所以别顯聞性爲常者誠欲發耳根圓通之機也

汝尚顛倒惑聲爲聞何怪昏迷以常爲斷終不應言離諸動静閉塞開通説聞無性如重睡人眠熟床枕其家有人於彼睡時擣練春米其人夢中聞春擣聲别作他物或爲擊鼓或爲撞鐘即於夢時自怪其鐘爲木石響於時忽寤遄知杵音自告家人我正夢時惑此春音将爲鼓響阿難是人夢中豈憶静揺開閉通塞其形雖寐聞性不昏縱汝形銷命光遷謝此性云何爲汝銷滅

吴興曰所舉寐事驗妄識至昏而真性不昧也復恐惑者謂寐雖不昏死豈不滅邪故重示云縱汝形銷等

以諸衆生從無始来循諸色聲逐念流轉曾不開悟性淨妙常不循所常逐諸生滅由是生生雜染流轉若棄生滅守於真常常光現

前根塵識心應時銷落想相爲塵識情爲垢二倶遠離則汝法眼應時清明云何不成無上知覺

温陵曰不悟性常故逐諸生滅能守常性常果可冀矣前令審擇常性爲因地心而阿難牒難故此結告也吳興曰通別二惑倶名塵垢真似所證皆號法眼此眼具五方曰清明

大佛頂如来密因修證了義諸菩薩萬行首楞嚴經會解卷第八

音釋

奬即兩切勸也助也　旅力舉切鄉丨也　疇直由切侶也　佇真呂切久立也　擥盧敢切手丨物也　摶度官切丨取也　齅許救切鼻取氣也　顙蘇朗切額也

大佛頂如来密因脩證了義諸菩薩萬行首楞嚴經會解卷第九

天竺沙門般刺密帝譯

烏萇國沙門彌伽釋迦譯語

菩薩戒弟子前正議大夫同中書門下平章事房融筆受

師子林沙門　惟則　會解

阿難白佛言世尊如来雖說第二義門今觀世間解結之人若不知其所結之元我信是人終不能解世尊我及會中有學聲聞亦復如是從無始際與諸無明俱滅俱生雖得如是多聞善根名爲出家猶隔日瘧惟願大慈哀愍淪溺今日身心云何是結從何名解亦令未来苦難衆生得免輪迴不落三有作是語已普及大衆五體投地雨淚翹誠佇佛如来無上開示

溫陵曰前第二義文云不見所結云何知解故此牒之而請也孤山曰同體無明品數至多又迷境不一故曰諸生滅去来常在妄中故曰俱補註曰世之瘧病隔日而發爲其病根未除故爾喻有學聲聞通惑雖破而別惑病根未除也

爾時世尊憐愍阿難及諸會中諸有學者亦爲未來一切衆生爲出世因作将来眼以閻浮檀紫金光手摩阿難頂即時十方普佛世界六種震動微塵如来住世界者各有寶光從其頂出其光同時於彼世界来祇陀林灌如来頂是諸大衆得未曾有於是阿難及諸大衆俱聞十方微塵如来異口同音告阿難言善哉阿難汝欲識知俱生無明使汝輪轉

生死結根惟汝六根更無他物汝復欲知無上菩提令汝速證安樂解脫寂靜妙常亦汝六根更無他物

溫陵曰先摩其頂者表無上開示也六震者動起踊吼震擊表破六根妄結也諸佛頂光灌釋迦頂者示同發明無上頂法異口同告者示諸佛脫生死證菩提皆由斯要也俱生即根本無明也生死妙常同因六根者知見立知故輪生死知見無見即證妙常如下所明

阿難雖聞如是法音心猶未明稽首白佛云何令我生死輪迴安樂妙常同是六根更非他物佛告阿難根塵同源縛脫無二識性虛妄猶如空華

吳興曰根塵識三攝十八界本如來藏妙真如性故曰同源凡夫迷真故縛聖人悟真故脫迷悟雖殊始終理一故曰無二同源必兼識性虛妄必具根塵文綺互也

阿難由塵發知因根有相相見無性同於交蘆

吳興曰塵相通指六境知見略示二根根境對論攝十二處斯皆兩法相涉內無實性故喻若交蘆有以根境識三釋此喻者非也而不知經語巧妙從寬至狹上攝界義故三此攝處義故二下文又略其境單言其根故言知見立知等

是故汝今知見立知即無明本知見無見斯即涅槃無漏真淨云何是中更容他物

孤山曰上言立知而略見下言無見而略知經文互影也執知見實有名立知見此

即妄心是生死輪迴之本故云即無明本達知見無性名無知見此即真心安樂妙常故云斯即涅槃無漏真淨是則惟一真心更無別法故曰云何是中更容他物又解知見立知是迷真知見立緣塵等妄知見故即無明知見無見是達真知見無緣塵等妄知見故即涅槃故前文云入佛知見也佛知見外更無別法故不容他物前釋約常心即寂一切皆泯後釋約常心即照有真知見故茲兩釋並符佛旨補註曰云何是中更容他物者由上諸佛告阿難言輪生死證妙常惟汝六根更非他物阿難於此有疑舉以問佛佛乃兼引根塵識三映帶辨釋而復結以知見立知等語知見二字通攝六根言爲無明爲涅槃無非六根而已豈更容他物哉此蓋釋阿難之疑而證諸佛之言也又阿難前云若不知其所結之元我信是人終不能解又云今日身心云何是結從何名解故如来荅以知見立知即是結也即是所結之元也知見無見即名解也

爾時世尊欲重宣此義而説偈言

真性有爲空　緣生故如幻　無爲無起滅
不實如空華

吴興曰真性即根塵之源也有爲即縛脱之相也若真性在迷能生九界根塵之相名之爲縛若真性出纏能起十界根塵之用號之爲脱此縛與脱皆即真而俗故曰有爲亦即俗而真故曰空也緣生故如幻釋成有空義也有爲之法皆從緣生凡夫

以惑業爲緣聖人以機感爲緣二緣所生俱是假名故云如幻此頌根塵同緣縛脫無二也無爲下頌識性虛妄猶如空華上言如幻助成空義耳今云空華正顯虛妄也且識性是有爲起滅之法真性反此故曰無爲無起滅既云虛妄即是不實故喻如空華舊以前二句破有爲後二句破無爲出掌珎論

言妄顯諸真　妄真同二妄　猶非真非真
云何見所見　中間無實性　是故若交蘆

吳興曰前長行但破於妄今復恐捨妄取真故重遣之孤山曰諸之也語助耳言根塵虛妄則顯涅槃真實對妄說真待對不絕真亦成妄故云二妄龍樹云若法爲待成是法還成待猶非能遣也真非真所遣也非真即妄見即是根所見即境對妄說真猶皆遣蕩云何更有妄中根境乎中間謂根境二法體中無性此頌相見無性同於交蘆

結解同所因　聖凡無二路　汝觀交中性
空有二俱非　迷晦即無明　發明便解脫

吳興曰欲明解結泛舉所因所因者六根也前諸佛同告云汝欲識知生死結根乃至速證安樂解脫惟汝六根更非他物正同此義孤山曰汝觀下重牒前喻令審觀也言空則蘆有外相言有則蘆中本空以喻根境妄執似有其體元空迷晦下頌知見立知及知見無見等

解結因次第　六解一亦亡　根選擇圓通
入流成正覺

溫陵曰躡前結解之義起後圓通之文也六解則根拔一亡則湛圓選得圓根則入聖流證聖果矣

陀那微細識　習氣成暴流　真非真恐迷

我常不開演

溫陵曰陀那下頌根結初起之由也陀那此翻執持執持種子發起現行即第八梨耶含藏種子爲習氣積生識浪爲暴流湛由是分結由是起也此識依真如合生滅雜乎真妄之間故曰真非真也若以爲真恐迷妄習而自誤以爲非真恐迷自性而外求故權小教中皆不開演也深密經曰阿陀那識甚微細一切種子成暴流我於凡愚不開演恐彼分別執爲我外道所執神我即此識也

自心取自心　非幻成幻法　不取無非幻

非幻尚不生　幻法云何立

溫陵曰頌解結入圓之要也一切諸法惟心所現而於中取著妄成根結是自心取自心非幻成幻法也由妄取故有幻非幻若不妄取非幻亦無非幻尚無幻法何有幻法不立則根塵頓淨圓通現前矣

是名妙蓮華　金剛王寶覺　如幻三摩提

彈指超無學　此阿毗達磨　十方薄伽梵

一路涅槃門

溫陵曰此結頌也此之法門於淨不著於染不汚名妙蓮華根境結惑擬之則銷名金剛王覺即爲無爲亡情絕解名如幻正受依此脩進一彈指間可超無學而入圓位也阿毗達磨云無比法十方如來迴出

生死速證寂常莫不由斯故曰十方薄伽梵一路涅槃門薄伽尊號具六義謂自在熾盛端嚴名稱吉祥尊貴孤山曰彈指超無學顯三止之功也若入地住則超小乘阿羅漢位縱入相似亦超無學以同除四住此處爲齊若伏無明三藏則劣又縱在觀行亦超無學如太子處胎貴壓群臣頻伽在鷇聲逾衆鳥

於是阿難及諸大衆聞佛如來無上慈誨衹夜伽陀雜糅精瑩妙理清徹心目開明歎未曾有阿難合掌頂禮白佛我今聞佛無遮大悲性淨妙常真實法句心猶未達六解一亡舒結倫次惟垂大悲再愍斯會及與将来施以法音洗滌沉垢

吳興曰衹夜云應頌又云重頌即頌上長行也伽陀云諷頌亦畧云偈不因長行但諷美而頌之二頌合明故云雜糅精瑩此指能詮也妙理清徹此謂所詮也溫陵曰無遮大悲言其博濟也性淨妙常真實法句則真妄兩忘稱性之談也沉垢微細結惑也長水曰由前偈云解結因次第六解一亦亡故此疑之

即時如来於師子座整涅槃僧斂僧伽梨攬七寶几引手於几取劫波羅天所奉華巾於大衆前綰成一結示阿難言此名何等阿難大衆俱白佛言此名爲結於是如来綰疊華巾又成一結重問阿難此名何等阿難大衆又白佛言此亦名結如是倫次綰疊華巾總成六結一一結成皆取手中所成之結持問阿難此名何等阿難大衆亦復如是次第酬

佛此名爲結

溫陵曰涅槃僧裹衣也僧伽梨大衣也劫波羅云時分即夜摩天也補註曰由阿難未達六解一亡舒結倫次故如來示一巾成六結令悟六解則一亡示綰結之有次第令悟舒結之有倫次也

佛告阿難我初綰巾汝名爲結此疊華巾先實一條第二第三云何汝曹復名爲結阿難白佛言世尊此寶疊華緝績成巾雖本一體如我思惟如來一綰得一結名若百綰成終名百結何況此巾秖有六結終不至七亦不停五云何如來只許初時第二第三不名爲結佛告阿難此寶華巾汝知此巾元止一條我六綰時名有六結汝審觀察巾體是同因結有異於意云何初綰結成名爲第一如是乃至第六結生吾今欲將第六結名成第一不不也世尊六結若存斯第六名終非第一縱我歷生盡其明辨如何令是六結亂名佛言如是六結不同循顧本因一巾所造令其雜亂終不得成則汝六根亦復如是畢竟同中生畢境異

吳興曰同謂一真之性理本無差譬巾之體也異謂六根之精事用有別如巾之結也補註曰此謂六結若存則倫次不容雜亂下言六結若解則一六俱亡

佛告阿難汝必嫌此六結不成願樂一成復云何得阿難言此結若存是非鋒起於中自生此結非彼彼結非此如來今日若總解除結若不生則無彼此尚不名一六云何成佛言六解一亡亦復如是

温陵曰不成謂是非鋒起不成一體也願樂一成莫非解除結惑不生則同異圓泯故曰尚不名一六云何成吴興曰六根之精元是一真之性以隨緣故在眼曰見精在耳曰聽精等此皆如第二月捏所成故若能隨根脫粘内伏六既融一一亦斯亡如解結已巾亦無用

由汝無始心性狂亂知見妄發發妄不息勞見發塵如勞目睛則有狂華於湛精明無因亂起一切世間山河大地生死涅槃皆即狂勞顛倒華相

吴興曰知見發妄此屬能見之相勞見發塵即對所見之境惟妄與勞五住備矣如勞目睛下雙喻其義一切世間下示塵勞之相

阿難言此勞同結云何解除如来以手将所結巾偏掣其左問阿難言如是解不不也世尊旋復以手偏牽右邉又問阿難如是解不不也世尊佛告阿難吾今以手左右各牽竟不能解汝設方便云何解成阿難白佛言世尊當於結心解即分散佛告阿難如是如是若欲除結當於結心

吴興曰左右牽掣俱不能解喻觀二邉皆不能破根本無明凡夫外道以斷常爲二邉二乘菩薩以空有爲二邉雖曰伏斷猶存巾結若欲除結當於結心者知見立知即名爲結觀知中道是謂結心結不離巾解之則一知不異道亡之則中補註曰上心性狂亂等示其根結之由展轉虛妄此掣巾等示其解結之方也

阿難我說佛法從因緣生非取世間和合麄相

吴興曰既令解結當於結心欲使選根而修圓行故示佛法從因緣生反顯若無因緣佛法無由而生也如前文云譬如琴瑟雖有妙音若無妙指終不能發是則圓修定慧是今因緣若三藏中事六度等皆是世間和合麄相

如來發明世出世法知其本因隨所緣出如是乃至恒沙界外一滴之雨亦知頭數現前種種松直棘曲鵠白烏玄皆了元由是故阿難隨汝心中選擇六根根結若除塵相自滅諸妄銷亡不真何待

孤山曰世謂六凡出世謂四聖知此十界皆因於心隨無明之染緣則出九界隨教行之淨緣則出佛界故法華云佛種從緣起涅槃云亦有因緣因滅無明則得熾然三菩提燈吴興曰佛有權實二智實智㝠理權智鑑物發明世出世法乃至知其種種元由者皆權智所鑑也既於情無情照了不昧顯今所說解結之法及選根之義悉是鑑物宜然固無差謬矣長水曰選擇六根者前文云若能於此悟圓通根與不圓根日劫相倍故令選擇

阿難吾今問汝此劫波羅巾六結現前同時解縈得同除不不也世尊是結本以次第綰生今日當須次第而解六結同體結不同時則結解時云何同除

吴興曰綰巾成結雖有次第粘湛成根必無倫緒故不可以喻而難於法也盖言見

聞覺知六用差別如次第綰生也選擇六根隨於一根發觀如次第而解也懿師云意明六根不可齊觀但依一根入證自然銷六斯會經意焉

佛言六根解除亦復如是此根初解先得人空空性圓明成法解脫解脫法已俱空不生是名菩薩從三摩地得無生忍

吳興曰小乘析觀乃是作意先破人執次破法執然後會入空平等理大乘體觀人法無殊空非前後今言此根初解先得人空者亦猶前文如澄濁水沙土自沉蓋任運而然也沇師以天台別教釋之孤山斥云其失非小應知人空是破五陰假名即見惑也法空是破五陰實法即思惑也乃至破涅槃淨法即無明也俱空不生即平等空所空既盡能空亦滅如前火木然諸薪已亦復自然如是三空皆以中道而為觀體苟非此者何異解巾左右牽掣乎

阿難及諸大衆蒙佛開示慧覺圓通得無疑惑一時合掌頂禮雙足而白佛言我等今日身心皎然快得無礙雖復悟知一六亡義然猶未達圓通本根世尊我輩飄零積劫孤露何心何慮預佛天倫如失乳兒忽遇慈母若復因此際會道成所得密言還同本悟則與未聞無有差別惟垂大悲惠我祕嚴成就如來最後開示作是語已五體投地退藏密機冀佛冥授

溫陵曰慧覺圓通存乎一心已蒙開示故身心皎然圓通本根冥乎萬法猶未通達故冀佛冥授也密言即發明慧覺之言也

祕嚴即圓通本根祕要也慧覺圓通我固有之故雖因客言還同本悟若不開祕嚴則與未聞無異故别求開示也二十五聖於根塵七大各悟圓通是知本根冥乎萬法也佛不顯説而因衆敷陳是謂冥授也退藏密機即息慮疑心也

爾時世尊普告衆中諸大菩薩及諸無漏大阿羅漢汝等菩薩及阿羅漢生我法中得成無學吾今問汝最初發心悟十八界誰爲圓通從何方便入三摩地

孤山曰此下二十五聖觀十八界及以七大乃是開合之殊耳識大則合於六識根大則合於六根餘之五大則總收六境以六境之體不出地水火風及空故也但言十八則已攝七故前文云十方如來於十八界一一脩行皆得圓滿無上菩提又此十八只是六根以各開根境識三故是則言六其義亦周故前文云令汝生死輪轉安樂妙常同是六根更非他物

憍陳那五比丘即從座起頂禮佛足而白佛言我在鹿苑及於雞園觀見如来最初成道於佛音聲悟明四諦佛問比丘我初稱解如来印我名阿若多妙音密圓我於音聲得阿羅漢佛問圓通如我所證音聲爲上

孤山曰妙音密圓者密悟圓理也或曰涅槃説身因而皆小聖淨名入不二則俱大士惟兹二十五聖大小相叅而云方便多門歸元不二且陳那身子近悟偏空普賢彌勒久證圓理久近兩異偏圓二殊安得圓通其歸一揆對曰涅槃叙昔則小無大

分淨名方等則大隔小乘其談所證豈得相混至若今經二乘作佛與法華同塗闡提有性将涅槃共轍教已開顯偏即圓融故使鹿苑之所證同成一乘之頓理均乎普賢諒無慙德此約實行聲聞也若乃內祕大道外現小乘則鹿苑以来何嘗非大既經發迹一撥何疑此約權行聲聞也悟理既同誰拘遠近以此觀之則大小相參之說怡然理順遠近偏圓之惑渙然氷釋吳興曰夫開權顯實之說惟諸佛祕要之事非諸菩薩羅漢所能顯示其猶禮樂征伐自天子出非諸侯之事今佛所問最初發心悟十八界誰爲圓通者且欲諸聖各述本根權實之道耳在昔方便未會真實諸聲聞人言與菩薩同入法性孰不自謂悟入圓通如陳那等雖曰妙音密圓但是聞生滅四諦微密圓悟未可混同如来藏理故中阿含云我至波羅柰擊妙甘露鼓又云如来說法初中後妙豈彼妙名便同法華之妙乎只如下文說緣覺聲聞云勝妙現圓及勝性現圓又說大梵善見身心妙圓及妙見圓澄豈此妙圓亦同圓覺妙明之性乎應知如来先令諸聖次第說竟後告文殊言此二十五無學諸大菩薩及阿羅漢各說最初成道方便皆言脩習真實圓通彼等脩行實無優劣前後差別斯則開權會實之正文也文殊偈云聖性無不通順逆皆方便蓋演如來之旨也主伴相濟雅合其宜又若陳那等本大迹小鹿苑所證不亦小乎豈顯本後翻令漸初密

悟圓理天台化儀四教龍樹二種法輪顯露祕密俱無此說吾宗義學請熟思之

優波尼沙陀即從座起頂禮佛足而白佛言我亦觀佛最初成道觀不淨相生大厭離悟諸色性以從不淨白骨微塵歸於虛空空色二無成無學道如来印我名尼沙陀塵色既盡妙色密圓我從色相得阿羅漢佛問圓通如我所證色因為上

温陵曰優波尼沙陀此翻近少亦云塵性謂微塵是色之少分也因塵悟解故得此名昔多貪欲佛令作不淨觀長水曰因觀色塵本如来藏故曰悟諸色性吳興曰不然既云觀佛最初成道正是小乘無漏行法言悟諸色性者斯乃聲聞悟性念處也南嶽師云觀五陰理性名性念處故雜心論偈云是身不淨相真實性常定諸受及心法亦復如是說以從不淨白骨微塵歸於虛空者由多貪欲脩對治法成就九想發真破惑即壞法羅漢也九想成時得慧解脫於諸色相發明無漏故云妙色密圓

香嚴童子即從座起頂禮佛足而白佛言我聞如来教我諦觀諸有為相我時辭佛宴晦清齋見諸比丘燒沉水香香氣寂然来入鼻中我觀此氣非木非空非烟非火去無所著来無所從由是意銷發明無漏如来印我得香嚴號塵氣倐滅妙香密圓我從香嚴得阿羅漢佛問圓通如我所證香嚴為上

檇李曰宴安息也晦冥寂也清靜之室謂之清齋資中曰非木等者觀性空也吳興曰凡言性空必推四性今當以木為自烟

火爲他和合爲共空爲無因此似衍門觀幻有即空之相下諸聲聞亦多是小乘觀實有滅空之義小行雖殊所證圓通同一真諦耳若諸菩薩所悟須約中道第一義諦言之應有歷别圓融之異經雖隱畧理合該通如淨名室内三十二大士說入不二之法門天台所解亦分圓别豈以不二混同諸入乎先云香嚴童子則從菩薩受稱復云得阿羅漢蓋叙昔日所證如下文月光童子初得小果後於佛所得童真名預菩薩會以彼驗此名實可知

藥王藥上二法王子并在會中五百梵天即從座起頂禮佛足而白佛言我無始劫爲世良醫口中嘗此娑婆世界草木金石名數凡有十萬八千如是悉知苦酢醎淡甘辛等味并諸和合俱生變異是冷是熱有毒無毒悉能徧知承事如來了知味性非空非有非即身心非離身心分别味因從是開悟蒙佛如來印我昆季藥王藥上二菩薩名今於會中爲法王子因味覺明位登菩薩佛問圓通如我所證味因爲上

孤山曰苦酢等六味也衆味共成名和合味直爾采用名俱生味脩鍊炮炙名變異味吴興曰由事佛故必聞正法即於味性了生無生空有謂味塵也身心謂舌識也以味從合中知故相對言之味非空故非離身心味非有故非即身心中道之性於是乎顯

跋陀婆羅并其同伴十六開士即從座起頂禮佛足而白佛言我等先於威音王佛聞法

出家於浴僧時隨例入室忽悟水因既不洗塵亦不洗體中間安然得無所有宿習無忘乃至今時從佛出家令得無學彼佛名我䟦陀婆羅妙觸宣明成佛子住佛問圓通如我所證觸因爲上

孤山曰䟦陀婆羅此云賢守亦云賢護自守護賢德亦守護衆生資中曰準法華經有二萬億威音王佛前後出世最初佛像法中此䟦陀等爲增上慢毀常不輕故千劫墮阿鼻獄罪畢值後佛出家吳興曰水因謂所觸之因也塵體即能觸之縁也塵既無染體亦常淨能所如幻二邊俱空故中間覺觸之心安然契性矣沕潭曰觸具三和今翻爲三德祕藏故名妙觸宣明也

大佛頂如来密因脩證了義諸菩薩萬行首楞嚴經會解卷第九

音釋

瘧魚約切病也　翹渠遥切危也　㲉苦角切子欲出也　糅女救切雜也　綰烏板切繫也　掣昌列切挽也　鶴下各切乗｜也　沇惟沔切水名　揆渠癸切｜度也

大佛頂如来密因修證了義諸菩薩萬行首楞嚴經會解卷第十

摩訶迦葉及紫金光比丘尼等即從座起頂禮佛足而白佛言我於往劫於此界中有佛出世名日月燈我得親近聞法脩學佛滅度後供養舍利然燈續明以紫光金塗佛形像自尒以來世世生生身常圓滿紫金光聚此紫金光比丘尼等即我眷屬同時發心我觀世間六塵變壞惟以空寂脩於滅盡身心乃能度百千劫猶如彈指我以空法成阿羅漢世尊說我頭陀為最妙法開明銷滅諸漏佛問圓通如我所證法因為上

温陵曰摩訶迦葉大飲光也其身金色光吞日月因觀塵變悟法空寂遂脩滅盡定以滅意根不緣法塵得無生滅故超百千劫如彈指頃于今于雞足山待彌勒乃入此定也頭陀新云杜多此翻抖擻以能抖擻法塵為號孤山曰脩於滅盡者即九次第定中第九滅受想定也長水曰紫金光尼在家時婦也補註曰紫金光既同時發心則非一世眷屬也

阿那律陀即從座起頂禮佛足而白佛言我初出家常樂睡眠如來訶我為畜生類我聞佛訶啼泣自責七日不眠失其雙目世尊示我樂見照明金剛三昧我不因眼觀見十方精真洞然如觀掌果如來印我成阿羅漢佛問圓通如我所證旋見循元斯為第一

長水曰那律即阿菟樓馱此云無貧亦云如意乃白飯王子也過去世以一食施辟支感九十一劫受如意樂孤山曰增一阿

含云佛在給孤園為衆說法那律於中眼睡佛說偈訶曰咄咄何為睡螺螄蚌蛤類一睡一千年不聞佛名字那律於是達曉不眠眼根便失因是脩禪得四大淨色半頭而見觀三千界猶如掌果今云金剛三昧觀見十方精真洞然而與昔異者此経開顯故約內祕以談昔引物機乃約現小而說異興曰阿含云脩禪蓋總畧而示今云金剛三昧則别顯其名非謂金剛惟喻大定如阿難入電光三昧斷最後思惑亦名金剛三昧此喻小乘無漏之智耳智論云那律天眼四大造色半頭清淨佛天眼四大造色徧頭清淨天台智者云三蔵佛全頭天眼徹見無礙故知全半之名但約分滿相望不以大小為異也又若攄阿含觀大千此經見十方謂有優劣固未可也彼経云那律天眼見十方域不亦同乎掌果之譬既齊精真之言何别下文明善現天尚云精真現前陶鑄無礙况今羅漢發真無漏豈不得云精真洞然邪旋見循元者旋大千之見循真空之言見盡無明圓通著矣

周利槃特迦即從座起頂禮佛足而白佛言我闕誦持無多聞性最初值佛聞法出家憶持如來一句伽陀於一百日得前遺後得後遺前佛愍我愚教我安居調出入息我時觀息微細窮盡生住異滅諸行剎那其心豁然得大無礙乃至漏盡成阿羅漢住佛座下印成無學佛問圓通如我所證反息循空斯為第一

温陵曰槃特此云繼道即誦帚比丘也長水曰特迦亦云蛇奴於路所生過去為大法師祕吝佛法不肯教人後感愚鈍以宿善故遇佛出家五百比丘同教一偈經九十日不成佛令數息攝心因而了悟

憍梵波提即從座起頂禮佛足而白佛言我有口業於過去劫輕弄沙門世世生生有牛呞病如來示我一味清淨心地法門我得滅心入三摩地觀味之知非體非物應念得超世間諸漏內脫身心外遺世界遠離三有如鳥出籠離垢消塵法眼清淨成阿羅漢如來親印登無學道佛問圓通如我所證還味旋知斯為第一

温陵曰憍梵鉢提此云牛呞牛凡不食亦事虛哨此人口如牛之哨乃輕弄報也佛為遮謗賜之數珠令常念佛是謂一味心地法門能滅心緣得入正受亦因教觀舌根嘗味入道不著塵味不隨妄知是謂還味旋知也孤山曰了味無味名為一味雖舉味塵蓋顯於舌故即云觀味之知能知乃舌耳非體舌也非物味也內脫身心即正報解脫外遺世界即依報解脫也

畢陵伽婆蹉即從座起頂禮佛足而白佛言我初發心從佛入道數聞如來說諸世間不可樂事乞食城中心思法門不覺路中毒刺傷足舉身疼痛我念有知知此深痛雖覺覺痛覺清淨心無痛痛覺我又思惟如是一身寧有雙覺攝念未久身心忽空三七日中諸漏虛盡成阿羅漢得親印記發明無學佛問圓通如我所證純覺遺身斯為第一

孤山曰畢陵伽婆蹉此云餘習昔為婆羅門故餘習多慢如罵河神為婢非彼實心蓋習氣也溫陵曰不可樂事一切苦事也思不可樂法而觸不可樂事吳興曰知即覺也刺傷足時雖有能覺之心覺於所覺之痛反觀覺心本自清淨無有能所所覺屬身識能覺屬意識由身識生已次起意識分別前法故曰雙覺即上文云我念有知知此深痛也覺清淨心即是純覺無痛痛覺故曰遺身補註曰無痛痛覺者即是無所覺復無能覺也

須菩提即從座起頂禮佛足而白佛言我曠劫来心得無礙自憶受生如恒河沙初在母胎即知空寂如是乃至十方成空亦令衆生證得空性蒙如来發性覺真空空性圓明得阿羅漢頓入如来寶明空海同佛知見印成無學解脫性空我為無上佛問圓通如我所證諸相入非非所非盡旋法歸無斯為第一

吳興曰諸聲聞中惟此空生升下身子滿慈三人所敘昔因則云我曠劫来心得無礙等洎談所證亦阿羅漢耳權實之道未易甄分嘗試訂之須明二義一者若據曠劫心得無礙則似此身以前曾獲無漏今生值佛蒙發性覺諒非小乘蓋由在昔方等般若之中彈訶淘汰之際顯聞圓教密悟大猷既涉開權故彰實證是則羅漢之名即同法華真阿羅漢也二者若約內祕外現且作權教而解亦有理存焉以聲聞人所得宿命能知八萬劫事今逆談所見謂之無礙也雖云在胎知空乃至令他證

性猶未斷結使故蒙佛開發方成無學若尒性覺真空乃至下文深達實相皆就小宗分別無咎名同體異斯例甚多故沇師亦以石室見佛法身釋茲空義資中曰初以單空空於諸相故云諸相入非次以重空空其空相故云非所非盡

舍利弗即從座起頂禮佛足而白佛言我曠刼來心見清淨如是受生如恒河沙世出世間種種變化一見則通獲無障礙我於路中逢迦葉波兄弟相逐宣說因緣悟心無際從佛出家見覺明圓得大無畏成阿羅漢為佛長子從佛口生從法化生佛問圓通如我所證心見發光光極知見斯為第一

溫陵曰心見眼識也心見發光光極知見者由心見發明而圓照萬法也身子智慧第一聲德居長故稱長子吳興曰世出世間四諦之境也種種變化生滅之相也由眼識明利故云一見則通等此且約解言之圓師謂餘經皆言身子路逢馬勝聞諸法從緣生而悟道今云逢迦葉波者彼對小機止聞小法此對大機乃聞大道所聞既異從人亦殊此恐不然觀身子在家屬十二年前故不可以人而異於法也況今文云聞說因緣義同馬勝緣生之語悟心無際即初果見道故阿含明初聞馬勝說法得須陀洹果後至佛所七日徧達佛法又云經十五日得阿羅漢以是言之見覺明圓亦從小說設作大解則前之悟心須該四果後云羅漢方受真名補註曰餘經說身子目連等從馬勝聞因緣義與今說

異者或可聞因緣義非止一人彼此互出

普賢菩薩即從座起頂禮佛足而白佛言我已曾與恒沙如来爲法王子十方如来教其弟子菩薩根者脩普賢行從我立名世尊我用心聞分别衆生所有知見若於他方恒沙界外有一衆生心中發明普賢行者我於尒時乗六牙象分身百千皆至其處縱彼障深未得見我我與其人暗中摩頂擁護安慰令其成就佛問圓通我說本因心聞發明分别自在斯爲第一

檇李曰行彌法界曰普位鄰極聖曰賢此非地前之賢乃是金剛喻定居衆伏之頂名之爲賢温陵曰凡具大根脩菩薩行皆名普賢之行心聞耳識也分别衆生知見者擇普賢行而成就之也孤山曰心聞發明內證也分别自在外用也

孫陀羅難陀即從座起頂禮佛足而白佛言我初出家從佛入道雖具戒律於三摩地心常散動未獲無漏世尊教我及拘絺羅觀鼻端白我初諦觀經三七日見鼻中氣出入如烟身心內明圓洞世界徧成虚淨猶如琉璃烟相漸銷鼻息成白心開漏盡諸出入息化爲光明照十方界得阿羅漢世尊記我當得菩提佛問圓通我以銷息息久發明明圓滅漏斯爲第一

孤山曰孫陀羅云好愛妻名也難陀云歡喜已號也慈恩兩名共翻艷喜爲簡放牛難陀故標其妻乃如来親弟也温陵曰前數息依根所以攝心此觀白依識所以駐心也息由風火而起鼓煩惱濁故其狀如

烟眛者不覺惟諦觀能見六交見火燒息能爲黑烟紫燄皆煩濁所發也淨觀發明則煩濁漸消故內明外虛而烟銷成白及乎漏盡無復煩惱內瑩發光故出入息化爲光明也吳興曰由觀鼻識似發十六特勝禪也此禪始從知息出入乃至觀於棄捨攝四念處能見三界九地所證境界故云圓洞世界等又能於地地中以觀照了破四顛倒發真無漏故云心開漏盡等亦可是通明之相禪門備焉記即印成當猶是也菩提云道如前文云得親印記發明無學若作授記未來當得佛果菩提者即二酥密記或醍醐顯記

富樓那彌多羅尼子即從座起頂禮佛足而白佛言我曠刼来辯才無礙宣說苦空深達實相如是乃至恒沙如来祕密法門我於衆中微妙開示得無所畏世尊知我有大辯才以音聲輪教我發揚我於佛前助佛轉輪因師子吼成阿羅漢世尊印我說法無上佛問圓通我以法音降伏魔寃銷滅諸漏斯爲第一

温陵曰說法第一辯才無礙因以降魔滅漏皆舌識力也佛以身口意三輪應物無滯音聲即口輪也吳興曰宣說下指小乘法如是下示大乘義始阿含終般若故云乃至增一稱滿慈子說法最為第一大品中轉教諸菩薩摩訶般若即其相也追叙得道若權若實如前辯之

優波離即從座起頂禮佛足而白佛言我親隨佛逾城出家親觀如來六年勤苦親見如

來降伏諸魔制諸外道解脫世間貪欲諸漏承佛教戒如是乃至三千威儀八萬微細性業遮業悉皆清淨身心寂滅成阿羅漢我是如來衆中綱紀親印我心持戒脩身衆推無上佛問圓通我以執身身得自在次第執心心得通達然後身心一切通利斯為第一

孤山曰優波離此云上首以其持律為衆綱紀故或翻近執以佛為太子時彼為親近執事之臣故溫陵曰言親隨親覲乃至承教皆明身識欽承也行住坐卧律儀各二百五十對三聚成三千復以三千配身口七支成二萬一千復配四分煩惱成八萬四千性業即殺盜婬等根於性者遮業即支末愆失因過遮止者律中得度波離第一僧中得度陳那最初故今堂置陳那壇置波離各立本也吳興曰圓師謂次第執心者由戒清淨故發定慧也此恐未然按下文云先持聲聞四棄八棄執身不動後行菩薩清淨律儀執心不起是則執心非約定慧明矣然以身心配於大小此據麁細一往分之菩薩非不撿身聲聞亦防意地如諸篇聚制遠方便豈非意地乎今所敘者正言其小故執身及心從麁至細以防身識之微也身識既滅真智現前斯所謂戒淨有智慧便得第一道

大目揵連即從座起頂禮佛足而白佛言我初於路乞食逢遇優樓頻螺伽耶那提三迦葉波宣說如來因緣深義我頓發心得大通達如來惠我袈裟著身鬚髮自落我遊十方得無罣碍神通發明推為無上成阿羅漢寧

惟世尊十方如來歎我神力圓明清淨自在無畏佛問圓通我以旋湛心光發宣如澄濁流久成清瑩斯為第一

孤山曰優樓頻螺此云木瓜癃胸前有癃如木瓜故伽耶山名即象頭山也亦云城城近此山故那提河名一兄二弟故身子云逢迦葉波兄弟即其人也溫陵曰因緣深義謂非世間和合觕相乃發明世出世法故因之發心得大通達神通如意也旋湛者旋意識而復妙湛故久成清瑩通力圓明清淨自在也吳興曰神名天心通名慧性而此心性即意識發明也大乘發如来藏小乘發根本禪六神通中惟漏盡通是其內證餘之五通皆屬外用

烏芻瑟摩於如来前合掌頂禮佛之雙足而白佛言我常先憶久遠刧前性多貪欲有佛出世名曰空王說多婬人成猛火聚教我徧觀百骸四支諸冷煖氣神光內凝化多婬心成智慧火從是諸佛皆呼召我名為火頭我以火光三昧力故成阿羅漢心發大願諸佛成道我為力士親伏魔寃佛問圓通我以諦觀身心煖觸無礙流通諸漏既銷生大寶燄登無上覺斯為第一

溫陵曰烏芻瑟摩云火頭即火頭金剛也多婬之人本由煖觸迫發生為欲火死為業火業力增熾故成猛火聚也吳興曰徧觀四大皆是觸塵之境百骸四支地也諸冷煖氣即水火風也三昧既著故曰神光內凝以多欲人火大徧盛故變婬火而成智火成阿羅漢下謂成小果後發大願將

非普現色身以執金剛神輔佛揚化者乎

持地菩薩即從座起頂禮佛足而白佛言我念往昔普光如來出現於世我為比丘常於一切要路津口田地險隘有不如法妨損車馬我皆平填或作橋梁或負沙土如是勤苦經無量佛出現於世或有衆生於闤闠處要人擎物我先為擎至其所詣放物即行不取其直毘舍浮佛現在世時世多飢荒我為負人無問遠近惟取一錢或有車牛被於泥溺我有神力為其推輪拔其苦惱時國大王延佛設齋我於爾時平地待佛毘舍如來摩頂謂我當平心地則世界地一切皆平我即心開見身微塵與造世界所有微塵等無差別微塵自性不相觸摩乃至刀兵亦無所觸我於法性悟無生忍成阿羅漢迴心今入菩薩位中聞諸如來宣妙蓮華佛知見地我先證明而為上首佛問圓通我以諦觀身界二塵等無差別本如來藏虛妄發塵塵銷智圓成無上道斯為第一

吳興曰身界微塵乃至刀兵者以此皆是地大所造之色即因緣所生法也微塵無差空也自性不觸中也三諦具足非如來藏乎悟無生等由分證法身而權取小果故以無生忍簡之初自度後化他是謂迴心也毘舍浮云徧一切自在

月光童子即從座起頂禮佛足而白佛言我憶往昔恒河沙劫有佛出世名為水天教諸菩薩脩習水觀入三摩地觀於身中水性無奪初從涕唾如是窮盡津液精血大小便利身中旋復水性一同見水身中與世界外浮

幢王剎諸香水海等無差別我於是時初成此觀但見其水未得無身當為比丘室中安禪我有弟子窺窻觀室惟見清水徧在室中了無所見童稚無知取一瓦礫投於水內激水作聲顧盼而去我出定後頓覺心痛如舍利弗遭違害鬼我自思惟今我已得阿羅漢道久離病緣云何今日忽生心痛將無退失爾時童子捷來我前說如上事我則告言汝更見水可即開門入此水中除去瓦礫童子奉教從入定時還復見水瓦礫宛然開門除去我後出定身質如初逢無量佛如是至於山海自在通王如來方得亡身與十方界諸香水海性合真空無二無別今於如來得童真名預菩薩會佛問圓通我以水性一味流通得無生忍圓滿菩提斯為第一

資中曰準華嚴經華藏海中有大蓮華其蓮華中有諸香水一一香水海為諸佛剎世界之種華藏世界在香水中故云浮幢王剎華藏二十重累高如幢最為高大故稱王今觀身水與彼海同故曰浮幢王剎諸香水海也初成此觀但見其水者此定果色隨心所變如十徧處入定則有出定則無不同業果色共業同感不造世業方得清淨十徧處者青黃赤白地水火風空識此十一切處皆有如作青想則一切處皆青也吳興曰得阿羅漢久離病緣等按智論明諸聖人皆有身苦如舍利弗風病畢陵伽眼痛等今言已得羅漢久離病緣實難銷會此蓋過去曾取小果既無見思惑業之事是離分段病苦之緣其時迴心

劫入三界本無實疾所以疑之然此菩薩所脩三昧與前持地觀法大同但由無明尚在未得無功用道是故出定不知病緣有作析法拙度解之者誠不可也方得亡身等初證法身分云變易之身身中水性與香水海性同合真如空藏之性溫陵曰月太陰水精也昔師水天脩習水觀水性圓明故歸月光水性無奪者內之精血外之刹海水相雖異而性不相奪我於是時至身質如初敘作觀之緣也舍利弗於恒河岸入定遭違害鬼所擊而出定頭痛亦未得無身故也漢州綿竹縣水觀和尚迹同月光佛陀本傳云師入火光定其室如焚亦此類也違害當作為害夜叉鬼王之名乃身子過去世之怨也

琉璃光法王子即從座起頂禮佛足而白佛言我憶往昔經恒沙劫有佛出世名無量聲開示菩薩本覺妙明觀此世界及衆生身皆是妄緣風力所轉我於爾時觀界安立觀世動時觀身動止觀心動念諸動無二等無差別我時了覺此羣動性來無所從去無所至十方微塵顛倒衆生同一虛妄如是乃至三千大千一世界內所有衆生如一器中貯百蚊蚋啾啾亂鳴於分寸中鼓發狂鬧逢佛未幾得無生忍爾時心開乃見東方不動佛國為法王子事十方佛身心發光洞徹無礙佛問圓通我以觀察風力無依悟菩提心入三摩地合十方佛傳一妙心斯為第一

吳興曰界為方位故安立世為遷流故動時時即過現未也孤山曰逢佛未幾者未

多也溫陵曰因風大圓悟身心發光洞徹無碍歸琉璃光無量聲佛亦依風大開示菩薩使知本覺無動而身界之動皆風力所轉琉璃光因是觀界觀世觀身觀心還流運止悉惟風力故曰諸動無二由是覺了大千羣動皆即狂勞猶百蚊蚋鼓於方寸耳既了狂勞乃見不動佛也東爲羣動之本而佛號不動乃即動而靜者也能即動而靜故身心無碍也傳一妙心者知風力無依萬動皆妄而獨證無動本覺也

虛空藏菩薩即從座起頂禮佛足而白佛言我與如來定光佛所得無邊身爾時手執四大寶珠照明十方微塵佛刹化成虛空又於自心現大圓鏡內放十種微妙寶光流灌十方盡虛空際諸幢王刹來入鏡內涉入我身身同虛空不相妨碍身能善入微塵國土廣行佛事得大隨順此大神力由我諦觀四大無依妄想生滅虛空無二佛國本同於同發明得無生忍佛問圓通我以觀察虛空無邊入三摩地妙力圓明斯爲第一

吳興曰因觀四大色質既得無邊法身爲顯此身徧融一切故執寶珠照十方等而表示之既以珠表色復以鏡表心色從心造全體是心故放寶光灌十方等華嚴云清淨妙法身湛然應一切身同虛空法也身入塵國應也說三乘法爲佛事稱四悉機爲隨順

彌勒菩薩即從座起頂禮佛足而白佛言我憶往昔經微塵劫有佛出世名日月燈明我從彼佛而得出家心重世名好遊族姓爾時

世尊教我脩習惟心識定入三摩地歷劫以来以此三昧事恒沙佛求世名心歇滅無有至燃燈佛出現於世我乃得成無上妙圓識心三昧乃至盡空如来國土淨穢有無皆是我心變化所現世尊我了如是惟心識故識性流出無量如来今得授記次補佛處佛問圓通我以諦觀十方惟識識心圓明入圓成實遠離依他及徧計執得無生忍斯為第一

温陵曰彌勒正云梅怛利曳那此翻慈氏為慈隆即世悲臻後刼愍物迷識故示迹發明也真際曰以不達徧計本空依他幻有故馳世名好遊族姓惟心識定者惟遮境有識簡心空惟有自心心外無法也具興曰盡空者謂盡虚空界所有佛國等惟心所現也若以四土言之心即寂光變化即實報方便同居也淨穢但是三土之相互有起滅故云有無流出如来者從法身識性流出報應佛身也孤山曰求世名心歇滅無有者相似位也得成無上妙圓識心三昧者分真位也資中曰圓成實等者三性也一徧計所執性横執衆生壽者我及我所乃至情非情異有實體性故周徧計度也二依他起性計有因縁世間和合建立名相執此假相定從種生雖無我執自然種性假色心等為種生五蘊等法也三圓成實性即無漏智體及真如法界也圓成如麻依他如繩徧計如蛇令入圓成即證真如理也

大勢至法王子與其同倫五十二菩薩即從座起頂禮佛足而白佛言我憶往昔恒河沙

刧有佛出世名無量光十二如來相繼一刧其最後佛名超日月光彼佛教我念佛三昧譬如有人一專為憶一人專忘如是二人若逢不逢或見非見二人相憶二憶念深如是乃至從生至生同於形影不相乖異十方如来憐念衆生如母憶子若子逃逝雖憶何為子若憶母如母憶時母子歷生不相違遠若衆生心憶佛念佛現前當来必定見佛去佛不遠不假方便自得心開如染香人身有香氣此則名曰香光莊嚴我本因地以念佛心入無生忍今於此界攝念佛人歸於淨土佛問圓通我無選擇都攝六根淨念相繼得三摩地斯為第一

温陵曰觀經云以智慧光普照一切令離三途得無上力名大勢至又云夫念佛者不得一彈指頃念世五欲是謂繫念譬如有人下示必須繫念然後相應不專念佛則雖逢不逢雖見不見染香則體香念佛則見佛故以念佛如熏名香光莊嚴也吳興曰母憶子如人專憶子逃逝如人專忘問前云逢不逢等此何但云雖憶何為荅縱得逢見不蒙法利與逃逝無異舍衛九億家不其然乎入無生忍者以證驗脩則念佛之心不可單約事相而解念存三觀佛具三身心破三惑無生忍位方可入焉資中引觀經是心是佛等釋之斯亦大要也淨土者別指極樂及寂光也都攝六根者念屬意根意根若淨諸根自攝故無選擇也

大佛頂如来密因修證了義諸菩薩萬行首楞嚴經會解卷第十

音釋

鑄之樹切鎔丨也 凝魚膺切堅也 闠胡関切市垣也 闠胡對切市外也

液余石切津丨也 激公的切感丨也 捷疾葉切勝也也

大佛頂如来密因脩證了義諸菩薩萬行首
楞嚴經會解卷第十一

天竺沙門般刺密帝譯
烏萇國沙門彌伽釋迦譯語
菩薩戒弟子前正議大夫同中書門下平
章事房融筆受
師子林沙門　惟則　會解

爾時觀世音菩薩即從座起頂禮佛足而白佛言世尊憶念我昔無數恒河沙刧於時有佛出現於世名觀世音我於彼佛發菩提心彼佛教我從聞思修入三摩地

温陵曰觀音者觀世言音圓悟圓應之號也於音言觀者以觀智照之不以耳識聞之也所師之佛亦名觀音者因果相符古今一道也達耳之謂聞著心之謂思治習之謂修三者圓明是名三慧孤山曰此與法華有殊彼云一心稱名菩薩即時觀其音聲皆得觧脫則音在他機也此云由我觀聽十方圓明故觀音名徧十方界則音屬自行也應知因中自行果上化他二義必備兩經所說各舉一邉耳吴興曰準下文云由我不自觀音以觀觀者令彼十方苦惱衆生觀其音聲即得觧脫此亦同於法華釋名之意也但彼爲流通本經故偏對他機今爲伸叙昔證故正約自行教即世音聞即耳根皆所觀之境也思脩皆能觀之觀也然則觀由境入境實徧通而特取音聞者乃逗機之要也

初於聞中入流亡所所入既寂動静二相了然不生如是漸增聞所聞盡盡聞不住覺所

覺空空覺極圓空所空滅生滅既滅寂滅現前

吳興曰舊約三慧次第銷之今則不爾節文爲四一亡前塵即初於聞中至了然不生也入流亡所者流謂法性所謂音塵入之與亡通乎觀行相似之位也所入法性體既常寂是則前塵本自不動今亦無靜故云二相了然不生也二盡内根即如是漸增聞所聞盡也前塵易亡内根難盡以由亡智有踈有親故云漸增也聞所聞盡謂能聞所聞之根亦復不生也此乃舉所顯能也下覺所覺空及空所空滅例亦如之三空觀智即盡聞不住覺所覺空也上句遣前盡相下句正空觀智覺謂覺照即智體也四滅諦理即空覺極圓空所空滅也上句顯重空之智下正滅重空之理問理本寂滅復何滅乎荅若謂寂滅此滅猶生但破其情非破其理如智論云不破聖人心中所得涅槃爲未得者執成戲論是故須破巳上四節若約三慧言之從初入流義必具足不可亡所未有思脩苟執次第恐傷文理生滅等結前理智根塵生滅既滅即得初住分證寂滅現前

忽然超越世出世間十方圓明獲二殊勝一者上合十方諸佛本妙覺心與佛如来同一慈力二者下合十方一切六道衆生與諸衆生同一悲仰

吳興曰上云慈力者慈既與樂必能拔苦應以力字兼於悲義也下云悲仰者悲謂悲苦仰謂仰樂此非屬應盖言其機也是

故厭患苦道則以悲爲機欣慕樂果則以仰爲感菩薩所證圓通之理徧在衆生悲仰之中故曰與也同也當知衆生由悲故能感拔苦之力菩薩由慈故能應仰樂之機感應常冥與拔常顯若曉斯旨則下文三十二應乃至四不思議無忘其本乎

世尊由我供養觀音如来蒙彼如来授我如幻聞熏聞脩金剛三昧與佛如来同慈力故令我身成三十二應入諸國土

檇李曰幻喻三慧體不可得金剛喻摧堅之能也溫陵曰三十二應者現十法界身圓應羣機也開之有三十二合惟四聖六凡攝盡群類

世尊若諸菩薩入三摩地進脩無漏勝解現圓我現佛身而爲說法令其解脫

孤山曰菩薩別圓機也若入相似三摩地進脩中道無漏則分真勝解現圓乃至若進脩金剛無漏則究竟勝解現圓大士皆現佛身爲說頓法令得分真究竟解脫問菩薩何能現佛身邪荅心性理顯高下無殊如鏡已明形對像現臣家之鏡王苟臨之豈無王像王家之鏡臣苟對之豈無臣像當知人有高下鏡無貴賤然亦不妨明有優劣問等覺菩薩豈假初住現佛說法邪答聞法得解何必求人復假勝身彌增内慧且天魔現爲佛像趣多尚乃致禮況初住菩薩妙理所現等覺雖尊孰敢不仰況觀音本是古佛豈不能爾補註曰觀音古佛且置勿論只據今經既謂超越世出世間又言上合諸佛同一慈力就超越合

同四字求之其證非淺然則現佛說法理固宜然又豈容以初住分真爲局爲難哉

若諸有學寂靜妙明勝妙現圓我於彼前現獨覺身而爲說法令其解脫若諸有學斷十二緣緣斷勝性勝妙現圓我於彼前現緣覺身而爲說法令其解脫

溫陵曰獨覺者出無佛世觀物變易自覺無生故號獨覺樂獨善寂求自然慧故曰寂靜妙明緣覺者稟佛之教觀緣悟道也知迷勝性由十二緣於是斷之自無明滅至憂悲苦惱滅則緣斷而勝性現矣性因緣斷而現故曰緣斷勝性檇李曰勝妙現圓者各約自乘理智將欲現前得此名也

若諸有學得四諦空脩道入滅勝性現圓我於彼前現聲聞身而爲說法令其解脫

檇李曰三果已前賢位聖位俱屬有學見道一十六心斷四諦下惑證生空理故曰得四諦空初果後進斷三界八十一品俱生品品皆證一分擇滅無爲故云脩道入滅孤山曰二乘藏通機也雖有菩薩而藏同人天不斷惑故通同二乘所證齊故

若諸衆生欲心明悟不犯欲塵欲身清淨我於彼前現梵王身而爲說法令其解脫若諸衆生欲爲天主統領諸天我於彼前現帝釋身而爲說法令其成就若諸衆生欲身自在遊行十方我於彼前現自在天身而爲說法令其成就若諸衆生欲身自在飛行虛空我於彼前現大自在天身而爲說法令其成就

孤山曰梵王即色天主名爲屍棄此云頂髻瓔珞明四禪皆有王今言梵者應是初

禪之頂以有覺觀語言之法得爲千界之主說法者如金光明云大梵天王說出欲論解脫者令離欲塵也帝釋即欲界第二天主彼天橫有三十三天而帝釋統之說法謂十善也金光明云釋提桓因種種善論是也自在天是欲界頂天具云婆舍䟦提此云他化自在假他所作以成已樂即魔王也或云第六天上別有魔王居處亦自在天攝大自在即色頂摩醯首羅天大論云三目八臂騎白牛執白拂者是也温陵曰初舉梵王復自欲天超至色頂意兼無色以明無刹不現也

若諸衆生愛統鬼神救護國土我於彼前現天大将軍身而爲說法令其成就若諸衆生愛統世界保護衆生我於彼前現四天王身而爲說法令其成就若諸衆生愛生天宮驅使鬼神我於彼前現四天王國太子身而爲說法令其成就

温陵曰上舉正統此舉臣輔也天将軍爲帝釋上将統領鬼神四天王臣於帝釋統領世界四天太子即那吒之類能驅鬼神

若諸衆生樂爲人王我於彼前現人王身而爲說法令其成就若諸衆生愛主族姓世間推讓我於彼前現長者身而爲說法令其成就若諸衆生愛談名言清淨自居我於彼前現居士身而爲說法令其成就若諸衆生愛治國士剖斷邦邑我於彼前現宰官身而爲說法令其成就若諸衆生愛諸數術攝衛自居我於彼前現婆羅門身而爲說法令其成就

温陵曰自金輪至粟散皆人王也粟散即邦國小王散於天下如粟之多長者具十德謂姓貴位高大富威猛智深年耆行淨禮備上歎下歸故爲族姓之主世間推讓也隱居求志行義達道名居士愛談名言即典雅之言也三台輔相州牧縣長悉號宰官婆羅門此云淨行四姓之一也愛諸數術即和合占相推步盈虛也

若有男子好學出家持諸戒律我於彼前現比丘身而爲説法令其成就若有女人好學出家持諸禁戒我於彼前現比丘尼身而爲説法令其成就若有男子樂持五戒我於彼前現優婆塞身而爲説法令其成就若有女子五戒自居我於彼前現優婆夷身而爲説法令其成就

孤山曰優婆塞云近事男優婆夷云近事女以五戒自守堪任近事出家二衆故

若有女人內政立身以脩家國我於彼前現女主身及國夫人命婦大家而爲説法令其成就若有衆生不壞男根我於彼前現童男身而爲説法令其成就若有處女愛樂處身不求侵暴我於彼前現童女身而爲説法令其成就

孤山曰女主即天子之后也周禮天子之后立六宮三夫人九嬪二十七世婦八十一御妻國夫人如論語邦君之妻曰君夫人命婦謂妻因夫榮者也大家如後漢扶風曹世叔妻者同郡班彪之女名昭字惠姬和帝數召入宮令皇后貴人師事焉號曰大家

若有諸天樂出天倫我現天身而爲說法令其成就若有諸龍樂出龍倫我現龍身而爲說法令其成就若有藥义樂度本倫我於彼前現藥义身而爲說法令其成就若乾闥婆樂脫其倫我於彼前現乾闥婆身而爲說法令其成就若阿脩羅樂脫其倫我於彼前現阿脩羅身而爲說法令其成就若緊那羅樂脫其倫我於彼前現緊那羅身而爲說法令其成就若摩呼羅伽樂脫其倫我於彼前現摩呼羅伽身而爲說法令其成就若諸衆生樂人脩人我現人身而爲說法令其成就若諸非人有形無形有想無想樂度其倫我於彼前皆現其身而爲說法令其成就

孤山曰藥叉此云輕捷乾闥婆此云香陰新翻尋香行帝釋樂神也阿脩羅云無端正以女美而男醜故從男彰名新翻非天以諂詐無天行故準普門品八部此闕迦樓羅即金翅鳥也緊那羅形似人而頭有角因呼爲疑神天帝絲竹樂神也小劣乾闥婆新云歌神摩呼羅伽什師云地龍肇公云大蟒腹行也長水曰有形如休咎精明等無形如空散銷沉等有想如神鬼精靈等無想如精神化爲土木金石等皆非人也

是名妙淨三十二應入國土身皆以三昧聞熏聞脩無作妙力自在成就

温陵曰迹示同類心絕愛見名妙淨依無作智起大神用名妙力無作無爲隨緣汎應名自在成就吳興曰三十二應比普門品雖互有出沒大體是同捴而言之無越

十界於十界中兩經俱無菩薩并地獄身者或曰聖言之略耳或云觀音巳是菩薩何須更現地獄苦重不可度也智者依正法華具現菩薩界身又準釋論菩薩亦化地獄故知十界不可闕焉

世尊我復以此聞熏聞脩金剛三昧無作妙力與諸十方三世六道一切衆生同悲仰故令諸衆生於我身心獲十四種無畏功德

溫陵曰由我不自觀音而彼獲脫苦由我知見旋復而彼䏻不燒故曰於我身心獲無畏德

一者由我不自觀音以觀觀者令彼十方苦惱衆生觀其音聲即得解脫

溫陵曰不自觀音者不隨聲塵所起知見也以觀觀者謂旋倒聞機反照自性也不起知見則無所妄反照自性則一切真寂無復苦惱可得此則真觀淨觀大智慧觀䏻破癡暗䏻伏灾難故令苦衆生蒙我真觀即得解脫矣興曰聖人無巳惟物是利故以觀音之智加彼觀聲之機於苦得脫不旋踵矣若夫止稱名號罔識聞熏善應未臻而責聖言之虛者是猶洒一杯之水救積薪之火火不熄則謂水不勝火惑亦甚矣補註曰環師之解觀聲在應岳師之解觀聲在機二說不可偏廢故互存之當知下文意不殊此

二者知見旋復令諸衆生設入大火火不䏻燒三者觀聽旋復令諸衆生大水所漂水不䏻溺

溫陵曰內外四大常相交感見覺屬火聞

聽屬水故見業交則見猛火聞業交則見波濤令知見旋復則無見業觀聽旋復則無聞業故水火不能燒溺也於聽言觀音言觀也大水所漂意兼風灾檇李曰準大台釋火難有三種一果報火下從地獄上至初禪二惡業火通三界三煩惱火通三乘火難既爾他皆放此

四者斷滅妄想心無殺害令諸衆生入諸鬼國鬼不能害五者熏聞成聞六根銷復同於聲聽能令衆生臨當被害刀段段壞使其兵戈猶如割水亦如吹光性無搖動

孤山曰熏於妄聞成真聞性溫陵曰一根既圓則六根銷復同於聲聽無復形礙故如割水吹光也

六者聞熏精明明徧法界則諸幽暗性不能全能令衆生藥义羅刹鳩槃茶鬼及毘舍遮富單那等雖近其傍目不能視七者音性圓銷觀聽返入離諸塵妄能令衆生禁繫枷鎻所不能着八者滅音圓聞徧生慈力能令衆生經過險路賊不能劫

孤山曰藥义如前肇師云有三種一在地二在虛空三在天羅刹云可畏鳩槃茶厭魅鬼毘舍遮噉精氣鬼富單那熱病鬼溫陵曰聞熏精明爍彼幽暗故不能視也音性圓銷則內無所繫觀聽返入則外無所累故枷鎻自脫也音聞兩立則物我成敵今滅音圓聞則內外無待故能徧生慈力無復怨敵矣

九者熏聞離塵色所不劫能令一切多婬衆生遠離貪欲十者純音無塵根境圓融無對

所對能令一切忿恨衆生離諸瞋恚十一者銷塵旋明法界身心猶如琉璃朗徹無礙能令一切昏鈍性障諸阿顛迦永離癡暗

温陵曰衆生以欲習合塵故爲色劫能以金剛三昧熏聞成性遂能離塵成性則欲愛乾枯離塵則根境不偶故雖有妖色不能劫動矣瞋由違情而起對境而生音性純淨無復妄塵故圓融無違無能所對無違無對則不瞋矣癡由妄塵所蔽無明所覆銷塵則無蔽旋明則無覆故外之法界内之身心凝瑩朗徹離癡暗矣性障即癡也阿顛迦此云無善心内業有十而壞滅法身惟婬怒癡爲甚故舉三以兼餘吳興曰準天台釋三毒通界内外内謂思惑外謂無明二乘以欣涅槃爲貪厭生死爲瞋迷中道即癡菩薩廣求佛法訶惡二乘未了佛性皆是三毒

十二者融形復聞不動道場涉入世間不壞世界能徧十方供養微塵諸佛如來各各佛邊爲法王子能令法界無子衆生欲求男者誕生福德智慧之男十三者六根圓通明照無二含十方界立大圓鏡空如來藏承順十方微塵如來祕密法門受領無失能令法界無子衆生欲求女者誕生端正福德柔順衆人愛敬有相之女

温陵曰融形則礙滅復聞則性真故涉入世間而無動無壞能徧十方供微塵佛稟承其法各爲法子供佛足福稟法足慧而能紹繼法王有男子之道故能應其求也六根圓通下謂圓故無二通故含界明照

則大圓鏡智之質也含界則空如来藏之體也具此故能承順法門受領無失承順即坤儀柔德受領即閨門能事有女之道故能應其求也吳興曰智者引阿含明地獄巳上乃至欲天皆有無子之苦令所求者悉能滿心是亦拔其苦也檇李曰涉入世間不壞世界即方便智方便屬權權能幹事故生於男也立大圓鏡空如来藏即屬實智實智詣理理能含育故生於女也如淨名云智度菩薩母方便以爲父即其義焉

十四者此三千大千世界百億日月現住世間諸法王子有六十二億恒河沙數脩法垂範教化衆生隨順衆生方便智慧各各不同由我所得圓通本根發妙耳門然後身心微妙含容周徧法界能令衆生持我名號與彼共持六十二億恒河沙諸法王子二人福德正等無異世尊我一號名與彼衆多名號無異由我脩習得真圓通是名十四施無畏力福備衆生

孤山曰法華亦有此之較量及觀今經方曉彼意蓋此方衆生耳根利故受道者多所以觀音化勝餘根鈍故受道者少所以諸聖化劣是知行位雖齊對機有異總彼恒河沙數但敵觀音一人故使持名二福正等據此所說巳自密簡耳根圓通爲未曉者更俟文殊詳擇百億日月者百億刹土也是名下總結也

世尊我又獲是圓通脩證無上道故又能善獲四不思議無作妙德

温陵曰現衆多容誦一一呪攝化衆生圓應所求理出於無為神應於不測名不思議無作妙德然前亦現形應求獨此名不思議者前則略顯此復深明如於一身現八萬首臂固莫得而思議也

一者由我初獲妙妙聞心心精遺聞見聞覺知不能分隔成一圓融清淨寶覺故我能現衆多妙容能說無邊祕密神呪其中或現一首三首五首七首九首十一首如是乃至一百八首千首萬首八萬四千爍迦羅首二臂四臂六臂八臂十臂十二臂十四十六十八二十至二十四如是乃至一百八臂千臂萬臂八萬四千母陀羅臂二目三目四目九目如是乃至一百八目千目萬目八萬四千清淨寶目或慈或威或定或慧救護衆生得大自在

温陵曰言初獲者指本因也首為六用之摠臂表提接之悲目表照了之智各依本數充之以至八萬四千者表依根本六用根本智悲而汎應塵勞得大自在此十一地等覺妙行也華嚴十地已前猶依本智長養大悲至十一地長養功終純是大悲為法界體與智圓現故觀音手眼通身徧身而以大悲稱也一體之中塵勞萬法慈威定慧無所不備而繼二十四聖示現者明彼所現雖各一端圓而會之咸極于此使悟入者不止二十五門頓了八萬塵勞法界事理曾不離吾一圓融淨覺之體能同能異即一即多無邊剎海德用徧周十方身土境相相入邪正吉凶之術養生安

物之方法法圓通塵塵具足矣或曰八萬四千特表法耳一身何所施乎是特以有思惟心測度菩薩圓通境界也夫身含十虛毛端現剎彼空與剎又不啻如首臂而已彼八萬四千首臂猶人之八萬四千毛孔耳未足異也聖人之言即事即理既曰不思議德無以限意思之議之爍迦羅云金剛堅固不壞也母陀羅云印各有妙印也清淨寶目離塵合覺也慈以攝化威以折伏定以復湛慧以開覺通指衆多妙容也

二者由我聞思脫出六塵如聲度垣不能爲礙故我妙能現一一形誦一一呪其形其呪能以無畏施諸衆生是故十方微塵國土皆名我爲施無畏者三者由我脩習本妙圓通清淨本根所遊世界皆令衆生捨身珎寶求我哀愍

溫陵曰本根清淨則一切無着故能令衆生捨諸慳着也求我哀愍者哀愍受之而爲施作佛事也

四者我得佛心證於究竟能以珎寶種種供養十方如來傍及法界六道衆生求妻得妻求子得子求三昧得三昧求長壽得長壽如是乃至求大涅槃得大涅槃

溫陵曰得佛心證慧足也珎寶供養福足也福慧兩足故傍及衆生使彼所求如願也吳興曰此四不思議前二屬應後二對機應中備顯形聲二益初文雖云說呪而正示形益即應身功用也次文雖復現行而正示聲益即名稱普聞也機中具明因

果二相先明脩因則六度之中略舉布施俾求福故後明感果則世出世願靡不成就令得樂故

佛問圓通我從耳門圓照三昧緣心自在因入流相得三摩地成就菩提斯為第一世尊彼佛如来歎我善得圓通法門於大會中授記我為觀世音號由我觀聽十方圓明故觀音名徧十方界

温陵曰初於聞中入流亡所是從耳門得圓照也由得圓照故隨緣應化得大自在吳興曰按觀音三昧經及大悲經並云此菩薩過去久已成佛號正法明又悲華經說往昔寶藏如来授不瞬太子記名觀世音然則悲華與今經皆覆本垂跡之名耳今得圓通即太子後身也

大佛頂如来密因脩證了義諸菩薩萬行首楞嚴經會解卷第十一

音釋

毱 巨六切毛丸也　彪 悲幽切虎文也　家 音姑女師也　踵 之勇切足丨也

俟 牀史切待也　垣 禹煩切墻也　瞬 式閏切目動也

大佛頂如来密因脩證了義諸菩薩萬行首楞嚴經會解卷第十二

爾時世尊於師子座從其五體同放寶光遠灌十方微塵如来及法王子諸菩薩頂彼諸如来亦於五體同放寶光從微塵方来灌佛頂并灌會中諸大菩薩及阿羅漢林木池沼皆演法音交光相羅如寳絲網是諸大衆得未曾有一切普獲金剛三昧即時天雨百寶蓮華青黄赤白間錯紛糅十方虛空成七寶色此娑婆界大地山河俱時不現唯見十方微塵國土合成一界梵唄詠歌自然敷奏

孤山曰寶光交照表自他之理互融林木演音顯依正之性不二印前所證盡契佛心温陵曰前說圓通之法此顯圓通之瑞而應之也諸佛五體同放寶光者表證性明極則寶覺圓融全體發現也互相灌頂者頂為圓極之相表諸佛證性圓極若此會中菩薩羅漢即二十四聖之儔佛光亦灌其頂者印其脩證等無優劣也林木池沼皆演法音交光相羅者圓通既現前則一切聲是佛聲一切色是佛色無非悟入之處無非圓通之理也大衆普獲金剛三昧者因此皆能破惑障悟圓通也天雨寶華空現寶色地隱山河界含塵刹表證圓通性則無作妙行自然分披寶明空覺自然發現有為習漏當不復生衆塵廓然無復隔越也梵唄詠歌自然敷奏者能使法界永離衆苦常得妙樂也聖人所演圓通法門與旨妙利詳悉若此故衆瑞詳而應之

於是如來告文殊師利法王子汝今觀此二十五無學諸大菩薩及阿羅漢各說最初成道方便皆言脩習真實圓通彼等脩行實無優劣前後差別

吳興曰夫如來藏性元無異乘以根有利鈍故教分大小約三諦言之則小教所詮者真也大教所詮者中也而此真中徧在一切俗諦之上即前所悟十八界及七大也當知三諦具足名如來藏俗諦不空真中俱空故二十五聖中凡聲聞所證或析俗見真或體俗見真皆分入空藏也菩薩所證或離俗顯中或即俗顯中皆全入空藏也今以藏性融會全分無差即同法華開方便門示真實相決了聲聞法是諸經之王

我今欲令阿難開悟二十五行誰當其根兼我滅後此界衆生入菩薩乘求無上道何方便門得易成就

吳興曰上從證性會同圓通今爲逗根令簡方便性如華屋根如入門若得其門方受其賜世人以觧爲證請思最初入道方便與二十五聖孰爲其倫乎

文殊師利法王子奉佛慈旨即從座起頂禮佛足承佛威神說偈對佛

吳興曰此下欲簡圓通先明覺性次辨迷妄後示歸元於歸元中選耳根爲易文殊既與觀音同證故奉慈旨有自來矣

覺海性澄圓　圓澄覺元妙

温陵曰此人人本來圓通者也吳興曰真覺之性譬如大海澄湛圓融皆諭寂而常

照也復牒圓澄所喻之覺示其本来照而常寂故曰元妙此類前文性覺妙明本覺明妙但法喻相參耳

元明照生所　所立照性亡　迷妄有虛空　依空立世界　想澄成國土　知覺乃衆生

孤山曰元明照即上本明之性也真際曰於彼元明性上妄生照用而形所相有相當情無相即隱故照性亡吳興曰二説節公爲長盖照字義通真妄温陵曰性真既隱空覺遂分根器一界遂因迷頑妄想安立故妄想凝結則成無情國土妄識知覺則成有情衆生則彼澄妙者莫得而圓莫得而通矣

空生大覺中　如海一漚發　有漏微塵國　皆依空所生　漚滅空本無　況復諸三有

温陵曰牒上以明迷澄圓而成根器融根器則歸澄圓也大覺海中本絶空有由迷風飄鼓妄發空漚而諸有生焉迷風既息則空漚亦滅所依諸有遂不可得而空覺圓融復歸元妙矣諸三有指微塵國土中三有也吳興曰有漏兼有情三有含情器長水曰漚滅下如云一人發真歸元十方虛空悉皆消殞等

歸元性無二　方便有多門　聖性無不通　順逆皆方便　初心入三昧　遲速不同倫

温陵曰二十五聖同一圓通所謂無二所謂多門在乎聖性逆順皆通不容料揀其如初心遲速異宜故須選擇也孤山曰觀音耳根則順餘聖諸根則逆盖對此方之機説也

色想結成塵　精了不能徹　如何不明徹
於是獲圓通　音聲雜語言　但伊名句味
一非含一切　云何獲圓通　香以合中知
離則元無有　不恒其所覺　云何獲圓通
味性非本然　要以味時有　其覺不恒一
云何獲圓通　觸以所觸明　無所不明觸
合離性非定　云何獲圓通　法稱爲內塵
憑塵必有所　能所非徧涉　云何獲圓通
溫陵曰憍陳那大迦葉等各因六塵悟圓而此皆揀去者彼所謂聖性無不通此所謂初心不同倫則凡所不取皆以不宜初心意取耳根獨宜也今揀六塵以色能起想結塵使精性不徹聲唯局名句味不該不徧味意味也伊猶惟也香味觸如文法塵非相獨意能緣內潛意根故稱內塵孤山曰問陳那悟聲塵與觀音耳根其義相類何故文殊簡以爲非答聲是佛語根乃自心認塵則著他語言觀根則了巳心性是以聞聲亦爲所簡

見性雖洞然　明前不明後　四維虧一半
云何獲圓通　鼻息出入通　現前無交氣
支離匪涉入　云何獲圓通　舌非入無端
因味生覺了　味亡了無有　云何獲圓通
身與所觸同　各非圓覺觀　涯量不冥會
云何獲圓通　知根雜亂思　湛了終無見
想念不可脫　云何獲圓通
溫陵曰鼻闕中交故云支離舌不因味而能覺了乃爲無端具與曰舌根爲識所依亦名舌入今文語倒但是舌入非無端耳內身外物能所相觸方有覺觀離中則無

故云各非等若謂合中有者其如物非體知成敵兩立故云涯量等湛了終無見如精了不能徹也以雜亂思於湛了性終無能見

識見雜三和　詰本稱非相　自體先無定

云何獲圓通　心聞洞十方　生于大因力

初心不能入　云何獲圓通　鼻想本權機

只令攝心住　住成心所住　云何獲圓通

說法弄音文　開悟先成者　名句非無漏

云何獲圓通　持犯但束身　非身無所束

元非徧一切　云何獲圓通　神通本宿因

何關法分別　念緣非離物　云何獲圓通

檇李曰論云二和生識謂根境和合識生其中今言三和者能所合說也溫陵曰三者和合窮之本自無體故曰非相也普賢用心聞故能知他方沙界外事此由脩法界行大因所生非初心能入也孫陀散亂佛欲攝住其心令觀鼻端此特權機而已蓋真心無住有住則妄矣吳興曰舌識開悟乃是先曾成就音文之者如富樓那從曠劫來辯才無礙佛教說法成阿羅漢豈非開悟先成者邪然其所說名句之體且非出世無漏之法斯亦一非含一切是故簡之問波離執身次第執心俱得通利今何但云束身而已荅聲聞執心亦防六聚七支之非況今言身識在其中矣目連神通由宿習所得雖云旋湛心光發宣非關於法分別而現又小乘神通皆是作意緣物則有離物則無

若以地性觀　堅礙非通達　有為非聖性

云何獲圓通　若以水性觀　想念非真實
如如非覺觀　云何獲圓通　若以火性觀
厭有非真離　非初心方便　云何獲圓通
若以風性觀　動寂非無對　對非無上覺
云何獲圓通　若以空性觀　昏鈍先非覺
無覺異菩提　云何獲圓通　若以識性觀
觀識非常住　存心乃虛妄　云何獲圓通
諸行是無常　念性元生滅　因果今殊感
云何獲圓通

溫陵曰持地平填尚涉有為非實聖性月光水觀未離想念難契如如蓋如如之理非覺觀之法故也烏芻瑟摩聞說欲火而生厭離是厭有也琉璃光觀風性動則與寂對有對非覺也晦昧為空故云昏鈍彌勒惟脩識觀而所觀之識念念生滅存心觀之已妄況獲圓通邪吳興曰勢至念佛都攝六根所念之境必通三身然其母子相憶之喻多就應身而說是故指同無常生滅豈以此因而感常住不生不滅之果乎已上二十四聖皆由所得圓通本根非此土當根乃為所簡須知簡聖全是簡機豈文殊之有慢心諸聖之有慚德古謂此等龍門點額寧不長吁者鄙哉

我今白世尊　佛出娑婆界　此方真教體
清淨在音聞　欲取三摩提　實以聞中入

吳興曰教體應具聲名句文今言音聞者以聲是實法餘三是假攝假從實故但云音音即所聞之境聞即能聞之根舉所顯能而正示聞性故云欲取等溫陵曰聖人設教隨方不同或有佛土以佛光明而作

佛事或有佛土以佛菩提樹而作佛事乃至或以園林臺觀或以虛空或以寂無說示如香積佛國無文字說但以衆香令諸天人得入律行而此方教體必籍音聞欲取正定必由聞入者各隨機緣故也蓋彼諸佛土無非利智故機緣默契出乎言象而堪忍衆生迷本循聲昏惑障重必籍聞熏聞脩以銷塵除障然後可入然以聞爲入者特得其門而已必期於遺聞反聞然後爲至也夫至於遺聞反聞則佛光明菩提樹乃至寂無說示處皆可入矣曹溪少室固以是爲佛事也

離苦得解脫　良哉觀世音　於恒沙劫中
入微塵佛國　得大自在力　無畏施衆生
妙音觀世音　梵音海潮音　救世悉安寧
出世獲常住

温陵曰初聯總歎觀世音脫苦與樂也於沙劫入塵國歎三十二應也得自在施無畏歎四不思議十四無畏也妙音觀音歎隨德之名也梵音潮音歎隨名之實也以說法不滯爲妙音尋聲救苦爲觀音音性無著爲梵音應不失時爲潮音末聯總歎衆德能救世間苦能與出世樂也

我今啓如來　如觀音所說　譬如人靜居
十方俱擊鼓　十處一時聞　此則圓真實
目非觀障外　口鼻亦復然　身以合方知
心念紛無緒　隔垣聽音響　遐邇俱可聞
五根所不齊　是則通真實

孤山曰口鼻身俱合中知若將身以合方知句居口鼻上其義方順蓋語倒耳吳興

曰此明圓通且寄耳用以顯聞性異於五根也用有時方遠近之量恐未達者謂之無常故有下文明常真實

音聲性動靜　聞中爲有無　無聲號無聞
非實聞無性　聲無既無滅　聲有亦非生
生滅二圓離　是則常真實　縱令在夢想
不爲不思無　覺觀出思惟　身心不能及

溫陵曰動靜有無皆屬聲塵耳根圓離不隨生滅是則常住之真也無聲號無聞指阿難聞鍾事也縱令下讚顯常性也五根皆待意思有無不常惟耳在夢能聞杵音是不爲不思而無也其爲覺觀乃出乎思惟勝餘根矣

今此娑婆國　聲論得宣明　衆生迷本聞
循聲故流轉　阿難縱強記　不免落邪思
豈非隨所淪　旋流獲無妄

溫陵曰聲論者依聲論明本聞自性以覺迷本循聲妄取淪替者如阿難者徒事強記誤落邪思豈非爲循聲之所流轉耶使能旋流返聞則無妄淪矣娑婆學者多徒事強記落邪淪妄不知返本故託阿難以警之補註曰佛命文殊於二十五行選簡當根使阿難開悟文殊說偈對佛至此簡根既畢下乃宣告阿難以及大衆發明旋倒聞機反聞自性之說是亦密奉如來開悟之慈旨也後至誠如佛世尊下復結歸對佛之辭以終偈焉

阿難汝諦聽　我承佛威力　宣說金剛王
如幻不思議　佛母真三昧　汝聞微塵佛
一切祕密門　欲漏不先除　畜聞成過誤

将聞持佛佛　何不自聞聞
温陵曰金剛如幻三昧即觀音如来所授如幻聞熏聞脩金剛三昧也三世諸佛皆從此出故名佛母孤山曰将聞等謂将汝循聲之妄聞以持諸佛之言教何不反聞自性以求觧脱乎上聞能聞之智下聞所觀之理

聞非自然生　因聲有名字　旋聞與聲脱
能脱欲誰名　一根既返源　六根成觧脱
吴興曰上既警其自聞今乃畧示脩相先指妄聞非無緣生生必籍因因即聲教當以三慧旋此根境俱令脱粘所脱既銷則能脱之慧復何名狀

見聞如幻翳　三界若空華　聞復翳根除
塵銷覺圓淨　淨極光通達　寂照含虛空
却来觀世間　猶如夢中事　摩登伽在夢
誰能留汝形
温陵曰見聞幻翳通指妄根也三界空華通指妄境也以皆妄故聞復則翳除塵銷則覺淨所以一返源而六觧脱也淨極光達寂照含虛根觧脱也却觀世間猶如夢事境觧脱也然則摩登正爲夢境了不可得誰能留汝使不觧脱哉

如世巧幻師　幻作諸男女　雖見諸根動
要以一機抽　息機歸寂然　諸幻成無性
吴興曰幻師譬真如幻作譬隨緣真妄和合變成六根如諸男女一機即耳根也應以旋聞聲脱爲抽

六根亦如是　元依一精明　分成六和合
一處成休復　六用皆不成　塵垢應念銷

成圓明淨妙　餘塵尚諸學　明極即如來
吳興曰一精明合前幻師妄爲能依真爲所依分成等合文可見溫陵曰想塵識垢應念消亡得妙圓通矣細惑未盡曰餘塵分證未滿曰諸學惑盡明極即如來矣孤山曰塵垢等二句登圓初住餘塵等二句從分至極

大衆及阿難　旋汝倒聞機　反聞聞自性
性成無上道　圓通實如是　此是微塵佛
一路涅槃門　過去諸如來　斯門已成就
現在諸菩薩　今各入圓明　未來修學人
當依如是法　我亦從中證　非惟觀世音
溫陵曰能旋倒妄反聞自性必資此性成無上道此圓通法門實效也

誠如佛世尊　詢我諸方便　以救諸末劫
求出世間人　成就涅槃心　觀世音爲最
自餘諸方便　皆是佛威神　即事捨塵勞
非是長修學　淺深同說法
溫陵曰成就不生不滅涅槃妙心惟耳根爲最餘則佛之威神加被令即事而捨塵勞非始終長修淺深同說之法也欲令其長修同說無如觀音法門矣如那律失明而旋見畢陵觸刺而遺身烏芻厭欲而登覺持地待佛而銷塵皆即已事而已吳興曰謂此方所有於諸方便而得悟者由佛之力也苟他土以餘根爲利耳根爲鈍者反顯可知

頂禮如來藏　無漏不思議　願加被未來
於此門無惑　方便易成就　堪以教阿難
及末劫沉淪　但以此根修　圓通超餘者

真實心如是

長水曰如来藏即一體三寶具足無漏性功德故真實心者文殊指已選圓通之心也温陵曰真實心要如是而已

於是阿難及諸大衆身心了然得大開示觀佛菩提及大涅槃猶如有人因事遠遊未得歸還明了其家所歸道路

長水曰阿難等方悟圓通從耳根入猶未有證故云明了其家所歸道路吴興曰不然且第三卷阿難偈云銷我億刼顛倒想不歷僧祇獲法身洎第四卷請入華屋前云聞佛示誨疑惑銷除心悟實相至第五卷如来偈後云心目開明歎未曾有及請圓通又云我等今日身心皎然快得無礙以前兼此凡經五番彰灼領悟何總排云未有證乎圓師判此爲阿難增道理必然矣應知經家指妙覺菩提涅槃爲家真脩耳根圓通爲路若不爾者慶喜之性幾乎檮昧也

普會大衆天龍八部有學二乘及諸一切新發心菩薩其數凡有十恒河沙皆得本心遠離塵垢獲法眼淨性比丘尼聞説偈已成阿羅漢無量衆生皆發無等等阿耨多羅三藐三菩提心

資中曰莊嚴論解法眼淨初地見道也若依圓教即十住初心也孤山曰阿羅漢其名雖小其證乃圓準涅槃四依品第四依人名阿羅漢吴興曰第四卷指登伽方得三果約圓位收之即七信以前此中若用四依判位恐升之太高以第四依人住十

地故秪應示作聲聞同除四住證阿羅漢如涅槃中聞常取果之比也按天台釋法華分別功德品發菩提心初入十信也故仁王般若云十善菩薩發大心長別三界苦輪海温陵曰無等等者物無與等而能與物爲等此得妙圓通上同下合之德也無量衆生皆發是心者因聞是道而希慕願樂也

阿難整衣服於大衆中合掌頂禮心迹圓明悲欣交集欲益未來諸衆生故稽首白佛大悲世尊我今已悟成佛法門是中脩行得無疑惑常聞如來說如是言自未得度先度人者菩薩發心自覺已圓能覺他者如來應世我雖未度願度末劫一切衆生世尊此諸衆生去佛漸遠邪師說法如恒河沙欲攝其心入三摩地云何令其安立道場遠諸魔事於菩提心得無退屈

吳興曰悲欣者悲昔不聞欣今得悟又念未來衆生未悟故悲覩現前大衆得益故欣也菩薩四誓以度人爲先如來十號以應世爲本當知五住究盡二死永亡方云得度今阿難雖深破無明而現居分段故曰未度温陵曰阿難將以是法度人而恐末劫多難邪魔妄作易退覺心難入正定故請攝心遠魔安立道場清淨軌則也

爾時世尊於大衆中稱讚阿難善哉善哉如汝所問安立道場救護衆生末劫沉溺汝今諦聽當爲汝說阿難大衆唯然奉教佛告阿難汝常聞我毗柰耶中宣說脩行三決定義所謂攝心爲戒因戒生定因定發慧是則名

爲三無漏學

温陵曰三藏之中毘柰耶律藏也此大小乘戒通稱也小乘禀法爲戒粗治其末大乘攝心爲戒細絶其本法戒則無犯而已心戒則無思犯也夫能攝心則定由是生慧由是發三者圓明則諸漏永盡故名三無漏學此下別示四重則十戒之初婬殺盜妄四波羅夷爲根本重罪所謂其心不婬其心不偷等者皆使無思犯也攝持軌則莫尚乎此

阿難云何攝心我名爲戒若諸世界六道衆生其心不婬則不隨其生死相續汝脩三昧本出塵勞婬心不除塵不可出縱有多智禪定現前如不斷婬必落魔道上品魔王中品魔民下品魔女彼等諸魔亦有徒衆各各自謂成無上道

温陵曰衆生皆因婬欲而正性命故纒生死若欲愛乾枯則殘質不續矣魔亦多智脩禪爲不斷婬故不成聖道帶婬脩禪必落此類孤山曰犯四重禁罪在地獄今以脩禪之功且落魔鬼等道若約未來輪轉則應備歷三途

我滅度後末法之中多此魔民熾盛世間廣行貪婬爲善知識令諸衆生落愛見坑失菩提路汝教世人脩三摩地先斷心婬是名如来先佛世尊第一决定清淨明誨

温陵曰諸經戒殺居首爲設化以慈悲爲本此經婬戒居首爲真脩以離欲爲本蓋欲氣麄濁染汙妙明欲習狂迷易失正受續生死喪真常莫甚於此故須首戒而爲

清淨第一明誨也觀阿難起教示遭邪染而厥初發心先厭欲濁至於三漸次中一一首懲然後身心妙圓獲大安隱十信初心由欲愛乾枯而慧性圓明遂階等妙諸世間人由心不流逸澄瑩生明漸乎六天是故真脩内攝必先離欲也

是故阿難若不斷婬脩禪定者如蒸沙石欲其成飯經百千劫只名熱沙何以故此非飯本沙石成故汝以婬身求佛妙果縱得妙悟皆是婬根根本成婬輪轉三途必不能出如來涅槃何路脩證必使婬機身心俱斷斷性亦無於佛菩提斯可希冀如我此說名為佛說不如此說即波旬說

温陵曰機者婬心所自發斷性不無觸機則發矣波旬魔名

阿難又諸世界六道衆生其心不殺則不隨其生死相續汝脩三昧本出塵勞殺心不除塵不可出縱有多智禪定現前如不斷殺必落神道上品之人為大力鬼中品則為飛行夜义諸鬼帥等下品當為地行羅义彼諸鬼神亦有徒衆各各自謂成無上道我滅度後末法之中多此鬼神熾盛世間自言食肉得菩提路阿難我令比丘食五淨肉此肉皆我神力化生本無命根汝婆羅門地多蒸濕加以沙石草菜不生我以大悲神力所加因大慈悲假名為肉汝得其味柰何如來滅度之後食衆生肉名為釋子

孤山曰問諸律並明魚肉為時食惟楞伽涅槃及今經悉唱斷肉何邪荅說法被機事有頓漸定慧既爾戒律亦然故梵網頓

制對別圓機乆斷食肉但庥死以来毘尼漸制對藏通機故開三淨化道将終則收漸歸頓於是三經俱唱斷肉楞伽且制藏通菩薩此經則兼制三乘故下云清淨比丘及諸菩薩不蹋生草等洎至涅槃更獨制聲聞殷勤告示矣問梵網戒中菩薩元制食肉何於楞伽方等始言此後菩薩不得食肉邪荅藏通菩薩無別戒律同稟二乘篇聚耳故於楞伽及以今經例皆唱斷也五淨肉者律明三淨不見爲我殺不聞爲我殺不疑爲我殺今言五者加自死鳥殘二也涅槃九種淨肉即於三淨各開正罪及前後方便也槜李曰淨肉又除人蛇象馬驢狗獅子狐猪獼猴十種之外盖此十種縱不見不聞而殺亦不可食也温陵曰不見不聞等爲五神力所化本無命根名淨此乃小乘權宜若真慈真脫皆在所斷婆羅門淨行通稱也西方四姓以婆羅門爲上故彼五天悉號婆羅門國僧亦號爲婆羅門也

汝等當知是食肉人縱得心開似三摩地皆大羅刹報終必沉生死苦海非佛弟子如是之人相殺相吞相食未已云何是人得出三界汝教世人脩三摩地次斷殺生是名如来先佛世尊第二決定清淨明誨是故阿難若不斷殺脩禪定者譬如有人自塞其耳高聲大叫求人不聞此等名爲欲隱彌露清淨比丘及諸菩薩於岐路行不蹋生草況以手拔云何大悲取諸衆生血肉充食

温陵曰脩禪避罪反乃行殺塞耳避人反

乃高聲是欲隱彌露也不故蹋不故拔仁慈之至猶及草木況食衆生肉邪

若諸比丘不服東方絲綿絹帛及是此土靴履裘毳乳酪醍醐如是比丘於世真脫酬還宿債不遊三界何以故服其身分皆爲彼緣如人食其地中百穀足不離地必使身心於諸衆生若身身分身心二途不服不食我說是人真解脫者如我此說名爲佛說不如此說即波旬說

溫陵曰東方不無裘毳西土不無絲綿各以多分言也酬還宿債不遊三界者上句當在下譯人語倒也足不離地者劫初之人體有飛光足若御雲由乎食地肥稻香稻故其體堅重而足不離地也身血肉骨髓也身分裘毳乳酪也身服食心貪求故曰二途必須併斷也

阿難又復世界六道衆生其心不偷則不隨其生死相續汝脩三昧本出塵勞偷心不除塵不可出縱有多智禪定現前如不斷偷必落邪道上品精靈中品妖魅下品邪人諸魅所著彼等群邪亦有徒衆各各自謂成無上道

溫陵曰不與而取皆爲偷盜分越所酬猶徵其剩況乃盜取得無反徵此所以生死相續也邪道姧欺故偷者必落其類

我滅度後末法之中多此妖邪熾盛世間潛匿姧欺稱善知識各自謂已得上人法詃惑無識恐令失心所過之處其家耗散我教比丘循方乞食令其捨貪成菩提道諸比丘等不自熟食寄於殘生旅泊三界示一往還去

已無返云何賊人假我衣服裨販如来造種種業皆言佛法却非出家具戒比丘爲小乘道由是疑誤無量衆生墮無間獄

温陵曰方法也僧祇律云乞食謂之分衛謂分施衆僧衛護道力肇法師云乞食畧有四意一爲福利衆生二爲折伏憍慢三爲知身有苦四爲除去滯著今經令其捨貪不自熟食即除去滯著也成菩提道即衛護道力福利衆生也知身爲倘寄知世爲旅泊無事畜蔵無所顧戀皆所謂循方也不能循方而貪饕造業是敗法毀則故號賊人雖服佛之服而不淨活命是假我衣服裨附佛法以貪販利養而已

若我滅後其有比丘發心决定脩三摩提能於如来形像之前身然一燈燒一指節及於身上爇一香炷我説是人無始宿債一時酬畢長揖世間永脱諸漏雖未即明無上覺路是人於法已决定心若不爲此捨身微因縱成無爲必還生人酬其宿債如我馬麥正等無異

孤山曰盗者取他依報資於已身今損正報以供上聖故能翻破無始盗業温陵曰一切難捨無過已身難捨能捨則自餘貪愛决能棄捨故曰是人於法已决定心苟能捨身而心不决捨則徒増業苦無益於道故下云必使身心二俱捐捨也佛爲宿詒比丘可食馬麥故證果後於毘蘭邑食之示宿債必酬也

汝教世人脩三摩地後斷偷盗是名如来先佛世尊第三决定清淨明誨是故阿難若不

斷偷脩禪定者譬如有人水灌漏卮欲求其滿縱經塵劫終無平復若諸比丘衣鉢之餘分寸不畜乞食餘分施餓衆生於大集會合掌禮衆有人捶詈同於稱讚必使身心二俱捐捨身肉骨血與衆生共不將如來不了義説迴爲已解以誤初學佛印是人得真三昧如我所説名爲佛説不如此説即波旬説

温陵曰衣鉢不畜視毀如讚此於利害二途身心俱捨也身肉骨血與衆生共則不私其身不顧其生又捨之至也行能至此則其心不偷可知矣阿含稱所畜物可以資身進道薩婆多論許百物各可畜一皆不了義也

阿難如是世界六道衆生雖則身心無殺盜婬三行已圓若大妄語即三摩地不得清淨成愛見魔失如來種所謂未得謂得未證言證或求世間尊勝第一謂前人言我今已得須陀洹果斯陀含果阿羅漢道辟支佛乘十地地前諸位菩薩求彼禮懺貪其供養是一顛迦消滅佛種如人以刀斷多羅木佛記是人永殞善根無復知見沉三苦海不成三昧

温陵曰於四果十地未得謂得名大妄語貪其供養求已尊勝名愛魔妄起邪見謂已齊聖名見魔皆大妄也一顛迦即一闡提貝多羅樹以刀斷則不復活喻大妄人永絶善根三苦海者三途也

我滅度後敕諸菩薩及阿羅漢應身生彼末法之中作種種形度諸輪轉或作沙門白衣居士人王宰官童男童女如是乃至婬女寡婦奸偷屠販與其同事稱讚佛乘令其身心

入三摩地終不自言我真菩薩真阿羅漢泄佛密因輕言未學惟除命終陰有遺付云何是人惑亂衆生成大妄語汝教世人脩三摩地後復斷除諸大妄語是名如来先佛世尊第四決定清淨明誨是故阿難若不斷其大妄語者如刻人糞爲栴檀形欲求香氣無有是處我教比丘直心道場於四威儀一切行中尚無虛假云何自稱得上人法譬如窮人妄號帝王自取誅滅況復法王如何妄竊因地不真果招迂曲求佛菩提如噬臍人欲誰成就

温陵曰我教比丘下牒未得謂得求已尊勝之事而深責也淨名曰直心爲道場無虛假故四儀行住坐卧也左傳噬臍謂終莫能及也今之自稱得上人法者多矣宜以經言爲誡

若諸比丘心如直絃一切真實入三摩地永無魔事我印是人成就菩薩無上知覺如我此說名爲佛說不如此說即波旬說

温陵曰向以迂曲故終莫成就此能絃直故即其成就也上明四重戒竟初標三學而終止四戒者定慧已備前文也

大佛頂如来密因脩證了義諸菩薩萬行首楞嚴經會解卷第十二

音釋

唄 薄賣切梵音也　涯 五加切水丨也　頟 音額義同　檮 都皓切斷木也　蹋 徒合切踐丨也　毳 昌芮切毛之細也　剩 時證切不啻也　詃 古犬切誘也　饕 敕高切貪財也　麥 莫白切麦種也

大佛頂如来密因脩證了義諸菩薩萬行首
楞嚴經會觧卷第十三

天竺沙門般剌密帝譯
烏萇國沙門彌伽釋迦譯語
菩薩戒弟子前正議大夫同中書門下平
章事房融筆受
師子林沙門　惟則　會解

阿難汝問攝心我今先說入三摩地脩學妙門求菩薩道要先持此四種律儀皎如氷霜自不能生一切枝葉心三口四生必無因阿難如是四事若不失遺心尚不緣色香味觸一切魔事云何發生

温陵曰内攝爲要故先說妙門先持四律四律爲本餘戒爲末故四律潔淨則枝葉不生緣塵不偶魔事潛消正定可入矣心三即意三備舉十重也真際曰口四即妄言綺語等四也然則前妄語謂大此妄言即小或舉總數耳

若有宿習不能滅除汝教是人一心誦我佛頂光明摩訶薩怛多般怛囉無上神咒斯是如来無見頂相無爲心佛從頂發輝坐寳蓮華所說心咒

温陵曰現業易制自行可違宿習難除必假神力今夫行人好正而固邪欲潔而偏染不教而能不願而爲隱然若有驅策而不能自已者宿習之使也德隆而福鄙行善而身凶多障多寃數病數惱綿然若有機緘而不能自釋者宿習之名也茲非一生一劫之緣乃無始来念念受薰者故非神力莫能脫之摩訶薩怛多般怛囉此云

大白傘蓋即藏心也量廓沙界曰大體絶妄染曰白用覆一切曰傘蓋神呪從此流演故名心呪無見頂者華嚴九地知識自説爲佛乳母初生親捧持諦觀不見頂示頂法不可以見見也長水曰前説定慧破煩惱障復明戒學但止罪業今説神呪能破宿殃兼除報障三障苟亡不證何待

且汝宿世與摩登伽歷劫因緣恩愛習氣非是一生及與一劫我一宣揚愛心永脱成阿羅漢彼尚婬女無心脩行神力冥資速證無學云何汝等在會聲聞求最上乘決定成佛譬如以塵揚于順風有何艱險

温陵曰登伽婬質猶能速證聲聞道器固易冥資也云何合作何况吳興曰愛心永脱指初聞呪得阿那含也成阿羅漢指前文殊簡圓通後也若爾由聞法故方成無學何謂神力冥資耶良以密承呪力顯籍法音内資外薰乃能速證若但因呪而不因法者何故前云性比丘尼聞説偈巳成阿羅漢塵譬宿習風如神呪順風揚塵散之則易誦呪除習脱之匪難

若有末世欲坐道場先持比丘清淨禁戒要當選擇戒清淨者第一沙門以爲其師若其不遇真清淨僧汝戒律儀必不成就戒成巳後著新淨衣然香閑居誦此心佛所説神呪一百八徧然後結界建立道場求於十方現住國土無上如来放大悲光来灌其頂

吳興曰今此持戒應通大小若出家者除戒體本淨當須懺淨如更稟菩薩律儀彌益其善若在家者或受近事戒或但受菩

薩戒以下文有白衣故真際曰誦咒百八表滅百八煩惱也

阿難如是末世清淨比丘若比丘尼白衣檀越心滅貪婬持佛淨戒於道場中發菩薩願出入澡浴六時行道如是不寐經三七日我自現身至其人前摩頂安慰令其開悟

補註曰前云求佛灌頂令佛現身名爲感應既得感應心必開悟若見餘境與本願相違而又無所開悟斯非真感應也孤山曰佛本是無心淨故有水清月現感應自然若見此相當觀空寂是佛顯然是魔則滅

阿難白佛言世尊我蒙如來無上悲誨心已開悟自知脩證無學道成末法脩行建立道場云何結界合佛世尊清淨軌則

温陵曰請問結壇軌則之詳也言自知脩證等者知咒力冥資聖果可期也

佛告阿難若末世人願立道場先取雪山大力白牛食其山中肥膩香草此牛惟飲雪山清水其糞微細可取其糞和合栴檀以泥其地若非雪山其牛臭穢不堪塗地別於平原穿去地皮五尺已下取其黃土和上栴檀沉水蘇合薰陸欝金白膠青木零陵甘松及雞舌香以此十種細羅爲粉合土成泥以塗場地

温陵曰法王法言即事即理法不孤起事不唐設如華嚴一字法門書海墨而不盡五位行相即世諦以彰明凡所設施必有取像則此壇場用度無非表法也山爲高土雪山純淨上信也大力白牛純淨大根

也香草清水妙善淨智也茹退充實遺餘也上栴檀爲十香之首十度之總萬行之冠也原爲平土中信也地皮未淨也五數之中黄色之中取中中淨信也十香十波羅密法香也細羅爲粉推之以爲微妙萬行也夫欲取如来寂滅場地必本於廣大信心而資乎淨智妙善以養成純一大根充實遺餘猶足以合法香冠十度故可以嚴成寂滅場地也上信大根有不可得則求其次焉故取中中信心雖未能冠乎十度萬行而能具之者亦可以嚴成長水曰雪山牛乳純是醍醐所有茹退最爲香潔方圓丈六爲八角壇壇心置一金銀銅木所造蓮華華中安鉢鉢中先盛八月露水水中隨安所有華葉

長水曰壇者除地爲之即今之墠也吳興曰不爾上言場地可如其墠今既名壇必須起土爲之是則先除地爲場後别取黄土和香爲泥於其場上以泥塗起令成壇相也溫陵曰壇寂滅坦實之體也體具八正故爲八角爲攝八邪故方丈六壇心蓮華中道妙行也蓮之爲物華實同體染淨同源表妙行大致也用金銀銅木所造者表妙行云爲也金銀百煉愈精而不變銅剛而能同義之像也木能上草以覆其下仁之像也夫依體起行精而不變剛而能同或以義制或以仁覆無過不及凡皆會于中道乃所以爲妙行也鉢爲應器表隨量應物也露爲陰澤以秋降八月秋之中也水中華葉即仁覆之行隨澤所施此又

隨量應物陰利潜化之表也

取八圓鏡各安其方圍繞華鉢鏡外建立十六蓮華十六香爐間華鋪設莊嚴香爐純燒沉水無令見火

温陵曰圓鏡大圓鏡智也各安八方圍繞華鉢者智行相依隨方圓應也鏡外蓮華香爐各十六而間設者華表妙行香表妙德鏡外即正智之外方便建立使邪正相攝德行相熏熏久而俱化兩忘邪正也純燒沉水無令見火者反德藏用滅伏覺觀然後能契寂滅場地也或曰表法且然柰古德不解無傷臆說歟曰愚所宗者華嚴大論若熟覽彼知此非臆

取白牛乳置十六器乳爲煎餅并諸沙糖油餅乳糜蘇合蜜薑純酥純蜜於蓮華外各各十六圍繞華外以奉諸佛及大菩薩

温陵曰表以法喜禪悅獻二尊也權教開許乳酪實教遮禁而復取以享奉者意在融權實同邪正故八味亦各十六圍繞華外表融權攝邪之法喜隨行施設也

每以食時若在中夜取蜜半斤用酥三合壇前別安一小火爐以兜樓婆香煎取香水沐浴其炭然令猛熾投是酥蜜於炎爐内燒令煙盡享佛菩薩

温陵曰佛以日中受食故每以日中致享中夜例日中也蜜成於華表和融法行也酥成於乳表和融法味也半爲中數三爲成數小香爐方寸覺心也以香沐炭發覺之法也藥王然身先服兜樓婆香意取發燄故取沐炭然令猛熾投酥蜜於炎爐燒

令煙盡者行法既成不可終滯當於覺心勇猛煆煉使習氣併鑠緣影俱亡豁然如所謂紅爐點雪者然後爲佛所享夫居寂滅場飡味禪悦者於此宜盡心焉

令其四外徧懸幡花於壇室中四壁敷設十方如來及諸菩薩所有形像應於當陽張盧舍那釋迦彌勒阿閦彌陀諸大變化觀音形像兼金剛藏安其左右帝釋梵王烏芻瑟摩并藍地迦諸軍茶利與毗俱胝四天王等頻那夜迦張於門側左右安置

温陵曰四外幡花外行嚴飾也當陽正位盧舍那等寂場真主也彌勒當來真主也阿閦居東彌陀居西智悲真主也諸大變化觀音形像上同下合真主也金剛藏常領金剛護持呪人伏魔斷障真主也門側左右釋梵等衆有力外護也末法修行凡賴于此一有所闕必不成就烏芻火頭金剛藍地迦青面金剛軍茶利金剛異號也毗俱胝亦大神變等毗盧神變經稱左邉毗俱胝三目持鬘髻是也頻那夜迦即猪頭象鼻二使者

又取八鏡覆懸虚空與壇場中所安之鏡方面相對使其形影重重相涉

温陵曰壇中之鏡混物而有依行人之智也空中之鏡離物而無依諸佛之智也混物有依者方能照物未能照已必得乎離物無依住智交相爲用然後物我互照心境雙融諸佛衆生身土相入不勞動步不待擬心法法徧周事事無礙舉目千聖齊現觸處萬象昭然一化一香徧供塵刹一

行一相充擴無窮不假神通不涉情謂寂
場法法本如是也容因脩證妙極於此
於初七中至誠頂禮十方如来諸大菩薩阿
羅漢號恒於六時誦呪圍壇至心行道一時
常行一百八徧第二七中一向專心發菩薩
願心無間斷我毘柰耶先有願教第三七中
於十二時一向持佛般怛囉呪至第七日十
方如来一時出現鏡交光處承佛摩頂即於
道場脩三摩地能令如是末世脩學身心明
淨猶如琉璃

温陵曰凡所斷羂以皈依三寶爲最初方
便故初七日至誠頂禮如来菩薩羅漢名
號所以假其不思議力發行助道也然非
願力無以持之故第二七日依毘尼教專
心發願也行願堅強則得大勇猛故第三
七日時無間歇呪無徧限一向誦持遂能
以精誠感格進力克功也鏡交光處則生
佛智照感應道交也身心明淨謂宿緣障
纖悉蕩盡此感應克功事也吳興曰先有
願教者如梵網經十大願等是也

阿難若此比丘本受戒師及同會中十比丘
等其中有一不清淨者如是道場多不成就
從三七後端坐安居經一百日有利根者不
起于座得須陀洹縱其身心聖果未成決定
自知成佛不謬汝問道場建立如是

温陵曰得須陀洹者謂得入聖流非指小
果也孤山曰陀洹按位即圓初信若依涅
槃乃是初入別圓地住也苟不然者豈得
自知成佛不謬耶吳興曰壇法行相此土
末世行之惟艱然所誦呪下文亦許不入

道場故使有緣隨器受益

阿難頂禮佛足而白佛言自我出家恃佛憍愛求多聞故未證無爲遭彼梵天邪術所禁心雖明了力不自由賴遇文殊令我解脫雖蒙如來佛頂神呪冥獲其力尚未親聞惟願大慈重爲宣説悲救此會諸脩行輩末及當來在輪迴者承佛密音身意解脫于時會中一切大衆普皆作禮佇聞如來秘密章句爾時世尊從肉髻中涌百寶光光中涌出千葉寶蓮有化如來坐寶華中頂放十道百寶光明一一光明皆徧示現十恒河沙金剛密跡擎山持杵徧虛空界大衆仰觀畏愛兼抱求佛哀祐一心聽佛無見頂相放光如來宣説神呪

補註曰昔阿難密承呪力得解婬難故曰冥獲而未聞今乃重請顯説意在悲救此會及當來也

南無薩怛他蘇伽多耶阿羅訶帝三藐三菩陀寫一薩怛他佛陀俱知瑟尼釤二南無薩婆勃陀勃地薩跢鞞弊三毘迦切南無薩多南三藐三菩陀俱知南四娑舍囉婆迦僧伽喃五南無盧雞阿羅漢跢喃六南無蘇盧多波那喃七南無娑羯唎陀伽彌喃八南無盧雞三藐伽跢喃九三藐伽波囉底波多那喃十南無提婆離瑟赧十一南無悉陀耶毘地耶陀囉離瑟赧十二舍波奴揭囉訶娑訶娑囉摩他喃十三南無跋囉訶摩尼十四南無因陀囉耶十五南無婆伽婆帝十六嚧陀囉耶十七烏摩般帝十八娑醯夜耶十九南無婆伽婆帝二十那囉野拏耶二十一槃遮摩訶三慕陀囉耶二十二南無悉羯唎多耶二十三南

無婆伽婆帝二十四摩訶迦囉耶二十五地唎般剌那伽囉二十六毘陀囉波拏迦囉耶二十七阿地目帝二十八尸摩舍那泥婆悉泥二十九摩怛唎伽拏三十南無悉羯唎多耶三十一南無婆伽婆帝三十二多他伽跢俱囉耶三十三南無般頭摩俱囉耶三十四南無跋闍囉俱囉耶三十五南無摩尼俱囉耶三十六南無伽闍俱囉耶三十七南無婆伽婆帝三十八帝唎茶輸囉西那三十九波囉訶囉拏囉闍耶四十跢他伽多耶四十一南無婆伽婆帝四十二南無阿彌多婆耶四十三跢他伽多耶四十四阿囉訶帝四十五三藐三菩陀耶四十六南無婆伽婆帝四十七阿芻鞞耶四十八跢他伽多耶四十九阿囉訶帝五十三藐三菩陀耶五十一南無婆伽婆帝五十二鞞沙闍耶俱嚧吠柱唎耶五十三般囉婆囉闍耶五十四跢他伽多耶五十五南無婆伽婆帝五十六三補師毖多五十七薩憐捺囉剌闍耶五十八跢他伽多

耶五十九阿囉訶帝六十三藐三菩陀耶六十一南無婆伽婆帝六十二舍雞野母那曳六十三跢他伽多耶六十四阿囉訶帝六十五三藐三菩陀耶六十六南無婆伽婆帝六十七剌怛那雞都囉闍耶六十八跢他伽多耶六十九阿囉訶帝七十三藐三菩陀耶七十一帝瓢南無薩羯唎多七十二翳曇婆伽婆多七十三薩怛他伽都瑟尼釤七十四薩怛多般怛嚂七十五南無阿婆囉視躭七十六般囉帝揚岐囉七十七薩囉婆部多揭囉訶七十八尼羯囉訶揭迦囉訶尼七十九跋囉毖地耶叱陀你八十阿迦囉密唎柱八十一般唎怛囉耶儜揭唎八十二薩囉婆槃陀那目叉尼八十三薩囉婆突瑟吒八十四突悉乏般那你伐囉尼八十五赭都囉失帝南八十六羯囉訶娑訶薩囉若闍八十七毘多崩娑那羯唎八十八阿瑟吒冰舍帝南八十九那叉剎怛囉若闍九十波囉薩陀那羯唎九十一阿瑟吒南九十二摩訶揭

囉訶若闍九十三毘多崩薩那羯唎九十四薩婆舍都
嚧你婆囉若闍九十五呼藍突悉乏難遮那舍尼
九十六毖沙舍悉怛囉九十七阿吉尼烏陀迦囉若闍
九十八阿般囉視多具囉九十九摩訶般囉戰持二百摩
訶疊多二百一摩訶帝闍二摩訶稅多闍婆囉三
摩訶跋囉槃陀囉婆悉你四阿唎耶多囉五
毘唎俱知六誓婆毘闍耶七跋闍囉摩禮底
八毘舍嚧多九勃騰罔迦十跋闍囉制喝那
阿遮十一摩囉制婆般囉質多十二跋闍囉擅持
十三毘舍囉遮十四扇多舍鞞提婆補視多十五蘇
摩盧波十六摩訶稅多十七阿唎耶多囉十八摩訶
婆囉阿般囉十九跋闍囉商羯囉制婆二十跋闍
囉俱摩唎二十一俱藍陀唎二十二跋闍囉喝薩多遮
二十三毘地耶乾遮那摩唎迦二十四啒蘇母婆羯囉
跢那二十五鞞嚧遮那俱唎耶二十六夜囉菟瑟尼釤

二十七毘折藍婆摩尼遮二十八跋闍囉迦那迦波囉
婆二十九嚧闍那跋闍囉頓稚遮三十稅多遮迦摩
囉二百三十一剎奢尸波囉婆三十二翳帝夷帝三十三母陀羅
羯拏三十四沙鞞囉懺三十五掘梵都三十六印兔那麼麼
寫三十七誦者至此句稱弟子某受持烏鈝三十八唎瑟揭拏三十九般剌舍
悉多四十薩怛他伽都瑟尼釤二百四十一虎鈝四十二都嚧
雍四十三瞻婆那四十四虎鈝四十五都嚧雍四十六悉躭婆那
四十七虎鈝四十八都嚧雍四十九波羅瑟地耶三般叉拏
羯囉五十虎鈝二百五十一都嚧雍五十二薩婆藥叉喝囉剎
娑五十三揭囉訶若闍五十四毘騰崩薩那羯囉五十五虎
鈝五十六都嚧雍五十七者都囉尸底南五十八揭囉訶娑
訶薩囉南五十九毘騰崩薩那囉六十虎鈝二百六十一都嚧
雍六十二囉叉六十三婆伽梵六十四薩怛他伽都瑟尼釤
六十五波囉點闍吉唎六十六摩訶娑訶薩囉六十七勃樹
娑訶薩囉室唎沙六十八俱知娑訶薩泥帝㘑六十九

阿弊提視婆唎多（七十）吒吒甖迦（一百七十一）摩訶跋闍
嚧陀囉（七十二）帝唎菩婆那（七十三）曇荼囉（七十四）烏件莎
悉帝薄婆都（七十六）麼麼印兔那麼麼寫（七十八 誦稱名）囉闍婆
夜（七十九）主囉跋夜（八十）阿祇尼婆夜（一百八十一）烏陀迦婆
夜（八十二）毘沙婆夜（八十三）舍薩多囉婆夜（八十四）婆囉斫
羯囉婆夜（八十五）突瑟义婆夜（八十六）阿舍你婆夜（八十七）
阿迦囉密利柱婆夜（八十八）陀囉尼部彌劍波伽
波陀婆夜（八十九）烏囉迦婆多婆夜（九十）刺闍檀荼
婆夜（一百九十一）那伽婆夜（九十二）毘條怛婆夜（九十二）蘇波囉
拏婆夜（九十四）藥义揭囉訶（九十五）囉义私揭囉訶（九十六）
畢唎多揭囉訶（九十七）毘舍遮揭囉訶（九十八）部多揭
囉訶（九十九）鳩槃荼揭囉訶（二百）補丹那揭囉訶（二百一）
迦吒補丹那揭囉訶（二）悉乾度揭囉訶（三）阿
播悉摩囉揭囉訶（四）烏檀摩陀揭囉訶（五）車
夜揭囉訶（六）醯唎婆帝揭囉訶（七）社多訶唎

南（八）揭婆訶唎南（九）嚧地囉訶唎南（十）忙娑
訶唎南（二百十一）謎陀訶唎南（十二）摩闍訶唎南（十三）闍
多訶唎女（十四）視比多訶唎南（十五）毘多訶唎南
（十六）婆多訶唎南（十七）阿輸遮訶唎女（十八）質多訶
唎女（十九）帝釤薩鞞釤（二十）薩婆揭囉訶南（二百二十一）毘
陀耶闍瞋陀夜彌（二十二）雞囉夜彌（二十三）波唎跋囉
者迦訖唎檐（二十四）毘陀夜闍瞋陀夜彌（二十五）雞囉
夜彌（二十六）茶演尼訖唎檐（二十七）毘陀夜闍瞋陀夜
彌（二十八）雞囉夜彌（二十九）摩訶般輸般怛夜（三十）嚧陀
囉訖唎檐（二百三十一）毘陀夜闍瞋陀夜彌（三十二）雞囉夜
彌（三十三）那囉夜拏訖唎檐（三十四）毘陀夜闍瞋陀夜
彌（三十五）雞囉夜彌（三十六）怛埵伽嚧荼西訖唎檐（三十七）
毘陀夜闍瞋陀夜彌（三十八）雞囉夜彌（三十九）摩訶迦
囉摩怛唎伽拏訖唎檐（四十）毘陀夜闍瞋陀夜
彌（二百四十一）雞囉夜彌（四十二）迦波利迦訖唎檐（四十三）毘陀

夜闍瞋陀夜彌四十四雞囉夜彌四十五闍耶羯囉摩
度羯囉四十六薩婆囉他娑達那訖唎檐四十七毘陀
夜闍瞋陀夜彌四十八雞囉夜彌四十九赭咄囉婆耆
你訖唎檐五十毘陀夜闍瞋陀夜彌二百五十一雞囉夜
彌五十二毘唎羊訖唎知五十三難陀雞沙囉伽拏般
帝五十四索醯夜訖唎檐五十五毘陀夜闍瞋陀夜彌
五十六雞囉夜彌五十七那揭那舍囉婆拏訖唎檐三十八
毘陀夜闍瞋陀夜彌五十九雞囉夜彌六十阿囉漢
訖唎檐毘陀夜闍瞋陀夜彌二百六十一雞囉夜彌六十二
毘多囉伽訖唎檐六十三毘陀夜闍瞋陀夜彌六十四
雞囉夜彌跋闍囉波你六十五具醯夜具醯夜六十六
迦地般帝訖檐唎六十七毘陀夜闍瞋陀夜彌六十八
雞囉夜彌六十九囉叉罔七十婆伽梵二百七十一印兎那麼
麼寫七十二至此依前稱弟子名婆伽梵七十三薩怛多般怛囉七十四南
無粹都帝七十五阿悉多那囉剌迦七十六波囉婆悉

普吒七十七毘迦薩怛多鉢帝唎七十八什佛囉什佛
囉七十九陀囉陀囉八十頻陀囉頻陀囉瞋陀瞋陀
二百八十一虎件八十二虎件八十三泮吒八十四泮吒泮吒泮吒泮
吒八十五娑訶八十六醯醯泮八十七阿牟迦耶泮八十八阿波
囉提訶多泮八十九波囉波囉陀泮九十阿素囉毘
陀囉波迦泮二百九十一薩婆提鞞弊泮九十二薩婆那伽
弊泮九十三薩婆藥叉弊泮九十四薩婆乾闥婆弊泮
九十五薩婆補丹那弊泮九十六迦吒補丹那弊泮九十七
薩婆突狼只帝弊泮九十八薩婆突澀比犁訖瑟
帝弊泮九十九薩婆什婆犁弊泮三百薩婆阿播悉
摩犁弊泮三百一薩婆舍囉婆拏弊泮二薩婆地
帝雞弊泮三薩婆怛摩陀繼弊泮四薩婆毘
陀耶囉誓遮唎弊泮五闍夜羯囉摩度羯囉
六薩婆囉他娑陀雞弊泮七毘地夜遮唎弊
泮八者都囉縛耆你弊泮九跋闍囉俱摩唎

十毘陀夜囉誓弊泮三百十一摩訶波囉丁羊乂耆唎弊泮十二䟦闍囉商羯囉夜十三波囉丈耆囉闍耶泮十四摩訶迦囉夜十五摩訶末怛唎迦拏十六南無娑羯唎多夜泮十七毖瑟拏婢曳泮十八勃囉訶牟尼曳泮十九阿耆尼曳泮二十摩訶羯唎曳泮三百二十一羯囉檀持曳泮二十二蔑怛唎曳泮二十三嘮怛唎曳泮二十四遮文茶曳泮二十五羯邏囉怛唎曳泮二十六迦般唎曳泮二十七阿地目質多迦尸摩舍那二十八婆私你曳泮二十九演吉質三十薩埵婆寫三百三十一麼麼印兔那麼麼寫三十二至此依前稱弟子名突瑟吒質多三十三阿末怛唎質多三十四烏闍訶囉三十五伽婆訶囉三十六嚧地囉訶囉三十七婆娑訶囉三十八摩闍訶囉三十九闍多訶囉四十視毖多訶囉三百四十一䟦略夜訶囉四十二乾陀訶囉四十三布史波訶囉四十四頗囉訶囉四十五婆寫訶囉四十六般波質多四十七突瑟吒質多四十八嘮陀

囉質多四十九藥乂揭囉訶五十囉剎娑揭囉訶三百五十一閉隸多揭囉訶五十二毘舍遮揭囉訶五十三部多揭囉訶五十四鳩槃茶揭囉訶五十五悉乾陀揭囉訶五十六烏怛摩陀揭囉訶五十七車夜揭囉訶五十八阿播薩摩囉揭囉訶五十九宅袪革茶耆尼揭囉訶六十唎佛帝揭囉訶三百六十一闍彌迦揭囉訶六十二舍俱尼揭囉訶六十三姥陀囉難地迦揭囉訶六十四阿藍婆揭囉訶六十五乾陀波尼揭囉訶六十六什伐囉堙迦醯迦六十七墜帝藥迦六十八怛隸帝藥迦六十九者突託迦七十昵提什伐囉毖釤摩什伐囉三百七十一薄底迦七十二鼻底迦七十三室隸瑟密迦七十四娑你般帝迦七十五薩婆什伐囉七十六室嚧吉帝七十七末陀鞞達嚧制劒七十八阿綺嚧鉗七十九目佉嚧鉗八十羯唎突嚧鉗三百八十一揭囉訶揭藍八十二羯拏輸藍八十三憚多輸藍八十四迄唎夜輸藍八十五末摩輸藍八十六䟦唎室婆輸藍八十七

毖栗瑟吒輸藍八十八烏陀囉輸藍八十九羯知輸藍九十跋悉帝輸藍三百九十一鄔嚧輸藍九十二常迦輸藍九十三喝悉多輸藍九十四跋陀輸藍九十五娑房盎伽般囉丈伽輸藍九十六部多毖跢茶九十七茶耆你什婆囉九十八陀突嚧迦建咄嚧吉知婆路多毘九十九薩般嚧訶凌伽四百輸舍怛囉娑那羯囉四百一毘沙喻迦二阿耆尼烏陀迦三末囉鞞囉建跢囉四阿迦囉密唎咄怛斂部迦五地栗剌吒六毖唎瑟質迦七薩婆那俱囉八肆引伽弊揭囉唎藥叉怛囉芻九末囉視吠帝釤十娑鞞釤悉怛多鉢怛囉四百十一摩訶跋闍嚧瑟尼釤十二摩訶般賴丈耆藍十三夜波突陀舍喻闍那十四辮怛隷拏十五毘陀耶槃曇迦嚧彌十六帝殊槃曇迦嚧彌十七般囉毘陀槃曇迦嚧彌十八跢姪他十九唵二十阿那隷四百二十一毘舍提二十二鞞囉跋闍囉陀唎二十三

槃陀槃陀你二十四跋闍囉謗尼泮二十五虎𤙖都嚧甕泮二十六莎婆訶二十七

吳興曰呪謂呪詛亦曰呪願佛以此語詛願衆生生善滅惡革凡成聖若蜾蠃之呪螟蛉也亦是密詮首楞嚴義與前顯說力用無殊但被物之異耳有云顯說令解則生慧密說令誦則生福一往如之孤山曰諸經神呪例皆不翻自古人師多有異說天台會之不出四悉一云呪者鬼神王名稱其王名部落敬主不敢爲非此世界義也二云呪者如軍中密號唱號相應無所訶問不相應者即執治之此爲人義也三云呪者密默遮惡餘無識者如微賤人奔逃異國詐稱王子因以公主妻之多瞋難事有一明人從其國來主往訴之其人語

曰若當瞋時應説偈云無親往他國欺誑一切人簾食是常食何勞復作瞋説是偈時默然瞋歇即對治義也四云呪者諸佛密語惟聖乃知如王索仙陀婆一名而具四實謂鹽水器馬也羣下莫曉惟智臣解之呪亦如是秖一法語徧有諸力病愈罪除生善合道即第一義也具此四義故存本音五不翻中即祕密故不翻於四例中即翻字不翻音補註曰孤山所引四悉者四悉檀也悉徧也檀施也佛以四法徧施衆生也初世界悉檀者隨方異説令生歡喜益也二爲人悉檀者生善益也三對治悉檀者破惡益也四第一義悉檀者入理益也

大佛頂如来密因脩證了義諸菩薩萬行首楞嚴經會解卷第十三

音釋

蜾古火切與蝸同　蠃郎果切細腰蜂也　螟亡丁切食苗心虫　蛉力丁切蜻蛉也

大佛頂如来密因脩證了義諸菩薩萬行首楞嚴經會觧卷第十四

阿難是佛頂光聚悉怛多般怛囉祕密伽陀微妙章句出生十方一切諸佛十方如来因此呪心得成無上正徧知覺十方如来執此呪心降伏諸魔制諸外道十方如来乘此呪心坐寳蓮華應微塵國十方如来含此呪心於微塵國轉大法輪十方如来持此呪心能於十方摩頂授記自果未成亦於十方蒙佛授記十方如来依此呪心能於十方抜濟群苦所謂地獄餓鬼畜生盲聾瘖瘂寃憎會苦愛别離苦求不得苦五陰熾盛大小諸横同時解脱賊難兵難王難獄難風火水難饑渇貧窮應念銷散十方如来随此呪心能於十方事善知識四威儀中供養如意恒沙如来會中推為大法王子十方如来行此呪心能於十方攝受親因令諸小乘聞祕密藏不生驚怖十方如来誦此呪心成無上覺坐菩提樹入大涅槃十方如来傳此呪心於滅度後付佛法事究竟住持嚴淨戒律悉得清淨若我說是佛頂光聚般怛囉呪從旦至暮音聲相聯字句中間亦不重疊經恒沙刼終不能盡

吴興曰總言呪心者即前文云斯是如来無見頂相無為心佛所説心呪也亦是祕密藏中精要之法故曰呪心也溫陵曰呪心者即大白傘盖廣大無染周覆法界如来藏心祕密法門也惟其廣大周覆為如来藏故持之因之即能出生諸佛成無上覺降魔應化抜濟群苦及餘功德經恒沙

刧説不能盡也地獄餓鬼等略舉八難之四寃憎愛別等略舉八苦之四灌頂經大横有九小横無數攝受親因者攝諸有縁也

亦説此呪名如来頂汝等有學未盡輪迴發心至誠取阿羅漢不持此呪而坐道場令其身心遠諸魔事無有是處

温陵曰上顯如来境界此明亦攝漸脩下顯持呪之益也

阿難若諸世界隨所國土所有衆生隨國所生樺皮貝葉紙素白氎書寫此呪貯於香囊是人心昬未能誦憶或帶身上或書宅中當知是人盡其生年一切諸毒所不能害阿難我今爲汝更説此呪救護世間得大無畏成就衆生出世間智若我滅後末世衆生有能自誦若教他誦當知如是誦持衆生火不能燒水不能溺大毒小毒所不能害如是乃至龍天鬼神精祇魔魅所有惡呪皆不能著心得正受一切呪詛厭蠱毒藥金毒銀毒草木蟲蛇萬物毒氣入此人口成甘露味一切惡星并諸鬼神磣心毒人於如是人不能起惡頻那夜迦諸惡鬼王并其眷屬皆領深恩常加守護

温陵曰火不能燒等即所謂救護世間得大無畏也以誦呪利彼故諸惡鬼王皆領深恩金銀入藥或能發毒

阿難當知是呪常有八萬四千那由他恒河沙俱胝金剛藏王菩薩種族一一皆有諸金剛衆而爲眷屬晝夜隨侍設有衆生於散亂心非三摩地心憶口持是金剛王常隨從彼

諸善男子何况决定菩提心者此諸金剛菩薩藏王精心陰速發彼神識是人應時心能記憶八萬四千恒河沙刼周徧了知得無疑惑

温陵曰即所謂成就衆生出世間智也精心陰速者妙心陰潜速疾資發也

從第一刼乃至後身生生不生藥义羅义及富單那迦吒富單那鳩槃茶毗舍遮等并諸餓鬼有形無形有想無想如是惡處是善男子若讀若誦若書若寫若帶若藏諸色供養刼刼不生貧窮下賤不可樂處

長水曰第一刼者發心脩行之初時也洎至菩薩最後身時於其中間不落雜類或生人中亦非貧賤以持尊勝法故身尊勝也

此諸衆生縱其自身不作福業十方如来所有功德悉與此人由是得於恒河沙阿僧祇不可説不可説刼常與諸佛同生一處無量功德如惡义聚同處熏脩永無分散是故能令破戒之人戒根清淨未得戒者令其得戒未精進者令得精進無智慧者令得智慧不清淨者速得清淨不持齋戒自成齋戒

温陵曰是故下以摩登得果推之不誣然持之須得其人故前言一不清淨多不成就後言如法持戒必得心通行人審之勿徒希覬也

阿難是善男子持此呪時設犯禁戒於未受時持呪之後衆破戒罪無問輕重一時銷滅縱經飲酒食噉五辛種種不淨一切諸佛菩薩金剛天仙鬼神不將爲過設著不淨破弊

衣服一行一住悉同清淨縱不作壇不入道場亦不行道誦持此呪還同入壇行道功德無有異也若造五逆無間重罪及諸比丘比丘尼四棄八棄誦此呪已如是重業猶如猛風吹散沙聚悉皆滅除更無毫髮

温陵曰未受時者未持呪時也孤山曰比丘四棄即殺盜婬妄四根本重罪梵語波羅夷此云棄謂犯此者永棄佛法邊外猶如死屍大海不受也比丘尼復加四棄曰觸八覆隨即第五不得染心男身相觸第六不得染心男捉手捉衣入屏處屏處共立共語共行身相倚相期等八事第七不得覆他重罪第八不得隨舉大僧供給衣食即爲僧所舉未與作共住法者不得隨彼也通上故名八棄僧所舉者即舉訐之義也

阿難若有衆生從無量無數劫來所有一切輕重罪障從前世來未及懺悔若能讀誦書寫此呪身上帶持若安住處莊宅園館如是積業猶湯消雪不久皆得悟無生忍復次阿難若有女人未生男女欲求孕者若能至心憶念斯呪或能身上帶此悉怛多般怛囉者便生福德智慧男女求長命者即得長命欲求果報速圓滿者速得圓滿身命色力亦復如是命終之後隨願往生十方國土必定不生邊地下賤何況雜形阿難若諸國土州縣聚落饑荒疫癘或復刀兵賊難鬬諍兼餘一切厄難之地寫此神呪安城四門并諸支提或脫闍上令其國土所有衆生奉迎斯呪禮拜恭敬一心供養令其人民各各身佩或各

各安所居宅地一切灾厄悉皆消滅

温陵曰雜形謂鬼畜等類支提云可供養處即淨刹之通稱也脫闍云幢

阿難在在處處國土衆生隨有此呪天龍歡喜風雨順時五穀豐殷兆庶安樂亦復能鎮一切惡星隨方變恠灾障不起人無橫夭杻械枷鎖不著其身晝夜安眠常無惡夢阿難是娑婆界有八萬四千灾變惡星二十八大惡星而爲上首復有八大惡星以爲其主作種種形出現世時能生衆生種種灾異有此呪地悉皆消滅十二由旬成結戒地諸惡灾祥永不能入

温陵曰天反時物逆理皆所以爲灾而反之逆之職由乎人天與物應之而已所謂灾變惡星則應人之灾惡者也八萬四千應衆生煩惱業也二十八則四方之紀八則五行之經及羅計孛也順則福應逆則灾應所謂惠迪吉從逆凶也能生灾異者亦應其逆而已如彗孛飛流爲應同分非星之爲也今以呪力叶乎百順故惡變悉滅於天灾祥不入其境祥吉凶之先兆也

是故如來宣示此呪於未來世保護初學諸脩行者入三摩地身心泰然得大安隱更無一切諸魔鬼神及無始來寃橫宿殃舊業陳債來相惱害汝及衆中諸有學人及未來世諸脩行者依我壇場如法持戒所受戒主逢清淨僧持此呪心不生疑悔是善男子於此父母所生之身不得心通十方如來便爲妄語

吳興曰心通者據前所說不出三義一者

證果即端坐百日有利根者不起于座得須陀洹也二者發解謂縱其身心聖果未成决定自知成佛不謬三者宿命謂是人應時心能記憶八萬四千恒河沙刧周徧了知得無疑惑

說是語巳會中無量百千金剛一時佛前合掌頂禮而白佛言如佛所說我當誠心保護如是脩菩提者爾時梵王并天帝釋四大天王亦於佛前同時頂禮而白佛言審有如是脩學善人我當盡心至誠保護令其一生所作如願復有無量藥叉大將諸羅刹王富單那王鳩槃茶王毘舍遮王頻那夜迦諸大鬼王及諸鬼帥亦於佛前合掌頂禮我亦誓願護持是人令菩提心速得圓滿復有無量日月天子風師雨師雲師雷師并電伯等年歲巡官諸星眷屬亦於會中頂禮佛足而白佛言我亦保護是脩行人安立道場得無所畏復有無量山神海神一切土地水陸空行萬物精祇并風神王無色界天於如来前同時稽首而白佛言我亦保護是脩行人得成菩提永無魔事

温陵曰風師行風風王主風此與無色天繼地祇舉者前舉梵釋方及三天後舉地水未盡風火故終舉風神以該四大舉無色以該三界也

爾時八萬四千那由他恒河沙俱胝金剛藏王菩薩在大會中即從座起頂禮佛足而白佛言世尊如我等輩所脩功業久成菩提不取涅槃常隨此呪救護末世脩三摩地正脩行者世尊如是脩心求正定人若在道場及

餘經行乃至散心遊戲聚落我等徒衆常當隨從侍衛此人縱令魔王大自在天求其方便終不可得諸小鬼神去此善人十由旬外除彼發心樂脩禪者世尊如是惡魔若魔眷屬欲來侵擾是善人者我以寶杵殞碎其首猶如微塵恒令此人所作如願

孤山曰以上群靈皆獲本妙心住首楞嚴能建大義示現菩薩諸天鬼神等像護持行人耳而言以寶杵碎首者夫大聖之訓物也或用攝受或行折伏群邪之屏跡也或感其惠或畏其威惟此二途咸令得度今行折伏俾畏其威若涅槃殺一闡提法華破諸惱亂仙豫之誅淨行滿足之僇衆生皆由住無緣慈得一子地乃能如是耳

温陵曰從第四卷中請入華屋以來齊此通明脩道分下文別起名證果分阿難於證果分初獨問脩證地位世尊荅文首叙十二類生而後明五十七位者意使一切衆生依此法門從凡入聖重重研極至盡妙覺成無上道而後已

阿難即從座起頂禮佛足而白佛言我輩愚鈍好爲多聞於諸漏心未求出離蒙佛慈誨得正熏脩身心快然獲大饒益世尊如是脩證佛三摩地未到涅槃云何名爲乾慧之地四十四心至何漸次得脩行目詣何方所名入地中云何名爲等覺菩薩作是語已五體投地大衆一心佇佛慈音瞪瞢瞻仰

孤山曰阿難所請斯有二意一者既受行門必有位次如得門入宅須知堂室淺深是故請之二者經初佛語阿難心言直故

如是乃至終始地位中間永無諸委曲相前鮮行圓融則心言直矣地位無曲未知其相因此請之言四十四心者謂十住十行十向四加行十地也而下佛荅之文有五十四心者於初住中横開十信合之秖是初住不同餘經似位十信則今乾慧已是合餘經十信立其揔名也長水曰信住行向及四加行名四十四心也吳興曰兩説璿師爲正次云詰何方所名入地中方是十地耳所指初住横開十信是義不然

爾時世尊讃阿難言善哉善哉汝等乃能普爲大衆及諸末世一切衆生脩三摩地求大乘者從於凡夫終大涅槃懸示無上正脩行路汝今諦聽當爲汝説阿難大衆合掌刳心默然受教佛言阿難當知妙性圓明離諸名相本来無有世界衆生因妄有生因生有滅生滅名妄滅妄名真是稱如来無上菩提及大涅槃二轉依號

温陵曰生滅真妄菩提涅槃皆所謂諸名相也妙性之中本来圓離由迷妄相因故有脩有證於是轉不覺而依菩提轉生死而依涅槃名二轉依號

阿難汝今欲脩真三摩地直詣如来大涅槃者先當識此衆生世界二顛倒因顛倒不生斯則如来真三摩地

長水曰前明三種相續今明二種顛倒以衆生顛倒即攝業果故也吳興曰前世界相續惟在依報謂四大因起等今世界顛倒盖指正報即十二類生也所以然者由前荅富樓那問云何忽生山河大地故今

荅阿難脩三摩地所入地位故何則位由悟入悟必有迷迷之爲九悟之爲聖皆正報之事非器界之相故異前說也

阿難云何名爲衆生顛倒阿難由性明心性明圓故因明發性性妄見生從畢竟無成究竟有此有所有非因所因住所住相了無根本本此無住建立世界及諸衆生

温陵曰性明心指真如體也性明圓言不守自性也由其不守自性故因妄明而發妄性因妄性而生妄見於是從無相真成有相妄故曰從畢竟無成究竟有然此能有所有能住所住悉皆非因所因悉皆了無根本文互見也本此無住建立世界衆生則知二者無因無本全即倒妄而已吴興曰本此無住者住即依也雖本至末了無所依也此文總示二倒向下別明方分兩相今單標雙結者以約衆生說世界故

迷本圓明是生虛妄妄性無體非有所依將欲復真欲真已非真真如性非真求復宛成非相非生非住非心非法展轉發生生力發明熏以成業同業相感因有感業相滅相生由是故有衆生顛倒

吴興曰將欲復真等此舉順修況顯逆修以明顛倒之相謂若圓觀真性欲求旋復斯則已非真真如性何者以除真如外凡有修入皆屬於權故圓覺云未出輪迴而辨圓覺彼圓覺性即同流轉順修尚爾況逆修乎故云非真求復等應知漸教三乘乃至外道等輩悉是背性成迷皆名非真求復也捻顯顛倒故云宛成非相次列四

非秖是別示其相耳有身故生有受故住心法可解生住心法於諸有中展轉發生斯則前文業果相續也生力至成業者生即是果力即是業熏即動業之惑以貪欲爲本如現在生身由過去業力之所發明復由現在起惑熏成未来善惡之業也同業至相生者七趣衆生隨其妄惑各有同業相感因于殺盗婬三所感之業則有相生相滅之事長水曰婬欲故相生殺盗故相滅

阿難云何名爲世界顛倒是有所有分段妄生因此界立非因所因無住所住遷流不住因此世成三世四方和合相涉變化衆生成十二類

孤山曰從畢竟無成究竟有故有東西南北之分段指此分段名之爲界然其所有本無其因故云非因所因此惟妄住故云無住所住既非真性常住則有過現未来遷流不住三世成矣以世涉方以方涉世俱成十二所以衆生正報因果和合亦成十二也吳興曰第四卷方世相涉加流變三疊彼對依報顯於正報六根功德各千二百也此中相涉以依從正明世界顛倒立十二類生也既前云功德此云顛倒古師用此釋前三疊者其可順乎

是故世界因動有聲因聲有色因色有香因香有觸因觸有味因味知法六亂妄想成業性故十二區分由此輪轉是故世間聲香味觸窮十二變爲一旋復

吳興曰此就聲塵當體爲因從因聲有色

至因味知法則展轉相因以顯六亂之相也最後知法者知即意根法即法塵以後例前則有聞聲見色等義況云六亂妄想是知見聞覺知皆歸妄想溫陵曰由此六境發起六情名六亂妄想正為惑業之本故名業性十二類生因此輪轉也世間聲香味觸䌟上六亂妄想之類也

乘此輪轉顛倒相故是有世界卵生胎生濕生化生有色無色有想無想若非有色若非無色若非有想若非無想

補註曰此總標也由十二區分窮變旋復故輪轉顛倒各具十二而變化衆生成十二類也

阿難由因世界虛妄輪迴動顛倒故和合氣成八萬四千飛沉亂想如是故有卵羯邏藍流轉國土魚鳥龜蛇其類充塞

溫陵曰卵惟想生虛妄即想也想體輕舉名動顛倒卵以氣交名和合氣成想多升沉名飛沉亂想故感魚鳥飛沉之類也十二類各八萬四千者各由八萬四千煩惱感變也羯邏藍云凝滑入胎初位胎卵未分之相也

由因世界雜染輪迴欲顛倒故和合滋成八萬四千橫竪亂想如是故有胎遏蒲曇流轉國土人畜龍仙其類充塞

溫陵曰胎因情有雜染即情也情生於愛名欲顛倒胎以情交名和合滋成情有偏正名橫竪亂想故感人畜橫竪之類遏蒲曇云皰即胎卵漸分之相也虛妄雜染執著留礙等有情皆具但隨偏重者感類耳

吴興曰依殼而起曰卵生含藏而出曰胎生假潤而興曰濕生無而忽有曰化生如是四生由內心思業為因外殼胎藏濕潤為緣藉緣多少而成次第卵生具四所以先說胎生具三濕生具二化生惟一謂思業也此依瑜伽所解

由因世界執著輪迴趣顛倒故和合煖成八萬四千翻覆亂想如是故有濕相蔽尸流轉國土含蠢蝡動其類充塞

溫陵曰濕以合感執著即合也合由愛滯觸境趨附名趨顛倒濕以陽生名和合煖成所趨無定名翻覆亂想故感蠢蝡翻覆之類也蔽尸云軟肉濕生初相也既不入胎故無前二位矣十生皆本於婬欲起於情想以迷情愈妄故化理愈乖以至蕩為空散頑為木石妄末雖殊妄本一也

由因世界變易輪迴假顛倒故和合觸成八萬四千新故亂想如是故有化相羯南流轉國土轉蛻飛行其類充塞

溫陵曰化以離應變易即離也離此託彼名假顛倒觸類而變名和合觸成轉故趨新名新故亂想故感報亦尔蛻脫故趨新也如虫為蝶則轉行為飛如雀為蛤則蛻飛為潛凡以不同形而相禪皆轉蛻也羯南云硬肉蛻即成體無軟相也自下皆稱羯南者諸類通稱止此若第五鉢羅奢佉曰成形則各隨狀貌非通稱也孤山曰化相者非無而忽有之化如蠐螬虫脫換故皮欣取新質意欲飛騰故云轉蛻飛行也吴興曰轉蛻飛行未必惟舉蠐螬之類蓋

是化生取譬之象如列子云天地委蛻下文純想則飛皆取譬也是則轉蛻譬故形之易脫飛行喻新質之輕舉無而忽有理合在茲補註曰環圓二師所解化生固合經義若論天獄鬼等皆有化相則岳師無而忽有之說亦有理焉宜備取之

由因世界留礙輪迴障顛倒故和合著成八萬四千精耀亂想如是故有色相羯南流轉國土休咎精明其類充塞

資中曰事日月水火和合光明堅執不捨障隔不通名為留礙精明顯著因此受生故名色相星辰日月吉者為休凶者為咎至于爝火蚌珠皆是此類溫陵曰一切精明神物皆精耀也其想已結成精耀故但有色而已涅槃云八十神皆因留礙想元成此精耀此雖至精至神亦未離乎乘彼輪轉顛倒相也

由因世界銷散輪迴惑顛倒故和合暗成八萬四千陰隱亂想如是故有無色羯南流轉國土空散銷沉其類充塞

溫陵曰厭有著空滅身歸無名銷散輪迴迷漏無聞名惑顛倒厭有歸無則依晦昧空故和合暗成而名陰隱亂想即無色界外道類也此有想無色而不成業體故亦稱羯南又有惑業昏重形色銷磨體合空昧識附陰隱亦空散銷沉類也

由因世界罔象輪迴影顛倒故和合憶成八萬四千潛結亂想如是故有想相羯南流轉國土神鬼精靈其類充塞

資中曰蹈跡附影之類皆從憶想所生論

因或如外道凡夫祠禱神明託附形像終身奉事志慕靈通因果相酬故生其類溫陵曰虛妄失真邪著影像無所託陰從憶想生於罔象中潛結貌狀其神不明而幽為鬼精不全而散為靈無有實色但有想相

由因世界愚鈍輪迴癡顛倒故和合頑成八萬四千枯槁亂想如是故有無想羯南流轉國土精神化為土木金石其類充塞

資中曰外道計無情有命金石堅牢或習定灰凝思專枯槁心隨境變遇物成形如華表生精黃頭化石之類是也溫陵曰不了諦理固守愚癡癡鈍之極則頑冥無知而精神化為土木金石也

由因世界相待輪迴偽顛倒故和合染成八萬四千因依亂想如是故有非有色相成色羯南流轉國土諸水母等以鰕為目其類充塞

資中曰和合巧偽改故作新或假託因依遞為形勢資身養命業果相循不從自類受身故名非有色相等有情身內八萬戶蟲并是此類溫陵曰水母之類以水沫為體以鰕為目本非有色待物成色不能自用待物有用迷失天真綿著浮偽彼此異質染緣相合故曰因依

由因世界相引輪迴性顛倒故和合呪成八萬四千呼召亂想由是故有非無色相無色羯南流轉國土呪詛厭生其類充塞

資中曰有一類生因聲呼召引發性成如蝦蟆等以聲附卵論因或是樂為淫聲習

以生著從自性類不假他成名非無色相藉聲誕質故云無色温陵曰邪業相引使性情顛倒而乘呪託識不由生理妄隨呼召即世間邪術呪詛精魅厭物因而有生者也

由因世界合妄輪迴罔顛倒故和合異成八萬四千回互亂想如是故有非有想相成想羯南流轉國土彼蒲盧等異質相成其類充塞

資中曰誣罔取他納為已有名罔顛倒背親向義寄死託孤忘本蒸甞認彼宗嗣是其因也温陵曰二妄相合性情罔昧異質相成生理回互如彼蒲盧本為桑蟲非有蜂想而成蜂想吳興曰以異質故非有想相以相成故成想羯南

由因世界怨害輪迴殺顛倒故和合怪成八萬四千食父母想如是故有非無想相無想羯南流轉國土如土梟等附塊為兒及破鏡鳥以毒樹果抱為其子子成父母皆遭其食其類充塞

温陵曰怨害相酬傷殺相反生理怪誕棄絕倫義故感土梟之類因土塊毒果成形非無鳥想而本無想也資中曰父母有愛名非無想相怨無有愛故云無想問既是怨對無感生緣何得用附而生怨中有愛答如畜猪羊育殺故養豈非怨中亦有愛乎孤山曰土梟破鏡者按史記孝武本紀云祠黃帝用一梟破鏡孟康曰梟鳥名也食母破鏡食父黃帝欲絕其類使百物祠皆用之破鏡如貙而虎眼今云鳥者恐譯

人誤或鳥字合是等字後人妄改耳

是名衆生十二種類

温陵曰此皆不了妙覺明心迷陷情欲積妄發生妄隨輪轉非正脩行莫能免脫故下文示以除妄脩證之法焉

大佛頂如来密因脩證了義諸菩薩萬行首楞嚴經會解卷第十四

音釋

樺胡化切木皮可以爲燭　氎徒叶切毛布也　蠱音古事也　磣初朕切毒也　覬几利切希望也　刳音枯剖也　蛻他外切蛇易皮也

大佛頂如来密因脩證了義諸菩薩萬行首楞嚴經會解卷第十五

天竺沙門般刺密帝譯

烏萇國沙門彌伽釋迦譯語

菩薩戒弟子前正議大夫同中書門下平章事房融筆受

師子林沙門　惟則　會解

阿難如是衆生一一類中亦各各具十二顛倒猶如捏目亂華發生顛倒妙圓真淨明心具足如斯虛妄亂想

溫陵曰十二顛倒即動顛倒欲顛倒至殺顛倒也孤山曰各具即互具也以一一類心妄種皆具一則現起名事造餘則冥伏名理具以妄本無體元是真心是故妄具元是真具具無具相一切皆空如是了知始可議道

汝今脩證佛三摩地於是本因元所亂想立三漸次方得除滅如淨器中除去毒蜜以諸湯水并雜灰香洗滌其器後貯甘露云何名爲三種漸次一者脩習除其助因二者真脩刳其正性三者增進違其現業

吳興曰除去毒蜜喻除其助因及刳其正性也湯水如正行灰香如助行甘露譬所證之理孤山曰言漸次者事漸理圓不同偏教之漸也問此三漸次於天台六即中屬何位邪荅名字中脩能成觀行及發真似也長水曰前問至何漸次得修行目今此第二正名脩行故云真脩

云何助因阿難如是世界十二類生不能自全依四食住所謂段食觸食思食識食是故

佛說一切衆生皆依食住阿難一切衆生食甘故生食毒故死是諸衆生求三摩地當斷世間五種辛菜是五種辛熟食發婬生噉增恚如是世界食辛之人縱能宣說十二部經十方天仙嫌其臭穢咸皆遠離諸餓鬼等因彼食次舐其脣吻常與鬼住福德日消長無利益是食辛人修三摩地菩薩天仙十方善神不來守護大力魔王得其方便現作佛身來為說法非毀禁戒讃婬怒癡命終自為魔王眷屬受魔福盡墮無間獄阿難脩菩提者永斷五辛是則名為第一增進脩行漸次

溫陵曰四食者人間段食謂所飡必有分段鬼神觸食但歆觸而飽禪天思食食至或但思之而飽識天識食既無形色但以識想此直明衆生皆依食住而因食戒斷五辛不必他引也五辛內發婬恚外引邪魅故名助因也吳興曰食甘等舉段食之損益欲除五辛之助因也以五辛能發婬恚猶毒死之食焉孤山曰五辛者楞伽經云葱蒜韭薤興渠也應法師云興渠梵音訛也正云興宜慈慜三藏云根如蘿蔔出土辛臭慈慜冬至彼土不見其苗則此方無故不翻也

云何正性阿難如是衆生入三摩地要先嚴持清淨戒律永斷婬心不飡酒肉以火淨食無噉生氣阿難是修行人若不斷婬及與殺生出三界者無有是處當觀婬欲猶如毒蛇如見怨賊先持聲聞四棄八棄執身不動後行菩薩清淨律儀執心不起

溫陵曰欲刳婬殺正性必持戒律不飲酒

防亂之至也不噉生防殺之至也律中五果皆須火淨亦不噉生氣也婬如毒蛇怨賊者能害法身殺慧命故也執身使無犯也執心使無思犯也

禁戒成就則於世間永無相生相殺之業偷劫不行無相負累亦於世間不還宿債

吳興曰不婬故無相生乃至不妄故不還宿債以大妄語貪其供養故約位言之此應在外凡觀行之中

是清淨人修三摩地父母肉身不須天眼自然觀見十方世界覩佛聞法親奉聖旨得大神通遊十方界宿命清淨得無艱險是則名爲第二增進修行漸次

資中曰此如法華現身所得六根清淨即相似位也

云何現業阿難如是清淨持禁戒人心無貪婬於外六塵不多流逸

溫陵曰流逸奔塵起現前業由戒禁制得不流逸斯能違遠

因不流逸旋元自歸塵既不緣根無所偶返流全一六用不行

吳興曰因不流逸由斷客塵煩惱也旋元自歸漸入如來藏理也塵既不緣下此又進破根本無明也前屬似位但云不多流逸今取真證乃是根塵泯亡逆無明流純一真性微細生滅六用不行

十方國土皎然清淨譬如琉璃內懸明月身心快然妙圓平等獲大安隱一切如來密圓淨妙皆現其中

吳興曰先顯依報淨有法有喻次顯正報

淨有自有他自則三德圓證他則諸佛同體補註曰客理也圓智也淨妙行也即法身等三德

是人即獲無生法忍從是漸修隨所發行安立聖位

温陵曰華嚴十忍第三曰無生法忍謂不見有少法生不見有少法滅離諸情垢無作無願安住是道名之曰忍吳興曰此中別指初住以上名為聖位若下文云以三增進故能成五十五位真菩提路則通取十信也

是則名為第三增進修行漸次

吳興曰上三漸次且約麁細前後分別若圓修者豈不以違其現業為創心發觀之本歟故第一漸次即云脩菩提者永斷五辛也當知菩提無漸次漸次取菩提譬如滄溟太霄詎有涯量由操舟舉翮之異而里數生焉此下乾慧地等即後二漸次之所階也孤山以瓔珞五十二位對今辨之有一合三開之相一合者合十信為乾慧地也三開者開初住為十信心開十向為四加行開等覺出金剛乾慧也今詳此說惟四加行開相則顯餘不應然至下銷文當見其義

阿難是善男子欲愛乾枯根境不偶現前殘質不復續生

吳興曰是善男子指圓教外凡之人也不可躐上安立聖位而為次第以漸次是通明脩行從微至著地位是別示凡聖自下昇高人未審之便將此地作無生法忍釋

之者誤矣欲愛乾枯者且從麁惑言之若通說者即圓修三觀頓伏五住乃觀行成相也根境不偶者此與上文塵既不緣等名義雖同麁細成異現前下謂由欲愛乾枯則於世間永無相生相殺之業故此身若謝来報不生準天台以五濁輕重分同居淨穢今五濁既輕即當捨穢而趣淨矣

執心虛明純是智慧慧性明圓鎣十方界乾有其慧名乾慧地欲習初乾未與如来法流水接

吳興曰人法二執了無實性故曰執心虛明即惑成智體具寂照故曰鎣十方界大品十地初名乾慧天台於圓教十信前立五品位且曰義推如大品乾慧地也噫智者隋時此經未至而所立名位懸契佛心非聖人孰能是哉沇師亦謂此經乾慧是天台五品位但不合兼通六根清淨耳問既云未與如来法流水接豈非須指初住分真為法流邪荅信之與住俱預法流請以喻觀自明兩相故前文云如澄濁水貯於靜器靜深不動沙土自沉清水現前名為初伏客塵煩惱去泥純水名為永斷根本無明斯則顯以通別二惑為濁流真中二理為清水驗今乾慧未入信心

即以此心中中流入圓妙開敷從真妙圓重發真妙妙信常住一切妄想滅盡無餘中道純真名信心住

吳興曰以觀行心緣中道理相續無間流入初信圓師云此下十信雖與諸經名同而於名下皆結住名故知即是初住分開

也況云中道純真豈是相似位邪此說不然夫如来設教被機不同此経以前權實未融地位多別如瓔珞所說先空次假後中之相也今既開權顯實豈以昔経而為較量乎所以原始要終莫不皆用中道妙觀觀常住妙理苟不如是將何以顯此経純圓邪但依一家六即之義銷諸圓妙之文無相濫矣言圓妙開敷者即見慈先落三諦似顯也從真妙圓等釋成上句謂從乾慧真妙圓心重發此位真妙信心心與理冥故曰妙信常住涅槃明須陀洹所斷見惑如四十里水其餘在者如一毛滴今約此義云一切妄想滅盡無餘也名信心住者信為能生理爲所住如無著立一十八住判金剛般若始終地位亦何必初住方受住名

真信明了一切圓通陰處界三不能爲礙如是乃至過去未来無數刼中捨身受身一切習氣皆現在前是善男子皆能憶念得無遺忘名念心住

吳興曰捨身受身即分段生死也一切習氣即思惑正使也故下文明五不還天所斷欲惑亦名習氣又應通指二死爲捨身總名五住爲習氣以上文云過去未来無數刼中故若爾則習氣之義不可取大論垢衣香器爲喻

妙圓純真真精發化無始習氣通一精明惟以精明進趣真淨名精進心

吳興曰化變也變諸妄習純成真明言其精也惟以下示其進也

心精現前純以智慧名慧心住
温陵曰妄習既盡故心精現前而進趣云
爲純智無習矣
執持智明周徧寂湛寂妙常凝名定心住
温陵曰慧既純明須定以持之吳興曰周
徧寂湛謂定之用寂妙常凝謂定之體
定光發明明性深入惟進無退名不退心
温陵曰以定持慧至於寂湛故性光發明
而深入於道
心進安然保持不失十方如來氣分交接名
護法心
吳興曰按圓位至此斷三界思盡即六根
清淨之正位也配瓔珞屬七住對大品當
佛地約婆沙齊三十四心智者云三藏佛
位望六根清淨位有齊有劣同除四住此
處爲齊若伏無明三藏即劣既是發真斷
惑之大節故特示云十方如來氣分交接
覺明保持能以妙力迴佛慈光向佛安住猶
如雙鏡光明相對其中妙影重重相入名迴
向心
吳興曰覺明保持即護法心也上氣分交
接則自他心佛相應相冥今迴佛慈光向
于佛境則與智明相對相照故曰猶如雙
鏡等又約十方如來對照亦然故曰其中
妙影等
心光密迴獲佛常凝無上妙淨安住無爲得
無遺失名戒心住
吳興曰迴向既成同佛常寂常寂之體即
是無上妙淨明心安住此心正防無明微
細之患故得戒名

住戒自在能遊十方所去隨願名願心住
吳興曰準天台圓教未斷無明生同居者名爲願生正符此文也又說十信出假利益衆生今遊十方亦合其義
阿難是善男子以真方便發此十心心精發輝十用涉入圓成一心名發心住
吳興曰瓔珞初住增修十心彼乃別教之相也智者以瓔珞十心對十乘觀法約圓初住具明十德章安云應是轉似爲真一住具十也今云真方便者謂真家之方便又真即方便皆以中道心脩故十用涉入圓成一心豈非智者章安之意乎橫開之說固無此理
心中發明如淨琉璃內現精金以前妙心履以成地名治地住
吳興曰能證心如琉璃所顯理如精金履治也依前心地以觀治之
心地涉知俱得明了遊履十方得無留礙名脩行住
吳興曰上治地由境得名此修行從智受稱境發於智故云心地涉知等以智徧脩故云遊履十方等
行與佛同受佛氣分如中陰身自求父母陰信冥通入如来種名生貴住
溫陵曰妙行密契則妙理冥感將生佛家爲法王子故名生貴中陰喻冥感之理也現陰已謝後陰未生之中名曰中陰孤山曰分真智與究竟智等名行與佛同分證理與究竟理等名受佛氣分如中陰下以喻顯之究竟權智如父實智如母任運相

合名自求父母密齊果德如陰信冥通斯即稟佛遺體初託聖胎也
既遊道胎親奉覺胤如胎已成人相不缺名方便具足住
孤山曰此喻雖在真因而自行利他之相同佛不缺也温陵曰同妙行之氣分冥妙理之中陰是遊道胎奉覺胤也道胎既成故妙相不缺而修行方便具矣
容貌如佛心相亦同名正心住
孤山曰容貌喻應用心相喻理智温陵曰容貌外同心相内異非正心也
身心合成日益增長名不退住
孤山曰色心互融不相妨礙故曰合成温陵曰同佛之德有進無退
十身靈相一時具足名童真住
温陵曰具體而微故以童稱十身者菩提身願身化身力身莊嚴身威勢身意生身福身法身智身也資中曰十身靈相即盧舍那也聲聞身緣覺身菩薩身如来身法身智身國土身業報身衆生身虛空身此十種身如隨色珠顯現自在菩薩雖未如佛分得此相吳興曰準華嚴八地方現十身今八住具足者正顯今圓已齊彼别也
補註曰温陵所觧菩提身等即是資中所觧如来身中之所開出者也
形成出胎親爲佛子名法王子住
孤山曰出胎者喻破第九住無明又從理起用亦如出胎紹隆佛種故云親為佛子温陵曰自發心至生貴名入聖胎自方便具足至童真名長養聖胎至此長養功終

故喻出胎王子

表以成人如國大王以諸國事分委太子彼剎利王世子長成陳列灌頂名灌頂住

孤山曰表以成人堪行佛事也太子世子異其文耳春秋曰會太子于首止禮云文王世子皆天子之子也陳列灌頂者華嚴云轉輪聖王所生太子母是正后身相具足坐白象寶妙金之座張大綱縵奏諸音樂取四大海水置金瓶内王執此瓶灌太子頂是時即名受王職位菩薩受職亦復如是諸佛智水灌其頂故名爲受大智職菩薩彼第十法雲地名灌頂菩薩今此十住亦分得也然圓教分真以来悉有應用論其智力不無優劣故初住百佛世界現十界像利祐衆生位位竪入倍倍增勝経中所明各就一義若論一位具諸位功德則十義俱徧十住既爾下去皆然

阿難是善男子成佛子已具足無量如来妙德十方隨順名歡喜行善能利益一切衆生名饒益行

温陵曰具佛妙德故能十方隨順無適不可自他利備機感俱喜故名歡喜善推妙德益以利人故名饒益

自覺覺他得無違拒名無瞋恨行

温陵曰瞋恨生於違拒長水曰自覺故無明不能違智覺他故有情不能拒化二利兼成故無瞋恨

種類出生窮未来際三世平等十方通達名無盡行

孤山曰種類出生者化十界身化復作化

也窮未來際益物無盡豎徧三世横周十方

一切合同種種法門得無差誤名離癡亂行

孤山曰妙智了達塵沙法門異名別說同歸一理故離癡亂

則於同中顯現群異一一異相各各見同名善現行

孤山曰同中現異達理即事故異相見同達事即理故溫陵曰由無癡亂故能於種種法門互現隨應圓融自在所謂善現也

如是乃至十方虛空滿足微塵一一塵中現十方界現塵現界不相留礙名無著行

溫陵曰此由善現行充擴圓融也塵中現刹名現界不壞塵相名現塵

種種現前咸是第一波羅密多名尊重行

溫陵曰種種所現皆是般若性德無作妙力自在成就故名尊重金剛稱第一波羅密即般若也吳興曰智慧輕薄般若尊重故此名焉

如是圓融能成十方諸佛軌則名善法行一一皆是清淨無漏一真無為性本然故名真實行

吳興曰上善法行全性起修故成法則此真實行全修是性故皆無為溫陵曰總括前行無非真性本然妙用相雖萬殊體惟一真故名真實如是十行乃至後位不離前法而皆相躡別設者一使行人隨位增進開擴性覺淨治惑障而成熟佛果也

阿難是善男子滿足神通成佛事已純潔精真遠諸留患當度衆生滅除度相回無為心

向涅槃路名救護一切衆生離衆生相回向

温陵曰前十住十行出俗心多大悲行劣此須濟以悲願處俗利生回真向俗回智向悲使真俗圓融悲智不二是名十回向亦名十願也滿足神通至遠諸留患牒前現塵現界不相留礙等事謂此行滿足當修回向行也回向之行悲願最深故職在度生然見有可度即涉有為背涅槃路故須滅除度相回無為心向涅槃路也

壞其可壞遠離諸離名不壞回向

吳興曰壞其可壞從所壞境說遠離諸離約能壞智論不見可壞之相是名不壞

本覺湛然覺齊佛覺名等一切佛回向精真發明地如佛地名至一切處回向

吳興曰上覺言智此地言理皆因果體同故云等也至也

世界如来互相涉入得無罣礙名無盡功德藏回向

補註曰準吳興解則世界即理如来即智也

於同佛地地中各各生清淨因依因發揮取涅槃道名隨順平等善根回向

孤山曰於諸佛理地起萬行真因依此真因發越揮散周徧法界以取究竟涅槃之道行從理起名隨順平等能生道果名為善根

真根既成十方衆生皆我本性性圓成就不失衆生名隨順等觀一切衆生回向

温陵曰平等善根性真圓融周徧法界故十方衆生皆我本性我善既成故能成就

一切衆生善根無有遺失無有高下故名隨順等觀即一切法離一切相惟即與離二無所著名真如相回向

孤山曰即一切法假也離一切相空也二無所著中也

真得所如十方無礙名無縛解脫回向性德圓成法界量滅名法界無量回向

孤山曰三德妙性於此圓成不見十界高下差別故云法界量滅溫陵曰初證性德以為齊佛以為如佛以為至一切處等皆存量見則法界性未離有量及乎性德圓成乃滅量見乃得無量此總治前位限量情見此性圓成可入十地矣

阿難是善男子盡是清淨四十一心次成四種妙圓加行

溫陵曰四十一心者乾慧一信住行向各十小乘通教皆有四加而非妙非圓故此特標妙圓加行檇李曰據瓔珞等經皆不別列四加行位若惟識等論則以地前四十心為外凡資糧位十回向後別明煖等為內凡加行位吳興曰今四加行正如惟識所說也而彼於地前分內外凡位者乃別教一塗之義以登地是菩薩聖位聖位難入故開此加行耳問今經圓教何用別位乎荅借別名圓斯有其例如仁王云三賢十聖住果報是也敏師謂此經未必純圓應兼別義其失甚哉

即以佛覺用為已心若出未出猶如鑽火欲然其木名為煖地

長水曰佛覺果智也補註曰前之佛覺雖曰能齊未能正證今將趣聖果故即用佛覺爲已因心復加功行以求正證初入因位未即得果故譬鑽火方得煖相

又以已心成佛所履若依非依如登高山身入虛空下有微礙名爲頂地

吳興曰依煖地心修佛果智智觀於心故如足履地心相垂盡故若依非依高山喻當位之心虛空喻所依之理無明未盡故下有微礙

心佛二同善得中道如忍事人非懷非出名爲忍地

溫陵曰已心佛覺融爲一體曰二同因果兩忘二邊不立曰中道而此中道將證未證故如忍事人非懷非出吳興曰忍取信順之義今心佛二同等即信順也如僧中辨事忍則默然既不懷疑亦不出說也

數量銷滅迷覺中道二無所目名世第一地

吳興曰若迷中道及覺中道皆是數量即世間義也今既消滅二無所目當出世間然猶未入初地故名世第一也溫陵曰若進十地極乎妙覺乃出世第一也

阿難是善男子於大菩提善得通達覺通如來盡佛境界名歡喜地

孤山曰覺通如來智同佛智也盡佛境界理齊佛理也三諦圓融名佛境界比前曰盡其實未盡以初得法喜故名歡喜溫陵曰十地者蘊積前法至於成實一切佛法依此發生故謂之地也自十信已還位皆躡迹相資直趣妙覺於中不無斷證是皆

不斷而斷不證而證也

異性入同同性亦滅名離垢地

真際曰由前於大菩提善得通達名異性入同同性亦滅者若見於同即為垢矣華嚴云譬如真金置礬石中如法鍊已離一切垢

淨極明生名發光地明極覺滿名燄慧地

温陵曰發光者情見之垢淨則妙覺之明生也燄慧者明極覺滿如大火聚一切緣影悉皆爍絕故也

一切同異所不能至名難勝地

吳興曰發地智名同地前智名異至猶及也温陵曰由前燄慧爍絕故一切同異所不能至至尚不能孰能勝哉

無為真如性淨明露名現前地盡真如際名遠行地

温陵曰同異不至則真如淨性明露現前矣真如現前分證則局盡際乃遠迴超極造故名遠行吳興曰盡真如際者斯是無際之際理既無際行豈近乎

一真如心名不動地

温陵曰既盡其際乃全得其體一真凝常故名不動

發真如用名善慧地

温陵曰既得真體斯發真用凡所照應無所不真無所不如故名善慧資中曰華嚴名此菩薩具四無礙智作大法師演說無量阿僧祇句義無有窮盡故名發真如用

阿難是諸菩薩從此已往修習畢功功德圓滿亦目此地名修習位

温陵曰此結前顯後也自初發信至于登地皆修習之事而此善慧已超八地無功用道智悲並圓則修習之功終畢於此故名修習以結十地之因次後乃十地之果無復修習矣華嚴十地以金剛藏表因解脫月表果亦以因地有修果地無修也問後位既無修習後有斷障之事何耶荅此明智悲功終得十地果而已若論斷障則等覺之位猶是修習故至妙覺乃名無學補註曰此一節諸師有以連下法雲地說今詳文義且順環解

慈陰妙雲覆涅槃海名法雲地

吴興曰以無緣慈普蔭衆生本涅槃相如雲覆海温陵曰慈陰妙雲十地果德也涅槃海妙覺果海也十地果滿智悲功圓無復自利純是利他故大慈之陰充徧法界無心無緣而應彼心緣施作利潤而本寂無作稱合如来大寂滅海故云覆也

如来逆流如是菩薩順行而至覺際入交名為等覺

吴興曰理無逆順由權實智而得二名如来權智下隨機感故謂之逆菩薩實智上合覺心故謂之順瓔珞云等覺照寂妙覺寂照即其義焉至此位時當二智相交之際故名等覺温陵曰十地菩薩混俗利生與如来同但所趣逆順與如来異盖如来逆流出同萬物菩薩順流入趣妙覺已至覺際故名入交與佛無間故名等覺即解脫道前無間道也此雖齊等未極於妙盖能順能入而已須於大寂滅海逆流而出

妙同萬物乃名妙覺也

阿難從乾慧心至等覺已是覺始獲金剛心中初乾慧地

温陵曰此明等覺後心妙覺伏道妙覺之道無別行相但從初乾慧至等覺已復起金剛心從初重歷諸位破斷微細緣影最後無明使纖塵不立乃可入妙為其復從初位以始故名金剛心中初乾慧地識陰盡者能入菩薩金剛乾慧即此也前名乾慧以未與如来法流水接此名乾慧以未與如来妙莊嚴海接名雖乍同義乃逈異吴興曰興福於等覺後別目此地以為一位資中科此在妙覺中真際判屬前等覺位檇李亦然至于孤山復同興福惟長水所說節文有殊從阿難至金剛心中屬等覺位以初乾慧地連下如是重重等攝為妙覺位也意謂初乾慧地但是牒示前文耳諸說相戾人到于今莫知適從余嘗覈之當取節敏二師所說為善如瓔珞云等覺性中有一人名金剛幢慧故知不可別開此地也言初乾慧者由此菩薩以大願力住壽百刧修千三昧今既始獲豈非初邪若疑乾慧之名但在信前不合通後只如伏忍之名亦在外凡何故仁王通金剛定應知彼之伏忍即今之乾慧以障妙覺無明初乾未與究竟如来法流水接故也補註曰金剛乾慧宜依岳師所取判屬等覺且詳味經文云至等覺已是覺始獲金剛心中初乾慧地既云是覺始獲則知金剛乾慧定屬等覺雖屬等覺亦乃入妙之

方也如環師所謂至等覺已復起金剛心重歷諸位破斷緣影乃可入妙此亦可取然此但是等覺位中復起此心而已不可目為後心別開一位若據別開則下單複十二乃至五十五位真菩提路恐難配合

如是重重單複十二方盡妙覺成無上道

温陵曰獨由信心以歷諸位曰單兼金剛心重歷諸位曰複十二者乾信住行向煖頂忍世地等金是也十二為因妙覺為果故單複十二方盡妙覺吴興曰單複十二謂單十複十有二也十信十住十行十地即單十十回向即複十以四加行只是十回向後心耳并前乾慧及等覺位故有二也補註曰環師既謂以金剛心重歷諸位然則金乃能歷位乃所歷而又列金於十二位中此其容有議也故知重歷之說理宜有焉但單複十二及下真菩提路則當以岳觧為順

是種種地皆以金剛觀察如幻十種深喻奢摩他中用諸如來毗婆舍那清淨修證漸次深入

温陵曰此教其用金剛心成就妙覺之方也種種地單複十二位也十喻者幻人陽燄水月空華谷響乾城夢影像化也了法如此則頓忘情觧纖塵不立故曰清淨修證奢摩他毗婆舍那云止觀言如來者揀異小乘

大佛頂如来密因脩證了義諸菩薩萬行首楞嚴經會解卷第十五

音釋

舐神尔切以舌取物也　薤胡戒切菜似韮也　渧杜奚切蹏也　擴苦郭切張大也

大佛頂如来密因修證了義諸菩薩萬行首楞嚴經會觧卷第十六

阿難如是皆以三增進故善能成就五十五位真菩提路

温陵曰信住行向地爲五十并金剛心四加等妙有五十七位獨指五十五爲菩提路者等妙乃菩提之果由是路以趣證也

吴興曰三增進者即漸次也前三文下皆結示云是名增進修行漸次又云從是漸修隨所發行安立聖位或指金剛奢摩毗婆爲三者非也五十五位者除前乾慧由信至等覺是也問何故除乾慧而又不取妙覺邪荅既言真菩提路則顯乾慧非真妙覺非路補註曰環師前觧單複十二既云十二爲因妙覺爲果今觧真菩提路乃兼等覺爲果而又以金剛心路揷於等妙之間故余所謂難配合者此也

作是觀者名爲正觀若他觀者名爲邪觀

吴興曰五十五位既由三增進故而得成就今簡邪正所以約觀言之須知圓教之外三乘所修皆屬邪觀孤山曰圓教地位以六即配之則十信爲相似即初住以後爲分真即妙覺爲究竟即問六即之義云何荅請以鏡喻一理即如銅性本明塵故不見愚人不了惟謂塵暗二名字即知塵非實有暗體本明三觀行即由知本明方事磨瑩也四相似即惟求明性而塵垢先落也五分真即者明性已現也六究竟即者明性雖現更假四十二番磨瑩然後本明之性乃得究竟顯也四十二番謂由分

真初住進至妙覺共有四十二位蓋從初住至妙覺共破四十二品無明顯四十二分中道而真明之性得究竟顯也問今經開位既多則其所破無明爲只四十二品爲更多耶荅大分只四十二也如第十回向雖開四加亦只一品無明細開爲五耳問既從初住進破無明以至妙覺則其間力用無優劣耶荅圓教分真始自初住終乎妙覺悉能現十界像教化衆生論其力用不無優劣故初住止能百佛世界分身散影作十界像利祐衆生由此倍倍轉深矣

爾時文殊師利法王子在大衆中即從座起頂禮佛足而白佛言當何名是經我及衆生云何奉持

孤山曰此經發起爲救阿難是故先開圓解次顯圓行行成入位極乎妙覺垂範來世有始有終於是文殊請問經名及奉持法也温陵曰上明證果竟自此以下名結經分正宗未終而遽結經者由初示密因次開修證而卒乎極果則經之正範畢矣結經後文尚屬正宗而名助道分者特助道而已故於後别列乃正助之辨也

佛告文殊師利是經名大佛頂悉怛多般怛羅無上寶印十方如来清淨海眼

温陵曰大佛頂白傘蓋無上寶印者體極含覆超情離見即如来藏之心印也證佛心要必契於此十方如来清淨海眼者照窮刹海淨絶纖塵即爍迦羅之法眼也開佛知見必資於此實大事因縁非小智之

法故以文殊請問
亦名救護親因度脫阿難及此會中性比丘
尼得菩提心入徧知海亦名如来密因修證
了義
温陵曰阿難爲親摩登爲因舉斯二者明
有緣皆度也無上正覺由此經得一切智
海由此經入亦名如来下謂如来正果籍
此爲因權乘修證皆不了義
亦名大方廣妙蓮華王十方佛母陀羅尼咒
吴興曰大方廣所説之法也大方是體廣
是其用即空如来藏具不空之用也又常
徧曰大軌持曰方包博曰廣如次配法身
般若解脫亦如来藏之三德也温陵曰因
果同彰染淨不滯於法自在名妙蓮華王
出生十方一切諸佛總一切法持無量義

名十方佛母陀羅尼咒
亦名灌頂章句諸菩薩萬行首楞嚴汝當奉
持
吴興曰此經從天竺灌頂部中流出盖約
密言名灌頂章句有誦持者則如来智水
灌其心頂亦如刹利之受職也菩薩萬行
以首楞嚴爲本又修此定者於一心中具
足萬行故涅槃云首楞者一切事竟嚴者
堅固一切畢竟而得堅固名首楞嚴温陵
曰菩薩由此受佛職位故名灌頂章句也
結經分竟下爲助道分而有二科一曰别
明諸趣戒備失錯始於下文而終于第九
卷中二曰詳辨魔境深防邪誤始於第九
卷中如来将罷法座處而終于第十卷末
説是語已即時阿難及諸大衆得蒙如來開

示密印般怛羅義兼聞此經了義名目頓悟禪那修進聖位增上妙理心慮虛疑斷除三界修心六品微細煩惱

温陵曰此結叙時衆獲益下乃讃謝也開示密印至增上妙理通指前經奥義也修道所斷之惑小乘於三界分九地地各九品斷欲界前六品而證二果斷後三品而證三果斷上二界各九品而證無學今此增上頓斷故言三界六品

即從座起頂禮佛足合掌恭敬而白佛言大威德世尊慈音無遮善開衆生微細沉惑令我今日身心快然得大饒益世尊若此妙明真淨妙心本來徧圓如是乃至大地草木蝡動含靈本元真如即是如來成佛真體佛體真實云何復有地獄餓鬼畜生修羅人天等道世尊此道爲復本來自有爲是衆生妄習生起

温陵曰前說真淨妙心本來徧圓則法界一真萬動一體宜無諸趣之異其如方今現有乃常情所疑故或執諸趣而迷妙圓之體或執妙圓而撥諸趣之業以至失錯墮落故特請問冀行人詳明而知所戒備也吳興曰前阿難問位後佛言妙性圓明離諸名相本來無有世界衆生因妄有生因生有滅生滅名妄滅妄名真等於是先約因妄有生明二種顛倒後約滅妄名真明漸次諸位然於世界顛倒中所說十二類生一往且示欲界因果之相其實界趣說而未周今荅位既終故躡前妙性之義領其庶彙皆是真如發起如來委談諸趣

以此觀之猶是正宗之餘也憝節二師從文殊問名以来判入流通固未可也

世尊如寶蓮香比丘尼持菩薩戒私行婬欲妄言行婬非殺非偷無有業報發是語巳先於女根生大猛火後於節節猛火燒然墮無間獄琉璃大王善星比丘琉璃爲誅瞿曇族姓善星妄說一切法空生身陷入阿鼻地獄此諸地獄爲有定處爲復自然彼彼發業各各私受惟垂大慈發開童蒙令諸一切持戒衆生聞決定義歡喜頂戴謹潔無犯

温陵曰琉璃匿王太子廢父自立挟宿嫌誅釋種佛記其七日當入地獄王泛海以避水中自然燒滅善星比丘能說十二部經獲四禪果因狎邪友妄言無佛無法無有涅槃故生陷無間此皆謬執妙圓撥無業趣者吳興曰問意有二謂别業同報别業别報初問婬殺妄三即别業也爲有定處即同報也爲復自然下次問别業别報據下荅意皆是别業同報耳文云循造惡業雖則自招衆同分中兼有元地乃至云不斷三業各各有私因各各私衆私同分非無定處

佛告阿難快哉此問令諸衆生不入邪見汝今諦聽當爲汝說阿難一切衆生實本真淨因彼妄見有妄習生因此分開内分外分阿難内分即是衆生分内因諸愛染發起妄情情積不休能生愛水是故衆生心憶珍羞口中水出心憶前人或憐或恨目中淚盈貪求財寶心發愛涎舉體光潤心著行婬男女二根自然流液阿難諸愛雖别流結是同潤濕

不升自然從墜此名内分

吳興曰問憐由情愛生水可然恨由怨憎何以流淚荅此中内分悉約情論以愛爲情且言少分如喜怒哀樂愛惡六者皆人之情也是故怨恨亦屬于情情重則悲悲乃成淚内分之義當文難曉須取下文外分顯之且外分云心持禁戒舉身輕清心欲生天夢想飛舉等應知從持戒善及修禪定有人天乘者即屬外分降斯已還皆屬内分問下文云情想均等生於人間若謂人乘即屬外分合是純想何得均情邪荅只緣人間持毀相紛善惡猶雜故言均等至若情想多少並隨善惡升沉惟純想生天方越内分也沇師以緣身起愛爲内欣彼勝事爲外何其近哉

阿難外分即是衆生分外因諸渴仰發明虛想想積不休能生勝氣是故衆生心持禁戒舉身輕清心持咒印顧盻雄毅心欲生天夢想飛舉心存佛國聖境冥現事善知識自輕身命阿難諸想雖别輕舉是同飛動不沉自然超越此名外分

溫陵曰想能生勝而卵以想生者由染淨異也吳興曰且指人天想心名爲外分非出世三乘之智也何者前文因阿難問於地獄乃至人天等道於是佛説妄習開爲二分次約二分以辯諸趣諸趣之後總結示云此等衆生不識本心受此輪迴等故知外分不出三界也文中雖云心存佛國聖境冥現斯盖況舉勝氣之相若約修論乃是十方同居事想耳

阿難一切世間生死相續生從順習死從變流臨命終時未捨煖觸一生善惡俱時頓現死逆生順二習相交

孤山曰生從順習死從變流者以一切衆生皆愛生而惡死也是故生則順其習死則逆其習故復云死逆生順二習相交此乃文辭互略耳只是生從存住故順習死從變流故逆習也未捨煖觸謂現陰之末中陰之初也温陵曰逆順相交謂方死方生之間也一切善惡之業即於是時隨其情想輕重而感變焉

純想即飛必生天上若飛心中兼福兼慧及與淨願自然心開見十方佛一切淨土隨願徃生

吴興曰必生天上者據下情少想多但在四天之下驗今純想所生應是忉利以上若單修善禪則惟生上界若兼諸福慧則隨徃十方於飛心中旁論福慧故皆云兼

情少想多輕舉非遠即爲飛仙大力鬼王飛行夜义地行羅刹遊於四天所去無礙其中若有善願善心護持我法或護禁戒隨持戒人或護神咒隨持咒者或護禪定保綏法忍是等親住如來座下

温陵曰勝想不純少滯邪情故感此類其中下謂雖滯邪情而有善願斯感善緣即天龍八部類也眞際曰情少想多此通舉也理宜等降四類分之一情九想即爲飛仙二情八想爲大力鬼王三情七想爲飛行夜义四情六想爲地行羅刹

情想均等不飛不墜生於人間想明斯聰情

幽斯鈍

孤山曰由昔情想感今聽鈍是知言均等者總報之業也言幽明者别報之業也由所習情想各在强弱致有聽鈍之異

情多想少流入横生重爲毛群輕爲羽族七情三想沉下水輪生於火際受氣猛火身爲餓鬼常被焚燒水能害己無食無飲經百千劫九情一想下洞火輪身入風火二交過地輕生有間重生無間二種地獄

真際曰情多想少亦合分四六情四想流入横生七情三想墜爲餓鬼八情二想生有間獄九情一想生無間獄温陵曰横生者情多故淪變帶想故飛舉而業重不能但爲毛群耳俱舍説大地最下有金水風輪有八寒八熱地獄在三輪之上此文説沉下水火風輪又似地獄在三輪之下疑此所指非地下三輪乃地獄三輪也言水輪火際即寒獄第八也受氣猛火謂受火氣以爲身故常被火燒或得水飲亦化爲火故曰水能害己也下洞火輪即八熱獄也身入風火二交過地謂超寒獄入熱獄也熱獄第八名五無間有間即餘七也孤山曰只就七熱地獄自有輕重而此無間非五無間下文阿鼻方是第八熱獄名五無間也

純情即沉入阿鼻獄若沉心中有謗大乘毁佛禁戒誑妄説法虚貪信施濫膺恭敬五逆十重更生十方阿鼻地獄循造惡業雖則自招衆同分中兼有元地

温陵曰阿鼻此云無間謂受罪苦具身量

劫數壽命五者皆無遮間名五無間此惟情業最重者墜入至劫壞乃出若兼謗大乘等罪則此劫雖壞更入十方阿鼻無有出期以謗法毀戒令無窮人墮邪見故前問地獄爲有定處爲復自然故答純情以造雖則自招同業所感不無定處元地者各隨元由

阿難此等皆是彼諸衆生自業所感造十習因受六交報

溫陵曰前略明情想感變此詳明根境搆造也十習本於十惑以習成惡業六交因乎六根而交起惡報補註曰六交者如造業因眼而餘五爲助至受報時亦徧及也

云何十因阿難一者婬習交接發於相磨研磨不休如是故有大猛火光於中發動如人以手自相摩觸煖相現前二習相然故有鐵床銅柱諸事是故十方一切如來色目行婬同名欲火菩薩見欲如避火坑

溫陵曰惡業起於情惑而婬爲情惑之最故前後皆首明之十習之業皆先言所感之境次言所報之事婬感火業由惑心熾盛相摩而發也故所感之境見大猛火舒王云婬習研磨不休自耗其精則火界熾然於其生也尚有痟渴內熱等疾則其死也見大猛火宜矣能所交熾名二習相然故有鐵床銅柱之報乃應其習業也如來爲導師故色目以警之菩薩爲行人故深怖以避之色目猶詺目也

二者貪習交計發於相吸吸攬不止如是故有積寒堅氷於中凍冽如人以口吸縮風氣

有冷觸生二習相陵故有吒吒波波羅羅青
赤白蓮寒氷等事是故十方一切如来色目
多求同名貪水菩薩見貪如避瘴海
温陵曰貪習感水由愛心計著吸取而發
也吸積風爲寒風結水爲氷故有積寒凍
冽之事吒吒等寒氷之報即寒氷獄也俱
舍云吒波羅等忍寒聲青赤白蓮寒氷色
也吳興曰吒波羅三青赤白三更有疱裂
二相即八寒地獄
三者慢習交陵發於相恃馳流不息如是故
有騰逸奔波積波爲水如人口舌自相綿味
因而水發二習相皷故有血河灰河熱沙毒
海融銅灌呑諸事是故十方一切如来色目
我慢名飲癡水菩薩見慢如避巨溺
温陵曰慢習驕逸由輕陵恃已而發以驕
逸馳流故感騰逸奔波之境積致惡毒故
有血河灌呑之報孤山曰癡水者或云西
土有水飲之則癡如此方之貪泉也
四者瞋習交衝發於相忤忤結不息心熱發
火鑄氣爲金如是故有刀山鐵橛劍樹劍輪
斧鉞鎗鋸如人銜寃殺氣飛動二習相擊故
有宫割斬斫剉刺槌擊諸事是故十方一切
如来色目瞋恚名利刀劍菩薩見瞋如避誅
戮
温陵曰心屬火氣屬金瞋者由心作氣而
反動其心加之衝擊抵忤則心火轉盛氣
金轉剛故曰心熱發火鑄氣爲金也斷刑
曰宫肉刑曰割
五者詐習交誘發於相調引起不住如是故
有繩木絞校如水浸田草木生長二習相延

故有杻械枷鎖鞭杖檛棒諸事是故十方一切如来色目奸僞同名讒賊菩薩見詐如畏豺狼

温陵曰詐習依奸智起惡而漸滋蔓故如水浸田草木生長由調引相延故感繩木延引之事讒賊奸詐敗正者也孤山曰校枷也易云屨校滅趾荷校滅耳

六者誑習交欺發於相罔誣罔不止飛心造奸如是故有塵土屎尿穢汙不淨如塵隨風各無所見二習相加故有没溺騰擲飛墜漂淪諸事是故十方一切如来色目欺誑同名刧殺菩薩見誑如踐蛇虺

温陵曰誑者以狂言欺人其志誣罔其心飛揚如風鼓塵使人無見故感塵土穢惡之境没溺騰墜之報

七者寃習交嫌發於銜恨如是故有飛石投礰匣貯車檻甕盛囊撲如陰毒人懐抱畜惡二習相吞故有投擲擒捉擊射拋撮諸事是故十方一切如来色目寃家名違害鬼菩薩見寃如飲鴆酒

温陵曰寃習銜恨陰隱爲傷故如陰毒畜惡而感飛石囊撲之境投擲拋撮之報飛石投擲車匣牢柵皆陰隱事也孤山曰囊撲者囊貯而撲殺之史記秦始皇囊撲兩弟

八者見習交明如薩迦耶見戒禁取邪悟諸業發於違拒出生相反如是故有王使主吏證執文籍如行路人来往相見二習相交故有勘問權詐考訊推鞫察訪披究照明善惡童子手執文簿辭辯諸事是故十方一切如

来色目惡見同名見坑菩薩見諸虛妄徧執如臨毒壑

温陵曰見習有五一薩迦耶此云身見謂執身有我種種計著二邊見於一切法執斷執常三邪見邪悟錯解撥無因果四見取非果計果如以無想爲涅槃之類五戒禁取非因計因如持牛狗等戒爲生天因之類此五總名惡見順邪反正故云發於違拒出生相反由其違反故感王吏證執之境權詐鞫推之報路人相見一往一回喻所見違反也是五惡見能陷法身故名見坑能致業苦故名毒壑行人當疾滅之

九者枉習交加發於誣謗如是故有合山合石碾磑耕磨如讒賊人逼枉良善二習相排故有押捺搥按蹙漉衡度諸事是故十方一切如来色目怨謗同名讒虎菩薩見枉如遭霹靂

温陵曰於不宜曲而曲之曰枉枉非真情由誣謗發逼壓於人故感報如之排擠挫也押捺亦其義也漉瀝也衡橫也謂迫蹙其體瀝漉其血又於迫隘苦具橫衝而度所謂下透挂網倒懸其頭者皆衡度類也讒能傷人故名讒虎以可驚怖故名霹靂

十者訟習交諠發於藏覆如是故有鑑見照燭如於日中不能藏影二習相陳故有惡友業鏡火珠披露宿業對驗諸事是故十方一切如来色目覆藏同名陰賊菩薩觀覆如戴高山履於巨海

温陵曰訟非官訟公發其覆之謂也此正覆習也此覆彼訟曰交諠故感鑑見照燭

之境惡友對驗之報陰賊覆藏發則自害覆罪適足以自壓自墜故如戴山履海也十習發於十惑通根本而兼隨隨煩惱二十初曰忿恨惱覆誑諂憍害今詐習即諂也寃即恨也枉即害也訟即覆也略例而已

云何六報阿難一切衆生六識造業所招惡報從六根出

吳興曰造業招報根識必俱今以識爲業而報從根者盖業並由心報多約色故也所名六交報者瓚師云因與果交今則不爾但是果時六根與惡報相涉也

云何惡報從六根出一者見報招引惡果此見業交則臨終時先見猛火滿十方界亡者神識飛墜乘烟入無間獄發明二相一者明見則能徧見種種惡物生無量畏二者暗見寂然不見生無量恐如是見火燒聽能爲鑊湯洋銅燒息能爲黑烟紫燄燒味能爲焦丸鐵糜燒觸能爲熱灰爐炭燒心能生星火迸洒煽鼓空界

溫陵曰見覺屬火故感猛火畏見於境恐藏於心六交皆直入無間者就重言耳成論云極善極惡皆無中陰所以直入聞聽屬水故燒聽能爲鑊湯洋銅鼻嗅主氣故燒息能爲黑烟紫燄舌主味丸糜味類也身主觸灰炭觸類也心正屬火燒之轉熾故迸洒煽鼓吳興曰一者下標示臨終下釋相先見猛火等即現報也亡者神識等即生報也發明下就眼根明二相如是下對諸根明交報他皆放此然一根惡報而

五根徧受者難可了知理而推之必由六識造業之時性中相知用中相背從業受報法爾如斯以相知故六報互通以相背故諸相差別惟識發現信其不誣問下五報中悉有當根受報之相今眼根見火後便云燒聽者何邪荅以燒見易明故況下黒烟紫燄星火迸灑等皆眼根所交之報故不別云

二者聞報招引惡果此聞業交則臨終時先見波濤沒溺天地亡者神識降注乘流入無間獄發明二相一者開聽聽種種閙精神愗亂二者閉聽寂無所聞幽魄沉沒如是聞波注聞則能爲責爲詰注見則能爲雷爲吼爲惡毒氣注息則能爲雨爲霧洒諸毒蟲周滿身體注味則能爲膿爲血種種雜穢注觸則能爲畜爲鬼爲糞爲尿注意則能爲電爲雹摧碎心魄

吳興曰上云見火此云聞波今以近義詳之如易云離爲目爲火坎爲耳爲水將恐見聞本乎水火之性故發燒注之相也又其聞波所注諸根循業各變難盡銷會如注見則能爲雷爲吼等似非眼根所入之相乃至下文多此義例聖言叵測也溫陵曰聞聽屬水故觀聽旋復則水不能溺依之造業則能感波濤注聞發聲故爲責罪詰情之事注見能爲雷吼者聞波屬陰見火爲陽陰陽相薄而成雷故也注息爲雨霧水隨氣變也注味爲膿血水隨味變也注觸爲畜鬼水隨形變也注意爲電雹意出於心水火交感也一切物理莫不因五

行乘陰陽以變化故此隨根轉變之事皆
不出此

三者䶎報招引惡果此䶎業交則臨終時先見毒氣充塞遠近亡者神識從地湧出入無間獄發明二相一者通聞被諸惡氣熏極心擾二者塞聞氣掩不通悶絕於地如是䶎氣衝息則能爲質爲履衝見則能爲火爲炬衝聽則能爲沒爲溺爲洋爲沸衝味則能爲餒爲爽衝觸則能爲綻爲爛爲大肉山有百千眼無量咂食衝思則能爲灰爲瘴爲飛沙礰擊碎身體

資中曰鼻根造業貪䶎諸香故招毒氣以受其報孤山曰魚敗曰餒羨敗曰爽溫陵曰質礙也履通也䶎業所依不離通塞故衝息能爲質履也衝見爲火炬衝聽爲沒溺洋沸則見覺屬火聞聽屬水明矣飢餒乖爽由味隨氣變也綻拆爛壞由體隨氣變也衝思爲灰沙依土感也

四者味報招引惡果此味業交則臨終時先見鐵網猛燄熾烈周覆世界亡者神識下透挂網倒懸其頭入無間獄發明二相一者吸氣結成寒氷凍裂身肉二者吐氣飛爲猛火焦爛骨髓如是嘗味歷嘗則能爲承爲忍歷見則能爲然金石歷聽則能爲利兵刃歷息則能爲大鐵籠彌覆國土歷觸則能爲弓爲箭爲弩爲射歷思則能爲飛熱鐵從空雨下

孤山曰準眼耳鼻云見聞䶎此應云嘗報言味報者從所嘗爲名也貪味則網捕燒野以取禽獸故見鐵網猛燄之相爲承爲忍謂發言承領忍聲甘受也溫陵曰舌嗷

生命使彼承恐故歷嘗發苦使已承恐依見貪味故能爲煞金石依聽發惡故能爲利兵刃依齅恣貪籠取群味故能爲大鐵籠觸味傷物故感弓箭以自傷緣味思物故感飛鐵以充味

五者觸報招引惡果此觸業交則臨終時先見大山四面来合無復出路亡者神識見大鐵城火蛇火狗虎狼獅子牛頭獄卒馬頭羅刹手執鎗矟驅入城門向無間獄發明二相一者合觸合山逼體骨肉血潰二者離觸刀劒觸身心肝屠裂如是合觸歷觸則能爲道爲觀爲廳爲按歷見則能爲燒爲爇歷聽則能爲撞爲擊爲剚爲射歷息則能爲括爲袋爲考爲縛歷嘗則能爲耕爲鉗爲斬爲截歷思則能爲墜爲飛爲煎爲炙

孤山曰合山刀劒並由貪著男女身分而感也温陵曰大山来合及鐵城火狗等皆惡觸離感也觸業所依不出離合屠裂即離相也道趣獄路也觀獄王門闕兩觀也廳按皆治罪之處皆身觸所依也括袋所以收氣也思業飄蕩故感飛墜之事剚插刃於肉也剚射考縛則相因旁舉也

六者思報招引惡果此思業交則臨終時先見惡風吹壞國土亡者神識被吹上空旋落乘風墮無間獄發明二相一者不覺迷極則荒奔走不息二者不迷覺知則苦無量煎燒痛深難忍如是邪思結思則能爲方爲所結見則能爲鑑爲證結聽則能爲大合石爲氷爲霜爲土爲霧結息則能爲大火車火船火檻結嘗則能爲大叫喚爲悔爲泣結觸則能

爲大爲小爲一日中萬生萬死爲偃爲仰
温陵曰思屬土而飄蕩故先見惡風吹壞國土等事思業所依不出迷覺荒奔迷思也知苦覺思也思必有所故結思則爲受罪方所見能鑑證故結見則爲證罪人事結聽則能爲大合石等水土交感也車船檻乃息氣乘亂思所變也嘗即舌根聲所自發也大小已下皆言其身乃觸業乘亂思所變也
阿難是名地獄十因六果皆是衆生迷妄所造若諸衆生惡業圓造入阿鼻獄受無量苦經無量劫
資中曰六根十因具足同造入阿鼻獄大無間也
六根各造及彼所作兼境兼根是人則入八無間獄
吴興曰此亦六根具造十因但前後異時故云各耳如一根對境必與意識同起是名各造若加二三等則名兼境兼根也八無間獄應同前獄既非經無量劫故知此罪次重於前復恐通舉八獄以輕從重總云無間是則十因或不具者當墮前七也
身口意三作殺盜婬是人則入十八地獄
吴興曰十惡業中惟犯殺盜婬罪雖云口意蓋助成身業也十八泥犁經云火獄有八寒獄有十温陵曰大獄只有八寒八熱而有十八鬲子地獄及八萬四千眷屬等獄皆大獄所分者也
三業不兼中間或爲一殺一盜是人則入三十六地獄

温陵曰三業不兼謂具二闕一也吳興曰
三十六獄并下一百八獄未詳名數

見見一根單犯一業是人則入一百八地獄

温陵曰上具二闕一此犯一闕二故又輕
也吳興曰能見所見單境單根於殺盜婬
單犯一業故罪從輕然經文甚略罪相多
品如身業三罪各有根本方便不同豈可
一例判入諸獄今應且約根本示之其諸
方便若同此獄必有刼數長短差別

由是衆生別作別造於世界中入同分地妄
想發生非本來有

吳興曰上文五節惡業不同即別作別造
也所感獄報各從其類即入同分地也妄
想發生等並酬阿難前所疑問

復次阿難是諸衆生非破律儀犯菩薩戒毀
佛涅槃諸餘雜業歷刼燒然後還罪畢受諸
鬼形

温陵曰非破律儀無正範也犯菩薩戒無
正因也毀佛涅槃無正果也三者不正諸
餘皆邪故墮獄罪畢即入鬼趣此類乃惑
習雜相所謂諸餘雜業不必局配十因文
義不循

若於本因貪物爲罪是人罪畢遇物成形名
爲恠鬼貪色爲罪是人罪畢遇風成形名爲
魃鬼貪惑爲罪是人罪畢遇畜成形名爲魅
鬼貪恨爲罪是人罪畢遇蟲成形名蠱毒鬼
貪憶爲罪是人罪畢遇衰成形名爲癘鬼貪
傲爲罪是人罪畢遇氣成形名爲餓鬼貪罔
爲罪是人罪畢遇幽爲形名爲魘鬼貪明爲
罪是人罪畢遇精爲形名魍魎鬼貪成爲罪

是人罪畢遇明爲形名役使鬼貪黨爲罪是人罪畢遇人爲形名傳送鬼

溫陵曰貪物則吝著不釋故附物爲怪貪色則惑於妖邪故墮妖魃貪惑爲魅貪恨爲毒固其理也魅精魅也憶者常懷奸雹故遇灾衰處爲癘雹鬼傲者虛驕恃氣故乘飢虛氣爲餓鬼貪罔者潛心陰昧遇幽爲魘皆陰昧事也貪明者妄意高明故陰附精明爲魍魎鬼貪成者希意曲從故影附明靈爲役使鬼即依靈廟爲驅使者貪黨者阿附邪佞故遇人成形爲傳送即附巫祝而傳吉凶者也

阿難是人皆以純情墜落業火燒乾上出爲鬼此等皆是自妄想業之所招引若悟菩提則妙圓明本無所有復次阿難鬼業既盡則情與想二俱成空方於世間與元負人冤對相值身爲畜生酬其宿債

吳興曰情即地獄之純情想即鬼趣之妄想此想亦情非前文外分之想也

物怪之鬼物銷報盡生於世間多爲梟類風魃之鬼風銷報盡生於世間多爲咎徵一切異類畜魅之鬼畜死報盡生於世間多爲狐類蟲蠱之鬼蠱滅報盡生於世間多爲毒類衰癘之鬼衰窮報盡生於世間多爲蛔類受氣之鬼氣銷報盡生於世間多爲食類綿幽之鬼幽銷報盡生於世間多爲服類和精之鬼和銷報盡生於世間多爲應類明靈之鬼明滅報盡生於世間多爲休徵一切諸類依人之鬼人亡報盡生於世間多爲循類阿難是等皆以業火乾枯酬其宿債傍爲畜生此

等亦皆自虛妄業之所招引若悟菩提則此妄緣本無所有如汝所言寶蓮香等及琉璃王善星比丘如是惡業本自發明非從天降亦非地出亦非人與自妄所招還自來受菩提心中皆爲浮虛妄想凝結

温陵曰土梟附塊即邪著餘習也魘鬼昔爲妖孽故餘習復爲咎徵咎徵者凶事前驗如鼺鼠乎人商羊舞水類也爲魅憑畜故餘習爲狐蛇虺蝮蝎皆名毒類蛔者昔爲癘鬼襲人今爲蟯蛔附人昔於鬼中飢虛今爲充饋之畜曰食類也服者昔著幽魘人今亦綿著於人即蚕虫牛馬類也應者以合精餘習能應節序即社燕寒鴻蟋蟀類也明而不幽故爲休徵即嘉鳳祥麟類也昔依人故循服於人即猫犬雞豚類也凡諸異物性妙乎神靈邁於人若龜善考祥馬能知道乃至寒鴈蟋蟀之類不假曆數冥知節序皆餘習也各言多者約業習多分言之未必盡然也

復次阿難從是畜生酬償先債若彼酬者分越所酬此等衆生還復爲人反徵其剩如彼有力兼有福德則於人中不捨人身酬還彼力若無福者還爲畜生償彼餘直

温陵曰爲畜正酬酬過其分則爲人反徵過分謂非理苦役食噉無度悉皆反徵然則凡所食取宜無過分也孤山曰如彼有力謂脩定學慧之力不捨人身則爲彼奴婢或遭其刼殺等

阿難當知若用錢物或役其力償足自停如於中間殺彼身命或食其肉如是乃至經微

塵刼相食相誅猶如轉輪互爲高下無有休息除奢摩他及佛出世不可停寢

温陵曰償足自停則無交讐償足不停則交讐不已自非正脩正力莫之遏絶吴興曰奢摩他及佛出世此約脩定破惑見佛得道方免相害縱有宿業所作不亡至果償之若幻化之非實也

汝今應知彼梟倫者酬足復形生人道中參合頑類彼咎徵者酬足復形生人道中參合異類彼狐倫者酬足復形生人道中參於庸類彼毒倫者酬足復形生人道中參合佷類彼蛔倫者酬足復形生人道中參合微類彼食倫者酬足復形生人道中參合柔類彼服倫者酬足復形生人道中參合勞類彼應倫者酬足復形生人道中參於文類彼休徵者酬足復形生人道中參合明類彼諸循倫酬足復形生人道中參於達類阿難是等皆以宿債畢酬復形人道皆無始來業計顛倒相生相殺不遇如来不聞正法於塵勞中法爾輪轉此輩名爲可憐愍者

補註曰梟以附塊相食故餘習頑嚚不義咎徵本於妖婬故餘習復爲妖異狐以宿因貪惑乃遇畜成魅魅盡爲狐故今爲人則庸鄙無識毒倫爲狠亦其習之餘也蛔以衰氣附物故衰微不齒食倫出於餓敢故柔怯不勇服倫出於綿著故勞役不息應倫出於精明故文物不陋休徵出於靈知故聰明不昏循倫宿涉世事故曉達不昧是等皆非正報乃餘習所偶故云參合後三皆便巧雜伎世智辯聰者非賢達文

明之事也

阿難復有從人不依正覺脩三摩地別脩妄念存想固形遊於山林人不及處有十種僊

温陵曰僊遷也人之形神能遷而不死者也故曰存想固形然終歸敗壞比天爲劣比人爲優故別開也孤山曰抱朴子云求仙者要當以忠孝和順仁信爲本若德不脩而但務方術終不得長生也

阿難彼諸衆生堅固服餌而不休息食道圓成名地行仙堅固草木而不休息藥道圓成名飛行仙堅固金石而不休息化道圓成名遊行仙堅固動止而不休息氣精圓成名空行仙堅固津液而不休息潤德圓成名天行仙堅固精色而不休息吸粹圓成名通行仙堅固呪禁而不休息術法圓成名道行仙堅固思念而不休息思憶圓成名照行仙堅固交遘而不休息感應圓成名精行仙堅固變化而不休息覺悟圓成名絕行仙

温陵曰以藥餌駐一期之壽而不能輕舉者地行仙也行去聲功行也飡黄精松栢之類久而身輕者飛行仙也煉金石還丹之類化骨易形撮土點石以遊戲人間者遊行仙也乘陰陽運止以調氣固精遺形涉空者空行仙也鼓天池燕津液氷雪焯約不交世欲與天無異者天行仙也吞吸精色服虹飲霧粹氣潜通者通行仙也能以術法述道自然者道行仙也澄凝精思以能照應者照行仙也或存想頂門而出神繫心臍輪而煉丹皆思憶圓成也內以坎男離女匹配夫妻外即采陰助陽攝衛

精氣者精行仙也存想化理心隨邪悟能大變化其行絕世者絕行仙也

阿難是等皆於人中煉心不脩正覺別得生理壽千萬歲休止深山或大海島絕於人境斯亦輪迴妄想流轉不脩三昧報盡還來散入諸趣

長水曰言人中者以仙趣無別總報即於人身總報之上加於前來十種脩煉轉成仙也呉興曰前文情少想多輕舉非遠即爲飛仙盖約命終隨業受生而說下文云精研七趣皆是昬沉諸有爲相妄想受生妄想隨業而云仙趣無別總報者此義不然況復今云深山海島絕於人境豈非別乎應知人中煉心者非止服餌養生而已必兼戒善方曰煉心別得生理者正由人中之業別感仙趣之報也以其業種之性經生不失故曰生理縱於人間現得長生久視之理其數幾何若生仙趣則千萬歲信有之矣如山海經云崑崙之山廣都之埜軒轅之丘不死之國氣不寒暑人皆數千歲此亦衆私同分非無定處若但固形而不煉心便希千歲是猶見卵而求時夜不太早計乎

阿難諸世間人不求常住未能捨諸妻妾恩愛於邪婬中心不流逸澄瑩生明命終之後鄰於日月如是一類名四天王天

温陵曰未能離欲且能窒欲使愛水不流則湛性澄瑩故能初天託生也六天由脩五戒十善而致今但約欲微增勝者愛欲爲輪迴根本前明淪墜亦始於此此明超

騰亦始於此意使初心未能成就禪定智慧且疾斷根本則輪廻可出也

於已妻房婬愛微薄於淨居時不得全味命終之後超日月明居人間頂如是一類名忉利天

孤山曰忉利此云三十三帝釋統焉溫陵曰此愛薄於前故報居其上後遞然也淨居謂清淨自居之時束全清淨之味爲有微愛故也日月居須彌腰忉利居頂以澄瑩增明故能超之

逢欲暫交去無思憶於人間世動少靜多命終之後於虛空中朗然安住日月光明上照不及是諸人等自有光明如是一類名須燄摩天

溫陵曰欲心不作故動少靜多也六欲下二名地居天上四名空居天不須日月而常明以蓮華開合分晝夜故名時分

一切時靜有應觸來未能違戾命終之後上昇精微不接下界諸人天境乃至刧壞三災不及如是一類名兜率陀天

溫陵曰雖靜心愈多亦未免應觸此能少欲未能無心也兜率天有內院外院三災至三禪而此言不及者約內院言之精微不接皆內院之事也

我無欲心應汝行事於橫陳時味如嚼蠟命終之後生越化地如是一類名樂變化天

溫陵曰此無心而境自至曰橫陳嚼蠟言味甚薄也諸天皆有報境而此天樂自變化以受用越於下天故名越化

無世間心同世行事於行事交了然超越命

終之後徧能出超化無化境如是一類名他化自在天

温陵曰了然超越言全無味也化即第五天無化即下天也諸欲樂境不勞自化皆由他化而自在受用名他化自在也吳興曰準天台說六欲天業皆以十善爲本若兼護法心是四天王業若兼慈化人是忉利天業若兼不惱衆生善巧純熟是燄摩天業若兼脩禪定麤住細住是兜率天業欲界定是變化天業未到定是他化天業今經止約欲事輕重而分六天者應有二義一是阿難發起之緣故二是欲界受生之本故

阿難如是六天形雖出動心迹尚交自此以還名爲欲界

吳興曰形雖出動此對人仙二趣得出動之名心迹尚交謂欲心事迹猶有交合之相故俱舍頌曰六受欲交抱執手笑視婬此言地居兩天則形交燄摩則勾抱兜率則執手變化則對笑他化則相視須知彼文各據六天受欲而說今經只就人中辨欲事輕重用顯六天感報不同也

大佛頂如来密因脩證了義諸菩薩萬行首楞嚴經會解卷第十六

音釋

遽 其據切與遽同 瘴 之尚切｜病也 梱 苦本切門橛也 屨 居芋切 虺 呼兒切腹蟲也 柵 楚革切編豎木 愗 莫候切怐愗也 鬲 郎的切鬲足曲也

大佛頂如来密因修證了義諸菩薩萬行首
楞嚴經會解卷第十七

天竺沙門般剌密帝譯
烏萇國沙門彌伽釋伽譯語
菩薩戒弟子前正議大夫同中書門下平
章事房融筆受
師子林沙門　惟則　會解

阿難世間一切所修心人不假禪那無有智慧但能執身不行婬欲若行若坐想念俱無愛染不生無留欲界是人應念身爲梵侶如是一類名梵衆天

温陵曰前明六天雖出塵擾而未能絶欲故通名欲界自此而下明十八天雖離欲染尚有色質故通名色界又通名梵世爲已離欲染也通號四禪爲已離散動也欲天但十善感生此天兼禪定感生然特有漏禪觀六事行耳六行者厭欲界是苦是麁是障欣色界是淨是妙是離此則凡夫伏惑超世間道也不假禪那等者言雖非正修真三摩地無正智慧但修六行伏欲使愛染不生則不留欲界麁惑不染淨報現前故即生梵世初名梵衆則衆庶而已次名梵輔乃大梵宰輔而終於大梵其進有序

欲習既除離欲心現於諸律儀愛樂隨順是人應時能行梵德如是一類名梵輔天

温陵曰初天但能執身伏欲此天又得定共戒以順律儀行梵德故超之也戒定相應名定共戒

身心妙圓威儀不缺清淨禁戒加以明悟是

人應時能統梵衆爲大梵王如是一類名大梵天

温陵曰由前淨心威儀戒行而進至於妙圓清淨又加以明悟超達則盛德之至故爲梵王孤山曰上三天不顯言修禪惟言持戒者盖此經扶律以勵未来故也資中曰大梵天劫末後去劫成先来外道不測故執爲常也

阿難此三勝流一切苦惱所不能逼雖非正修真三摩地清淨心中諸漏不動名爲初禪

温陵曰已離欲界八苦故曰苦惱不逼已離散動欲心故曰諸漏不動俱舍云此名離生喜樂地謂離欲界雜惡生得輕安樂也孤山曰禪有四類一有漏禪即今四禪也二無漏禪謂九想八背等三亦有漏亦無漏禪謂六妙通明等四非有漏非無漏禪即今經首楞嚴王中道理定今云雖非正修真三摩地此以第一簡非第四清淨心中正指初禪也

阿難其次梵天統攝梵人圓滿梵行澄心不動寂湛生光如是一類名少光天

温陵曰此躡大梵之行升進資中曰二禪已上無有語言但以定心發光光有勝劣分其高下

光光相然照耀無盡映十方界徧成琉璃如是一類名無量光天

温陵曰定力轉明妙光迭發境隨光發徧成琉璃真際曰映十方界者約其定光隨所受用東西等言之非徧十方世界也

吸持圓光成就教體發化清淨應用無盡如

是一類名光音天
溫陵曰此天以圓光成音而發宣化法故名光音
阿難此三勝流一切憂懸所不能逼雖非正修真三摩地清淨心中麤漏已伏名為二禪
溫陵曰二禪離憂得極喜樂故云憂懸不逼初禪方得漏心不動而未能伏此天已伏麤漏則業漸劣行漸勝也俱舍云此名定生喜樂地謂有定水潤業憂懸不逼也吳興曰地持論目第二禪名喜俱禪此定生時與喜俱發故今說云一切憂懸所不能逼懸或作愁字之誤也
阿難如是天人圓光成音披音露妙發成精行通寂滅樂如是一類名少淨天
溫陵曰由上圓光教體披露妙理發成精行離前喜動而生淨樂是樂非境乃出乎淨性恬泊寂靜名寂滅樂而淨猶劣則能通而已未能成也以猶劣故名少淨也
淨空現前引發無際身心輕安成寂滅樂如是一類名無量淨天
溫陵曰淨空者離諸喜動不緣物境之定相也由是充擴使淨相無際協乎妙性故身心輕安而性樂成矣以無際故名無量淨也吳興曰望上未徧望下則多故名無量
世界身心一切圓淨淨德成就勝託現前歸寂滅樂如是一類名徧淨天
溫陵曰淨空無際故世界身心一切圓淨淨德成就則性樂歸託於是矣以一切圓淨故名徧淨吳興曰上身心輕安且言其

内今世界等者總攝於外

阿難此三勝流具大隨順身心安隱得無量樂雖非正得真三摩地安隱心中歡喜畢具名爲三禪

溫陵曰具精行性樂名大隨順故安隱無量也歡喜畢具者此名離喜妙樂地謂心雖離喜而喜樂自具也吳興曰地持論目第三禪爲樂俱禪此定功德與徧身樂俱發故前二禪雖有樂支爲喜支所障今滅喜純樂故得其名而云歡喜畢具者名同體異不以文害意

阿難復次天人不逼身心苦因已盡樂非常住久必壞生苦樂二心俱時頓捨麤重相滅淨福性生如是一類名福生天

吳興曰復次下結三禪之德樂非下顯三禪之過苦樂下正示福生也三禪無下界苦因雖名爲樂樂久必壞壞亦成苦今既捨樂苦則不生地持名此爲捨俱禪其義同矣溫陵曰以捨苦樂名麤重相滅捨念清淨故淨福性生也自此而下明四禪凡有九天然四禪報境但有三天第四無想乃第三廣果別開皆凡夫報境此四之上有五不還天乃聖賢別修靜慮與凡夫不同

捨心圓融勝解清淨福無遮中得妙隨順窮未來際如是一類名福愛天

溫陵曰苦樂二忘故捨心圓融心無所累故勝解清淨由是福無遮礙而得妙隨順

吳興曰得妙隨順即隨順下文二岐路也由此淨福體性無遮愛樂修習勝妙之法

是則福資二路非止當天故云窮未來際

阿難從是天中有二岐路若於先心無量淨光福德圓明修證而住如是一類名廣果天

温陵曰從福愛分二岐也一直往道趣廣果一迂僻道趣無想資中曰此廣果天以四無量心熏禪福德離下地染廣福所感名廣果天

若於先心雙厭苦樂精研捨心相續不斷圓窮捨道身心俱滅心慮灰凝經五百劫是人既以生滅爲因不能發明不生滅性初半劫滅後半劫生如是一類名無想天

温陵曰先心雖能伏惑修禪而涉妄帶異以有心爲生滅以無想爲涅槃於是雙厭苦樂專研捨心以趣無想由物泊身以至心想一切皆捨名圓窮捨道心慮灰凝即無想定也以是感報生無想天壽五百劫俱舍說初生此天末全無想經半劫始無及報將盡復經半劫有想然後報謝資中曰是人不了妄性體空乃執生滅以爲勞累厭此生滅永不生滅非真不生也但見第六識不行如冰夾魚不知微細生滅妄謂涅槃

阿難此四勝流一切世間諸苦樂境所不能動雖非無爲真不動地有所得心功用純熟名爲四禪

温陵曰四禪不爲三災所動名不動地然彼器非真常情俱生滅雖非無爲真境而有爲功用至此巳純熟矣

阿難此中復有五不還天於下界中九品習氣俱時滅盡苦樂雙忘下無卜居故於捨心

衆同分中安立居處

温陵曰第三果人斷欲界九品修惑盡即生此天不復欲界受生故曰不還亦名五淨居謂離欲淨身所居也習氣惑也與現行皆滅故曰俱盡此指欲界無續生業也苦樂雙忘兼指四禪已下無續業也故云下無卜居此五天自四禪別立通名捨念清淨地故曰捨心同分資中曰俱舍云雜修靜慮有五品不同故生五淨居雜修者以有漏無漏間雜而修也靜慮者定慧均等之謂也五品者下中上上勝上極也

阿難苦樂兩滅鬬心不交如是一類名無煩天機括獨行研交無地如是一類名無熱天

温陵曰前於苦樂有捨有厭則心與境鬬不能無煩惟心境兩釋煩惱斯斷盛熱曰煩微煩曰熱上雖鬬心不交疑若猶有交地方滅麄相得無煩而已此復增勝心機無對研交無地能滅緣影故得無熱也

十方世界妙見圓澄更無塵象一切沉垢如是一類名善見天精見現前陶鑄無礙如是一類名善現天

資中曰塵象沉垢即定慧之障也定慧精明融鍊自在故云陶鑄無礙

究竟羣幾窮色性性入無邊際如是一類名色究竟天

吳興曰究竟研窮之義也幾者動之微也研窮多念至於一念故曰究竟羣幾以雜修五品初用多念無漏熏多念有漏乃至最後用一念無漏熏一念有漏名上極品故俱舍云成由一念雜是也窮色性性者

窮亦究竟變其文耳心既熏多至少色亦窮麁至微麁細不同故曰性性入無邊際即色界與無色界二邊之交際也俱舍云從此向上無復所居此處最高名色究竟

阿難此不還天彼諸四禪四位天王獨有欽聞不能知見如今世間曠野深山聖道場地皆阿羅漢所住持故世間麁人所不能見

溫陵曰下天修有漏凡定此天修無漏聖業麁細有異故不能見

阿難是十八天獨行無交未盡形累自此已還名爲色界

孤山曰獨行無交俱無情欲故未盡形累尚有色質故

復次阿難從是有頂色邊際中其間復有二種岐路若於捨心發明智慧慧光圓通便出塵界成阿羅漢入菩薩乘如是一類名爲回心大阿羅漢

溫陵曰色究竟天居有色頂與無色鄰名色邊際四禪皆依捨念修定此言捨心指有頂因心也吳興曰色究竟天第三果人根有利鈍故分二路其利根者發無漏智斷盡修惑即出三界其鈍根者復由定心欣上厭下生無色界應知慧光圓通且約盡無生智圓滿而言入菩薩乘正約出三界後勝進而說斯亦今經破定性之明文也名爲回心者圓師指同涅槃五人發心之義今謂不爾彼是界外發心即入初住此是界內迴心方成四果安得五人爲同年邪

若在捨心捨厭成就覺身爲礙銷礙入空如

是一類名爲空處
温陵曰自此而下明無色界四天也無色者無業果色有定果色依正皆然乃滅身歸無定性聲聞所居或捨厭天人雜處其類不一皆無色蘊也四天皆依偏空修進初厭色依空二厭空依識三色空識等都滅而依識性四依識性以滅窮研而不得真滅是皆有爲增上善果未出輪迴不成聖道者也今此初天厭已形礙堅修空觀滅身歸無即厭色依空者也名空處定故報生空處也長水曰捨心有二一者若於有頂用無漏道斷惑入空即樂定那含也二者若於廣果用有漏道伏惑入空即凡夫外道也
諸礙既銷無礙無滅其中惟留阿賴耶識全於末那半分微細如是一類名爲識處
温陵曰諸礙既銷而無則不依於色無礙之無亦滅則不依於空惟留阿賴末那即厭空依識者也名識處定故報生識處賴耶第八識末那第七識也而末那所緣色空識三此位厭色空而依識則色空麁緣已無故惟全半分微細也
空色既亡識心都滅十方寂然迥無攸往如是一類名無所有處
温陵曰前位雖亡空色而未滅識心此則都滅故十方寂然迥無攸往以寂無攸往故名無所有然此雖亡識心未亡識性今之行人見性不深多滯於此雖能洞了色空灰滅心慮遠無所有而終於識性幽幽綿綿不能自脫生死窟穴實存乎此

識性不動以滅窮研於無盡中發宣盡性如存不存若盡非盡如是一類名爲非想非非想處

温陵曰識性者識心幽本也不動者寂無攸往也既能不動復研窮使滅然依識滅之竟非真滅是強於無盡中發宣盡性所以似存不存似盡不盡似存不存故非想也似盡不盡又非非想也此又幽幽綿綿至微之相也

此等窮空不盡空理從不還天聖道窮者如是一類名不迴心鈍阿羅漢若從無想諸外道天窮空不歸迷漏無聞便入輪轉

吳興曰此等窮空通指凡聖欣厭未盡故云不盡空理縱是聖人修八聖種觀亦有四陰細惑未亡以未得滅受想定故從不還天下明聖人有生此處者是鈍根那含耳言羅漢者約後爲名也若從無想下明外道有不生此處者謂窮空不歸也外道窮空凡有二種一窮至四禪以無想爲極二窮至無色以非想爲極今既入無想則迷於有漏無聞四空故五百劫滿自當輪轉有解此文作外道從無想天來者非也請觀不歸二字歸猶來也豈非無想窮空不來乎高麗麻谷普幻師曰其那含天除其利根迴心羅漢其餘鈍根貪寂定者修空增勝入四空處其凡夫禪次第修者成四禪後次從廣果入四空處然則根本天中第三廣果能攝無想及五那含今云有頂色邊際者通指廣果聖凡雜地也補註曰觀長水前解捨心有二及吳興所解窮

空不歸等與麻谷之說畧同今叅而言之鈍根那含廣果凡夫皆能趣入四空而外道亦有入者惟除無想之外道耳
阿難是諸天上各各天人則是凡夫業果酬答荅盡入輪彼之天王即是菩薩遊三摩地漸次增進回向聖倫所修行路
温陵曰通指欲色無色天也其衆乃隨業感報未出輪廻其王乃隨行權應寄位升進華嚴謂初地菩薩多作閻浮提王二地輪王乃至六欲三梵天王是也此竪論已終故通結指
阿難是四空天身心滅盡定性現前無業果色從此逮終名無色界此皆不了妙覺明心積妄發生妄有三界中間妄隨七趣沉溺補特伽羅各從其類

温陵曰身心滅盡者無色蘊及麁識也孤山曰無業果色者顯有定果色也補特伽羅此云數取趣謂諸有情起惑造業隨諸趣受生也補註曰定果色者顯揚論名定自在所生色謂由勝定故於一切色皆得自在即以定變起五塵境也數取趣者能取當来諸趣即中有也涅槃云中有五陰非肉眼見天眼所見
復次阿難是三界中復有四種阿修羅類若於鬼道以護法力乘通入空此阿修羅從卵而生鬼趣所攝若於天中降德貶墜其所卜居鄰於日月此阿修羅從胎而出人趣所攝有修羅王執持世界力洞無畏能與梵王及天帝釋四天爭權此阿修羅因變化有天趣所攝阿難別有一分下劣修羅生大海心沉

水穴口旦遊虛空暮歸水宿此阿修羅因濕氣有畜生趣攝

温陵曰修羅此云非天福力等天而無天行爲多瞋故也隨業輕重而有四生之異水穴即尾閭也吳興曰俱舍四生頌但云鬼通胎化二今卵生修羅鬼趣所攝則世親之言似未詳矣問法華所列四種修羅與今四種爲同爲異荅資中云同今謂彼四只可攝在此四之中不可次第分屬其類荆溪師云法華四種皆與帝釋鬬戰一往觀之但同今經第三類耳問此四修羅既爲四趣所攝應無別報同分之處耶荅雖屬四趣非無別報今云卜居鄰於日月等即同分之處也又長阿含云南洲有金剛山中有修羅宮所治六千由旬欄楯行樹等然一日一夜三時受苦苦具自來入其宫中是知此趣且取一分善報謂之人天若論受苦實在人趣之下故正法念經惟以鬼畜二種收之良由於此

阿難如是地獄餓鬼畜生人及神仙天洎修羅精研七趣皆是昏沉諸有爲相妄想受生妄想隨業於妙圓明無作本心皆如空華元無所著但一虛妄更無根緒阿難此等衆生不識本心受此輪迴經無量劫不得真淨皆由隨順殺盜婬故反此三種又則出生無殺盜婬有名鬼倫無名天趣有無相傾起輪迴性若得妙發三摩提者則妙常寂有無二無無二亦滅尚無不殺不偷不婬云何更隨殺盜婬事

温陵曰前問妙心徧圓何有獄鬼人天等

道故此結示由殺盜婬三爲根本有是業則名鬼倫言必墜也無是業則名天趣言必升也出生無殺盜婬即天趣也七趣舉二以善惡通攝也因有而墜因無而升故曰有無相傾起輪迴性若得正定則妙性常寂無復輪迴矣有無二無言相傾業斷無二亦滅言分別情忘也業斷情忘則三種妄本名迹雙泯矣故欲斷妄輪須修正定也孤山曰有無二無無生死之俗也無二亦滅滅涅槃之真也尚無於善況隨於惡亦應云尚無無二云何隨二中道無著其旨惟明補註曰有無相傾者鬼趣業盡或修善而升天趣報衰或轉惡而墜此名相傾起輪迴性也

阿難不斷三業各各有私因各各私衆私同分非無定處自妄發生生妄無因無可尋究

温陵曰前問地獄爲有定處爲復自然彼彼發業各各私受故此牒荅三業即殺盜婬也

汝勗修行欲得菩提要除三惑不盡三惑縱得神通皆是世間有爲功用習氣不滅落於魔道雖欲除妄倍加虛僞如來說爲可哀憐者汝妄自造非菩提咎作是說者名爲正說若他說者即魔王說

温陵曰殺盜婬爲惑業之本故名三惑上明諸趣戒備失錯而終於勸斷三業勸除三惑乃戒備真要也下文即助道分中第二科名詳辨魔境深防邪誤也魔即魔羅此云殺者亦云奪者能殺慧命奪善法開之有五曰五陰魔煩惱魔死魔天魔鬼魔

合之惟陰魔天魔而已陰魔即生死煩惱依五陰而起者也天魔因修邪定好害正道者也未發心者常與隨順則無冦敵惟正修者違而不順偏致惱害故須辨識也

即時如来將羅法座於師子床攬七寶几廻紫金山再来凭倚普告大衆及阿難言汝等有學縁覺聲聞今日廻心趣大菩提無上妙覺吾今已説真修行法汝猶未識修奢摩他毗婆舍那微細魔事魔境現前汝不能識洗心非正落於邪見或汝陰魔或復天魔或著鬼神或遭魑魅心中不明認賊爲子又復於中得少爲足如第四禪無聞比丘妄言證聖天報已畢衰相現前謗阿羅漢身遭後有墮阿鼻獄汝應諦聽吾今爲汝子細分别阿難起立幷其會中同有學者歡喜頂禮伏聽慈誨

温陵曰前法既終當機無問故將羅法座而又攬寶几回金容無問自説者真止觀中微細魔事非一切智莫能辨識能隳寶覺破法王家故須特告乃最後深慈也四禪無聞者比丘無多聞慧但勤小行得生四禪便謂已證阿羅漢及乎天報將畢見有生處遂謗佛妄説阿羅漢不受後有因此墜墮乃邪誤之咎也

佛告阿難及諸大衆汝等當知有漏世界十二類生本覺妙明覺圓心體與十方佛無二無别由汝妄想迷理爲咎癡愛發生生發徧迷故有空性化迷不息有世界生則此十方微塵國土非無漏者皆是迷頑妄想安立當知虚空生汝心内猶如片雲點太清裏況諸

世界在虛空耶汝等一人發真歸元此十方空皆悉銷殞云何空中所有國土而不振裂

溫陵曰覺圓心體所謂真元由迷理背真化迷立妄成有漏界爲魔所依化迷者隨迷轉變也空生大覺中如海一漚發又喻片雲以明世界虛幻微茫易以銷殞也惟真元之體本自廓然而虛空國土皆是迷頑妄想安立若汝等一人發真不迷則無安立者故自殞裂也此并下文皆叙魔所起蓋有漏空界爲魔所依今若殞裂則魔不安矣或曰有漏空界乃衆生同感云何一人而能銷殞矧古今發真者衆而空界依然安在其銷殞耶曰同業所感不離晦昧發真返明故可消殞然衆生不可盡世界不可盡故雖一人發真而衆復感結所以依然使同業之人同能發真則山河器界應念化成無上知覺而爲淨妙佛土矣

補註曰迷則轉覺體爲虛空悟則全虛空是覺體故一人發真歸元則一人所見虛空悉皆消殞而爲覺體矣即所謂心精通脗當處湛然彼之未見消殞者是其未能發真歸元也吳興曰前徵塵國土且約同居而說究論歸元振裂之義須通三土若發偏真歸小涅槃之元則同居振裂若發圓真歸大涅槃之元則方便實報振裂今已開小顯大則真元之理無非寂光但有相似分極之異耳

汝輩修禪飾三摩地十方菩薩及諸無漏大阿羅漢心精通脗當處湛然一切魔王及與鬼神諸凡夫天見其宮殿無故崩裂大地振

拆水陸飛騰無不驚慴凡夫昏暗不覺遷訛彼等咸得五種神通惟除漏盡戀此塵勞如何令汝摧裂其處是故神鬼及諸天魔魍魎妖精於三昧時僉來惱汝

溫陵曰魔以晦昧爲依今修禪飾定妙心精明故能振裂魔界遂致惱害也凡夫天魔王天也吳興曰飾猶莊嚴也謂修禪定功德莊嚴本有真三摩地以修飾故彼菩薩羅漢所證心性通同脗合此動魔之由由三摩地將出其境故魔等宮殿自然崩裂斯亦歸元之前相也問大地無情水陸異類何以同魔亦皆振慴荅三昧威神不可思議如大樹緊那羅王絃歌一動聲震大千須彌山王爲之踊沒況菩薩首楞嚴力豈以情無情異而爲責邪凡夫昏暗不覺遷訛者此釋伏疑也恐疑者曰魔及諸天既見其相凡夫何事都不覺知故此釋云

然彼諸魔雖有大怒彼塵勞內汝妙覺中如風吹光如刀斷水了不相觸汝如沸湯彼如堅氷煖氣漸鄰不日消殞徒恃神力但爲其客成就破亂由汝心中五陰主人主人若迷客得其便當處禪那覺悟無惑則彼魔事無柰汝何陰消入明則彼羣邪咸受幽氣明能破暗近自消殞如何敢留擾亂禪定若不明悟被陰所迷則汝阿難必爲魔子成就魔人如摩登伽殊爲眇劣彼惟咒汝破佛律儀八萬行中只毀一戒心清淨故尚未淪溺此乃隳汝寶覺全身如宰臣家忽逢籍沒宛轉零落無可哀救

温陵曰五陰主人真心也陰消入明指發真者登伽眇劣只毀戒體諸魔熾惡能隳寶覺固宜深防也宰臣籍沒喻幾於覺位而淪惡趣孤山曰以婬女比天魔人眇劣也以一戒比全身事眇劣也舉劣況勝勗彼深防初果道共戒力自然無犯故云心清淨等籍沒漢書云除其屬籍是也

阿難當知汝坐道場銷落諸念其念若盡則諸離念一切精明動靜不移憶忘如一當住此處入三摩地如明目人處大幽暗精性妙淨心未發光此則名爲色陰區宇

補註曰離念精明心未發光等色陰未破之相也孤山謂在名字位中則似抑之太低温陵謂得元明覺無生滅性則似升之太高當依吳興指屬觀行此蓋禪那得力之處塵勞暫息之時也定力雖爾而色陰未破故如明目處幽暗陰以覆蔽爲義區局性真故名區宇

若目明朗十方洞開無復幽黯名色陰盡是人則能超越劫濁觀其所由堅固妄想以爲其本

温陵曰五陰盡相非滅身歸無乃觀力洞照不爲迷礙而已故譬若目明朗十方洞開也色陰始因父母已三妄倫交結故曰堅固妄想爲本五種妄本經末自釋補註曰前解五濁云劫濁依於色陰故今色盡則能超之餘四例此

阿難當在此中精研妙明四大不織少選之間身能出礙此名精明流溢前境斯但功用暫得如是非爲聖證不作聖心名善境界若

作聖解即受羣邪

温陵曰此中者定中也妙體本融由妄質成礙故精窮妙明則四大不織而身能出礙也然此特定力所逼使精妙流溢暫而不常故非聖證孤山曰凡諸境發雖是善相取著成邪任是惡相若不取著邪亦成正以境隨心轉故

大佛頂如來密因修證了義諸菩薩萬行首楞嚴經會解卷第十七

音釋

恊 胡頰切 合也　勗 許玉切 勉也　凭 皮水切 依几也　脗 武盡切 丨合也

慴 之涉切 懼也　黯 烏減切 黑也

大佛頂如来密因脩證了義諸菩薩萬行首楞嚴經會解卷第十八

阿難復以此心精研妙明其身内徹是人忽然於其身内拾出蟯蛔身相宛然亦無傷毀此名精明流溢形體斯但精行暫得如是非爲聖證不作聖心名善境界若作聖解即受羣邪

溫陵曰真精妙明流溢前境則外無所隔流溢形體則内無所障故能身内拾出蟯蛔此亦暫爾

又以此心内外精研其時魂魄意志精神除執受身餘皆涉入互爲賓主忽於空中聞說法音或聞十方同敷密義此名精魄遞相離合成就善種暫得如是非爲聖證不作聖心名善境界若作聖解即受羣邪

吴興曰除執受身餘皆涉入謂除其色身而内魂魄等六互相涉入也互爲賓主者餘五入魂則魂爲主五爲賓乃至入神則神爲主餘爲賓也遞相離合即精離本位而合於魄或魄離本位而合於精等溫陵曰前之精研初能外虛次能内徹此復内外精研俱虛徹故其魂魄等皆失故常迭互相涉故夙昔聞熏自能發揮而忽有所聞也今夫刻意凝神討論之極則奇文麗藻未嘗經意者往往煥然得於夢寐則精研激發神者偶現類可知也

又以此心澄露皎徹内光發明十方徧作閻浮檀色一切種類化爲如来于時忽見毗盧遮那踞天光臺千佛圍繞百億國土及與蓮華俱時出現此名心魂靈悟所染心光研明

照諸世界暫得如是非爲聖證不作聖心名善境界若作聖解即受羣邪

温陵曰淨穢之境常隨心感故澄徹之極則心冥染於靈悟佛境現於心光資中曰若脩念佛三昧斯境現前與脩多羅合者名爲正相若脩餘觀設見佛形亦不爲正以心境不相應故況觀真如不取諸相而有所著者豈非魔邪

又以此心精研妙明觀察不停抑按降伏制止超越於時忽然十方虛空成七寶色或百寶色同時徧滿不相留礙青黃赤白各各純現此名抑按功力逾分暫得如是非爲聖證不作聖心名善境界若作聖解即受羣邪

吳興曰抑按降伏制止超越應對四分煩惱或如下文排四大性此名等從略而結也温陵曰精研妙明抑伏雜想制心勝託力用過越故妙明逼極煥散而現也

又以此心研究澄徹精光不亂忽於夜半在暗室内見種種物不殊白晝而暗室物亦不除滅此名心細密澄其見所視洞幽暫得如是非爲聖證不作聖心名善境界若作聖解即受羣邪

温陵曰人固有不明自發暗不能昏者惟微細定心澄使不亂而後能見暗物不除言皆實境不隨定變也

又以此心圓入虛融四肢忽然同於草木火燒刀斫曾無所覺又則火光不能燒爇縱割其肉猶如削木此名塵併排四大性一向入純暫得如是非爲聖證不作聖心名善境界若作聖解即受羣邪

溫陵曰定力虛融則五塵併消四大排遣
純覺遺身故無傷觸定力所持故火不燒
也世之端居喪我者尚能使形槁木心死
灰況真定之力哉
又以此心成就清淨淨心功極忽見大地十
方山河皆成佛國具足七寶光明徧滿又見
恒沙諸佛如來徧滿空界樓殿華麗下見地
獄上觀天宮得無障礙此名欣厭凝想日深
想久化成非爲聖證不作聖心名善境界若
作聖解即受羣邪
溫陵曰厭麤濁之質礙欣妙淨之虛融名
成就清淨凝想日深久而自化故能洞觀
得無障礙也
又以此心研究深遠忽於中夜遙見遠方市
井街巷親族眷屬或聞其語此名迫心逼極
飛出故多隔見非爲聖證不作聖心名善境
界若作聖解即受羣邪
溫陵曰研心窮遠逼迫精神遺身而出冥
有所至故能見聞遠方事也上皆未離色
陰徒因定力而能出礙見聞遠及若色陰
盡則一方洞開無復幽暗六通縱任無爲
山壁由之直度固無疑矣
又以此心研究精極見善知識形體變移少
選無端種種遷改此名邪心含受魑魅或遭
天魔入其心腹無端說法通達妙義非爲聖
證不作聖心魔事消歇若作聖解即受羣邪
資中曰此人曾有邪心種子合外魔境相
因而來此則非善境界純是魔嬈不同前
九皆稱善境起心作證方乃成魔者溫陵
曰所見知識乃魔變現也前九但明定力

獨此乃明魔事者定力未成不能動魔研
究精極乃漸發魔事也故下文魔事愈甚
阿難如是十種禪那現境皆是色陰用心交
互故現斯事衆生頑迷不自忖量逢此因緣
迷不自識謂言登聖大妄語成墮無間獄汝
等當依如來滅後於末法中宣示斯義無令
天魔得其方便保持覆護成無上道
吳興曰用心交互者用禪那心與色陰堅
固妄想交互故見斯事乃至識陰例此明
之何則以五妄想各於本陰區宇之中爲
禪所觀將破未破如燈欲滅其光復熾乃
與定交戰其功故成之敗之則魔佛之道
於是乎辨孤山曰大妄語成墮無間獄此
約名字位中脩禪定者及五品觀行位中
不能安忍俱有墮義以俱未得位不退故
然五陰盡相不同在色陰未盡之中即名
宇位也色陰盡者猶居觀行受陰盡則在
相似初二兩信想陰盡則在三四兩信行
陰盡則在五六兩信識陰盡則諸根互用
此在相似七信巳去正是麄垢先落六根
清淨位也而其五陰各爲十魔種子所依
共五十重皆在觀行初心所發故有退墮
若入相似墮義不成故佛次第細辨相狀
令初心識其所發氣分譬如色陰未破之
中或現天魔此即想陰氣分之所發也問
受陰盡時既入相似何故想等中復發十
種魔境邪答若論陰破豈應發魔但文中
說相似巳前觀行心中所發耳令知所依
故歷五陰次第說之又只作相似位中發
境亦應可耳何者魔尚能惱深位豈不能

惱相似淺位邪但相似位人發之終不將爲聖解又如阿羅漢人迴心入大按位雖當相似進入即破無明故不爲所動也若名字觀行位人觀智強者則寂爾如空亦不將爲聖解觀力弱者則爲所惑墮落魔道更受輪迴若相似位或生法愛則名頂墮菩薩

阿難彼善男子脩三摩提奢摩他中色陰盡者見諸佛心如明鏡中顯現其像若有所得而未能用猶如魘人手足宛然見聞不惑心觸客邪而不能動此則名爲受陰區宇

温陵曰受以領納前境爲義巳破色陰内外虛融故見諸佛心如鏡現像諸佛心即我妙覺明心也如鏡現像謂清淨虛凝了非形礙也雖具妙體而未能運用蓋爲受所覆故如魘寐人支體完具六根明了而不能運動此受陰之相也

若魘咎歇其心離身反觀其面去住自由無復留礙名受陰盡是人則能超越見濁觀其所由虛明妄想以爲其本

温陵曰色陰盡者巳離形礙然爲受所魔而未能用故受陰消歇即能離身反觀去住無礙也因違順之幻境生損益之妄受則受陰無體虛有所明故名虛明妄想

阿難彼善男子當在此中得大光耀其心發明内抑過分忽於其處發無窮悲如是乃至觀見蚊䖟猶如赤子心生憐愍不覺流淚此名功用抑摧過越悟則無咎非爲聖證覺了不迷久自消歇若作聖解則有悲魔入其心腑見人則悲啼泣無限失於正受當從淪墜

溫陵曰既破色陰無復幽黯故得大光耀知受陰爲咎故内自抑伏而破之抑伏太過失於慈柔故多悲愍以致悲魔附焉吳興曰其心發明即下文見色陰消受陰明白也有以狂慧釋之者非

阿難又彼定中諸善男子見色陰消受陰明白勝相現前感激過分忽於其中生無限勇其心猛利志齊諸佛謂三僧祇一念能越此名功用陵率過越悟則無咎非爲聖證覺了不迷久自消歇若作聖解則有狂魔入其心腑見人則誇我慢無比其心乃至上不見佛下不見人失於正受當從淪墜

溫陵曰色盡受現爲定之勝相因喜成功故感激勇動以爲佛果可齊功行易致陵率之過故狂魔附焉今夫以少爲足驕狂犯分自視無前者皆陵率之過也吳興曰陵率謂勇心高率也

又彼定中諸善男子見色陰消受陰明白前無新證歸失故居智力衰微入中隳地迥無所見心中忽然生大枯渴於一切時沉憶不散將此以爲勤精進相此名脩心無慧自失悟則無咎非爲聖證若作聖解則有憶魔入其心腑旦夕撮心懸在一處失於正受當從淪墜

溫陵曰凡脩觀行須定慧等持乃能無失今此定強智微而受陰未盡故進無新證色陰已消故退失故居進退之間杳無所依名中隳地以無依無見故枯渴沉憶而憶魔附焉憶心妄系故如有撮懸也

又彼定中諸善男子見色陰消受陰明白慧

力過定失於猛利以諸勝性懷於心中自心已疑是盧舍那得少爲足此名用心亡失恒審溺於知見悟則無咎非爲聖證若作聖解則有下劣易知足魔入其心腑見人自言我得無上第一義諦失於正受當從淪墜

溫陵曰前以定強智微此又慧力過定皆互有所失故欲等持也長水曰定力微故亡失恒審慧力過故溺於知見

又彼定中諸善男子見色陰消受陰明白新證未獲故心已亡歷覽二際自生艱險於心忽然生無盡憂如坐鐵床如飲毒藥心不欲活常求於人令害其命早取解脫此名脩行失於方便悟則無咎非爲聖證若作聖解則有一分常憂愁魔入其心腑手執刀劒自割其肉欣其捨壽或常憂愁走入山林不耐見人失於正受當從淪墜

溫陵曰進退失守故心生艱險以成邪憂自致患害也

又彼定中諸善男子見色陰消受陰明白處清淨中心安隱後忽然自有無限喜生心中歡悅不能自止此名輕安無慧自禁悟則無咎非爲聖證若作聖解則有一分好喜樂魔入其心腑見人則笑於衢路傍自歌自舞自謂已得無礙解脫失於正受當從淪墜

吳興曰輕安七覺支中其體屬定定若兼慧正道可通今所發者既無慧自持則定翻成散魔得其便喜樂附焉

又彼定中諸善男子見色陰消受陰明白自謂已足忽有無端大我慢起如是乃至慢與過慢及慢過慢或增上慢或卑劣慢一時俱

發心中尚輕十方如來何況下位聲聞緣覺此名見勝無慧自救悟則無咎非爲聖證若作聖解則有一分大我慢魔入其心腑不禮塔廟摧毀經像謂檀越言此是金銅或是土木經是樹葉或是疊華肉身真常不自恭敬却崇土木實爲顛倒其深信者從其毀碎埋棄地中疑誤衆生入無間獄失於正受當從淪墜

溫陵曰慢名有七恃己淩他名我慢同德相傲但名曰慢於同爭勝名過慢於勝爭勝名慢過慢未得謂得名增上慢以劣自矜名卑劣慢不禮塔廟等即邪慢也今之妄人不禮不誦皆慢魔也

又彼定中諸善男子見色陰消受陰明白於精明中圓悟精理得大隨順其心忽生無量輕安已言成聖得大自在此名因慧獲諸輕清悟則無咎非爲聖證若作聖解則有一分好輕清魔入其心腑自謂滿足更不求進此等多作無聞比丘疑誤衆生墮阿鼻獄失於正受當從淪墜

溫陵曰以色消爲精明以精明爲圓悟遂以爲得大隨順輕清自在皆得少爲足無聞之儔也吳興曰輕安者名雖同前其義則異以云因慧獲諸輕清故此由受陰於諸塵境無重濁之惑便言成聖得大自在也

又彼定中諸善男子見色陰消受陰明白於明悟中得虛明性其中忽然歸向永滅撥無因果一向入空空心現前乃至心生長斷滅解悟則無咎非爲聖證若作聖解則有空魔

入其心腑乃謗持戒名爲小乘菩薩悟空有何持犯其人常於信心檀越飲酒噉肉廣行婬穢因魔力故攝其前人不生疑謗鬼心久入或食屎尿與酒肉等一種俱空破佛律儀誤入人罪失於正受當從淪墜

温陵曰因得虛明誤執斷空成諸邪咎凡爲此者皆空魔也資中曰此從邪見種生引此空魔入其心腑大般若云魔能入一切衆生心令歸依魔黨如膠如漆斷手截髀不以爲難

又彼定中諸善男子見色陰消受陰明白味其虛明深入心骨其心忽有無限愛生愛極發狂便爲貪欲此名定境安順入心無慧自持誤入諸欲悟則無咎非爲聖證若作聖解則有欲魔入其心腑一向說欲爲菩提道化諸白衣平等行欲其行婬者名持法子神鬼力故於末世中攝其凡愚其數至百如是乃至一百二百或五六百多滿千萬魔心生厭離其身體威德既無陷於王難疑誤衆生入無間獄失於正受當從淪墜

温陵曰愛心多因順起故定境順心即邪愛成咎吳興曰此如天台止觀煩惱境欲發之相智者云生來欲色抑制可停今所發者其惑熾盛若見外境心狂眼暗如聽師子觸之哮吼若不識者則能牽人作大重罪今文既云魔入其心則是煩惱與魔二境俱發

阿難如是十種禪那現境皆是受陰用心交互故現斯事衆生頑迷不自忖量逢此因緣迷不自識謂言登聖大妄語成墮無間獄汝

等亦當將如来語於我滅後傳示末法徧令衆生開悟斯義無令天魔得其方便保持覆護成無上道

温陵曰諸陰結文皆云保持覆護等即深防邪誤助道之意也

阿難彼善男子脩三摩地受陰盡者雖未漏盡心離其形如鳥出籠已能成就從是凡身上歷菩薩六十聖位得意生身隨往無礙辟如有人熟寐寱言是人雖則無別所知其言已成音韻倫次令不寐者咸悟其語此則名爲想陰區宇

孤山曰始三漸次終乎妙覺其閒有賢有聖皆是三世諸佛所歷之位故通稱聖位今受陰既破即入相似聖位故云得意生身也意生者喻如意去速疾無礙而有三種一入三昧樂意生身謂心寂不動即相似初信至七信入空位也二覺法自性意生身謂普入佛刹以法爲自性即相似八信出假位也三種類俱生無作意生身謂了佛所證法即九信十信脩中位也長水曰未破想陰故如熟寐寱言也有成聖位分故如音韻倫次也令不寐者咸悟其語如證聖人則知彼有聖位之分故般若云如来悉知悉見是人皆得成就阿耨菩提

若動念盡浮想消除於覺明心如去塵垢一倫生死首尾圓照名想陰盡是人則能超煩惱濁觀其所由融通妄想以爲其本

孤山曰覺明如鏡浮想如塵想盡心明猶居相似首尾猶始終也若悟眞常無始終生死之異故云圓照温陵曰想能融變使

心隨境使境隨心如想酢梅能通質礙故
名融通妄想
阿難彼善男子受陰虛妙不遭邪慮圓定發
明三摩地中心愛圓明銳其精思貪求善巧
爾時天魔候得其便飛精附人口說經法其
人不覺是其魔著自言謂得無上涅槃來彼
求巧善男子處敷座說法其形斯須或作比
丘令彼人見或爲帝釋或爲婦女或比丘尼
或寢暗室身有光明是人愚迷惑爲菩薩信
其教化搖蕩其心破佛律儀潛行貪欲口中
好言災祥變異或言如來某處出世或言劫
火或說刀兵恐怖於人令其家資無故耗散
此名怪鬼年老成魔惱亂是人厭足心生去
彼人體弟子與師俱陷王難汝當先覺不入
輪迴迷惑不知墮無間獄

溫陵曰得受陰盡曰虛妙已無受魔曰不
遭圓定等者想陰定中也愛圓明求善巧
者因其虛妙生愛思於圓明之體以發漚
和之用也天魔變現教化者示漚和善巧
也附人附他人也其人所附人也彼人是
人皆指脩定人也想陰十段皆初舉天魔
次明鬼魔而舊科不分今按經分之前總
敘云或汝陰魔或復天魔或著鬼神或遭
魑魅後總結曰是十種魔或附人體或自
現形魔師媱媱相傳邪精魅其心腑如受
陰中舉悲等十魔即陰魔也想陰初舉十
類即天魔也文云潛行貪欲即魔師媱媱
相傳也次舉口中好言等即鬼神魑魅兼
附之所謂邪精魅其心腑也怪鬼魃鬼皆
前所舉者吳興曰飛精附人斯必附其可

附之人亦徧定習慧者耳弟子與師即求巧之子說法之師下皆例此

阿難又善男子受陰虛妙不遭邪慮圓定發明三摩地中心愛遊蕩飛其精思貪求經歷爾時天魔候得其便飛精附人口說經法其人亦不覺知魔著亦言自得無上涅槃來彼求遊善男子處敷座說法自形無變其聽法者忽自見身坐寶蓮華全體化成紫金光聚一衆聽人各各如是得未曾有是人愚迷惑爲菩薩婬逸其心破佛律儀潛行貪欲口中好言諸佛應世某處某人當是某佛化身來此某人即是某菩薩等來化人間其人見故心生傾渴邪見密興種智消滅此名魃鬼年老成魔惱亂是人厭足心生去彼人體弟子與師俱陷王難汝當先覺不入輪迴迷惑不知墮無間獄

又善男子受陰虛妙不遭邪慮圓定發明三摩地中心愛綿湣澄其精思貪求契合爾時天魔候得其便飛精附人口說經法其人實不覺知魔著亦言自得無上涅槃來彼求合善男子處敷座說法其形及彼聽法之人外無遷變令其聽者未聞法前心自開悟念念移易或得宿命或有他心或見地獄或知人間好惡諸事或口說偈或自誦經各各歡娛得未曾有是人愚迷惑爲菩薩綿愛其心破佛律儀潛行貪欲口中好言佛有大小某佛先佛某佛後佛其中亦有眞佛假佛男佛女佛菩薩亦然其人見故洗滌本心易入邪悟此名魅鬼年老成魔惱亂是人厭足心生去彼人體弟子與師俱陷王難汝當先覺不入

輪迴迷惑不知墮無間獄

温陵曰愛綿脗者欲密契妙理也希契合故魔與開悟自開悟下皆密契之事也資中曰夫亡機寂照理自玄會若希求契合擬心即差於是天魔得其便也

又善男子受陰虛妙不遭邪慮圓定發明三摩地中心愛根本窮覽物化性之終始精爽其心貪求辯析爾時天魔候得其便飛精附人口說經法其人先不覺知魔著亦言自得無上涅槃來彼求元善男子處敷座說法身有威神摧伏求者令其座下雖未聞法自然心伏是諸人等將佛涅槃菩提法身即是現前我肉身上父父子子遞代相生即是法身常住不絕都指現在即爲佛國無別淨居及金色相其人信受亡失先心身命歸依得未曾有是等愚迷惑爲菩薩推究其心破佛律儀潛行貪欲口中好言眼耳鼻舌皆爲淨土男女二根即是菩提涅槃真處彼無知者信是穢言此名蠱毒魘魅惡鬼年老成魔惱亂是人厭足心生去彼人體弟子與師俱陷王難汝當先覺不入輪迴迷惑不知墮無間獄

温陵曰愛窮萬化之本故爽其心以辯析將佛涅槃等者以肉身爲果德以幻生爲常住而撥無淨土報體皆因其辯析化元而妄爲混融之說也以穢染爲真淨亦意引媟欲也吳興曰夫性海圓澄森羅自現苟偏求俗理翻益漏心違本禪那邪鬼斯入

又善男子受陰虛妙不遭邪慮圓定發明三摩地中心愛懸應周流精研貪求冥感爾時

天魔候得其便飛精附人口說經法其人元不知覺魔著亦言自得無上涅槃来彼求應善男子處敷座說法能令聽衆暫見其身如百千歲心生愛染不能捨離身爲奴僕四事供養不覺疲勞各各令其座下人心知是先師本善知識别生法愛粘如膠漆得未曾有是人愚迷惑爲菩薩親近其心破佛律儀潛行貪欲口中好言我於前世於某生中先度某人當時是我妻妾兄弟今來相度與汝相隨歸某世界供養某佛或言别有大光明天佛於中住一切如来所休居地彼無知者信是虛誑遺失本心此名癘鬼年老成魔惱亂是人厭足心生去彼人體弟子與師俱陷王難汝當先覺不入輪迴迷惑不知墮無間獄

吳興曰懸應在聖冥感在巳於未證理前求其休驗也

又善男子受陰虛妙不遭邪慮圓定發明三摩地中心愛深入尅巳辛勤樂處陰寂貪求靜謐爾時天魔候得其便飛精附人口說經法其人本不覺知魔著亦言自得無上涅槃来彼求陰善男子處敷座說法令其聽人各知本業或於其處語一人言汝今未死已作畜生勑使一人於後蹋尾頓令其人起不能得於是一衆傾心欽伏有人起心巳知其肇佛律儀外重加精苦誹謗比丘罵詈徒衆訐露人事不避譏嫌口中好言未然禍福及至其時毫髮無失此大力鬼年老成魔惱亂是人厭足心生去彼人體弟子與師俱陷王難汝當先覺不入輪迴迷惑不知墮無間獄

溫陵曰愛深入幽靜以澄養通力也邪定

能具五通本業宿業也畜生後報也此二宿命通也知肇他心通也訐露眼耳通也發人私事曰訐露

又善男子受陰虛妙不遭邪慮圓定發明三摩地中心愛知見勤苦研尋貪求宿命爾時天魔候得其便飛精附人口說經法其人殊不覺知魔著亦言自得無上涅槃來彼求知善男子處敷座說法是人無端於說法處得大寶珠其魔或時化爲畜生口銜其珠及雜珍寶簡策符牘諸奇異物先授彼人後著其體或誘聽人藏於地下有明月珠照耀其處是諸聽者得未曾有多食藥草不飡嘉饌或時日飡一麻一麥其形肥充魔力持故誹謗比丘罵詈徒衆不避譏嫌口中好言他方寶藏十方聖賢潛匿之處隨其後者往往見有奇異之人此名山林土地城隍川嶽鬼神年老成魔或有宣婬破佛戒律與承事者潛行五欲或有精進純食草木無定行事惱亂是人厭足心生去彼人體弟子與師俱陷王難汝當先覺不入輪迴迷惑不知墮無間獄

溫陵曰好知潛匿異事及宿命也珠寶簡策皆潛匿異事吳興曰宿命者六通之一也小乘脩成大乘發得今進不待發退不從脩作念求之故招魔事

又善男子受陰虛妙不遭邪慮圓定發明三摩地中心愛神通種種變化研究化元貪取神力爾時天魔候得其便飛精附人口說經法其人誠不覺知魔著亦言自得無上涅槃來彼求通善男子處敷座說法是人或復手執火光手撮其光分於所聽四衆頭上是諸

聽人頂上火光皆長數尺亦無熱性曾不焚燒或水上行如履平地或於空中安坐不動或入瓶内或處囊中越牖透垣曾無障礙惟於刀兵不得自在自言是佛身著白衣受比丘禮誹謗禪律罵詈徒衆訐露人事不避譏嫌口中常說神通自在或復令人旁見佛土鬼力惑人非有真實讚歎行婬不毀麤行將諸猥媟以爲傳法此名天地大力山精海精風精河精土精一切草木積劫精魅或復龍魅或壽終僊再活爲魅或仙期終計年應死其形不化他怪所附年老成魔惱亂是人厭足心生去彼人體弟子與師多陷王難汝當先覺不入輪迴迷惑不知墮無間獄

温陵曰化元萬化之本也欲乘之以發神變以愛神變故現撮火履水等事若真神變則不懼刀兵

又善男子受陰虛妙不遭邪慮圓定發明三摩地中心愛入滅研究化性貪求深空爾時天魔候得其便飛精附人口說經法其人終不覺知魔著亦言自得無上涅槃來彼求空善男子處敷座說法於大衆内其形忽空衆無所見還從虛空突然而出存沒自在或現其身洞如琉璃或垂手足作栴檀氣或大小便如厚石蜜誹毀戒律輕賤出家口中常說無因無果一死永滅無復後身及諸凡聖雖得空寂潛行貪欲受其欲者亦得空心撥無因果此名日月薄蝕精氣金玉芝草麟鳳龜鶴經千萬年不死爲靈出生國土年老成魔惱亂是人厭足心生去彼人體弟子與師多陷王難汝當先覺不入輪迴迷惑不知墮無

間獄

温陵曰欲入滅定以趣空寂也從空出沒等因其好空故依空誑惑口中常說下皆乘其空見而發也近世邪宗妄謂參須實參見須實見遂以因果後身天堂地獄非親見者一皆撥無故得其說者咸謂善惡渺茫浮生不再於是忘戒檢恣婬樂飲啖昏荒以自斷送僥倖顯處掊尅侵冒眞謂無天堂地獄矣愚心每痛之因箋釋及此感發奮筆冀悟魔說無自陷溺也日月薄蝕精氣流注能爲金玉之類孤山曰薄蝕者經史皆作食韋昭云氣往迫之曰薄虧毀曰食

又善男子受陰虛妙不遭邪慮圓定發明三摩地中心愛長壽辛苦研幾貪求永歲棄分段生頓希變易細相常住爾時天魔候得其便飛精附人口說經法其人竟不覺知魔著亦言自得無上涅槃來彼求生善男子處敷座說法好言他方往還無滯或經萬里瞬息再來皆於彼方取得其物或於一處在一宅中數步之間令其從東詣至西壁是人急行累年不到因此心信疑佛現前口中常說十方衆生皆是吾子我生諸佛我出世界我是元佛出世自然不因脩得此名住世自在天魔使其眷屬如遮文茶及四天王毘舍童子未發心者利其虛明食彼精氣或不因師其脩行人親自觀見稱執金剛與汝長命現美女身盛行貪欲未逾年歲肝腦枯竭口兼獨言聽若妖魅前人未詳多陷王難未及遇刑先已乾死惱亂彼人以至殂殞汝當先覺不

入輪迴迷惑不知墮無間獄

孤山曰變易者斷見思盡生法性土故受變易今頓欲變麁身爲細質易短壽爲長齡從此分段延入彼土也自在天即欲界第六天上别有魔王居處亦他化自在天攝温陵曰萬里瞬息乃得變易者之事也陀羅尼經有遮文茶天毘舍童子即毘舍遮鬼隷四天王已發心則護人未發心則害人以彼定力虚明爲利故食其精氣或不因師者不因魔附之師而親見魔現也口兼獨言閒出異語也

阿難當知是十種魔於末世時在我法中出家脩道或附人體或自現形皆言已成正徧知覺讃歎婬欲破佛律儀先惡魔師與魔弟子婬婬相傳如是邪精魅其心腑近則九生多逾百世令真脩行總爲魔眷命終之後必爲魔民失正徧知墮無間獄

温陵曰涅槃經云末世魔屬現比丘羅漢等像混壞正法非毁戒律其意同此也

汝今未須先取寂滅縱得無學留願入彼末法之中起大慈悲救度正心深信衆生令不著魔得正知見我今度汝已出生死汝遵佛語名報佛恩阿難如是十種禪那現境皆是想陰用心交互故現斯事衆生頑迷不自忖量逢此因緣迷不自識謂言登聖大妄語成墮無間獄汝等必須將如來語於我滅後傳示末法徧令衆生開悟斯義無令天魔得其方便保持覆護成無上道

温陵曰始以阿難起教終復囑令弘宣足知大教源流浚發遐被無非阿難之力則

示遣魔事徵心辨見皆爲末法起大慈悲令不著魔得正知見也當知昔雖四派示滅今之法化常存與夫在處影響無非留頠之身也

大佛頂如来密因脩證了義諸菩薩萬行首楞嚴經會解卷第十八

音釋

蟯如消切腹中虫也　蛔胡隈切人腹中長虫　隳許規切毀也　媟思列切嫚也嬻也　僥古堯切人短之至也　倖胡耿切儌丨也　浚思閏切深也

大佛頂如来密因脩證了義諸菩薩萬行首
楞嚴經會解卷第十九
天竺沙門般刺密帝譯
烏萇國沙門彌伽釋迦譯語
菩薩戒弟子前正議大夫同中書門下平
章事房融筆受
師子林沙門　惟則　會解
阿難彼善男子修三摩地想陰盡者是人平常夢想消滅寤寐恒一覺明虛靜猶如晴空無復麄重前塵影事觀諸世間大地山河如鏡鑑明来無所粘過無蹤迹虛受照應了罔陳習惟一精真生滅根元從此披露見諸十方十二衆生畢殫其類雖未通其各命由緒見同生基猶如野馬熠熠清擾為浮根塵究竟樞穴此則名為行陰區宇

温陵曰通叙想滅行現也浮動妄習晝明則想夕昏則夢汨亂性真莫得而一擾動覺明莫得而靜故想陰盡者夢想消滅寤寐恒一覺明虛靜猶如晴空也五陰前麄後細故想盡則無麄重影事雖觀萬象而無想念故如鏡鑑明無粘無迹虛受照應了無陳習惟一精真明極如此故幽隱行陰於是披露也行為萬化生滅根元故其相披露則十二類生之元無不殫見各命由緒識也同生基行也擾動幽隱故譬野馬乍生乍滅故曰熠熠無後麄影故曰清擾根塵運止皆本於此故曰究竟樞穴也孤山曰雖未下謂雖未能別相見彼衆生脩因趣果因由端緒已能揔相見彼生類俱由行起名此行陰為同生基野馬陽燄

浮埃也熠熠光耀閃爍之貟清擾即下文
幽清擾動是也
若此清擾熠熠元性性入元澄一澄元習如
波瀾滅化爲澄水名行陰盡是人則能超衆
生濁觀其所由幽隱妄想以為其本
溫陵曰行陰習擾成性故稱元性元習能
滅擾習則歸元澄之本而遷流相盡矣故
如波瀾滅化爲澄水也生滅不停業運常
遷名衆生濁故行陰盡則超之行陰密移
曾無覺悟故曰幽隱妄想
阿難當知是得正知奢摩他中諸善男子凝
明正心十類天魔不得其便方得精研窮生
類本於本類中生元露者觀彼幽清圓擾動
元於圓元中起計度者是人墜入二無因論
溫陵曰夢想消亡寤寐常一故稱正知奢
摩他又稱凝明正心皆想盡之相也外魔
皆因心召故想盡凝明則天魔不至從此
惟是脩禪失趣狂解妄計是即陰魔也生
類本即同生基也於本類中生元露者於
同生基見巳行元也幽清動元即行元也
一者是人見本無因何以故是人既得生機
全破乘于眼根八百功德見八萬劫所有衆
生業流灣環死此生彼只見衆生輪迴其處
八萬劫外冥無所觀便作是解此等世間十
方衆生八萬劫來無因自有由此計度亡正
徧知墮落外道惑菩提性
吳興曰生機全破者機喻擾動即行陰也
不爲想陰所覆故云全破眼根八百功德
既約三世四方論之今見本無因即乘過
去功德下見未無因即乘未来功德斯由

定中發宿命通乃令眼根彰此力用業流灣環行陰流轉也冥無所觀外道冥諦也夫善惡業緣惟識變造是人八萬劫外尚不見行何況於識故從此来起無因計

二者是人見末無因何以故是人於生既見其根知人生人悟鳥生鳥烏從来黒鵠從来白人天本竪畜生本横白非洗成黒非染造從八萬劫無復改移今盡此形亦復如是而我本来不見菩提云何更有成菩提事當知今日一切物象皆本無因

温陵曰謬執生根不達化理以人竟爲人乃至黒竟爲黒無復改移因而例我本不見道末亦無成是末無因也結文本字合是末字呉興曰無復改移者此見一分人畜之類有經長時業果未轉故起斯計如智論明舍利弗觀鴿子身前後皆八萬劫不改其類今行陰中既見此相乃執一切自然而然此即不知十二類生各命由緒也今盡此形等明未来無因亦應見八萬劫以外道通同聲聞故

由此計度亡正徧知墮落外道惑菩提性是則名爲第一外道立無因論

呉興曰肇師云外道末伽梨謂衆生苦樂不因行得皆自然耳前經云末伽梨等都言此身死後全滅今計無因雖不云死滅必至劫滿亦同其倫當知諸見不出四句謂斷常雙亦雙非也上二無因即斷見下四徧常及一分無常一分常乃至死後俱非即後三句餘之所計皆源流於此

阿難是三摩中諸善男子凝明正心魔不得

便窮生類本觀彼幽清常擾動元於圓常中起計度者是人墜入四徧常論

長水曰行陰生滅相續不失故名常所計四種徧一切法故名圓溫陵曰前言圓擾動元此言常擾動元者以生滅之元皆圓於此遂執爲常而起徧常論徧即圓也故此標名徧常後結名圓常

一者是人窮心境性二處無因脩習能知二萬劫中十方衆生所有生滅咸皆循環不曾散失計以爲常

溫陵曰由妄計行陰爲生滅圓元遂於心境四大等皆計為常也真際曰心境二處雖則無因二萬劫来相續不斷故計為常

二者是人窮四大元四性常住脩習能知四萬劫中十方衆生所有生滅咸皆體恒不曾散失計以為常

溫陵曰衆生依地水火風生滅而四性元則常住則諸生滅法咸皆體常

三者是人窮盡六根末那執受心意識中本元由處性常恒故脩習能知八萬劫中一切衆生循環不失本来常住窮不失性計以為常

溫陵曰六根及末那執受即八識也心意識中本元即識性也謂其本性恒常衆生依之循環而住不曾散失此認識神而妄計也真際曰言六根者舉所依根顯能依識也既云心意識中故知觀八識也吳興曰按楞伽云阿梨耶識除佛及八地菩薩諸餘二乘外道脩行者皆不能知由是觀之今行陰未盡豈能於此計以為常應知

心意識者通舉八識也本元由處別指行陰也良以首楞嚴定頓窮八識圓伏五住而於想陰盡處不了行陰微細生滅妄認爲常非謂定中已見第八憝師云若了八識何得異計斯語善焉補註曰俱舍云集起名心思量名意了別名識百法疏云八識名心七識名意六識名識又婆沙云心即意識如火名燄亦名爲熾亦名燒薪只是一心有三差別此中諸解當取岳師通舉八識別指行陰之說爲近理也

四者是人既盡想元生理更無流止運轉生滅想心今已永滅理中自然成不生滅因心所度計以爲常

温陵曰想元想陰也生理行陰也妄謂流轉生滅皆屬想心今已永滅則不生滅理自然屬行不知行陰即生滅元也長水曰此於生滅計不生滅故執爲常吴興曰前指本元爲常即於生滅計不生滅如見細流謂之止水也今取理中爲常乃於不生滅計不生滅如見虚空謂之常住也斯亦妄認行陰爲理耳

由此計常亡正徧知墮落外道惑菩提性是則名爲第二外道立圓常論

吴興曰此四徧常所窮之境從廣至狹而成次第初通五陰二局色陰三惟行陰四但是行陰不生滅理若言第三計八識第四復計行陰其義既失所次亦非

又三摩中諸善男子堅凝正心魔不得便窮生類本觀彼幽清常擾動元於自他中起計度者是人墜入四顛倒見一分無常一分常

論一者是人觀妙明心徧十方界湛然以為究竟神我從是則計我徧十方凝明不動一切衆生於我心中自生自死則我心性名之爲常彼生滅者真無常性

吳興曰觀妙下重舉觀行湛然下正明起計亦由不了行陰生滅妄謂此處心性湛然以為神我言神我者外道名主諦謂一切法皆是我所恐以此神而為其主

二者是人不觀其心徧觀十方恒沙國土見劫壞處名為究竟無常種性劫不壞處名究竟常

吳興曰謂三禪以下終為三災所壞名無常種性四禪以上災不能壞名究竟常

三者是人別觀我心精細微密猶如微塵流轉十方性無移改能令此身即生即滅其不壞性名我性常一切死生從我流出名無常性

四者是人知想陰盡見行陰流行陰常流計為常性色受想等今已滅盡名為無常由此計度一分無常一分常故墮落外道惑菩提性是則名為第三外道一分常論

吳興曰前觀我心雖流轉十方性無移改不知我是行陰其體常流今雖見流仍未見識陰之相故對色受想等為常無常也此四顛倒初觀神我及一切衆生即正報也次觀國土與劫即依報也此二對他明常無常三觀我心及身四計陰等此二約自色心明常無常亦從廣至狹也

又三摩中諸善男子堅凝正心魔不得便窮生類本觀彼幽清常擾動元於分位中生計

度者是人墜入四有邊論
　温陵曰分位有四謂三際分位見聞分位彼我分位生滅分位
一者是人心計生元流用不息計過未者名為有邊計相續心名為無邊
　温陵曰生元流用行陰也因遷流計三際以過者已滅来者未見故名有邊現在相續故名無邊不知真際本非有邊非無邊也
二者是人觀八萬劫則見衆生八萬劫前寂無聞見無聞見處名為無邊有衆生處名為有邊
　呉興曰後八萬劫亦合如前今恐存畧温陵曰前以不見為有邊此以無聞為無邊乃回互倒計也
三者是人計我徧知得無邊性彼一切人現我知中我曾不知彼之知性名彼不得無邊之心但有邊性
　孤山曰我曾下謂但見彼人現我知中而不能知彼人性徧故計彼性以為有邊
四者是人窮行陰空以其所見心路籌度一切衆生一身之中計其咸皆半生半滅明其世界一切所有一半有邊一半無邊由此計度有邊無邊墮落外道惑菩提性是則名為第四外道立有邊論
　温陵曰因窮行空昔有今無遂以一陰為半生半滅而内根外器一切皆然以生為有邊滅為無邊呉興曰此四有邊初惟約自二單約他三具自他四重計他一切依正斯則前狹後廣以成其次

又三摩中諸善男子堅凝正心魔不得便窮生類本觀彼幽清常擾動元於知見中生計度者是人墜入四種顛倒不死矯亂徧計虛論

資中曰準婆沙論釋外道計天常住名為不死計不亂荅得生彼天若實不知而輒荅者恐成矯亂故有問時荅言祕密言辭不應皆說或不定荅佛法訶云此真矯亂故名不死矯亂虛論溫陵曰以邪倒故於知見中狂解不決遂矯亂其語也今之邪人妄謂得道而中無主正矯惑於人者多類此四

一者是人觀變化元見遷流處名之為變見相續處名之為恒見所見處名之為生不見見處名之為滅相續之因性不斷處名之為增正相續中中所離處名之爲滅各各生處名之為有互互亡處名之為無以理都觀用心別見有求法人來問其義荅言我今亦生亦滅亦有亦無亦增亦減於一切時皆亂其語令彼前人遺失章句

長水曰於一生滅行陰分為八義別見謂變恒生滅增減有無也荅中畧舉六義以不能定其道理但兩楹而荅故云亦生亦滅等

二者是人諦觀其心互互無處因無得證有人來問惟荅一字但言其無除無之餘無所言說

溫陵曰互互無即念念滅相也得證者悟一切法皆無也

三者是人諦觀其心各各有處因有得證有

人来問惟荅一字但言其是除是之餘無所言說

温陵曰各各有即念念生相也言無言是皆不明荅

四者是人有無俱見其境枝故其心亦亂有人来問荅言亦有即是亦無亦無之中不是亦有一切矯亂無容窮詰由此計度矯亂虛無殞落外道惑菩提性是則名為第五外道四顛倒性不死矯亂徧計虛論

吳興曰從二至四於前八中有無分出也二三單計第四兩亦有即是無如水是水也無不是有如水非氷也四句之中但涉三句未見雙非其計猶廉

又三摩中諸善男子堅凝正心魔不得便窮生類本觀彼幽清常擾動元於無盡流生計度者是人墜入死後有相發心顛倒或自固身云色是我或見我圓含徧國土云我有色或彼前緣隨我迴復云色屬我或復我依行中相續云我在色皆計度言死後有相如是循環有十六相

資中曰無盡流即行陰也由見無盡故言死後有相温陵曰或自下心顛倒故固執色身以色是我又謂我體圓徧則色為我有前緣即目前之色也行相續相亦色也於色作此四計於受想行亦然故成十六相皆計死後復有也檇李曰不言識陰者所計之我即識陰也吳興曰不尒外道六法我與識異今行陰未破識未當情故不言耳問前三陰既破何故與我復計四句邪荅但破其計不破其法色等生滅念念

不停即無盡流也然此行陰與常塗所辨麁細不同如百論家以識陰為初想陰居次受陰第三三皆無記未能成業至於行陰方起煩惱造作諸業是則四陰之中行陰最麁此據平常未破時說也今觀行中已破受想須知行陰麁相亦盡惟細相在故通前三陰俱見遷流幽隱之元其實難曉

從此或計畢竟煩惱畢竟菩提兩性並驅各不相觸由此計度死後有故墮落外道惑菩提性是則名爲第六外道立五陰中死後有相心顛倒論

吳興曰上四陰與我既死後有相或復妄計煩惱菩提理亦如是以煩惱由陰而生菩提由我而證言畢竟者即兩性不相陵滅入未來際此皆後有也言五陰者通結五陰正在前四又雖在前四義惟行陰耳

又三摩中諸善男子堅凝正心魔不得便窮生類本觀彼幽清常擾動元於先除滅色受想中生計度者是人墜入死後無相發心顛倒見其色滅形無所因觀其想滅心無所繫知其受滅無復連綴陰性消散縱有生理而無受想與草木同此質現前猶不可得死後云何更有諸相因之勘校死後相無如是循環有八無相

溫陵曰陰性消散謂色受想滅也生理即行也謂無受想則行亦滅也此約四陰現在因亡未來果滅因果合論故成八相

從此或計涅槃因果一切皆空徒有名字究竟斷滅由此計度死後無故墮落外道惑菩

提性是則名爲第七外道立五陰中死後無相心顛倒論

吴興曰涅槃因果依現陰而修後陰而證陰既叵測修證何有邪

又三摩中諸善男子堅凝正心魔不得便窮生類本觀彼幽清常擾動元於行存中兼受想滅雙計有無自體相破是人墜入死後俱非起顛倒論

温陵曰行存則有相也受想滅則無相也以前後相例則存者終無雖有非有滅者曾有雖無不無四陰雙計故成八非吴興曰雙計有無至死後俱非者此有二義一亦有亦無二非有非無下文先計雙亦次計雙非

色受想中見有非有行遷流内觀無不無如是循環窮盡陰界八俱非相隨得一緣皆言死後有相無相

吴興曰此計雙亦也見有非有謂色受想無也觀無不無謂行陰有也如是循環等例立雙亦謂三陰無亦如行陰之有行陰有亦如三陰之無四陰各二故名八俱非相言俱非者對前偏計有無得名文意且在雙計有無耳故摠結云有相無相温陵曰隨得一緣者於四陰隨舉皆生計執

又計諸行性遷訛故心發通悟有無俱非虚實失措

吴興曰此計雙非也色受想等皆名諸行悉有遷訛下文云甲長髮生氣消容皺及念念不停即其相也於前四陰雙計有無亦有八俱非義此見既細所以的就行陰

言之
由此計度死後俱非後際昏瞢無可道故墮落外道惑菩提性是則名為第八外道立五陰中死後俱非心顛倒論
温陵曰昏瞢無可道者不能明知死後之事也
又三摩中諸善男子堅凝正心魔不得便窮生類本觀彼幽清常擾動元於後後無生計度者是人墜入七斷滅論
温陵曰見行陰念念滅處名後後無由是妄計設生人天七處後皆斷滅
或計身滅或欲盡滅或苦盡滅或極樂滅或極捨滅如是循環窮盡七際現前消滅滅已無復由此計度死後斷滅墮落外道惑菩提性是則名為第九外道立五陰中死後斷滅心顛倒論
温陵曰身滅即欲界人天二處也欲盡初禪也苦盡二禪也極樂三禪極捨四禪及無色也是名七際謂七際事相皆現前消滅更無復生終歸斷滅也吴興曰此計應從第七外道流出但前約横論今約竪說若攝横歸竪則前無相屬今身滅
又三摩中諸善男子堅凝正心魔不得便窮生類本觀彼幽清常擾動元於後後有生計度者是人墜入五涅槃論或以欲界為正轉依觀見圓明生愛慕故或以初禪性無憂故或以二禪心無苦故或以三禪極悅隨故或以四禪苦樂二亡不受輪迴生滅性故迷有漏天作無為解五處安隱為勝淨依如是循環五處究竟

温陵曰見行滅復生名後後有妄於五處計涅槃果轉依者轉生死依涅槃也或於欲界悟圓明理遂以欲界即轉依處或以初禪離憂二禪離苦三禪極喜四禪極捨即轉依處是謂五涅槃也迷有等者不知此天皆屬有漏非無為果非究竟處也

由此計度五現涅槃墮落外道惑菩提性是則名為第十外道立五陰中五現涅槃心顛倒論

吳興曰前標後後今結五現者影互其文也此計應從第六外道流出橫竪攝屬亦如七九之類

大佛頂如来密因脩證了義諸菩薩萬行首楞嚴經會解卷第十九

音釋

熠以立切盛光也　綴知衛切緝也　勘苦紺切覆定也　瞢武登切目不明也

大佛頂如来密因脩證了義諸菩薩萬行首楞嚴經會解卷第二十

阿難如是十種禪那狂觧皆是行陰用心交互故現斯悟衆生頑迷不自忖量逢此現前以迷爲觧自言登聖大妄語成墮無間獄汝等必須将如来語於我滅後傳示末法徧令衆生覺了斯義無令心魔自起深孽保持覆護消息邪見教其身心開覺真義於無上道不遭枝岐勿令心祈得少爲足作大覺王清淨標指

温陵曰前云禪那現境乃天魔候得其便此云禪那狂觧乃心魔自起深孽凡見道不真多岐妄計皆即狂觧是謂心魔最宜深防也汝等下令弘宣人将如来語徧爲羣生保持覆護使魔不侵孽不作不墮邪岐不取小證而直登覺位是謂作大覺王標指也吴興曰此云心魔後識陰云見魔心見不出見愛二惑即煩惱魔也

阿難彼善男子脩三摩地行陰盡者諸世間性幽清擾動同分生機倐然隳裂沉細綱紐補特伽羅酬業深脉感應懸絶於涅槃天将大明悟如雞後鳴瞻顧東方已有精色六根虚靜無復馳逸内外湛明入無所入深達十方十二種類受命元由觀由執元諸類不召於十方界已獲其同精色不沉發現幽祕此則名爲識陰區宇

温陵曰通叙行滅識現也行爲世間遷流之體性擾動生機之綱紐補特酬業之深脉能隠晦性天馳逸六根汩擾内湛爲浮根塵究竟樞穴故行陰盡者生機綱紐倐

然隳裂補特深脉感應懸絶而性天將大明悟六根無復馳逸以不馳逸故内外湛明以無樞穴故入無所入反動而靜深之又深故曰内外也涅槃性天爲五陰所覆昏如長夜前三陰盡如雞初鳴雞爲曙兆猶沉二陰精色未分此行陰盡如雞後鳴惟餘一陰故將大明悟也受命元由識陰也以行滅識現故深達無樞穴故可觀無還流故可執無生機故不召遂了十方依正皆識所變故已獲其同性天精色雖未明徹而幽祕之相已漸發現此識陰之相也吴興曰受命元由者識息煖三和合成命受生之際識陰爲先也

若於羣召已獲同中消磨六門合開成就見聞通鄰互用清淨十方世界及與身心如吠瑠璃内外明徹名識陰盡是人則能超越命濁觀其所由罔象虚無顛倒妄想以爲其本

溫陵曰羣召同中即十二類之命元識陰也若於此中以定慧力消磨六門使根合而不分界開而不隔則見聞圓通六根互用由是外之世界内之身心無復留礙此識陰盡之相也性本一真由塵隔越性用之間同異失準名爲命濁故識盡則超之識乃妄覺影明元無自體由顛倒起故名罔象虚無顛倒妄想吴興曰六用不隔皆悉通鄰即法華所明六根清淨也孤山曰罔象亦倣象皆不實貌

阿難當知是善男子窮諸行空於識還元已滅生滅而於寂滅精妙未圓能令已身根隔合開亦與十方諸類通覺覺知通脗能入圓

元若於所歸立真常因生勝解者是人則墮因所因執娑毗迦羅所歸冥諦成其伴侶迷佛菩提亡失知見是名第一立所得心成所歸果違遠圓通背涅槃城生外道種

溫陵曰識由行流故行空則還元既空行陰故已滅生滅尚依識元故寂滅未圓而能漸破識陰消磨六門故已六知根脗合無隔諸類覺性通融不二故能入圓元圓元即融根隔通諸類之識元也若以此爲真所歸地而立爲真因則墮因所因執蓋真因非所有所皆妄娑毗外道認阿賴耶識未形之前冥然初相爲所歸真因正同此也以心有所得果有所歸即因即果皆墮所妄所以違圓通背涅槃也吳興曰覺知通脗能入圓元者示觀中所發之相也

斯亦功用暫得如是不生勝解名善境界

由起邪執故墮外道種類

阿難又善男子窮諸行空已滅生滅而於寂滅精妙未圓若於所歸覽爲自體盡虛空界十二類內所有衆生皆我身中一類流出生勝解者是人則墮能非能執摩醯首羅現無邊身成其伴侶迷佛菩提亡失知見是名第二立能爲心成能事果違遠圓通背涅槃城生大慢天我徧圓種

溫陵曰執識元爲自體而謂一切衆生自此流出遂執我能生彼而實不能故曰能非能執摩醯首羅即色頂魔王也妄計我能現起無邊衆生亦能非能類也能爲心能事果者計我能爲彼依能成彼事也大慢天即摩醯也不能謂能故名大慢也徧

圓者計我體圓徧空界也
又善男子窮諸行空已滅生滅而於寂滅精妙未圓若於所歸有所歸依自疑身心從彼流出十方虛空咸其生起即於都起所宣流地作真常身無生滅解在生滅中早計常住既惑不生亦迷生滅安住沉迷生勝解者是人則墮常非常執計自在天成其伴侶迷佛菩提亡失知見是名第三立因依心成妄計果違遠圓通背涅槃城生倒圓種
温陵曰以識元爲所歸依故疑彼能生我及一切法遂計生起流出之處爲真常無生之體此則在生滅中妄計常住既惑真不生性又迷現生滅法以非常爲常故名常非常執既計彼能生我即與計自在天能生一切者同矣由依識元妄計常住故曰立因依心成妄計果前計我圓生物此計彼圓生我故名倒圓吳興曰從彼流出者此指所歸識陰爲彼非指他人也
又善男子窮諸行空已滅生滅而於寂滅精妙未圓若於所知知徧圓故因知立解十方草木皆稱有情與人無異草木爲人人死還成十方草樹無擇徧知生勝解者是人則墮知無知執婆吒霰尼執一切覺成其伴侶迷佛菩提亡失知見是名第四計圓知心成虛謬果違遠圓通背涅槃城生倒知種
温陵曰所知即所觀識陰也謂識有知而一切法由知變起因計知體圓徧諸法遂立異解謂無情徧皆有知無所簡擇故曰無擇徧知此以無知爲知故名知無知執婆吒霰尼二外道也執一切覺謂執一切

有知也此謬計圓知以爲因心則果終虚謬矣以無知爲知是倒知也孤山曰問前說無情有性無情作佛何異此文邪執乎荅不然常住真心一體無二用諸妄想依正乃分是故衆生草樹悉如空華當知草樹山河皆是有情自心所變故說有情有佛性時即草樹有性說有情成佛時即草樹成佛以心外無境故華外無空故波不離水故執情不了乃謂一一草木各各有知遂說木死爲人人死爲木未明一體謬計徧圓也

又善男子窮諸行空已滅生滅而於寂滅精妙未圓若於圓融根互用中已得隨順便於圓化一切發生求火光明樂水清淨愛風周流觀塵成就各各崇事以此羣塵發作本因立常住解是人則墮生無生執諸迦葉波并婆羅門勤心役身事火崇水求出生死成其伴侶迷佛菩提亡失知見是名第五計著崇事迷心從物立妄求因求妄異果違遠圓通背涅槃城生顛化種

温陵曰識陰盡者消磨六門諸根互用今此未盡則纔得隨順而已因隨圓互於是計一切法皆能圓化發生勝果謂火能顯發光明乃至塵能成就器界遂則邪求邪觀而勤心崇事執爲能生勝果而實不能故名生無生執即三迦葉波諸外道之儔也既迷真心從物求真則因果皆妄顛倒化理名顛化種吳興曰圓化者謂觀中所見圓融變化惟識之境也一切發生即四大之相也觀塵成就別名地大以此羣塵

通指四大既見此等並由圓化乃計修因證果不出火之光明水之清淨等故曰發作本因立常住解迦葉波亦婆羅門別姓下所弁者總攝其類

又善男子窮諸行空已滅生滅而於寂滅精妙未圓若於圓明計明中虛非滅群化以永滅依為所歸依生勝解者是人則墮歸無歸執無想天中諸舜若多成其伴侶迷佛菩提亡失知見是名第六圓虛無心成空亡果違遠圓通背涅槃城生斷滅種

溫陵曰觀理不諦誤墮虛無故於圓明性中計皆虛無於是絕滅群化歸於永滅而不知其非名歸無歸執舜若多云空言無想舜若即執斷空外道也以執斷空故圓虛無為因心成空亡之斷果永滅依即外道之涅槃也吳興曰非滅群化非猶破也群化即四大等

又善男子窮諸行空已滅生滅而於寂滅精妙未圓若於圓常固身常住同於精圓長不傾逝生勝解者是人則墮貪非貪執諸阿斯陀求長命者成其伴侶迷佛菩提亡失知見是名第七執著命元立固妄因趣長勞果違遠圓通背涅槃城生妄延種

吳興曰識陰精明湛不搖處名之為常今見其常乃執色身同此精圓也身本無常實不可貪以為長久今堅貪著故云貪非貪執溫陵曰阿斯陀此云無比即長壽仙也彼雖延長終歸壞滅今此欲固妄身以求常住則空長勞耳妄延耳長水曰長勞果者勞應作牢聲之誤耳

又善男子窮諸行空已滅生滅而於寂滅精妙未圓觀命互通却留塵勞恐其銷盡便於此際坐蓮華宮廣化七珍多增寶媛恣縱其心生勝解者是人則墮真無真執吒枳迦羅成其伴侶迷佛菩提亡失知見是名第八發邪思因立熾塵果違遠圓通背涅槃城生天魔種

溫陵曰以識陰為命元互通三際識陰若盡我命亦盡誰證真常故便於定中化諸欲境以留塵勞不令銷盡也依此邪思欲證真常而不知其非名真無真執吒枳迦羅能化欲境自娛即欲頂自在天類也因其邪思感生天魔惟恣塵欲名熾塵果媛美女也

又善男子窮諸行空已滅生滅而於寂滅精妙未圓於命明中分別精麤疏決真偽因果相酬惟求感應背清淨道所謂見苦斷集證滅脩道居滅已休更不前進生勝解者是人則墮定性聲聞諸無聞僧增上慢者成其伴侶迷佛菩提亡失知見是名第九圓精應心成趣寂果違遠圓通背涅槃城生纏空種

溫陵曰命明者因窮識陰深明衆生受命元由也以生滅由識精麤由業故依四諦分別決擇以苦集為麤偽以滅道為精真於是專脩道因求感滅果以少為足故居滅即休斯特定性聲聞上慢之儔也此則圓精應為因心成趣寂之小果精應者即決擇麤業惟求精應證於偏真纏空趣寂而已孤山曰背清淨道者既發小解乃背圓融常樂我淨之道今於四德畧舉一耳

又善男子窮諸行空已滅生滅而於寂滅精妙未圓若於圓融清淨覺明發研深妙即立涅槃而不前進生勝解者是人則墮定性辟支諸緣獨倫不迴心者成其伴侶迷佛菩提亡失知見是名第十圓覺脗心成湛明果違遠圓通背涅槃城生覺圓明不化圓種

溫陵曰融淨覺明即識精也雖無惑習圓融清淨而未離於識故名覺明若以此爲深妙立爲果證則定性緣覺獨覺而已此則圓覺脗爲因心成湛明之滯果爾覺涽如心精通脗覺知通脗之涽謂僅與正覺通脗而不前進也湛明即圓融覺明也所覺止於圓明識精而定性不迴故名覺圓明不化圓種也

阿難如是十種禪那中途成狂因依迷惑於未足中生滿足證皆是識陰用心交互故生斯位衆生頑迷不自忖量逢此現前各以所愛先習迷心而自休息將爲畢竟所歸寧地自言滿足無上菩提大妄語成外道邪魔所感業終墮無間獄聲聞緣覺不成增進汝等存心秉如來道將此法門於我滅後傳示末世普令衆生覺了斯義無令見魔自作深孽保綏哀救消息邪緣令其身心入佛知見從始成就不遭岐路

吳興曰大妄語者別指前八也前八通名外道邪魔亦可別指七是外道八是邪魔俱未斷惑故云墮獄二乘異此故云不進言見魔者見以違理爲名前八違真中二理起界內邪見後二違中道理起界外邪見以二乘智即無明故又前八中七純是

見入具見愛以留塵勞生勝解故温陵曰前防心魔此防見魔助道之要盡矣

如是法門先過去世恒沙劫中微塵如来乘此心開得無上道識陰若盡則汝現前諸根互用從互用中能入菩薩金剛乾慧圓明精心於中發化如淨琉璃内含寶月如是乃超十信十住十行十回向四加行心菩薩所行金剛十地等覺圓明入於如来妙莊嚴海圓滿菩提歸無所得

吳興曰如是法門且指識陰禪那現相過去諸佛無不覺了入佛知見故曰乘此心開孤山曰諸根互用即圓教相似七信界内思惑已盡也能入金剛乾慧者從相似位超入等覺後心也天台明圓教利根一生有超登十地者與此符合圓明下至寶月示後心所證有法有喻有體有用金剛乾慧是妙覺無間道轉入解脱道即妙覺也故云入於如来等也妙莊嚴海是福究竟圓滿菩提是智究竟歸無所得是理究竟福即解脱智即般若理即法身不縱不横三德祕藏於茲具顯遠討其因實由初心脩奢摩他三摩禪那三止之功也温陵曰妙莊嚴海者統衆德合異流不嚴而嚴無證而證之果海也前稱首楞萬行為妙莊嚴路則趣此而已

此是過去先佛世尊奢摩他中毘婆舍那覺明分析微細魔事魔境現前汝能諳識心垢洗除不落邪見陰魔銷滅天魔摧碎大力鬼神褫魄逃逝魑魅魍魎無復出生直至菩提無諸少乏下劣增進於大涅槃心不迷悶若

諸末世愚鈍衆生未識禪那不知說法樂脩三昧汝恐同邪一心勸令持我佛頂陀羅尼咒若未能誦寫於禪堂或帶身上一切諸魔所不能動汝當恭欽十方如來究竟脩進最後垂範

温陵曰總結五陰辯魔之意使知深防也奢摩他中毘婆舍那者即定之慧也覺明分析即分析覺明此西天文勢也禠猶喪也

阿難即從座起聞佛示誨頂禮欽奉憶持無失於大衆中重復白佛如佛所言五陰相中五種虛妄爲本想心我等平常未蒙如來微細開示又此五陰爲併銷除爲次第盡如是五重詣何爲界惟願如來發宣大慈爲此大衆清明心目以爲末世一切衆生作將來眼

佛告阿難精真妙明本覺圓淨非留死生及諸塵垢乃至虛空皆因妄想之所生起斯元本覺妙明精真妄以發生諸器世間如演若多迷頭認影

吳興曰精真中道也妙明寂照也寂故即假照故即空三諦融通元無塵垢總名本覺圓淨此單論真性也乃至下單論妄想生起諸法斯元下合明真妄發生世間所以爾者無前單論則不知離義無後合明則不知即義温陵曰生死妄業塵垢妄緣真淨性中既無所留全因妄起猶如迷頭則五陰相中五妄爲本從可知也

妄元無因於妄想中立因緣性迷因緣者稱爲自然彼虛空性猶實幻生因緣自然皆是衆生妄心計度阿難知妄所起說妄因緣若

妄元無說妄因緣元無所有何況不知推自然者是故如来與汝發明五陰本因同是妄想

温陵曰明妄無因不容計度也知妄所起可說因緣不知所起因緣何有況推自然得非妄計邪

汝體先因父母想生汝心非想則不能来想中傳命如我先言心想酢味口中涎生心想登高足心酸起懸崖不有酢物未来汝體必非虚妄通倫口水如何因談酢出是故當知汝現色身名爲堅固第一妄想

温陵曰想爲虚妄影像欲愛深脉遺體自想愛流出故曰體因父母想生陰心秉想愛冥求故曰心於想中傳命酢梅等說以驗體因妄結故與妄理相應若非妄倫則妄不能感也體因想生心因想起命因想傳諸想交固以成色陰故曰堅固妄想

即此所說臨高想心能令汝形真受酸澀由因受生能動色體汝今現前順益違損二現驅馳名爲虚明第二妄想

吴興曰由因受生者因想故受生也能動色體即形受酸澀也當知色受想三陰妄想相由而起必不相離故前文云汝體先因父母想生下文云種種取像心生形取皆同懸崖酢物之想由是明之此三妄想其體麁現非同行識幽微難見所以前三陰中所發天魔其相亦麁後二陰中所發心見二魔其相亦細汝今現前下正示受相也順益即樂受違損即苦受合有非違非順即不苦不樂受但是文畧耳温陵曰

臨高空想而酸澀真發違順皆妄而損益
現馳則受陰無體虛有所明故名虛明妄
想
由汝念慮使汝色身身非念倫汝身何因隨
念所使種種取像心生形取與念相應寤即
想心寐爲諸夢則汝想念搖動妄情名爲融
通第三妄想
溫陵曰念慮虛情也色身實質也虛實不
倫而能相使者由想融之也心生虛想形
取實物心形異用而能相應者由想通之
也至於寤寐搖變使心隨境使境隨心皆
融通妄想也
化理不住運運密移甲長髮生氣消容皺日
夜相代曾無覺悟阿難此若非汝云何體遷
如必是真汝何無覺則汝諸行念念不停名
爲幽隱第四妄想
吳興曰此若非汝此指化理不住等也云
何體遷詰其甲長髮生等如必下若謂體
遷實是汝者何不覺此相代之相以不覺
故行陰生滅名爲幽隱
又汝精明湛不搖處名恒常者於身不出見
聞覺知若實精真不容習妄何因汝等曾於
昔年覩一奇物經歷年歲憶忘俱無於後忽
然覆覩前異記憶宛然曾不遺失則此精了
湛不搖中念念受熏有何籌筭
真際曰此陰通收八識用動體常見聞精
明同一識陰吳興曰節公之意以見聞爲
用則動精明爲體則常而不知今文即以
見聞爲精明動用爲常體何則識無所存
徧在諸根根對境見時雖涉於用用在無記

未起善惡指此無記名爲精明湛不搖處若約分齊明之五識五意識及第六心王皆是其處也佛恐衆生計此爲常故寄阿難先且定云名恒常者若實精真不容習妄此破其常也精謂精明真謂恒常何因下示妄習相念念受熏者以昔覩奇物納種在識若不受熏覆覩前異必無記憶之相既不忘失則知中間常爲無明念念熏習熏習即妄何精真之有乎

阿難當知此湛非真如急流水望如恬靜流急不見非是無流若非想元寧受妄習非汝六根互用合開此之妄想無時得滅故汝現在見聞覺知中串習幾則湛了内罔象虛無第五顛倒細微精想

温陵曰湛非真湛特幽潛不覺耳故譬急流之水幽潛流注不可測知此真憶想之元容妄之體也直須消磨六門使妄習無寄然後可滅也串常習也幾微也似無曰罔似有曰象其體精微故名罔象虛無顛倒精想呉興曰六根互用等始破見思故妄想滅即無垢先落也問上文受熏約無明說今妄想滅何止見思邪荅無明所熏亦見思種子故前指見物有憶有忘正是無相今種現雖盡根本猶存非謂六根得真互用問此首楞嚴體無不圓宗無不極至於破陰力用何短乎荅非是力用不協體宗由辯魔中五十重境皆從分段五陰妄想中現今齊此論滅故且至六根互用若如前文反流全一六用不行即破根本無明有異此中顛倒妄想也

阿難是五受陰五妄想成汝今欲知因界淺深惟色與空是色邊際惟觸及離是受邊際惟記與忘是想邊際惟滅與生是行邊際湛入合湛歸識邊際

温陵曰五受陰亦曰五取蘊由一念迷妄受此取此以自蔽蔵也言因界者本無有界由妄相因也故色不自色因空有色故成色邊際乃至滅不自滅因生有滅故成行邊際識稱湛了而湛不自湛因行不流逸性入元澄而合乎湛了成識邊際

此五陰元重疊生起生因識有滅從色除

孤山曰約生則由内造外從細至麁如著衣也故迷理有識乃至有色約滅則由外至内從麁至細如脱衣也故悟理色盡乃至識盡

理則頓悟乘悟併消事非頓除因次第盡

温陵曰頓悟併消如知巾本無結亦不有也

我巳示汝劫波巾結何所不明再此詢問

吳興曰所指前說亦有頓漸二義巾體是一以喻真性悟則成頓也巾結有異以喻妄想除則成漸也原夫天巾由次第而結亦次第而解所辟六根及以五陰生之與滅一往相類再研有殊何者以六根義横五陰義竪故且如六根迷真起妄因妄成根必無先眼次耳等異至於返妄歸真亦無從麁至細之理豈非義横耶前以解結次第爲喻者但取六根差别及選圓通謂之次第也今明五陰亦迷真起妄因妄成陰既云生因識有滅從色除豈非義竪耶

若以結解喻之則兩番次第宛有倫緒當知前文舉喻不可以喻難法此中引例不可以根難陰適時之說須曉大綱

汝應將此妄想根元心得開通傳示將來末法之中諸脩行者令識虛妄深厭自生如有涅槃不戀三界

溫陵曰令以此義自覺覺他永斷妄元齊歸正果也上明助道分竟正宗大分文終于此下乃流通分也

阿難若復有人徧滿十方所有虛空盈滿七寶持以奉上微塵諸佛承事供養心無虛度於意云何是人以此施佛因緣得福多不阿難荅言虛空無盡珍寶無邊昔有衆生施佛七錢捨身猶獲轉輪王位況復現前虛空既窮佛土充徧皆施珍寶窮劫思議尚不能及是福云何更有邊際佛告阿難諸佛如來語無虛妄若復有人身具四重十波羅夷瞬息即經此方他方阿鼻地獄乃至窮盡十方無間靡不經歷能以一念將此法門於末劫中開示未學是人罪障應念消滅變其所受地獄苦因成安樂國得福超越前之施人百倍千倍千萬億倍如是乃至筭數譬喻所不能及

長水曰此有多義故獲勝福一所弘之經是佛極談教理行果皆不思議故二末世多障能於此流通是經實希有故三施福惟得生死之報但是自利弘經利他令至無漏之果故由是一念超越前施溫陵曰以法示人能消劇報變苦為樂如此其勝者使人因之明心見性脫粘復湛解六亡

一破陰褫魔不歷僧祇獲寶王果故也彼既如是則此消劚報猶淺近言耳誠將與彼同證也

阿難若有衆生能誦此經能持此咒如我廣說窮劫不盡依我教言如教行道直成菩提無復魔業

溫陵曰上勸流通此勸誦持吳興曰前利他得福此自利成道或以此義釋成上文謂開示未學得福斯勝者良因衆生於教誦持乃至成道所益大故

佛說此經已比丘比丘尼優婆塞優婆夷一切世間天人阿脩羅及諸他方菩薩二乘聖仙童子幷諸發心大力鬼神皆大歡喜作禮而去

溫陵曰皆在會聽衆也聖仙童子即天仙類也大力鬼神諸護法者隨所證量皆得法喜也吳興曰初發心者圓教外凡或內凡也皆大歡喜通該凡聖也

勸持敘

首楞嚴王具足萬行總持三昧熏脩奢摩他路開示衆生妙在一門超出由慶喜恨多聞而未全道力故迦文因妄見而直指人心七處之徵實鏡磨塵而本明自現八還之辯金錍刮膜而幻影隨消斥攀緣則心不是心示真覺則見猶離見既顯真而破妄仍即妄以談真窮陰入處界而列爲四科因緣自然二俱排擯會地水火風而通名七大真俗中道三諦圓融本如來藏而含吐十虗隨衆生心

而發揮諸相乃至一多相即小大互容現寶刹於毛端轉法輪於塵裏得無罣礙者倒想銷於億劫不隨分別者狂心歇即菩提圓頓機巳解客因中下器須陳妙行於是開遠客還家之路指天王賜屋之門詰諸聖之本因依證悟說最初方便順此方之教體選音聞爲第一圓通次爲攝心乃重施戒依先世尊舉揚清淨明誨現化身佛宣演祕密伽陀三學圓具而所證非偏諸妄銷亡而不真何待況復精研七趣隨業受生痛喻六交因習招報示五十重禪那之境深防愛見魔邪具八萬種解脫之機對治塵勞煩惱保持覆護囑勸弘宣在始在終無非脩證了義或破或立不離常住真心琴瑟箜篌既逢妙指林木池沼皆演法音令諸闡提隳彌戾車從三摩地得無生忍或自分真而安立聖位或從互用而超至後心坐大道場登無上覺一切事究竟堅固廣開菩薩多方便門十方界任運縱横同入如來妙莊嚴海其教至矣厥功懋哉愧余之謬而妄擬會通樂法之深而重加讚勸幸諸方之學者試一披而覽焉師子林

惟則再拜述

大佛頂如來密因脩證了義諸菩薩萬行首楞嚴經會解卷第二十

音釋

孽魚傑切庶子也　曙市據切方明也　霰思見切暴雪也　媛爲眷切美女也　酢且故切酸也　串古患切穿也習也　褫直尔切奪衣也

慧文正辯佛日普照元叟端禪師語録

嗣法門人法琳編

清刻龍藏佛說法變相圖

元叟端禪師語錄目錄

塔銘

元叟端禪師語録目録終

徑山元叟端禪師語録序

徵笑居士雍虞集撰

古尊宿出世爲人舉目動容莫非開示坐大道場參學衆多辯詰證據不能無所言説門人弟子竊録而藏之以相傳示其來尚矣前輩凋零舊規澌泯强辭之流掇拾文具則亦無所逃於人天之衆矣是以識者有慨慕古人之意焉徑山老人端公元叟以盛德令聞一坐二十餘年四衆安隱年垂九十耳聰目明舉揚宗風曾不少懈飽參宿學無不歸之巋然靈光環視四海一時未或有能出其右者矣山之第一座正印本蒙古人久親棒喝契證特深過予山中出師四會語録以相示因相與歎曰大慧晚得佛照經二百年而至於師纔三傳耳耆年尊行不復他見且徑山自宋南渡以來地望最重以大慧前後兩居之僅七年無準居十八年然以道處逆爲順經營勞瘁所不免未有如師之坦然泊然者也印曰昔真淨語賴濵蘇公序之應庵語松窻錢公序之徑山之言公得無情乎予曰穎濵於真淨松窻於應庵皆有往來之舊是以言無愧辭集之顓蒙固陋何足以望二公然於徑山仰其崖峻而以莫之即爲歎敢爲序乎印且曰此其正可以序者也乃喜爲之言曰偏見常識殆不足以鎮壓兹山今師之言波瀾汪洋門庭恢拓廣説畧説莫不弘偉如春雷發聲昆蟲振作長風被坂草木欣榮至於關要隱而不發以待其人大慧之流風餘韻猶有如此者矣譬諸名藩鎮以宿將隱然持重風霆不驚握機行令舒卷由已猶足使

方城連戍有所仰放而不敢違越況師大機大用提臨濟正印續佛慧命者乎因書以遺之昔至正元年三月十三日序

重刻元叟端禪師四會語題辭

寂照和尚元叟端公旣示寂金華黄文獻公爲銘其塔蜀郡虞文靖公爲序其四會語二公以文辭名天下亦云備矣其入室弟子清涼子梗金山慧明天寧祖闡復合辭請曰舊刊所録先師語不幸燬于兵然非此無以見道之所存竊懼不傳子梗三人者已協力命印生重雕之矣敢重以首簡請爲序雖然序猶可畧也先師事蹟多涉神異狀行者輒諱而不書神異之事大乘者固所不樂聞茍録以示入道之士亦足以起其正信初何傷乎願併識之序中濂不敢辭稽子梗等言公平頂古貌眼光爍人頷下數髯磔立凜然雪後孤松坐則挺峙行不旋顧英風逼人凜如也所過之處衆方讙譁如雷聞履聲輒曰端書記來矣噤默如無人賓友相從未嘗與談人間細故舍大法不發一言秉性堅凝確乎不可拔自爲大僧至化滅無一夕脱衣而寢其從南屏歸化城受經夏夕啓窻而卧忽一梵僧飛錫而來與談般若樞要亹亹不絶未幾騰空而去虎巖師主雙徑時嘗言道家者流有上章謁帝者其還甚遲因叩之荅云爲選徑山四十八代住持故天閽久不開爾公正符其數公朝京師夢徑山潭龍君持金匙舉食食公數凡十又八公主法席實十八春秋也公將示滅所剪爪髮留瘞化城幻有庵逮啓視之設利纍纍然生矣公之遺事有若此

者皆宜補書以見於世不可畧也葢公道契
佛祖名震華夏誠堪輿間氣之所鍾其祥應
之至亦出自然非苟涉於神怪者比也文獻
所謂門庭之盛規重矩疊法雷普震裂地轟
天文靖所謂譬諸名藩鎮以宿將隱然持重
風霆不驚握機行令舒卷自由足以使方城
連戍有所仰放不敢踰越其言誠不誣哉濂
何敢復贊一辭顧念文靖之學粗聞而知之
又執弟子之役於文獻之門者最久於是勦
其緒論重申之如此嗚呼公之四會語其尚
假濂文以傳之哉子㮹字用堂慧明字性原
祖闡字仲猷皆設化一方黑白咸皈仰云
洪武七年冬十月朔翰林侍講學士中順大
夫知制誥同修　國史兼　太子贊善大夫
金華宋濂序

慧文正辯佛日普照元叟端禪師語録卷第一

嗣法門人法琳編

住湖州路翔鳳山資福禪寺

師於大德四年八月二十八日徑山寺楞伽室受請九月十日入院指山門云無盡藏神通門無盡藏解脫門今日向者裏八字打開蝦蟇跳上梵天蚯蚓驀過東海

佛殿玉毫徧照十方金色普輝千界便禮拜

據室拈拄杖擊開金殿鎖撞動玉樓鐘不是吾家種草高高峯頂立深深海底行即非本分衲僧師子兒吒沙地哮吼一聲壁立千仞腦後猶欠一椎靠拄杖便起

院疏此是宣政諸官當面所付謂之金剛秘密三昧魔外以之殄除正宗以之光顯

檀越疏孤峯頂上天不知地不管因甚被者箇鈎引出來過去阿僧祇劫與合府豪俊同修無上佛果菩提

指法座此普光明華藏師子之座盡十方世界無一人不大坐其中茲者特地高升正是畫蛇添足

拈香此香蟠根錯節在威音王佛以前續燄聯芳居迦文世尊之上爇向寶爐端爲祝延

大元世界主當今皇帝聖躬萬歲萬歲萬萬歲陛下恭願統百億香水海爲一福海永永無窮聚百億須彌山爲一壽山巍巍不動次拈香云大慧師祖道寧以此身代大地衆生受地獄苦終不將佛法當人情徑山先師藏叟和尚一生不肯四天下人縱饒釋迦老子達磨大師到來也須退身有分山僧昔年在侍者寮兩年弄盡機關做盡伎倆直是沒溱

泊它處所以知其爲大慧適孫今有炷香供養它也要大家證明垂語云拈一機則千機萬機頓赴如刻人糞作栴檀香舉一句則千句萬句朝宗似持蠡觳量大海水莫有淨倮倮赤洒洒獨脱無依底麽出來共相證據有僧出問云崢嶸象駕下龍淵翔鳳山中坐寶蓮時節因縁且休説願聞一句祝堯天師云風不鳴條雨不破塊僧云三聖和尚道我逢人則出出則不爲人興化和尚道我逢人則不出出則便爲人意旨如何師云雞銜燈盞走鼈咬釣魚竿僧云爲人不爲人則且止如何是逢人出底句師云知僧云逢人出不出則且止如何是爲人底句師云切僧云天人羣生類皆承此恩力師云知恩者少僧云未離雙徑時如何師云耳朶兩片皮僧云離雙徑後如何師云牙齒一具骨僧云龍吟霧起虎嘯風生師云閑言長語僧云未到鳳山時如何師云一徑松杉老僧云到鳳山後如何師云千峯氣象雄僧云天垂寶蓋地湧金蓮則人人知有未審新鳳山今日説甚麽法師竪起拂子云説者箇法僧云我此九部法隨順衆生説聻師云錯了也僧云行中書省行宣政院本路僧俗諸官諸山宿德諸大檀越各以疏語敦請和尚榮鎮茲山旦應縁利物一句作麽生道師云一雨普滋三草二木僧云有心用處還應錯無意求時却宛然師云莫將鶴唳誤作鸎啼僧禮拜師乃云山河大地草木叢林晝夜常作師子吼聲普爲天人羣生開演無上微妙解脱法門於斯若也擔荷得去不可説不可説微塵數劫以至如今

若佛若魔若聖若凡一一無差一一明了其或情存限量墮在見聞不免向虚空重加彩畫去也竪拂子云菩提達磨從南天竺國來至中華傳此上乘一心之法在天同天在地同地在僧同僧在俗同俗在當今聖天子則以本自在大願力示現克紹金輪寶位百億須彌盧百億香水海日月所照風雨所至悉稟威靈咸歸化育在合朝諸勲貴則以本自在大願力各樹大功各成大業爲忠爲孝爲武爲文爲王室股肱爲生民父母在合郡諸宿德則以本自在大願力明大機顯大用爲擒爲縱爲卷爲舒爲金剛寶幢爲摩醯正眼在法筵諸淨信等則各以宿昔所種善根萬別千差皆與實相不相違背在鳳山新長老畢竟如何擊拂子切忌鑽龜打瓦復舉府主

王常侍請臨濟開堂升座云若約祖宗門下稱揚大事沒你開口處沒你措足處此日以常侍堅請那隱綱宗時有僧出云師唱誰家曲宗風嗣阿誰濟云我在黄檗處三度發問三度被打僧擬議濟便喝復打云不可向虚空中釘橛去也師云常侍不忘付囑爲法求人臨濟大樹一株陰涼天下敢問大衆是有綱宗可隱無綱宗可隱謂有綱宗可隱埋沒臨濟老師謂無綱宗可隱孤負常侍府主總不與麽者僧因甚被打拈拄杖畫一畫云石牛攔古路一馬生三寅

小參世出世間一切諸法本無虚實色不曾道我是色聲不曾道我是聲香味觸法名身句身悉皆如是只爲你無量劫來惡業濃厚善根淺薄被色換了被聲換了被香味觸法

名身句身換了有諸佛可慕有衆生可厭有天堂可欣有地獄可怖在名言句義中如蠶作繭相似没箇出頭處山僧今夜到來若更說佛說法說心說性廣陳蹊徑巧述言辭禺泉亭又如何鳳山關又如何則是名句上更加名句其利固無其害甚重時光可惜時不待人大家討教明白作箇洒洒落落衲僧豈不慶快生平復舉二祖問達磨云諸佛法印可得聞乎磨云諸佛法印匪從人得祖云我心未寧乞師安心磨云將心來與汝安祖云覔心了不可得磨云與汝安心竟師頌云十萬里來非易事有何佛法可傳持山堂夜靜蒲團冷汝等諸人各自知

上堂即心即佛蜜果換苦葫蘆非心非佛寶器貯於不淨不是心不是佛不是物鄭州出曹門且喜没交涉拈拄杖云拄杖子鑽過北鬱單越走入西瞿耶尼向翔鳳山中興雲吐霧去也卓一卓大洋海底火發燒却嘉州大像頷下眉毛復卓一卓下座

上堂達磨是老臊胡釋迦是乾屎橛文殊普賢是擔糞漢等妙二覺是破戒凡夫菩提涅槃是繫驢橛十二分教是鬼神簿四果三賢初心十地是守古塚鬼直饒與麼見得也是錯認定盤星

上堂謝寶中原藏主舉大珠和尚云貧道聞江西和尚道自家寶藏一切具足使用自在不假外求從此一時休去乃至盡十方世界無纖塵不是自家財寶師云馬師一期與麼說大珠一期與麼聞終身不忘得大受用苟非深信堅固安能透頂透底如此中原藏主

昔年於古鄮山中顯示此箇法門還有深信堅固得大受用者麽此日特承光降幸望欵留

上堂薙髮著袈裟宜應行聖道自餘閑雜事俱爲生死因著衣喫飯是閑雜事覩山翫水是閑雜事菩提涅槃眞如解脫是閑雜事畢竟喚甚麽作聖道擊拂子姹女已歸霄漢去獃郎猶向火邊蹲

元宵上堂并謝監收浴主維那千粒萬粒從一粒生只者一粒從甚處生千燈萬燈從一燈起只者一燈從甚處起識得一燈千燈萬燈燈燈不疑識得一粒千粒萬粒粒粒無礙三脚驢子弄蹄行踏破無邊香水海拈拄杖卓一卓頂門也少者一槌不得

上堂今朝三月初一一春之事將畢菜麥青黄滿川四野和風襲襲歷劫直至如今絲毫何曾走失可憐懵懂癡流剛自啾啾唧唧下座

爲聚淨人下火不是風動不是幡動此是盧行者坐斷人舌頭底句直下如大火聚近之則燎却面門

道舊至上堂青山白雲裏客來無可迎草藥帶煙掘野茶和露烹磐陀石上坐長嘯時一聲擊拂子下座

朝廷看藏經滿散上堂毘盧藏中有大經卷量等三千大千世界書寫三千大千世界中事悉盡無餘今上皇帝以清淨天眼觀此大經卷在一微塵中敦遣使臣頒降御香命天下僧員破此一塵出此經卷普使法界有情知一一塵中有如是經卷一一經卷有如是

章句一一章句有如是妙義一一妙義有如是奇特如是殊勝如是廣大如是自在今朝滿散之次仍命山僧升于此座舉揚無上般若表懴上項功德所有種種法門智慧海種種因果德相海種種進修行願海種種教導方便海種種依正究竟海種種互融攝入海不可說不可說種種功德光明海普用回向眞如實際莊嚴無上佛果菩提四方銷兵革之憂萬民樂耕桑之業正與麼時八表來朝萬邦入貢一句作麼生道但見皇風成一片不知何處是封疆

上堂心不是佛兔馬有角智不是道牛羊無角驀拈拄杖畫一畫云一夜落華雨滿城流水香

浴佛上堂指天指地稱第一胞胎曾出向今朝雲門打殺與狗喫翔鳳山僧惡水澆

示衆兄弟此箇夢幻殻子一呼吸間便歸無常向此娑婆界上覓箇甚麼物作依倚憑仗有什麼佛法禪道可學有甚麼玄解義路可求設有求得學得底試拈出一緜頭看直饒學得一肚皮口裏說得一堆一擔也只虛頭詐僞妄想記憶中來臘月三十日一點也用不著何如直下無事向自己衣單下密密體會取好豈不見古人云參須實參悟須實悟閻羅大王不怕多語

結夏上堂二千二百五十年前光明藏中全口親曾付囑二千二百五十年後比丘行端其當顯示護生須是殺殺盡始安居會得箇中意鐵船水上浮

上堂舉僧問風穴如何是佛穴云杖林山下

竹篛鞭師頌云杖林山下竹篛鞭疑殺禪和萬萬千唯有首山提得起新婦騎驢阿家牽
上堂謝夏齋秉拂雪峯和尚云演一句則千句萬句流通拈向一邊飲一味則千味百味具足置之一壁雪峯低頭歸庵巖頭聞云雪峯與我同條生不與我同條死且作麼生臨朕磓井底種林檎今年桃李貴一顆直千金
爲别谷和尚入祖堂白雲作叢林紀綱以達磨居中開山居左百丈居右天下依而行之絲毫無有紊亂别谷和尚在玆山爲二十六代涓以此日居于此堂晨香夕燈其永無替爲此上座下火此虚妄身若無六塵則不能有火裏蝍蟟吞却山河大地了也今者妄身當在何處
上堂謝首座維那金槌未動以前大地山河百雜碎玉麈未揮之際森羅萬象盡交參殷人以柏周人以栗家住海門東黄昏候日出
上堂擧僧問南泉摩尼珠人不識如來藏裏親收得如何是藏泉云王老師與汝往來者是藏僧云直得不往不來時如何泉云亦是藏僧云如何是珠泉召僧僧應諾泉云去汝不會我語師云南泉雖一時縱奪可觀爭奈摩尼珠被者僧撼碎了也山僧不惜眉毛露箇消息也要諸方檢責拈拄杖即今還有問話者麼
解夏上堂四月十五日結拈拄杖左卓一卓諸方向者裏禁足安居七月十五日解拈拄杖右卓一卓諸方向者裏休夏自恣空劫前無佛名無衆生名結又結箇甚麼解又解箇甚麼靠拄杖便下座

上堂月湛雲澄覺海秋魚龍蝦蟹任沈浮千尋鐵網高懸者應笑禺山秪眞鈎

聖節啓建上堂一佛出現千佛讃揚一華開數千葉周帀一人端拱無爲八表來朝萬邦入貢只如林下道人共樂昇平同歸化育一句如何舉唱下座就大佛寶殿啓建天壽聖節

大德七年八月二日護持聖旨到山領衆望闕謝恩罷上堂説偈云平生抱愚拙必意安林丘磐陀一片石松下聊優游廻鸞五色詔瞥爾來巖幽天恩浹肌骨淺薄將何酬願君爲堯舜願臣爲伊周金枝與玉葉光耀千千秋萬民贍秔稌四海銷戈矛竺僊正法眼如水常東流

示衆從古至今人多錯認還有一法遮障得你麼還有一法羈絆得你麼自是你突然起得如許頭角無羈絆中翻成羈絆無遮障中翻成遮障一切時一切處粘作一團不得自由自在你若是箇丈夫當下一刀兩段盡十方世界是箇自己盡十方世界是箇烜赫虚空盡十方世界是安居之所禁足之塲三世諸佛六代祖師是甚擬洗脚水漢又何必分期立限畫地爲牢無繩自縛若乃未得如斯長期百二十日中期百日下期八十日教有明文依而行之

端午上堂五月五日端午節艾虎桃符總休説鳳山只箇金剛王百怪千妖俱殄滅江南兩浙春寒秋熱觀世音菩薩將錢買胡餅放下手却是生鐵

上堂拈拄杖云有物先天地無形本寂寥能

爲萬象主不逐四時凋阜一阜傅大士騎牛入你鼻孔去也

開爐上堂舉雪峯云三世諸佛向火燄上轉大法輪雲門云火燄爲三世諸佛説法三世諸佛立地聽應菴云三世諸佛爲火燄説法火燄燒殺三世諸佛師云三大老一人鼻孔遼天一人眼睛突出一人脚跟不點地諸人若也揀辨得出鳳山今日開爐其或未然前頭大有雪霜在

上堂舉世尊一日以兜羅綿手舉金色波羅華普示大衆時迦葉破顔微笑世尊云吾有正法眼藏涅槃妙心付囑於汝師云一盲引衆盲相牽入火坑

示衆日月逝矣歲不我與他俗人家尚乃説到者裏人身難得佛法難逢我沙門釋子合作麽生如今兄弟纔入門便道生死事大無常迅速口裏説得分明肚裏全不理會永嘉到六祖當時也只恁麽道六祖云何不體取無生了無速乎永嘉云體本無生了本無速者裏須是箇人始得若乃顢頇佛性儱侗眞如閻羅老子索汝飯錢有日在莫言不道

臘八上堂未到雪山脚跟下好與三十既到雪山脚跟下好與三十夜半見明星脚跟下好與三十更有三十山僧自喫釋迦老子無分何也有功者賞

上堂一年十二月一日十二時年與月相逐日與時相隨人間年月盡地府來勾追無常捷疾鬼頃刻不暫違參玄諸上人早早當知之臨渴乃掘井掘之徒爾爲

上堂舉德山一日飯遲自掌盋至法堂上雪

峯見云這老漢鐘未鳴鼓未響托盋向甚麼處去德山便回峯舉似巖頭頭云大小德山不會末後句山聞令侍者喚巖頭至方丈問爾不肯老僧那巖頭密啓其意山至來日上堂與尋常不同巖頭到僧堂前撫掌大笑云且喜得老漢會末後句他後天下人不奈何雖然如此只得三年師頌云大冶洪爐烹佛烹祖乾旋坤轉兮非可測量電激飈馳兮豈容通吐韓獹逐塊空一時俊鶻摩霄自千古明眼衲僧莫莽鹵

上堂舉文殊令善財採藥云是藥採將來善財徧觀大地無不是藥者却來白文殊云無有不是藥者文殊云是藥採將來善財遂拈一枝草度與文殊文殊接得示衆云此藥亦能殺人亦能活人師云善財解採不解用文殊解用不解採以致盡大地人病在膏肓大衆且道誵訛在甚麼處猴愁摟搜頭狗走抖擻口

上堂衆纔集乃顧視左右云幸自太平無像何用好肉剜瘡便下座

受杭州路中天竺寺請別衆上堂我昔來禺泉四年八箇月打鼓弄猢猻日夜不知歇朝廷公道開分條遇明哲拯弊除貪婪蒐賢選英桀胡爲天竺峯而乃付愚拙官差逼殺人不容更分説束包登前途聊與衆人別千歲禪巖跳上天六月火雲飛瑞雪

住杭州路中天竺萬壽禪寺語録

師於大德九年五月十六日入院指山門云重重無盡樓閣門只此一門而入喝一喝指法座從上老禿奴向者裏轟青天霹靂鼓

平地波濤新長老别資一路去也驟步云一二三四五

升座拈香蘊盤古開天正氣仰之彌高鑽之彌堅均伯禹敷土大功涅而不緇磨而不磷爇向寶爐端爲祝延大元世界主當今皇帝聖躬萬歲萬歲萬萬歲陛下恭願自西自東自南自北咸歸有截之區乃聖乃神乃武乃文永享無疆之祚次拈香云此香讚之則眼瞎耳聾謗之則口啞舌禿三世諸佛六代祖師一時現前也只贍仰有分奉爲前住徑山臨濟直下第十五世藏叟大和尚一爐爇却垂語云刮龜毛於鐵牛背上未是作家截兎角於石女腰邊亦非好手莫有總不與麼者麼出來證據問答不録師乃云豁開正眼千差路絶淨倮倮包含萬有赤灑灑融攝十虚離相離名非語言可造透聲透色非寂嘿可通不是心不是佛不是物天地以之覆載日月以之照臨諸佛以之出世祖師以之西來世主今上皇帝以之垂衣御極合朝勛貴以之致君澤民千歲寶掌以之悟明心地成大道場提本分鉗鎚碎聖凡窠臼便乃道他年吾道重興日枯木華開别是春端上座以之克紹芳猷遠離鳳山竟登鷲嶺直得猿吟古木鶴唳長空白叟黄童咸歌至化當此之時畢竟功歸何所九天雲盡處紅日上龍樓

小參一切諸法本無自性亦無生性菩提涅槃等名從淨法中得貪瞋愛取等名從穢法中得淨穢兩邊俱莫依怙但有空名名字亦無三藏五乘十二分種種名言種種句義總不出此箇元由所以古聖有言若心相所思

出生諸法虚假皆不實心尚無有云何出生諸法如人取聲安置篋中又如吹網欲令氣滿此是諦實之説若以爲實大錯了也開山寶掌和尚年一千七十二歲三藏五乘十二分種種名言種種句義靡不練磨靡不究竟後於梁武城中得遇鈌齒老胡方乃頓明大法不是容易直須仔細復舉寶掌和尚偈云梁城遇導師參禪了心地飄飄二淛游更盡佳山水師亦説偈云參禪只要了心地心地了時諸法空南山昨夜日卓午白額咬殺焦尾蟲

上堂再留兩序十五日以前如龍得水十五日以後似虎靠山正當十五日是法住法位世間相常住青蘿夤緣直上寒松之頂白雲滲泞出沒太虛之中

元日上堂昨日喚今朝作新歲今朝喚昨日作舊年且如何是物不遷義擊拂子嶺上寒梅纔破雪城邊楊柳已含煙

上元上堂盡大地是一椀燈三世諸佛六代祖師天下老和尚在燈裏横屍露骨進一步築碎釋迦腦門退一步踏折達磨脊梁不進不退坐在臨濟德山鼻尖上且作麽生得平展去良久云海枯終見底人死不知心

上堂道遠乎哉觸事而眞聖遠乎哉體之則神山是山水是水僧是僧俗是俗大盡三十日小盡二十九

爲明州新瑞巖前山和尚引座拈佛祖大機定乾坤正眼從上以來據曲彔木如恒河沙鞠其指歸直是萬中無一所以道譬如琴瑟箜篌琵琶雖有妙音若無妙指終不能發聲

拂子十二峯前月如剪清光千里共依依

上堂兩兩非雙三三非九三世諸佛不知有貍奴白牯却知有蚍蜉把住大風輪八角磨盤空裏走參

結夏上堂中峯門下千歲巖前囊無繫蟻之絲廚乏聚蠅之糝茲者時當首夏憑何揭示玄徒說性說心行棒行喝是弄猢猻家具向上向下亦有亦無是諸方煎過藥滓三世諸佛與你豈殊六代祖師與你何別百千劫內謾自馳求十二時中何曾欠少變現普周法界收攝在一微塵寒暑固難變遷生死豈能拘綴但辦肯心必不相賺

上堂金佛不度爐木佛不度火泥佛不度水眞佛內裏坐金佛木佛泥佛諸人總識且如何是眞佛有般癡漢便道長者長法身短者短法身殊不知我王庫內無如是刀爲了上座入塔三百六十骨節八萬四千毛竅燒作堆灰了也二十九年逆底順底是底非底無繩自縛底今在何所一塔矗青漢四山懸綠蘿

上堂謝秉拂并夏齋舉趙州會下二僧相推不肯作第一座主事白州州云總教他作第二座主事云第一座教誰作州云裝香著主事云裝香了也州云戒香定香解脫香應庵叔祖云趙州下者一槌不妨驚羣動衆子細檢點將來也是泥裏洗土塊薦福門下不用相推第一座也有人第二座也有人第三座也有人雖然不免從頭注過第一座鐵額銅頭覷不破第二座陽春白雪無人和第三座眞實身心同達磨師云玉本無瑕雕文喪德

趙州應庵之謂也中峯咬定牙關盡力踍跳出他圈繢不得亦未免從頭注過第一座露柱燈籠俱拶破第二座偏向淨缾裏吐唾第三座璞玉渾金能幾箇都寺營辦夏齋又且如何水長船高泥多佛大

午節上堂中峯今朝五月五且無桃符并艾虎當陽直截便知機妙用縱橫絶方所衲僧家休莽鹵甜瓜徹蔕甜苦瓠連根苦

上堂今朝五月十五結夏恰恰一月夜來僧同告報今晨省院衆官同到明慶燒香山僧侵早過湖入城諸人已躬下事打徹不打徹姑且束之高閣喝一喝話作兩橛了也

行新廣度橋神機密用妙應無方示險處津梁作中流砥柱橫身宇宙直教通地通天平步雲霄説甚度驢度馬七凹八凸由此坦平萬別千差從茲融會成一方之勝槩壯千古之雄基慶衍皇圖輝騰佛日正恁麼時脚跟下縱橫十字一句作麼生道驟步云無邊法界華嚴藏共踏毘盧頂上行

上堂草衣木食雪慮氷懷佛法不增一毫疥狗泥豬灰頭土面佛法不減一毫住則孤鶴冷翹松頂去則片雲忽過人間旣無心於彼此豈有像於去來擊拂子莫把是非來辨我浮生穿鑿不相干

上堂大雲彌布汗雨滂流當茲炎暑正隆不欲久煩慈重有箇現成公案舉似諸人千歲寶掌在周威烈王時生梁普通間方見達磨淛西八箇軍州連年重遭大水六月半猶未挿秧擊拂子下座

上堂僧問月旦清晨升寶座請師先祝萬年

春師云麒麟出鳳凰現僧云祝聖已蒙師指示向上宗乘事若何師云冬瓜直儱侗瓠子曲彎彎僧云只如臺山有一婆子凡有僧問臺山路向甚麼處去婆云驀直去僧纔行數步婆云好箇師僧便恁麼去未審婆子具甚麼眼目師云瞎僧云只如趙州道婆子被我勘破了也意旨如何師云賊是小人僧禮拜師便喝乃云恁麼恁麼西天儘有不恁麼不恁麼東土全無纔恁麼便不恁麼大盡三十日不恁麼中却恁麼小盡二十九總不恁麼時如何喝一喝下座

爲道上座下火道不在内亦不在外大海不宿死屍烈燄不藏蚊蚋擲下火

解夏上堂秋山削玉秋水磨銅南北東西活路通兩隻草鞋健如虎一條錫杖獰如龍忽然撞著定上座道無位眞人與非無位眞人相去多少切忌無言滿面紅

上堂有一人常在孤峯頂上靜悄悄中閙浩浩有一人常在十字街頭閙浩浩中靜悄悄二人中且那一箇具衲僧正眼若也揀辨得出與你千兩金

上堂從本無心無可傳何須掘地覓青天無心恰似中秋月照見三千與大千

上堂謝首座藏主侍者開口道著鷂子過新羅舉步踏著猢猻入布袋趙州會下二僧相推不肯作第一座義出豐年南泉道王老師與汝往來者是藏儉生不孝忠國師云將謂吾孤負汝元來汝孤負吾爛泥裏有刺中天竺快便難逢一時掀飜了也會則天高東南不會則地傾西北

上堂向上一路貴在心空心若不空如人夜行東西南北罔知所向龎居士云十方同聚會箇箇學無爲此是選佛場心空及第歸

爲定上座下火那伽大定動寂常眞生死去來如同游戲劒刃上飜身火燄中走馬

開爐上堂舉雪峯云三世諸佛向火燄上轉大法輪雲門云火燄與三世諸佛說法三世諸佛立地聽應菴云三世諸佛與火燄說法火燄燒殺三世諸佛師云若向雪峯言下薦得笑殺旁觀若向雲門言下薦得自救不了若向應菴言下薦得盡大地人眉鬚墮落

上堂不見一法名爲見道不行一法名爲行道嘉州大像喫鹽陜府鐵牛渴發是無上呪是無等等呪能除一切苦眞實不虛

上堂兼謝首座東弗于逮打鼓西瞿耶尼説禪南贍部洲喫飯北鬱單越噇眠鐘樓上念讚牀脚下種菜勝首座道猛虎當路坐摘楊華摘楊華

冬至小參衲僧家頂門上日日一陽來復脚跟下時時萬彙發生南頭買貴北頭賣賤無非本地風光東家暗坐西家厮罵總是毗盧心印慈明揭榜堂前自彰家醜洞山掇退果桌倚勢欺人便恁麽去向我中峯門下黒漆拄杖還甘麽吽吽且待別時復舉潙山問仰山仲冬嚴寒年年事晷運推移事若何仰山叉手進前潙云我誠知你答者話不得却傍顧香嚴嚴云某甲偏答得者話潙山躡前問香嚴進前叉手潙云賴遇寂子不會師云叉手當胸進退兩同父慈子孝兄友弟恭誰道仲冬時節冷一團和氣在其中

上堂謝秉拂首座說底見也見了聞也聞了藏主說底見也見了聞也聞了拈拄杖云拄杖子涌身虛空放大光明現大神變說四十二波羅蜜法門未見者直須見取未聞者直須聞取卓一卓只此見聞非見聞無餘聲色可呈君箇中若了全無事體用何妨分不分

上堂今朝又是十一月須知有法離言說曠劫至今常坦然普請歸家穩休歇拈拄杖云絲毫邪見妄生打你頭破腦裂

上堂大光明藏絶遮攔八面玲瓏透贍寒十二時中不知處通身多是黑漫漫

上堂舉僧問趙州萬法歸一一歸何處州云我在青州作一領布衫重七斤師云趙州好語要且不赴來機中峯則不然萬法歸一一歸何處至大四年西山洪水泛漲一夜衝倒三座石橋山門頭石師子作大哮吼山河大地悉皆震動你輩貪眠漢子知甚東西南北

元日上堂舊臘昨朝送新春今日迎九天騰瑞氣萬國靄歡聲

上堂舉古德云心隨萬境轉轉處實能幽隨流認得性無喜亦無憂師云一十二面千百億身牛頭獄卒馬面夜叉泥豬疥狗羅漢聖僧是一是二撺劒斫開人我易勸人除却是非難

上堂猫有歃血之功虎有起屍之德二乘即色明心十地當體即空燈籠跳入露柱佛殿走出山門

一日座主來參師問云十方國土中唯有一乘法天台為甚八教華嚴為甚五教主云春色無高下華枝自短長師云扃屎見解

浴佛上堂迦維羅城四月八淨飯王宮生悉達頭上寶蓋從空垂脚下金蓮隨地發殃禍由茲彌大千引得諸方恣忉怛知恩獨有老雲門當時若見便打殺都盧識破不爲冤豈在嘍囉逞奸黠惡水一杓香一爐且圖眞風扇塵刹咄

結夏示衆世道不古人根益微背本趨末甚多遡流窮源極少但言即心即佛不知心佛旨歸惟云藉教明宗不省教中玄要爭鋒脣吻懷寶胸襟拾瓦礫以當黄金指螢火而爲陽燧甘馳求而靡息竟劬瘁以何成輪迴六道之中盤繞四生之内深所畏者良可憫焉三月安居由茲開剏十方聚會從此進修若也外息諸緣自然内心無喘塵塵虛明湛寂處處廓徹靈通煩惱即是菩提障礙皆名解脱

上堂百千法門無量妙義胞胎未具已前世界旣成之後只作一句會却正是萬里望崖州半明半暗半合半開十字街頭破草鞋有甚用處知時別宜堪作闍黎

上堂兼謝吉祥香長老達磨盡力提持只道得箇不識六祖全身擔荷只道得箇不會小根小器輕心慢心師承學解露布葛藤其可妄生希冀哉東陵法姪久處衆中深諳此事應緣利物一句作麽生道掣斷金鏁天麒麟高舉鐵鞭擊三百

上堂舉李都尉楊内翰與唐明嵩和尚問答次李云彌陀演化於西方達磨傳心於東土胡來漢現水到渠成五嶽鎮靜以崢嶸百谷朝宗而浩渺一靈之性託境現形三有之中

憑誰立命嵩云仙人無婦石女無夫楊云尼剃頭不復生子嵩云陜府鐵牛能哮吼嘉州大像念摩訶李云側跳上山巔嵩云騎牛不著靴師云大小唐明墻壍不堅扃鐍不固致令他俗人有入室操戈之舉是你諸人且作麼生會擊拂子云白鷺下田千點雪黄鸝上樹一枝華

四月八日上堂雲門當時一棒中峯今朝一杓只此報德酬恩一任諸方貶剥下座

結夏上堂諸方禁足我者裏是事不足諸方護生我者裏逐旋營生諸方也恠中竺不得中竺也恠諸方不得

上堂舉僧問玄沙如何是學人自己沙云是你自己雲門云大小玄沙向語脉裏轉却時有僧問如何是學人自己雲門云忽有人路上請老僧齋你也隨例得飯喫師云玄沙見處偏枯雲門解處踈謬致令者僧前不遘村後不迭店今日忽有人問如何是學人自己劈脊便棒且道與古人是同是別

上堂舉僧問雲門如何是諸佛出身處門云東山水上行師云古今見亡佛法情盡則不無雲門大師中峯門下則不然如何是諸佛出身處冬至前後沙飛石走

解夏上堂結却布袋頭萬象森羅沒出氣處解却布袋頭山河大地得大自在結也結了解也解了諸人一任東去西去前程忽有人問著輒不得道在中天竺過夏下座

上堂仰之彌高鑽之彌堅隨之不見其後迎之不見其首且道是箇甚麼乃云三年一閏爲定維那下火一槌之下正眼豁開亘塵沙

劫是箇大寂定門顧視左右云夜來何處火燒出古人墳

上堂目前無法意在目前不是目前法非耳目之所到所以道譬如虚空體非諸相不拒諸相發揮驀拈拄杖畫一畫云除非自解倒騎牛一生不著隨人後

上堂執之失度必入邪路放之自然體無去住黄面瞿曇三百餘會説不出關齒老胡十萬里傳不到臨濟德山用盡自巳心笑破他人口端上座百無所長也要諸方共相委悉以拂子畫一畫云人窮不到金剛際未免區區役路岐

上堂兄弟光陰可惜時不待人即今六月一日了也期制之中成得箇甚麼他心天眼漫騁神通帝釋輪王徒彰福報爭如亶下無事好珍重

上堂舉丹霞行脚至一荒院值天寒取木佛燒火向院主云何得燒我木佛霞以杖撥灰云燒取舍利主云木佛焉有舍利霞云如無更取兩尊燒院主嗣後眉鬚墮落師頌云丹霞燒木佛院主墮眉鬚一場奇特事天下幾人知

上堂舉達磨大師偈云我本求心不求佛了知三界空無物不如端坐静觀心只此心心心是佛師云坐殺達磨大師了也

上堂一葉落天下秋一塵起大地收隔山見煙便知是火隔墻見角便知是牛

上堂八月秋何處熱萬里長空明皎潔通途八面任縱横今古何曾有途轍別別藕絲竅裹騎大鵬等閑挨落天邊月擊拂子下座

冬至上堂僧問如何是祖師西來意師云草鞋無根乃云開口道著舉步踏著十箇有五雙因甚不知落處冬至月頭賣被買牛冬至月尾賣牛買被不覺日又夜爭教人少年

上堂三世諸佛拈向一邊六代祖師置之一壁十二時中且要識取自家主人翁隨處作主立處皆眞五欲八風揺撼不動四生九有籠罩不住方有少分相應我且問你著衣喫飯屙屎送溺行住坐臥見聞覺知且阿那箇是你自家主人翁有般漢便向第八識裏妄生卜度便道呼之有聲不見其形只今言談祇對歷歷孤明豈不是我自家主人翁錯了也此是無量劫來生死根本無始劫來業識癡團使得你七顛八倒役得你萬苦千辛豈可認以爲實降此之外畢竟阿那箇是你自家主人翁復高聲喚云主人翁惺惺著下座

上堂古戍朝鳴角空山夜答鐘時人皆共聽何處不圓通

除夜示衆百丈和尚云你者一隊後生經律論固是不知也入衆參禪禪又不會臘月三十日且作麼生折合去雲峯和尚云灼然諸禪德去聖時遥人心淡泊看却今之叢林更是説不得也所在之處或聚三百五百浩浩地只以飯食豐濃寮舍穩便爲旺化也兄弟當時早有者箇説話在今諸方豈堪具述據曲彔木者智眼既已不明擔盔囊行脚者信根又復淺薄爭人爭我以當宗乘行盜行淫而爲佛事身披師子皮心行野干行聞禪聞道似鴨聽雷覗利覗名如蠅見血傷風敗教靡不有之先佛所謂師子身中蟲自食師子

身中肉此其是也今朝是箇小年夜你自家大年夜忽然到來且作麽生排遣還曾猛省也未古人云向外作工夫總是癡頑漢在眼曰見在耳曰聞在鼻嗅香在舌談論在手執捉在足運奔本是一精明分爲六和合一心旣無隨處解脫只爲你情生智隔想變體殊飄流汨沒不能自知若也直下是去拈一莖草作丈六金身將丈六金身作一莖草七縱八横無是不是其或未然亘饒爛嚼白湯嚥下未免粘牙帶齒切宜自生勉勵

上堂僧問云如何是實頭一句師云刀斫不入僧云如何是虛頭一句師云火燒不著僧云如何是不虛不實一句師云切忌從他覔迢迢與我踈師乃云祖師道心心如木石又有道終日忙忙那事無妨與麽說話總無交涉拈拄杖云救得老盧頭失却少林齒

上堂放下屠刀我是千佛一數無位眞人是什麽乾屎橛主人翁惺惺著菩薩子喫飯來者一隊漢懸羊頭賣狗肉指鹿爲馬認奴作郎知他有甚憑據中天竺別開一路與汝東行西行拈拄杖擲下云看脚下

慧文正辯佛日普照元叟端禪師語録卷第一

音釋

亹　無匪切音尾亹亹不倦之意
蠶　徂含切雜平聲吐絲蟲黃帝元妃西陵氏如養蠶爲絲
繭　吉典切堅上聲蠶房也
颷　卑遙切音標猋風從下而上也
矗　昌六切音觸聳上也高起也
凹凸　上於交切音坳下陀訥切音突
勵　力霽切音例勉力也

慧文正辯佛日普照元叟端禪師語録卷第二

嗣　法　門　人　祖　銘　編

住杭州路靈隱景德禪寺

諸山疏提起云合郡宿德名員以此穿天下衲僧鼻孔西天四七出不得東土二三出不得

方外疏杳杳冥冥其中有精恍恍惚惚其中有物未舉先知底固不在言只者錦標玉軸甚處得來塞却耳根分明聽取

佛誕上堂舉應庵和尚頌云草本無端拈出來更加注脚放癡獃西天此土誰知巳夜半優曇火裏開師云應庵與麼道大似看錮鉻著生鐵山僧別資一路要與黃面老人相見寶覺眞空無是非是悲願弘深上下分指七十九年中妖怪從茲起瞎眼波斯滿大唐懵袋亂呈知幾幾

上堂無不無有不有金毛師子變作狗南長昨夜唱巴歌驚起法身藏北斗卓拄杖下座

上堂舉教中道居一切時不起妄念於諸妄心亦不息滅住妄想境不加了知於無了知不辨眞實師云松直棘曲鵠白烏玄昨日有人從天台來卻往南嶽去

斷江首座至上堂山僧昔年行脚駐足茲山育王橫川和尚一偈寄云清淨長短聲獨自倚廊柱三際俱不來一片冷泉水非惟無衆生無佛亦無巳短句與長吟遣興適意爾夜半落霜華日輪正卓午寥寥天地間只有寒山子好大衆有祖以來提持衲僧頂顙上一著子如擊石火閃電光搆得搆不得未免喪身失命總出不得者箇老和尚今日因其得

法上足斷江首座垂訪舉似諸人大家薦取

上堂擁之令聚而不聚撥之令散而不散側耳欲聞而不聞瞪目欲見而不見卓拄杖云無量劫來生死本癡人喚作本來人

上堂深山古寺枯木死灰逈絕異緣了無它念耳畔松風瑟瑟門前澗水潺潺正恁麼時就中還有奇特也無擊拂子云一月纔過便休夏脚繃高打任東西

解夏示衆參玄上士撥草瞻風動踰萬里只為生死兩字不破明朝又七月十五日了也還猛省麼莫麤心胡亂領覽莫騁眼下一期口快莫悠悠漾漾虛度光陰他時後日沒人替代你英邵武云媒一身之禍造萬劫之殃未是苦也向袈裟下失却人身實為苦也忽一日世緣告終只箇肉團心昏了散了刀斫也不痛火燒也不疼驢胎馬腹龍畜良賤總竟不知豈不是袈裟下失却人身如今衆中有般惡友將古人垂慈處向第八識裏妄生穿鑿者是玄妙機關者是向上爪牙者是一乘圓頓者是將錯就錯借路經過依他出語他語印板上打來模子裏脫出如把屎塊向自口含了吐過與別人點胷點肋稱揚稱鄭以謂無敵於天下還破得他生死麼灼然是一點也用不著你諸人幸自與佛祖不別何故甘心下劣枉受沈淪你但歇却攀緣染淨凡聖取舍有無諸念拈却四大五蘊十二處十八界和合諸入有什麼生可貪死可怖破與不破來你若向外馳求別要出他生死一夏又一夏一秋又一秋便到彌勒下生也未有成辦時節珍重

上堂舉僧問趙州狗子還有佛性也無州云無又僧問趙州狗子還有佛性也無州云有師云若以無爲究竟後來因甚道有若以有爲諦當前面因甚道無者裏捉敗趙州許你天上天下

上堂舉趙州初參南泉問如何是道泉云平常心是道州云還假趣向不泉云擬向即差州云不擬焉知是道泉云道不屬知不屬不知知是妄覺不知是無記若眞達不疑之道猶如太虚廓然虚豁豈可强是非耶州於言下大悟師云南泉被趙州一問直得分疎不下趙州被南泉一坐至今擡身不起兩箇漢總有過處諸人檢點得出許你眞達不疑之道

開爐上堂舉雪峯示衆云世界闊一丈古鏡闊一丈玄沙問云火爐闊多少峯云如古鏡闊沙云者老漢脚跟未點地在師云古鏡即是火爐火爐即是古鏡不是雪峯老漢爭得頭正尾正鷲峯今日忽有人問火爐闊多少只向道隨家豐儉

至節上堂羣陰剥盡一陽復生千卉萬彙無不發生拈拄杖云拄杖多年挂屋壁夜來頭角也崢嶸

佛成道日上堂舉世尊於雪山夜覩明星豁然大悟乃云奇哉一切衆生具有如來智慧德相但以妄想執著不能證得師云者老和尚一時錯認魚目以爲明珠直至如今黐成話欛靈鷲峯前明星爛爛與昔日雪山略無少異我此一衆莫有豁然大悟者麽良久云家無白澤之圖必無如是妖怪

爲尼能上座下火生縁既了能事既畢四大五蘊則且置性比丘尼轉一念成阿羅漢畢竟有何憑據擲下火云炎炎火一團觸著燒殺你

元旦上堂歲律新還舊人生古又今西來無一事切忌錯留心

請典座上堂草木衰謝春至自榮衆生顛倒妄盡自覺僧問三平如何是有漏平云笊籬如何是無漏平云木杓亂走衲僧一任圖度

佛誕上堂黄面老子初生下時一手指天一手指地周行七步目顧四方云天上天下唯我獨尊與麽說話如將金輪寶位亘授凡庸其奈土曠人稀相逢者少雲門云我當時若見一棒打殺與狗子喫却貴圖天下太平因風吹火雪竇云徐行踏斷流水聲縱觀寫出飛禽跡畫虎成狸山僧恁麽抑揚意在於何珊瑚枕上兩行淚半是思君半恨君

上堂春山青春水緑在處風光皆溢目百歲都盧能幾何誰道光陰非迅速朝悠悠暮碌碌輒莫隨時但馳逐衲衣之下本來人要在識渠眞面目喝一喝

上堂僧問大通智勝佛十劫坐道場佛法不現前不得成佛道西天廣額旃陀羅放下屠刀因甚便道我是千佛一數師云水流江漢去雲向帝鄉歸又問文殊是七佛之師出女子定不得罔明是初地菩薩爲什麽卻出得師云一對無孔鐵槌乃云不是心不是佛不是物著衣喫飯有什麽難恁麽也不得不恁麽也不得恁麽不恁麽總不得著衣喫飯莫道不難拈拄杖云無事晩來江上望三三兩

兩釣魚舟

冬至上堂靈機廓徹萬法無私智鑑洞明十虛無間轉一陽出六陰之內驅六陰入一陽之中塵塵普應刹刹全彰道泰時清民康物阜拍禪牀云五色祥雲連鳳闕一輪紅日耀龍樓

上堂僧問如何是正法眼藏師云十字街頭石敢當僧云莫只者便是麼師云月似彎弓少雨多風乃云月似彎弓少雨多風獰龍戲海孤鶴翹松正法眼藏瞎驢邊滅郤黄梅衣盋付與盧公拈起簸箕别處舂熨斗煎茶銚不同

上堂舉僧問鏡清新年頭還有佛法也無清云有僧云如何是新年頭佛法清云元正啓祚萬物咸新僧云謝師答話清云鏡清今日失利僧又問智門新年頭還有佛法也無門云無僧云年年是好年爲甚麼却無門云張公喫酒李公醉僧云老老大大龍頭蛇尾門云智門今日失利師云二尊宿與麼答話脚跟下好各與三十棒何故爲他不合向有無裏鼓弄人家男女

上堂舉趙州訪上庵主云有麼有麼庵主豎起拳頭州云水淺不是泊船處拂袖便行又訪下庵主云有麼有麼庵主亦豎起拳頭州云能殺能活能縱能奪便禮拜師云者箇公案諸方錯判者甚多山僧論實不論虛上庵主截鐵斬釘下庵主和泥合水大小趙州識甚好惡

涅槃上堂拈拄杖釋迦老子即今在山僧拄杖頭上放無量妙寶光明出無量妙寶音聲

摩胷普告大衆云汝等諦觀吾紫磨金色之身今日則有明日則無瞻仰取足無令後悔諸人若也諦信得及拄杖子功不浪施脫或未然釋迦老子入般涅槃久矣擲下拄杖

上堂舉鏡清問僧檻外是什麽聲僧云雨滴聲清云衆生顛倒迷已逐物師云鏡清有年無德愛討便宜者僧逐色隨聲合受屈辱當時見他問檻外是什麽聲便好與一喝更或如何若何拂袖而去直饒鏡清有生擒活捉之機也無用處

住杭州徑山興聖萬壽禪寺語録

據室摩竭陀國掘地覓天毘耶離城接竹點月如金翅擘海直取龍吞似香象渡河截流而過茗蔕柄三十且待别時

方外疏言言見諦句句朝宗西天昔日淨名老東土今朝龐蘊公

陞座拈香云此香蘊唐虞太和根本蕩蕩無能名焉協殷周至治馨香巍巍有成功也爇向寶爐恭爲大元世界主當今皇帝祝延聖躬萬歲萬萬歲遂歛衣就座僧出問云堂前鼓響大衆雲臻學人上來請師說法師云破糞箕生掃箒僧云臨濟和尚示衆云夫說法者一句中須具三玄一玄中須具三要還端的也無師云有甚不端的僧云如何是一句中須具三玄師云人天本竪僧云如何是一玄中須具三要師云畜生本横僧云如何是第一玄師云東村王老屋頭穿僧云如何是第二玄師云大海波心駕鐵船僧云如何是第三玄師云阿誰家裏竈無煙僧云如何是第一要師云眼裏瞳人吹木叫僧云如何是

第二要師云寒山拍手拾得笑僧云如何是第三要師云皎月當空無不照僧云三要三玄蒙指示西來的意事如何師云答汝亦不難僧云大善知識豈恡方便師云老僧入院事繁僧禮拜歸衆師乃云千峯頂上出身一路十字街頭不知十字街頭覿面一機千峯頂上不會千峯頂上若會即是十字街頭十字街頭若知即是千峯頂上盡無量阿僧祇劫天人修羅若聖若凡全體是箇國一道場盡浮幢王刹山河大地若草若木全體是箇妙喜世界釋迦彌勒拱手歸降文殊普賢全身奉重天魔窺覰無門外道瞻仰有分如壯士展臂不假他力獅子游行不求伴侶逈絶異緣高超諸有以之壽聖君則天地同久日月並明以之福賢佐則安若太山固如盤石以之康濟兆民則風以時雨以時以之鍛鍊衲僧則虛而靈寂而妙正法眼藏自此流通邪見稠林由兹寢息正恁麽時畢竟功歸何處擊拂子云蒲團靜坐無餘事永日寥寥賀太平復舉法燈和尚云本欲深藏巖竇隱遁過時奈緣法眼老人有未了公案出來爲他了却時有僧出云如何是未了底公案法燈打云祖禰不了殃及兒孫僧云過在什麽處燈云過在我殃及你師云能殺能活能縱能敓法燈不失本分鉗鎚惜乎傷鋒犯手致使貽笑旁觀山僧本志亦欲深藏巖竇隱遁過時奈緣藏叟老人有未了公案出來爲他了却就中忽有箇渾鋼打就生鐵鑄成底擔當得去領畧得行一棒也不打他一句也不罵他向明窻下如法安排何故總似今日老胡

有望
爲佛開光明我如來以清淨天眼普觀大地衆生去劫以前來劫以後纖塵無有障礙徑山今日因甚爲他重新點出只恐諸人昧其所自

上堂一華開天下春一葉落天下秋理隨事變事逐理收無一塵而不徧無一刹而不周歷劫分明至今日東西南北謾馳求喝一喝

請首座上堂有際天之雲濤可容吞舟之魚有九萬里之風可負垂天之翼建法幢立宗旨苟非其人安任其事拍禪床云有意氣時添意氣不風流處也風流

上堂拈拄杖卓一卓云德山在你頂門上耀大法眼臨濟在你耳門裏轟大法雷靠拄杖云只爲諸人當面蹉過走入露柱裏去也

上堂僧出衆提起坐具云過去諸佛亦如是現在諸佛亦如是未來諸佛亦如是師云三脚蝦蟇著錦襠僧禮拜云謝師答話師云有人笑你師乃云病在一師一友處病在多知多解處病在求禪求道求菩提處病在泯默無聞冷水浸石頭處只如著衣喫飯屙屎送尿還得不病也無無爲無事人猶是金鎖難

爲玄首座下火摧殘峭峻銷鑠玄微兜率宮中了無夢想勞生路上永絶驅馳火裏烏龜頭戴角黐身觸倒五須彌

解夏上堂舉東山和尚示衆云百錬黃金鑄鐵牛十分高價與人酬庭前不有華含笑又是東山一夏休師云徑山隨氀[illegible]也有一頌老矣無心鑄鐵牛眼前隨分即相酬庭前葉脫西風起且喜凌霄一夏休

城歸上堂去時夏暑侵衣熱歸日秋風滿面
涼彈指聲中便差别百年能得幾時長
師一日勘僧云擘開華嶽連天秀放出黃河
徹底清則且置平實地上道將一句來僧擬
開口師便打僧休去
天童雲外和尚遺書至上堂舉雲居膺和尚
遷化次問侍者云今日是何日者云初三居
云三十年後但云只者是遂乃端然告寂師
云雲居得曹洞正傳爲宗門百世師表末後
全提因甚一場懡㦬擊拂子云無縫塔中雲
隂匝不萌枝上月團圓
上堂僧問云門門一切境回互不回互如何
是不回互師云闍黎自闍黎老僧自老僧僧
云如何是回互師云闍黎即是老僧老僧即
是闍黎師乃云南泉斬猫兒趙州頭戴草鞋
出去鳥窠吹布毛通侍者當下悟去咄咄咄
力口希禪子訝中眉垂
上堂窮千仞之巔則必與之俱錯極九淵之
底則必與之俱錯一種平懷泯然自盡錯達
磨云但有心分別計較自心現量者悉皆是
夢錯錯錯何曾錯祥麟只有一隻角
爲旌忠了堂和尚引座開蓮華於臘月落氷
片於炎天疏正脉之淵源碎邪師之窠臼寒
木在握兮全機可笑秋水横按兮半提可滅
使八極頂目者不自爭衡將見斯人兮駕馭
昂栴擊拂子云叢林在處今寥落聽取西山

第二禪

上堂舜若多神無身覺觸跋難陀龍無耳聽
聞棋盤石雨過苔生鉢盂池春來水滿若作
佛法商量入地獄如箭射不作佛法商量入

地獄如箭射

一日僧來參師問云何方聖者甚處靈祇僧云臨朕碪師云杜撰禪和如麻似粟參堂去

上堂風吹不入雨洒不著邁古超今光明烜赫昨夜楊岐三脚驢𨇾身踏倒黄番綽今朝仔細辯蹤由却是西川李八伯

爲泳掌財下火秤盤上分斤定兩是汝筭筒邊横千竪百是汝且道生死海中涵泳游戲是汝不是汝擲下火云烈焰堆中分明薦取

謝秉拂并夏齋上堂教中道於食等者於法亦等於法等者於食亦等都寺營齋内外悉皆飫飽是名食等首座秉拂内外悉皆見聞是名法等其施汝者不名福田供養汝者墮三惡道喝一喝下座

上堂即心即佛喚起寃全曙非心非佛催歸日未西不是心不是佛不是物無心華裏鳥更與盡情啼拈拄杖卓一卓

上堂入水不避蛟龍漁父之勇也入山不畏虎兕獵人之勇也見佛殺佛見祖殺祖衲僧之勇也拈拄杖云出頭天外看誰是我般人

朝廷金山作水陸陞座拈香云此香融五嶽之神秀五嶽莫並其高寒結九地之精英九地莫窮其深厚爇向寶爐端爲祝延大元世界主當今皇帝聖躬萬歲萬萬歲陛下恭願懷保小民茂昭大德本枝百世壽考萬年問答不録乃云盡不可說不可說微塵數世界是箇金剛正體淨躶躶絶承當盡不可說不可說微塵數世界是箇寶覺眞心赤洒洒無空闊如天普蓋似地普擎如日普照如風普吹無一時不徧無一處不周無一理不圓無

一事不具塵塵刹刹八面玲瓏物物頭頭十方通暢拈一莖草作丈六金身將丈六金身作一莖草腹中現百億閻浮提室内湧三萬二千獅子座七縱八横千變萬化左之右之無可不可三世諸佛以此正體以此眞心坐寶蓮華成等正覺津濟四生梯航九有六代祖師以此正體以此眞心開甘露門廣度羣品啓廸盲聾炳耀癡昧奕世人王帝主以此正體以此眞心爲生民立極爲世開太平基拯黎元於塗炭措天下於盤石大元世界主當今皇帝以此正體以此眞心克紹丕圖纉登大寶百億須彌盧百億香水海日月所照風雨所至悉稟威靈咸歸化育乃至此日特頒聖旨敦遣使臣就金山古澤心寺照依梁武皇帝科儀修設天地冥陽水陸大會七晝夜爇種種香然種種燈營種種上妙飲食設種種上妙服御金銀珊瑚眞珠瑪瑙種種上妙珍寶而爲供養命僧一千五百員披轉三藏五乘十二分秘典眞詮權也實也頓也漸也半也滿也偏也圓也交光相羅如寶絲網上以翊衛皇圖下以資培民本徑山臣僧行端與教禪律三宗耆年碩德以此正體以此眞心欽奉綸言高陞寶座闡揚諸佛無上奥旨發揮諸佛無上秘傳若幽若顯若聖若凡若飛若潛若動若植普仗良因均霑妙利四方消灾沴之虞萬姓樂耕桑之業同躋仁壽共享昇平當此之時理周事徧果滿功圓直下無私一句畢竟如何擎展擊拂子云化行舜日山川外人在堯天雨露中復説偈云執尺量虛空終難究其數持蠡測海水豈解知

其源吾君本心體廣大亦如是欲求其邊際畢竟不可得吾君之壽量與此心體同欲求其窮極是亦不可得吾君之福源與此壽量同欲求其窮盡是亦不可得太后皇太子嬪妃諸眷屬心體及福源等無有差別一塵一佛刹一刹一釋迦各現廣長舌共說如上事百千萬億中亦不能及一天人羣生類地獄鬼畜等十方諸有情三界衆含識當知此心體本來相如是

上堂舉臨濟示衆云若與麼來恰似失却不與麼來無繩自縛一切時中莫亂斟酌會與不會都來是錯分明與麼道一任天下人貶剥師云者老漢剌腦入膠盆了也乃云若與麼來無繩自縛不與麼來恰似失却一切時中切宜斟酌會與不會莫錯莫錯分明與麼道是甚秦時轆轢喝一喝下座

城歸上堂華街柳巷恢張本地風光酒肆茶坊突出衲僧巴鼻人人八面玲瓏箇箇十方通暢何必覺城東際始見文殊樓閣門開方參慈氏拈拄杖云三箇童兒抱華鼓莫來攔我毬門路

結夏上堂十五日已前水長船高十五日已後泥多佛大正當十五日狸奴白牯情與無情身心安居平等性智復說偈云嬾人還只爾鐵彈復何如夜短睡不足日長飢有餘

普慶請開山上堂僧問云法筵初啓佛寺新開作麼生是斬新一句師云天不能蓋地不能載僧云恁麼則普慶山中祥霧起翠屏峯下瑞雲生師云莫謷速僧云爭奈目前何師云教你莫謷速僧云記得世尊因地中布髮

掩泥次然燈如來指布髮處云此處可建梵剎爲復因時建立爲復觸處皆眞師云南斗七北斗八僧云會中適有賢于長者持標竿以指處揷云建梵剎已竟又作麼生師云隨邪逐惡僧云是時天帝釋於空中雨華讚歎云庶子有大志矣還諦當否師云剎竿頭上仰蓮心僧云只如子愚能長老剗心獨力營搆寶坊可謂出他古人一頭地師云同坑無異土僧云還許某甲末後讚歎一句也無師云試亂統看僧擬開口師便喝僧禮拜歸衆師乃云法身無相融攝十虛法眼無瑕包羅萬像淨倮倮絶承當赤洒洒無空闕如天普蓋似地普擎亘得一爲無量無量爲一小中現大大中現小於一毛端現寶王剎坐微塵裏轉大法輪正恁麼時還有與子愚能長老相見者麼若也見三十棒一棒也不較若也不見三十棒一棒也不較何故知恩方解報恩復舉世尊因地中布髮掩泥公案師云適間禪客問一句來老僧答一句去可謂徹頭徹尾苟或遲疑更聽一頌無上寶王剎當機誰解看然燈纔舉手長者便標竿解起天人敬能摩星斗寒埋頭火宅者今古自顢頇

上堂於心所生即名爲色知色空故生即不生馬簸箕應西天懸讖傳東土大法因甚却將驢鞍橋作阿爺下頷擊拂子云急須著眼看仙人莫看仙人手中扇

上堂一夏悠悠今已半尅期取證事如何幻華非幻消磨盡只與從前不較多

上堂平白地上拈起一絲十箇有五雙眼瞠瞠地若作佛法商量錯認定盤星不作佛法

商量刻舟求劒三十年後蹉口咬著舌頭徑山生身墮無間獄拈拄杖畫一畫云毘婆尸佛早留心直至如今不得妙

上堂秋風涼秋夜長未歸客思故鄉拍禪床云自是不歸歸便得五湖煙景有誰爭

爲存上座下火偷心死盡毛髮不存正是大病之源涅槃臺上皎月當空勝熱門頭清風帀地

上堂聞聲不被聲惑是你觀音三昧見色不被色迷是你文殊法門居一切事不被事礙涉一切理不被理拘是你普賢境界若也成褫得去受用得行常在途中不出門無去無來亦無住若也當頭蹉過當面諱却便是阿逸多出世更須買草鞋行脚始得

上堂盡大地是金剛正體二時粥飯向甚處屙盡大地是涅槃妙心六道輪迴因甚處得良久云啼得血流無用處不如緘口過殘春

上堂舉黃檗和尚示衆云你諸人盡是噇酒糟漢恁麼行脚何處有今日還知大唐國裏無禪師麼時有僧出云只如諸方匡徒領衆又且如何檗云不道無禪只是無師後來溈山舉問仰山黃檗意旨如何仰云鵞王擇乳素非鴨類溈云斯實難辯師頌云大唐國裏無禪師亂鑿胡穿知幾幾鵞王擇乳鴨不同惟有仰山較些子

上堂謝秉拂并夏齋無絃琴上撫出五音六律無底鉢中飣出七珍八寶未聞者得聞未飽者得飽碁盤石踍跳上天鉢盂池哮吼入海俱胝道者忍俊不禁將國一祖師禪石喝成三片直下恰似川字籀文喝一喝

上堂舉南嶽和尚示衆云道一曾爲人説法也未總不見寄箇消息來僧云已與人説法了也遂令訪彼待他陞座但出問云作麽生有甚言句記將來其僧依教往問一云自從胡亂後三十年不少鹽醬其僧回舉似南嶽大稱賞之師頌云三十年不少鹽醬二時粥飯只如常可憐南嶽讓和尚垂老懸懸掛肚腸

請兩序上堂一心不生萬法無咎欲左即左欲右即右如頭之耳目如身之臂肘其進用也罔涉離微其退藏也豈存窠臼日午打三更面南看北斗

上堂僧出衆云丹霞燒木佛院主眉鬚墮師云一家有事百家忙僧回首召云大衆記取師云老僧今日不著便師乃云若論此事不可以有心求不可以無心得不可以語言造不可以寂嘿通十二時中且作麽生得相應去者裏風頭稍硬且歸煖處商量

上堂本大者其葉茂源深者其流長源之通塞要在疏之導之使無匱竭之憂本之榮悴要在培之植之使無夭折之患上而諸佛下而諸祖竪大法幢耀大法眼乃至有國有家垂紳正笏措天下於泰山盤石之安總出者箇圈繢不得擊拂子云劒爲不平離寶匣藥因救病出金鉼

請監收上堂山鄉每憂旱水鄉常畏潦付託既得人安用掛懷抱古人云千粒萬粒一粒生只者一粒甚處生歸堂喫茶

上堂内不住受想行識外不著聲香味觸出息不涉萬縁入息不居陰界菩提妙華徧莊

巖隨所住處常安樂便與麼去只成箇杜撰座主向我衲僧門下未夢見在擊拂子云獨立周行如便休誰振宏綱照千古

上堂無名名之父空手把鋤頭步行騎水牛爲萬物之根源作天地之太祖人從橋上過橋流水不流拈拄杖左卓云者裏會得見肇法師即易見傅大士即難右卓云者裏會得見傅大士即易見肇法師即難坐斷主人翁不落第二見老奸痛與三十貶向無生國裏靠拄杖下座

上堂半明半暗半合半開無向無背無去無來曠大劫來覓不得四天下人空歔歔

上堂人間五月汗滂流山雨連朝冷似秋直下便明心地法鐵鞭三百未輕酬

師廊下見僧便云棋盤石斫破你腦門鉢盂池浸爛你脚板僧擬議師便喝

上堂諸人知處良遂總知威音王前無一法可增良遂知處諸人不知阿逸多後無一法可減只如麻谷携鋤入菜園是有指示耶無指示耶迷來總似蛾投火悟去渾如鶴出籠

上堂身上著衣方免寒口頭說食終不飽百千諸佛諸祖師別更無禪亦無道拍禪床下座

謝兩序上堂靈機廓徹智鑑虛圓固無動寂之殊豈有久新之異拈起也十日麗天放下也百川赴海後先齊致左右逢源正恁麼時如何三界炎歊鑠金石蒲團永日自寥寥

示衆初祖菩提達磨云若人造一切罪自見己之法王即得解脱者老臊胡佩般若多羅正印十萬里踰沙越漠道我傳法救迷情因

甚却作野干鳴脾胃肝膽涕唾膿血是你地水邊事非已之法王也寒煖呼吸動轉施爲是你火風邊事非已之法王也呼之有聲不見其形孤明歷歷言談祇對者是你無量劫來生死根本非已之法王也且阿那箇是你已之法王别教什麼人見當其見時有形耶無形耶青耶黄耶大耶小耶者裏脱體分明達磨大師與你洗脚有分其或未然碧眼胡從普通年直至如今在你眉毛眼睫上放妙寶光明出妙寶音聲演説安心法門切忌當頭蹉過珍重

上堂舉南泉因入園見一僧乃抛瓦礫擲之其僧回首泉乃翹一足僧無語泉便歸僧隨後歸請益云和尚擲瓦礫打某甲豈不是警覺某甲泉云翹足又作麼生僧無語師云明月之珠夜光之璧以暗投人莫不按劒而視南泉老漢失却一隻眼畢竟如何頭上是天脚下是地甜瓜藤結苦葫蘆釋迦不受然燈記

法語

示果侍者

拈華微笑斷臂安心聽事不眞喚鐘作甕不獲已將錯就錯説箇佛説箇祖説箇心説箇性何異平白地上好肉剜瘡本色衲子向胞胎未具朕兆未分以前著得一隻眼廓然蕩豁洞徹十虚便與釋迦老子達磨大師無二無别謂之頂王三昧謂之隨色摩尼謂之無盡藏神通門謂之金剛寶劒踞地獅子烈焰聚種種名盡三界十方世出世間更無一塵一法與你爲緣爲對爲障爲礙水潦於馬

祖踏下呵呵大笑云百千法門無量妙義只向一毫頭上識得根源根本既明源流既正轉大法輪耀大法眼操殺人刀秉活人劍抽釘拔楔解粘去縛使有情界中佛種不斷豈不是大丈夫成就大丈夫事也

泳藏主入京書金字藏經求語

山河大地草木叢林晝夜六時常放妙寶光明常出妙寶音聲普爲汝諸人開演無上第一義諦爲汝諸人當頭蹉過當面諱却不能領箇現成受用遂乃勞他迦文老漢起道樹詣鹿苑四十九年三百餘會曲開方便巧説多端有權有實有頓有漸有半有滿有偏有圓如將黄葉暫止兒啼其奈去聖時遥其弊有不可勝言者矣當今聖天子以佛心統御萬邦日月所照霜露所墜悉稟威靈咸歸化育觀此大經多成迷昧憫此衆生多成懈怠大揮公帑精金詔天下善書僧儒畢會京師重爲書之徑山泳藏主由是以書畫預選於斯行也深蘸紫毫大書碧楮一經一偈一文一義一句一字悉皆放光動地將使五濁衆生聞是經者革迷昧爲明了見是經者策懈怠爲精進同悟如來十二行輪豈但法門增九鼎之重哉

示壽維那

英鋭之士如金翅擘海直取龍吞似香象渡河截流而過向我衲僧門下尚未能彷佛萬一鑽頭入知見網中插脚向情識海裏狗口裏求象牙馬頭上尋牛角萬劫千生永無成辦之期矣年來此道殊甚據曲木床稱師者智眼既已不明擔鉢囊行脚者信根又復淺

溥麻經紙裹遞相熱瞞併少林直指正宗流成戲論可不痛心疾首者哉昔太行山克賔禪師在興化作維那化一日謂云你不久爲唱道之師蝦爲子曲賔云不入者保社渾銅打就生鐵鑄成化云你會了不入不會不入幾乎蹉過賔云總不與麽眞獅子兒能獅子吼化便打復云克賔維那法戰不勝罰錢五貫設饡飯一堂復白槌云克賔維那法戰不勝不得喫飯即便趂出院興化此令雖行無奈傍觀者醜雲居舜老夫云不是克賔維那也大難承當總是而今之流飜轉面皮多少時矣大慧師祖云要作臨濟烜赫兒孫也須是飜轉面皮始得二大老一期截長補短檢點將來總欠悟在且道當時別作什麽道理向興化門下免致罰錢出院試下一轉語看

示染禪人

曠大劫來生生死死如旋火輪無有休息如汲井輪互爲高下良由迷自本心昧自本性逢境便緣逢塵便執頭出頭沒不自知非而已天台染禪人無染其名絶塵其號蓋以眼無所染則色塵絶耳無所染則聲塵絶一根既爾諸根亦然諸根既爾諸塵亦然諸塵既爾諸法亦然諸法既爾則曠大劫來舍身受身出胎入胎四大五蘊十二處十八界二十五有森羅萬象明暗色空世出世間無一鍼鋒許非各各當人得大自在得大受用得大解脫得大安樂時節於其中閒生亦不可得死亦不可得染亦不可得淨亦不可得如是名亦不可得如是號亦不可得四大五蘊世出世間一切法亦不可得此不可得亦不可

得譬如虛空體非諸相不拒諸相發揮拈一莖草作丈六金身將丈六金身作一莖草七縱八橫千變萬化左之右之無施不可豈不光明俊偉者乎古德云靈光洞耀逈脫根塵體露真常不拘文字心性無染本自圓成但離妄緣即如如佛亦豈外此別有指陳也

示立首座

寂靜中做工夫者以寂靜爲究竟他且不是你寂靜中究竟底物憒閙中作主宰者以憒閙爲得意他且不是你憒閙中得意底物經教中領覽者以經教爲根本他且不是你經教中領覽得底物師友中講磨者以師友爲淵源他且不是你師友中講磨得底物此無形段金剛大士從塵黙劫來直至而今如潛泉魚鼓波而自躍你擬向東邊討他他向西邊立地你擬向南邊討他他向北邊立地教他與一切人安名立字即得一切人與他安名立字即不得一切處一切時與你萬像爲主萬法爲師此其是也自非上根利智具殺人不眨眼底手段將第八識斷一刀豈有成辦時節豈不見盧祖至大庾嶺時有明上座者陳宣帝之裔也膂力絶人故有將軍之號犇逐至前盧祖知勢不可敵因以衣鉢置盤石間云衣以表信可力爭耶任汝將去明盡力舉之如山不動踟蹰悚慄乃云我來求法非爲衣也盧祖問曰汝今欲求何法明曰我實未識自己本來面目願行者開示祖曰不思善不思惡正當恁麼時阿那箇是明上座父母未生以前本來面目明當下豁然大悟徧體汗流悲淚請曰上來密語密意外別更

有否祖曰今與汝說者即非密也汝但返照自已本來面目密即在汝邊明作禮曰某甲在黃梅實未省本來面目今蒙開示如人飲水冷煖自知咄便以此為本來面目耶驢鞍橋且不是阿爺下頷潮陽立首座嘗分座於山中臨別求語因而不覺忉怛

示報侍者

向上一路恢廓十虛不可以有心求不可以無心得不可以語言造不可以寂嘿通要在當人深信堅固向胞胎未具睽兆未分以前一覰覰破透頂透底逈絕羅籠亘古亘今了無向背七縱八橫得大自在方有少分相應若乃依師差別見人差別被他曲木牀上瞎老師胡指亂註有佛有法有禪有道有玄有妙有機關境致如何若何膠住你舌頭釘住你眼睛隘住你胷襟如油入麪永取不出日久月深化為精魅魍魎放無量光明現無量神通以謂天下無敵我眼本正因師故邪斯之謂也老胡十萬里西來盡力提持只道得箇不識六祖傳黃梅衣鉢全身擔荷只道得箇不會由兹而降或行棒或行喝或擎拳或竪指至於打地面壁輥三箇木毬之類鞠其指歸如國家兵器不得已而用之豈有佛有法有玄有妙如何若何與你作究竟栖泊哉

示意首座

威音王佛以前有一坐具地從古至今未曾移易一絲毫十箇有五雙剛自不知落處鄧師伯云山前一片閑田地叉手叮嚀問祖翁幾度買來還自賣為憐松竹引清風也只是箇破家不肖之言豈知有上祖田舍翁陰德

也僧問趙州狗子還有佛性也無州云無快如倚天長劒鈍似無孔鐵槌僧又問趙州狗子還有佛性也無州云有鈍似無孔鐵槌快如倚天長劒伶俐漢横拈得去倒用得行一任天上天下其或未然且向七百甲子老瞎秃手中乞命佛果謂圓首座云彼以惡來及以惡聲名色非理相干但直下坐斷如初不見不聞久久魔孽自消若與之較則惡聲相返無有了期亦不表顯自已力量此雖古人煎過藥滓倘以元和津日進一服則世間一切逆順境界皆吾解脫遊戲之場矣衲僧家既已置身此箇法門憤一口氣挺然出來與從上佛祖雪屈方乃不辜行脚本志隨遱𨇾趂大隊向老鼠孔裏頭出頭沒豈其然哉

拙隱居士求示

此不思議大解脫門在各各當人分上從曠劫至今無絲毫間隔無絲毫虧欠只爲你根性不等智識不明聽聲不出聲見色不超色被他無明煩惱人我是非情見想習使得七顛八倒苦海中頭出頭沒無有了期以故諸大佛祖遞相出興曲垂方便巧設多端以諸幻藥治諸幻病不過欲汝諸人一箇箇退步就已向夢幻殼子上明自本心見自本性直到大休大歇大安樂田地而已即非向外別有一塵一法一技一能一言一句擔得將來誑謼於汝是故德山有言向三界十方世間若有一塵一法可得與汝執取生解保任貴重者盡落天魔外道是有學得底亦是依草附木精魅野狐豈不信哉番陽孟居士遊宦南北兩朝徧參江淛尊宿晚慕劉遺民之風

入西山蓮社爲肥遯計徑山佛慧老師因以拙隱號焉蓋以世間諸子百家文章技藝皆小巧邊事非自已大休大歇大安樂之妙惟直下啐地折㘚地斷巧盡拙出方可與從上佛祖把手共行無二無別只如博地凡夫現行無明如千波萬浪相似作麽生究竟作麽生洞明方乃得到者箇田地豈不見昔張拙秀才訪禪月齊已泰布衲於石霜會中一向只與此三人說詩講文章初不知有脚跟下奇特事禪月向他道堂頭和尚是肉身菩薩何不參禮拙因依教而往霜問云秀才何姓拙云姓張名拙霜云覓巧了不可得拙自何來張拙秀才當下豁然大悟如貧得寶如暗得燈如白衣拜相如平地登仙隨口便說箇偈道光明寂照徧河沙凡聖含靈共我家一念不生全體現六根纔動被雲遮斷除煩惱重增病趣向眞如亦是邪隨順世緣無罣礙涅槃生死等空華只者便是明自本心見自本性到大休大歇大安樂田地與從上佛祖把手共行底時節然雖如此若乃聞人與麽道便將者閑言長語埋向臭皮袋裏以爲究竟以爲知解如刻人糞作旃檀香盡未來際只作屎氣息脚跟下事要且了無交涉後來雲門問僧光明寂照徧河沙豈不是張拙秀才語僧云是門云話墮也雲門年老成魔無風起浪者僧據實而答因甚却成話墮俊快底漢身一擲抹過太虛無一絲毫處所非自已大休大歇大安樂田地也勉之哉勉之哉

示善侍者

自家根蔕下積生累劫多諸惡習若也照燭

不破剔脱不行日用之間豈免觸途成滯一切法中或有所疑地即礙殺了你一切法中或有所愛水即淹殺了你一切法中或有所瞋火即燒殺了你一切法中或有所喜風即飄殺了你四者既是五藴十二處十八界二十五有明暗色空森羅萬像到處粘作一團如黐膠相似驅你入驢胎使你入馬腹總由他在千佛出世亦無如之何矣如今要得瞥脱盡你三百六十骨節八萬四千毛竅秉作一口吹毛劒佛也祖也凡也聖也逆也順也好也惡也一時斬爲三段但有來者悉皆裂破積生累刧縱有多諸惡習自爲解脱矣正恁麼時畢竟喚什麼作吹毛劒至治二年八月十九日爲匡廬善侍者書

慧文正辯佛日普照元叟端禪師語錄卷第二

音釋

錮鏴 上古慕切音故鑄銅鐵以塞隙也下魯故切音路金鉻也 欿 與奪同 枿 牙入切音不伐木而根復生也 沴 徒典切田上聲陰陽氣亂曰沴 匱 具位切音餽乏也竭也 歊 吁驕切肖鴞熱氣也 膂 兩舉切音呂脊骨也 黐 抽知切音癡黐膠所以黏鳥也

慧文正辯佛日普照元叟端禪師語録卷第三

嗣法門人梵琦編

法語

示可宗禪人

我宗無語句亦無一法與人古人與麽道平地鑿成溝塹了也者裏裂破古人舌頭全心即佛全佛即心道有亦得道無亦得道不有不無亦得道不不有不不無亦得所以道法無定相遇緣即宗可宗禪人由西蜀南詢志高氣鋭頗不爲邪師惡友所迷謬謁余於不動軒中因而問曰汝云可宗以佛爲宗耶以祖爲宗耶以佛爲宗佛無可宗以祖爲宗祖無可宗世出世間一切諸法悉無可宗汝之名號從何而立宗曰宗既無宗可亦無可如上所説莫便是某甲安名立號處麽余叱之曰者野狐精向汝道一無可宗汝更要安名立號在

示闡侍者

佛法大事非劣根躁進可求辦悠久銕石身心向自巳脚跟下微細揣摩忽一朝桶底子脱自然海印發光生絲毫異見作絲毫聖解則又打入九十六種數中認賊爲子矣三祖云一種平懷泯然自盡德山云毫髮許言之本末皆爲自欺者箇説話十箇有五雙多成蹉過四明闡禪人嘗侍吾香几於五髻山中孜孜矻矻不倦於斯真末法英俊余懼其爲九十六種所攝持本地風光本來面目不能顯發因述玆激其深造遠詣印板打來模子脱出口傳心授以當宗乘今時普例邊事非吾望也請自著精彩

示浩侍者

臨濟云夫出家者須辨得平常眞正見解辯佛辯魔辯眞辯僞辯凡辯聖若如是辯得名眞出家若魔佛不辯正是出一家入一家喚作造業衆生未得名爲眞出家人南陽忠國師三喚侍者侍者三應家肥生孝子國覇有謀臣國師云將謂吾孤負汝元來汝孤負吾倒轉鎗頭了也鹽官國師喚侍者云將犀牛扇子來貧時思舊債侍者云扇子破了也頭落也不知國師云扇子既破還我犀牛兒來窮淵須到底侍者無對蒼天蒼天又一尊宿不赴堂侍者覆云和尚何不赴堂宿云我庄上喫油糍飽傍觀者哂侍者云和尚不出門因甚庄上喫油糍折箸攪滄溟宿云你去問取庄主推惡利已侍者出門値庄主至云謝和尚訪及疑殺四天下人天台浩侍者久棲太白擇木寮盡得平石老禪要領魔之與佛固是洞然明白只如國師三喚侍者三應那裏是他孤負處扇子既破喚什麽作犀牛兒既不曾出門因甚庄上喫油糍者裏倜儻分明者一隊弄泥團漢不消一鑁便見氷消瓦解其或未然玄沙道底

示永禪人

七處九會同一菩提覺場三世十方同一毗盧性海由根器之差殊致宗乘之各異茲乃敎乘中平常見解山陰永禪人昔嘗掉鞅其間固是不勞拈出只如杜順云懷州牛喫禾益州馬腹脹天下覓醫人灸猪左膞上明法身耶讚法身耶纔思量擬議打入陰界去也事上不明爲事所障理上不明爲理所障事

上見得爲事所剌理上見得爲理所剌剌拔障除鳳檠金網粲祖云一種平懐泯然自盡中峯門下拄杖且不打者漢亮座主參馬大師始聞虚空解講之語拂袖便行稍有衲僧氣息至於囘頭轉腦之處打失鼻孔却乃一生受屈當時若遇箇本色咬猪狗大手脚使知有轉身一路豈止西山坐殺而已哉永寄錫山中時一日來參余問云你是教庠人物我且問你十方國土中惟有一乘法天台因甚八教華嚴因甚五教永云春色無高下華枝自短長余云屙屎見解永擬議余即打出其時適有官冗未暇盡情袪其所縶相別歲餘忽攜此紙需語爲江西沿途警策從而謂曰情存聖量猶落法塵已見未忘還同滲漏自東徂西二千里水宿風飡晨興夜坐時作歴生道得十成絶滲漏之句以雪前恥

示康藏主

佛法無功用處一切平常著衣免寒喫飯止飢而已你擬心思量他他且不是你思量底你擬心莊嚴他他且不是你莊嚴底說得如瓶瀉水會得如刀破竹千里萬里愈没交涉所以道諸佛不曾出世亦無一法與人隨病施方遂有三乘十二分教如將蜜果换苦葫蘆淘汝業根汰汝情見只圖你作箇脱白露淨無事衲僧豈有鍼鋒許實法與你作咀嚼與你作蹲坐也你若不肯自信挑囊負鉢傍人門户求禪求道求玄求妙求佛求祖求善知識以爲究竟以當宗乘譬如埋頭向西走要取東邊物轉走轉遠轉急轉遲但切疲勞終何所益豈不見潙山問香嚴我不問你平

生學解及經卷册子上記得底未出胞胎未辯東西時本分事道將一句來嚴懵然無對屢上堂頭呈所解乞爲說破溈云我說得是我見解終不益汝道眼嚴歸寮徧檢平日所集諸方言句並無一語可酬此問自歎曰畫餅豈可充飢以火一時焚却云此生不學佛法也且作箇長行粥飯僧免役心神泣辭溈山而去抵南陽覩忠國師遺跡遂憩止焉因芟除草木拋瓦礫擊竹作聲忽然契悟沐浴更衣望溈山遙禮云和尚大慈恩逾父母當時若爲我說安得有今日事也由是言之死却現行滅卻意根全身放下方有商量分聰明智識嘍囉巧黠豈能希冀萬一

示印空禪人

迦文老子未出母胎便用箇無文印子將十方虛空世出世諸法一印印定絲毫無有走作及乎既出頭來隻手指天隻手指地周行七步目顧四方乃云天上天下惟吾獨尊也只用者印子起道樹詣鹿苑歷三百六十餘會開八萬四千法門也只用者印子末後人天百萬衆前拈金色波羅華普示大衆時迦葉尊者破顔微笑便云吾有正法眼藏涅槃妙心用付於汝也只用者印子由斯而降竺乾四七唐土二三正按旁提横拈倒用無非此印之妙曹谿大鑒而下馬師一喝以來印文大著如十日麗天纖悉莫能隱遁光明俊偉其亦極矣迨今近年以來匡徒領衆者巳眼既巳不明尋師擇友者信根又復昧劣各以冬瓜印子遞相傳授顢顢頇頇儱儱侗侗如黑月夜行於險道卬陵坑坎終不分曉葢

爲來處不諦當遂乃如斯長沙潭禪人心憤憤口悱悱要與從上佛祖雪屈因以印空自號期揭此普示天下後世其高風英槩固以超出時流數百倍矣更須和者印子一撲百雜碎徑山老漢然後與汝三十拄杖

示紹藏主

道人之心其直如弦但無人我是非聖凡優劣詐妄諂曲諸等過患自然得入無住心體從本以來不是人不是我不是凡不是聖不是心不是佛不是物不是禪不是道不是玄不是妙只爲一念妄心分别取舍突然起得如許多頭角被他萬境回換十二時中不能得箇自由自在所以道尋牛須訪跡學道貴無心跡在牛還在無心道易尋

海首座省親求示

伏馱蜜多問佛陀難提曰父母非我親誰是最親者諸佛非我道誰是最道者佛陀難提云汝言與心親父母非可比汝行與道合諸佛心即是外求有相佛與汝不相似欲識汝本心非合亦非離二大士驀劄相逢顯揚此箇法門如大日輪昇太虚空照四天下絲毫無有障礙伶俐漢向者裏著一隻眼曠大劫來舍身受身出胎入胎所生父母所纏愛網一時裂破曠大劫來得念失念成法破法所作事業所墮樊籠一時透脱内四大外四相五聚十八界種種名言句義求其蹤跡了不可得一切處一切時如龍得水似虎靠山於一毫端現寶王刹坐微塵裏轉大法輪可不爲世出世間真大丈夫哉洞山以不歸勸人欲明此也黄糵身至庭闈不交一言而去揭

示此也老盧斲薪而給睦州織蒲以養顯諸世相施諸人事非外此也或時與麽或時不與麽與麽不與麽皆吾佛大報恩之妙業火所燒迷雲所覆愛河中頭出頭没豈足語此哉高安海首座法中俊人也一日以父死母老言別西邁因舉那吒太子析骨還父析肉還母卻現本身爲父母說法而徵之曰骨既還父肉既還母喚什麽人作那吒太子海低頭問訊云謝和尚證明即書以爲贈其時實泰定二年七月十有九日也

　爲渤海月軒朱處士掩土

盡十方世界是箇大光明藏從古至今無一法可增盡十方虛空是箇大解脫門從古至今無一法可減故我渤海月軒處士爲一鄉之善士作三界之韻人其在儒也則儒苑之著龜其在佛也則佛門之墻壍雖示作有爲事而不滅壞無爲之相雖示學無爲法而不分別有爲之名雖示有功名富貴而不爲功名富貴所拘牽雖示有塵勞業感而不爲塵勞業感所汩没拓本來田地顯自巳家風以詩書振祖宗以禮義悅親友處夫婦如琴如瑟生子孫如鳳如麟行種種方便成種種因緣昔年全體與麽來虵現酒中之影今朝全體與麽去鴻遺沙上之痕酒中虵影既無實跡可留沙上鴻痕豈有眞蹤堪戀七通八達了没遮攔萬別千差都無罣礙正恁麽時歸根得旨末後光揚一句如何擧展一抔黄土葢平生千古清風動巖穴

　爲妙淨潔長尼起龕

見身無實是佛身山河大地迥絶異緣了心

如幻是佛幻草木叢林更無别法故我某人現比丘尼身成大丈夫事抛玉樓金殿直趣此宗挺鐵壁銀山單明自巳廓性天之雲翳蕩心地之塵昏透聲透色八面玲瓏亘古亘今十方通暢毋固毋必能柔能綱道契南北兩朝名滿東西二淛靈機活脱劉鐵磨未足覿光智鑑虚圓凌行婆亦須退步全體是箇解脱大海全體是箇涅槃妙心無起滅可求無生死可出百骸潰散卓爾獨存四大分離湛然常寂正與麼時身裏出門即不問門裏出身作麼生毗盧頂上從來往安樂邦中任去留

答慈雲珏長老嗣法書

警知客來得所惠書就審體候安和且知四衆所推瑞世大方一香不忘靈山道聚之舊與今時趨炎附勢待價而沽不原所自者大有徑庭矣既得座披衣入者行户作者蟲豸不可容易山不讓塵故能成其高海不讓流故能成其深一切處一切時但只鋪心如地久久自然靈驗或些少魔孽亦當自化先聖有云昔在佛樹力降魔得甘露滅覺道成斯之謂也缺齒老胡十萬里西來單傳心印直接上根二祖三拜得髓後復說四行以傳於今何也深慮後人爲喜風所飄瞋火所燒墮世遷流有失正念之故宜深思焉上堂提唱務在單提箇事開悟人天前則馬祖百丈德山臨濟後則大慧應庵縱横波辯直達心源得大自在無出曹谿盧祖皆可爲法輭嫩嫩曲彎彎打入今時口傳耳授隊中强生節目疑誤來學非吾望也爭人爭我以當宗乘行

盜行淫而爲佛事劫掠常住結好貴人冒稱善知識出佛身血之徒豈堪共語未聞幸自保愛

偈頌贊

示瑰上人

爾家一字之寶王星喻劫來無有二無今無古無死生日日放光光動地釋迦彌勒是他奴外道天魔總其侍隨時任運本騰騰蹉脚便遭魔境累惡業猛火燒須彌長墮三途受顛蹎大千沙界海中漚況乃文章一小技此心若善自知非何處別求直實義

贈上天竺偉首座

台衡以三觀爲正傳嵩少以一心爲直指會則事無兩般不會則千里萬里各開户牖萃英髦虎驟龍驤知幾幾上人間出多慷慨誓將生死窮根株平生足跡半天下豈肯汨沒文字海中甘作鑽故紙之蠹魚德山見龍潭便乃燒却鈔疏良遂參麻谷便乃散却講徒男兒曠達有如此光明烜赫何代無光明烜赫何代無

送聞禪客歸淨慈

鎗其脣劒其舌劈面機電光掣蕩二三直指之流蓬掃四七單傳之落葉爭如默坐解空人一字當年不曾説諸天讚歎復兩華千古清風動巖穴聞禪聞禪歸去來草鞋根斷空塵埃南屏幸有舊泉石何妨且臥雲濤堆

示潔上人

本源自性佛妙應無真形千身總幻相萬法皆空名迷頭認影不知歇如飢喫鹽添得渴澄神靜慮而無爲似水浸石空經時鉤章棘

句説道理癡狂業識徒勞耳老胡昔日南天來九年面壁嵩山限别無毛髮可傳授只要當人心眼開出葢纒脱羈鎖要行即行要坐即坐南北東西無不可山僧與麽葛藤如邀空華還結空果平白重重成話墮潔禪潔禪會麽會麽

山房自述

故園歸路隔天涯絶頂閒房且寄家甒罷貝多山月上一棚華影漾袈裟

雪樵

珠霰飄飄柴在肩且謀燒火過殘年庭前此際無人立爐内憑誰續斷煙

寄希白藏主

青杉高簇天仁者此安禪雙澗水回合四山雲接連燈分紅餤遠茶點白華圓別後爲誰語祖門玄又玄

悼通靈仲

古今人所共如電閃青天一相不二相千年還萬年院扃雲塢竹塔面石峯蓮因想遊從舊閒心亦悵然

送勝上人歸省方山和尚

徐家園裏覓萊根殺人活人妙無敵丈夫不自守箕裘躍縣遊州竟何益秋風滿眼多塵沙客途雖好爭如家結束衣囊快歸去此身且免空波吒阿師心事吾所識天台寥寥眼雙碧若問參尋事若何切忌當陽亂拋擲

題水月猨圖

水中明月輪可翫不可覓探猨徒自狂觸破寒潭碧

深源

大法之本根如淵杳無極趙州探茱萸拄杖空靠壁

答竺元和尚二首

此時有院不愛住閒在江皋自隱居刼火灰飛大千界普光心印只如如

出息常不保入息年來况乃病猶多故人襟義高千古忽枉瑶華到薜蘿

次韻答林首座二首

一房閒寄長松下殘喘雖留如病何爲報南山舊玄侶幻華光景已無多

祖師門户無關鑰今古誰云到者稀咒卒宮中恣遊戲對揚曾不負來機

寄東嶼和尚

相别於今八載餘君臣徒衆我閒居白雲流水乾坤外終不相親在寄書

經故人别墅

門徑無塵有緑苔東風落日舊曾來白頭道者今何在一樹櫻桃華自開

送亮上人歸甬東

有口莫喫趙州茶有眼莫覷靈雲華毗盧心印廓寰宇今來古來常無差吳江裂地直鄮嶺摩天斜或泉或石井草木或雲或月兼煙霞萬像森羅總惟我十方刹土曾非他業海衆生自迷悶合塵背覺成誵訛輒勿鹵鹵莽莽直須吒吒髿髿跨德山臨濟超彌勒釋迦拈一機明中洞邊示一境顯正摧邪千人萬人近傍不得直下如蝎如虵是爲了事真衲僧高奮金策遊天涯

送方上人西蜀省親

道本絶方所隨緣觸處真家鄉元不遠父子

即非親徑蘇粘輕策江華拂淨巾東呉與西蜀曾不問纖塵

文殊讚

七佛之師只者便是形現百千劒去久矣

明藏主手製竹拂爲惠偈以謝之

翛然香且潔拈出幾人知節抱冰霜勁姿含水石奇憐君能製作媿我嬾提持懸向繩牀角因懷馬簸箕

悼靈座主

道不分年少朝聞夕可亡講精文徹梵吟好句諳唐託質思他界遺骸厭此方台宗舊遊在名共白雲香

送初西堂遊江西

由呉西入楚風雨正秋殘不愛住山樂豈辭行路難江明齋鉢淨嶽靜夜燈寒爲了玄中旨胸襟肯自瞞

次晦機和尚韻送悟上人歸徑山

瓦缶固巴無黃鍾雪曲豈混巴歌中石房嶢巖自丘壑兀坐贏得閒觀空上人何從悟玄旨了知是法非文字高高解窮千仞巔深深能極九淵底歳晚相看正搖落此身勿許無錐卓歸去凌霄古寺間且聽松風撼喬嶽

寄晦機和尚

流落似孤蓬君西我復東二三千里外一十五年中老去頭毛白寒來樹葉紅所期盤石上松月夜禪同

送張中丞北歸并序

大德八年十一月御史中丞張公以榮禄大夫行宣政院使至之日凡政之不便於僧法之有叛於佛者一掃而刮絶之人神

悦和上下胥慶十年春公赴召中天竺野叟某說山偈以贈云

我佛如來無上尊其法充滿大千界從塵沙劫至今日無一處所而不周世有奇特過量人現宰官身爲弘護遥奉玉音來自天爲此大法之墻壍以勇猛力制羣魔以慈憫心拯衆苦瓦礫化爲覩史天寒者得衣飢得食譬如清涼之寶月一切物像悉皆照又如摩尼之寶珠一切塵泥不能染不出當人一念中成就如上勝功德此勝功德既已成一念之中亦無異人人同以此一念願公壽考康且强永佐金輪聖天子對揚休命恢此宗

寄無維那七首

從教入禪今古有從禪入敎古今無一心三觀門雖别水滿千江月自孤

文字波濤如大海窮源徒只困心靈德山棒打四天下早歲何曾不講經

化儀無假無不假化法無空無不空陝府鐵牛耕大海西天夜半日輪紅

重玄疊妙兩交加病眼還應見黑華梁上爐灰那是飯盞中弓影奈非蛇

頂門有眼要須開莫待天明失却雞八萬四千諸法相但將黃葉止兒啼

古德不離方丈内云胡庄上喫油糍三賢十聖猶迷懵八敎闍黎豈得知

青天時雨講華新離却言詮有幾人敎網鞔鞔大千界只應良遂是金鱗

次横山和尚韻

匡徒領衆知多少盡把龜毛拂一枝靈鷲山中手頭短秖將掃箒畫蛾眉

栽松

鈍钁横肩雪未消不辭老步上岧嶤等閑種得靈根活會看春風長緑條

示有上人

有身便有世間事心念如何得會無將滅止生生止滅猶如水上捺葫蘆

示徒弟天啟

真箇龍生金鳳子自然衝破碧琉璃池中鷁鷁只癡憎脚下魚遊都不知

出隊寄歸示衆

盋盂有口吞千界寶藏無扃洞十方七佛以前一段事相逢誰肯便承當

太湖三萬六千頃垂白西來把釣竿蝦蠏魚龍都不見月明空照夜濤寒

化浴

欲洗勞生曠劫塵灰寒火冷旋添薪老僧別也無他意只要當人悟水因

黄河舟中示善藏主二首

濫觴能起滔天浪輒莫隨流便入流合眼跳來開眼看要分清濁在源頭

東湧未停西復起憑君且勿怪黄河五千餘卷毗盧藏早是無風帀帀波

草堂陵藏主火浴牙齒數珠不壞堅固尤多因爲說偈八首

火令孤煙息悠然見本真金精都絶鑛珠瑩迥無塵不住光明藏非離穢惡身天魔難測處幾度劫華春

幻體雖空了光明在翠岑冰霜一具齒鐵石幾生心烈燄終難燎飛埃豈易侵古藤人去後寥落到如今

三十有一歲精修世少知五千編貝葉百八顆輪珠念念總無別心心寧有殊金剛同不壞歷歷照昏衢

此日荼毗畢因君笑復悲生來誰是我死去我名誰石女夜懷孕木人朝養兒本無形與相何處有虧危

東西諸祖塔曾已徧參尋般若謾多體涅槃惟一心芙蕖敷覺海薝蔔綻禪林劫火洞然後清芬騰古今

悟了空王法乾坤任去留偶爲雙徑住又作九蓮遊月冷金臺夜風生玉沼秋鄉關楚江上誰爲話蹤由

出生兼入死此事本來同常寂光明裏眞空境界中諸塵無隔礙衆法盡圓融一箇閒皮袋何曾是我儂

破屋孤峯頂因思在去年分香朝誦呪聯榻夜修禪解脱華同綻菩提果共圓胡爲先我去令我獨悽然

山居二首

山木交柯莎滿庭馬蹄且不汚巖扃篝燈對雪坐吟偈擁衲繞泉行課經聽少毎知荼有驗病多常怪藥無靈金園一歲一牢落誰似孤松長自青

小榻新營巖瀑西白雲無路草萋萋月明扃戶野猿嘯日晏擁衾山鳥啼積世詩書空簡蠹累朝墳墓只田犁邯鄲驛店一炊黍堪笑古今人自迷

中山

四方八面絶躋攀直下孤危透頂寒多少時人外邊覓却從平地起峯巒

月舟

冰輪夜冷水天空萬里清光一櫂中七百高僧撑不上黄梅贏得送盧公

贈日者

年今八十有三歲來日難併去日長爲報諸方無别説木栽直裰是行裝

贈醫牙道士

牙齒分明一具骨十中今只二三存先生若不重栽種老去如何咬菜根

示龔鋸匠

萬物與我同本根隨心所向悉皆見當機一截心手忘一片由來對一片

示寫神黄德中居士

空華影裏人天相石火光中驢馬形歷劫分明至今日如何描貌上丹青

因書前偈畢德中拱手而問云正與麼時徑山老漢在裏許不在裏許師云盡大地是端上座頂相你向什麼處分辨德中罔措再示一偈

千身彌勒牛擎角八臂那吒馬踏蹄一相之中一切相僧繇何處辨東西

示刀鑷金生

五蘊山頭一段事黑漫漫又白漫漫圓光要得洞天地試聽金刀爲舉揚

送瑩上人廣州省師

禪者流非尋常當機著著須超方一語一默兮解脱光明之藏一出一没兮神通遊戲之場三十四老尚非侶肯與浮世爭茫茫徑塢之巔羅浮之址彼兮此兮無是不是師也資也殊未忘祴卷寒雲二千里虎驟龍馳相見

時佇看平地清飈起

朱居士化姜芋以實齋庖因示之

佛功德海不可量有如虚空含衆像園林衣食及臥具作諸佛事隨所須姜芋爲物雖甚微能滅世間飢火苦納諸香積國土中香氣周流十方界乃知一切諸衆生具有無邊佛功德佛之功德非有無衆生心量亦如是而我現前諸衲子實無能受所受心檀波羅蜜衆上人亦無能施所施者有無能所二俱遣空之一字還非眞是名爲佛最微妙世出世間難思議

趙李倪三居士建凌霄會求贈

雙徑在呉淛實爲山之雄天目如屏擁其北錢塘如練紆其東重巒疊巘不知幾千萬數但見五峯秀色嶜崪摩青空下有跋難沙竭神龍之窟上有覩史夜摩之宮晴雲暖靄生巖松朝開暮合無終窮祖師據之而鞭麟笞鳳靈物依之而給雨支風參玄上士由之洞森羅寶印明萬像眞宗納須彌於芥子卷法界於鍼鋒皆本源自性之常分且非妙用并神通諸上善人登此山預此會者境由心攝事得理融治生産業皆與實相不相違背儼然如鹿園鷲嶺覩紫金光聚於百萬人天之中説法至今猶未散天華如雨飄空濛噫四生紛擾兮白雲蒼狗倏變滅五欲驅馳兮驚濤駭浪常撞舂苟非氷懷雪慮而栖禪此地兮其將曷從

因上人求字於予字曰藹之仍爲説偈

在昔藹菴公曽居淨因寺廓徹賢首宗洞達

西來意五教一喝分光明照天地子今名淨
因欲以何爲字吾字曰蹣之慕藺乃其義倘
不昧斯言古人豈難至祖肩擔大法行看契
吾志

清首座拭經火綿得舍利請説偈

此摩尼珠常照世間謂從經出特地顢頇謂
因綿有瞞人自瞞非即非離透瞻光寒如日
曈曈如月團團無壞無雜影現萬端作是觀
者名爲正觀若他觀者名爲邪觀

月印池亭爲廉公允同知賦

明蟾天上飛與此不相接清泉地中行與彼
不相洽胡爲蟾與泉彼此相含攝由彼蟾之
明萬像悉昭晰由彼泉之清纖塵難汚雜以
兹清且明光影兩和叶照古復照今瑩徹百
千劫偉哉公允公亭扁竟高揭使人登斯亭
憑欄洞眉睫心源常若兹逈脱黑暗業

巳茅屋坐化偈以悼之

圓明實性絶修持亘劫何曾有壞時五十八
年一茅屋從教業火自闍維

靜軒

六户虛凝湛不搖從教塵世自諠囂堦前盡
日無人到只有閒雲伴寂寥

海翁

窮盡波瀾絶一漚餘生甘自老扁舟四溟高
臥月如晝閒把漁蓑枕白頭

示心上人

即心便是佛離心別無佛外求有相佛非汝
本眞佛

示圓覺居士

性覺本圓塵塵無礙諸佛祖師別無三昧

擬寒山子詩四十一首

百千諸佛師只者心王是廓然含十虚靈明妙無比棄之而别求機巧說道理非徒謗宗乘亦乃謾自已

出家學參禪只要了生死生死不了時非干别人事疾病被他牽强健被他使推尋不見他無名又無字

權門有貪狼掠脂又剜肉一已成喜歡千家盡啼哭溢窖堆金銀盈箱疊珠玉只知丹其轂不知赤其族

此箇血肉團也須識得破飲食聊資持衣裳暫包裹中有寶覺王常居法空座相逢不相識永劫成蹉過

何事居此中此中絶塵跡盈朝霧濛濛竟夜泉瀝瀝嶃岏四面山磥砢一拳石高眠百無憂任你春冬易

城中一少年容貌如神僊身披火浣服手把珊瑚鞭常騎紫騮馬醉倒春風前三日不相見聞說歸黃泉

吾家有一物出入身田中趂渠渠不去覓渠渠不逢賑渠渠不富劫渠渠不窮圓光爍萬像如日遊虛空

形本無其形分彼復分此名本無其名攻非復攻是一朝兩眼閉送向荒山裏蓬蒿穿髑髏誰管他與你

昨日東家死西家賻冥財今朝西家死東家陳奠杯東東復西西輪環哭哀哀不知本真性懵懂登泉臺

近來林下人多學塵中客養婦兼養兒買田復買宅善果無二三惡因有千百他日閻王

前恐難逭其責

古今學僊者煉藥燒丹砂七龍兼五鳳期以昇紫霞一朝兩脚僵骨竟沈泥沙前路黑如漆苦哉佛陀耶

佛以慈悲故金口宣金文三百六十會八萬四千門顯此本有性隨彼衆生根似劒斫虚空何處求其痕

人生在世間其才各有施大非小所堪小非大所宜若使堯牽羊而令舜鞭之羊肚不得飽棄舜空自疲

田園草舍間男女每團圞摘果謀供客繅絲備納官婦憂夫貌悴母憂子身寒一箇遠然死號咷哭繞棺

心爲萬法宗萬法因心有心空萬法空生死没窠臼世間多少人聞法不聽受騎驢更覓驢顛倒亂狂走

有婦眩顔色折華吳水春繡裙金蛺蝶寶帶玉麒麟窈窕言無敵娉婷謂絶倫誰知楊氏女骨化馬嵬塵

木落湫水寒千峯正岑寂惟聞虎嘯聲不見人行跡霜露濕巖莎月輪掛空碧此時觀此心獨坐磐陀石

世有無上寶其寶非青黄在人日用間皎潔明堂堂萬像他爲主萬法他爲王與他不相應盲驢空自行

名利是何物人心自不灰榮來終有辱樂去可無哀富塚草還出貧門華亦開耕桑枉辛苦鬚白鬢毛衰

生知生是幻則生可以出死知死是幻則死可以入智士登涅槃癡人受羈馽本身盧舍

那只要信得及
世有一般漢實少虛頭多口中一片錦肚裏
森干戈真佛自不信喃喃念彌陀饒你見彌
陀彌陀爭奈何
浮世空中華只今須勦絶四蛇同篋居兩鼠
共藤齧六道常輪迴三途每盤折一生百千
生何時得休歇
今古一場空憑誰較吉凶巴歌攙白雪瓦缶
亂黄鐘運去虎爲鼠時來魚作龍賢明貧轗
軻癡騃富雍容
偃仰千巖内超然與世違采芝爲口食紉槲
作身衣瀑水淋苔磴湫雲漬草扉閒吟竺僊
偈幾度歷斜暉
人生無百年業累有千般姦詐盈腸肚貪婪
滿肺肝聲爲聲誑惑色被色欺瞞欲脱輪迴
去如斯也大難
山中高且寒人罕來登陟松搖雪珊珊蘿罥
煙羃羃巖華春不開潭冰夏方釋住此夫何
爲心源湛而寂
我住在峯頂白雲常不開窻扉沿薜荔門徑
疊莓苔山果猨偷去巖華鹿獻來長年無一
事石上坐堆堆
紙薄未爲薄人薄方爲薄虎惡未爲惡人惡
方爲惡虎惡尚可防人惡難捉摸紙薄尚可
操人薄難憑託天堂是自修地獄非他作何
如早皈依如來大圓覺
東海揚塵青山作平地王母蟠桃華迢遙
不知處人生能幾何剛抱千年慮芭蕉欲經
冬秋來早枯悴
磨甎不成鏡掘地難覓天如何苦死坐要學

如來禪欲識如來禪歷劫常現前卷之在方寸舒之彌大千者婆不得妙烈火開金蓮報爾參玄人及早須猛省心佛皆虚名浮生只俄頃莫待無常來臨嫁却醫瘦

我笑一種人平生好輕忽讀書不曾精開口輒罵佛佛者覺義也何必苦罵之古佛去已久罵之徒爾爲覺即覺自心常令無染汚寶月琉璃中光明洞今古心外無別佛佛外無別心此心若不信六道長漂沈西方大聖人況乃孔丘語吾儂非謬傳你儂須聽取

祖師鐵牛機虚空沒關鎖須彌上搖船大海裏燒火放去非屬他收來豈存我咄哉啞羊僧如虎覷水磨

高高峯頂頭閒寂無人遊煙雲日夜起崖樹風颼颼巢鶴作鄰並野鹿爲朋儔渴酌巖下水寒拖麤布裘捫蘿陟危嶠踞石窺遐瞰盤桓倚松坐俛仰時還休逢春恰如臘在夏常如秋長年沒覊絆終身有何愁東西市鄽子苦火燒髑髏今生不了絕更結來生讎

人生在世有何事日用但教心坦平珠與金銀衘屋棟到頭難免北卭行

衆生所抱病根別諸佛因談藥味殊別亦不眞殊亦妄妄窮眞極本如如

因果歷然如指掌顚頂莫謾過青春皮囊出了又還入六趣茫茫愁殺人

天上日沒月又出山中葉落華還開黃泉只見有人去不見一人曾得回

當人早早宜自修歡樂何曾有終畢長安陌上貂錦兒秖恐無繩繫白日

業風鼓擊枯髑髏貪心如海不知足諸佛悟

之登涅槃衆生從此入地獄
事過都是空事來本非有請君聽我言莫飲
無明酒

觀音讚二首

三十二應身十四無畏力如日遊虛空何處
有蹤跡
籃裏錦鱗活鱍鱍地提起便知早落第二

題羅漢圖

諸諦空來世所無神通百變絶名模不知何
處有蹤跡却被人傳作畫圖

題牧牛圖

誰家荒疃連平原何處孤村帶喬木官田耕
盡牛正閒且對東風弄橫玉

須菩提尊者讚

雨華曾動憍尸迦讚歎重重世稀有可惜手
中麤剌蘩當時不與劈脊摟

賓頭盧尊者讚

神通妙用總饒伊我且分明一問之手策眉
毛不曾放何如煩惱未空時

寒山拾得讚

作倡吟詩既村且野謂是文殊吾不信也
燒火掃地掣風掣顛安得佛世有此普賢

朝陽穿破衲對月了殘經讚

線澀眼正昏俄逢太陽照冬來天正寒且補
者一簇冰輪飛上大空庭白如畫此帙偶未
終非貪數黑豆

達磨大師眞讚二首

長江十月浪滔天脚踏葦蘆去如箭闔國人
追不再還爭如莫上梁王殿
震旦來求大乘器分明杓卜聽虛聲當時幸

遇梁天子得脱渾身出鳳城

鼓山晏國師眞讚

聖箭射入九重城曾郎憐兒不覺醜南國攪得沸如湯大地山河顛倒走

大慧和尚眞讚

眼蓋五天骨吞四海碧眼胡以之不直分文黄面老因之倍增光彩斷妙喜世界如陶家輪置須彌盧於蝸牛角上無不得大自在臨濟一宗由是大興於世豈趨冥驀暗小根魔子所得干浼

中峯和尚眞讚

巍巍堂堂煒煒煌煌言無舌而充塞乎五湖四海名無翼而軒翥乎九有八荒其廓徹也似備頭陀契機雪峯之毬室其痛快也如忠道者悟旨佛眼之磨坊由是四十年不下西天目即青山白雲爲寶華王獅子高廣之座與森羅萬像同一敷揚斯所以鍾普明一門之秀聯慧朗三世之芳也

斷崖義首座眞讚

天目之白雲不白天目之青山不青只者是渠眞面目莫聽斷崖流水聲

東嶼和尚眞讚

明水大羹其純淡也渾金璞玉其粹温也揚蓬塵於海底摘楊華於火中其妙而不痕也西丘三世之重南宕一門之秀賴以獨存其祖肩擔荷之功尚何言也

福臻琦長老請讚（以下師自贊凡六首琦即楚石也）

心直如絃性急似箭觸著則發無背無面父藏叟不設藏叟門庭祖大慧不識大慧機變福臻手眼既通身切忌隨他脚跟轉

隆教銘長老請讚

謂是徑山本無此相謂非徑山今有此相說是論非轉增囗妄古鼎長老要作他家兒孫直須燒却此幀三世十方空蕩蕩

五祖意長老請讚

非驢非馬百無所長三十年間四坐大牀只將真實兩字自謂高出諸方即此爲黒暗崖照夜寶炬即此爲濁惡海濟人舟航譬如煑沙欲成佳饌而擬塡末法無底之飢瘡庭栢從渠旣久知渠肺腸要須別資一路却成大樹與世作陰涼

鏡中居士請讚

處世甚踈謀生至拙其夭矯也青山有雪之松其皎潔也碧落無雲之月共佛祖若仇若讎與衲僧爲妖爲孽三十年四著戲衫皆諸方之所不悅鏡中居士菴提遮知心豈在多饒舌

徒弟惠玘都寺請讚

有擒虎兕機謀無辯龍蛇眼目坐斷天下徑山須是者箇瞎禿

慈侍者請讚

百無所長眼空當世厭鈍德山點污臨濟言稱大慧嫡孫直是令人叵耐當機些子不容情偏與衲僧作冤對

慧文正辯佛日普照元叟端禪師語録卷第三

音釋

豸 丈几切池上聲蟲豸有足曰蟲無足曰豸　髦 莫毫切音毛俊髦士中之俊如毛中之髦　酋 蒸秋切音囚酋崒山峻貌　磥砢 上魯偉切音壘與磊同下魯果切音裸磊砢衆石貌　咷 徒刀切音陶號咷哭聲　娉婷 上匹正切音聘下唐丁切音廷娉婷美好貌　疃 土緩切端上聲禽獸所踐處

慧文正辯佛日普照元叟端禪師語録卷第四

嗣法門人　曇噩　編

題跋

題聖凡融會圖

迦文以神道設教故幽明無間仲尼以人道設教故彼此有殊由性命言之幽明不得不通由形跡論之彼此不得不分伯陽清淨無爲幾乎聲聞四諦之作書曰爲道不同同歸於治三聖之同同於善世利人也文中子曰觀皇極讜議三教可一其斯之謂乎因陀羅以傳記所載耳目所接幽明彼此之事筆成此圖豈亦文中子之意耶雖然世之覽者切忌按圖索駿

題英宗皇帝手詔洎蘇子瞻小帖

大覺璉在宋爲禪門碩德仁宗賜以龍腦鉢盂璉謂非佛儀式輒對中使焚之蘇文忠作碑紀述其詳可得聞也英宗賜以任性住持之詔璉謂駭人耳目内諸鍼線包間蘇文忠作書求示其詳莫得聞也璉後坐蜕四明阿育王山其後莫得聞者人皆共覩什襲至今由是如希世之寳焉眉山程正輔文忠外兄也繡衣持斧爲南海詳刑使者時文忠謫居羅浮與正輔相别已久其小帖所言喀然陶然豈知當軸有欲殺意乎噫彼儒此佛雖各不同其砥節礪行守志不回上悚九重明主下激萬世頹波誰謂其果不同耶

題徽宗皇帝墨寳

宋有天下第八世大柄日移庶政日解時薛昂由尚書左丞登門下省進無謇諤之忠退無恬靜之節區區爲二子祈請職名可謂社

稷臣乎祐陵親御翰墨批其謝辭龍翔鳳翥雖聳觀瞻禄位之冗莫甚於斯者又六年金人長驅汴京矣宗廟既淪禾黍生民亦墜塗炭此札獨流傳至今脫或播之太史實爲千古商監

題雲居即庵和尚入院佛事遺藁

即庵始登雲居時先一夕宿瑤田庄夢伽藍神安樂公謂曰汝與此山秖有一粥緣明日午後至寺晚參罷會同袍二僧鬬很聞於寺司凡新到例遭斥逐師深切疑訝後數年蜀士有宦達於朝者與師親故以雲居虛席請師補處師欣然承命將復徵往夢竟至瑤田庄而寂佛能空一切相成萬法智而不能即滅定業能知諸有性窮億劫事而不能化導無緣於斯二者即庵可無憾矣癡絶以福不逮慧爲慮重加粉飾何言之小哉番昜克貫藏主出其入院佛事真墨爲示余謂此紙有關教門重輕豁達空撥因果妄謀進取者觀此得不稍戢芒鋭云

跋張紫巖及圓悟宏智諸老墨跡

紫巖張魏公爲宋南渡第一人物其宣撫四川時圓悟大師祖嘗把其手囑曰杲首座真得法髓苟不出無支臨濟宗者叮嚀再三至於忍泣故公造朝首以徑山奏請大慧師祖出世濟北一宗由是震耀天下茲偈之寄其於大法豈小補哉師祖平生痛事韜晦有不作者蟲豸重誓故偈末因以肯出頭否詰焉敘引朽腐銜位磨滅覽者固難曉解今以公所述塔銘與小谿雲門祭文及圓悟臨終録日月證之洞然無復餘蘊矣圓悟爲隰州諸

父行大慧與隰州並化四明當時號二甘露門默照邪禪尤大慧所深詆天目爲圓悟五世孫跋語盛稱隰州雲蓬月櫂沙鷗旅鴈皆題品詳悉獨無一語及力扶聖主作中興贏得廣傳無盡燈之寄豈當時未有魏公張紫嚴此衹夜伽陀耶何摘摭星宿遺曦娥也

題趙伯駒畫隋矦救虵圖

蟲類之毒莫如虵人皆知惡焉昔有虵被傷隋矦救而活之其虵後含一珠致謝其大徑寸其光可並明月世之見利忘義負大恩不報有愧是虵者多矣而人不知惡方矜之騁之以爲能事趙伯駒豈無激於中而然耶

題照律師遺墨

大智老人爲宋僧一狐之腋四明顏聖徒評之詳矣今觀燕寂遺墨因寄意云律中麟角者一字值千金五濁波濤海何人識此心

題靈隱寺重刊鐔津文集後

井蛙不可語海夏蟲不可語冰莊周之達言古今之極論也宋皇祐間篤時咎冰拘墟藐海日用不知者嘗欲致瘡痏於吾佛教法仲靈嵩公禪師由永安山中抱成書奏之天子天子覽其書賜號明教大師詔付傳法院編聯入藏使與諸佛修多羅同爲萬世耿光當時立朝如韓稚圭富彥國田況趙抃諸豪莫不心悅誠服其平昔以彌戾車執迷自昧者由是悉皆從風而靡劫石可磨明教此之大功不可磨也劫波可盡明教此之勝德不可盡也靈隱所刊文集年深損壞天台耆宿志真揮槖金一新板本以壽天下後世其於教法豈小補哉

跋高前山所藏蘭亭并無禪諸老墨跡

龍躍天門虎臥鳳閣梁武至公之評也況蘭亭又其得意者耶吾宗諸老在道眼不在翰墨無禪則戒月孤高見地暴白由前山翁嗣其法知焉雪巖則禪門巨擘有向上爪牙而波瀾放肆者也佛慧佛心木翁輩行雖不同則與前山翁同頡頏西渤雄席間膠漆其情金石其義死生以之固宜

題曇藏主拆襪線集

以拆襪線欲補此向上一竅其膽氣可謂過人矣殊不知我王庫内無如是刀

題浮山遠禪師小帖

師始參葉縣縣門庭峻硬衲子畏莫敢近時天方雪寒既水灑之又挺逐之師志益鋭言曰其甲數千里特為此事而來豈以水挺去縣笑曰子却要參禪遂得掛搭後充典座衆苦枯淡縣偶出師取油麪作五味粥縣歸赴堂大怒其事坐僧堂前估衣鉢趂出院師無難色因僦屋而居託人願求隨衆入室縣亦不許後徵索僦屋錢師持鉢以償縣出見之復笑曰子真有意參禪令人喚歸未幾遂浩然大徹光明至今燭天今之鵝道人稍不協意謗讟蜂起恨不誅之如仇視師宜如何哉余嘗想其人不可見今觀此小帖亦足聊慰萬一師自號柴石野人以其通曉吏事或稱録公云

題東林十八賢圖

晋室土崩瓦解卯金傍睨懷竊取神器之心陶靖節寄興於酒謝靈運託志於詩因與鴈

門大士同結淨社於九江廬阜之間共其事者凡十有八人斯時也果何時也宋李伯時以筆端如幻三昧摹寫普示天下後世覽者其可無感於中哉

題華光墨梅

得其精而忘其麤在其内而忘其外華光其有之矣簡齋云意足不求顏色似前身相馬九方皋旨哉言乎

題龍頭

頭角崢嶸非懷握所玩風朝雨夕宜常宣吾佛無上神呪以呵護之霹靂一聲恐擘天飛去也

題圓悟帖

高皇幸江都時圓悟由金山詣行在所一日上遣使者八輩請悟就殿說法敷演簡徑奏對明白皇情大悅嘗問所居金山何如悟以大江多風寒恐老病浸極爲對因有天下名山惟師擇居之詔遂遷甌峯祖席時高菴已揭退皷居寺之東堂塔碑載之詳矣此帖謂金山和尚以寓蜂懷持江心因以病辭當是高菴既立僧之後未華頂之前有旨補處金山而堅臥不起故形簡牘如此不然何言其在東塔甚安穩也禪門寶訓云同高菴者異圓悟是圓悟者非高菴此乃二家宗徒事也悟退院上堂與臨歸蜀小參略曾及云今贋浮圖往往引以爲故事以藉攘奪之口豈果知古人也哉

題紫巖張魏公所書心經後

唐太宗以般若辭義浩博卒難究盡玄奘因縮大爲小譯成此經以便觀覽紫喦張魏公

忠孝兩全爲宋南渡第一人物自非明悟此不生不滅般若清淨心體思陵二百年中興之業何由克成今觀經中所書勁正之氣與南嶽爭高當不在王逸少遺教經下也

跋癡絶所書草堂法師示道璋書授其徒惠派

有運斤之手無受斤之質則其道不傳有受斤之質無運斤之手則其道不知知者其津涉也傳者其源流也源不清則其流必溷津不正則其涉必迷斯二者所以常相求而不相離也西天四七東土二三師勝資强本深末茂光明俊偉磊落掀天地亘萬世者豈外此别有旨意哉草堂之於道璋也諄諄其言運斤受斤可謂明矣癡絶之於惠派也咄咄其書受斤運斤可謂至矣源清而流溷津正而涉迷吾不信也

題龔翠巖羅漢圖

西方大聖人嘗慮正教湮微命高第弟子應身末法之中隨其顛倒所欲而誘掖之楊文公大年修傳燈録敘正傳傍出外别收應化聖賢其得之矣宋南渡有老融者由汴京棄儒歸釋以筆端如幻三昧取應化事跡畫而成圖使賢愚一目皆了樓大參謂老融惜墨如惜金蓋言其精如此傳融之學者四明則有胡直夫西蜀則有元上人今觀龔翠巖所作十二相雖出於老融脱略筆墨畦徑則又非胡與元所能跂及融也龔也噫其誘掖正敎之功豈止契合佛意與楊大年爭衡而已昔孔子作春秋以一字爲褒貶太史公志貨殖傳滑稽其褒貶雖若稍異鞠其指歸亦豈

異哉

書大慧答常禪師書後

中天竺曉常禪師者始與大慧同依普融於汴之咸平咸平太宰輔香火寺也會圓悟升天寧慧由太宰園庵復往依之既而深得法髓不疑古今舌頭悟因以分座訓徒俛焉高皇駐蹕呉會常居中竺嗣普融慧居徑山嗣圓悟法門叔姪由此遂分及南遷衡陽也常遣密首座田巡檢殷勤致問此意豈擠之又下石者可同年語哉慧之報章也又豈以道大望重眼高四海遽忘叔父之敬乎其答王大受書云密首座某與渠同在普融會中相聚則密之將命數千里訪問生死猶非苟然今庸謬寡識以麒麟揎自目不知有法門禮義者視此爲何如哉常後終閏之金山云

題毛氏放龜圖

普咸康中有得白龜於武昌市者豫州刺史毛寶贖以金畜之甕間放諸江及邾城之敗爲石季龍所逼士卒陷没江水者不可勝計寶所蹤獨若巨石乗以抵岸囘顧而去即前所放龜也噫介蟲之精且能報恩如此彎射羿之弓懷殺原之刃滔滔皆是可以人而不如龜乎

書鏡巖頌軸後

軒后所鑄分妍媸者鏡魯邦所瞻亘古今者巖院同章公鏡巖推斯二者位乎僧省之間其明也若彼其高也如此既復名之又復實之歌乎鏡詠乎巖豈止是而已耶

題梅詩十君子圖

詩之召南書之説命孔子昔所删定也皆言

其實而不及其華由漢何遜至唐宋十君子者誦召南讀說命習孔子之業者也形諸詠歌述諸章句皆言其華而不及其實世道不古人心益薄且僞其不敦本也類皆如是予觀是圖切有感焉

題四皓唱歌四之鼓腹圖

西秦鹿失四皓唱藍田之歌東晉土崩四之鼓華胥之腹山林朝市雖各不同其求志自適未始不同也雪窻晴玩令人遠想慨然

題雪巖語

雪巖老禿以自已煎過藥淬欲起世人膏肓必死之疾其危甚矣耀禪人偶收姚居士所傳舊方宜急付烈燄聚中庶免後之來者有誤服餌

題癡絕示衆墨跡

龍門佛眼云是身壽命如駒過隙何暇閑情妄爲雜事迦文老人最後決定明訓莫過此也玉山癡翁舉以示徒從而忉怛再三致使隨聲逐色禪流一時墮在葛藤窠裏無出頭處徒弟斋曇嘗典鍾山藏鑰但以龍門最初四句作日用警策非獨一大藏教皆成剩語且知鷹窠元有鏡容十二面也

題過水羅漢圖

住壽命動天地飛行虛空舉念即至惟佛一人乃得呵之李龍眠以畫滑稽作一軸詭形怪狀爲過水羅漢圖俗工効顰由是徧寰宇一犬吠虛千猱嗟實信然

題子昂趙學士所書中峯和尚鐘銘

昔拘留孫佛於竺乾造青石鐘頂類諸天腹陷衆寶其中可容十斛有化如來隨日出沒

明宣秘演或聞不聞教典至今傳焉古杭爲東南第一都會天目則高出古杭衆山獅嵒禪苑則又高出天目西頂比丘志彰冶青銅萬斤而成一鐘簴於寺嵒之後岡其化如來霜朝月夕常爲呉淛夢境衆生作大佛事將使聲塵所至登正法樓悟無生忍臻自覺聖智之妙殊勳勝烈非獨不在拘留孫下匃住之記子昂之書亦將與此鐘音吼同不磨也

書友山頌軸後

孟子曰友也者友其德也屹立天壤間亘萬世不可磨皆莫山若也山之德也如是其可不友乎朱博蕭育張耳陳餘反眼若不相識視此爲何如哉

題錢舜舉垃圾堆圖

舜舉此圖其以畫滑稽遊戲者也當與柳子厚之蝜蝂陸魯望之蠹化蘇子瞻之八物同一機軸於世豈曰無補蒙莊謂東郭子云道在螻蟻道在稊稗道在瓦甓道在屎溺可以垃圾堆而眇視之耶

題大慧示大禪法語

大慧老祖在宋南渡光明如十日麗天音吼若千雷震地阿修羅手乾闥婆城雖不無蔽虧亦豈傷其耀古騰今警聽發聵者哉不因蟠根錯節不足以别利器杞梓連抱必有數寸之朽其斯之謂也當其梅衡二陽時爲法忘軀之士負大經論者有之博極書史者有之詩詞高妙者有之翰墨飄逸者有之非其平生道眼明白高出死生之表能使之不自疲厭如此東呉明大禪蓋參徒之磊落傑特者故偈語有識得玄中玄作得主中主之句

後乃繼踵五峯今此紙爲靈隱慈首座所藏雷電之夜宜謹視之僊官六丁負之而趨五濁世中不復有此法寶也

題圓悟帖

如是順物如是方便此菩提達磨十萬里西來悲誨邊隅家法也當黏罕陷汴四海九州侔一鼎之沸高皇以兵馬都元帥即位南京行幸吳會圓悟老祖由金山得請雲居能循弘覺舊例遣化五十員豐糧食贍齋盂使八極頂目者優游禪悅究明生死大事法席之盛至今傳焉視碧眼胡如上格言大訓真不忝矣後生晚進以世俗簡牘衒鬻者其可得與此帖竝案哉

跋覺範寄黃檗佛智禪師書

大慧老人黑暗崖照夜之火炬也濁惡海濟人之津筏也嘗自誓云寧以此身代大地衆生受地獄苦終不將佛法當人情燒乃翁碧嵒之板揭洞上密傳之榜排鄭尚明默照之非其以天下至公爲無上大法施主有祖以來一人而已今觀覺範與黃檗智此帖言某竊見百禪師傳輒焚去者一十九人不知爲何意蓋虎生三日其氣固已食牛覺範雖稱前輩詞彩照映禪門見地差訛豈能全免諺有曰明眼人前三尺暗其斯之謂乎

書義山頌軸後

君臣父子之義崒乎五嶽不足爲其高師徒朋友之義屹乎十虛不足爲其大此義也此山也仰之彌高鑽之彌堅瞻之在前忽焉在後範圍天地之化而不過孱夫諂子執一而廢百日用而不知可得妄生睥睨者哉

書梅隱頌軸後

伯夷西山之隱託薇以自晦呂望東海之隱託釣以自顯綺皓商山之隱託芝以自高元亮栗里之隱託菊以自逸十錦沇君以梅隱爲其别稱將慕逋仙而爲藐姑射之遊乎抑起板築而爲商鼎之調乎其必有以自處矣

重鐫蔡君謨記徑山遊題其後云

首楞嚴云山河大地皆是妙明眞心中所現物上而竺墳魯典下而稗官小說乃至百家異道之書未有舍此所現而能鏗金鏘玉震耀古今者宋景祐間莆陽蔡君謨由觀文大學士出守杭城其記茲山嵒石之奇峭水木之幽茂自謂若覺而言夢信不誣矣漣水尉杜叔元嘗磨崖大書昭於當時苔埋蘚剥霜凍雨淋不二百年漫滅殆盡少林嵩禪師易以木板刊之今亦日就圮腐耆宿惠洲出已資伐石重加雕鐫置之流止亭間與唐崔元翰所銘大覺之道之德並行於天下後世可不遠且大哉後至元丙子歲題

題跋

題張義祖墨跡

鄧國文懿公當宋有天下第四世君明臣良海宇寧一三登中書門下省於仁宗前嘗爲范仲淹極口開解謗讟其事偉矣納女宮中以圖固位由是時論鄙之義祖文懿晩子也生綺紈中五十年以書畫自娛而不爲聲色所鴆張方平以宣徽南院使判𨼆待之十日竟不一至所立卓爾賢於迺翁遠甚其引筆行墨有晋諸王凝操氣骨得而不知寶之可乎

題癡絕墨跡

癡絕得法自在其汪洋衍迤出同時諸老上至若鉗鍵綿密機語切深視圓悟大慧應庵則不無慚色令楫藏主所收揭示開禪法語黃檗打臨濟則固是臨濟因甚却掌黃檗謂知此毒來處埋沒臨濟老師謂不知此毒來處辜負癡絕和尚總不與麼黃檗在鼻孔裏冷地發笑

跋宏智石窻自得張漢卿諸老墨跡

今天下據曲彔木以鍜爐步自冒者求一剛正如石窻已不可得況古淡如自得者乎求一古淡如自得已不可得況典贍麗密光明俊偉如隰州古佛者乎宗門號稱本色尚皆看不上眼副墨之子洛誦之孫求一軒豁磊落深信吾法如雪窻張左藏何異鑽冰索火壓沙討油哉焚香三復令人心意朗然同視今諸方作望塵態於形勢之途者何其陋耶

書顏聖徒手抄四六藁後

用世語言入佛知見如來深所訶責易之一陰一陽老之道可道清涼尤加擯斥況駢四儷六抽黃對白者乎四明顏聖徒宋建紹間由毘尼而天台由天台而禪肆當時號爲儁人其達磨疏有曰日居月諸曾根源之罕究齒搖髮脫猶枝葉之徧尋能自知入海算沙之困庶幾可無媿焉

跋則無範禮塔得舍利頌軸後

梵語設利羅此云骨身孔老之書無有也惟砥節礪行於如來最上乘其圓明正性不與形質俱弊者乃得有焉昔康僧會於吳大帝朝膜拜至三七日獲設利羅光彩奪目佛慧

命由是大昌今饒城則無範膜拜不崇朝獲設利多至三十顆視僧會尤加奇偉佛慧命其復昌乎鉤棘其句藻繪其辞鏗鏘之詠歌之吾未見其已也

蔣氏子書蓮經請題

由雉身爲晉開士杭之翼公是也由蛤身爲宋名緇婺之印公是也山梁吐綏之姿春池吠月之質一聞此經便乃蟬蛻死生超然物表爲光明幢炳燿癡昧三周七喻之功不其大乎至若稟五行之秀口誦此經歸真後舌作青蓮華香與置鐵鏤書鎮於母氏者固不在言也古雲蔣君手書此經誠心所發楷正遒麗與此經相終始異世他生可得涯涘哉覽者其毋忽

跋一村僧帖

村僧之村阿伽陁藥所不能療諸大禿兵復出村語増其沈痼千佛出世亦無如之何矣

題舊作詩後

余今八十有一閉門靜坐日俟無常之至忽集慶齊萬峯出五十年前舊詩爲示如房琯見夏口甕中之書張方平見瑯琊梁上之經真隔世事也況晦中明東嶼海古林茂商隱予四友皆成古人無可爲太白殘月之配也

跋心遠同知五峯參政題高前山詩卷墨跡

昔無畏琳公玄理外吟筆尤高古一時士大夫皆與爲方外交蘇文忠嘗擘窠大書云琳老詩禪或曰禪詩叢林至今以爲美譚今心遠同知於前山翁其所書既已暗合孫吳五峯之激賞雪庵之品評咸不在熈豐諸老下

豈今人中果無古人耶

跋大慧墨跡

濟北之道至大慧如朗日麗天何幽不燭如疾雷破山何蟄不醒呫呫動其喙騰妬謗之談者非盲與聾則不爲也一時文章鉅公龔所學執弟子禮如李漢老韓子蒼馮濟川張無垢輩駢肩累跡殆不可悉説其光明俊偉絶出古今矣此偈由無相居士發以偈句事跡推之則内都知董德之其人也以法語道號校之則内殿直鄧子左其人也師被命育王十三閲月復被命徑山豈當時參問有兩子張法語所示是董非鄧其摳衣既多其説法亦廣禪録難備攷乎讀之者宜詳焉

跋癡絶讃迦文項羽二墨跡

法性寛波瀾闊在玉山癡翁則固有之黄面老人三百六十餘會説一大藏之乎者也至拈華普示大衆迦葉波只一破顔微笑便云吾有實相無相微妙法門用付於汝項王麾百勝之師所向無不如意至垓下之會乃泣下數行取彼一騎一都尉引天之亡我非戰之罪爲辭由是而言若儒若釋至切害處豈言議足以盡其所藴耶

題方山和眞淨二偈

東山因讀眞淨禪録嘗合掌讃歎云末世中有恁地尊宿大慧老祖目其爲弄大旗鼓手殴尤以不一識爲恨由是言之眞淨説法非他人可比今方山翁所書二偈特其太山一毫芒耳既書其語復次其韻豈亦東山大慧遺意耶不然何跂慕之篤如此

跋鐵牛與淨人化檀越爲僧書

人人皆淨名龎蘊不薙髮可也人人皆老盧丹霞不市牒可也大法浸衰不逞之曹竄名僧籍身雖出家心不入道視鐵牛此語當縮頸入地

跋大慧癡絶天目偃谿晦巖斷橋象潭叔凱諸老墨跡

新州樵者倩童子書壁光明至今如日月麗天吾宗諸老非在筆墨畦徑間昭昭矣大慧起濟北於將仆香水海爲口蘇迷盧爲舌亦莫稱揚萬一癡絶見曹源天目見松源其法中伯仲也偃溪晦巖斷橋同時鼎立今皆有兒孫據雄席象潭嘗典惠嚴破院欲聚泥團聽法而泥團亦無叔凱苦吟師浪僊而不及者九臯集今在焉

跋石田寄孟無庵辭世頌

少保孟無庵由定海統制受命滅金手提步卒七千捄淮蔡之根柢雪汴梁之冤讎由是遂爲南北兩朝名將豐功偉績布在青史非可誣也至於屣棄功名唾委利禄徧參江淛老禪究明父母未生一段奇特大事尤非他人所能及冷泉石田法兄隻履臨行時獨於少保孟公懇懇不能自已此乃靈山付囑遺意豈流俗淺見可得管窺蠡測者哉

題莊子畫像

漆園之文視老列最爲奇峭其所譚道妙未始離乎老列也宣明養素眞人慕其爲人畫其肖像與胡椒八百斛金釵十二行大有徑庭矣

題鹽官犀牛扇圖

鹽官國師道契主上名落天下黄檗分座説

法其間李唐宣宗丁内難時嘗掌記室道大德備不在言矣其索犀牛扇話尤膾炙人口今觀此圖雖是頭角分明若乃認以爲實正如失劒刻舟

跋名公帖

紫谿真逸楷法外兼臻草聖之妙此書恐非得意者蓬居事母以孝聞當時濟顛靈跡甚異泉大道之流也朴翁學詩蓬居而青於藍由鄮峯悟旨之後開口動舌無非歌詠本地風光松源三句註脚脱出語言窠臼臧翁謂其深得彭郎家訓豈必然耶

書子昂千瀨唱酬詩後

子昂此二詩韻高而氣清才長而工熟非韋蘇州柳河東則不能爲也昔相遇於錢塘解舍舉以爲示嘗詰之云清淨安得有障子昂云厭垢穢愛清淨去彼取此是非障與予曰將謂是箇翰林官人元來却是箇冠巾和尚胡盧一笑而罷子昂復云老母出某之夕夢一異僧入室故平生酷嗜佛書禪門諸祖語雖不全解一見皆略知其意千瀨慣與子昂言詩不知曾言及此否

題裁縫頌軸後

一鍼鋒上拓開百千微妙法門能大能小能短能長能高能下能玄能黄龍蟠鳳逸衲僧讚歎有分鷹揚虎視稱師匠者拱手歸降鷄足山中黄梅夜半又何足云

題堯民鼓腹圖

洞庭之蛇既斷桑林之狶亦禽由猰貐至十日諸害皆熄怡怡愉愉咸躋仁壽於斯其見之矣

書海翁書記諸友贈行頌軸後

余與海翁別今三十四年其的骨孫鑑上人忽出此卷咸淳間南北宕諸君子恍然如見顏色曾不知身在陵遷谷改城是人非中也鑑方潛鞭密練以佛祖事業居懷固將揭斯道焜耀當世孰謂海翁其果亡與

跋偃谿墨跡

天台宗徒西堂以所號爲請佛智師伯以笑堂命之欲其蟬蛻客塵煩惱怡然自家閫奥意固偉矣殊不知迦葉波破顏微笑反居門外水潦遭蹋正墮階前千古之下黐成笑具

松江明上人舌端血書九經請題

如上九部妙典諸佛骨髓也衆生命脉也禪門關鍵也教苑精華也悟之則高蹈十方迷之則流浪諸趣松江慧明上人發大勇猛施大精進於自已舌端放紅蓮華色光明發揮此無上法寶普爲有情界中非器人等作大饒益其功行可思議乎

題無擇頌軸

伽黎倒搭和身臥榔栗横拖信意遊不辨刀山并劍樹豈分酒肆與歌樓此四十二年前居棠堂時與玉岡霖公所作無擇號鄙語也時虚谷在後板雲峯爲不動軒主人後三十年虚谷由宜陽大仰而踵雲峯之席無擇神秀昌公嘗以此軸請虚谷題焉又六年予由良阧西庵復補虚谷之席昌公亦復以此爲請回視軸中故人十無二三吁後之視今亦猶今之視昔悲夫

題孔門諸子圖

蜡畢之遊舞雩之詠於斯求之何異按圖索

駮者哉從孟氏者常以曾子爲稱首從荀氏者常以馯子爲稱首二子皆出夫子各專師說互有不同九原可作吾將起此十一子而問之其必有以語我矣

跋瞎堂和尚墨跡

瞎堂老人曾參雲巖遜及起鐵拂者皆掌印可其心終不自肯至圓悟室中然後大徹有奮鐵舌轉關棙之贈故禪林至今以鐵舌稱焉大慧師祖在梅衡有傳其提唱駭云老師晩年有此兒耶遂以圓悟所付法衣寄之其所說超離情見脫略窠臼皆非承言滯句鷂道人可窺測徹禪此偈奚足涯涘其平生萬一

題藏叟所作偃谿茶湯榜遺槀

四六非古也魏晉以降道喪文弊此作由是興焉藏叟老人妙喜三世的骨孫臨濟命脉所係駢四儷六豈其責乎葢其天姿英發早歲家塾間爲之素熟故習未能頓忘耳天和首座得其偃谿茶湯二榜十襲以爲至寶謂其平生實在於此誤矣

題羅漢圖

梵語阿羅漢此云應眞一應斷煩惱障二應不受後有身三應受人天供養證此聖果以曠大劫爲壽命隨意或延或促飛行水陸震動天地皆遊戲餘事惟其沈空滯寂只知自了不顧度生迦文老人所以深所訶責唐宋諸賢想其儀軌寄之筆端如幻三昧使流俗知所跂慕令妄一男子隨例輒恣毀斥拘墟而藐海坐井而小天可笑不自量也

題香山九老圖

商山之四皓竹林之七賢皆以不能深藏密伏爲時人所描畫今古筠圓上人示予香山九老圖予今平頭八十胡杲吉旼劉真鄭據盧真則長予九歲八歲七歲五歲三歲張渾白居易狄兼謨盧貞則少予三歲六歲十歲復乃署名其後安知異日不爲他人所描畫謂予老不知死尚復把人杓柄與時俯仰哉

元統閼逢閹茂三月吉旦書於不動軒

塔銘

中順大夫秘書少監致仕黃溍撰

菩提達磨以摩訶迦葉所得無上正法來止中土直接上根其後支分爲二心印獨付於曹谿派别爲五而宗風大振於臨濟至大慧而東南禪門之盛遂冠絕於一時故其子孫最爲蕃衍徑山元叟禪師大慧四世孫也師諱行端元叟蓋其字族臨海何氏世爲儒家母王氏能通五經師生而秀拔幼不茹葷超然有厭薄塵紛之意六歲母教以論語孟子輒能成誦雅不欲汨没於世儒章句之學十二從族叔父茂上人得度於餘杭之化城院十八受具戒一切文字不由師授自然能通而其器識淵邃夙負大志以斯道自任宴坐思惟至忘寢食初參藏叟和尚於徑山叟問汝是甚處人師云台州叟便喝師展坐具叟又喝師收坐具叟云放汝三十棒參堂去師於言下豁然頓悟一日侍次叟云我泉南無僧師云和尚聻叟便棒師接住云莫道無僧好叟領之即延入侍司是時衆滿萬指莫有契其機者叟既告寂師至淨慈依石林鞏公即處以記室相與激揚此事與虛谷陵東嶼

海晦機熙東州永竹閣眞爲莫逆交尋以靈隱山水清勝往掛錫焉師嘗自稱寒拾里人横州珙公在育王以偈招之曰寥寥天地間獨有寒山子師竟不渡江而謁覺菴眞公於承天復參雪巖欽公於仰山巖問何處來師云兩浙巖云因甚語音不同師云合取臭口巖云嬾徑橋高集雲峯峻未識書記在師拍手云鴨吞螺螄眼睛突出巖笑顧謂侍者點好茶來即送師歸蒙堂居三歲而巖逝乃還浙右虎巖伏公時住徑山請師居第一座既而退處楞伽室擬寒山子詩百餘篇皆眞乘流注四方衲子多傳誦之大德庚子出世湖之資福伏公加盛禮覲師唱其道師微笑而不答瓣香酬恩卒歸之藏叟焉學徒奔湊名聞京國後三年癸卯特旨賜慧文正辯禪師

中書平章政事張閭公任行宣政使首舉師主中天竺開堂之日公率僚屬親臨座下寺當久廢之餘師爲樹門榜而正鄰刹之侵疆治殿宇而還叢林之舊觀皆出公外護之力皇慶壬子遷靈隱有旨設水陸大會於金山命師陞座說法竣事入覲於便殿從容奏對深契上衷加賜佛日普照之號陛辭南歸即拂衣去養高于良渚之西菴至治壬戌徑山虛席三宗四衆咸謂非師莫能荷負其任相率白于宣政行院請師補其處泰定甲子用使院閫詞奏請爲降璽書作大護持師至是凡三被金襴袈裟之賜二十年間足不越閫而慕其道者鱗萃蟻聚至無所容歲饑皆裹糧而來以得見爲幸徑山自大慧中興後代有名德得師而其道愈光師嘗勘一新到僧

云何方聖者甚處靈祇僧云臨朕禔師云杜撰禪和如麻似粟參堂去又勘一僧云棋槃石斫破你腦門盋盂池浸爛你脚板僧擬荅師便喝又勘一僧云擘開華嶽連天秀放出黃河徹底清即且置平實地上道將一句來僧擬開口師便打其機鋒峭峻多此類師以呵叱怒罵爲門弟子慈切之誨以不近人情行天下大公之道爲藏叟之的傳一人而已師之利他皆陰爲之沒齒不言而其道德聞望爲朝野所推服薦膺命賜人以爲榮而師未始自衒意漠如也暇日以餘力施於篇翰尤精絶古雅石田林先生隱居吳山不與世接獨遺師以詩曰能吟天寶句不廢嶺南禪其取重於前輩如此師生於宋寶祐乙卯佛涅槃後一日以至正辛巳八月四日終於徑山之丈室世壽八十八僧臘七十六其先五日示微疾問侍僧云呼之曾已休吸之尚未舍寄同諸苦源來者不來者如何是來者不來者侍僧無語師良久云後五日看越四日夜分沐浴更衣別衆趺坐書偈云本無生滅焉有去來冰河發燄鐵樹華開投筆垂一足而化龕留七日顔貌如生以是月十一日奉全身窆於寂照塔院而分爪髮建塔於化城幻有精舍四會說法語有録行於世所度弟子若干人嗣其法而同時闡化於吳楚閩粵蜀漢間者若干人其上首靈隱法林本覺梵琦中天竺祖銘等狀師行業俾溍書之玆碑溍忝從章甫逢掖之後未能於宗門中齅薝蔔之香嘗醍醐之味罔知所以措其頌美之辭庸備著狀所述爲之序而銘諸庶幾不失

其實來學得以究極夫旨趣云爾銘曰
大雄唱滅宗途肇分不有單傳孰開我人巍
巍大慧垂陰四葉門庭之盛規重矩疊法雷
普震裂地轟天據獅子座四十二年被遇三
朝便蕃異數王臣順風有嚴外護大法棟梁
一夕而摧本無生滅焉有去來寂而常照碧
潭秋月散爲千光非同非別徑山蒼蒼上與
雲齊眞身常住大慧焉依讚述虗空非愚則
惑直書具文刻此山石

慧文正辯佛日普照元叟端禪師語録卷第四

元叟端禪師語録後跋

諸法無法體所說惟是心不見於自心而起
於分別今觀徑山元叟禪師四會語一一從
自己胷中流出其妙用也如鼓百萬雄兵於
遠塞蔑有當其鋒者其方便也如聚珍怪百
物於通衢至者隨所探焉收放縱横得大自
在大慧云如將福州名品荔枝剥了皮去了
核送在你口裏自是你嚥不下以此知禪師
得大慧五葉之正傳能大其家世者也其有
永得魚免者當勿忘於筌第至正癸未上元
日妙道敬題于竹山閒檐時年八十七矣

音釋

蛻吐内切音退蛇蟬所解皮也　諤逆各切音噩謇諤直言貌　戢側入切譖入聲藏也也斂也　稊稗上杜兮切音題穢草下蒲邁切音敗草似稻而實細　孱鋤連切音潺懦弱也　呫他協切音帖呫呫小人又嘗也　績資昔切音迹成也績也又事也功也

佛日普照慧辯楚石禪師語録

小師比丘祖光編

清刻龍藏佛說法變相圖

佛日普照慧辯楚石禪師六會語録序

金華　宋濂　撰

大慧提唱圜悟之道於徑山神機妙用廣大無礙入其門者凡情盡喪得法弟子不翅十餘人各闡化原而佛照於其中稱爲善繼佛照之後而妙峯紹之妙峯之後而藏叟承之如持左券相授器度脗合無差爽者寂照在四傳之餘復能克肖前人誠所謂世濟其美然而諸佛證入雖有不同其上接西來宗旨使人離垢氛而發精明者則一而已矣寂照之弟子楚石禪師蚤以穎悟之姿鋭意於道一時名德若晦機若虛谷若雲外爭欲令出座下師皆謝之惟詣寂照之室反覆叅叩一聞鼓鳴羣疑冰消世間萬物總總林林皆能助發眞常之機自是六坐道場說法度人嬉

笑怒駡無非佛事至於現寶樓閣及種種莊嚴導彼末法因相生悟其與一實境界未嘗違背聲聞之起水湧山出迨世緣將盡顔色不異常時儼然坐脱如返故盧則其俊偉光明較於恃口給而昧心學者其果何如也哉嗚呼大慧之道至矣自他宗言之執持正法作獅子王哮吼者固往往有人第近年以來傳者失眞瀾倒波隨所趨日下司法柄之士復輕加印可致使魚目混珍揚眉瞬目之頃輙曰彼已悟矣何其易悟哉人遂誚之爲瓠子之印非特此也五家宗要歷抄而熟記之曰此爲臨濟此爲曹洞法眼此爲溈仰雲門不問傳之絶續設爲活機如此問者即如此答多至十餘轉語以取辦於口名之曰傳公案若是者皆見棄於師者也今觀師之六會語小入無内大入無外機用眞切無愧先德惟具金剛眼者有以知余言之有在也余耄矣厄於索文者繁多力固拒之此獨樂序之而弗寘者憫魔説之害教表正傳以勵世也師諱梵琦其字楚石行業之詳則備見塔銘中其來徵序者得法上首瑩中獻公也無相居士金華宋濂謹序

佛日普照慧辯楚石禪師語録序

自鷲嶺拈花鶴林示寂以來二千有餘歲矣所謂實相無相微妙法門初不增減也然古人有言得之於心伊蘭作栴檀之樹失之於旨甘露乃蒺藜之園若作得失論量未免傍觀者哂初機後學憑個什麽菩提達磨觀東震旦國有大乘氣象遂逾海越漠而至金陵奏對梁王梁王不契折蘆渡江憇止少林面

壁九年終不杜口空回須印證神光始得神光五傳而得曹溪析爲二宗其一爲南岳得馬祖馬祖之下臨濟潙仰宗之其一爲青原得石頭石頭之下雲門曹洞灋眼宗之是爲五家宗派臨濟得興化興化得南院南院得風穴風穴得首山首山得汾陽汾陽得慈明慈明得楊岐楊岐得白雲白雲得五祖五祖得圓悟至此又析爲二宗妙喜虎邱子孫滿地妙喜得育王佛照佛照得靈隱妙峯妙峯得徑山藏雲藏雲得寂照元叟無非磊磊落落掀天揭地者今天寧楚石禪師實嗣元叟五十年間六坐道場偈語流布叢林其提唱有六會録脫畧近時窠臼嚴持古宿風規電坼霜開金聲玉振是稱妙喜第五世的骨之孫覽者自當有所證入至正丁未秋曲江居士錢惟善序

佛日普照慧辯楚石禪師語録目録

佛日普照慧辯楚石禪師語録目録

佛日普照慧辯楚石禪師語録卷第一

小師比丘祖光編

住福臻禪寺

師於泰定元年冬在徑山興聖萬壽禪寺首座寮受請入寺

山門盡大地是解脱門枉做個佛法會却泥多佛大水長船高

佛殿城東老母不願見調達比丘常怒嗔信手拈一炷香也是冬行春令

祖堂總是這一隊漢佛灋不到今日不是這一隊漢佛法不到今日且道是肯他不肯他

據室繩牀角頭三尺地是諸人乞命處放過一著轉見不堪你也没量罪過我也没量罪過

行宣政院帖孤峯頂上盤結草菴有口只堪掛壁十字街頭解開布袋入水方見長人因什麼到恁麼地度帖云只將補衮調羮手撥轉如來正灋輪指灋座云爲灋來耶爲牀座耶摩霄俊鶻便合乘時止濼困魚徒勞潑浪遂陞座拈香祝聖罷拈香云此一瓣香奉爲見住徑山元叟端和尚用酬法乳之恩斂衣就座天寧老和尚白槌云法筵龍象衆當觀第一義師云早是第二義了也偏問便是第三義然當爐不避火迸新長老今日性命在諸人手裏一任横拖倒拽重賞之下必有勇夫有麼有麼僧問天墜寶蓋地湧金蓮一句無私如何祝贊師云吾常於此切進云常將日月爲天眼指出須彌作壽山師云三千年黄河一度清進云我本無心有所希求今此灋王大寶自然而至且如何是灋王大寶師

云有眼者見有耳者聞進云莫秖者便是麽師云擊碎髑髏拽脫鼻孔進云如何受用師云直待雨淋頭僧禮拜師乃云未離兜率已降王宮未出母胎度人已畢三世諸佛歷代祖師天下老和尚說心說性舉古舉今總是無風帀帀之波實情好與二十柱杖新福臻今日不是盡瀽無民打頭不遇作家到底翻成骨董人若相委悉拈却炙脂帽子脫却鶻臭布衫其或未然明朝後日大有事在復舉臨濟示衆云赤肉團上有一無位眞人常在汝諸人面門出入未證據者看看時有僧出問云如何是無位眞人濟下繩牀搊住云道道僧擬議濟托開云無位眞人是什麽乾屎橛便歸方丈師云臨濟若無後語洎被打破蔡州雖然家無白澤之圖必無如是妖怪

除夜小參善哉三下板知識盡來參既善知時節吾今不再三諸仁者一舉更不再舉今已再舉一聞更不再聞今已再聞頭頭二明物物上了如理如事亘古亘今不是涅槃心亦非正瀽眼恁麽恁麽三世諸佛秖言自知不恁麽不恁麽六代祖師無啟口處設使言前薦得猶爲滯殼迷封假饒句下精通未免觸途狂見今夜向紅爐上拾一點雪枯木上糝些子花與你諸人赴個時節殘燈隨臘盡爆竹送春來復舉盤山云向上一路千聖不傳慈明云向上一路千聖不然妙喜云向上一路熱盌鳴聲師云三大老盡力道只發明得向下一路若是向上一路驢年夢見麽

元宵上堂今朝正月半燈月光撩亂目前無一物打鼓普請看復云剌破眼

上堂僧問不慾念起惟恐覺遲如何是覺師云牛角馬角進云如何是念師云四五二十也不識僧禮拜乃云心不是佛智不是道開口即錯動念即乖諸聖競出頭來未免指鹿爲馬到者裏説個什麽即得指東指西得麽點胸點肋得麽好晴好雨得麽行棒行喝得麽總是羹粥飯氣佛灋未夢見在平白散去孤負上來鼓這兩片皮謾大衆不少今作麽生歸堂

上堂巖頭道須是一一從自己胸中流出與我葢天葢地去恁麽道被他掘窖深埋了也茫茫宇宙人無數那個男兒是丈夫男兒丈夫相去多少待你出窖來却向你道

朝京回上堂祝聖罷僧出問云奉詔迢迢上玉京京師早已播師名天香滿袖歸來也恰値黄河一度清學人上來請師祝贊師云天無私覆進云金枝永茂千千界玉葉長敷萬萬春師云且得閣黎證明進云昔日宋太宗皇帝因僧朝見乃問云甚處來答云廬山臥雲菴帝云朕聞臥雲深處不朝天因甚到這裏當時無對還作麽生師云這僧豈不作家進云後來雪竇代云難逃至化還契得太宗也無師云直是千里萬里乃云風不鳴條雨不破塊民不失所路不拾遺正恁麽時好個太平時節山僧近承使命遠届上京面對龍顔親聞詔旨風雲慶會千載一時及此還山將何報答也不出這個時節諸佛出世祖師西來天下老和尚直指曲説總不出這個時節所以道欲識佛性義當觀時節因緣時節若至其理自彰且作麽生是自彰底理皇圖

齋比極聖壽等南山

浴佛上堂一手指天巳在言前一手指地莫教錯會天上天下可知禮也惟吾獨尊口是禍門正恁麽時如何委悉拈拄杖千古長如白練飛一條界破青山色

端午上堂今朝五月五不打薅芸鼓荒却自家田昧却家中主報諸人休莽鹵赤口白舌盡消除無位眞人汗如雨

上堂舉僧問南院從上諸聖什麽處去院云不上天堂便入地獄僧云和尚作麽生院云還知寶應老落處麽僧擬議院以拂子驀口打復喚僧近前云令合是汝行又打一拂子雪竇云令既自行且拂子不知來處雪竇道個瞎且要雪上加霜妙喜云權衡臨濟三要三玄須還他南院始得雪竇爲什麽却道拂子不知來處妙喜道個瞎且圖兩得相見師云雪竇雖是明眼宗師要且未知寶應老落處既未知寶應老落處因什麽却道拂子不知來處只具一隻眼妙喜老漢道個瞎也是東家人死西家人助哀

上堂幾回生幾回死生死悠悠無定止自從頓悟了無生於諸榮辱何憂喜驀拈拄杖云這個不是無生永嘉大師什麽處去也擊香臺云在這裏攛下云急急如律令

上堂滿耳非聲滿眼非色刹刹觀音塵塵彌勒當陽有指示徧界無蹤跡無蹤跡何所得你還見壁麽

上堂什麽物恁麽來莫認驢鞍橋作阿爺下頷便下座

上堂林間鵲噪水底魚行胡僧兩耳帶金鐶

踏破草鞋赤脚走若作奇特解會不直半文錢若作平實商量總在我手裏拈拄杖云吽吽

上堂竺土大仙心東西密相付纔聞舉着打破髑髏早是被他丈二釘八尺楣楣了也更開大口道我超佛越祖坐斷古今與麽不識好惡切不可向衲僧門下過何故殺人可恕無禮難容

上堂一是一二是二三是三四是四南北東西依位次仔細看來三家村裏土地相似只是個無轉智大王忽若東弗于逮掇過西瞿耶尼南贍部洲翻作北鬱單越大洋海底走馬須彌山上行船你又向什麽處摸索

經會上堂僧問一大藏教是個切脚未審切個什麽字師云切個不字進云只如不字又切個什麽字師云莫錯舉似人進云謝師指示師云石羊頭子向東看乃云諸供養中灋供養最供養即不無如何是灋莫道我謾你南無佛陁南無達磨南無僧伽卓拄杖云山河大地草木叢林盡向這裏平等證入未解脱者令得解脱未涅槃者令得涅槃雖在衲僧分上如經蠱毒之家水也不得沾他一滴靠拄杖下座

上堂長長短短新笋芽零零落落舊籬笆踈踈密密鵞豆莢紅紅白白鶯粟花山又青水又緑羹又香飯又熟喫了東西自在行誰能受你閙拘束拈拄杖云還拘束得麽擲下云不可不自在也

施主莊佛上堂舉昔有秀才問長沙某甲曾看千佛經百千諸佛但見其名未審居何國

土長沙召秀才才應諾沙云黄鶴樓崔顥題後秀才還曾題否才云不曾題沙云得閑題取一篇好師頌云百千諸佛但聞名國土從來作麽生黄鶴樓中詩一首任教今古競頭爭

上堂彌勒眞彌勒分身千百億時時示時人時人自不識拈拄杖云衝開碧落松千丈截斷紅塵水一溪

住海鹽州天寧永祚禪寺語録

師於天曆元年二月初三日入寺

山門閙市門頭來千去萬入寺看額能有幾人復云是什麽便入

佛殿是你是我撒土撒沙同門出入生死冤家

據室這裏無密室傳授底瀌痛棒熱喝白日青天儻或躊躇君往西秦我之東魯

拈宣政院疏荅日靈山親付囑今朝付囑與靈山以何爲驗度疏云以此爲驗

灐座靈山堂已爲諸人説瀌了也還聞麽若不聞未免爲蛇畫足遂陞座

拈香云此一瓣香端爲祝延今上皇帝聖躬萬歲萬歲萬萬歲

此一瓣香奉爲宣政院官嘉興路官海鹽州官同增祿筭

此一瓣香奉爲見住徑山興聖萬壽禪寺妙喜第四世元叟端禪師以酬瀌乳乃就座

師云把定乾坤不通水泄放開線道許你商量有麽有麽僧問山青水緑李白桃紅南北東西總是國王水土四維上下無非佛祖門庭正與麽時請師祝贊師云五日風十日雨

進云與麽則築着磕着去也師云間進云春色無高下花枝自短長師云只恐不是玉進云院堂宰相公選住持合郡尊官同臨瀍席未審發明什麽事師云驗在目前進云五祖演和尚道山前一片閑田地叉手丁寧問祖翁幾度賣來還自買爲憐松竹引清風且如何是祖翁田地師云看脚下進云賣與阿誰師云聽事不眞進云不作貴不作賤作麽生買師云三生六十劫進云爭奈被和尚坐斷了也師云墻壁有耳進云只如上手契書是什麽人寫師云今日東風起進云謝師指示師云三十棒且待別時乃云山僧昝在此山得度是個脫白沙彌無端被人推出人天衆前稱爲長老泥猪疥狗還避得麽今日掇向曲彔木牀指東畫西是宂初入門第一杓惡水到這裏事不獲已只得劈破面皮將此葛藤東葛西葛是以釋迦老子於正覺山前明星出時忽然大悟且道悟個什麽山僧今日開堂説法又説個什麽不免將第二杓惡水澆潑諸人去也拈拄杖卓一下喝一喝

復舉六祖至廣州法性寺寓止廊廡間暮夜風颺刹幡聞二僧對論一云幡動一云風動往復酬答曾未契理祖云可容俗流輒與高論否直以非風幡動仁者心動耳師云諸禪德風動幡動心動爲你拈了也向什麽處見祖師

當晚小參舉同安丕和尚因僧問如何是和尚家風安云金鷄抱子離霄漢玉兎懷胎入紫微僧云忽遇客來將何秖待安云金果早朝猿摘去玉華晚後鳳銜來師云正偏回互

不犯鋒鋩問答縱横惟明尊貴同安老人慣得其便或有人問天寧如何是和尚家風向道鉢盂饋子忽遇客來將何秖待飯後一杯茶且道與古人是同是別

上堂金刀剪不破彩筆畫難成千里莫持來萬般俱刻却釋迦老子道應如是知如是見如是信解不生法相正是推波助瀾未得脱洒在如何是脫洒一句芍藥花開菩薩面椶櫚葉散夜叉頭

上堂米裏有蟲麥裏有麵厨庫僧堂山門佛殿盞子撲落地楪子成七片

淨慈雪窓光書記至上堂上大人丘乙巳化三千七十士爾小生八九子佳作仁可知禮也召衆云是什麽語話孔門弟子無人識碧眼胡僧笑點頭

上堂鵓啼古木犬吠溪林雲横不斷青山潮落無邊滄海漁歌出浦行行宿鷺羣飛日影穿林處處炊煙競出田家麥熟即便裁禾隣婦蠶眠相將剝繭沽鹽買醋運水搬柴解纜張帆埀鞭彈袖燒香掃地合掌揺頭文殊普賢無端起佛見法見貶向二鐵圍山了也還有人救得麽若有不妨起死回生如無且聽填溝塞壑

施主八山上堂南泉道盡大地是王老師檀越施者作施想不作施想受者作受想不作受想若施者作施想入地獄如箭射若受者作受想亦須銜鐵負鞍莫教蹉過南泉

上堂天上無彌勒地下無彌勒白月印千江清風生八極竪拂子云是什麽復云麈尾拂子也不識

上堂舉僧問夾山如何是相似句山云荷葉團團團似鏡菱角尖尖尖似錐復云會麽僧云不會山云風吹柳絮毛毬走雨打梨花蛺蝶飛師云夾山老漢與麽答話恰似夾竹桃花錦上鋪華只是未曾點着本分事在若有人問天寧如何是相似句向他道莫將支遁鶴喚作右軍鵝

施主請上堂僧問混沌未分時何如露柱懷胎請師指示師云諸方舊話子進云敎學人如何趣向師云棒上不成龍進云分後如何如片雲點太清裏諦當不諦當師云一言既出駟馬難追進云未審太清還受點也無當時靈雲不對意在什麽處師云無朕跡進云恁麽則含生不來也亦不對且道對即是不對即是師云半夜放烏鷄進云直得純清絶點時如何猶是眞常流注與者僧問處是同是别師云據欵結案進云如何是眞常流注似鏡常明爲什麽呼他作鏡師云可惜許進云向上更有事也無云打破鏡來與汝相見古人意作麽生師云也是徐六擔板進云萬古碧潭空界月再三撈漉始應知師云墮坑落塹僧禮拜師乃云若論生佛未具以前一段大事只在諸人脚跟下動便蹈着只是不知起處你道從甚處起掀翻四大海踢倒五須彌正覔起處不得豈不見東山演祖云山僧昨日入城見一棚傀儡不免近前看或見端嚴奇特或見醜陋不堪動轉行坐青黃赤白一一見了仔細看來元來青布幕裏有人山僧忍俊不禁乃問長史高姓他道老和尚看便了問什麽姓師云誰家别館池塘裏一

對鴛鴦畫不成

上堂千人排門不如一人拔關若一人拔關千人萬人得到無爲安樂之地山僧與你諸人着力看以手招云歸去來歸去來

上堂寒食前清明後雨打桃花風吹石臼近來百物價平白米三錢一斗好大哥參堂去

上堂舉僧問乾峯十方薄伽梵一路涅槃門未審路頭在什麽處峯以拄杖畫一畫云在這裏師云白雲萬里僧舉前話問雲門門云扇子跨跳上三十三天築着帝釋鼻孔把東海鯉魚打一棒雨似盆傾師云白雲萬里忽有人出來問天寧與麽批判還愜得二大老意麽向他道白雲萬里呵呵呵囉囉哩囉囉哩刹刹塵塵知幾幾十字街頭石敢當忽然吸竭滄溟水你輩茄子瓠子那裏知得拍禪牀便起

聖節上堂僧問佛祖因緣即不問君臣慶會事如何師云瑞草生嘉運林花結早春進云如何是君師云莫觸龍顏進云如何是臣師云量材補職進云如何是臣向君師云赤心片片進云如何是君視臣師云如月入水進云如何是君臣道合師云俱乃舉無着與外道論義着云天下太平國王長壽外道杜口不能破師須云義有河沙數不出這一句蚊子上鐵牛無你下觜處

上堂眉毛雖長不礙眼鼻孔雖高不礙而諸佛雖悟無二心衆生雖迷無二見見不見倒騎牛兮入佛殿

佛涅槃上堂披胷示衆云要見釋迦老子向這裏識取汝等善覩吾紫磨金色之身今日

則有明日則無咄這野狐精縮頭去過去諸佛亦如是現在諸佛亦如是未來諸佛亦如是卓拄杖云如是如是又卓一下云不是不是

進退兩序上堂東邊的東邊去西邊的西邊去去去實不去生鐵稱鎚被蟲蛀來來實不來燈籠沿壁上天台且道不動尊居何國上一鏃破三關分明箭後路

上堂心本是佛造作還非道不用修染汚不得只此不染汚是諸佛之所護念與麼道早是染汚了也絲毫繫念三塗業因瞥爾情生萬劫羈鎖所以經云若以色見我以音聲求我是人行邪道不能見如來你道那個是如來銅頭鐵額鳥嘴魚腮

上堂見色便見心大地山河是心作麼生見又云心不見心無相可得拈拄杖云觀世音菩薩變作一條楖栗拄杖子繞四天下走一遭回到山僧手裏却是芭蕉和尚你有拄杖子我與你拄杖子你無拄杖子我奪却你拄杖子若作佛法商量生身陷地獄靠拄杖

結夏小參僧問大通智勝佛十劫坐道場佛法不現前不得成佛道此意如何師云也無此意也無如何進云未審何時得成佛道師云也無佛也無道進云莫落空否師云空亦空進云即今道空的是什麼人師云這漆桶進云本來無罣礙隨處任方圓師云玄沙道底乃云以大圓覺為我伽藍身心安居平等性智召衆云性智既然平等說什麼聖說什麼凡說什麼迷說什麼悟古也如是今也如是僧也如是俗也如是出出入入何礙安居

往往來來是眞禁足譬如蟭螟蟲在蚊子眼睫上作窠向十字街頭呌云土曠人稀相逢者少復有須云金毛獅子喋屎狗雪白象王推磨驢直下不生顛倒見九旬無欠亦無餘

靈隱古鼎銘書記至上堂世尊三昧迦葉不知迦葉三昧阿難不知阿難三昧商那和修不知商那和修三昧優波毱多不知諸祖三昧各各不知且置喚什麽作三昧良久云除却黄龍頭角外其餘盡是赤斑蛇

上堂拈拂子敲禪牀云觀音妙智力能救世間苦還聞麽復敲一下云我爲什麽不聞召衆云莫道我謾你你更謾我太煞也

上堂兔角不用無牛角不用有兩兩不成雙三三亦非九夜來空手把鉏頭天曉面南看北斗

上堂或時語須辨取或時默誰委悉久參上士不要丁寧晩學初機卒難話會只如道近上人問道則失道近下人問道則得道不上不下不得不失道在阿那頭有時乘好月特地過滄洲

上堂若能轉物即同如來你道物作麽生轉僧堂入佛殿裏行佛殿入僧堂裏過須彌山騎牛説話木人打鼓唱歌露柱每日搊筝楗椎拍手笑他且道笑個什麽呵呵便下座

解夏小參僧問如何是學人自己師云你問我覔乃云諸仁者百了千當名爲無事道人若到諸方管取明牕下安排永祚這裏放過即不可何謂如此百了千當底猶在半途豈不見圓悟和尚道以世諦法接人去落在世諦法中以祖佛機接人去落在祖佛機中以

向上拈提接人去落在向上拈提中以恁麽恁麽接人去落在恁麽恁麽中以不恁麽不恁麽接人去落在不恁麽不恁麽中以總不恁麽總不恁麽接人去落在總不恁麽總不恁麽中直饒萬里無片雲青天也須喫棒當知此事不從他處得來我王庫內無此刀此刀不離王庫內末後一句始到牢關把斷要津不通凡聖九十日末後句作麽生道朱夏火雲燒碧洞清秋危露滴金盤復舉僧問雲門樹凋葉落時如何門云體露金風師云這僧若道個謝師答話雲門大師管取有理難伸山僧即不然樹凋葉落時如何拈起拄杖纔佇思打下法堂免致諸方檢點

中秋上堂貴買硃砂畫月筭來枉用工夫純將白粉塗成要且未是眞月文殊道但一月眞中間自無是月非月豎拂子云本無偏照處剛有不明時

靈隱竹泉和尚至上堂舉廣慧璉和尚道我在先師會中見舉竹篦問省驢漢云喚作竹篦則觸不喚作竹篦則背作麽生省近前奪得拋向地上云是什麽先師云瞎省從此悟入我道省驢漢悟則太煞悟要且未盡先師意旨師云大小廣慧恁麽道先師實有意旨那將一把火照看面皮厚多少下坡不走快便難逢若是向上提持還我竹泉師兄始得

建寶塔上堂僧問昝日南泉和尚因趙州問云如何是道泉云平常心是道如何是平常心師云敲氷取火掘地覓天進云大好平常心師云我不如你你自會得好乃云問既不弱答得又奇你道契二大老不契二大老還

有人道得麽試出來道看如無人道得自道去也一分奉釋迦牟尼佛一分奉多寶佛塔

上堂汝等諸人見我開口便作說法會見我無言便作默然會總向兩頭覔我爭知不在兩頭你道尋常在什麽處莫是高高峯頂立不露頂麽深深海底行不濕脚麽若恁麽早被伊尋着也還知山僧有隱身訣麽終朝不見長相見盡日相逢却不逢有念盡爲煩惱鎖無心端是水晶宮喝一喝

上堂古人眞實相爲放下便穩我却不恁麽擡起便行一等是踏破草鞋何故隨人脚後跟轉拈拄杖云拄杖子騎佛殿出山門去也

上堂大樹大皮裹小樹小皮纏若不同牀睡焉知被底穿

冬夜小參僧問萬丈寒潭徹底氷時如何師云陽氣發時無硬地乃云欲得恁麽事須是恁麽人若是恁麽人何愁恁麽事喚作恁麽事早是無事生事何況聚頭襍話趂譚過時今日三明日四肚裏黑漫漫地脚下浮逼逼地拈槌豎拂他又不見彈指謦咳他又不聞開口動舌他又不會如無孔鐵槌相似養得一萬個有什麽用處龍象蹴踏非驢所堪鵝王擇乳素非鴨類只貴直下便領更不回頭轉腦不立毫末盡無邊香水海刹刹全收說一句子滿龍宮溢海藏無法不具行一步踏折釋迦老子脊梁骨噬一噬粉碎百千萬億須彌盧猶是奴兒婢子邊事衲僧門下還作麽生五九盡日又逢春上元定是正月半

復舉僧問投子大死的人却活時如何子云不許夜行投明須到師云鐵輪天子寰中勅

帝釋宮中放赦書

上堂一塵纔起大地全收羅睺阿修羅王本身長七百由旬化身長十六萬八千由旬將四種兵與天帝釋鬪戰修羅不勝走入藕絲竅中仰面看天低頭看地呵呵大笑云到處去來不如這裏修羅修羅今後更敢也無

上堂極小同大忘絕境界極大同小不見邊表昨夜濃霜似雪今朝暖日如春父母未生已前何似這個時節無事晚來江上望數株寒栢倚斜陽

上堂釋迦老子道若有一人發真歸源十方虛空悉皆消殞鄧師翁道若有一人發真歸源十方虛空築着磕着圓悟和尚道若有一人發真歸源十方虛空錦上鋪花天寧道若有一人發真歸源十方虛空針劄不入

進退兩序上堂千尺絲綸意在錦鱗紅尾一聲霹靂要看攫霧拏雲隨時有卷有舒覿體無新無舊光揚法社輔弼宗門高蹈世表下視塵寰總是當人受用處還委悉麼龍袖拂開全體現象王行處絕狐蹤

上堂驢事未去馬事到來猫兒上露柱鐵鋸舞三臺大唐天子呵呵笑移取眉毛眼下栽

上堂目前無法毛毿毿地意在目前風颯颯地不是目前法平坦坦地非耳目之所到黒漆漆地上是天下是地靈利衲僧不瞥地既是靈利衲僧因什麼不瞥地只爲分明極翻令所得遲

施主入山上堂僧問具足凡夫法凡夫不知時如何師云純鋼打就進云具足聖人法爲什麼聖人不會師云生鐵鑄成進云聖人若

會即是凡夫且道會個什麽師云寸釘入木進云凡夫若知即是聖人未審知個什麽師云一筆勾下進云只如今日施主入山請和尚説法爲説凡夫法爲説聖人法師云吹毛寶劍逼人寒進云與麽則大衆獲聞於未聞也師云有什麽了期乃云十方刹土一毫端總是諸人眼自瞞一一三千大千界抛來擲去又何難竪拂子云三世諸佛盡向這拂子頭上成等正覺轉大法輪歷代祖師盡向這拂子頭上興慈運悲解粘去縛山僧即今與你諸人向這拂子頭上一刹那間入華藏世界海入毗盧樓閣入淨入穢入凡入聖入修羅地獄畜生餓鬼現種種形作種種神通變化承事諸佛教化衆生還信得及麽你信也好不信也好擲拂子云抛來擲去有什麽過

度僧上堂未出家時父母兄弟障你光明不得既出家了師僧道伴障你光明不得觀山翫水處拈香撥火處著衣喫飯處屙屎送尿處總是你光明發現處且如父母未生已前這一段光明在什麽處寶月當空圓聖智何山松檜不青青

佛日普照慧辯楚石禪師語録卷第一

音釋

鶻　胡骨切音搰鳥鳴鷹屬

髑髏　上徒谷切音獨下郎侯切音樓髑髏頂也

薅　呼高切音蒿拔去田草也

饙　甫云切音分半蒸飯也

謴　古困切衮去聲翫人也

攫　厥縛切音矍攫取也

佛日普照慧辯楚石禪師語録卷第二

叅學比丘　文玹　編

住海鹽州天寧永祚禪寺

結夏上堂今日結也憍陳如尊者領衆歸堂鉢盂口向天露柱脚蹹地一要掃刮牀帳防備蚊蟲二要晒眼蒲團免教搭濕三要熱時揮扇困時打眠切不得將禪道佛法貼在額尖上靈龜負圖自取喪身之兆九十日內作麽生薰風自南來殿閣生微凉復舉雲蓋安和尚問石霜萬戶俱閉即不問萬戶俱開時如何霜云堂中事作麽生安云無人接得渠霜云道也太煞道只道得八成安云却請和尚道霜云無人識得渠師云或有人問永祚萬戶俱開時如何向他道且喜到來你道與古人是同是別

中夏上堂前四十五日已過去後四十五日尚未來正當四十五日之中覓現在相不可得所以道過去心不可得現在心不可得未來心不可得此不可得亦不可得平生肝膽向人傾相識猶如不相識

教授俞觀光入山上堂舉雲巖示衆有個人家兒子問着無有荅不得者洞山問云他屋裏有多少典籍巖云一字也無山云爭得恁麽多知巖云日夜不曾眠山云問一段事得否巖云道得即不道師云道得即不道作麽生會長恨春歸無覓處不知流入此中來

上堂山是山水是水僧是僧俗是俗恁麽會又爭得山是山水是水僧是僧俗是俗恁麽會較些子

解夏上堂今日解也南天台北五臺一任七

縱八橫前程忽有人問永祚近日如何作麽生秖對但道來時不教某甲傳語管取坐斷天下人舌頭雖然這個是永祚的那個是上座的

上堂舉祖師道在胎名身處世名人在眼曰見在耳曰聞在鼻嗅香在舌談論在手執捉在足運奔徧現俱該法界收攝在一微塵識者知是佛性不識喚作精魂師云書頭教娘動作息書尾教娘莫瞌睡還識娘面觜麽玉容寂寞淚闌干梨花一枝春帶雨喝一喝

上堂若據一大藏教說少一字若據祖師門下說多一字不多不少恰好處道將一句來僧擬進語師便打出

上堂衆方集師喝一喝便下座

上堂是什麽聲雨滴芭蕉聲又道是打板聲觀世音菩薩將錢買胡餅放下手元來却是生鐵且道爲你說不爲你說

謝衆施主上堂舉黃龍南和尚因化主歸示衆有五種不易一施主不易二化者不易三變生爲熟不易四端坐食者不易且道第五不易是什麽人良久云聻便下座時翠巖真爲首座藏主問真第五不易是誰真云腦後見腮莫與往來師云山僧即不然第五不易是誰莫怪坐來頻勸酒自從別後見君稀

冬至小參僧問晷運推移日南長至阿那個是常住法師云冬不寒臘後看進云教學人如何履踐師云獨木橋子乃云無陰陽地舍受四時大寂滅場發生萬物旋嵐偃岳而常靜江河競注而不流野馬飄鼓而不動日月歷天而不周千言萬言但識取一言自然言

言見諦千句萬句但識取一句管取句句朝宗直下脫根塵透聲色泯今古離去來水潦和尚被馬祖一蹈蹈到起來呵呵大笑云百千法門無量妙義只向一毫頭上識得根源去豈不是了事衲僧趙州道諸人被十二時辰使老僧使得十二時辰你且思量看行住坐臥語默動靜更有什麽物爲緣爲對盡乾坤大地何曾有一法繫綴於人若有針鋒許與我拈將來我與麽道已是不着便更說什麽羣陰剝盡一陽復生大似藞苴與虛空安耳穴雖然如是豈敢違背於他且道他是阿誰咄縮頭去復舉僧問清平遵和尚如何是小乘平云錢貫僧云如何是大乘平云井索僧問如何是有漏平云笊籬僧云如何是無漏平云木杓僧云覿面相呈時如何平云分付與典座師云永祚不避諸方檢責也要矢上加尖打破大唐國覓一個會佛法的不可得

歲旦上堂祖師道果滿菩提園花開世界起拈拄杖云一花開也是桃是李今日新年頭昨日舊年尾識得本來人無憂亦無喜卓一下云處處綠楊堪繫馬家家門底透長安

上堂萬法歸眞眞歸何所白鷺下田千點雪黄鸝上樹一枝花

州中謝雨歸上堂正說知見時知見即是心當心即知見知見即如今娑竭羅龍王出海繞須彌山三帀一頭直至梵天口吐黑雲遮却大千世界然後降雨於是梵王問云雨從何來龍王答云從問處來又問云問從何來龍王懡儸而退起一陣猛風吹散黑雲依舊

天晴日頭出顧視大衆云我適來道個什麽衆無語師乃呵呵大笑

經會上堂僧問一切諸佛及諸佛阿耨多羅三藐三菩提法皆從此經出如何是此經師云更要注解那乃舉洞山問講維摩詰經僧云不可以智知不可以識識喚作什麽語僧云贊法身語洞山云喚作法身早是贊也僧無語師云這裏下得什麽語塞却洞山口乃云千

上堂一道圓光阿誰無分猫兒若無分爲什麽捉老鼠若有分爲什麽却做猫兒千年田八百主

上堂若是得的人難覔伊去處大無方所細絶毫釐永嘉道如我身空法亦空千品萬類悉皆同雲門道你立不見立行不見行四大五蘊不可得何處見有山河大地來我且問你銅砂鑼裏滿盛油因什麽不遺一滴

浴佛上堂清淨法身簸土揚塵圓滿報身倚富欺貧千百億化身弄假像眞三身中浴那一身謝三娘秤銀

解夏小參僧問西天以蠟人爲驗未審此間以何爲驗師云驗什麽盌進云和尚豈無方便師云鷂子過新羅乃云金風扇野素月流天遠水平鋪纖雲盡捲是處蟬聲噪晚連山木葉驚秋明月無覆藏歷歷絶滲漏高不在絶頂富不在福嚴樂不在天堂苦不在地獄諸仁者只如生死交謝寒暑迭遷結解相尋光陰似箭無位眞人畢竟向什麽處安着拔蓑倒笠千峯外引水澆蔬五老前復舉翠巖夏末示衆云一夏巳來爲兄弟說話看翠巖

眉毛在麽保福云作賊人心虛長慶云生也雲門云闍師頌云傑出叢林是翠巖舌元不動爲誰談如今且喜眉毛在鐵額銅頭總未諳

上堂明還日輪爲什麽不暗暗還黑月爲什麽不明要知明暗何來待你眼開始得如何是眼復云瞎

上堂舉法眼問永明云隔壁聞釵釧聲即名破戒現見金銀合襍朱紫駢闐是破戒是不破戒明云好個入路師云眞個入得錦上鋪花若入不得眼中着屑

上堂觀色即空成大智故不墮生死觀空即色成大悲故不墮涅槃西天此土一隊不唧嚠漢寐語住也未拈拄杖云吽吽

薦亡上堂舉天衣懷和尚云百骸俱潰散一物鎮長靈百骸潰散皆歸土一物長靈甚處安南堂靜和尚云一物長靈甚處安長空雲散碧天寬蓮宮佛刹花無數貶起眉毛仔細觀師云觀則不無喚什麽作一物喝一喝

上堂舉仰山到東寺寺問汝是什麽處人山云廣南人寺云我聞廣南有鎮海明珠是否山云是寺云此珠如何山云白月即隱黑月即現寺云還將得來麽山云將得來寺云何不呈似老僧山乂手近前云昨到潙山被索此珠直得無言可對無理可伸寺云眞師子兒善師子吼師云仰山雖是箇師子兒爭奈把鎮海明珠作豌豆賣却千古之下遭人點檢山僧今日黨理不黨親便是東寺到來也須勘過了打

上堂頭上是天脚下是地青山是青山白雲

是白雲你會也有馬騎馬無馬步行你若不會夜行莫踏白不是水定是石

上堂山門頭合掌佛殿裏燒香且道有指示無指示劒去久矣爾方刻舟

除夜小叅僧問一年將盡夜萬里未歸人還許歸去也無師云十里長亭五里短亭進云與麽則不歸也師云直須歸去進云作麽生是到家一句師云天寒日短兩人共一椀乃云作一句商量師子吼野干鳴不作一句商量野干鳴師子吼一時坐斷未許作家千里持來堪作何用盡乾坤大地無不説老婆禪爭知永祚這裏不打這鼓笛雲門大師云諸方老和尚道須知聲色外一段事這箇説話誑謼人家男女三間法堂裏獨自妄想未會夢見我本師意旨在作麽生消他信施臘月三十日又須償他始得當時早有與麽説話如今是什麽時節師召大衆衆纔舉頭師便喝復舉藥山一日謂雲巖云與我喚沙彌來巖云和尚喚他作什麽山云我有箇折脚鐺子要伊提上挈下巖云與麽則與和尚出隻手去也師云見與師齊減師半德見過於師方堪傳授雲巖當時也欠一着待他道我有箇折脚鐺子要伊提上挈下抽身便出雪後始知松栢操事難方見丈夫心

鑄佛上堂僧問如何是金佛不度爐師云塡溝塞壑進云如何是木佛不度火師云正是時進云如何是泥佛不度水師云東西南北十萬八千乃云泥佛浸了也木佛燒了也金佛鎔了也眞佛勘破了也趙州老漢趂出院了也一去更不再來咄

上堂無手人行拳無舌人解語忽若無手人打無舌人無舌人連忙道箇不必復云只箇不必天下衲僧跳不出

上堂鼓聲昨夜問鐘聲今日鐘聲答鼓聲廊下木魚開口笑賤將佛法作人情

上堂天高東南江河淮濟注於海而海不溢地傾西北日月星辰繫於空而空不低人人鼻直眼横日日晝明夜暗諸佛不出世祖師不西來佛法徧天下談玄口不開會麼釋迦老子在西天文殊大士居東土

上堂未曾親近早隔大千驀頭已入含元殿猶向空堦擊靜鞭

上堂對一説水流濕火就燥倒一説風從龍雲從虎何故人心難滿谿壑易盈

結夏小參僧問如來聖制禁足護生一蟻子性命與諸人性命是同是别師云猴愁摟搜頭進云諸人性命與佛祖性命是同是别師云狗走抖擻口進云古人道護生須是殺殺盡始安居未審殺箇什麼師云更叅三十年進云離相離名人不稟吹毛用了急須磨師云鎗僧便喝師拈拄杖僧禮拜師乃云一蟻子性命即是諸人性命諸人性命即是佛祖性命丁一卓二踢七踏八長者長法身短者短法身只如寒暑交遷陰陽互换日日日東上日日日西没是心是境是有是無是箇什麼道理今日結却布袋口有也被布袋罩却無也被布袋罩却總未有出頭分在若要布袋口開定定九十日一日一日也减他不得復舉世尊陞座文殊白槌云諦觀法王法法王法如是世尊便下座師云將謂世尊别有長處

也只懡㦬便休致令後代兒孫箇箇龍頭蛇尾

上堂閉却僧堂門倩人守院未稱全提盡大地荒却正好喫棒人無遠慮必有近憂

端午上堂今朝五月五艾人騎艾虎南北東西走一遭回來説道大地衆生皆受苦所謂生苦老苦病苦死苦乃至五陰盛苦一切諸苦皆可醫惟有禪和子心病宂難醫用不得砒霜石蜜甘草陳皮作麽生醫得我有一隻古方無有醫不得者僧問趙州學人乍入叢林乞師方便州云喫粥了也未僧云喫粥了也州云洗鉢盂去粥了洗鉢不用狐疑鯨吞海水盡露出珊瑚枝撫掌下座

上堂佛佛佛厮湿湄祖祖祖太莽鹵禪禪禪幾何般道道道直下掃這瑠璃瓶子護惜是箇什麽盡是諸人撲碎了也更來這裏覔什麽盌

解夏上堂僧問空劫已前威音那畔還有結解也無師云莫妄想進云不妄想時如何師云瞌睡漢進云摩竭他國親行此令師云西天斬頭截臂進云當時得道如恒河沙未審今日山中幾人得道師云蝇子放卵進云與麽則靈山一會儼然未散也師云土上更加泥乃云盡十方世界是箇眞實人體菩提煩惱生死涅槃有爲無爲前聖後聖結制解制長期短期眞實體上了没交涉雪峯三到投子九上洞山末後鰲山店上打失鼻孔大隋參六十餘員善知識長慶坐破七箇蒲團與化於大覺棒頭湙明黄檗意旨掀翻海岳罷却干戈如將谷響千斤換得空花萬片威音

那畔空劫已前但有言說都無實義穿却天下人鼻孔一句作麽生道大鵬展翅葢十洲籬邊燕雀空啾啾復舉雲門秋初夏末前程忽有人問未審對他道什麽門云大衆退後僧云過在什麽處門云還我九十日飯錢來師云放過即不可未審道什麽但對他道七十二棒翻成一百二十過在什麽處對他道你但喫棒我要這話行

上堂箇箇抱荊山之璧人人懐滄海之珠斡旋佛祖樞機提掇衲僧巴鼻盡謂頂門眼正咸言肘後符靈殊不知靈龜負圖自取喪身之兆出格一句作麽生朝霞不出市暮霞行千里

聖旨看藏經上堂僧問一封丹詔九天來大地山河唱善哉滿藏不知何所說青蓮華向口中開奉詔旨看藏經請禪師祝聖壽師云一字是一歲進云堆山積岳知多少共祝龍樓不盡年師云爛葛藤進云依經解義三世佛冤離經一字如同魔說去此二途請師甄別師云蟻子不食鐵乃云百千法門同歸方寸河沙妙德總在心源大福德人修大福德人受是以恒沙刹土莫不稟其威靈草木昆蟲亦皆資其化育今則法筵洞啟教藏宏開重重福德門種種壽量海如天普覆如地普擎如日普照如風普吹仲尼云吾禱久矣復舉宋太宗皇帝因入寺門僧云看什麽經僧云仁王護國經帝云既是寡人經因什麽落在卿手裏僧無對後來雪竇代云皇天無親惟德是輔師云若問永祚但以頂戴經云萬歲萬歲

上堂舉南泉問黄蘗黄金爲世界白銀爲壁落是什麽人居處蘗云是聖人居處泉云更有一人居何國土蘗叉手而立泉云道不得何不問王老師蘗却問更有一人居何國土泉云可惜許師云二大老一人無事生事一人將錯就錯直是好笑當時若作黄蘗待他道更有一人居何國土但道這野狐精設使南泉通身是口也須飲氣吞聲

初祖忌拈香這漢西來特地癡獃不立文字虚張意氣直指人心轉見病深見性成佛翻成窠窟靈山直是不甘他牛糞燒香狗尿茶因甚如此秖爲如此報德酬恩只這是

上堂師到法堂前與大衆和南畢便歸方丈衆隨後師云更無一箇靈利衆乃散

施主捨米入山上堂舉雪峯示衆云盡大地撮來如粟米粒大抛向面前漆桶不會打鼓普請看師云你諸人看不出時僧堂裏長連牀上疊足坐了仔細咬嚼去

佛涅槃日上堂二月十五中春節紅花白花相間發金棺不獨示雙趺花裏靈禽更饒舌説箇什麽喝一喝

上堂三身四智非聖人不無八解六通非凡夫不有木人把板雲中拍石女含笙水底吹是何曲調破陣子

楊府安人眞如善住二居士入山齋僧上堂沙門釋子頭戴施主屋脚踏施主地口喫施主飯身着施主衣將什麽報答施主入道不通理復身還信施長者八十一其樹不生耳若終日喫飯不曾咬破一粒米終日著衣不曾掛着一縷絲行不見行立不見立十二時

中不依倚一物不見施者不見受者亦無施物恁麽見解正是增上慢人别造地獄著你在總不恁麽時如何大衆歸堂喫茶去

上堂舉大愚芝和尚一日問侍者云你問訊了一邊立地是什麽道理答云不會愚云過這邊立侍者便過愚云無端無端師云成人者少敗人者多

結夏小叅僧問覲山翫水訪道尋師離此二途請師指示師云亂走作麽進云和尚恐某甲不實師云草賊大敗進云漢地不收秦不管夜來明月上高峯師云引不著進云四月十五日結爲什麽人結師云癩馬繫枯樁進云七月十五日解又作麽生解師云達磨來也進云還有不在裏許者麽師云漫天網子百千重進云本來無罣礙隨處任方圓師云放過一着僧禮拜師乃云或有栴檀叢林栴檀圍繞或有荊棘叢林荊棘圍繞或有荊棘叢林栴檀圍繞或有栴檀叢林荊棘圍繞汝等諸人横擔拄杖緊峭芒鞋這邊那邊東去西去在那箇叢林中若在栴檀叢林則是金毛獅子能縱能奪能殺能活若在荊棘叢林則是狐狼野干不能縱不能奪不能殺不能活隨羣逐隊怖死貪生椎殺千萬箇有什麽罪過且如兩種叢林交互圍繞時喚作金毛獅子又是狐狼野干喚作狐狼野干又是金毛獅子畢竟喚作什麽能縱不能縱能奪不能奪能殺不能殺能活不能活又如何定當若定當得出許你天下横行若定當不出九旬無解脱之期百劫受沈淪之苦復舉僧問趙州如何是咬人獅子州云歸依

佛歸依法歸依僧莫咬老僧師云這僧也只是箇喋屎狗爲什麽趙州一見便撒屎撒尿彩奔齩家

上堂晝昇兜率夜降閻浮爲什麽摩尼珠不現師云現也現也驀拈拄杖卓一下云百雜碎了也諸人總來這裏覓箇什麽擲拄杖下座

上堂長廊下與你說後架頭與你說法堂上即不與你說何也不說不說

施主設齋上堂供養百千諸佛不如供養一箇無心道人百千諸佛有何過無心道人有何德若會箇中意牛頭尾上安

解夏小叅僧問直下便是時如何師云劄進云高高處觀之不足低低處平之有餘師云學語之流進云一夏九旬今已滿請師方便指迷津師云口只好喫飯進云前程忽有人問和尚近日如何爲人向他道什麽即得師云西天令嚴進云和尚三寸太密師云紅霞穿碧落白日繞須彌進云一句已徧行天下了也師云也是無端僧禮拜師乃云平地上喫交即當不少脚跟下蹉過笑殺傍觀即心即佛非心非佛此地無金二兩俗人沽酒三升更有不唧𠺕底風前月下幾度沈吟海角天涯一生流浪西天以蠟人爲驗我這裏以竹篦爲驗喚作竹篦則觸不喚作竹篦則背速道速道擬議不來劈脊便棒復舉長慶云淨潔打疊了也却近前就我覓我劈脊與你一棒有一棒到你你須生慚愧無一棒到你你又向什麽處會雪竇云雪竇即不然淨潔打疊了也直須近前我劈脊與你一棒有一

棒到你你即受屈無一棒到你與你平出但與麽會師云衆中商量道坐在淨潔地上必須打疊近前覔的喫棒有分覔的是病棒即是藥所以雪竇云有一棒到你你即受屈無一棒到你與你平出杜撰禪和如麻似粟殊不知二大老一箇掘地爲坑一箇夷井塞竈皆欲坐致太平爭奈反招怪笑毗婆尸佛早留心直至如今不得妙

無夢噩書記至上堂舉白雲端和尚云寫盡千張紙徒煩心手勞人情如太華爭似道情高師云大小白雲猶有這箇在永祚承無夢師兄相訪麤茶淡話兀坐忘懐若有一箇元字脚彼此不着便何也人平不語水平不流

上堂黄檗手中棒剜肉作瘡大愚肋下拳喫擅救渴速則易改久則難追還佛若無如是眼假饒千載亦奚爲喝一喝

看華嚴經上堂東西南北四維上下塵塵刹刹總不離箇華藏世界海有高有下有濶有狹有具有不具有等有不等有清淨有不清淨有短壽有長年且道毗盧遮那如來即今在阿那箇世界中說法又說什麽法爲說三乘法爲說一乘法爲說無上乘法爲無所說試道看若道得許你淨佛國土遊戲神通有情無情同證同入若道不得生死海内沈浮

慧鈍巖預修請陞座僧問如意珍用無盡應物遇縁終不悋如何是如意珍師云多少人用不得進云莫只這便是麽師云你試用看進云掬水月在手弄花香滿衣師云話墮也進云今晨施主鈍巖提點預修寄庫請和尚陞座回向功德一句作麽生舉師云彈指圓

成八萬門一超直入如來地乃云有情之本依智海以爲源含識之流總法身而爲體諸仁者還識此源麽若識此源則千源萬源只是一源還見此體麽若見此體則千體萬體同爲一體上則爲聖下則爲凡其在聖也諸佛菩薩緣覺聲聞一向淨用而證解脫其在凡也天人修羅及三惡道一向染用而墮輪回欲出輪回全成解脫如人因地而倒因地而起離却瓶盤釵釧真金不自外來就乎酥酪醍醐美味悉從中出以至乾坤大地日月星辰草木昆蟲森羅萬象莫不𩆜騰今古迥絶見聞透一金剛圈吞一栗棘蓬則不可說金剛圈栗棘蓬一時吞得透得豈不是了事漢更聽一偈一微塵裏大寶藏十方虚空悉充滿普放光明照塵刹蒙光觸者煩惱除煩惱除故覺道成能爲羣生作佛事福德壽量咸增益此妙解脫鈍巖證不動本際常寂然極未來時闡斯道

鑄大悲像上堂有一居士出問云大悲菩薩通身是手眼是否師云是進云弟子還具否師云具進云只如半夜裏不見一物時手眼在什麽處師云直是通身手眼進云謝師指示師云噓噓乃云據教中道衆生妄見不離前塵開眼見明明不是明合眼見暗暗不是暗在佛殿前過不見佛殿後事在佛殿後過不見佛殿前事皆屬妄見前塵所遮若離前塵無物可見約永祚見處大悲菩薩本自無身亦無手眼有的便道我會也我會也打二十九棒趂出𦊱一棒自喫莫有人下得手麽如無今日失利舉麻谷問臨濟大悲千手眼

阿那箇是正眼濟云大悲千手眼阿那箇是正眼速道速道谷拽濟下禪牀谷却坐濟云不審谷便喝濟搊谷下禪牀濟便坐谷便出去濟歸方丈師云二大老主賓互換縱奪可觀如猛焰燒空忽雷震地相似雖然與他大悲千手眼有何交涉只見波濤湧不見龍王宫

上堂有僧竹禮擬伸問次師便下座

上堂道遠乎哉觸事而眞喚什麼作眞聖遠乎哉體之即神喚什麼作神驀拈拄杖劃一劃喝一喝便起

冬至小叅僧問羣陰剝盡一陽復生此性還屬消長也無師云定花板上進云如何是此性師云寒時言寒熱時言熱進云便與麼去時如何師云依稀似佛彷彿如僧乃云諸人在這裏經冬過夏豈爲身衣口食看山水過時單明自已生死大事永祚亦不將一法繫綴諸人初無一箇佛字到汝分上汚汝心田若有纖毫直須吐却嗽口三日此是生死根本頭出頭沒未有了期從無始劫被身口意使總是汝自家擔帶得來非天降非地湧非人與如今不了更待何時一九二九三九四九九九八十一了前頭尚有寒在復舉文殊菩薩所說般若經云清淨行者不入涅槃破戒比丘不入地獄師頌云常揞白日尋花巷盡把黄金作酒錢翻着襴衫高拍手大家齊唱太平年

上堂拈却鉢盂匙箸喫飯不得屏却咽喉脣吻出氣不得色身安法身不可不安法身色身是一是二花須連夜發莫待曉風吹

覺首座請小參僧問世尊拈花迦葉微笑此意如何師云一手不獨拍進云世尊曰吾有正法眼藏涅槃妙心付囑摩訶迦葉畢竟作麼生付囑師云不知進云今古應無墜分明在目前師云瞎進云盡大地是一句子請和尚直下全提師云春日晴黃鸎鳴進云這箇猶是半提作麼生是全提時節師云喫得棒也未進云開挑野菜和根煑旋斫生柴帶葉燒師云杜撰禪和如麻似粟乃云我宗無語句亦無一法與人若有一法與人土也消不得呵呵呵笑箇什麼我笑江西馬大師道即心即佛又說非心非佛話作兩橛臨濟道我在黃蘗先師處三度問佛法的的大意三度被打六十拄杖如蒿枝拂相似如今思得一頓喫還有人下得手麼頭長三尺項短二寸這兩箇老漢一向懸羊頭賣狗肉誑謼閭閻自餘固是敗將不斬永祚這裏未免作死馬醫但是從前事褫記憶把佛法禪道築一肚皮到處逞驢唇馬觜謾人自謾底盡情與我颺在垃圾堆頭更不要拈着只麼饑餐渴飲閑坐困眠雖是博地凡夫便與古佛同叅且道叅什麼人復舉臨濟會中兩堂首座齊下喝僧問還有賓主也無濟云賓主歷然師喝一喝

上堂把禪牀拍一拍云看看大地平沈也四大海水沒至梵天其中衆生受無量苦叫云相救相救梵王告曰汝等衆生不敬三寶殺盜婬妄飲酒食肉造種種罪罪來歸身終不他作自受若能改惡修善即生天上受種種樂樂盡還墮地獄中不如一念無生便成正

覺道罷扣齒云無端瞎却衆生眼然雖如是禍不入慎家之門

元宵上堂始賀大年朝又當正月半看看百草長急急三春換世事密如麻光陰忙似鑽杖頭窟磊子舉動令人羨村歌社舞鬪施呈直截示人人不薦

上堂有情説法無情説法作麽生是有情山河大地竹頭木屑總是有情作麽生是無情諸佛菩薩畜生驢馬總是無情召衆云山河大地竹頭木屑總是無情因什麽却成有情去諸佛菩薩畜生驢馬總是有情因什麽却成無情去分明記取舉似作家

上堂芭蕉聞雷而開葵花見日而轉木人拍手石女唱歌筆描菩薩火中行泥捏金剛水底走發揚妙旨指示玄徒只要諸人識取無面目的且道無面目的如何識未明心地印難透祖師關

上堂舉鏡清問玄沙學人乍入叢林乞師指箇入路沙云還聞偃溪流水聲麽清云聞沙云從這裏入鏡清於此得箇入處五祖鄧祖翁云果然得入一任四方八面若也未然輙不得離却這裏大慧云若要眞箇得入直須離却這裏師云這裏是什麽所在離與不離更問阿誰憶昝東溪曰花開葉落時幾擬以黄金鑄作鍾子期

解夏上堂今朝七月十五行者先來打鼓長老口裏喃喃恣意拋沙撒土若是靈利衲僧直下剗除佛祖且喜法歳周圓莫道勞而無補

道舊至上堂舉颯颯涼風景同人訪寂寥煮

荼山下水燒鼎洞中樵師云白雲老人家貧難辦素食事忙不及草書只是不合將常住物入自己用

佛日普照慧辯楚石禪師語録卷第二

音釋

藞苴上力尨切鸗上聲下側下切音鮓藞苴不中也 懡㦬上亡果切下来可切懡㦬慚也 潰胡對切音繪敗也 豌烏歡切音剜與𧯠同胡豆也

佛日普照慧辯楚石禪師語録卷第三

叅學比丘曇紹編

住杭州路鳳山大報國禪寺

師於至元元年七月二十五日入寺

山門東門南門西門北門門門有路路頭在什麽處五鳳樓前

佛殿黄金殿上釋迦老子不合向這裏屙屎坐具云且禮拜葢覆却

土地堂龍王殿赫赫厥聲濯濯厥靈前朝鳳闕萬古龍庭雨過吳山揷漢青

據室臨濟在黄檗喫六十拄杖如蒿枝拂相似如今莫有恁麽衲僧麽設有更須勘過始得

拈宣政院疏白雲出岫本自無心赤水求珠還他罔象萬般存此道一味信前緣

兩浙諸山疏眞不掩僞曲不藏直落霞與孤鶩齊飛秋水共長天一色

方外交疏一句子無彼此以我爲隱乎吾無隱乎爾

法座這箇寳華王座常在諸人面前晝夜放光因什麽不見山僧今日指出便乃與三世諸佛六代祖師天下老和尚同一受用也遂陞座拈香云此一瓣香天上天下世出世間並屬照臨皆承恩力爇向爐中端爲祝延今上皇帝聖躬萬歲萬萬歲陛下恭願乃聖乃神乃武乃文四海咸歌有道自西自東自南自北八方盡樂無爲次拈香云此一瓣香奉爲皇天之下一人之上西天佛子大元帝師大寳法王資培福慧復拈香云此一瓣香奉爲行省大丞相行宣政院官文武寀寮同增

祿笑斂衣就座師云寶印當空妙重重錦縫開不費纖毫力提掇鳳山來放行則萬象回春把住則千峯寒色且道把住好放行好試出來道看僧問虛空爲鼓須彌爲槌請和尚一揮祝皇王萬壽師云天長地久進云可謂日月光天德山河壯帝居師云多少分明進云錢塘乃江南第一郡鳳山乃錢塘第一峯和尚以公選住持如何報答君相師云愈令心似鐵進云此山唐時號羅漢院黃檗下宗徹禪師因僧問如何是祖師西來意答云骨剉也此意如何師云我道你髑髏百襍碎進云又問他南宗北宗他答云心爲宗宗即不問未審喚什麼作心師云速禮三拜進云橫擔楖栗不顧人直入千峯萬峯去師云且莫詐明頭僧禮拜師乃云三世諸佛橫說竪說不曾道著一字六代祖師全提半提不曾接得一人雖然不接一人各各眼橫鼻直雖然不道一字言言玉轉珠回雙放雙收同生同死全明全暗有殺有活德山入門便棒臨濟入門便喝睦州見僧便道現成公案資福道隔江見刹竿便回去脚跟下好與三十棒八十翁翁入場屋真誠不是小兒戲你若對衆決擇分明山僧分付鉢袋子復舉白雲端和尚示衆云若端的得一回汗出便向一莖草上現出瓊樓玉殿若未端的得一回汗出縱有瓊樓玉殿被一莖草蓋却師云拈却一莖草瓊樓玉殿在什麼處到江吳地盡隔岸越山多

當晚小衆僧問諸佛不出世祖師不西來佛法徧天下談玄口不開既是佛法徧天下爲

什麽談玄口不開師云南斗七北斗八進云未審此理如何師云去去西天路迢迢十萬餘乃云人天衆前激揚此事也須是本分衲僧始得若非本分衲僧未免遭人怪笑只如適來禪客立箇問頭恁麽答他却理會不得再舉一徧既是佛法徧天下爲什麽談玄口不開簷聲未斷前宵雨電影還連後夜雷

省中把茶回上堂舉風穴在郢州衙内上堂云祖師心印狀似鐵牛之機去即印住住即印破只如不去不住印即是不印即是時有盧陂長老出問某甲有鐵牛之機請師不搭印風穴云慣釣鯨鯢澄巨浸却嗟蛙步輾泥沙陂佇思穴喝云長老何不進語陂擬議穴打一拂子云還記得話頭麽試舉看盧陂擬開口穴又打一拂子牧主云將知佛法與王法一般穴云見箇什麽道理牧主云當斷不斷反招其亂穴便下座師云擊石火閃電光構得構不得未免喪身失命風穴壁立千仞坐斷盧陂舌頭盧陂若是箇人未到牧主檢責纔見他道祖師心印狀似鐵牛之機呵呵大笑若擬議拍一拍便行無端請師不搭印倚他門戸傍他墻剛被時人喚作郎如今有人與風穴作主我要問他心印在什麽處

中秋上堂鳳山說何似萬象說八月十五夜月最親切八月十八日潮更直截聞不聞瞥不瞥嘉州大象喫蒺藜陝府鐵牛流出血

上堂佛法兩字不要拈著拈著則不堪這裏龍蛇混襍凡聖同居若起無事心棒了趂出院金不博金水不洗水一句作麽生道放憨作麽

上堂千聖頂顊上點著便知萬象森羅前突出難辨亘古亘今無縫罅葢天葢地絶羅籠挽之不來推之不去擁之不聚撥之不散直得秋光湛湛體露金風夜色澄澄涼生玉宇高枝多宿鳥腐草足流螢即含靈顛倒之心見諸佛圓常之性恁麼説話笑殺衲僧衲僧畢竟有甚長處喝一喝

冬至小衆僧問世事悠悠不如山丘臥藤蘿下塊石枕頭未審與垂手入鄽的相去多少師云也不較多進云豈無緇素師云一對無孔鐵槌就中一箇最重進云與麼則天下老和尚總在裏許也師云因誰置得進云數聲清磬是非外一箇閒人天地間師云方纔撞彈子便要捻金剛進云明日書雲令節畢竟書什麼雲師云那邊是什麼雲進云但願來年蠶麥熟羅睺羅兒與一文師云一日便頭白乃云垂萬里鈎駐千里烏騅布漫天網打衝浪錦鱗如大力魔王道我待一切衆生成佛盡衆生界空無有衆生名字我乃發阿耨多羅三藐三菩提心廣額屠兒放下屠刀道我是千佛一數早是不喞𠺕更向長連牀上坐長連牀上臥眼眈瞪地殺不死羊相似萬年一念有什麼益不如泥猪疥狗却有出離之期明明向你道開口不在舌頭上要急相應來日是書雲復舉龍濟道萬法是心光諸緣唯性曉本無迷悟人只要今日了師云既無迷悟了箇什麼從前汗馬無人識只要重論葢代功

上堂上是天下是地耳裏聽聲鼻中出氣陜府鐵牛吞嘉州大像則且置捜取瞻波國與

新羅國闘額是第幾機
上堂拈拄杖卓一下召衆云我這裏卓拄杖你那裏聞聲爲將耳聞爲將心聞若將耳聞耳朶兩片皮作麽生聞若將心聞心如工伎兒意如和伎者又作麽生聞終不虚空裏聞也若是虚空裏聞即是常聞何待這裏卓拄杖然後聞鳳山不卓拄杖爲什麽不聞去豈不見文殊道聲無既非滅聲有亦非生生滅二圓離是則常眞實却因後語爲蛇畫足盡情放捨脱體無依轉向那邊更那邊亦未是到家時節到家一句作麽生道只知事逐眼前過不覺老從頭上來
上堂若有老僧即無闍黎若有闍黎即無老僧闍黎自闍黎老僧自老僧喚作闍黎也得喚作老僧也得驀拈拄杖卓一下喝一喝

上堂茅堂月淡竹戸風淒氷枯雪槁之時鼓寂鐘沈之夜心心永寂石女剪於龜毛念念攀緣木人裁於兎角不是洞山五位亦非臨濟三玄齒牙敲磕處一字元無父母未生前全機獨脱透頂透底亘古亘今飯是米做一句作麽生道久立
上堂徧界是通身是無一處不是無一念不是忽然拈起拄杖子問他這是不是便見一千箇内九百九十九箇口如匾擔相似直須自己偷心死方信從前都不是都不是只這是吉獠舌頭三千里喝一喝
上堂見拄杖不喚作拄杖見屋不喚作屋正是凝狂外邊走見拄杖但喚作拄杖見屋但喚作屋又是依様畫猫兒兩人同到山中總與一杯茶喫要辨緇素且待别時

佛成道上堂三千大千世界日月星辰山河淮海昆蟲草木有情無情拈拄杖卓一下云盡向這裏成等正覺然後鳳山不入這保社何也石頭道底

除夜小叅僧問日從東上月向西沒作麽生是不遷義師云柳絮隨風自西自東進云年年是好年日日是好日師云瞎老婆吹火乃云未達境惟心起種種分別達境惟心已分別即不生不生法中具足世間出世間法一立一切立一破一切破一放一切放一收一切收覿體全該當陽廓示方便喚作常住法身流出無邊諸三昧海文殊普賢大人境界德山臨濟向上提持此方他方齊成佛道有說無說俱轉法輪極三際爲一時統十方爲一刹二十四氣七十二候三百六十五日只在刹那悟之則當念圓明迷之則永沈生死復舉保寧永和尚示衆云世尊不說說迦葉不聞聞卓拄杖云水流黄葉來何處牛帶寒鴉過遠村師云青州棃鄭州棗大抵無過出處好

歲旦上堂半夜起來赴省堂焚祝焚祝了丞相府諸衙門人事人事畢即回嚴堂行香撒沙呪土遶廊行道次第諸山報禮準備接官若作新年頭佛法會入地獄如箭射

進退兩班上堂虎豹文章全歸爪牙之力鯤鵬變化必藉羽翼之功法社要在人叢林自然增氣睦州佐黄蘗楊岐輔慈明相與建法幢展衲僧巴鼻

元宵上堂一切月以一月爲真一切燈以一燈爲體一即一切一切即一一從什麽處起

泊合錯下註脚

諸山講主至上堂先聖道諸法不自生亦不從他生不共不無因是故説無生盡大地是胡餅任你横咬竪咬西天那爛陁寺裏一萬來僧人人得喫只有摩訶迦羅大神不得喫把須彌山一摑百襍碎帝釋踍跳上梵天去也

上堂即心即佛禍不入愼家之門非心非佛舌是斬身之斧古人的今人用今人的古人爲一犬吠虚千猱嗟實鳳山今日不惜性命與你諸人抽釘拔楔去也茶

佛涅槃上堂東西南北空中鳥跡南北西東水底魚蹤瞿曇用盡平生力直至而今歸不得

忽都達兒狀元入山上堂舉玉泉浩布褌因東坡居士微服相訪浩問云尊官何姓坡云姓秤是秤天下長老的秤浩喢地云這一喢重多少坡休去師云玉泉是作家宗匠東坡是當世大儒驀劄相逢發揮此道盡謂東坡休去秤尾無星殊不知八兩半斤總在自家手裏雖然如是也須扶起玉泉只如他道這一喢重多少多少人道不得直饒道得更與一喢

上堂景物舒晴湖山疊翠相將寒食共賞芳菲畫船處處笙歌花市重重錦繡風流公子全彰古佛家風紅粉佳人廓示祖師巴鼻便請拗折拄杖高挂鉢囊不用低頭思量難得

上堂這裏鳴鐘擊鼓拈搥竪拂説黄道黑也只爲你諸人那下長街短巷覓見挾女嗔拳惡罵也只爲你諸人地獄未是苦在此衣線

下不明大事却是苦此時若不究根源直待當來問彌勒
浴佛上堂僧問護明大士未降王宫釋迦老子在什麽處師云䟦上眉毛進云謝師答話師云恰值拄杖不在師乃以拂子打一圓相云三十二相無此相八十種好無此好䟦䟦挐挐且過時人來不必重尋討喝一喝
結夏小參僧問盡大地是箇佛身向什麽處安居禁足師云錦上鋪花又一重進云竹密不妨流水過山高豈礙白雲飛師云隨語生解乃云摩竭陁國親行此令抵死要知換却性命設使懸崖撒手自肯承當絶後再甦欺君不得也是棺木裏瞠眼鳳山這裏無許多事尋常只是九十日爲一夏黄陳米飯苦益菜羮尊勝寺前疊疊青山不盡西興渡口茫茫白浪無窮行也任你行坐也任你坐出也任你出入也任你入卷舒自在彼此何拘却不許埋在聲色堆頭亦不許離他聲色總不與麽還作麽生錦衣公子貴林下道人高復有頌云拈却東山水上行薫風殿閣生微凉住山不費纖毫力自有人提折脚鐺
上堂一句合頭語萬刼繫驢橛靈利漢聞得便行早遲八刻了也
同叅至上堂舉泉大道訪慈明明云片雲横谷口遊人何處來泉云夜來何處火燒出古人墳明云未在更道泉便作虎聲明便打一坐具泉推明向禪牀上明却作虎聲泉云我見八十餘員善知識惟師繼得臨濟宗風師云錯下名言當時慈明爭容得這風顛漢恁麽道更與一坐具且看他作箇什麽伎倆纔

眼目定動便連棒趁出臨濟法道未致寂寥

上堂紅塵鬧市公子家風曠野深山道人活計一則穿花度柳一則嘯月眠雲那箇得那箇失雲在嶺頭閑不徹水流澗底太忙生

上堂不落因果不昧因果總未脫野狐身若要脫野狐身更過五百生始得召衆云還肯鳳山與麼道麼盡大地人不肯總是野狐種族喝一喝

中夏上堂和尚子莫妄想起心動念是妄想澄心息念是妄想成佛作祖是妄想往往將妄想滅妄想無有了期直饒古今言教一時明得如珠走盤敢保此人未出陰界礙膺之物誰與消除若得消除名爲解脫其實未得一切解脫超毗盧越釋迦大丈夫兒合到如此點胷點肋稱楊稱鄭作什麼我未曾向六月裏下一陣大雪與你諸人在

上堂打鐘鐘鳴打鼓鼓響三世諸佛競出頭來六代祖師沒藏身處鐘中無鼓響鼓中無鐘聲鐘鼓不交条句句無前後畢竟喚什麼作句喝一喝

施主看楞嚴上堂體理得妙了了常知一種平懷綿綿不漏著衣喫飯盡是尋常見色聞聲猶如聾瞽但可入佛不可入魔透得十種禪關出得五陰區宇處處無非佛事頭頭總是道場酒肆婬坊了無罣礙龍宮虎穴任便經過亦可入魔亦可入佛然後佛魔俱遣凡聖不存不取涅槃不居生死道我大事了畢拄杖不在苕帚柄聊與三十

上堂纔有是非紛然失心還識祖師面目麼

入新僧堂上堂舉王常侍一日訪臨濟同至

僧堂前侍云這一堂僧還看經麽濟云不看經侍云還坐禪麽濟云不坐禪侍云既不看經又不坐禪畢竟作箇什麽濟云總教伊成佛作祖去侍云金屑雖貴落眼成翳濟云我將謂你是箇俗漢師云臨濟吹毛劍什麽處去也若也拈出有什麽王常侍在自出洞來無敵手得饒人處且饒人

因齋羅漢上堂風生古殿月轉回廊香煙合匝燈燭熒煌賓頭盧尊者應供四天下無一處不到還到此間麽此間是什麽所在說到不到合掌云三德六味施佛及僧便下座

上堂靈鷲山中量材補職曹溪路上少實多虛不論薄地凡夫便請丹霄獨步快與快與有麽有麽比擬張麟兔亦不遇

上堂好諸禪德桃紅李白水綠山青煙雨樓臺市鄽車馬雲舒雲卷露出幾箇峯巒船去船來驚散一行鷗鷺橋邊酒店柳外人家子細觀瞻分明畫出畫出則不無如何著筆無風荷葉動必定有魚行

上堂婆餅焦斷消息花底春禽鳴歷歷不如歸去不如歸自是不歸歸便得喝一喝

松林施主妙蓮居士項氏捨寶蓋入山上堂生心受施淨名早訶有法可說如來不許直得無物可施無法可說牢籠佛祖含育聖凡猶是半珠未爲全寶到箇裏明如杲日寬若太虛千聖不携萬機寢削塵塵爾刹刹爾念念爾法法爾盡十方微塵國土一時拈來著在針鋒上却從針鋒上流出一切智光明雲於其雲中現妙蓮華量等十方微塵國土合爲一蓋内出百千佛異口同音而說偈言一

念普觀無量劫無去無來亦無住如是了知三世事超諸方便成十力說是偈已即入針鋒裏去也

上堂如來涅槃心祖師正法眼衲僧奇特事知識解脫門總是十字街頭破草鞋抛向錢塘江裏著歸堂

解夏小參僧問如何是先照後用師云壁開太華連天色放出黄河到海聲進云如何是先用後照師云劍爲不平離寶匣藥因救病出金瓶進云如何是照用同時師云定光金地遥招手智者金陵暗點頭進云如何是照用不同時師云三月懶遊花下路一家愁閉雨中門僧禮拜師云更問一轉豈不好僧便退師乃云臨濟宗風直須辨主若不辨主有眼如盲所以道不容擬議斬全身始得名爲主中主靈鋒寶劍常露現前擬犯鋒鋩横屍萬里一等擔拄杖行脚還會辨得主麽你若辨得主見他禪牀上老漢纔開口動舌皆却法堂著草鞋便行較有些子衲僧氣息但與麽軟嫩嫩地無骨頭相似見人說有便著有說無便著無十二時中全沒主宰將什麽敵他生死消他信施埋沒自己屈辱先宗無過此人纔方結夏又見解夏日復一日歳復一歳待閻老子徵飯錢遲了何不及早回頭仔細尋思看是什麽道理髑髏常干世界鼻孔摩觸家風萬里神光頂後相直下會得轉凡成聖只在片時其或未然換手搥胷去在復舉外道問世尊昨日說何法尊云說定法外道云今日說何法尊云說不定法外道云因什麽昨日定今日不定尊云昨日定今日不

定師頌云行盡江南數十程曉風殘月入華清朝元閣上西風急都入長楊作雨聲徑山送寂照先師入塔回寺上堂鳳山夜來夢見阿耨達池龍王請五百羅漢齋徑山未後方至於是龍王問云賓頭盧尊者一日應供四天下徑山因什麽來遲徑山云聽取我四句本無生滅寧有去來河氷發燄枯木花開道了便把井底蓬塵一撒却騎山上鯉魚歸天台去也大衆夜來夢的是今日舉的是同諸山掞院官回上堂舉石門聰和尚入州看官路逢延慶長老問云中路相逢一句作麽生道門云某甲禮拜和尚有分明日到院茶話次慶云昨日聞學士說新石門和尚和尚久在石門爲什麽却新去門云腦後合掌問云來時無物去時空二路都迷且如何得不迷去門云秤頭半斤秤尾八兩師云石門道某甲禮拜和尚有分延慶著賊也不知要識石門麽李靖三兄久經行陣雖然如是未免倚勢欺人

中秋上堂一月普現一切水一切水月一月攝盡大地是水阿那箇是月盡大地是月阿那箇是水你若不信錢塘江裏少哩

上堂爐鞴之所多鈍鐵良醫之門足病夫不因柳毅傳書信何緣得到洞庭湖

歲旦上堂舉香嚴云去年貧未是貧今年貧始是貧去年貧有卓錐之地今年貧錐也無眞淨云去年富未是富今年富始是富去年富惟有一領黑黪布衫今年添得一條百衲袈裟歲朝抖擻呈禪衆實謂風流出當家師云香嚴貧未是貧奈何猶有箇渾身眞淨富

未是富家私未免俱呈露鳳山這裏不說富不說貧隨家豐儉沒跡親豎拂子收來兔角長三尺放去龜毛重九斤

元宵懺會上堂僧問二祖謁初祖便云我心未寧乞師安心初祖向他道將心來與汝安且道是有心可安無心可安師云劄進云二祖云覓心了不可得初祖云與汝安心竟還端的也無師云曾經霜雪苦楊花落也驚進云及三祖問二祖云弟子身纏風恙請師懺罪意作麼生師云蹉過了也進云二祖云將罪來與汝懺爲復是因風吹火爲復是入草求人師云有甚共語處進云三祖道覓罪了不可得二祖云與汝懺罪竟請和尚分明指示師云朝三千暮八百進云只如二祖安心三祖懺罪是同是別師云雪上加霜進云與麼則前無釋迦後無彌勒也師云過這邊立進云今晨施主禮懺設齋特請和尚陞堂未審獲什麼福報師云速禮三拜進云路逢死蛇莫打殺無底籃子盛將歸師云一狀領過乃云有一人具大闡提作無間業捨戒定慧行貪嗔癡栽蒺藜於三有田中種荆棘於一眞地上乃至謗佛毀法破和合僧能可永劫沈淪不求諸聖解脫直待一切衆生成佛盡乃發阿耨多羅三藐三菩提心未審此人如何懺悔良久鑊湯爐炭吹教滅劍樹刀山喝使摧

上堂問侍者云三月屬什麼生者答云屬龍師拈拄杖云忽然轟一箇霹靂山河大地百襍碎菩提涅槃眞如解脫何處有也

浴佛上堂今日如來降誕之日灌沐金軀之

時爲復是有塵灌沐爲復是無塵灌沐若道有塵灌沐與如來敵體相違若道無塵灌沐早是塗汙了也畢竟如何可惜一盆湯

上堂俱胝竪一箇指頭雪峯輥三箇木毬石鞏張弓架箭華亭短棹孤舟鳳山無法可說不妨坐斷杭州就中却有箇好處好在什麽處四五百條花柳巷二三千所管絃樓

上堂梯雖高不能達河漢鍬雖利不能到風輪通上徹下一句作麽生道良久云確

住嘉興路本覺寺語錄

師於至正四年八月初八日入寺

山門蟄戸未開龍無龍句打破虚空全體顯露復云歩

佛殿佛者覺義覺的是誰西天移來此土藕絲牽著須彌

祖堂達磨師不是祖半夜下閻浮日輪正卓午

據室踞虎頭收虎尾第一句下明宗旨直饒明得已是第二句若明不得更叅三十年

拈宣政院疏劄覰芥投針則易轉凡成聖非難不假他求盡在箇裏還見麽更聽知事宣白

指法座陽春白雪唱高和寡村歌社舞到處合得著新本覺今日相席打令去也陞座拈香祝聖畢師云現成公案不用安排無孔鐵椎有什麽限稍知觸淨便好商量僧問先聖道帝王長壽天下太平此意如何師云帝王長壽天下太平進云學人與麽問和尚因什麽也與麽答師云好本天下同進云不是心不是佛不是物是什麽師云破草鞋進云還

許學人露箇消息也無師云苦屈之詞不妨難吐進云衝開碧落松千尺截斷紅塵水一溪師云如蟲禦木乃云百尺竿頭進一步海闊天寬萬人叢裏奪高標眼親手辨空劫已前自己即是日用自己日用自己即是空劫已前自己不可說不可說香水海浮幢王刹都盧在你眉毛眼睫上普光明殿本是盧舍那與文殊普賢觀音彌勒目連鶖子馬鳴龍樹一一爲諸人演說心地法門了也還聞麽若聞去不妨隨處度生若不聞壽山入院事繁未有工夫與你說在復舉僧問曹山諸佛未出世時如何山云曹山不如僧云出世後如何山云不如曹山師云大小曹山口甜心苦或有人問壽山諸佛未出世時如何向他道好出世後如何好與他三箇好且聽一生

叅

當晚小叅僧問天不能葢地不能載時如何師云看你分踈不下進云因什麽向芥子裏出頭師云若要好大做小進云莫是他安身立命處也無師云渠儂得自由乃云眼裏著沙不得耳裏著水不得恁麽來者不向一人眼裏著得須彌山耳裏著得大海水恁麽去者不背一人無言處演言無事處成事無佛處作佛無生處度生卷舒立方外乾坤縱横掛域中日月得失俱喪是非沓忘撥轉向上關戳瞎頂門眼柂却空王殿鉅下本來衣猶未是衲僧受用處還委悉麽家無小使不成君子復舉智者銓和尚示衆云要扣玄關須是有節操極慷慨斬得釘截得鐵硬剝剝地漢始得若是畏刀避箭之徒看即有分師云

大小智者用盡自己心笑破他人口壽山別無奇特朝晨熱水洗面黄昏脱襪打睡大海從魚躍長空任鳥飛

上堂日裏鬧浩浩不妨靜悄悄夜間靜悄悄不妨鬧浩浩靜的鬧的輥作一團是業識是佛性喝一喝

中秋上堂天上月圓人間月半古人道赫日猶虧半烏沉始得圓且那一半落在什麼處更深夜靜共伊商量

上堂舉傅大士云法地若動一切不安師云壽山從朝至暮不知走了幾遭若是法地誰敢動著一莖草復云我不爭恁麼道傅大士坐了起不得

上堂此事如一隻手相似開也在我合也在我伸也在我緺也在我只是不許喚作手若喚作手頭上安頭不喚作手斬頭覔活畢竟喚作什麼總道不得壽山通袖去也便下座

上堂三通鼓罷一炷香焚老僧坐定諸人總立古人道目前無闍棃座上無老僧意作麼生莫是一切皆空麼莫是泡幻之質終歸敗壞麼莫是有形有相便是無形無相麼莫是正恁麼時全明向上事麼莫是換人情識麼總不是這箇道理若與麼見解實未得安樂在行住坐臥動靜去來仔細躊躇看

上堂達磨不來東土二祖不往西天臨濟不叅黄檗趙州不見南泉是處池中有月誰家竈裏無煙有問分明向伊道新羅國在海東邊

上堂是柱不見柱非柱不見柱是非已去了是非裏薦取師云教裏少哩修山主有多少

奇特也只是座主見解未夢見我祖師意旨在見露柱但喚作露柱見燈籠但喚作燈籠不得動著動著三十棒

上堂祖禰不了殃及兒孫壽山無端走入水牯牛隊裏壟犁拽耙與你諸人抵債還有人相救麽若有不妨出來道看如無釣竿斫盡重栽竹不計功程得便休

上堂言發非聲色前不物泥像手中拂子踍跳上三十三天木魚口裏明珠吞却山河大地諸人向什麽處安身立命不得春風花不開

開爐上堂寒則普天普地寒熱則普天普地熱百億世界百億日月總與這裏不別你道西天那爛陁寺裏今日有幾人開爐

上堂召大衆云若道說的是爭奈諸法寂滅相不可以言宣若道默的是爭奈佛法無人說雖慧莫能了莫是說時默默時說麽向下文長付在來日

冬至小叅拈拄杖卓一下云三九二十七菩提涅槃眞如解脫什麽處去也古人事不獲已向你諸人道目前無法意在目前不是目前法非耳目之所到便與麽會去早是第八頭更若躊躇又落第九首德山到此入門便棒臨濟到此入門便喝雪峯到此便道南山鱉鼻蛇趙州到此便道庭前栢樹子雲門到此便道手中扇子踍跳上三十三天築著帝釋鼻孔把東海鯉魚打一棒雨似盆傾法眼到此便道叅同契云竺土大仙心遂云無過此語也向下中間也只是應時節說話至寵後謹白叅玄人光陰莫虛度乃云住住恩大

難酬師云設使粉骨碎身亦報此恩不得若報此恩不得總是虛度光陰只這竺土大仙心未審諸人明也未於此明得冬至一陽生於此不明更過恒河沙刼又卓一下復舉須菩提尊者因帝釋雨花問云此花從天得耶帝釋云弗也尊者云從人得耶帝釋云弗也尊者云從何得耶帝釋舉手尊者云如是如是師云澤廣藏山理能伏豹帝釋放過須菩提尊者尋常將什麽說法也好與一拶

上堂黄帝求珠可貴可賤卞和泣玉堪笑堪悲老聃西出函關多虛不如少實孔子南游江漢遠親不如近隣潘閬倒騎驢梵志翻著襪這一隊漢生前莾鹵死後顢頇德山令行並須瓦解

上堂舉雲門大師因肇法師云諸法不異者不可續鳧截鶴夷岳盈壑然後爲無異者哉門云長者天然長短者天然短又云是法住法位世間相常住乃拈起拄杖云不是常住法師云一家有事百家忙喝一喝下座

了菴和尚赴靈巖進發上堂僧問西天二十八祖也與麽東土六祖也恁麽恁麽恁麽如何指示師云我却不恁麽進云如是則超佛越祖罩古籠今也師云也不消得進云自有一雙窮相手不曾低揖等閑人師云可惜許進云三聖道我逢人即出出即不爲人意旨如何師云頭重尾輕進云興化道我逢人即不出出即便爲人作麽生會師云惱亂春風卒未休進云只如新靈巖和尚今日進發且道與兩箇老古錐是同是别師云還識靈巖麽進云玲瓏八面自回合峭峻一方誰敢窺

師云不信道進云昔日和尚來住此山新靈巖與和尚交代今日進發不可空然師云早已龜毛長數丈進云薄批明月高高飣細切清風滿滿盤師云謝供養僧便喝師云禮拜了退乃云三聖道我逢人即出出即不爲人興化道我逢人即不出出即便爲人你看他臨濟兒孫如水銀落地相似大底大圓小底小圓卒討他頭鼻不著新靈巖和尚權衡佛祖鎔煅聖凡爲四海禪流掃諸方露布洞庭湖上竪起金剛幢智積山中豁開正法眼畢竟憑箇什麼拈拄杖卓一下下座

上堂臭肉上蒼蠅坑廁裏蟲子還有佛法也無有則淨穢懸殊無則聖凡隔絶諸人作麼生下得一轉語愜得病僧意

上堂攪長河爲酥酪變大地作黃金供養什麼人盡十方世界是沙門一隻眼水陸空行蜎飛蠕動著在什麼處諸佛非我道誰是宼道者父母非我親誰是宼親者國無定亂之劍家無白澤之圖晴是晴雨是雨作麼生道桑樹上著箭榖樹上汁出

上堂車不横推理無曲斷北俱盧洲長粳米飯下座

病起上堂壽山不會説禪病起骨露皮穿判得閻羅老子一朝催討飯錢劍樹刀山未免鑊湯爐炭交煎更入驢胎馬腹不知脱離何年因什麼如此是他家常茶飯

除夜小叅僧問臨濟大師道第一句中薦得與佛祖爲師第二句中薦得與人天爲師第三句中薦得自救不了如何是第一句師云咄進云如何是第二句師云墮進云如何是

第三句師云去僧禮拜乃云古風大好初無佛祖禪道隨緣放曠任性逍遥當恁麽時不可道你强我弱也見直言見不見直言不見知直言知不知直言不知東西南北陰陽寒暑高低貴賤是非人我那裏得許多消息來纔分四聖六凡便見七差八錯有佛有祖有禪有道掀翻海岳抖亂乾坤縱使德山棒如雨點打他不住臨濟喝似雷奔禁他不得壽山這裏只有一口劍佛之與魔總與一刀兩段貴圖天下太平汝等諸人但管饑來展鉢困來合眼復有何事臘月三十日也只是尋常不起纖毫修學心無相光中常自在喝一喝復舉僧問九峯䖍和尚祖祖相傳傳箇什麽峯云釋迦慳迦葉富僧云畢竟傳的事作麽生峯云同歲老人分夜燈師頌云同歲老人分夜燈這頭照著那頭明從來不借他人口切忌如何作麽生

佛日普照慧辯楚石禪師語録卷第三

音釋

搓（倉何切音蹉搓挪也）猱（奴刀切音猱猴也）褌（公渾切音昆褻衣一作裩）

鍬（此遙切悄平聲臿也鍫同）灊（慈鹽切音潛水名）閬（魯堂切音郎高門）

佛日普照慧辯楚石禪師語録卷第四

侍者祖灊編

住嘉興路本覺寺

歲旦上堂拈拄杖云山僧一條拄杖不曾胡亂打人今日新正開封去也釋迦老子達磨大師放過不可自餘之輩車載斗量利劍不斬死漢忽有人出來道長老劈脊便棒不是與人難共住大都緇素要分明靠拄杖下座

上堂水中鹽味色裏膠青決定是有不見其形傳大士也是夢中了了醉裏惺惺要識心王猶欠悟在

上堂頭上漫漫脚下漫漫爍迦羅眼莫能窺盧舍那身全體現便是須彌撲碎海水沸騰大地叢林一時火起也未曾動著一毫毛在天人叅陪無路魔外入作無門任從天下樂訢訢我獨不肯不見道塵中不染丈夫兒喝一喝

上堂一樹兩樹桃花三莖四莖修竹昔年謾説靈雲今日休談多福紅的自紅緑的自緑斜的自斜曲的自曲南北東西叅學人畫蛇往往重添足休添足六六元來三十六

佛涅槃上堂末灋比丘有三種執一人云如來決定在娑羅雙樹間入般涅槃執此爲實累他釋迦老子死了活不得一人云常在靈鷲山及餘諸住處執此爲實累他釋迦老子活了死不得一人云一切灋不生一切灋不滅若能如是解諸佛常現前活的釋迦老子便是死的釋迦老子死的釋迦老子便是活的釋迦老子執此爲實正是大病世醫拱手

總不與麼時什麼處與釋迦老子相見風煖鳥聲碎日高花影重

浴佛上堂未有世界早有此性世界壞時此性不壞出世不出世成佛不成佛總是閒言語淨瀛界身本無出没大悲願力示現受生恁麼説話正是俗氣不除且道喚作釋迦老子不喚作釋迦老子一舉四十九

結夏小參僧問巍巍堂堂煒煒煌煌聲前非聲色後非色未審是箇什麼師云無面目漢進云即今抂什麼處師云眼見如盲口説如啞進云此人還曾禁足也無師云脚不離地走進云且道此人肯成佛麼師云莫謗他好進云既不成佛却教誰度衆生師云有衆生即須度無衆生度什麼進云如今三界二十五有浩浩地喚作無衆生得麼師云癡人面前不得説夢乃云諸禪德你無外遺世界内脱身心心不繫身身如虚空身不繫心心如法界如是禁足無足可禁如是安居無居不安猶未是衲僧行履處直得文殊普賢掃迹摺被等妙二覺隨驢把馬到與麼田地日消萬兩黄金雖然如是西天有人未肯抂復舉教中道種種取舍皆是輪迴未出輪迴而辨圓覺彼圓覺性即同流轉若免輪迴無有是處諸禪德喚什麼作圓覺又如何免得輪迴去東澗水流西澗水南山雲起北山雲

上堂雨後檣平水滿山前麥熟鳥啼岸柳毿毿林花灼灼溪光湛湛草色青青是心耶境耶迷耶悟耶我觀三千大千世界迺至無有如芥子許非是菩薩捨身命處你若會得釋迦老子且過一邊

上堂縱横不礙華藏海中一微塵逆順何拘刹竿頭上翻筋斗無理外之事無事外之理無心外之物無物外之心在蚌爲珠在龜爲兆在牛爲角在馬爲蹏一一交參重重攝入釋迦彌勒雖然卍字當胷文殊普賢也只鼻頭向下諸人幸自無事須要護身符子作麽喝一喝

上堂三乘十二分教大似屎窖子你無端刺頭入裏許作麽來來我共你葛藤拈拄杖云百千諸佛天下老和尚到這裏亾鋒結舌你試吐露看衆皆罔措師云賺殺人

上堂大事未明如喪考妣大事已明如喪考妣你道有成褫無成褫長因送客處憶得别家時

上堂聞茶板喫茶去聞浴板洗浴去聞壽山道你諸人休去歇去爲什麽不肯與麽去忽有人出來道和尚怪其甲不得向他道未到壽山與你三十棒了也

解夏小衆僧問鐵作脊梁骨金鑄堅實心時如何師云此去錢塘不遠進云壽山門下若有此人未審如何相待師云殷勤送出荒郊外進云謝和尚證明師便喝僧禮拜師乃云天地同根萬物一體在谷滿谷在坑滿坑量過虛空虛空猶有其名號明踰日月日月猶竝其光輝獼猴各佩古菱花樹木皆爲獅子吼塵塵刹刹密密堂堂所以道法王法力超羣生常以法財施一切久積淨業稱無量導衆以寂故稽首有如是奇特有如是靈明但衆生背覺合塵故諸聖應病與藥或立結制或立解制或現全身或現半身但貴正法流

通不許妄生穿鑿火不待日而熱水不待月而凉鵲白烏玄松直棘曲清風月下守株人凉兎漸遥春草緑復舉世尊因自恣日文殊在三處度夏迦葉欲白槌擯出方拈槌乃見百千萬億文殊迦葉盡其神力槌不能舉世尊還問迦葉汝擬擯那箇文殊迦葉無對師云迦葉好不丈夫莫道百千萬億文殊便是百千萬億世尊也下一槌擯出不見道棒下無生忍臨機不見師

了菴和尚退靈巖回叙謝上堂夫為善知識者驅耕奪食轉凡成聖其見善知識者如見青蓮華眼根清淨其聞善知識說法者如餐香積國飯毛孔俱香靈巖禪師之謂也再歸檇李深愜鄙懷龍象叅陪幸希珍重

上堂天上天下脚頭脚尾横三竪四是我尋常用的你諸人只好旁觀諸方學得來的不要有時教伊揚眉瞬目有時不教伊揚眉瞬目有時教伊揚眉瞬目是有時教伊揚眉瞬目不是智者聊聞猛提取莫待天明失却鷄

看田回上堂舉溈山問仰山云何處來仰云田中來溈云田中有多少人仰鍤鍬叉手而立溈云今日南山大有人刈茅仰拽鍬而去雪竇云諸方咸謂揷鍬話奇特大似隨邪逐惡據雪竇見處仰山被溈山一問直得草繩自縛去死十分妙喜云仁者見之謂之仁智者見之謂之智百姓日用而不知故君子之道鮮矣師云幸是無事被妙喜老漢念一道真言直得天左旋地右轉

新贖藏經上堂舉雪峯一日普請搬柴次中路逢一僧乃擲下一段柴云大藏教只說這

箇後來眞如喆云一大藏教不說這箇師云只這箇是什麼說與不說且諸人向什麼處見二大老中岳能豎起拂子云提起則如是我聞放下則信受奉行師云若作佛法商量眉須墮落

建萬佛閣上堂僧問逼塞虛空不是莊嚴樓閣分明面目亦非一萬如來敢問壽山憑何建立師云魯班繩墨進云物見主眼卓豎師云鈎在不疑之地進云若不登樓望焉知滄海深師云亂走作麼乃云一搬石二搬土發機不用千鈞弩無邊樓閣滿虛空曠大劫來誰是主誰是主須辨取最好一梁對一柱便下座

謝首座秉拂都寺辦齋上堂禪非意想以意想求之則乖道絕功勛以功勛擬之則錯安箇是立箇非捨箇迷就箇悟轉急轉緩轉親轉疎不能透過那邊多只住在這裏進則銀山萬疊退則鐵壁千尋撥得一路開挨得一線入元來自己便是銀山鐵壁到與麼田地有什麼奇特三德六味味遍多一句了然超百億

上堂一切處是自己饅頭餢子是也不是語默動靜無第二人東廊下西廊下口吧吧地如瓶瀉水相似驀劄被人問如何是上座自己答不得雖然答不得要且不曾失呵呵下座

歲旦上堂拈拄杖云新年頭有佛法拄杖子也未敢相許新年頭無佛法拄杖子也未敢相許離四句絕百非總是諸方舊話子拄杖子也未敢相許畫一畫元正啓祚萬物咸新

上堂過去諸如來且居門外現在諸菩薩更莫躊躇未來修學人快走始得十方虛空撲落地上大洋海底火發燒著帝釋眉毛東海龍王轟一箇霹靂新羅國裏拍手大笑山門頭金剛竪起拳華光土地道用盡自己心笑破他人口喝一喝

結夏小叅僧問一言道盡時如何師云開口了合不得進云不假一言時如何師云合口了開不得進云總不與麼時如何師云七棒對十三乃云眨上眉毛早蹉過開得口來已話墮祖師關棙少人知徧界茫茫脚踏火聲前展演賺殺闍棃句後商量翻成途轍一踢踢翻大海水一拳拳倒須彌山猶未是性躁漢在何況起模畫樣詐啞佯聾斷妄攀緣求眞解脫大似認髑髏作水買朱砂畫月驢年解休歇麼壽山不惜口業爲你諸人點破竪拂子云還見麼這箇是文殊門若從文殊門入者山河大地墻壁瓦礫教你背塵合覺擊拂子云還聞麼這箇是觀音門若從觀音門入者松風澗響鴉鳴鵲噪教你返本還源到箇裏證不動尊成無上覺更須知有頂門一竅還委悉麼麥秋晨氣潤槐夏午陰清復舉龐居士叅馬大師不與萬法爲侶是什麼人大師云待汝一口吸盡西江水却向汝道師頌云蓋天蓋地一句子馬師盡力提不起好笑青原接石頭逢人但問廬陵米

上堂古人云擬爲你吞却只爲當門齒礙如今不礙也吞得麼擬爲你吐却只怕咽喉小如今不小也吐得麼吞得一任吞吐得一任吐設你吞得吐得我更問你是什麼乾屎橛

上堂是凡是聖半合半開非佛非心全生全殺直似排空徤翮萬里横翔透網金鱗一絲不挂豈不俊快衲僧有時句到意不到有時意到句不到有時意句俱到有時意句俱不到若意句俱到你作麽生商量若意句俱不到你又向什麽處鵮啄上上人來時如何點

中夏上堂舉龐居士云護生須是殺生薑不改辣殺盡始安居到處得逢渠欲識箇中意爛泥裏有刺鐵船水上浮鬍子没髭須有底見他道殺也便道殺佛殺祖揀箇什麽恁麽見解鄭州出曹門不如休去歇去好忽然築著鼻孔鐵船水上浮是眞實語

上堂大道只在目前要且目前難覩欲識大道眞體不離聲色言語諸仁者佛殿裏香爐東司頭籌子爲你說了也憍陳如尊者醉後添杯來我這裏聽的總是註脚當初只謂茅長短燒却元來地不平

上堂彈指一下云這裏聞去一根既返源六處咸休復眼處作耳處佛事耳處作鼻處佛事鼻處作舌處佛事舌處作身處佛事身處作意處佛事意處作一切處佛事畢竟是一耶是六耶纔有一便有六纔有六便有一此是一六之義不可道是無也無眼耳鼻舌身意無色聲香味觸法又不可認有也這箇是教意那箇是祖意喝一喝

解夏小參僧問九夏償勞如何言薦師云重疊關山路進云便與麽去時如何師云江南僅有江北絶無乃云數日已來可謂極熱晚間得雨便覺清涼熱既不從外來涼亦非從内出不離當處廓爾現前則古釋迦不先今

彌勒不後何待精修六度始至法雲遠涉僧祇方階佛果便可於一毫端現寶王剎坐微塵裏轉大法輪有時拈一莖草作丈六金身用有時拈丈六金身作一莖草用如斯坐夏功不浪施端的蠟人冰純成鐵彈子功圓果滿一句作麼生道一片月生海幾家人上樓復舉僧辭歸宗宗云什麼處去僧云諸方學五味禪去宗云我這裏有一味禪僧云如何是一味禪宗便打僧云我會也我會也宗云道道僧擬開口宗又打黃檗曰馬大師出八十四人善知識問著箇箇屙漉漉地秖有歸宗較些子師云說什麼較些子直是未在我這裏有一味禪便與掀倒禪牀見之不取思之千里

上堂聞聲悟道塞却你耳根見色明心換却你眼睛蒲團上端坐針眼裏穿線西風一陣來落葉兩三片

上堂東弗于逮普請搬柴西瞿耶尼和南不審南瞻部州作什麼復云適來猶記得

雕千手千眼大悲像上堂僧問大悲菩薩用許多手眼作什麼師云春風不裹頭乃舉南泉喚院主主應諾泉云佛昔九十日在忉利天爲母說法時優塡王思佛請目連運神通三轉攝匠人往彼雕佛像只雕得三十一相爲什麼梵音相雕不得院主問云如何是梵音相泉召院主主應諾泉云賺殺人師召衆云若識得梵音相應以佛身得度者即現佛身而爲說法乃至應以天龍夜叉乾闥婆阿修羅迦樓羅緊那羅摩睺羅伽人非人等身得度者即皆現之而爲說法且道說什麼法

便下座

龍翔曇芳和尚遺書至上堂心同虚空界示等虚空法證得虚空時無是無非法既無是法又無非法則諸佛成等正覺轉妙法輪入般涅槃如夢相似曇芳老子佛海禪師屢董名藍親承眷遇方辭徑塢即據龍翔末後光明全身舍利八斛四斗未足爲多試拈一粒與諸人看竪拂子云海神知貴不知價𨽻與人間光照夜擲拂子

上堂函蓋乾坤句隨波逐浪句截斷衆流句更有一句喚作什麼癡人面前莫説打你頭破額裂

上堂好雪從什麼處來山河大地白皚皚畢竟向什麼處去日出後一時吐露

歲旦上堂今年年年是去年年年年去年來知幾年昨日日是今日日日日出日入非一日只箇無去來無出入年年是好年日日是好日四溟東海流般若波羅蜜

上堂舉法華云止止不須説我法妙難思諸增上慢者聞必不敬信師云説了也止得麼黄面老人分疎不下卓拄杖有時拈在千峯頂劃斷天雲不放高

上堂竪拂子云知有底喚這箇作拂子不知有底亦喚這箇作拂子作麼生辨什麼難辨就中知有底把來便用不知有底用不得如今在壽山手裏知有不知有那裏得這消息來擲拂子下座

上堂白牡丹紅芍藥開是春風開落是春風落開落春風總不知不知蚕已成圖度揺手云莫莫

蘭華嚴至上堂善財歷一百一十城參五十三員善知識末後再見文殊方了大事古人道更有一人爲什麼善財不參且道是什麼人咄

上堂鵶鳴鵶鵶鵲鳴鵲鵲郭公鳴郭公姑惡鳴姑惡亦何必續鳧截鶴夷岳盈壑禪子相投西山月落

浴佛上堂未出胞胎以前有一轉語山僧四處住山不曾說著今日如來降誕未免舉似諸人便下座

結夏上堂汝諸人見壽山搖唇鼓舌便擬聚頭鵮啄向意根下摶量及乎放出金剛圈颺下栗棘蓬十箇五雙吞跳不得此無他從前在髑髏裏妄想慣了又闔閤中暖軟物未除卒遇惡辣鉗鎚便生退屈明明向你道此事不在言語上千經萬論可是無言語還使得偷心也無端的要死偷心不用九十日內參取

上堂鶖崛摩羅道我從無量劫來未嘗殺生諸人作麼生會不可作無生話會也若與麼會生身陷地獄

上堂十方世界鬧聒聒山河大地只一撮是非長短俱不說何似壽山廣長舌旣是廣長舌因什麼不說珊瑚枝枝撐著月

上堂一向面壁道絕人荒一向貪程眼瞤耳熱未有長行而不住未有長住而不行或時十字街頭拈起拄杖和其光同其塵灼然一切處光明燦爛去或時孤峯頂上放下鉢囊杜其谿塞其穴灼然一切處枯淡去即心是佛也不得非心非佛也不得不是心不是佛

不是物也不得我見兩箇泥牛鬬入海直至如今無消息喝一喝

上堂得之於心伊蘭作栴檀之樹失之於旨甘露乃蒺蔾之園生佛本同因什麽有得有失若道聖凡差别證修不諦心旨故殊與麽喚作三家村裡瞎老婆説話未曾夢見我衲僧脚下一莖毛在有般漢便道此事得者本不得不得者亦不失盡是野狐精魔魅人家男女未有了日更撞著禪牀上老禿奴不識好惡三百五百聚頭商量道我開鑿人天眼目著甚來由滴水寸絲也須償他始得

解夏小衆僧問一人因説得悟一人因衆得悟一人無師自悟三人同到壽山未審接那一人師云獅子咬人韓盧逐塊進云與麽則普請衆堂也師云去汝不會我語進云總不與麽來時如何師云却較些子進云壽山門下風吹不入水洒不著師云罕逢穿耳客多遇刻舟人進云和尚只有受璧之心且無割城之意師云莫錯怪老僧僧禮拜師乃云黄面老人於三七日中思惟如是事作麽生是如是事莫是前後際斷是如是事麽莫是度生既畢入般涅槃是如是事麽若喚這箇作如是事正是水母以蝦爲目無自由分謗他黄面老人喫鐵棒有日汝等諸人九十日内畢竟思惟箇什麽我道黄面老人與你同一眼見同一耳聞同一鼻嗅同一舌嘗同一身觸同一意知一切智智清淨無二無二分無别無斷故雲門手中扇子跨跳上三十三天築著帝釋鼻孔把東海鯉魚打一棒雨似盆傾又作麽生昔年枉向途中覓今日看來火

裏氷復舉保寧勇和尚示衆洞山云五臺山上雲蒸飯佛殿階前狗尿天刹竿頭上煎䭔子三箇胡孫夜簸錢石霜云風吹石臼爭哮吼泥揑金剛空裏走趯翻海月亂波生驚起土星犯南斗道吾云三面狸奴脚踏月兩頭白牯手拏煙戴冠碧兎立庭栢脫殼烏龜飛上天此三頌一與祖佛爲師二驗衲僧眼目三與天下人作榜樣若人定當得出許具一隻眼師云保寧批判此三頌易分雪裡粉難辨墨中煤壽山不惜眉毛從頭注破一與祖佛爲師分文不直二驗衲僧眼目是甚泥彈丸三與天下人作牓樣且莫錯會直饒會得萬里望鄉關

造萬佛上堂僧問溈山和尚道凡聖情盡體露眞常事理不二即如如佛即今佛在什麼處師云南地竹北地木進云此佛還有形相也無師云胡人飲乳返怪良醫進云和尚爲什麼特地起模畫樣師云打草只要虵驚進云未審有功德無功德師云放待冷來看進云但願東風齊著力一時吹入我門來師云又恁麼去也乃云夜夜抱佛眠喚什麼作佛朝朝還共起莫錯認定盤星起坐鎮相隨畢竟是阿誰語默同居止非一亦非二纖毫不相離如身影相似知這一段虛空多少人摸索不著任是精金百煉巧計千般鑄也鑄不成雕也雕不就傅大士纔開橐籥便見精神直得鑑地輝天騰今耀古雖然也秪寫得一半你諸人從朝至暮陞堂入戶開單展鉢本來面目有甚掩處還見麼如今若不究根源直待當年問彌勒

八月旦上堂山河無隔礙光明處處透四天下人即今在中庭裏相爭佛法甚閙忽有箇出來道諸人幸自無事無端被野狐涎唾觜邊抹了見人便要爭佛爭法爭這箇爭那箇爭到驢年也未歇在彈指云好没興天帝釋鬪得從三十三天下來喝云你這一隊魔子在這裡爭什麼各與二十棒貶向他方去也壽山不覺手之舞之足之蹈之火雲初散後金氣欲涼時

上堂鴈過長空影沈寒水蟲吟古砌響答虚堂明明生佛已前眞機獨露了了見聞不及覿體無私坐斷千差收歸一致作麼生道拄杖擬吞三世佛燈籠百斛瀉明珠

雲溪講主至上堂凡夫見色是色見空是空聖人見色即空見空即色諸人作麼生若見色是色見空是空又同凡夫見若見色即空見空即色又同聖人見纔有凡聖二見此人即墮見執與彼先尼外道無別驀拈拄杖云這箇決定不是色空作麼生見今人長憶李將軍萬里天邊飛一鶚

重陽上堂昨日是中秋今朝又重九親我紫萸茶踈他黃菊酒紫萸與黃菊本自無踈親相識滿天下知心能幾人

怡雲屋造石爲佛塔成上堂舉教中道若人以眞金日施百千兩不如暫入寺誠心一禮塔理上偏枯若人靜坐一須臾勝造八萬四千塔寶塔終久化爲塵一念至心成正覺事上偏枯直饒理事雙亡正偏不立要見多寶釋迦則未可在還委悉麼龍袖拂開全體現象王行處絶狐蹤

住嘉興路報恩光孝禪寺語録

師於至正十七年八月初一日入寺

山門無門之門不入而入雲垂四野水滿雙湖若要天下横行親到一回始得

佛殿還識佛麽面如滿月目如蓮天上人間咸恭敬

祖堂一花五葉起必有因且道從什麽處起岸上蹺踏蹺水中嘴對嘴

據室濶一丈高十尺是你諸人爲什麽入作不得鐵壁鐵壁

拈行宣政院疏燮理陰陽旁通造化光輝佛日普扇眞風還他大力量人成此大力量事召衆云高著眼

拈諸山疏江南北浙西東同中有異異中有同野色更無山隔斷天光直與水相通會麽若也不會看取下面註脚

指法座諸法以空爲座空尚不有説什麽諸法便恁麽散去豈不丈夫更待如何若何且聽喚五作六遂陞座拈香祝聖畢師云言迹之興異途之所由生直截根源的出衆相見

僧問天得一以清地得一以寧聖人得一以治天下如何是天得一以清師云有星皆拱北進云如何是地得一以寧師云無水不朝東進云如何是聖人得一以治天下師云一人有慶兆民賴之進云衲僧得一又作麽生師云斬草蛇頭落進云今日和尚開堂演法文武臨筵一切人天悉皆圍繞未審一耶一切耶師云普進云一寸筆頭三尺劍盡是安邦定國人師云更不忉忉僧禮拜師乃云孤廻廻峭巍巍聖賢罔措活滚滚明落落周帀

無餘有世界以光明爲佛事有世界以莊嚴爲佛事有世界以香飯爲佛事有世界以音聲爲佛事有世界以寂默爲佛事且道報恩這裏以何爲佛事以不可思議爲佛事所謂諸佛出現不可思議衆生業果不可思議世界成壞不可思議此不可思議亦不可思議是故一爲無量無量爲一大中現小小中現大於一毫端現寶王刹坐微塵裏轉大法輪畢竟承誰恩力喝一喝復舉南堂靜和尚云君王了了將帥惺惺一回得勝六國平寧師云雖然如是堯舜之君猶有化在大勛不竪賞一句作麽生秋風吹渭水落葉滿長安

當晚小衆舉臨濟大師道有時一喝如金剛王寶劍有時一喝如踞地獅子有時一喝如探竿影草有時一喝不作一喝用師便喝云且道這一喝落在什麽處爲復是金剛王寶劍爲復是踞地師子爲復是探竿影草爲復是一喝不作一喝用試辨看若辨不出報恩與你註破金剛王劍目前可驗擬議不來墮坑落塹踞地獅子直下便是打破髑髏拈却牙齒探竿影草好也不好左手扶起右手推倒有時一喝不作一喝用大小臨濟只管説夢便與麽會猶欠一喝在喝一喝

中秋上堂天地未分時高低覆載何在日月不到處光明照燭無偏眞箇是描不成畫不就昨夜三更白如晝

上堂拈拄杖召大衆云還識柱杖麽回天轉地更是阿誰打雨敲風不借他力若也識得便能不起滅盡定而現諸威儀不歷僧祇劫而成一切智不斷煩惱而證涅槃聲聞人斷

煩惱菩薩了煩惱體空嗔時無嗔相喜時無喜相嗔喜不相關本來無體相擲拄杖下座

上堂通身是眼爲什麼覷不見通身是耳爲什麼聽不聞通身是口爲什麼説不到通身是心爲什麼鑒不出報恩有一道聰明神呪布施諸人去也便下座

上堂舉教中道耶輸提比丘觀視於地而心得解脱婆伽梨比丘觀視於刀而心得解脱竪拂子云報恩竪起拂子諸人得解脱麼若道我得解脱未舉拂子時誰縛你

冬至小叅僧問去年冬至時滿目是旌旗今年冬至到由斯免亂離畢竟這裏無兵甲師云恰好進云千兵易得一將難求如何是難求之將師云低聲低聲進云忽遇軍期急速時如何師云自有彈壓在進云與麼則從前汗馬無人識只要重論蓋代功也師云落在什麼處進云紫羅袋裏盛官誥金榜題名天下傳師云且緩緩乃云成就一切不由他破壞一切無別法天上人間得自在十方世界横該抹便與麼會喚作依通已眼未開無自由分直須識渠面目死盡偷心絶後再蘇方堪進步無量世間法無量出世間法無量神通妙用無量殊勝莊嚴一一現前一一解脱一一明妙一一天眞所以道眞性心地藏無頭亦無尾應緣而化物方便呼爲智向上還有事也無今日十五明日十六復舉鹽官道虚空爲鼓須彌爲槌甚麼人打得南泉道王老師不打這破鼓法眼道王老師不打自然是箇破鼓師云且道什麼處是他破處驢年夢見麼

上堂舉承天嵩和尚示衆第一單鎗甲馬第二甲馬單鎗第三撒星排陣第四衣錦還鄉有僧便問如何是單鎗甲馬嵩云不是金牙作爭能射尉遲僧云如何是甲馬單鎗嵩云金鏃馬前落樓煩喪膽魂僧云如何是撒星排陣嵩云陣雲横海上未辨聖明君僧云如何是衣錦還鄉嵩云四海無消息回奉聖明君師云承天幸是太平時節何得干戈相待報恩今日也不用單鎗甲馬也不用甲馬單鎗也不用撒星排陣也不用衣錦還鄉寒來向火熱則乘凉撒手到家人不識了無一物獻尊堂

佛成道上堂如來明星現時成道你道半夜裡瞌睡的還見明星麼

上堂南泉道我十八上解作活計趙州道我十八上解破家散宅諸人向什麼處見二大老若向作活計處見南泉又不見趙州若向破家散宅處見趙州又不見南泉不如和會一家免致遞相矛看却教作活計的破家散宅淨倮倮赤洒洒没可把好快活破家散宅的作活計七珍八寶一齊拏更無欠少也好快活然後報恩坐地看揚州總爲戰爭收拾得却因歌舞破除休

除夜小參是日已過命亦隨減如少水魚斯有何樂陸居者以陸居爲樂水居者以水居爲樂鄽居者以鄽居爲樂郊居者以郊居爲樂乃至蜎飛蠕動一切含靈運用去來莫不有樂釋尊與麼道意在於何可來白雲裡教你紫芝歌復舉興化和尚道我聞長廊也喝後架也喝諸子莫盲喝亂喝直饒喝得興化

向半天裏住却撲下來一點氣也無欸欸地蘇醒起來向你道未在何故我未曾向紫羅帳裏撒眞珠與你諸人在師云我當時若見只向他道何必待這老漢東西顧視却與一喝驚羣須是英靈漢勝敵還他師子兒

正旦上堂三百六旬之始二十四氣之初斗柄回春風光奪目或晝短而夜長或夜短而晝長或暑往而寒來或暑來而寒往花根本豔虎體元斑雖然不改舊時人未免人人添一歲召衆云秖這一歲添到盡未來際那裡洎在

元宵上堂烈燄爐中撈得月此月了無圓缺大洋海底剔金燈此燈不屬晦明正當正月十五日天上人間標不出黒似漆明如日自古自今誰得誰失皆吾心之常分非有假於他術喝一喝

上堂拈拄杖云報恩未踞曲录木牀已前與拄杖子同參四十年來五處住山與拄杖子同樂畢竟作麽生參又有什麽樂教拄杖子開口即易教報恩開口即難何也父母所生口終不爲汝説且聽拄杖子説看卓一下云此是截鐵之言

上堂深深海底撥得一星火高高山頂釣得一雙魚然此火煮此魚喚取木人開鉢盂石人聞得暗嗟吁莫嗟吁爭之不足讓之有餘

華嚴經會陞座僧問一塵含法界無邊時如何師云三更不閉戶進云善財童子爲什麽往南方師云一步不曾移進云五十三人善知識各談法要不可是虛説也師云一家有事百家忙進云如何是普光明殿師云草裏

輥進云如何是盧舍那身師云上是天下是地進云竹影掃堦塵不動月穿波底水無痕師云蝦跳不出斗進云今日元帥恭請本山一衆閲華嚴經未審八十一卷中那一句最親切師云合眼跳黄河進云若將耳聽終難會眼處聞聲方得知師云一任鑽龜打瓦乃云説眞説妄眞妄本虚如理如事理事常寂問也言言絶待答也句句通宗經中道華藏世界所有塵一一塵中現法界寶光化佛如雲集此是如來刹自在刹自在故即凡身而證佛身現法界故處穢土而同淨土閙市裏天子百草頭老僧前三三後三三你又作麽生會喝一喝復舉僧問上藍超和尚善財既見文殊爲什麽却往南方此意如何藍云學憑入室知乃通方僧云到蘇摩城後彌勒爲什麽遣見文殊藍云道曠無涯逢人不盡師云奇特中奇特玄妙中玄妙達法源的須是上藍始得祖師門下直是未在

佛日普照慧辯楚石禪師語録卷第四

音釋

䭔都回切音磓蒸餅也　鵮竹咸切音嵁鳥啄物也　皚疑開切艾平聲皚皚霜雪之白也　趯他歷切音剔趯同躍也　[⿰足虎]杜兮切音題足也古蹄字　燮悉協切音蜨和也　輥古本切音袞轉之速也

佛日普照慧辯楚石禪師語録卷第五

叅學比丘景獻編

住嘉興路報恩光孝禪寺

結夏小叅僧問如何是山裏禪師云胡孫上樹尾連顛進云如何是城裏禪師云十字街頭一片甎進云如何是村裏禪師云扶桑人種陜西田進云謝師答話師云蒼天蒼天乃云衣食養壽命一日不可無糞埽敵寒暑麤糲療形枯昨日三春今朝九夏何不趂色身强健時撥教生死路頭明白要去便去要住便住誰障得你誰礙得你豈不俊哉豈不快哉且道生死路頭作麼生撥空手把鉏頭步行騎水牛人從橋上過橋流水不流若不會與你下箇註脚空手把鉏頭驟馬上高樓步行騎水牛鬧處冷湫湫人從橋上過飯籮頭受餓橋流水不流撥火覔浮漚時不待人叅

復舉圓覺經云居一切時不起妄念於諸妄心亦不息滅住妄想境不加了知於無了知不辨真實師云若然者道有也得道無也得向上也得向下也得得也得不得也得數片白雲籠古寺一條緑水繞青山

上堂羣芳已謝百穀云滋緑樹鶯啼雕梁燕語大野涼風颯颯長天細雨濛濛惟一堅密身一切塵中現還有不現的時節麼卓拄杖一下

上堂鷹化爲鳩眼在魚化爲龍鱗在凡化爲聖心在阿那箇是你心喝一喝

上堂天不能葢誰是能葢者地不能載誰是能載者日月不能照誰是能照者父母不能生誰是能生者這一句子亦能迷却天下人

亦能悟却天下人竪拂子云開眼也著合眼也著擲拂子云是什麽

上堂知見立知卽無明本知見無見斯卽涅槃無明涅槃相去多少良久行到水窮處坐看雲起時

上堂宗門中瓶中鵝喻井中人喻窻中山喻教乘中水中月喻鏡中像喻庫中刀喻鼎中金喻瓶中空喻諸有智者要以譬喻而得開解三十年後悟去不得孤負老僧

久雨不晴劄上堂太陽溢目萬里不挂片雲古人道青天也須喫棒空將未歸意說與欲行人

上堂舉手云開卽成掌五指叅差在臨濟則三要三玄在洞山則正偏回互在雲門則三句撞蕩在潙仰則父子唱酬在法眼則唯心唯識禪門五派有卷有舒乃握拳云如今爲拳必無高下旣無高下坐斷古今拈燈籠向佛殿裏將三門來燈籠上

上堂半夜子心住無生卽生死拈拄杖云這箇不是無生卓一下云生死向什麽處去也昨夜三更在方丈内偶然踏著一物不知是死不知是石天曉看來元是一顆爛挑一疑是死也不是一疑是石也不是天曉看來是爛桃秖這疑心何處起亦無神亦無鬼子細思量秖是你昔日玄沙同僧入山見虎僧云和尚虎沙云是你虎乃撫掌三下下座

解夏小叅僧問佛佛授手祖祖相傳未審是授衣耶傳法耶學人上來請師指示師云黄河九曲進云昔日大慧和尚居洋嶼菴一夏打發一十三人畢竟是有傳授無傳授師云

斫額望扶桑進云報恩一衆還有人得道也無師云青天白日進云學人未得入處請師不吝慈悲師云莫鬼語進云携取詩書歸舊隱野花啼鳥一般春師云取性乃云報恩一夏說的諸人一夏叅的須知說的不道一字叅的不資一法不道一字說而無說不資一法叅而無叅叅而無叅真叅說而無說真說所以道十方同聚會箇箇學無爲此是選佛場心空及第歸大丈夫不可受人處分也心空及第壓良爲賤成佛作祖愛聖憎凡總不與麼無繩自縛直下如獅子兒哮吼一聲狐狼野干一時屏跡如塗毒鼓一擊遠近聞者皆喪九旬制滿又作麼生尋常恰似秋風至無意涼人人自涼復舉洞山與密師伯叅鄂州哲禪師哲問曰闍黎近離什麼處山云湖南哲云觀察使姓什麼山云不得他姓哲云名什麼山云不委他名哲云還治事否山云自有廊幕在哲云還出入否山云不出入哲云豈不出入洞山拂袖便行明日哲入僧堂云昨日對二闍黎一轉語不穩今請二闍黎道若道得開粥相待過夏速道速道山云太尊貴生師云要會尊貴麼報恩不開這兩片皮諸人向什麼處摸索

上堂秋風涼秋夜長天河無起浪月桂不聞香耳到聲邊聲到耳從教露草泣寒蛩

中秋上堂舉雲巖掃地次道吾云何得太區區生巖云須知有不區區者吾云與麼則第二月也巖竪起帚云這箇是第幾月吾拂袖出去雲門云奴見婢殷勤師云雲巖竪起帚道吾便出去總是第二月那箇是不區區者

此夜一輪滿清光何處無

探元帥冋上堂兵隨印轉紀信登九龍之輦將逐符行霍光賣假銀之城然則有符必有將有印必有兵兵在這裏印在什麽處良久云報恩今日小出大遇

上堂如我按指海印發光汝暫舉心塵勞先起師云我不似黄面老人打破狼籍喚什麽作海印將那箇爲塵勞覔針鋒許了不可得

諸山至上堂僧問如何是在窟師子師云頭頂天進云如何是出窟師子師云脚踏地進云如何哮吼師子師云還聞麽進云卽今聞也作麽生師云伏唯尚享乃云一花開大地春一葉落天下秋動絃別曲貴知音瞬目揚眉早蹉過然則不犯之令把斷要津無味之談塞斷人口德山棒臨濟喝俱胝竪指魯祖面壁歸宗斬虵大隋燒畬石鞏張弓子湖看狗或則平田淺草或則鐵壁銀山或則掣電轟雷或則和泥合水全提正印獨振宏綱檢點將來不無滲漏所以卽心卽佛令時未入玄微非心非佛猶是指蹤之極向上一路千聖不傳學者勞形如猿捉影還有趣向分也無平蕪盡處是青山行人更在青山外復舉僧問黄龍璣和尚云禪以何爲義璣云以謗爲義師云若有人問南湖禪以何爲義向他道以贊爲義且道謗的是贊的是眼見則瞎耳聽則聾口説則啞心思則窮天際雪埋千丈石洞門凍折數株松

初冬回寺上堂僧問昔日有僧問大隋刼火洞然大千俱壞未審這箇壞不壞隋云壞僧云與麽則隨他去也隋云隨他去也此意如

何師云疑則别叅進云後來雪竇頌云刼火光中立問端衲僧猶滯兩重關可憐一句隨他去萬里區區獨往還如何是兩重關師云十重也有進云這僧因什麽有疑師云裂破進云未審大隋意作麽生師云前不迭村後不搆店進云白雲乍可離青嶂明月難教下碧天師云你猶醉在乃云一毫吞却山河大地則易山河大地吞却一毫則難也不難也不易舖箇破席日裏睡料想上方兠率宫也無如此日炙背復舉青蘿夤緣直上寒松之頂白雲淡泞出没太虚之中萬法本閒而人自鬧黄龍云鬧箇什麽師云莫道無事好

再住海鹽州天寧永祚禪寺語録

示衆祖師言句無你咳嗽處如今兄弟行脚傍人門户喫他殘羮餿飯好不惺惺只管横咬竪咬不肯放糞堆頭蠅子一般繞拂他反生嗔怪衆生顛倒以觸爲淨莫教一場熱病到時求生不得生求死不得死却思量從前做的全未了在這箇説話不是山僧誑你賺你你看他從上佛祖怎生爲人南泉道不是心不是佛不是物又僧問洞山如何是佛山云麻三斤許你咳嗽麽終不教你意根下卜度盡是從千聖頂顙上拈出倚天長劍向你第八識上斷一刀教你放身捨命死中得活方好開大口道我是衲僧自既解粘去縛亦能與人解粘去縛自既作佛亦令大地衆生作佛解好麽

示衆十二時中不依倚一物尚未是作家我宗門中不似三經五論座主向葛藤裏埋却兄弟開口便道我是禪和及乎問他如何是

禪便東覷西覷口如匾擔相似苦哉屈哉達磨一宗看看委地也喫却佛祖飯了不去理會本分事爭持文言俗句高聲大語略無忌憚全不識羞有般底不去蒲團上坐究明父母未生以前本來面目冷地裏學客春指望求福懺除業障與道太遠在不見道只今休去便休去欲覓了時無了時

示衆一朝村院主萬刼出頭難大難大難若是箇漢佛語祖語不教蘊在胸襟掉向他方世界何況世間淺近之學便誦得四韋陀典但增妄想堪作什麼食人涎唾未有了日不如無事好見我道無事便作無事會又爭得若要眞箇無事須下死工夫大死一回死中得活便能超毗盧越釋迦百帀千重七通八達祖師巴鼻向上宗乘盡與埽除不勞拈出雲門云我今日共你說葛藤屎灰尿火泥猪疥狗不識好惡屎坑裏作活計汝若跳出屎坑却來山僧手裏請棒喫

示衆看這般時節有志學道兄弟那裏放包從上來建立門庭爲什麼事可但爲你幾個鄉親法眷圖口腹恣無明成羣作隊造地獄業佛法禪道推向一邊爭知業報來卒難避不得刀山劍樹鑊湯爐炭無人替代渠如今大方叢林兵變以來南北東西萬中無一因什麼如此葢是惡貫滿業果熟自作自受更教誰承當祖師勸你出家終不但爲衣食名利拋鄉別井也只爲生死事大無常迅速尋師訪友切切究明噴地一發成佛作祖去報父母深恩去度脫天下人去旣不如此因何出家冷地思量古風大好饑則乞食寒則補

衣日中一餐樹下一宿旅泊三界示一往還求斷無明方成佛道豈不見無業國師示衆云古人得意之後茅茨石室折脚鐺子裏煮飯喫過三二十年名利不干懷財寶不爲念大忘人世隱跡巖叢君王命而不來諸侯請而不赴豈同吾輩貪名愛利汩沒世塗如短販人有少希求而忘大果與麼指示可煞分明作福不如避罪多虛不如少實在此衣線下一道圓光阿誰無分莫教失却人身只要你直下搆取便與佛祖齊肩若道山僧妄語甘入拔舌地獄

示衆因舉教中有六念念佛念法念僧念戒念天念施衲僧門下念箇什麼若道念佛道著佛字漱口三年不可是念佛也若道念法法尚應捨何況非法不可是念法也清淨行者不入涅槃破戒比丘不入地獄不可是念僧也持犯但束身非身無所束不可是念戒也三界無安猶如火宅不可是念天也施者受者并所施物三輪空寂俱不可得不可是念施也莫是無念麼纔是無念便是有念避溺投火轉見病深直饒獨脱無依要作衲僧奴子亦未可在欲得會麼千年無影樹今時沒底鞾

示衆上來下去總似衲僧子細撿點將來只這上來下去全無衲僧氣息莫是不上來不下去是衲僧麼不可燈籠露柱便是不思議人也佛法不是這箇道理終不禁你上來下去上來下去沒嫌底法但只怕你肚裏有疑設使禪牀上坐閉眉合目不免心念紛飛廊下經行依舊七顛八倒祖師見你如此立箇

繫驢橛了事衲僧拽脱便行上來下去有什麽事法眼和尚云昨夜鐘鳴時諸人盡來此今夜鐘鳴時復來有何事有何事無一事無事人佛也不柰他何洞山和尚云我這裏尋常方丈内不似諸方一箇上來一箇下去啾啾唧唧私地裏説的禪道佛法盡是向你兄弟面前滿口説滿口道滿口拈提滿口欒揀無你左遮右掩處這箇説話是事不獲巳一時和底翻出喚作疕馬醫約山僧見處無佛無祖無生死無涅槃只要你直下無事更問如何苦哉佛陁耶

示衆可中學道多只認得箇昭昭靈靈殊不知昭昭靈靈正是生死根本長沙和尚道學道之人不識真只爲從前認識神無量刼來生死本癡人喚作本來人楞嚴會上釋迦老子爲阿難説一切衆生從無始來種種顛倒業種自然如惡义聚諸修行人不能得成無上菩提乃至别成聲聞緣覺及成外道諸天魔王及魔眷屬皆由不知二種根本錯亂修習猶如煑沙欲成嘉饌縱經塵刼終不能得云何二種阿難一者無始生死根本則汝今者與諸衆生用攀緣心爲自性者二者無始菩提涅槃元清淨體則汝今者識精元明能生諸緣緣所遺者由諸衆生遺此本明雖終日行而不自覺諸仁者且道生死根本與菩提涅槃是同不同若道同生死自生死涅槃自涅槃若道不同阿難一身便成兩佛何不出來通箇消息莫只背地裏逞奴唇婢舌臘月三十日閻老子徵你草鞋錢别人替得你麽

示衆諸仁者聖人全體即是凡夫而凡夫不知凡夫全體即是聖人而聖人不識不識故念念純眞不知故頭頭屬妄諸佛出世祖師西來全妄即眞全凡即聖何人皮下無血誰家竈裏無煙有時踢出脚尖頭露迥迥地針劄不入有時攤開手面上風颯颯地水洒不著無一塵不攝無一刹不周無一體不該無一根不備能巧能拙能隱能顯能大能小能合能開且道是什麼物恁麼奇特喝一喝

示衆從上來無傳授的法亦無承當的人覔師弟子了不可得於中借一句子如節度使信旗相似要用便用不用便休初無實法一大藏教教外別傳石上種瓠苗特地尋枝葉三世諸佛夢中說夢六代祖師夢中說夢天下老和尚夢中說夢山僧夢中說夢諸人夢中說夢這一場大夢直到盡未來際卒未覺在你要出生死被生死覊絆你要斷無明受無明纏縛有底便道無明即大智要斷做什麼生死即涅槃要出做什麼癡漢什麼人在三界內什麼人在三界外直下會去口是禍門

示衆古釋迦不前今彌勒不後正當今日凡聖情盡體露眞常事理不二即如如佛我此一衆人人本具箇箇圓成在圓覺大伽藍了衲僧本分事可與人天作眼人天窺覰無門可與佛祖爲師佛祖贊歎有分饒你八萬四千毋陁羅臂高高托至梵天款款地放下來何曾動著脚下一莖毛子因甚如此爲他不立一法不守一玄通宗通塗透頂透底得大解脫住不思議與麼安居方堪持論

示衆據説娑婆世界坑坎堆阜瓦礫荊棘土石諸山高下不平極樂世界地平如掌宫殿樓閣珍寶莊嚴水鳥樹林常宣妙法雖然有天有壽有苦有樂若論箇些子那邊八兩這裏半斤非淨非穢非生非佛不用厭此忻彼愛聖憎凡既無忻厭等心又無聖凡等見隨緣放曠任性縱横變大地作黄金攪長河爲酥酪改禾莖爲粟柄易短壽作長年皆吾心之常分非有假於他術拈拄杖云十方世界只在目前

示衆教乘中也大可畏爛泥裏有刺踏著方知如華嚴云有大經卷在微塵中量等三千大千世界書寫三千大千世界中事無不盡有一智人破塵出經汝若會得釋迦何别有時拈一莖草作丈六金身用有時將丈六金身作一莖草用三千大千世界只在一毫端一毫端處收攝三千大千世界用也得不用也得何處更有涅槃生死名字亦不見有諸佛菩薩三乘次第總是諸人擔帶得來只恐識不破若識破後有什麼事饑時喫飯寒則著衣

示衆一人得道地神報虚空神虚空神報非想非非想天遞相告報云下界有人得道有濟人之分若據此説決定不虚我輩沙門釋子充徧大地不可無一人也實不敢欺兄弟總道我尋師擇友行脚参禪遠是三千近是五百尋得多少師擇得多少友行得多少脚参得多少禪畢竟得道也未古人有言如人飲水冷煖自知又道隔山見煙便知是火隔墻見角便知是牛只怕你不得那裏有不知

的且喚什麼作道試吐露看是虛是實有麼有麼如無銜鐵負鞍有日在

示衆無事珍重大衆久不散師乃云有什麼事近前決擇如今說箇無事多少人錯會便道無事好若比麤煩惱雖難斷却輕耽著無事病最難治却重不見道無爲無事人猶是金鎖難秖如二乘斷結證得阿羅漢便自謂百了千當住大解脫更不前進正眼觀之如深坑相似直須回心向大到十地滿足見性猶隔羅縠在所以彌勒阿閦及諸妙喜等世界尚被他向上人喚作無慚愧懈怠菩薩此中學道大難大難不坐空王殿不挂本來衣何須在恁麼切忌未生時到這田地方有些些子衲僧氣息

示衆見老和尚陞堂舉起拂子便道指示學人你在長連牀上開單展鉢喫粥喫飯這裏何不悟去你妄想起時便有禪你不起妄想時便無禪禪不是你妄想得的山僧尋常道語默動靜折旋俯仰一一明妙一一天眞德山臨濟不假棒喝直下見得可煞分明秖這些子透不過誰障礙你何不卽今了却雖然了了了時無可了玄玄玄處直須訶會麼

示衆如今要見自心作麼生見且那箇是心若道只這推窮尋逐的是心又遭佛訶斥推窮尋逐的法定不是心此但妄識識有生滅心無生滅生滅屬識不屬心衆生從無始刼來不得道者爲妄識所惑流轉生死諸佛菩薩悟眞心者則不被生死之所流轉眞心處垢不垢處淨不淨處生不生處滅不滅譬如隨色摩尼寶珠若人得之無不成佛

示衆玄沙道道人行處如火消氷箭既離弦無返回之勢所以牢籠不肯住呼喚不回頭古聖不安排至今無處所又云道人不悟妄自涉塵處處築著頭頭繫絆更擬凝心斂念攝事歸空隨有念起旋旋破除細想纔生即便遏捺如此見解即是落空亡的外道䰟不返的死人冥冥漠漠無覺無知塞耳偷鈴徒自欺誑近來多有此輩盛行世間又有一等驢前馬後漢遞相傳授妄認幻夢伴子能嗔能喜能見能聞爲出世大事教他認得明白了便是一生叅學事畢山僧向他道不是古聖喚作識神生死根本我且問你這箇本來人無常到時燒作一堆灰了且道能嗔能喜能見能聞的什麼處去也恁麼叅的是藥汞銀禪此銀非真一煆便流又如驢乳搆來純成屎尿要做酥酪實難更討什麼醍醐因問他你尋常叅誰他道有人教我只叅萬法歸一一歸何處又教我如此會今日方知不是就和尚請箇話頭我道古人公案有什麼不是者我眼本正因師故邪累請不已向他道去叅趙州狗子無佛性話忽然打破漆桶却來山僧手裏請棒喫

示衆百尺竿頭坐的人雖然得入未爲真百尺竿頭須進步十方世界現全身只如百尺竿頭如何進步你纔擬心早落地上了也不動一塵又是鈍鳥逆風飛與他坐的何別還有人搆得麼石火電光那容眨眼快與快與時不待人有志叅禪終不得少爲足登山須到頂入海須到底登山不到頂不知宇宙之寛廣入海不到底不知滄溟之淺深既到百

尺竿頭直須進步始得我這裏無解路教你入無言句共你商量一味朴實頭如馬前相撲更不周由者也倒地便休不似諸方老宿窨室裏說的禪道佛法有不啗啄處口遞一口人傳一人將爲向上提持宗門命脉冷地覷見鑊湯爐炭一般得便宜是落便宜若是眞正道流爭肯喫他這般茶飯急須吐却

示衆一大藏教只是箇賣田鄉帳東西四至一一分明訛步短長亦無增減買者却須親到地頭五十年前有人將鮑郎浦爲田賣與楊總管宅及乎驗實竝是虛文西天九十六種外道所說以訛傳訛惟佛一人是眞實語達磨不立文字直指人心見性成佛只與買田的作箇證見而已諸人曾到地頭麼須知盡十方乾坤大地人畜草芥高低闊狹無空缺處總是自家屋裏的所以道山前一片閒田地叉手丁寧問祖翁幾度賣來還自買爲憐松竹引清風五祖老人與麼道大似冐姓佃官田更不納租稅別無定奪依倒施行拈拄杖云吽吽

示衆行脚高人總道我穿雲度水擔囊負鉢爲生死事大參善知識來及乎問他那箇是你參的善知識即今在什麼處便道諸方踞曲彔木牀把拂子柄談玄說妙的是我道你錯會了也這箇是名字善知識須知眞善知識不踞曲彔木牀不把拂子柄不談玄不說妙你未出家時怨親眷屬人我是非是你眞善知識既出家了燈籠露柱香爐椅子鉢囊鞋袋是你眞善知識以至若聞若見鐘魚鼓板水鳥樹林這邊那邊靜的閙的總是你眞

善知識不消起一念動一塵直下悟去許你出意想知解五蘊身田一生叅學事畢何在三條椽下七尺單前晝三夜三觜盧都地方爲究竟者哉

示衆祖師門下客自有本叅事合去理會只管看他經論大不相當經有經師論有論師既稱禪師却鑽頭入故紙堆裏作麼佛自說三乘十二分教如空拳誑小兒是不知號曰無明要做沒量漢須真叅實悟始得他時後日不被生死拘絆去住自由不然悮你去在豈不見晏國師道西天一段事總被今時人埋没却覔箇出頭處不得更有老宿道大唐國内盡是滅胡種賊人家男女乍入叢林何曾會得聞舉經舉論便刺頭入裏許念言念語賺他多少人十生累劫擔枷帶鎖於自己轉跡轉遠且宗門中事合作麼生不惜口業向汝諸人道不假記一字亦不用一功亦不用眨眼亦不用呵氣大坐著紹却去這裏會得多少省力更賺他太絮道我拈得不分明自是你根性遲鈍干別人什麼事珍重

示衆昨日有一座主來問山僧云禪門何故不許人看經論我向他道你若知得釋迦老子舌頭落處千經萬論一任看取只如經云一切諸佛及諸佛阿耨多羅三藐三菩提法皆從此經出喚什麼作此經却又答不得論云一切諸法從本已來離言說相離名字相離心縁相畢竟平等無有變異不可破壞唯是一心故名真如當恁麼時喚什麼作論又無語因舉祖師偈云正說知見時知見即是心當心即知見知見即如今乃拈起拄杖云

會麼主云不會云何不會取箇不會的主云只如不會作麼生會我以拄杖向空中點三點云分明記取舉似作家召衆云昨日那裏落節今日這裏拔本

示衆有人問南泉和尚云黃梅門下有五百人爲什麼盧行者獨得衣鉢泉云只爲四百九十九人皆解佛法獨有盧行者一人不解只會其道所以得他衣鉢且如道作麼生會向這裏亂統得麼豎拂子云這箇不是色作麼生見擊拂子云這箇不是聲作麼生聞既不可見又不可聞畢竟道在什麼處傳大士云東山水上浮西山行不住北斗下閻浮是眞解脱處洞山和尚道向前物物上求通只爲從前不識宗如今見了渾無事方知萬法本來空這兩箇老漢於無言中顯言無相中示相無意中立意無性中說性此無性之旨是得道之宗所以教中道念念攀緣一切境心心永斷諸分別了達衆生無有性而於衆生起大悲分明說了尚自不會更近前就我覓我與你一棒還知慚愧麼

示衆舉眞淨和尚一日在室中問僧云了也未僧云未了淨云你喫粥了也未僧云了淨云又道未了復云門外是什麼聲僧云雨滴聲淨云又道未了復云面前是什麼僧云屏風淨云又道未了復云還會麼僧云不會乃云聽取一頌隨緣事事了日用何欠少一切但尋常自然不顛倒師云要識眞淨麼家住海門東扶桑最先照一一超佛越祖頭頭蓋色騎聲也不屬凡也不屬聖快活中快活自由中自由漢地不收秦不管又騎驢子下楊

州

示衆釋迦老子道當處出生隨處滅盡還會麼昨日雨今日晴桃花紅李花白登山者不知涉海之疲勞涉海者不知登山之辛苦龍門和尚道山僧適在寢堂中法堂上無山僧寢堂中有山僧下至法堂法堂上有山僧寢堂中無山僧有則心外有法無則心法不周諸上座在衣鉢下聞打鼓便上法堂法堂上添得上座衣鉢下減却上座添則成增減則成減減故落斷增故落常如何得離有離無離常離斷生死疑情大難透脫此是如來清淨心要直須決擇不可等閑召衆云古人恁麼說話且道與德山臨濟相去多少塞北千人帳江南萬斛舡

代別

上堂一不得有二不得無有之與無尖斗量不盡淨潔打疊一句作麼生代云天晴日出又云天晴日出自古自今作麼生是隨流一句代云啣又云是什麼又云釣絲絞水或云孤負諸聖埋没巳靈且道此人向什麼處行履代云賊不打貧兒家又云賊不打貧兒家尚有人不放伊過諸訛在什麼處代云一人之力不如百人

上堂晝見日夜見星將什麼見代云問取露柱又云平地喫交又云平地喫交多少人不知又云不知且置作麼生扶起代云合識些子好惡

上堂有一人朝看華嚴暮看般若問他教意作麼生起來問訊叉手而立誰敢道他不會代云更要棒那又云利劍不斬死漢有時云

利劍不斬死漢這裏莫有獨脫無依的麼代云塡溝塞壑又云錢塘去國三千里

上堂釋迦已滅彌勒未生正當今日佛法委任何人代云非但今日又云非但今日前無釋迦後無彌勒還有叅學分也無代云官不容針又云官不容針因什麼知而故犯代云孟嘗門下或云久戰沙場爲什麼功勛不立代云日月易流又云日月易流千年田八百主又云叅堂去

上堂閙市裏天子百草頭老僧你爲什麼不領代云滿眼滿耳又云滿眼滿耳且莫認奴作郎代云松不直棘不曲有時云毛呑巨海芥納須彌如何是毛呑巨海芥納須彌代云舌頭不出口又云舌頭不出口葢是尋常爲什麼天高東南地傾西北代云理長則就或云日輪繞四天下半夜不照閻浮提閻浮提人將什麼作眼目代云東西南北又云東西南北時人知有不屬明暗道將一句來代云谷谷孫

上堂太平只許將軍建不許將軍見太平作麼生明得失代云好事不如無又云好事不如無未在更道代云教休不肯休直待雨淋頭有時云治生產業皆與實相不相違背如何是實相代云上是天下是地又云上是天下是地俗氣不除作麼生除得代云要除什麼一日云古聖不安排至今無處所爲什麼北斗在北南斗在南代云一字兩頭垂

上堂空刼中什麼人爲主代云唵齒臨唵部臨又云毒虵不咬人代云毒虵不咬人看你親遭一口又云禍不入愼家之門

上堂泡幻同無礙如何不了悟這裏還見祖師麼代云來也來也又曰成人者少敗人者多又云成人者少敗人者多你又刺頭入裡許作什麼有時云巢知風穴知雨未有風雨時憑什麼便知代云白日無閒人又云白日無閒人成得箇什麼邊事代云夢見又云六六元來三十六

上堂三世諸佛不知有狸奴白牯却知有那箇合受人天供養代云鉢裏飯桶裏水又云鉢裏飯桶裏水識得來處即消得又云又恁麼去也一日拈拄杖云我不在此住且道在什麼處住你若道得我賞你三十代云惜取眉毛又云停囚長智或云是法平等無有高下爲什麼須彌山不見其頂大海水不見其底代云俱又云空尚不可得

上堂觀方知彼去去者不至方阿耨達池分爲四河因什麼各不至海代云滔滔地有時云打破虛空的人向什麼處藏身代云善財拄杖子又云善財拄杖子拈起則是放下則是代云渠儂得自由又云渠儂得自由我道此人脚下紅絲索未斷在又代云以巳妨人

上堂諸方三百五百說禪浩浩地我這裏燒榾柮火煑野菜羹喫却飯了噇眠去你道當宗乘不當宗乘代云萬瓦清霜一總紅日或云如來有密語迦葉不覆藏你爲什麼在露柱裏跨跳代云謾别人即得又代云驢年

上堂事存函蓋合理應箭鋒拄天寧答話也致將一問來代云一言既出駟馬難追又云見義不爲何勇之有有時云臨濟下也恁麼道曹洞下也恁麼道其餘固是不問可知你

且道威音王巳前畢竟如何道代云狼籍不少又代云初三十一中九下七或云去却一拈得七是多少代云無這閒工夫又云蜜怛哩孫蜜怛哩智

上堂各各不相知各各不相借是箇什麼得與麼難會代云龍蚍易辨衲子難謾或云鷄不鴿無功之食未出常情不涉兩頭作麼生道代云人貧智短馬瘦毛長有時云青山白雲裏人只知青山白雲裏事紅塵閙市裏人只知紅塵閙市裏事作麼生得一如去代云六耳不同謀又云更嫌鉢盂無柄那有時云路逢達道人不將語默對將什麼對代云鼻曲面藍巉又云君往西秦我之東魯

佛日普照慧辯楚石禪師語録卷第五

音釋

糲 力制切音勵米不精也 螿 資良切音將蟬屬 畬 詩車切音奢火種也

泞 直呂切音宁澄也 餿 踈鳩切音搜飯壞也與餕同 韡 許茄切音靴鞵屬與靴同

佃 亭年切音田治田也 噇 傳江切音幢喫貌 鵮 竹咸切音嵁鳥啄食也

佛日普照慧辯楚石禪師語録卷第六

侍者良彦編

代別

上堂赤肉團上壁立千仞還有商量分也無代作掀倒禪牀勢或云語不離巢道焉能出葢纏古今佛祖言教如恒河沙什麼處是他滲漏處代云寰中天子塞外將軍一日云舉不顧即差互擬思量何刧悟莫有人出得此語麼代摇手而已又云維那不在又代云千日斫柴一日燒

上堂擾擾匆匆晨鷄暮鐘你道那一人在三界内三界外代云不經一事不長一智有時云說禪說道易成佛作祖難代云近日世界不好又云近日世界不好雲門大師拈了也不要代云有什麼了期或云日就𦡒𦡒就日人搬柴柴搬人甕吞蛇蛇吞甕與麼說話一去三十年不要提著提著打折你腰代云悔不愼當初又云彼此

上堂應緣而化物方便呼爲智若不方便喚作什麼代云突出難辨又云轉掃轉多或云日用事無別爲什麼昨日栽茄子今日種冬瓜代云一擔兩桶又云分付與典座

上堂了即業障本來空如今作麼生了代云洗脚上船有時云如許多時雨水無根樹子長多少代云芽尚未全又代云或則穿沙或則逗石或云無邊身菩薩不見如來頂相即且置你道如來還見無邊身菩薩頂相麼代云事不孤起或云我不見一法在門外猶是門外句作麼生是門内句代云還見儂家麼又代云此去西天十萬八千

上堂在天天中尊在人人中尊畢竟是天耶人耶代云噫

上堂拄杖横挑日月鉢盂倒覆乾坤如何是行脚事代云此去客亭不遠一日云大耳三藏第三度不見國師國師在什麼處代云曲不藏直或云心不是佛智不是道猶是水母借鰕爲目生機一路熱椀鳴聲總不與麼眉須墮落諸人作麼生代云惡又云賊是小人又云消得龍王多少風

上堂古人道二龍爭珠有爪牙者不得意在於何莫是不爭者得麼龍在這裏珠在什麼處代云什麼處去來又云且莫造次又云百襍碎一日云明眼衲僧好與二十拄杖過在什麼處代云伏惟尚享又云一箇閒人天地間

上堂說則千句萬句如錦上鋪花不說則盡大地人竝皆亡鋒結舌如無孔鐵鎚相似說與不說拈了也作麼生代云一堵墻百堵調又云某甲不會或云王索仙陁婆一名四義王不索時義在阿那頭代云風不來樹不動又云一筆勾下

上堂三世諸佛骨髓六代祖師眼睛應是從前肯重底盡情颺却管取一員無事道人代云穿却鼻孔又云棒上不成龍又云朝三千暮八百或云殺人刀活人劍上古之風規今時之樞要用則星飛火迸不用則浪靜風恬諸人作麼生話會代云口挂壁上又云這野狐精又云黠

上堂江東西湖南北到處行脚也曾聽尊宿說話來且道那一句最親切代云一札十行

又云兩重公案又云掩耳便出

上堂城東老母不願見佛爭柰寃家難脱離如今不要見佛有什麽難以手掩面云見箇什麽代云轉近轉踈又云青天白日又云且喜没交涉或云但莫憎愛洞然明白衲僧到這裏便道我只管閑坐困眠更有什麽事忽然拈山門來佛殿裏將佛殿向燈籠上你又作麽生商量代云物見主眼卓竪又云不得春風花不開又云舌是斬身之斧

上堂若一毫頭凡聖情念未盡不免入驢胎馬腹裏去則固是設使一毫頭凡聖情念淨盡因什麽亦未免入驢胎馬腹裏去代云劄又云有利無利不離行市

上堂萬里神光頂後相你道雪山南面即今有什麽人代云鑊湯無冷處又云夜暗晝明

又云泊合錯下註脚有時云拈一放一這邉那邊膠盆子相似直須揮劍若不揮劍漁父棲巢如今作麽生理會代云合取口又云月似彎弓又云七穿八穴

上堂真如凡聖菩提涅槃有時舒有時卷舒也攢花簇錦不露鋒鋩卷也削迹收聲全無向背高高處觀之不足低低處平之有餘前三三後三三作麽生會代云一口針三尺線又云入水見長人又云莫塗污人好或云三界無法何處求心代云眼不見鼻孔又云小魚吞大魚又云這掠虛漢

上堂不用朝𠅩暮請也只是箇仲冬嚴寒添一毫不得減一毫不得代云用盡自巳心又云腦後少一椎在又云寐語作麽或云離却四大五蘊阿那箇是你主人公代云全火柢

候又云入石三分又云兩箇有時云一毛頭師子百億毛頭一時現現即不無作麼生收代云藏頭露尾又云不消一捏又云善來文殊

上堂毫釐有差天地懸隔毫釐不差天地懸隔直饒明得也是蝦蟇窟裏出頭代云腦後見腮又云一得一失又云少賣弄有時云保福有頷不撒沙因什麼却撒代云口甜心苦又云看看落在眼上又云自屎不覺臭或云盡大地是般若光光未發時向什麼處摸索代云天上星地上木又云這漆桶又云氷消瓦解

上堂即今休去便休去欲覔了時無了時你諸人了得也未代云遇飯喫飯遇茶喫茶又云明月照見夜行人又云餬餅裏覔甚汁或云動若行雲止猶谷神不動不止作麼生辯代云野孤過水又云相隨來也又云一鏃破三關

上堂不受是眼將來的必應是瞎你道老胡十萬里西來將得箇什麼來既是不將來此土亦無受者可謂彼既丈夫我亦爾與麼說話已是謗祖師作麼生免得此過代云謝三娘不識四字又云勞而無功又云當爐不避火迸或云三界惟心萬法惟識你尋常見露柱喚作什麼若喚作露柱又是心識若喚作心識又是露柱畢竟喚作什麼代云坐斷天下舌頭又云大斧斫不開又云築著鼻孔

上堂靈山密旨迦葉親聞少室單傳神光默契諸人來這裏還知天寧有諱麼代云也不消得又云實謂罕聞又云和泥合水有時云

太陽溢目萬里不挂片雲拈却青天喫棒合下得箇什麼語代云矢上加尖又云一任跨跳又云囉囉哩羅囉哩或云直下是直下是直下是什麼代云鐵蛇横古路又云多少人踏不著又云與你拈將來看

上堂揚眉瞬目敲牀豎拂向上向下説心説性總是依草附木精靈格外提持泥裡洗土塊還有爲人處也無代云却較些子又云把纜放船又云烏龜入水或云兔馬有角牛羊無角你作麼生商量代云如理如事又云棒打石人頭又云倒退三千里

上堂諸方老宿盡道我接物利生撿點將來大似漫天網子十有九箇墮在其中了事衲僧終不受他籠罩有麼有麼一僧出禮拜師云如今日是什麼時節出頭來僧無語代云

其甲罪過或云日可冷月可熱衆魔不能壞眞説且如何是眞説代云怕爛却那又云痛領一問又云山河大地

上堂昨日晴乾鵲鳴今日雨鵓鳩語趙璧本無瑕相如誑秦主隨時及節一句作麼生道代云日日是好日又云君子可入又云東壁挂葫蘆或云開眼也著合眼也著佛祖出來作什麼代云明破則不堪又云日中逃影又云功德天黑暗女

上堂直得無一法可當情猶未是衲僧行履處作麼生是衲僧行履處代云話墮也又云驗在目前又云脚下泥深三尺有時云悟則刹那間操履須長久上無攀仰下絶已躬喚作道人暫時岐路光前絶後一句作麼生代云説夢又云皮下還有血麼又云胡地冬抽

箏

上堂爲無爲益無益梯航九有津濟四生未必善因而招惡果什麼處著得此人代云當陽揮寶劍又云一榼在手又云石上栽花或云不與一法作對便是無證三昧恁麼則門前樹子消得人天供養也代云且莫錯會又云舌頭無骨又云剎竿頭上仰蓮心

師室中示衆云開口不在舌頭上作麼生問六隻骰子滿盆紅作麼生賽頂罩燒鐘一萬斤作麼生出知從心起爲什麼心不知心見從眼生爲什麼眼不見眼衆生即是諸佛迷從什麼處來諸佛即是衆生悟從什麼處發一切智通爲什麼明前不明後無邊行滿爲什麼論果不論因日月行四天下爲什麼不周世界在一塵中爲什麼不大

師一日出城逢僧緣化師拈起鉢問云如許大鉢盂盛得多少飯僧云有什麼布施快下將來師云太無厭生僧無語代云餧驢餧馬

師一日出門迎接次僧問開門待知識知識不來過不來過者是什麼知識師便不審僧云和尚見箇什麼師云好心不得好報僧無語師云一狀領過

師一日因送亡僧僧問亡僧遷化向什麼處去師云識得來處即知去處僧云畢竟從什麼處來師云石牛沿江走一馬生三寅僧云與麼則無來處也師云你適來問什麼僧擬議師便打

師一日因修佛殿問掌事僧這殿是什麼年中蓋造僧摑露柱云何不祇對和尚師云克由叵耐倒來這裡捋虎須三十棒一棒也不

恕僧云容其甲申說便禮拜師云且放過一
著
師一日除草次僧問有根草任和尚除無根
草作麼生除師鉏地一下僧便放身倒師云
諸方火葬我這裏活埋僧起走師呵呵大笑
師在鳳山一日入省次高右丞問禪分五派
教列三乘教則不問如何是禪師云正值歲
朝公讌高云達磨西來不立文字直指人心
見性成佛佛在什麼處師云管絃樵還朱紫
燉煌高云莫便是長老見處麼師云不敢高
云容在別日說話師云諾諾便退
師在壽山一日栽松次僧問這一片山擬栽
多少松師云三十萬株僧云莫太多麼師云
一一教他蓋天蓋地去僧云昔年臨濟今日
壽山師云且得闍黎證明僧云只如臨濟以
鉏頭築地三下黄檗道吾宗到汝大興於世
爲復只記臨濟一人爲復通囑後嗣師云一
點墨水兩處成龍僧云一與山門爲境致二
與後人作標榜和尚作麼生師豎起鉏頭僧
云與麼則超出古人也師拋下鉏頭便歸方
丈
師一日忽聞鐘聲起立合掌云觀世音菩薩
大慈悲菩薩僧云即今在什麼處師云却歸
南海去也
師一日華嚴座主相訪師問座主華嚴有幾
種法界主云四種法界師云即今在那箇法
界中主罔措師云理事無礙也不會主云我
會也師云鄭州出曹門
師一日與衆觀雪次問僧好雪麼僧云好在
什麼處師指雪良久云會麼僧云不會師云

無火凍死的有什麼數

師一夕在中庭與僧望月次僧指月問師那一半得什麼明這一半得什麼暗師云明者從他明暗者從他暗僧云十五夜圓時暗向什麼處去師云也與三十不較多僧云恁麼則全無明暗也師云還見眞月麼僧云如何是眞月師云不照燭僧云不照燭時如何師云多少人撈天摸地僧云莫秖這便是麼師云猶是影在僧擬進語師便喝

師一日赴施主齋問僧借座燈王取飯香積今日供養何似生僧云難消師云急須吐却僧云將什麼報荅施主師拈起鉢盂云你也隨例得飯喫僧無語師云苦哉佛陁耶

師一日因座主來叅問云講什麼經主云法華經師云經中道是眞精進是名眞法供養如來是否主云是師云供養即不無如何是眞法主云具在藥王菩薩品師云將謂是金毛師子元來却是野干眷屬主云如何是眞法望和尚慈悲指示師云汝豈不從天台來主云是師云天台山高一萬八千丈頂上著得幾人主無語師云喫茶去

師一日受齋諸山既至百戲皆集齋畢有一長老問云適來鬧浩浩而今靜悄悄鬧浩浩的向什麼處去也師云大家在這裏長老云本來無一事變現百千般師云彼此出家兒放教肚皮大長老云只如雪峯三到投子九上洞山還有這箇道理也無師云我見燈明佛本光瑞如此長老便喝師亦喝復云因風吹火用力不多便打長老云莫盲枷瞎棒師云你但喫棒我要這話行

師一日示衆云老僧泰定元年正月十一日絲樓在崇天門外其時五更樓上箭發射透二十四面金鼓自此天下太平僧便問如何是箭師云十字街頭折筯莖有演福潤法師者問云我聞和尚投機頌云崇天門外鼓騰騰驀劄虛空就地崩拾得紅爐一點雪却是黄河六月氷六月氷在什麽處師展兩手法師無語師云向下文長付在來日

師一日因施主送楊梅僧就盒拈起問師云一般楊梅爲什麽有赤有白師以盒子合却云見箇什麽僧無語師又揭開盒云聻僧又無語師云你只是箇縣開合漢

師一日入經寮見僧看經問云看的是什麽經僧云金剛經師云我不問你金剛經看的是什麽經僧無對師召寮元來日不得上案

師一日與僧觀稻次僧問春種一粒穀秋收萬顆子四海無閑田農夫猶餓死爲復根苗有異爲復天澤不齊師云蹺田不貯水難怨碧潭龍僧云與麽則時人失望也師云你尋常喫箇什麽僧無語師云這孤恩負德漢便打

師因元宵殿堂上燈次僧問如何是本來燈師云猶是今日事僧云今日事本來燈不什麽交涉師指燈云一二三四五僧云謝和尚指示師云劍閣路雖險夜行人更多僧無語師代云切忌鑽龜打瓦

師一日因僧送拄杖師云莫從天台得麽師云不從天台得師云莫從南岳得麽僧云不從南岳得師云從什麽處得僧度拄杖師豎起云是體是用僧云拈也從體起用放也攝

用歸體師云你與麼來只得其體不得其用僧云和尚與麼舉只得其用不得其體師卓一下靠拄杖云體用一時收

師應詔赴都書金字藏經一日入内殿呈卷次有學士問云以字不成八字不是是什麼字師舉筆云金滴滴地士云信受奉行去也師云學士也不得草草士乃禮謝

師一日遊山見兩頭路問僧東去西去僧云請和尚鑑師便行至中路問僧此去峯頂幾里僧云三里師云路逢猛虎時如何僧作虎聲師便打云今日等閑打著一虎僧不肯師云分明記取舉似作家

師一日有數僧來叅師問叅頭名什麼僧云普通師云普即不問如何是通僧側身叉手而立師云你擬鼻孔裏秪對我僧無語師云第二第三不勞再勘同坑無異土便打

師一日入城探官回僧問和尚出入不易師云夜來好風僧云夜來好風師云明日定有雨僧無語師云噓噓

師一日入園問園頭瓜熟也未頭云熟來久矣師云甜瓜摘一顆來頭取瓜與師云大刀三十口師云飽叢林

師一日索麵次有僧來叅師引麵示之僧珍重便出師名僧僧回首師云有口不得麵喫者多

師一日採甖粟次問僧甖裏有幾粟僧剖粟便瀉師云不得亂瀉僧云不亂瀉時如何師云驢年會麼

師一日與數僧觀海次僧問秪是一片水因什麼喚作海師云秪是一片海因什麼喚作

水你且道源從何來僧云從一滴來師云一滴又從何來僧無語師云這箇無地頭漢不打更待何時連打數棒別喚一僧近前云請上座代一轉語僧擬議師亦打又有一僧出云某甲却道得師云你作麼生道僧珍重便行師亦打

師一日因僧點茶問云今日爲什麼人點茶僧云特爲和尚師云恰值老僧不在僧便行茶師却縮手僧擬議師撲破盞子便歸方丈

師一日過隣菴問僧庭下是什麼花僧云怕蘹花師云花爲什麼怕蘹僧云一家有事百家忙師別云鼓角動也

師一夜與僧暗坐童子點燈來師問兩箇相似一箇是影那一箇是什麼僧無語師代云更問阿誰

無著與文殊茶次殊拈起玻瓈盞云南方還有這箇麼著云無殊云尋常將什麼喫茶著無語代云點即不到

阿育王問賓頭盧承聞尊者親見佛來是否盧以手撥開眉云親見佛來王無對代云宿生多幸

漢國有一菴主遇帝出遊人報云大王來請起主云非但王來佛來亦不起帝宣問佛豈不是汝師主云是帝云弟子見師因什麼不起主無語代云欲觀其師先觀弟子

迦葉蹈泥次有一尊者問云何得自爲葉云我若不爲誰爲我爲者無語代云令人疑著

武帝問達磨如何是聖諦第一義磨云廓然無聖帝云對朕者誰磨云不識代云大師早晚離西天

太宗皇帝問僧什麼處來僧云卧雲帝云卧雲深處不朝天因甚到此僧無對代云雲開日現

寂大師進三界圖帝問朕居何界寂無語代云陛下天垂海外

王太傅迎木佛至明招乃問忽遇丹霞來時如何招提起佛云也要分付著人代云今日小出大遇

陸亘大夫問南泉肇法師也奇怪解道天地與我同根萬物與我一體泉指庭前華云時人見此一株華如夢相似大夫休去代云十方世界只在目前

韓侍郎與肇論主茶次乃問聞座主講得肇論是否主云不敢韓云有物不遷義是否主云是韓乃撲破盞云這箇是什麼義主無對代云又被風吹別調中

僧問趙州學人乍入叢林乞師指示州云喫粥了也未僧云喫粥了也州云洗鉢盂去僧有省代云更不忉忉

裴相國叅石霜霜奪笏問云在一人手裏爲圭在公手裏爲笏在老僧手裏喚作甚麼國無對代云渠無名字

陶相公見人犯法當死問僧云殺則違佛戒不殺又犯王法未審如何則是代云喜時菩薩嗔時刹利

洪州大寧衆陳狀請第二座住持宋令公云何不請第一座代云令公愛把不定

有僧化金鍍佛官人云本望佛度弟子因什麼弟子度佛代云物逐人興

湖南護國僧抄化次官人問既是護國唐家

三百年社稷何在代云只是舊山河
韶山訪李副使次李令人傳語云正與祖師談話也代云祖師説箇什麼
洞山行脚次見一官人云我要註三祖信心銘得否山云只如纔有是非紛然失心作麼生註代云裝香著
高舍人看鏡燈乃問僧云十方總是佛身那箇是報身那箇是法身代云報身法身
陳操尚書齋僧次乃自行食僧方展手書却縮手僧無對書云果然代云久知尚書不恪
又齋僧次亦自行食至首座前云請施食座云三德六味書云錯代首座敲鉢作聲
十一祖問十二祖云汝非諸佛十二祖云諸佛亦非代云非吾弟子
龐居士問馬祖不與萬法爲侶者是什麼人祖云待汝一口吸盡西江水即向汝道代云將謂有多少奇特
耽源禮拜馬祖乃就地畫圓相便拜祖云汝擬作佛那源云某甲終不揑目代云七棒對十三
南源云快人一言快馬一鞭僧云如何是一言源云待我有廣長舌相即向汝道代云是展是縮
潙山云老僧百年後向山下檀越家作一頭水牯牛脇下書潙山僧某甲當恁麼時喚作潙山僧又是水牯牛喚作水牯牛又是潙山僧且如何則是代云東西南北一任縱橫
潙山令侍者喚院主至潙云我喚院主汝來作麼代云怪其甲不得
潙山又令喚第一座至潙云我喚第一座汝

來作麽代云和尚慣得其便
僧叅潙山山作起勞僧云請莫起山云我未
曾坐僧云某未曾拜山云何得無禮代云得
便宜是落便宜
仰山問僧什麽處來僧云幽州仰云我恰要
箇幽州信米什麽價僧云某甲來時向彼中
過無端踏折他橋梁代云日勢早晚也
仰山問僧名什麽僧云靈通仰云便請入露
柱代云有什麽交涉
仰山執杖行次僧問什麽處得來仰拈向背
來代云和尚莫謾某甲
睦州見僧來叅便喝云上座如何偷常住菓
子僧云某甲方到因什麽道偷菓子州云贓
物見在聻代云也是倚勢欺人
雪峯問洞山入門須得箇語莫道早箇入來
了也山云某甲無口峯云還我眼來代云何
得當面諱却
雪峯問僧什麽處來僧云覆船峯云生死海
未渡因什麽覆却船代云一踏兩頭空
雪峯在洞山搬柴次乃對山拋下云重山云
重多少峯云盡大地人提不起山云因什麽
得到此代挑柴便行
雪峯問德山從上宗乘中事學人還有分否
山打云道什麽代云何必
雪峯問僧什麽處來僧云踈山峯云我以前
到時是事不足而今足也未僧云足峯云粥
足飯足代云千年常住一朝僧
雪峯見僧來峯云作什麽僧云禮拜和尚峯
云你向什麽處見老僧僧便珍重去峯隨後
與一踏僧倒地峯云這野狐精放你三十棒

僧無語峯云苦哉苦哉今時例皆如此代云賺我來賺我來

興化因對御騎馬乃撲折脚歸院令院主作兩箇拐子拄却乃遶廊行云說得行不得要識跛脚師秖老僧便是代云老和尚口不救脚

雲居令侍者送袴與菴主主云我自有娘生袴者回舉似居居再令去問娘未生時著什麼主無對代與侍者一踏云歸去舉似和尚

僧問雲居曰曈無影時如何代居云卧龍常怖碧潭清

僧問古德乾坤之內宇宙之間中有一寶祕在形山寶即不問如何是形山德展兩手僧罔措代云通上孤危直下峭絶

僧問寶壽萬境來侵時如何壽云莫管他僧便拜壽云莫動著動著即打折汝腰代云多少人坐了起不得

南泉因兩堂首座爭猫兒泉拈起猫兒云道得即救取道不得即斬爲兩段衆無語乃斬之代云負命者上鉤來

僧叅南泉乃义手而立泉云太俗生僧合掌泉云太僧生僧無語代云老老大大見人過在

南泉見僧洗鉢盂乃奪却其僧空手而立泉云鉢盂在我手裏汝口喃喃作什麼代云本自不將來

南泉問良欽空劫中還有佛否欽云有泉云是阿誰欽云良欽泉云居何國土欽無語代就地作一圓相以足抹却

僧問龍牙如何是祖師西來意牙云待石龜

解語即向汝道僧云石龜解語也牙云向汝道什麽僧無對代云不説不説

欽山問巖頭今生受施主供養來生作什麽去頭以手點鼻山云何不向頂顖上生頭推出閉却門代叩門三下

黄檗問百丈從上諸聖以何法示人丈踞坐檗擬進語丈云我將謂你是箇漢便入去代云謝和尚重重相爲

趙州見投子教化乃問莫是投子否投子云茶鹽錢布施將來州休去代云容到方丈

僧問洞山如何是祖師西來意山云待洞水逆流即向汝道代僧云那箇無舌

趙州順世令僧馳拂子與趙王云此是老僧一生用不盡的代王拈起拂子云靈山付囑何似今日

興化問雲居權借一問爲探竿影草如何居三次疊語不能對代居云上大人丘乙巳

翠巖云一夏以來爲兄弟東語西話且看翠巖眉毛在麽師云遲八刻

玄沙問僧近離甚處僧云瑞巖沙云近日有何言句僧云常喚主人公云惺惺著他後莫受人謾沙云一等弄精魂就中也奇怪上座何不且住僧云已遷化沙云只今喚得應麽僧無對代云終不借他人口

玄沙問鏡清不見一法是大過患且道不見箇什麽法清指露柱云莫是不見這箇法麽沙云淅中清水白米且從汝喫佛法未夢見在代竪起眉毛云齆

玄沙問僧近離甚處僧云德山沙云近日有何言句僧云一日上堂衆纔集乃擲杖便歸

閑却門沙云錯舉了也僧罔措代云比來拋
甎引玉
雲門問僧近離甚處僧云江西門云江西一
隊老宿寐語住也未僧罔措代云鸜鵒語鶴
德山問龍潭久嚮龍潭及乎到來潭又不見
龍又不現潭云子親到龍潭代掀倒禪牀
德山問維那今日幾人新到那云八人山云
喚來我與汝一時生按過那無對代云將頭
不猛累及三軍
明招在法雲一時揷火從食堂前過有僧云
這箇是衆僧的盜向什麼處去招乃轉火揷
云上座分上有多少僧無對招云這一隊漢
今夜總須凍殺代云這賊
明招問國泰古人道俱胝秪念三行呪便得
名超一切人作麼生與他拈却三行呪便超
得一切人泰竪一指招云不因今日事爭見
得瓜州客泰無語代云未問以前錯
楊岐在九峯受請方下座峯把住云今日喜
得箇同叅岐云同叅事作麼生峯云九峯牽
犂楊岐拽耙岐云正恁麼時阿誰在前峯擬
議岐托開云將謂同叅元來不是代擬議處
便喝於托開處云心不負人面無慚色
興化問克賓汝不久爲唱道之師賓云不入
這保社化云子會了不入不會不入賓云總
不恁麼化便打來日化白槌云克賓法戰不
勝罰錢作饡飯一堂仍趂出院代於總不恁
麼處別云不敢自謾代賓受打處云蒼天蒼
天
石室擣米次杏山見云不易室云有什麼不
易無心椀子盛將來沒底盤子托將去山無

對代云何得將常住物入衣鉢下用

丹霞問僧什麼處來僧云山下霞云喫飯也未僧云喫了霞云與汝飯的還具眼否僧無對代云某甲行脚不逢人

徑山問僧什麼處來僧云天台來山云阿誰問汝天台來僧無對代云與麼則叅堂去也

鼓山點茶見僧來乃提起盞云道得即與汝茶喫僧無對代云阿誰無分

僧問忠國師百年後人問極則事如何國師喝云幸自可憐生須要箇護身符作麼代云賊不打貧兒家

法眼問修山主毫釐有差天地懸隔時如何修云毫釐有差天地懸隔眼云恁麼會又爭得修云某甲秪如是和尚又如何眼云毫釐有差天地懸隔代云面赤不如語直

南泉問僧什麼處來僧云神山打羅來泉云手打脚打僧無對代云更篩一和

洞山同密師伯入餅店密於地上畫圓相云將取去山云拈將來密無對代云爭之不足讓之有餘

僧問疎山索然便去時如何山云塞却虛空向什麼處去僧無對代云什麼處去不得

漳江云天門一合十方無路有人道得擺手出漳江師云猶隔海在

老宿送官次乃云老僧尋常不曾行此路官人云尋常行什麼路宿無對代云尊官不問老僧不答

施主入山行隨年錢僧云聖僧前下一分主云聖僧年多少僧無語代云鉢盂無底

僧問古德得船便渡時如何德云棹在何人

手裏僧無語代云快便難逢
陸亘大夫問南泉大悲菩薩何處得許多手
眼來泉云如國家用大夫作什麼別云隨家
豐儉
梁朝藏法師令人傳語思大何不下山教化
衆生一向目視雲漢作什麼大云三世諸佛
被我一口吞盡何處更有衆生可度代復傳
語云勘破了也
雪峯領衆遊天台至涌泉臨行次泉把住轎
云這箇四人舁那箇幾人舁峯云道什麼泉
又問峯拍轎云行行別於幾人舁處云莫鈍
置我於拍轎處別云客是主人相師
僧問雪峯學人未盡其機乞師盡峯良久僧
禮拜峯云若到諸方作麼生舉僧云某終不
敢錯峯云你未出門早錯了也別於僧云某

終不敢錯處云車不橫推
雪峯問投子此間還有人叅否投子擲出钁
峯云恁麼則當處掘去也投云不快漆桶代
拈钁拋向背後
雪峯問投子龍眠路甚處去投以杖拄峯峯
云東去西去投云不快漆桶別峯接拄杖便
推倒
投子指石頭云三世諸佛總在裏許雪峯云
須知有不在裏許者投云不快漆桶別峯云
干石頭什麼事
南泉歸宗麻谷禮覲國師至中路泉於地畫
圓相云道得即去宗於圓相內坐谷作女人
拜泉云恁麼則不去也宗云是何心行別歸
宗云賊無種相鼓籠
米七師還鄉有老宿問云月夜斷井索時人

喚作虵未審七師見佛喚作什麼米云若有佛見即同衆生宿云千年桃核代老宿云洎不問過

大隋問僧什麼處去僧云西山住菴去隋云我向東山喚汝便來得否僧云不然隋云汝住菴未得在代云和尚有什麼事

晏國師赴鼓山辭雪峯次峯云一隻聖箭子射入九重城裏去也太原孚云未在待某勘過始得至中路問云什麼處去晏云九重城裏去孚云忽遇三軍圍閉時如何晏云他家自有通霄路孚云恁麼則離宫失殿去也晏云何處不稱尊孚回見峯云聖箭子折了也峯云甚麼處是箭折處孚舉前話峯云渠有語在孚云這老漢終是鄉情代峯云你要勘破鼓山已被鼓山勘破

僧到水潦乃畫圓相放潦肩上潦撥三下却畫圓相指其僧僧禮拜潦打云這掠虚漢别後語云我不與麼你却與麼棒了趂出

明招問僧側飛鷂子眼落在甚處僧展手云還解變得麼招云放子三十棒僧云話在和尚招乃集衆勘辨僧無語招乃打代便摑傍僧

明招叅次乃指座上回頭獅子云這箇尋常爲什麼要向我恁麼道僧云什麼劫中向和尚恁麼道招云噫汝猶隔海在代云我不哮吼和尚拾得口喫飯

雲門問洞山近離甚處山云查渡門云夏在什麼處山云湖南報慈門云幾時離彼山云八月二十五門云放你三頓棒山次日却上問云昨日蒙和尚賜棒且過在什麼處門云

飯袋子江西湖南便恁麼去別後語云緊峭草鞋

雲門問僧甚處來僧云徑山門云你因什麼五戒不持僧云某甲過在什麼處門云這裏不著沙彌別云未到雲門與你三十棒了也

雲巖順世道吾問離却殼漏子向什麼處相見巖云不生不滅處相見別云三生六十劫

僧問法燈百骸俱潰散一物鎮長靈未審百骸一物相去多少燈云百骸一物一物百骸別燈云直是天地懸隔

明招在招慶席坊打席慶見招失一目乃問失幾時也招起身叉手云某甲不會慶云賴汝不會招云和尚作麼生會箇不會的慶休去別慶云饒你頂門上更著一隻也須戳瞎

雪峯云世界闊一尺古鏡闊一尺世界闊一丈古鏡濶一丈玄沙指火爐云這箇闊多少峯云如古鏡闊別峯云流俗阿師

劉鐵磨到潙山山云老牸牛汝來也磨云來日臺山有齋和尚還去否山放身作臥勢代山云好不丈夫

僧問魯祖如何是不言言祖云汝還有口麼僧云無祖云尋常將什麼喫飯僧無對代云不曾咬破一粒米

趙州一日從殿上過乃喚侍者一聲者應諾州云好一殿功德者無對代云一回拈起一回新

佛日普照慧辯楚石禪師語録卷第六

音釋

斫（職略切音灼擊也）颺（移章切音陽揚也）骰（徒侯切音頭博陸釆具）

罩（陟教切音鵫籠也）餧（於偽切音委飼也）摑（古獲切音慖批也打也）

酎（普火切音頗叵同）捋（盧活切鸞入聲以指歷取也）鏤（獨故切音叓金飾物也）

探（他含切音貪遠取）

佛日普照慧辯楚石禪師語録卷第七

侍者應訢編

秉拂小叅

徑山首座寮結夏秉拂師拈拄杖云這箇是徑山拄杖子爲什麽在璚上座手裏已知來處何假繁詞脫或未知不免露箇消息凌霄峯頂選佛場開一句當陽十方坐斷果然坐斷去久叅先德不妨禁足護生後學初機誰敢違條起例上無攀仰下絶已躬人人常光現前箇箇壁立萬仞三世諸佛舌頭無骨六代祖師眼上安眉德山見僧入門便棒畫餅充饑臨濟見僧入門便喝望梅止渴老妙喜見僧入門便道喚作竹篦則觸不喚作竹篦則背不得下語不得無語雕沙無鏤玉之譚結草乖道人之意既不得下語又不得無語拈來拗作兩截看他作得箇什麽伎倆廣澤龍王忍俊不禁把須彌山一摑百雜碎跨跳上梵天去也召衆云且道這一期佛事還有爲人處也無以拄杖連卓三下復舉南嶽讓和尚遣一僧往江西探馬大師候大師上堂出問云作麽生大師云自從胡亂後三十年不曾少鹽醬師云馬大師道三十年不曾少鹽醬早是費卻多少鹽醬了也我若作馬大師纔見這僧出來便下禪牀擒住痛與一頓教他歸去舉似南嶽且顯師承有據自家眼目分明管取坐斷天下人舌頭曹溪一脉未致寂寥在

梁王㦗會觀藏主請小叅師云只這箇會得在凡不減在聖不增超百千萬億日月光明徧不可思議虛空分劑無一理不顯無一事

不周無一物不立無一土不妙無明即是佛性煩惱即是菩提生死即是涅槃塵勞即是解脱譬如虚空體非羣相而不拒彼衆相發揮然而青不自青黄不自黄赤不自赤白不自白但是意識於中搏量是青是黄是赤是白意識不起根境湛然水之與波拳之與掌巻舒開合豈有兩般動静去來曾無二致攬酥酪醍醐爲一味鎔鉼盤釵釧爲一金總陰陽寒暑爲一時混江河淮濟爲一水一印一切印一門一切門一成一切成一破一切破所以道佛説一切法爲治一切心我無一切心何用一切法如是則集衆者無衆可集説法者無法可説度生者無生可度懺罪者無罪可懺豈不見三祖僧璨大師問二祖云弟子身纒風恙請師懺罪二祖云將罪來與汝懺三祖云覔罪了不可得二祖云與汝懺罪竟諸仁者還委悉麽若不藍田射石虎幾乎誤殺李將軍

眞如華嚴經會鏐維那請小參師云看經須具看經眼見地須得見地句釋迦老子正覺山前半夜子時明星出現忽然大悟是第二句三乘十二分教權實頓漸半滿偏圓是第三句三世諸佛六代祖師天下老和尚盡力道也只道得第三句華嚴會上文殊普賢及四十二位法身大士五十三位諸善知識各各演説無盡法門何曾道着第一句來若有一人道得第一句須彌直須粉碎海水直須枯乾十方虚空撲落地上何故如此難信難解之法今古罕聞諸仁者還知麽如今目前山河大地萬象森羅草木叢林墻壁瓦礫盡

夜說熾然說無間歇却是他說得最親說者既不開口聽者亦不須耳明明歷歷地沒一絲毫覆藏眞經現前多少省力何待拈香展卷方轉法輪便好向華藏海中左出右入毗盧頂上倒卧橫眠更說什麼菩提涅槃眞如解脫一切名字是什麼熱椀鳴聲一切語言是什麼繫驢橛子所以臨濟大師道但有聲名文句皆悉是依變從臍輪氣海中鼓激牙齒敲磕成其句義明知是幻化外發聲語業内表心所法以思有念皆是依通只麼認他着底依爲實解縱經塵劫只是依通我喚作眞經亦是假說了也畢竟如何慈舟不汎滄波上劍閣徒勞放木鵝

慧明院華嚴經會椿藏主請小叅師云處處眞處處眞塵塵盡是本來人眞實說時聲不現正體堂堂沒卻身諸仁者還見堂堂正體麼乾坤大地日月星辰萬象森羅山林河海人天鬼畜蠢動含靈莫不皆有毗盧遮那宴坐其中成等正覺而爲衆生轉大法輪然而衆生分上不取一法不捨一法所以道一切諸佛身即是一法身一心一智慧力無畏亦然不妨各各自住境界各各自證解脫各各自作佛事各各自現神通於眼處現神通時即於耳處作佛事於耳處現神通時即於鼻處作佛事於鼻處現神通時即於舌處作佛事於舌處現神通時即於身處作佛事於身處現神通時即於意處作佛事於意處現神通時即於一切處作佛事意處無盡則虛空無盡虛空無盡則世界無盡世界無盡則衆生無盡衆生無盡則諸佛無盡諸佛無盡則

行頗無盡行頗無盡則不可說不可說境界解脱神通佛事無盡無盡雖然猶在法界量裏量外一句作麽生道還委悉麽山花開似錦澗水湛如藍

圓明院起期懋藏主請小叅師云永嘉道行亦禪坐亦禪語默動靜體安然假使鋒刀常坦坦直饒毒藥也閒閒禪則不無作麽生是體莫是上是天下是地僧是僧俗是俗是體麽莫是巍巍堂堂煒煒煌煌聲前非聲色後非色是體麽莫是休去歇去一念萬年去冷湫湫地去一條白練去古廟香爐去寒灰枯木去是體麽莫是恁麽中不恁麽不恁麽中却恁麽是體麽若與麽搏量正是虛空裏打鐵橛莫將閒學解埋沒祖師心只如坐禪須是了卻自己偷心始得若不了却自己偷心空坐何益且阿那箇是偷心但是一切不了念起念滅總是偷心免得偷心便與佛祖不別佛祖要人速證無上妙道長期短期尅期取證畢竟所證何事只教你免盡偷心頓明自性而已於靜坐時須有方便六祖大師道不思善不思惡正與麽時作麽生是本來面目諸仁者現今目前露逈逈地是箇什麽自己本來面目不可就他覔也就他覔得不是自己從生至老着衣喫飯屙屎送尿底喚作臭皮袋忽然報滿四大分散時自己本來面目卻在什麽處石頭和尚道欲識菴中不死人豈離而今這皮袋叅

坐期滿散盛監院請小叅師云大道絕言詮眞機無背面纖塵不盡突出須彌山見地未忘脚下五色索將知此事本自現成不用低

頭思量難得所以德山道毫釐繫念三塗業因瞥爾情生萬劫羈鎖豈可坐在這裏直須轉向那邊更那邊不立佛不立祖自巳如生寃家方有些子衲僧氣息若只向千聖背後乂手堪作什麽倚他門户傍他墻剛被時人喚作郎巖頭道是我向前行脚時見一兩處尊宿只教日夜管帶坐得臀上生胝口裏水漉漉地道我坐禪守取與麽時猶有欲在無依無欲便是能仁諸仁者如今學道之人那箇無依那箇無欲有依有欲生死海裏浮沈這老古錐當會昌沙汰時去下鄂湖邊作一渡子兩岸各挂一版有人過渡敲版一聲問云阿誰人云我要過那邊去舞棹迎之一日有婆子抱一孩兒問巖頭道且道婆子手中兒子從甚處得來巖頭便打婆云婆生七子六箇不遇知音只這一箇也不消得乃拋向水中雪後始知松栢操事難方見丈夫心雖然切不得認驢鞍橋作阿爺下頷喝一喝

薦盛南山師孫義方外請小參師云這一段事近在口皮邊遠在河沙國不可以有無卜度不可以難易論量滯於文字語言則爲文字語言所縛泥於蒲團禪版則爲蒲團禪版所拘凡坐禪者多不脫透若不着有即便着無着有則以無除之着無作麽生除得欲與空王爲弟子莫教心病最難醫據實而論釋迦出世達磨西來歷代傳燈無風起浪忽然覷破三界平沈却來觀世間猶如夢中事到這箇田地方始好坐禪坐是何人禪是何物勘破了也說有也得說無也得說難也得說易也得得也得不得也得生從何來鐵鋸舞

三臺死從何去牛皮鞔露柱昔日太原孚上座問鼓山父母未生以前鼻孔在什麼處山云即今生也在什麼處孚上座不肯乃云你問我我與你道山云父母未生以前鼻孔在什麼處孚但摇扇而已我當時若作鼓山與他掀倒禪牀見之不取思之千里諸仁者要識南山鼻孔落處麼良久擧因翫月文生角象被雷驚花入牙

無學長老豫修徒弟固維那請小叅師云佛法本無玄妙解會向道直下無事休去歇去好箇脫洒衲僧若亂踏步向前則千里萬里若論此事從與麼來未嘗昏昧聲色籠罩不住生死繫縛不得自由自在無得無失一切處解脫一切處圓滿淨倮倮絕承當赤灑灑没可把穿却天下人鼻孔全憑箇一着子若無箇一着子老胡又特地西來做什麼且如石頭馬祖百丈黄檗臨濟德山潙仰曹洞雲門法眼此等皆是從上宗師亦不得至今日所謂垂鈎四海只釣獰龍格外玄談爲尋知已豈不見仰山一日問同叅云師弟近日見處如何對云實無一法可當情仰云汝解猶在境問云何故仰云汝豈無能知一法可當情者圓悟老祖云他直得無一法可當情尚遭仰山點檢到這裏無能知所知無一法無無一法也須是箇人始得欲窮千里目更上一層樓須知得底人一語不虛發如今不用回頭轉腦只貴直下承當可以作奇特因可以現殊勝相竭苦海摧障山斷生死根源碎無明窠臼正與麼時因齋慶贊一句作麼生道域中日月縱横挂一旦晴空萬古春

興化院華嚴經會圭監院請小叅師云懷州牛喫禾益州馬腹脹天下覔醫人灸猪左膊上毗盧遮那如來呵呵大笑云二十重華藏世界海中間所有諸佛菩薩畜生牛馬被杜順和尚下這一灸不妨應時應節徹骨徹髓了也召衆云且道適來四句是教耶是禪耶若道是教八十一卷華嚴經那一卷中有這般説話若道是禪杜順和尚自是賢首宗師爲什麼却恁地説還有人定當得出也無若定當不出山僧不惜口業與諸人註解一徧肇法師道古鏡照精其精自形古鏡照心其心自明教亦何曾異禪歸宗和尚云吾今欲説禪諸子總近前汝聽觀音行善應諸方所禪亦何曾異教教是佛口禪是佛心未了之人聽一言只這如今誰動口便向箇裡會得坐斷天下人舌頭更分什麼禪揀什麼教立也在我掃也在我我爲法王於法自在若立去有禪有教若掃去禪教皆除禪教既除二十重華藏世界海在什麼處安着聽吾偈曰如行東方諸佛刹盡取大地及須彌一一盡抹爲微塵一一塵點一一刹四維上下亦如是乃至充滿虚空界即以如上諸塵數一一化現爲衲僧一一僧示塵數身一一僧具塵數口一一口中塵數舌一一舌宣塵數義盡於未來一一劫度脱不可説衆生一一位登盧舍那不可説劫常開演如此功德不可説世間無能測量者譬如幻師聚幻衆復爲幻衆説幻法聞幻法已了幻心既了幻心圓幻行坐幻道場成幻佛度脱無量幻衆生展轉成佛亦復然畢竟不離於幻法本來實際常

寂滅同彼虚空無增減若能悟此眞法界誰是成佛不成佛毗盧遮那我同證普賢文殊妙法身五十三人善知識爲我印知如是説

延福院懺期滿敬維那請小參師云一念普觀無量劫無去無來亦無住如是了知三世事超諸方便成十力拈拂子作一圓相云盡十方世界有情無情向這裏成等正覺全心即佛全佛即心窮心既無佛亦不立所以道了了見無一物亦無人亦無佛大千沙界海中漚一切聖賢如電拂與麼則處處解脱而不墮在解脱深坑處處光明而不滯於光明勝相行住坐卧不著管帶而常歷歷惺惺長短方圓不假安排而能綿綿密密終日説不動舌頭終日默不居陰界終日喫飯不曾咬一粒米終日着衣不曾挂一縷絲直下似長劍倚天千日竝照諸天捧花無路外道窺覻無門不是强爲法如是故在菩薩則謂之六度萬行在聲聞縁覺則謂之四諦十二因縁在天則天莊嚴在人則人富樂在修羅則修羅滅諍在餓鬼則餓鬼除饑在地獄則地獄清凉在旁生則旁生鼎慧福無不集罪無不消拔濟四生梯航九有收因結果一句作麼生道煩惱海中爲雨露無名山上作雲雷

志侍者請普説師云當人脚根下一段大事如千日竝出日上無雲萬鏡臨臺鏡中無像初不分眞俗好醜亦不帶物我是非從父母未生已前至地水火風分散之後未曾有纖毫相貌及一絲間隔蓋天蓋地亘古亘今乃佛乃祖同證同入如石室和尚纔見人來便拈起拄杖云過去諸佛也恁麼現在諸佛也

恁麽未來諸佛也恁麽如是三十年驢揀濕處尿一日長沙岑大蟲向他道和尚放下手中拄杖別通箇消息來石室休去一不成二不是又踈山示衆云老僧咸通年巳前會得法身邊事咸通年巳後會得法身向上事兩重公案雲門出問云如何是法身邊事山云枯椿錯門云如何是法身向上事山云非枯椿了門云還許學人説道理也無山云許勾賊破家門云只如枯椿豈不是明法身邊事山云是明破則不堪門云非枯椿豈不是明法身向上事山云是落七落八門云法身還該一切也無山云法身周徧豈得不該口只好吃飯門指淨瓶云這箇還有法身也無山云闍黎莫向淨瓶邊會鷂子過新羅二大老一問一答直是風凜凜地傍觀只貶得眼你道枯椿與非枯椿法身邊事與法身向上事作麽生辨若辨得便知二大老問答分明若辨不得對面三千里又僧問趙州未生世界早有此性世界壞時此性不壞如何是不壞之性州云四大五藴甘草甜僧云這箇是壞底如何是不壞之性州云四大五藴黃連苦還知趙州老漢舌頭落處麽盡山河大地是四大五藴盡山河大地是不壞之性若未知趙州老漢舌頭落處則四大五藴自在一邊不壞之性自在一邊驢年得休歇去拈拄杖畫一畫云畫斷葛藤蝦蟇踍跳上天蚯蚓抹過東海

海印蘭若華嚴經會華月窓請普説師云震法雷擊法鼓布慈雲兮灑甘露只如法雷未震法鼓未擊慈雲未布甘露未灑還有爲人

道理也無若有爲人道理何用强生節目是故説法者無説無示聞法者無聞無得無説無示眞説眞示無聞無得眞聞眞得然則一時佛事既巳周圓汝等諸人如何體悉依希似曲纔堪聽又被風吹别調中復云此是月窟藏主建華嚴經會底意旨山僧未免陞座舉揚約山僧見處你諸人即是毗盧遮那毗盧遮那與你諸人無二無别念念中有無量諸佛降生成道轉法輪入涅槃念念中文殊普賢觀音彌勒出現念念中善財童子五十三善知識同因同果同學同行山僧今日都將不可説華藏世界海拈來着你諸人眉毛眼睫上却把大本華嚴十三千大千世界微塵數品一四天下微塵數偈總作一句頓在三寸舌頭爲你諸人一時吐露直下信得及去此會功不浪施便乃與摩竭提國須彌山頂夜摩兜率他化自在所説底法門十信十住十行十回向十地等妙二覺不增一字不減一字普請若凡若聖若幽若顯立地成佛還省力麼若信不及又增口業去也經中道若人欲了知三世一切佛應觀法界性一切惟心造喝一喝云覔心了不可得更説什麼惟心心既不可得毗盧遮那亦不可得無量諸佛亦不可得文殊普賢觀音彌勒亦不可得善財童子五十三善知識亦不可得十信十住十行十回向十地等妙二覺亦不可得不可得亦不可得却從不可得中流出一切言教所以道教是佛語禪是佛意誦佛語者須識佛意識佛意者必通佛語千差萬别七縱八横辯才無礙底説禪説教如珠走盤你

看他華嚴下尊宿圭峯和尚他是眞箇悟得底曾著禪源集和會禪講兩家云諸祖相承根本是佛況迦葉乃至毱多弘傳皆通三藏提多迦以下因僧乖諍乃律教別行罽賓國以來因遭王難始經論分化師子尊者受二十三祖鶴勒那懸記先以衣法付囑婆舍斯多獨留罽賓酬償宿債經論家便道師子遭難禪宗絶而不傳不知婆舍斯多早傳衣法去了所以圭峯說到這裏又云中間馬鳴龍樹悉是祖師造論釋經數十萬偈觀風化物無定事儀未有講者毀禪禪者毀講今時弟子彼此迷源修心者以經論爲別宗講說者以禪門爲異法若談因果修證便推屬經論之家而不知修證正是禪門之本事聞說即心即佛便推屬胷襟之禪而不知心佛乃是經論之本意山僧三十年前出世住院見天台下講人心憒憒口悱悱說着禪字頭紅面赤何消得如此近與獨芳和尚幾處赴緣又夜來聞其提唱多是禪門說話葢此老本領端正取之左右逢其源且如圭峯所詮自是禪門標表亦是教乘骨髓恁麼和會可煞明白後來汴梁有箇淨因成長老一日與法眞圓悟慈受三大禪老并十大法師在陳太尉府受齋次徽宗皇帝微服臨幸觀其法會有善華嚴者對衆問曰吾佛說教自小乘至圓頓掃除空有獨證眞常然後萬德莊嚴方名爲佛禪師一喝轉凡成聖與經論似相違背今一喝若能入五教是爲正說若不能入是爲邪說他置箇問頭不是逞人我爭是非要知禪教分曉若不通經達論如何胡亂答他

撞着淨因是箇有地頭無面目漢回天輪轉地軸不爲難只怕你不問不怕我答不得當時善華嚴恁麼問正是抓着他痒處更不着忙欵欵地向他道如法師所問不足三大禪師之酬淨因小長老足以解法師之惑乃召善善應諾成曰法師所謂小乘教者乃有義也大乘始教者乃空義也大乘終教者乃不有不空義也大乘頓教者乃即有即空義也一乘圓教者乃不空而不有不有而不空義也如我一喝非惟能入五教至於百工伎藝諸子百家悉皆能入乃喝一喝問善曰還聞麼善曰聞成曰汝既聞則此一喝是有能入小乘教須臾又謂善曰還聞麼善曰不聞成曰汝既不聞則此一喝是無能入始教又顧善曰我初一喝汝即道有喝久聲消汝復道無道無則元初實有道有則於今實無不有不無能入終教又曰我有一喝之時有非是有因無故有我無一喝之時無非是無因有故無即有即無能入頓教又曰我此一喝不作一喝用有無不及情解俱忘道有之時纖塵不立道無之時横徧虚空即此一喝入百千萬億喝百千萬億喝入此一喝是能入圓教善不覺起立向前作禮成又曰非惟一喝爲然乃至語默動靜一切時一切處一切物一切事契理契機周徧無餘於是四衆歡喜龍顔大悦淨因可謂識佛意通佛語千差萬别七縱八横辯才無礙把這一喝恁麼說出來理上也着事上也着禪上也着教上也着喚作鬧市裏颺碌磚無有不着者今日一會却非偶然建會華月窓與學般若菩薩既在

禪門又通教相欲報佛恩德無過流通正法而況獨芳和尚久專講席特重禪宗山僧此來不勝慶幸因華嚴大教發明臨濟禪諸供養中法供養最喝一喝云且道山僧適來一喝與淨因一喝相去多少復喝一喝

珠維那請普説師云妙喜老人道命根斷家活大法性寬波瀾濶乃是禪病科立效散你諸人要識命根麼只是第八識如今禪和子病痛昏沈掉舉總在第八識中若要獨脫無依須是把第八識一刀兩段方始快活教中所謂拚命不死難僧問投子大死底人却活時如何投子云不許夜行投明須到這僧問得既切投子答得又親伯牙與子期不是閒相識第八識既斷虵無頭尾不行正賊斬了論什麼賊黨無始至今來爲先鋒去爲殿後風動塵起業絆殺人但得一念不生自然前後際斷便見潙山道靈光洞耀迥脱根塵體露眞常不拘文字心性無染本自圓成但離妄緣即如如佛僧也如如佛俗也如如佛來也如如佛去也如如佛盡十方世界無一人不是如如佛者嫌箇什麼欠少箇什麼英靈衲子便好向這裏全身擔荷不用回頭轉腦特地起疑疑佛疑祖疑死疑生如染一綟絲一染一切染如斬一綟絲一斬一切斬先聖苦口相勸葢爲袈裟同肩已事明白他事亦明白已事了辦他事亦了辦豈可如獐獨跳不顧後羣既住佛屋踏佛地喫佛飯著佛衣須行佛行始得且如何是佛行佛讃者是佛行佛訶者是魔法説什麼尼薩耆波逸提纔舉心動念早破了也大難大難且怖心難發

怖心若發生死根本必除須要入門一着眞正欲行千里一步爲初昔日南嶽讓祖因馬大師坐禪一日問他道大德坐禪圖什麽師云圖作佛祖遂將磚就他菴前石上磨師見問云作什麼祖曰磨作鏡師云磨磚豈得成鏡祖曰坐禪豈得成佛師云如何即是祖曰如牛駕車車若不行打車即是打牛即是馬師休去祖曰汝學坐禪爲學坐佛若學坐禪禪非坐卧若學坐佛佛非定相於無住相不應取捨汝若坐佛即是殺佛若執坐相非達其理馬師言下大悟作禮問云如何用心即合無相三昧讓祖曰汝學心地法門如下種子我説法要譬彼天澤汝緣合故當見其道師曰云何能見祖曰心地法眼能見乎道無相三昧亦復然矣師又問有成壞否祖曰若以成壞而見道者非也後來馬大師出世有僧問如何是修道答曰道不屬修若言修得修成還壞即同聲聞若言不修即同凡夫僧云作何見解即得修道師曰是性本來具足但於善惡中事不滯喚作修道人取善捨惡觀空入定即屬造作更若向外馳求轉踈轉遠但盡三界心量一念妄心即是三界生死根本又僧問和尚爲什麼説即心即佛曰爲止小兒啼僧曰啼止後如何曰非心非佛僧曰除此二種人來時如何指示曰向伊道不是物馬大師因讓祖一言之下會去便力荷百二十觔擔子一氣走百二十里更不回頭及乎爲人拈出箇即心即佛非心非佛不是物殺人刀活人劍能斷自巳命根又能斷他命根臨濟道沿流不止問如何眞照無邊説

似他離相離名人不禀吹毛用了急須磨即今吹毛在什麼處巳颺在垃圾堆頭了也

舉古

舉雲門一日拈拄杖云凡夫實謂之有二乘析謂之無縁覺謂之幻有菩薩當體即空衲僧見拄杖但喚作拄杖行但行坐但坐總不得動着妙喜云我不似雲門老人將虛空剜窟籠驀拈拄杖云拄杖子不屬有不屬無不屬幻不屬空卓一下云凡夫二乘縁覺菩薩盡向這裏各隨根性悉得受用惟於衲僧分上爲害爲寃要行不得行要坐不得坐進一步則被拄杖子迷却路頭退一步則被拄杖子穿却鼻孔只今莫有不甘底麼試出來與拄杖子相見如無來年更有新條在惱亂春風卒未休師云凡夫不合起有見二乘不合起無見縁覺不合起幻有見菩薩不合起當體即空見不可放過雲門老漢貪觀白浪失却手橈累他天下衲僧總落拄杖圈繢放過不可好與一坑埋却

舉僧問香嚴如何是道嚴云枯木裏龍吟僧云如何是道中人嚴云髑髏裏眼睛僧又問石霜如何是枯木裏龍吟霜云猶帶喜在如何是髑髏裏眼睛霜云猶帶識在又問曹山如何是枯木裏龍吟山云血脉不斷如何是髑髏裏眼睛山云乾不盡遂有頌云枯木龍吟眞見道髑髏無識眼初明喜識盡時消息盡當人那辨濁中清圓悟老人云一人透語滲漏一人透情滲漏一人透見滲漏妙喜云諸人還揀得出麼若揀不出不惜眉毛爲諸人説破香嚴透語滲漏被語言縛殺石霜透

情滲漏被情識使殺曹山透見滲漏被見聞覺知惑殺分明說了具眼者辨取師云妙喜老人全身坐在三種滲漏裏却不被三種滲漏所拘雖然要見古人直是遠在爲什麽如此無事教壞人家男女

舉提婆達多在地獄中世尊令阿難傳問云汝在地獄中可忍受否云我雖在地獄中如三禪天樂世尊又令阿難傳問你還求出否云待世尊入地獄我即出阿難云世尊是三界大師豈有入地獄分云世尊既無入地獄分我豈有出地獄分妙喜云既無出分又無入分喚什麽作釋迦老子喚什麽作提婆達多喚什麽作地獄還委悉麽自携瓶去沽村酒却着衫來作主人師云妙喜與麽批判刁刀相似魚魯差殊不知釋迦老子自是釋迦老子提婆達多自是提婆達多地獄自是地獄料掉没交涉一夜落花雨滿城流水香

舉招慶問羅山有人問巖頭塵中如何辨主頭云銅沙羅裏滿盛油意作麽生山召大師慶應諾山云獼猴入道場山却問明招或有人問你作麽生招云箭穿紅日影妙喜云還會麽獼猴入道場箭穿紅日影兩箇老古錐擔雪共塡井喝一喝師云我當時若作羅山待招慶問銅沙羅裏滿盛油意作麽生便喝山却問明招或有人問你作麽生也與一喝召衆云且道天寧兩喝與妙喜一喝是同是別

舉招慶普請擔泥次中路按拄杖問僧云上窰泥下窰泥僧云上窰泥慶打一棒又問一僧上窰泥下窰泥僧云下窰泥慶亦打一棒

又問明招招放下泥擔叉手云請師鑑慶便休妙喜云招慶雖然休去爭柰明招不甘雲門當時若見他放下泥擔云請師鑑劈脊也與一棒看他如何折合師云國清才子貴家富小兒驕

舉睦州問僧近離甚處僧云河北州云河北有箇趙州和尚上座曾到彼麼僧云某甲近離彼中州云趙州有何言句示徒僧遂舉喫茶話州乃云慚愧却問僧趙州意作麼生僧云只是一期方便州云苦哉趙州被你將一杓屎潑了也便打後來雪竇云這僧克由叵耐將一杓屎潑他二員古佛妙喜云雪竇只知一杓屎潑他趙睦二州殊不知這僧末上被趙州將一杓屎潑了却到睦州又遭一杓只是不知氣息若知氣息甚麼處有二員古佛師云這僧不會喫茶意旨不知潑屎氣息帶累好人墮屎坑中合喫多少拄杖雪竇妙喜一時放過也須替他入涅槃堂始得

舉僧問雲門如何是超佛越祖之談門云胡餅妙喜云雲門直是好一枚胡餅要且無超佛越祖底道理師云墼

舉洞山云須知有佛向上事僧問如何是佛向上事山云非佛雲門云名不得狀不得所以非妙喜云二尊宿恁麼提持佛向上事且緩緩這裏即不然如何是佛向上事拽拄杖劈脊便打免教伊在佛向上躲根師云我這裡無向上向下佛是西天老比丘今朝有酒今朝醉明日無錢明日求

舉石門聰和尚云十五日已前諸佛生十五日已後諸佛滅十五日已前諸佛生你不得

離我這裏若離我這裏我有鈎鈎你十五日
已後諸佛滅你不得住我這裏若住我這裏
我有錐錐你且道正當十五日用鈎即是用
錐即是遂有頌云正當十五日鈎錐一時息
更擬問如何回頭日又出妙喜云恢張三玄
三要扶竪臨濟正宗須是恁麼人始得雖然
如是雲門即不然十五日已前諸佛本不曾
生十五日已後諸佛本不曾滅十五日已前
你若離我這裡我也不用鈎鈎你一任橫擔
拄杖緊峭草鞋十五日已後你若住我這裏
我也不用錐錐你一任拗折拄杖高掛鉢囊
且道正當十五日合作麼生乃云十五日前
後鈎錐徒爾爲今朝是十五正好用鈎錐且
作麼生用路逢死蛇莫打殺無底籃子盛將
歸師云用盡自已心笑破他人口

舉白雲祥和尚問僧不壞假名而談實相作
麼生僧云這箇是椅子白雲以手撥云將鞋
袋來僧無對白雲云這虛頭漢雲門聞云須
是祥兄始得妙喜云雲門扶强不扶弱爭柰
憐兒不覺醜這僧當時若是箇漢待他道將
鞋袋來便與掀倒禪牀直饒白雲牙如劍樹
口似血盆也分疏不下師拈起拄杖云這箇
是假名那箇是實相這箇是實相那箇是假
名一不是二不成路遠夜長休把火大家吹
殺暗中行擲拄杖

舉石頭問長髭甚處來髭云嶺南來頭云大
庾嶺頭一鋪功德成就也未髭云成就久矣
只欠點眼在頭云莫要點眼麼髭云便請頭
垂下一足髭便禮拜頭云子見箇什麼便禮
拜髭云如紅爐上一點雪妙喜云衆中商量

甚多或云無眼功德有甚點處或云莫要點眼麼待他道便請好劈脊便打若恁麼未免穢污這功德雲門即不然待這老漢垂下一足但道起動和尚師云長髭親從大庾嶺來平白被石頭熱謾一上見箇什麼便問一鋪功德成就也未虛空裏釘橛又有長髭把不定便道成就久矣只欠點眼在一盲引衆盲石頭垂下一足還當得點眼也無一箇既不惺惺兩箇更是懡㦬如紅爐上一點雪果然諸人切忌接響承虛脫空妄語

佛日普照慧辯楚石禪師語録卷第七

音釋

橛居月切音厥杙也　磕丘盍切音嘅兩石相擊聲　湫湫將油切音啾湫湫悲愁之狀也　瞥匹蔑切音撆瞥見也　臀徒孫切音屯髀也　鞔莫官切音瞞覆也　膊匹各切音粕脅也　樁株江切惷平聲橛杙也　絆博慢切音半縶也　綟力霽切音麗染綠也

佛日普照慧辯楚石禪師語録卷第八

侍　者　明　遠　編

舉古

舉王大王向雪峰會裏請晏監寺住鼓山雪峰與孚上座送出門回至法堂上乃曰一隻聖箭直射入九重城裏去也孚云和尚是伊未在峰曰渠是徹底人孚云若不信待某甲去勘過遂往路中把住云師兄向甚麼處去鼓山云九重城裏去孚云忽遇三軍圍閉時如何山云他家自有通霄路孚云恁麼則離宮失殿去也山云何處不稱尊孚便回謂雪峰云好一隻聖箭折却也遂舉前話峰云渠有語在孚云這老凍膿畢竟有鄉情在妙喜云衆中商量道什麼處是聖箭折處云鼓山不合答他話是聖箭折處鼓山不合說道理是聖箭折處恁麼批判非惟不識鼓山亦乃不識孚老殊不知孚上座正是一枚賊漢於鼓山面前納一場敗闕懡㦬而歸却來雪峰處拔本大似屋裏販楊州若非雪峰有大人相這賊向甚處容身當時可惜放過却成箇不了底公案只今莫有爲古人出氣底麼試出來我要問你甚麼處是聖箭折處師云鼓山聖箭子射入九重城甚生氣槩孚上座等閒抄着略露鋒鋩回至法堂却云箭折誣人之罪以罪加之妙喜老人謂孚上座是一枚賊漢向鼓山面前納敗闕而歸騎賊馬殺賊大凡事不孤起當時雪峰只因賣弄這一隻聖箭子勾賊破家若也咬定牙關誰敢無風起浪便是盡大地稻麻竹葦化作衲僧要勘鼓山也無啓口處天寧不是貶剝古人聖箭

子是什麼厠草莖抛向垃圾堆頭着更問他折處且莫屎沸好

舉明招向火次僧忽問目前無法意在目前不是目前法非耳目之所到未審此四句那句是賓那句是主明招撥開火云你向這裏與我拈出一莖眉毛看僧云非但某甲盡大地人喪身失命招云何故自把髩挼衙妙喜云這僧有頭無尾明招有尾無頭若人道得頭尾圓全句雲門與你拄杖子師云不解拈出火裏眉毛未知四句中那一句是賓那一句是主妙喜道這僧有頭無尾明招有尾無頭亘饒妙喜道得頭尾圓全句天寧拄杖子未放伊在

舉南泉坐次一僧問訊叉手而立泉云太俗生僧合掌泉云太僧生僧無語妙喜云合掌太僧生叉手又俗氣總不恁麼時尊體無頚處有巴鼻唵蘇嚕蘇嚕悉唎悉唎喝一喝云是甚麼近來王令稍嚴不許攙行奪市師云叉手太俗合掌太僧不僧不俗誰敢安名檢點將來也是垛生招箭且道落在這僧分上落在南泉分上

舉麻谷持錫到章敬遶禪牀三匝振錫一下卓然而立妙喜云純鋼打就生鐵鑄成敬云是是妙喜云錦上鋪花三五重谷又持錫到南泉遶禪牀三匝振錫一下卓然而立妙喜云已納敗闕了也泉云不是不是妙喜云枷上更着杻谷云章敬道是和尚爲什麼道不是妙喜云愁人莫向愁人說泉云章敬則是是汝不是此是風力所轉終成敗壞妙喜云試把火照看南泉面皮厚多少復召大衆云

雲門恁麽批判且道肯他不肯他師云麻谷遶牀振錫叅禮常儀爲什麽章敬道是南泉道不是苦瓠連根苦甜瓜徹蔕甜

舉讓和尚遣僧問馬祖云作麽生祖云自從胡亂後三十年不曾少鹽醬妙喜云雲門郎不然夜夢不祥書門大吉師云且道妙喜與馬祖是同是别如何黒漆屏風上更寫盧仝月蝕詩

舉僧問雲峰如何是心地法門峰云不從人得僧云不從人得時如何峰云此去衡陽不遠妙喜云雲門郎不然如何是心地法門不從人得不從人得時如何看脚下師云或問天寧如何是心地法門不從人得不從人得時如何早晨有粥齋時有飯

舉僧問巖頭三界競起時如何頭云坐却着僧云未審師意如何頭云移取廬山來郎向汝道妙喜云巖頭古佛向萬仞崖頭垂手鑊湯爐炭裏横身蓋爲慈悲之故有落草之談今日若有人問雲門三界競起時如何只向他道快便難逢未審師意如何移取雲門山來郎向汝道師云三界競起巖頭道坐却着見怪不怪其怪自壞妙喜道快便難逢順水流舟更加櫓棹天寧道在什麽處長安甚鬧我國晏然未審師意如何待我上山斫棒來却向汝道三段不同收歸上科

舉僧問五祖如何是佛祖云露胷跣足如何是法云大赦不放如何是僧云釣魚船上謝三郎妙喜云此三轉語一轉具三玄三要四料揀四賓主洞山五位雲門三句百千法門無量妙義若人揀得許你具一隻眼師云三

玄三要四料揀四賓主洞山五位雲門三句百千法門無量妙義大似頭上安頭天寧今日爲你諸人抽却釘拔却楔做箇洒洒落落地丈夫兒豈不好何故卑他殘羮餿飯隨他脚後跟轉被他喚作無地頭漢慚惶殺人

擧僧問雲門如何是道門云透出一字妙喜云透出一字却不相似急轉頭來張三李四師云天寧作麽生拈拄杖擊禪牀云洎合停囚長智

擧教中道生滅滅已寂滅現前妙喜云眞生無可生眞滅無可滅寂滅忽見前蝦蟇呑却月師云寂滅不現前心心生與滅龜毛扇子扇泥牛一點血

擧僧問趙州百骸俱潰散一物鎭長靈時如何州云今朝又風起妙喜云今朝又風起閙處莫插嘴觸着閻羅王帶累陰司鬼師云天寧下箇注脚也要醉後添杯今朝又風起不必更疑猜就地撮將黃葉去入山推出白雲來

擧法眼問覺鐵觜近離甚處覺云趙州眼云承聞趙州有栢樹子話是否覺云無眼云徃來皆謂僧問如何是祖師西來意州云庭前栢樹子上座何得道無覺云先師實無此語和尚莫謗先師好妙喜云若道有此語蹉過覺鐵觜若道無此語又蹉過法眼若道兩邊都不涉又蹉過趙州直饒總不恁麽別有透脫一路入地獄如箭射畢竟如何擧起拂子云還見古人麽喝一喝師云祖師西來意庭前栢樹子此話已徧行天下了也因甚麽覺鐵觜却道先師無此語衆中徃徃商量趙州

只是一期方便不可作實解所以道無與麼亂統謗他古佛不少妙喜云若道有此語蹉過覺鐵觜若道無此語又蹉過法眼若道兩邊俱不涉又蹉過趙州今日煙波無可釣不須新月更爲鈎

舉青原思和尚問六祖當何所務即不落階級祖云汝曾作什麼來思云聖諦亦不爲祖云落何階級思云聖諦尚不爲何階級之有祖深器之妙喜云莫將閑話爲閑話往往事從閑話生師云弄泥團漢有什麼限

舉龐居士問靈照女明明百草頭明明祖師意作麼生會照云這老漢頭白齒黃作這箇見解居士云你作麼生照云明明百草頭明明祖師意妙喜云龐居士先行不到靈照女末後太過直饒齊行齊到若到雲門一坑埋却且道過在什麼處明明百草頭明明祖師意師云明明百草頭明明祖師意龐公只解抛磚靈照何曾瞥地從教千古萬古黑漫漫塡溝塞壑没人會

舉雲門云百草頭上道將一句來衆無語自代云俱圓悟老人云劄妙喜云普復云俱劄普日輪午李將軍射石虎雖然透過那邊枉發千鈞之弩師云雲門俱少實多虛圓悟劄了無交涉妙喜普直須薦取這三箇漢各立生涯摇頭擺尾到處逢他深山藏獨虎淺草露羣蛇

舉僧問趙州四山相逼時如何州云無路是趙州妙喜云無路是趙州老將足機籌關南并塞北當下一時收師云四山相逼時無路趙州老黄葉落紛紛一任秋風掃

舉裴相國入寺見壁間畫像問院主云壁間是甚麼主云高僧裴云形儀可觀高僧在甚麼處主無語裴云這裡莫有禪僧麼時黃檗在衆主云有一希運上座頗似禪僧裴遂召黃檗舉前語似之檗云但請問來裴云儀形可觀高僧在甚麼處檗召相公公應諾檗云在甚麼處裴於言下領旨妙喜云裴公將錯就錯脱盡根塵黃檗信口垂慈不費心力似地藥山不知山之孤峻如石含玉不知玉之無瑕雖然如是黃檗只有殺人刀且無活人劒今日大資相公或問雲門形儀可觀高僧在甚麼處雲門亦召云相公相公若應諾雲門郎向道今日堂中特謝供養師云裴相國道高僧在甚麼處分明換却眼睛黃檗更召相公剛把鉢盂安柄老妙喜與人錯下注脚便道似地藥山不知山之孤峻如石含玉不知玉之無瑕蹉過了也天寧郎不然亦召相公相公應諾劈脊便棒免教這漢向死水裏淹殺

舉僧問趙州如何是祖師西來意州云庭前栢樹子僧云和尚莫將境示人州云我不將境示人僧云如何是祖師西來意州云庭前栢樹子妙喜云庭前栢樹子今日重新舉打破趙州關特地尋言語既是打破關爲什麼却尋言語當初將謂茅長短燒了元來地不平師云庭前栢樹子天下杜禪和只管尋枝蔓還曾夢見麼四海幸然清似鏡莫來平地起風波

舉裴相國捧一尊像胡跪於黃檗前云請師安名檗云裴休裴應諾檗云與汝安名竟裴

作禮云謝師安名妙喜云裴公黄蘗可謂如水入水似金愽金雖然如是檢點將來不無滲漏今日蔡中郎或捧一尊像請雲門安名郎向道清淨法身毗盧遮那佛若云謝師安名郎向道下坡不走快便難逢師云裴公捧像黄蘗安名冷地看來如大家教新婦相似直是好笑笑須三十年妙喜既不能坐斷未免隨例顛倒喚作清淨法身毗盧遮那佛周人以栢殷人以栗

舉外道問佛不問有言不問無言世尊良乆外道讃歎云世尊大慈大悲開我迷雲令我得入外道去後阿難問佛外道有何所證而言得入世尊云如世良馬見鞭影而行雪竇云邪正不分過由鞭影妙喜云邪正兩分正由鞭影師云欲識邪正不分麽誰是外道誰是世尊欲識邪正兩分麽世尊自世尊外道自外道此是天寧見處一任諸方貶剝

舉僧問趙州如何是趙州州云東門南門西門北門僧云不問這箇州云你問趙州聻妙喜云這僧問趙州趙州答趙州得人一馬還人一牛人平不語水平不流曾麽受恩深處宜先退得意濃時便好休師云儘這僧神通跳趙州闗不過大丈夫漢當衆決擇未到弓折箭盡郎便拱手歸降何不着一轉語教他納欵去且道着得箇什麽語

舉僧問長沙南泉遷化向甚麽處去沙云東家作驢西家作馬僧云未審意旨如何沙云要騎便騎要下便下妙喜云今日或有人問雲門圜悟老人遷化向甚麽處去郎向他道入阿鼻大地獄去也未審意旨如何飲洋銅

汁吞熱鐵圓或問還救得也無云救不得爲什麽救不得是這老漢家常茶飯師云若欲報德酬恩須是長沙妙喜忤逆兒孫始得雖然珊瑚枕上兩行淚半是思君半恨君

舉百丈凡叅次有一老人常隨衆聽法衆人退老人亦退忽一日不退丈遂問面前立者復是何人老人云某甲非人也於過去迦葉佛時曾住此山因學人問大修行底人還落因果也無對云不落因果五百生墮野狐身今請和尚代一轉語貴脱野狐身老人遂問大修行底人還落因果也無丈云不昧因果老人於言下大悟便脱野狐身妙喜云不落與不昧半明兼半晦不昧與不落兩頭空索索五百生前箇野狐而今冷地謾追呼喝一喝云座中既有江南客休向樽前唱鷓鴣師云這箇公案批判者多盡向不落不昧上安生卜度未有一箇格外提持帶累百丈老人也在野狐隊裏天寧不是釘樁摇櫓膠柱調絃海枯終見底人死脚皮穿

舉道吾與漸源至一家弔慰源拊棺云生耶死耶吾云生也不道死也不道源云爲什麽不道吾云不道不道回至中路源云和尚快與某甲道若不道打和尚去吾云打即任打道即不道妙喜云生也不道死也不道公案兩重一狀領到露刃吹毛截斷綱要脱却鶻臭衫拈却灸脂帽大坐當軒氣皓皓喝一喝師云生耶死耶動念即乖不道不道何處尋討拽脱鼻孔打破髑髏腰纏十萬貫騎鶴上揚州有意氣時添意氣不風流處也風流

舉僧問睦州一言道盡時如何州云老僧在

你鉢囊裏又問雲門一言道盡時如何門云裂破妙喜云或有人問山僧一言道盡時如何這漆桶師云有人來問天寧一言道盡時如何隔

舉僧問雲門達磨九年面壁意旨如何門云念七妙喜云念七念七全無消息背看分明正觀難識既是正觀爲什麽難識可知禮也師云達磨面壁雲門念七更問如何咈咕嘔啤

舉龐居士問馬大師不昧本來身請師高着眼大師直下覷士云一種没絃琴惟師彈得妙大師直上覷居士禮拜大師歸方丈居士隨後至方丈云適來弄巧成拙妙喜云且道是馬大師弄巧成拙龐居士弄巧成拙還有緇素得出者麽若緇素不出癩馬繫枯椿直饒緇素得出也是蝦蟇口裏一粒椒師云馬大師彈得没絃琴調高千古龐居士和得無譜曲響徹九霄溪邊石女暗嗟吁海底泥牛亂奔走雖然如是也未契本來身在不見道蝦蟇口裏一粒椒

舉龐居士云心如境亦如無實亦無虛有亦不管無亦不拘不是聖賢了事凡夫妙喜云白的的清寥寥水不能濡火不能燒是箇什麽切不得問着問着則瞎却你眼以拄杖擊香臺一下師云要作了事凡夫更須進前三步

舉古德云佛法也大有只是舌頭短妙喜云向道莫行山下路果聞猿叫斷腸聲師云古德元不知有佛法一箇箇舌頭徧覆十方世界特地説無説有説短説長好劈口便掌且

道天寧意在什麼處河裏失錢河裏摝

舉洛浦示衆云孫臏收鋪去也有卜者出來時有僧出曰請和尚一卜浦云汝家爺死僧無語法眼代拊掌三下妙喜云這僧沒興死却爺又被他人拊掌信知禍不單行福無雙至然洛浦善卜法眼善斷若子細思量爻象吉凶二老一時漏逗既占得火風鼎卦何故斷作地火明夷雲門郎不然驀拈拄杖云孫臏門下死却郎罷連卓三下云會麼内屬艮宫再求外象又卓三下云千靈萬聖萬聖千靈莫順人情復卓一下云吉凶上卦師云洛浦道汝家爺死拄却舌頭妙喜牙上生牙角上生角妄談休咎强説是非一時抖亂六十四卦了也

舉巖頭參德山纔跨門便問是凡是聖山便喝頭便禮拜後有僧舉似洞山山云若不是奯公也大難承當巖頭聞云洞山老漢不識好惡錯下名言我當時一手擡一手搦妙喜云猛虎不識穽穽中身死蛟龍不怖劍劍下身亡巖頭雖於虎穽中有透脱一路向劍刃上有出身之機若子細檢點將來猶欠悟在只今還有爲巖頭作主底麼出來與杲上座相見良久喝一喝拍一拍云洎合停囚長智師云德山咬猪狗手脚巖頭鍛了底精金驀劄相逢更無回互將他八兩換得半斤洞山雖是作家也只傍觀有分妙喜費許多氣力作什麼拈拄杖畫一畫云一

舉本仁示衆云尋常不欲向聲前句後鼓弄人家男女何故且聲不是聲色不是色時有僧問如何是聲不是聲仁云喚作色得麼僧

云如何是色不是色仁云喚作聲得麼僧禮拜仁云且道爲你說荅你話若人辨得許你有箇入處妙喜云本仁將一穿雲居子換却天下人眼睛却被這僧將一條斷貫索不動干戈穿却鼻孔後來舜老夫拈云本仁既已入草這僧又落深村然則陽春雪曲時人難和村歌社舞到處與人合得着妙喜云舜老夫是則也是未免隨摟搜杲上座不惜眉毛爲諸人說破聲不是聲色不是色馬後驢前神出鬼沒雪曲陽春和不齊村歌社舞且泯滑以拂子擊禪牀云這箇決定不是聲復舉起云這箇決定不是色且畢竟是箇甚麼喝一喝云此時若不究根源直待當來問彌勒師云本仁也只道得箇聲不是聲色不是色別有甚麼奇特白雪陽春雖唱得爭奈時人和不得誵訛在甚麼處聲不是聲色不是色

舉雪峰問僧近離甚處僧云覆船峰云生死海未渡爲什麼覆却船僧無語歸舉似覆船船云何不道渠無生死僧再至雪峰峰再舉前話問僧僧云渠無生死峰云此不是汝語僧云是覆船恁麼道峰云我有二十棒寄與覆船二十棒老僧自喫要且不干闍黎事妙喜云作家宗師天然猶在雖然如是也是作賊人心虛是則不干這僧事二十棒何須自喫但更添二十棒只打覆船便了且道渠過在甚麼處老老大大不合與人代語師云覆船道渠無生死還契得雪峰意麼若契得雪峰意爲什麼道我有二十棒寄打覆船二十棒老僧自喫會麼這裏若會便見妙喜道作賊人心虛勘破雪峰了也是則不干這僧事

二十棒何須自喫但更添二十棒只打覆船便了你道妙喜還有過也無頭上着枷脚下着杻
舉僧問鏡清新年頭還有佛法也無清云有僧云如何是新年頭佛法清云元正啓祚萬物咸新僧云謝師答話清云山僧今日失利又僧問明教新年頭還有佛法也無教云無僧云年年是好年日日是好日爲什麽却無教云張公喫酒李公醉僧云老老大大龍頭蛇尾教云山僧今日失利妙喜云二尊宿一人向高高峰頂立不露頂一人向深深海底行不濕脚是則也是未免有些誵訛今夜或有人問杲上座新年頭還有佛法也無只向他道今日一隊奴僕在茶堂裏村歌社舞弄些神鬼直得點胷尊者惡發把鉢盂峰一擲擲過恒河沙世界之外驚得憍陳如怕怖慞惶倒騎露柱跳入擔板禪和鼻孔裏撞倒舒州天柱峰安樂山神忍俊不禁出來攔胷搊住云尊者你既稱阿羅漢出三界二十五有塵勞超分段生死因甚麽有許多無明被這一問不勝慚懼却回佛殿裏第三位打坐依舊點胷點肋道天上天下惟我獨尊自云住住杲上座他問新年頭佛法爲什麽一向虚空裏打筋斗説脱空謾人良久云杲上座今日失利師云有佛法無佛法盡被鏡清明教二大老當頭坐斷不許後人摶量妙喜以虚空口掉廣長舌將三千大千世界過現未來佛及衆生眞如凡聖陰陽寒暑乘除加減束作一句卷舒無礙收放自由管什麽新年頭舊年尾佛法道有也得道無也得誰敢正眼

覷着若到天寧門下更須勘過少年曾决龍蛇陣潦倒還聽稚子歌

舉僧問睦州經頭以字不成八不是未審是什麽字州彈指一下云會麽僧云不會州云上來講讃無限勝因蝦蟇跨跳上天蚯蚓驀過東海妙喜云這僧只問經頭一字睦州盡將善知衆藝差别字輪以龍龕手鑑唐韻玉篇從頭注解撒在這僧懷裏這僧也不妨奇特直下便肯承當且道什麽處是他承當處聽取箇註脚以字不成八字不是彈指未終普天匝地擘開四十二般若波羅蜜門叅透華嚴會中善知衆藝教内教外一時收世出世間皆周備無邊罪咎如火消氷無量勝義如恒沙聚更有箇末後句堅牢庫藏永收藏總屬山前熊伯莊師云經頭一字是什麽字睦州彈指一下將黄面老人四十九年說不盡底一時吐露了也妙喜矢上加尖道更有末後一句諸人還委悉麽良久山斷疑休去峰高又起來

舉龍牙頌云一切名山到因脚辛苦年深與襪着而今年老不能行手裏把箇破木杓白雲端和尚云龍牙老人可謂熟處難忘妙喜云端和尚恁麽道大似以己方人杲上座即不然家貧難辦素食事忙不及草書師云這一箇那一箇和本三人一時放過是非終日有不聽自然無

舉三聖道我逢人即出出則不爲人興化道我逢人即不出出則便爲人眞淨和尚云這兩箇老古錐竊得臨濟些子活計各自分疆列界氣衝宇宙使明眼人只得好笑妙喜云

眞淨老人大似欺誣亡沒杲上座郎不然豁開三要三玄路坐斷須彌第一峰且道在三聖分上耶在興化分上耶具眼者辨取師云三聖興化明眼宗師因什麽活計本同生涯迥異但有路可上更高人也行

舉百丈再叅馬祖侍立次祖竪起拂子丈云郎此用離此用祖挂拂子於舊處良久云你他後開兩片皮將何爲人丈取拂子竪起祖云郎此用離此用丈亦挂拂子於舊處祖便喝後黄蘗到百丈一日辭欲禮拜馬祖去丈云馬祖已遷化也蘗云未審馬祖有何言句丈遂舉再叅因縁云我當時被馬祖一喝直得三日耳聾黄蘗聞舉不覺吐舌百丈云子已後莫承嗣馬祖否蘗云不然今日因師舉得見馬祖大機之用且不識馬祖若嗣馬祖已後喪我兒孫妙喜云百丈被喝直得三日耳聾黄蘗聞舉不覺吐舌百丈疑其承嗣馬祖後因臨濟三度問佛法大意三度打六十棒便與三日耳聾出氣臨濟始覺如蒿枝拂相似敢問大衆既是師承有據因什麽用處不同會麽曹溪波浪如相似無限平人被陸沈師云百丈竪拂馬祖一喝黄蘗聞舉不覺吐舌臨濟宗與正法眼滅父子不傳神仙秘訣奈何後代兒孫盡喚烏龜作鼈乃喝一喝

舉昔有一婆子施財請趙州和尚轉大藏經趙州下禪牀遶一匝云轉藏已畢人回舉似婆子婆云比來請轉一藏如何和尚只轉半藏妙喜云衆中商量道如何是那半藏或云再遶一匝或彈指一下或咳嗽一聲或喝一喝或拍一拍恁麽見解只是不識羞若是那

半藏莫道趙州更遠一匝直遶百千萬億匝於婆子分上只得半藏設使更遶須彌山百千萬億匝於婆子分上亦只得半藏假饒天下老和尚亦如是遶百千萬億匝於婆子分上也只得半藏設使山河大地森羅萬象若草若木各具廣長舌相異口同音從今日轉到盡未來際於婆子分上亦只得半藏諸人要識婆子麽良久云鴛鴦繡出從君看不把金鍼度與人師云這婆子謂趙州只轉半藏弄假像眞當時只消道何不向未遶禪牀時會取

舉世尊將諸聖衆往第六天說大集經勑他方此土人間天上一切獰惡鬼神悉皆集會受佛付囑擁護正法脱有不赴者四天門王飛熱鐵輪追之令集既集會已無有不順佛勑者各發弘誓擁護正法唯有一魔王謂世尊云瞿曇我待一切衆生成佛盡衆生界空無有衆生名字我乃發菩提心薦福懷云臨危不變眞大丈夫諸仁者作麽生着得一轉語與黄面老子出氣尋常神通妙用智慧辯才到此總用不着盡閻浮大地人無不愛佛到者裏何者是佛何者是魔還有辨得出麽良久云欲得識魔麽開眼見明欲得識佛麽合眼見暗魔之與佛以拄杖一時穿却鼻孔妙喜云天衣老漢恁麽批判直是奇特雖然如是未免話作兩橛若向何者是佛何者是魔處便休去不妨令人疑着却云欲識魔麽開眼見明欲識佛麽合眼見暗郎當不少又云魔之與佛以拄杖一時穿却鼻孔雪上加霜妙喜却與釋迦老子代一轉語待這魔王

道衆生界空無有衆生名字我乃發菩提心只向伊道幾乎錯喚你作魔王此語有兩負門若人檢點得出許伊具衲僧眼師云澤廣藏山貍能伏豹二大老何用多言只消對魔王道魔王魔王你認那箇作菩提心還識得也未設使一切衆生成佛盡衆生界空無有衆生名字你要發心也未許你在管取拱手歸降

舉障蔽魔王領諸眷屬一千年隨金剛齊菩薩覓起處不得忽因一日得見乃問云汝當依何住我一千年覓汝起處不得菩薩云我不依有住而住不依無住而住如是而住妙喜云既覓起處不得一千年隨從底是什麼金剛齊云我不依有住而住不依無住而住如是而住互相熱謾法眼道障蔽魔王不見金剛齊則且置只如金剛齊還見障蔽魔王麽恁麽批判也是看孔着楔即今莫有知妙喜起處底麽喝云寐語作麽師云金剛齊道我不依有住而住不依無住而住如是而住一時被障蔽魔王捉敗了也雖然也須扶起金剛齊始得

舉二十四祖師子尊者因罽賓國王秉劍於前云師得蘊空否祖云已得蘊空王云既得蘊空離生死否祖云已離生死王云既離生死就師乞頭得否祖云身非我有豈況於頭王便斬之白乳湧高數尺王臂自墮妙喜云孟八郎漢又與麽去師云似則也似是則未是

舉二十五祖波舍斯多因與外道論義外道云請師黙論不假言說祖云不假言說孰知

勝負外道云但取其義祖云汝以何爲義外道云無心爲義祖云汝既無心安得義乎外道云我說無心當名非義祖云汝說無心當名非義我說非心當義非名外道云當義非名誰能辨義祖云汝名非義此名何名外道云爲辨非義是名無名祖云名既非名我亦非義辨者是誰當辨何物如是往反五十九番外道杜口信伏妙喜云婆舍斯多何用忉怛當時若見他道請師默論不假言說便云義墮了也郎令莫有與妙喜默論者麼或有箇衲僧出來道義墮了也我也知你向鬼窟裡作活計師云我若作二十五祖纔見外道入門便連棒打出豈不丈夫更待他道請師默論至於往反五十九番遠之遠矣

舉六祖能大師因僧問黃梅意旨什麼人得祖云會佛法人得僧云和尚還得否祖云我不得僧云和尚爲什麼不得祖云我不會佛法妙喜云還見祖師麼若也不見徑山與你指出芭蕉芭蕉有葉無丫忽然一陣狂風起恰似東京大相國寺裏三十六院東廊下壁角頭王和尚破袈裟畢竟如何歸堂喫茶師云榛打石人頭嚗嚗論實事

舉牛頭下安國玄挺禪師因僧問五祖云眞性緣起其義云何祖黙然時師侍次乃謂大德正興一念問時是眞性中緣起其僧言下大悟妙喜云未興一念問時不可無緣起也時有僧云未興一念問時唤什麼作緣起妙喜云我也只要你恁麼道師云崑崙奴著鐵袴打一棒行一步

舉杭州徑山國一欽禪師因馬祖遣人送書

到書中作一圓相師發緘見遂於圓相中着一點却封回後忠國師聞乃云欽師猶被馬師惑雪竇云徑山被惑且置若將呈似國師别作箇什麽伎倆免被惑去有老宿云當時坐却便休亦有道但與畫破若與麽只是不識羞敢謂天下老師各具金剛眼睛廣作神通變化還免得麽雪竇見處也要諸人共知只這馬師當時畫出早自惑了也妙喜云馬師仲冬嚴寒國一孟夏漸熱雖然寒熱不同彼此不失時節忠國師因甚却道欽師猶被馬師惑還委悉麽無風荷葉動決定有魚行師云圓相中着點墨日月無光天地黯黑初未惑欽師馬師先自惑累及老南陽也一場狼籍良久平生肝膽向人傾相識如同不相識

舉烏窠禪師因侍者會通一日作辭師乃問汝今何往通云某甲爲法出家和尚不垂慈誨今往諸方學佛法去師云若是佛法吾此間亦有少許通云如何是和尚此間佛法師於身上拈起布毛吹之侍者因而有省大潙秀云可惜這僧認他口頭聲色以當平生殊不知自巳光明葢天葢地妙喜云潙山與麽批判也未夢見烏窠在師云會通於拈起布毛處便喝免致諸方檢點我恁麽道也是爲他閒事長無明

舉無着和尚送供往臺山文殊相迎次問大德從何方而來着云南方文殊云南方佛法如何住持着云末法比丘少奉戒律文殊云多少衆着云或三百或五百着却問文殊此間如何住持文殊云凡聖同居龍蛇混雜着

云多少衆文殊云前三三後三三妙喜云當時若見只向他道和尚如是住持直是不易師云畢竟前三三後三三是多少有底道前三三後三三我不如你你自會得好

舉南泉示衆云江西馬祖說郎心郎佛王老師不恁麼不是心不是佛不是物恁麼還有過麼時趙州出禮拜了去有僧問趙州云上座禮拜了去意作麼生州云汝却問取和尚僧遂問泉適來諗上座意作麼生泉云他却領得老僧意旨妙喜云兩箇老漢雖然韓裏動指殊不知傍觀者哂師云南泉趙州總被這僧一狀領過

舉南泉一日問座主講得什麼經　王云彌勒下生經泉云彌勒什麼時下生主云現在天宮未來泉云天上無彌勒地下無彌勒洞山价舉問雲居居云天上無彌勒地下無彌勒未審誰與安名洞山被問直得禪牀震動乃云吾在雲巖曾問老人直得火爐震動今日被子問直得通身汗流太陽玄云如今老僧舉起也有解問者致將一問來乃云地動也妙喜云禪牀動火爐動地動郎不無這三箇老漢要見南泉直待彌勒下生始得忽有箇漢出來道天上無彌勒地下無彌勒却教什麼人下生又作麼生對但向他道老僧罪過師云啼得血流無用處不如緘口過殘春

舉南泉因陸亘大夫云肇法師也甚奇怪解道天地同根萬物一體泉指庭前牡丹云大夫時人見此一株花如夢相似妙喜云若向理上看非但南泉謾他陸亘大夫一點不得亦未摸着他脚跟下一莖毛在若向事上看

非但陸亘大夫謾他南泉一點不得亦未夢見他汗臭氣在或有出來道大小徑山說理說事只向他道但向理事上會取師云大衆還會麼你若向天地同根萬物一體上會落在肇法師圈䙡裏若向理事上會又落在妙喜葛藤中總無自由分只如南泉指牡丹向陸亘道大夫時人見此一株花如夢相似你畢竟如何會天寧不惜眉毛爲你諸人下箇註脚平蕪盡處是青山行人更在青山外

舉鵝湖問諸碩德行住坐卧畢竟以何爲道對云知者是湖云不可以智知不可以識識何謂知者是有對云無分别是湖云善能分别諸法相於第一義而不動安得無分别有對云四禪八定是湖云佛身無爲不墮諸數安得四禪八定是耶舉泉杜口妙喜云相罵饒你接觜相唾饒你潑水師云僧投寺裡宿賊打不防家

舉百靈一日路次見龐居士乃問昔日南嶽得力句曽舉向人麼士云曽舉來靈云舉向甚人士以手自指云龐公靈云眞是妙德空生也讚之不及士却問靈得力句是誰得知靈便戴笠子而去士云善爲道路靈一去更不回首妙喜云這箇話端若不是龐公幾乎錯舉似人雖然如是百靈輸他龐老一着何故當時不得箇破笠頭遮却髑髏有甚面目見他龐公師云百靈戴笠便去得力句分明舉似來因甚麼妙喜老人道百靈有甚面目見他龐公也是扶强不扶弱有人與妙喜作主要問作麼生是得力句速道速道擬議不來劈脊便棒

舉龐居士問馬祖不昧本來人請師高着眼祖直下覷士云一種沒絃琴唯師彈得妙祖直上覷士乃作禮祖歸方丈士隨後入云弄巧成拙妙喜云馬大師覷上覷下不無爭奈昧却本來人居士雖禮拜也是渾崙吞箇棗馬師歸方丈士隨後乃云弄巧成拙救得一半師云說甚麼救得一半三十年後換手椎胷去在

佛日普照慧辯楚石禪師語録卷第八

音釋

蔕都計切音帝瓜當也　塡亭年切音田塞也　咈音弗戾也　㖃許后切音㺃厚怒也　啒呼骨切音忽憂貌　𠯈劣戌切音律鳴也　龕苦含切音堪塔下室也　鴛鴦上於袁切音肙下於良切音央匹鳥雄曰鴛鴜曰鴦　黯幺減切音黤深黑也　緘居咸切音監封也

佛日普照慧辯楚石禪師語録卷第九

侍者明遠編

舉古

舉趙州因僧問學人乍入叢林乞師指示州云喫粥了也未僧云喫粥了也州云洗鉢盂去其僧因此契悟雲門云且道有指示無指示若言有趙州向伊道箇什麽若言無這僧爲甚悟去妙喜云雲門大似阿修羅王攪動三有大城諸煩惱海復喝云寐語作麽師云諸仁者要見雲門則易要見妙喜則難請訛在什麽處劍去久矣你方刻舟

舉趙州因僧辭州問什麽處去僧云諸方學佛法去州竪起拂子云有佛處不得住無佛處急走過三千里外逢人不得錯舉僧云與麽則不去也州云摘楊花摘楊花妙喜云有佛處不得住生鐵秤鎚被蟲蛀無佛處急走過撞著嵩山破竈墮三千里外逢人不得錯舉兩箇石人關耳語恁麽則不去也此話巳徧行天下摘楊花摘楊花唵摩尼達里吽𠺗吒靈隱岳舉妙喜語了云妙喜老人盡力道只道得到這裏還知香山落處麽鐵山崩倒壓銀山盤走珠兮珠走盤密密鴛鴦閒繡出金針終不與人看師云妙喜老祖唱之於前天寧遠孫和之於後門前種萵苣萵苣生火筯火筯開蓮華蓮華結木瓜木瓜忽然攧落地撒出無數無數脂麻何也且要入拍

舉趙州與文遠論義鬭劣不鬭勝勝者輸胡餅遠云請和尚立義州云我是一頭驢遠云某甲是驢胃州云我是驢糞遠云我是糞中蟲州云汝在彼中作什麽遠云我在彼中過

夏州云把將胡餅來妙喜云文遠在驢糞中過夏面赤不如語直趙州貪他少利贏得箇胡餅撿點將來也是普州人送賊畢竟如何鵝王擇乳素非鴨類師云當時文遠待趙州老漢道我是一頭驢便道輸却胡餅了也老漢取胡餅就手奪却便行

舉長沙一夕翫月次仰山云人人盡有這箇事祇是用不得沙云恰是倩汝用去山云你作麽生用沙乃與一踏踏倒山起來云爾直下似箇大蟲妙喜云皎潔一輪寒光萬里靈利者葉落知秋闒茸者忠言逆耳休不休已不已小釋迦有陷虎之機老大蟲却無牙齒當時一踏豈造次驀然倒地非偶爾衆中還有緇素得二老出者麽良久云設有也是掉棒打月師云小釋迦云你作麽生用岑大蟲便與一踏盡謂高超物外獨步寰中天寧忍俊不禁也擬冷處著把火二大老如斯吐露於建化門頭足可觀光若是這箇事料掉無交涉

舉甘贄行者入南泉設齋黄檗爲首座行者請施財檗云財法二施等無差別行者舁錢出去須臾復云請施財檗云財法二施等無差別行者乃行櫬妙喜云一等是隨邪逐惡雲居羅漢却較些子師云恁麽恁麽扶起甘贄推倒黄檗不恁麽不恁麽扶起黄檗推倒甘贄只如恁麽中不恁麽不恁麽中却恁麽又作麽生師子咬人韓獹逐塊

舉潙山同百丈入山作務丈云將得火來麽潙云有丈云在甚處潙把一枝柴吹兩吹度與丈云如蟲禦木妙喜云百丈若無後語洎

被典座謾師云百丈却因後語被人覷破帶累典座隨邪逐惡天寧幸是無事汝等諸人來這裏覓箇什麽一盲引衆盲相牽入火坑以拄杖一時趕散

舉黄檗示衆云汝等諸人盡是噇酒糟漢與麽行脚何處有今日還知大唐國裏無禪師麽時有僧云只如諸方匡徒領衆又作麽生檗云不道無禪只是無師妙喜云且道是醍醐句毒藥句師云殺人刀活人劍具眼者辨取

舉黄檗一日因南泉問定慧等學明見佛性此理如何檗云十二時中不依倚一物始得泉云莫便是長老見處麽檗云不敢泉云漿錢且置草鞋錢教誰還檗休去妙喜云路逢劍客須呈劍不是詩人不獻詩師云又是逢便宜又是落便宜

舉仰山因僧問法身還解說法也無山云我說不得別有一人說得僧云說得底人在甚麽處山乃推出枕子溈山聞乃云寂子用劍刃上事妙喜云溈山正是憐兒不覺醜仰山推出枕子已是漏逗更著名字喚作劍刃上事悞他學語之流便恁麽承虚接響流通將去妙喜雖則借水獻花要且理無曲斷即今莫有傍不肯底出來我要問你推出枕子還當法身說法也無師云這僧問法身說法蹉過也不知仰山推出枕子又何曾見大小溈山將錯就錯配作劍刃上事縛作一束秤上秤來八兩半斤如無輕重若也當時纔見這僧道法身還解說法也無便驟步歸方丈豈不是出格宗師免得天下衲僧貶剥

舉仰山因問香嚴師弟近日有悟道頌試舉看遂舉擊竹頌山云此是閒時搆置又舉一偈云去年貧未是貧今年貧始是貧去年貧尚有卓錐之地今年貧錐也無山云你只得如來禪不得祖師禪又呈一偈云吾有一機瞬目視伊若人不會别喚沙彌山云且喜師弟會祖師禪妙喜云潙山晚年好則劇教得一棚肉傀儡直是可愛且作麽生是可愛處面面相看手脚動爭知語話是他人師云師兄師弟去年今年論什麽道說什麽禪總是掉棒打月何異掘地討天禪禪也無妙也無玄莫把封皮作信傳

舉香嚴示衆云如人在千丈懸崖口銜樹枝手無所攀脚無所踏忽有人問西來意不對則違他所問若對則喪身失命當恁麽時作麽生卽是時有虎頭上座云上樹卽不問未上樹請和尚道嚴呵呵大笑妙喜云吞得栗棘蓬透得金剛圈看這般說話也是泗洲人見大聖師云香嚴老人曲說方便虎頭上座未辨端倪若論激揚此事三生六十劫

舉靈雲見桃花悟道有頌三十年來尋劍客幾回落葉又抽枝自從一見桃花後直至於今更不疑舉似潙山山云從緣得入永不退失汝善護持次舉似玄沙沙云諦當甚諦當敢保老兄未徹在妙喜云一家有事百家忙師云人無遠慮必有近憂直饒百鍊精金不免入爐再煆

舉睦州見僧來云見成公案放你三十棒僧云某甲如是州云門前金剛爲什麽竪拳僧云金剛尚乃如是州便打妙喜云雖然無孔

笛撞著鼉拍板直是五音調暢六律和諧子細檢點將來未免傍觀者哂且道誰是傍觀者良久云不得動著動著打折驢腰師云睦州與這僧二俱作家二俱不作家還有人辨得出麽

舉臨濟侍德山次山云今日困濟云這老漢寐語作麽山便打濟掀倒禪牀雲峯悅云奇怪諸禪德此二員作家一撥一捺畧露風規大似把手上高山雖然如是未免傍觀者哂且道誰是傍觀者喝一喝下座妙喜云雲峯與麽批判大似普州人徑山若見縛作一束送在河裏不見道蚌鷸相持俱落漁人之手師云衆中道德山臨濟好手手中呈好手紅心心裏中紅心殊不知用盡自已心笑破他人口

舉臨濟垂問有一人論劫在途中不離家舍有一人離家舍不在途中阿那箇合受人天供養妙喜云賊身已露師云天共白雲曉水和明月流

舉保壽問胡釘鉸云莫是胡釘鉸麽胡云不敢壽云還釘得虚空否胡云請和尚打破來壽便打胡云莫錯打某甲壽云汝向後遇多口阿師與汝點破在胡後到趙州舉前話問不知某甲過在甚處州云只這一縫尚不柰何釘鉸於此有省妙喜云直饒釘得這一縫檢點將來亦非好手可憐兩箇老禪翁却對俗人說家醜師云胡釘鉸元不知這一縫當時趙州若不與賊過梯便是踏破百二十緉草鞋也未瞥地在雖然釘鉸明得也較保壽三千里

舉三聖問雪峯透網金鱗以何爲食峯云待汝出網來却向汝道聖云一千五百人善知識話頭也不識峯云老僧住持事繁妙喜云一人麤似丘山一人細如米末雖然麤細不同秤來輕重恰好徑山今日眞實告報諸人切忌鑚龜打瓦師云透網金鱗以何爲食待汝出網來却向汝道衝開碧落松千尺截斷紅塵水一溪

舉南院因僧問赤肉團上壁立千仞豈不是和尚恁麽道院云是僧便掀倒禪牀院云你看這瞎漢亂做僧擬議院打出妙喜云吾令爲汝保任此事終不虛也師云這僧敢在毒虵頭上揩痒蒼龍頷下批鱗誰不賞他大膽只是末上少了一著自出洞來無敵手得饒人處且饒人

舉興化一日云克賓維那爾不久爲唱導之師賓云我不入這保社化云會了不入不會不入賓云總不與麽化便打乃云克賓維那法戰不勝罰錢五貫設饡飯一堂至明日興化自白槌云克賓維那法戰不勝不得喫飯卽便趁出雲居舜云大冶精金應無變色其奈興化令行太嚴不是克賓維那也大難承當若是如今汎汎之徒翻轉面皮多少時也妙喜云雲居拗曲作直妙喜道要作臨濟烜赫兒孫直須翻轉面皮始得師云克賓法戰不勝興化據令而行稱提臨濟宗風揭示正法眼藏棒頭出孝子佛法無人情當時將謂茅長短燒却元來地不平

舉石頭因藥山問三乘十二分教某甲麤知嘗聞南方直指人心見性成佛實未明了伏

望和尚慈悲指示頭云與麽也不得不與麽也不得與麽不與麽總不得汝作麽生山佇思頭云汝因緣不在此江西有馬大師子往彼去應爲汝説山至彼准前請問馬師云我有時教伊揚眉瞬目有時不教伊揚眉瞬目有時教伊揚眉瞬目是有時教伊揚眉瞬目不是山於是有省便作禮馬師云子見箇什麽道理山云某甲在石頭時如蚊子上鐵牛馬師云汝既如是宜善護持妙喜云好箇話端阿誰會舉舉得十分未敢相許師云藥山只知蚊子上鐵牛不知鐵牛叮蚊子露柱親遭一口燈籠無地藏身嚇得馬大師變作老妙喜我且問你話端從甚麽處説起相罵饒你插觜相唾饒你潑水

舉洞山示衆云秋初夏末東去西去直須向萬里無寸草處去始得只如萬里無寸草處作麽生去後有舉似石霜霜云出門便是草山聞乃云大唐國内能有幾人妙喜云師子一滴乳迸散十斛驢乳師云賊是小人智過君子

舉夾山示衆云百草頭薦取老僧鬧市裏識取天子雲門云蝦蟇鑽你鼻孔毒蛇穿你眼睛且向葛藤裡會取妙喜云夾山垛生招箭雲門認賊爲子雖然如是知恩者少負恩者多師云百草頭薦阿誰鬧市裏識什麽

舉九峯在石霜爲侍者因普會遷化衆舉首座住持峯云須明得先師意始可住遂問先師道如古廟裏香爐去冷湫湫地去如一條白練去口邊生醭去首座作麽生會座云明一色邊事峯云未會先師意在不得住座云

裝香來我若不會先師意香煙起時脫去不得及至香煙纔起首座脫去峯乃於背上撫云坐脫立亡卽不無首座先師意未夢見在妙喜云兩箇無孔鐵鎚就中一箇最重師云首座坐脫立亡侍者說黃道黑先師意在鈎頭須信曲中有直若在臨濟門下三十棒教誰喫纔說是非者便是是非人

舉曹山示衆云諸方盡把格則何不與他一轉語教他不疑去雲門便問密密處爲甚不知有山云只爲密密所以不知有門云此人如何親近山云莫向密密處親近門云不向密密處親近時如何山云始解親近門應諾諾妙喜云濁油更點濕燈心師云雪山南面三千里

舉乾峯示衆云舉一不得舉二放過一著落在第二雲門出衆云昨日有人從天台來却往徑山去峯云明日不得普請便下座妙喜云乾峯洗面摸著鼻雲門喫飯咬著沙二人驀地相逢著元來却是舊冤家雖然如是只許老胡知不許老胡會又云彼此揚家醜賴遇無傍觀者師云兩箇駝子相逢著世上如今無直人

舉雪峯因僧問古澗寒泉時如何峯云瞪目不見底僧云飲者如何峯云不從口入趙州聞僧舉乃云終不從鼻孔裏入僧却問古澗寒泉時如何州云苦僧云飲者如何州云死峯聞得乃云趙州古佛遂遙望作禮從此不答話妙喜云雪峯不答話疑殺天下人趙州道苦面赤不如語直若是妙喜則不然古澗寒泉時如何到江扶櫓棹出岳濟民田飲者

如何清涼肺腑此語有兩貟門若人辨得許
你有叅學眼師云妙喜老人可謂人平不語
水平不流
舉高亭初往叅德山隔江見德山在江岸坐
乃隔江問訊山以手招之亭忽開悟便迴更
不渡江遂返高亭住持妙喜云高亭横趍而
去許伊是箇靈利師僧若要法嗣德山則未
可何故猶與德山隔岸在師云如今衆中商
量道高亭見德山不與他説話便去所以妙
喜道猶與德山隔岸在還曾夢見高亭麽拈
起拄杖云便好喚回與一頓且道是賞伊是
罰伊
舉玄沙示衆云諸方盡道接物利生忽遇三
種病人來且作麽生接患盲者拈槌竪拂他
又不見患聾者語言三昧他又不聞患瘂者
教伊説又説不得且作麽生接若接不得佛
法無靈驗當時地藏出云某甲有眼耳和尚
作麽生接沙云慚愧便歸方丈雲門因僧請
益云汝禮拜著僧拜起門以拄杖挃之僧乃
退後門云汝不是患盲復喚近前來僧纔近
前門云汝不是患聾門云還會麽僧云不會
門云汝不是患瘂其僧於是有省妙喜云這
僧雖然悟去只悟得雲門禪若是玄沙禪更
著草鞋行脚師云玄沙雲門氣急殺人彼自
無瘡勿傷之也
舉玄沙與天龍入山見虎龍云前面是虎沙
云是汝虎龍歸院乃問適來山中未審和尚
尊意如何沙云娑婆世界有四種重障若人
透得許出陰界妙喜云也知和尚爲人切師
云畢竟見箇什麽隨例道虎蝦跳不出斗

舉雲門問直歲什麼處去來歲云刈茅來門云刈得幾箇祖師歲云三百箇門云朝打三千暮打八百東家杓柄長西家杓柄短又作麼生歲無語門便打妙喜云直歲無語自有三百箇祖師證明雲門令雖行要且棒頭無眼師云大小雲門却被直歲勘破

舉雲門示衆云聞聲悟道見色明心作麼生是聞聲悟道見色明心乃云觀世音菩薩將錢來買胡餅放下手元來却是饅頭妙喜拈拄杖云者箇是色卓拄杖云這箇是聲諸人總見總聞那箇是明底心那箇是悟底道喝一喝云貪他一粒粟失却半年糧復卓一下師云汝等諸人不是不聞聲因什麼不悟道不是不見色因什麼不明心雲門渭麽提撕妙喜渭麽判斷一曲兩曲無人會雨過夜塘秋水深

舉保福因僧問家貧遭劫時如何福云不能盡底去僧云爲什麼不盡底去福云賊是家親僧云旣是家親爲什麼翻成家賊福云內旣無應外不能爲僧云忽然捉敗功歸何處福云賞亦不曾聞僧云恁麼則勞而無功福云功即不無成而不取僧云旣是成功爲什麼不取福云不見太平本是將軍致不許將軍見太平妙喜云絲來線去弄精魂師云家無白澤之圖必無如是妖怪

舉法眼問修山主毫釐有差天地懸隔兄作麼生會主云毫釐有差天地懸隔眼云與麼又爭得主云某甲只與麼未審和尚作麼生眼云毫釐有差天地懸隔主便拜妙喜云法眼與修山主絲來線去綿綿密密扶起地藏

門風可謂滿目光生若是徑山門下更買草鞋行脚始得何故毫釐有差天地懸隔甚麽處得這消息來師云二老漢不會轉身句如今忽問天寧毫釐有差天地懸隔時如何向他道昨日有人問三十棒趂出院去也

舉法眼有時指凳子云識得凳子周匝有餘後來雲門道識得凳子天地懸隔妙喜云識得凳子好剃頭洗脚雖然如是錯會者多師云莫將閒話當閒話往往事從閒話生

舉修山主示衆云具足凡夫法凡夫不知具足聖人法聖人不會聖人若會即是凡夫凡夫若會即是聖人此語具一理二義若人辨得不妨於佛法中有箇入處若辨不得莫道不疑妙喜云點鐵化爲金玉易勸人除却是非難師云修山主熟處難忘也是胡地冬抽笋

舉法雲因百法座主云禪家流多愛脫空雲造前問承聞座主講得百法論是否主云不敢雲云昨日晴今日雨是甚麽法中收主無對雲云莫道禪家流多愛脫空好主抗聲云和尚且道昨日晴今日雨是什麽法中收雲云四十二時分不相應法中收主乃屈服作禮而謝妙喜云昨日雨今日晴時分不相應三日後看取師云雲自帝鄉去水歸江漢流

頌古

舉德山小叅示衆云老僧今夜不答話問話者三十棒時有僧出禮拜德山便打僧云某甲話也未問爲什麽打某甲山云你是甚處人僧云新羅人山云未跨船舷好與三十棒法眼云大小德山話作兩橛圓明云大小德

山龍頭蛇尾雪竇云德山握閫外之威權有當斷不斷不招其亂底劒要識新羅僧只是撞著露柱底瞎漢

塗毒鼓未擊早是鴨聞雷漫天網未收躍鱗衝浪來德山老德山老正令當行非草草法眼重加矢上尖圓明更向聲前掃千古流芳雪竇師長劒在手親提持

舉德山挾複子到潙山上法堂從東過西從西過東潙山黙坐不顧德山云無無便下去復云也不得草草遂具威儀見潙山提起坐具云和尚潙山擬取拂子德山便喝當時背法堂著草鞋便去潙山至晚問首座適來新到在什麼處首座云當時背法堂著草鞋便去潙山云還識此子麼已後向孤峯頂上蟠結草庵呵佛罵祖去在

作家相見無背無面眼似流星機如閃電提起坐具略露鋒鋩擬取拂子聊乘快便已後孤峯結草菴牛頭向北馬頭南

舉南泉叅百丈涅槃和尚丈問從上諸聖還有不爲人說底法麼泉云有丈云作麼生是不爲人說底法泉云不是心不是佛不是物丈云說了也泉云普願只恁麼未審和尚如何丈云我又不是善知識爭知有說不說泉云普願不會丈云我太煞爲你說了也

爲人不爲人水上捉麒麟說法不說法證龜却成鼈百丈南泉陣勢旣圓只拋瓦子相擊錯教千古流傳

舉百丈再叅馬祖祖舉拂子丈云卽此用離此用祖掛拂子於舊處侍立少頃祖云你已後鼓兩片皮如何爲人丈取拂子舉起祖云

卽此用離此用丈掛拂子祖便喝丈大悟後
謂黃檗云我當時被馬師一喝直得三日耳
聾

大丈夫須斷絕纔涉商量便成塗轍畫餅
不可充饑嚼鹽那能止渴馬駒踏殺天下
人未是當時這一喝

舉道吾至一家弔慰漸源撫棺問生耶死耶
吾云生也不道死也不道源云爲什麽不道
吾云不道不道後於石霜再舉始知落處一
日將鍬子於法堂上從東過西從西過東霜
云作什麽源云覓先師靈骨霜云洪波浩渺
白浪滔天覓什麽靈骨源云正好著力太原
孚云先師靈骨猶在

生也不道死也不道滿口含霜全身入草
先師靈骨廓爾現前不用鐵鍬斸地從教
白浪滔天大可憐不是顛海枯終見底人
死脚皮穿

舉靈山會上有一女子於佛前入定佛勅文
殊出之文殊遶女子三匝鳴指一下女子入
定儼然文殊遂運神力托至梵天撲下女子
亦復儼然佛云非但汝一人出此女子定不
得設使千百萬億文殊亦出不得下界有罔
明菩薩能出此定佛語未竟罔明從地湧出
佛勅令出定罔明遶女子三帀鳴指一下女
子遂出定老宿徵云文殊是七佛之師爲什
麽出女子定不得罔明爲什麽却出得

一切處是定出入有何拘瞿曇推倒女子
罔明扶起文殊咄咄噓噓覿面相逢
不識渠

舉青原謂石頭云人人盡道曹溪有消息頭

云有人不道曹溪有消息原云大藏小藏從何得頭云盡從這裏去諸事總不關

有消息無消息誰辨的無消息有消息也奇特大藏小藏從何得生鐵蒺藜當面擲

舉僧問雲門佛法如水中月是否門云清波無透路僧云和尚從何得門云再問復何來僧云便與麽去時如何門云重疊關山路

水中本無月揑目自生花到處覔相似苦哉佛陀耶問前三十棒問後趂出院大小大雲門與人通一線

舉僧問龍牙二鼠侵藤時如何牙云須知有隱身處始得僧云如何是隱身處牙云還見儂家麽

藤枝迥秀二鼠難侵不如不異非古非今儂家面目只這是曠刦何人住生死

舉圓覺經云以大圓覺爲我伽藍身心安居平等性智

虛空包不盡大地載不起任是老瞿曇於斯難下觜黃金粧白牯五彩畫狸奴脚不離門限長年走長途

舉僧問雪峯古澗寒泉時如何峯云瞪目不見底僧云飲者如何峯云不從口入後有僧舉似趙州州云不可從鼻孔裏入去也僧却問古澗寒泉時如何州云苦僧云飲者如何州云死雪峯聞之云趙州古佛從此不答話

來問不離窠應機非逸格雪峯與趙州一窖俱埋却要知古澗寒泉初非湛湛涓涓無限盲驢拽磨大鵬背負青天

舉外道問佛不問有言不問無言時如何世尊良久外道云世尊大慈大悲開我迷雲令

我得入外道既去阿難問云外道有何所證世尊云如世良馬見鞭影而行

有言無言俱不問追風駿馬猶爲鈍忽然自肯點頭時豈待重將鞭影施誰又何疑巍巍堂堂三界大師

舉僧問六祖黃梅意旨是甚麼人得祖云會佛法人得僧云和尚還得也無祖云我不得僧云爲甚麼不得祖云我不會佛法

黃梅有甚意旨六祖元是樵夫道我不會佛法茫茫接響承虛若非一筆勾下轉見滋蔓難圖六六元來三十六長江風緊浪花麤

舉太原孚上座問鼓山父母未生時鼻孔在什麼處山云卽今生也鼻孔在什麼處孚不肯乃云你問我與你荅山云父母未生前鼻孔在什麼處孚乃搖扇而已

父母未生鼻孔崢嶸及乎生也大頭向下鼓山放過太原太原勘破鼓山拈起手中扇子是非都不相關

舉乾峯示衆云舉一不得舉二放過一著落在第二雲門出云昨日有一僧從天台來卻往徑山去峯云典座今日不得普請

赤烏飛白兔走山茶華水酒柳雨雨不成雙三三亦非九夜來海底剔金燈天曉面南看北斗

舉雲巖問道吾大悲菩薩用許多手眼作麼吾云如人夜間背手摸枕子相似巖云我會也吾云你作麼生會巖云徧身是手眼吾云太煞道只道得八成巖云你又作麼生吾云通身是手眼

通身徧身是手是眼一物元無十虛充滿
雲巖盡力道只道得八成不是僧繇手徒
說會丹青

舉洞山夏末示衆云秋初夏末東去西去直須向萬里無寸艸處去衆無語僧舉似石霜霜云何不道出門便是草

靜悄悄鬧浩浩鬧浩浩靜悄悄新豐萬里
無寸草瀏陽出門便是草如今要見二大
老鶻眼龍睛何處討

舉定山夾山同行定山云生死中無佛則無生死夾山云生死中有佛則不迷生死二人各謂巳語親切往大梅舉而質之梅云一親一疏二人下去次日夾山往問阿那箇親梅云親者不問問者不親夾山住院後舉此謂衆云我當時失却一隻眼雪竇云夾山畢竟不知當時換得一隻眼

論佛論生死有無俱未是大梅老凍膿失
却拄杖子當時各與三十徧界無錐可立
特地分別親疏受他當面塗糊戳瞎摩醯
頂門眼開發人天有何限

舉趙州云老僧答話去也有解問底致將一問來時有僧出禮拜州云比來抛甎引玉却引得箇墼子下座後法眼舉問覺鐵觜此意如何覺云與和尚舉箇喻如國家拜將相似問云誰人去得有一人云某去得答云汝去不得法眼云我會也

照雪横戈撒星排陣索戰無功一場氣悶
老僧答話也豈是教你問抛甎引玉大垂
慈脫穎囊錐徒逞俊覺鐵觜覺鐵觜看看
平地波濤起

舉馬祖百丈西堂南泉翫月次祖指月問西堂正當恁麽時如何西堂對云正好供養問百丈丈對云正好修行問南泉泉拂袖便去祖云經入藏禪歸海惟有普願獨超物外

描也描不成畫也畫不就大地與山河光明處處透百丈西堂供養修行金舂玉應虎步龍驤獨有南泉較些子星流不問三千里

舉金牛行食次問龐居士云生心受食淨名已訶去此二途居士還甘否士云當時善現豈不作家牛云豈干他事士云食到口邊被人奪却牛便行食士云不消一句子

金牛勾賊破家龐公據欵結案往來古路倐然翻憶淨名善現一句子沒疏親錦上鋪花色轉新

舉師祖問南泉摩尼珠人不識如來藏裏親收得如何是藏泉云王老師與你往來者是藏雪竇云草裏漢祖云直得不往來時如何泉云亦是藏雪竇云雪上更加霜祖云如何是珠泉云師祖祖云諾雪竇云百丈竿頭作伎倆未是險若向箇裏著得一隻眼賓主互換便能深入虎穴成不恁麽直饒師祖悟去也是龍頭蛇尾漢

聲前抛不出句後覔無踪今古强描邈墮他光影中摩尼珠作麽會提起金鎚百襍碎

舉僧問藥山如何是道中至寶山云莫諂曲僧云不諂曲時如何山云傾國不換

道中至寶傾國不換捨巳從人藥山老漢分明莫諂曲萬古歸一貫白璧與黄金從

教泥土賤

舉僧問雲門學人不起一念還有過也無門云須彌山

須彌山見何難日晝月夜地濶天寛君不見神光斷臂立深雪覔不得心心自安

舉僧問投子一大藏教還有奇特事也無子云演出一大藏

投子一言旋乾轉坤指不自觸舌何可捫量外提持兮盡同魔說目前包裹兮三世佛寃也無妙也無玄可憐尋劍客空認刻舟痕

舉智門問五祖戒和尚暑往寒來則不問林下相逢事若何戒云五鳳樓前聽玉漏門云爭奈主山高案山低戒云須彌頂上擊金鐘

耳卓朔頭鬔鬆斬釘截鐵逸格超宗五鳳樓前聽玉漏須彌頂上擊金鐘

舉本仁示衆云尋常不欲向聲前句後鼓弄人家男女何故且聲不是聲色不是色僧問如何是聲不是聲仁云喚作色得麽僧云如何是色不是色仁云喚作聲得麽僧無語仁云且道爲汝說答汝話若人辨得許你有箇入處

沙裡尋油爐邊聽水非色非聲滿眼滿耳不施本分鉗鎚空費自家唇齒問到甚時休答從何處止比他臨濟德山直是白雲萬里

舉雲門問僧云古佛與露柱相交是第幾機僧無語門云你問我與你道僧遂問門云一條條三十文僧云如何是一條條三十文門云打與代前語云南山起雲北山下雨

雲門跛脚師只有一張口嚼碎太虚空須彌顛倒走南山起雲北山下雨知音何在頻頻舉

舉教中道未離兜率已降王宮未出母胎度人已畢

一二三四五六七七六五四三二一一言勘破維摩詰鼻孔眼睛俱打失黑如漆明如日四溟東海流般若波羅蜜

舉僧問雲門生死到來如何回避門云在什麽處

華落華開月圓月缺寒則普天普地寒熱則普天普地熱踏著秤錘硬似鐵甕裏何曾失卻鼈

舉丹霞初見馬祖以兩手托幞頭祖云吾非汝師南嶽石頭處去霞遂至石頭如前托幞頭頭云著槽廠去霞依童行次一日石頭謂衆云今日齋後普請剗佛殿前艸衆競具鋤鍬霞獨洗頭捧剃刀於石頭前胡跪頭云作什麽霞云請師剗艸石頭笑爲剃髮呼爲授戒霞掩耳而去卻回江西馬祖院騎聖僧項衆驚報馬祖祖親來見乃云我子天然霞遂作禮云謝師安名祖問甚處來霞云石頭來祖云石頭路滑子莫曾蹉倒麽霞云若蹉倒則不來也

剔起便行太遲鈍生石頭剗草馬祖安名黄河水清丹山鳳鳴見斯人兮駕馭崢嶸

舉雲門示衆云乾坤之内宇宙之間中有一寶祕在形山著燈籠向佛殿裏拈三門安燈籠上

有句無句是住非住形山在這裏寶在甚

麽處陵宇宙鑠乾坤燈籠佛殿及三門從來沒一絲頭許北地黄河徹底渾

舉雪峯示衆云盡大地撮來如粟米粒大拋向面前漆桶不會打鼓普請看

鼇山店上成道象骨峯前入草三箇木毬輥來一粒粟米全該直饒打鼓普請看只在目前人不見

佛日普照慧辯楚石禪師語録卷第九

音釋

萵苣 上烏禾切音倭下臼許切音巨萵苣菜名　舁 雲俱切音余兩手共舉也　禦 魚據切音御扞也拒也　鷸 以律切音聿知天將雨鳥也　鉸 古巧切音絞鉸釘　蝦 何加切音遐蝦蟆也　斸 株玉切音瘃斫也　墼 吉歷切音激土墼未燒塼坯　幞 逢玉切音襆頭巾也

佛日普照慧辯楚石禪師語錄卷第十

侍者 釓 丘 編

頌古

舉僧問馬祖如何是佛祖云即心即佛

即心即佛亘古亘今虛空撲落大地平沈
昨夜三更日卓午大蟲咬殺南山虎

舉僧問馬祖如何是佛祖云非心非佛

非心非佛將錯就錯不入丹青如何描邈
桃花雪白李花紅日出西方夜落東

舉馬祖與百丈同遊山見野鴨子飛過祖云是什麼丈云野鴨子祖云向什麼處去也丈云飛過去也祖將百丈鼻孔扭丈作忍痛聲祖云何曾飛去丈於此有省

野鴨子飛過去有來由無覓處扭鼻從教痛徹天師資切忌尋言路言路絕千里萬里一條鐵

舉僧問鏡清新年頭還有佛法也無清云有僧云如何是新年頭佛法清云元正啟祚萬物咸新僧云謝師答話清云鏡清今日失利又僧問明教新年頭還有佛法也無教云無僧云年年是好年日日是好日為甚麼却無教云張公喫酒李公醉僧云老老大大龍頭蛇尾教云明教今日失利

新年頭佛法一有還一無明教與鏡清同歸固殊途張公喫酒李公醉贏得清風動天地

舉僧問瑯琊清淨本然云何忽生山河大地琊云清淨本然云何忽生山河大地其僧有省

同不同別非別機奪機楔出楔山河大地

紅爐雪莫問如今誰動舌

舉僧問長沙本來身還成佛否沙云你道大唐天子還刈茆割稻否僧云成佛又是何人沙云是你成佛知不知

成佛不成佛有言殊未親大唐天子貴不是刈茅人無端拈出本來身已是重添鏡上塵

舉僧問百丈如何是奇特事丈云獨坐大雄峯僧禮拜丈便打

仰面不見天低頭不見地獨坐大雄峯全明奇特事龍唫霧起虎嘯風生大家携手向崢嶸

舉僧問香林如何是室內一盞燈林云三人證龜成鱉

撥動竿頭線來挑室內燈本無恁麼事今古競頭爭自從香林撲滅誰敢證龜成鱉君不見德山棒臨濟喝但有纖毫帶影來金剛寶劍當頭截

舉麻谷持錫見章敬遶禪牀三帀振錫一下卓然而立敬云如是如是後到南泉亦遶禪牀三帀振錫一下卓然而立泉云不是不是谷云章敬道是和尚為什麼卻道不是泉云章敬則是是汝不是此是風力所轉終歸敗壞

如是如是猛虎插翼不是不是青天霹靂遶牀振錫歸風力一句了然超百億

舉僧問藥山平田淺草麈鹿成羣如何射得麈中麈山云看箭僧便放身倒山云侍者拖出這死漢僧便起走山云弄泥團漢有什麼數

塵中塵誰解舉射不著有甚數千千萬萬
弄泥團到此方知發箭難試與諸人發箭
看乃云中也又云過也
舉雲門示衆云藥病相治盡大地是藥那箇
是自巳
拈却藥病不立自巳一切時中迥無依倚
了事衲僧坐在這裏國有憲章三千條罪
舉乾峰示衆云法身有三種病二種光須是
一一透得始解穩坐雖然如是更須知有照
用何時向上一竅始得雲門出衆問云只如
庵内人爲什麼不見庵外事峰呵呵大笑門
云猶是學人疑處在峰云子是什麼心行門
云也要和尚相委悉峰云直須恁麼始解穩
坐
十字街頭問路三千里外知音乾峰呵呵
大笑雲門不是好心子期端可鑄黄金山
未高兮水未深
舉靈雲見桃花悟道有頌三十年來尋劍客
幾回落葉又抽枝自從一見桃花後直至如
今更不疑玄沙云諦當甚諦當敢保老兄未
徹在
車不横推理無曲斷兩箇五伯元是一貫
春至桃花滿樹紅爲誰開口笑東風玄沙
有語無人識只要重論汗馬功
舉雲門問洞山近離甚處山云查渡門云夏
在甚處山云湖南報慈門云幾時離彼中山
云今年八月門云放你三頓棒次日洞山往
問昨日蒙和尚放某三頓棒未審過在什麼處
門云飯袋子江西湖南便恁麼去洞山大悟
近離查渡夏在報慈一一通來歷一一絶

思惟放汝三頓棒天下人標榜照雪吹毛
光晃晃
舉三聖問雪峰透網金鱗以何爲食峰云待
你出網來向你道聖云一千五百人善知識
話頭也不識峰云老僧住持事煩
透網金鱗以何爲食待汝出網來話頭也
不識放行把住把住放行不知白雪陽春
曲更有何人和得成
舉僧問趙州見説和尚親見南泉是否州云
鎮州出大蘿蔔
趙州親見南泉鼻孔元無半邊鎮州出大
蘿蔔天下衲僧取則打破漆桶坐斷舌頭
蘆花明月夜隨意泊漁舟
舉陸亘大夫謂南泉云肇法師也甚奇怪解
道天地與我同根萬物與我一體泉云大夫
陸應諾泉指花云時人見此一株花如夢相
似
天地同根萬物一體金不博金水不洗水
此一株花如夢相似陸亘大夫南泉老子
舉雲門示衆云十五日已前則不問汝十五
日已後道將一句來衆無對自代云日日是
好日
暑往寒來東湧西沒韶陽老人舌頭無骨
一句絶商量日日是好日咄肎與時人作
窠窟
舉僧問洞山如何是佛山云麻三斤
物見主眼卓竪水中月作麼取提起麻三
斤休教地主嗔輸納官租了天地一閑人
舉雪峰示衆云三世諸佛在火燄裏轉大法
輪玄沙云火燄爲三世諸佛説法三世諸佛

立地聽

三世諸佛一堆紅燄若說若聽無剩無欠雪峰與玄沙父子眞寃家麻上生繩猶自可那堪繩上更生虵

舉東寺問仰山甚處人山云廣州寺云我聞廣州有鎮海明珠是否山云是寺云作何顏色山云黑月則現白月則隱寺云子還帶得來麼山云帶得來寺云何不呈示老僧山云諸慧寂昨到潙山亦被索此珠直得無言可對無理可伸寺云眞師子兒大師子吼

舉世無倫匹當機有舒卷須彌山不高滄浪水猶淺覿面相呈鎮海珠黑月白月空名模眞師子兒大師子吼頭上著枷脚下著杻仰山幸自可憐生奈何東寺揚家醜

舉趙州示衆云至道無難唯嫌揀擇但莫憎愛洞然明白纔有言語是揀擇是明白老僧不在明白裏汝等還護惜也無僧問既不在明白裏未審護惜箇什麼州云我亦不知僧云和尚既不知爲什麼不在明白裏州云問事則得禮拜了退

本無虧曽不隔誰揀擇是明白心憤憤口喃喃幾度浮雲生碧落依然明月照寒潭

舉石頭示衆云言語動用没交涉藥山云非言語動用亦没交涉頭云我這裏針劄不入山云我這裏如石上栽花

輥芥投針買鐵得金把氊拍板彈没絃琴承虛接響人無數到底難傳太古音

舉雪峰示衆云望州亭與諸人相見了也烏石嶺與諸人相見了也僧堂前與諸人相見了也後保福舉問鵝湖僧堂前則且置什麼

處是望州亭烏石嶺相見鵝湖驟步歸方丈保福便入僧堂

現前碧綠間青黄萬象森羅不覆藏揭示雪峰相見眼望州烏石與僧堂古人恁麽道只道得一半那一半君自看

舉代宗皇帝問忠國師和尚百年後所須何物國師云要箇無縫塔子帝云請師塔樣國師云會麽帝云不會國師云吾有付法弟子躭源却諳此事請詔問之國師遷化後帝召躭源問此意如何躭源呈頌云湘之南潭之北中有黄金充一國無影樹下合同船瑠璃殿上無知識

只這箇無縫塔上下四維十方周帀長天月落兮影絶光沈大海波生兮聲傳響答峭巍巍風颯颯與他知識何交涉

舉石頭見藥山坐次問你在此作什麽山云一物不爲頭云恁麽則閑坐也山云閑坐則爲也頭云汝道不爲不爲箇什麽山云千聖亦不識石頭以頌讃之從來共住不知名任運相將只麽行自古上賢猶不識造次凡流豈可明

一物不爲合水和泥千聖不識隨聲逐色無繩自縛數如蔴客至燒香飯後茶

舉雲門示衆云人人盡有光明在看時不見暗昏昏作麽生是光明衆無對自代云僧堂佛殿廚庫山門

青山青白雲白玉轉珠回龍騰鳳躍佛殿與山門到此俱拈卻眼裏瞳人吹尺八

舉世尊生下周行七步目顧四方一手指天一手指地自云天上天下惟我獨尊

九龍吐水自空來襯足金蓮徧地開天上人間藏不得這回未免出胞胎獨稱尊向誰說錯承當第二月且如何是第一月咄

舉雪峰住菴有二僧到峰見以手托菴門放身出云是什麼僧亦云是什麼峰低首歸菴其僧後至巖頭頭問云雪老有何言句僧舉前話頭云雪峰道什麼僧云雪峰無語頭云噫我悔不當初向伊道有箇末後句我若向伊道巳後天下人不奈雪老何僧至夏末舉此話請益頭云汝何不早問僧云不敢造次頭云我雖與雪峰同條生不與雪峰同條死要識末後句只這是

巖頭末後句對面三千里雖與雪峰同條生不與雪峰同條死只這是是何物爲君打破精靈窟

舉天平從漪和尚行脚在西院常云今時莫道會佛法只覓箇舉話底人也難得一日從西院法堂下過西院高聲喚從漪平舉首院云錯行三兩步院又云錯院云適來兩錯是老僧錯是上座錯平云是從漪錯院云錯錯少頃院云上座且在此度夏待與你商量這兩錯定當時便去後住天平示衆云老僧當年行脚被業風吹到汝州西院有箇思明長老勘我兩錯便待留我過夏待共我商量我不道恁麼時錯我未行脚發足南方行脚時早知道錯了也

應病與藥且下兩錯從公處斷直須出院天平老天平老休懊惱客行何似歸家好郤把住道道道

舉疎山在香巖巖一日上堂有僧問不慕諸

聖不重已靈時如何嚴云萬機休罷千聖不攜疎山作嘔吐勢嚴云師叔不肯那山云不得無過嚴云過在甚處山云萬機休罷猶有物在千聖不攜亦從人得嚴云師叔莫道得麼山云還我法座與你道於是嚴令陞座如前問之山云何不道肯諾不得全嚴云肯又肯箇什麼諾又諾箇什麼山云肯則肯他諸聖諾則諾於已靈嚴云師叔恁麼道也須倒屙三十年始得後住疎山常病返胃一日舉此問鏡清病僧肯諾不得全道者作麼生曾清云全歸肯諾山云不得全又作麼生清云箇中無肯路山云始愜病僧意

良工刋規矩古鑑辨姸媸掉臂過關者難藏毫髮私石火鈍電光遲不留肯諾切忌針錐閑把一枝無孔笛逆風吹了順風吹

舉趙州問南泉如何是道泉云平常心是道州云還許趣向也無泉云擬向即乖州云不擬爭知是道泉云道不屬知不屬不知知是妄覺不知是無記若真達不疑之道廓同太虛豈可強是非耶州於言下大悟

南人不相耳北人不相鼻眉毛在眼上鼻孔裏出氣巍巍堂堂煒煒煌煌劍號巨闕珠稱夜光莫動著動著三十棒

舉百丈每至陞座常有一老人聽法一日衆去老人獨留丈云汝是何人老人云某非人然某緣五百生前迦葉佛時曾住此山錯答學人一轉語所以五百世墮野狐身今欲舉此話請和尚爲答丈云汝試舉看老人云大修行底人還落因果也無某對云不落因果丈云汝問我與汝道老人遂問大修行底人

還落因果也無丈云不昧因果老人遂悟得
脱野狐身化去
百丈野狐蘇盧蘇盧不落不昧悉哩悉哩
三三兩兩過遼西一雙紅杏換消梨
舉風穴在郢州衙内陞座示衆云祖師心印
狀似鐵牛之機去即印住住即印破只如不
去不住且道印即是不印即是時有盧陂長
老出問某甲有鐵牛之機請師不搭印穴云
慣釣鯨鯢澄巨浸却嗟蛙步輾泥沙陂佇思
穴便喝云長老何不進語陂擬議穴便打一
拂子云長老還記得話頭麽試舉看陂擬開
口穴又打一拂子牧主云將知佛法與王法
一般穴云見箇什麽道理主云當斷不斷返
招其亂穴便下座
鐵牛機不搭印堪笑盧陂衝雪刃與化端
然坐受降纖塵不犯碧油幢李將軍有嘉
聲在赫赫神威臨四海
舉僧問洞山寒暑到來如何回避山云何不
向無寒暑處回避僧云如何是無寒暑處山
云寒時寒殺闍黎熱時熱殺闍黎
閉門造車出門合轍換斗移星拈日作月
寒時寒熱時熱木馬走如煙泥牛流出血
舉金牛每至食時自攜飯至僧堂前撫掌呵
呵大笑云菩薩子喫飯來菩薩子喫飯來後
僧問長慶菩薩子喫飯來意旨如何慶云大
似因齋慶讚又僧問大光長慶道因齋慶讚
意旨如何光作舞僧便禮拜光云作麽生會
僧亦作舞光云這野狐精
金牛一盤飯特地糝椒薑不中飽人喫徒
勞舞袖長這僧若是英靈漢毛孔猶須七

日香

舉疎山示衆云病僧咸通年已前會法身邊事咸通年已後會法身向上事雲門出問云如何是法身邊事山云枯椿門云如何是法身向上事山云非枯椿門云還許學人說道理也無山云許門云只如枯椿豈不是明法身邊事山云是門云非枯椿豈不是明法身向上事山云是門云未審法身還該一切也無山云法身周徧爭得不該門指淨瓶云還有法身也無山云莫向淨瓶邊覔門云諾諾

猛虎口中奪鹿饑鷹爪下分兎疎山撞著雲門可見寰區獨步咸通已後咸通前法身向上法身邊一條紅線兩人牽只是當時話未圓

舉臺山路上有一婆子僧問臺山路向甚處去婆云驀直去僧纔行婆云好箇阿師便恁麼去前後僧問皆如此後有僧舉似趙州州云待我爲你勘破這老婆遂往問臺山路向甚處去婆云驀直去州纔行婆云好箇阿師又恁麼去州歸舉似大衆云我爲你勘破這婆子了也老宿拈云什麼處是勘破處

先行不到末後太過趙州屋裏坐勘破臺山婆師子咬人韓獹逐塊七百甲子老兒今日和贓捉敗

舉雲門示衆云聞聲悟道見色明心作麼生是聞聲悟道見色明心舉手云觀世音菩薩將錢買胡餅放下手元來却是饅頭

韶陽老人口頭聲色稻麻竹葦衲僧幾箇解知端的元來胡餅是饅頭大丈夫兒合自由

舉鏡清問僧門外什麽聲僧云雨滴聲清云衆生顛倒迷己逐物僧云和尚作麽生清云泊不迷己僧云意旨如何清云出身猶可易脱體道應難

雨滴聲若爲聽不迷已誰側耳爲復聲來耳畔爲復耳往聲邊兩岸俱玄一不全

舉南泉示衆云昨夜文殊普賢起佛見法見每人與二十棒貶向二鐵圍山了也趙州出衆云和尚棒教誰喫泉云王老師有什麽過州禮拜泉下座歸方丈

二鐵圍山佛見法見南泉趙州慣得其便窮則變變則通風從虎兮雲從龍

舉雪峰問僧近離甚處僧云覆船峰云生死海未度爲什麽覆却船僧無語覆船代云渠無生死雪竇代云久嚮雪峰

生死海無邊不知誰解度覆船一句子截斷兩條路雪竇老徒嘮嘮我王庫内無如是刀

舉僧問雲門如何是一代時教門云對一説

訝郎當對一説膠柱調絃掉棒打月出頭天外是何人鼻孔依前搭上唇

舉僧問雲門不是目前機亦非目前事時如何門云倒一説

誰當機倒一説七縱八横千差萬别石田喚起土牛耕無種靈苗徧界生

舉潙山問仰山云天寒人寒仰云大家在這裏潙云何不直説仰云適來也不曲和尚如何潙云且須隨流

潙山仰山天寒人寒隨流一句萬種千般盤走珠珠走盤憑君子細好生觀不增不

減金剛體無聖無凡赤肉團

舉世尊於一處九旬安居至自恣日文殊倏來迦葉問今夏在何處安居文殊云在三處安居迦葉於是白衆欲擯文殊出纔舉揵槌乃見無量佛刹一一佛所有一一文殊一一迦葉舉槌欲擯之世尊於是告迦葉云汝今欲擯出那箇文殊

唯一文殊無二文殊百千萬億徧滿塵區
可惜飲光尊者當時蹉過了也既然舉起
槌來何不便揮一下見之不取千載難逢
總是喪車後藥囊

舉巖頭示衆云涅槃經道吾教意如塗毒鼓擊著遠近聞者皆喪僧問如何是塗毒鼓頭亞身云韓信臨朝底

塗毒鼓聞者喪多少死人平地上死中得活是非常堪與叢林作榜樣韓信臨朝知不知突出當陽舉話時

舉文殊問菴提遮女生以何爲義女云生以不生生爲生義殊云如何是生以不生生爲生義女云若能明知地水火風四緣未曾自得有所和合而能隨其所宜以爲生義殊云死以何爲義女云死以不死死爲死義殊云如何是死以不死死爲死義女云若能明知地水火風四緣未曾自得有所離散而能隨其所宜以爲死義

生以不生生爲生冬瓜掛在胡蘆棚死以
不死死爲死蝍蟟眼中放夜市和合離散
各隨所宜畢竟他是阿誰

舉歸宗示衆云吾今欲説禪諸子總近前大衆進前宗云汝聽觀音行善應諸方所僧問

如何是觀音行宗彈指云諸人聞麼僧云聞

宗云一隊漢向這裏覓箇什麼以拄杖打趂

呵呵大笑歸方丈

歸宗一彈指刹刹塵塵從定起眼裏著得

百千萬億須彌山耳裏著得不可思議大

海水觀音行何可擬少林謾説分皮髓

佛祖偈贊

梅檀瑞像贊

至治三年歲在癸亥六月被　詔至

京師八月詣白塔寺觀優塡王所刻

梅檀瑞像百拜稽首而爲之贊

不取一法如微塵不捨一法如秋毫我常如

是見於佛而亦無見不見者善哉優塡亦如

是不取不捨於釋迦目連神足亦復然三十

二匠無不爾所以成此梅檀像八十種好皆

具足惟於世間無取捨乃能取捨於世間衆

生心欲種種殊佛之所化亦差别衆生不孝

化以孝是故爲母昇忉利衆生不慈化以慈

是故復從忉利下世間尊邪而背正是故去

覇而就王欲令閉惡開大道示現如斯來去

相咨爾十方瞻禮衆作是觀者名正觀我今

稽首釋迦文刹刹塵塵爲垂證

王振鵬手畫梅檀瑞像贊

佛在天宫度母親優塡刻像最稱眞永傳瑞

相三千界精選良工四八人只有梵音雕不

得若非宿福覩何因區區色見聲求者蹉過

如來妙相身

阿育王所造佛眞身舍利塔贊

無憂王鑄小浮圖八萬四千同一鑪每塔中

藏眞舍利衆生共禮佛形軀梵天影現紫金

剎絕頂光標明月珠我等有緣能供養盡塵劫臨終念在剎那時願門六入容人入入者沙界證毗盧皆成出世師

多寶佛塔贊

無量劫來多寶尊全身在塔至今存五千欄楯繞龕室萬億金鈴垂寶旛此日聽經從地湧滿空奏樂雨花繁須知兩佛跏趺坐度盡衆生始掩門

彌勒尊佛贊

彌勒何時不降生人間天上但稱名伽藍始向晨朝入正覺俄聞暮景成三會度人雖有限一心作佛本無程從初念念修慈忍大地山河似掌平

釋迦文佛贊

三世如來共一心一心不隔去來今然燈授記緣無得般若譚空歎甚深窮子攝歸安養土道場唱出涅槃音雲門最是知恩者解向禪流痛處針

第一祖摩訶迦葉贊

昔者如來滅度時丁寧衣法好傳持頭陁行滿無雙士優鉢花開第二枝雞足山中待彌勒龍華會上付伽梨古今一念超三際佛祖相傳信在斯

無量壽佛贊

濁惡衆生信可悲不投慈父更投誰一家教攝三乘衆九品蓮開七寶池得佛來從無量

第二祖阿難尊者贊

輪王伯仲法王資第一多聞只我師畢鉢巖前諸漏盡修多藏裏幾生持來從曠劫無傳

授唱出三乘任設施堪笑誦呰忘帚者也言芥子納須彌

第三祖商那和修贊

九枝秀草自然衣未出胎來早已披昔日世尊曾記我百年羅漢更由誰火龍始信慈悲大神力還因懈慢施畢竟無心又無法何妨弟子去求師

第四祖優波毱多贊

性十七耶年十七時人到此盡沉吟眼前固是難開口髮白由來不屬心丈室盈籌多士至三屍脫頂衆魔欽吾徒往往如亡劍但向船舷刻處尋

第五祖提多迦贊

不爲身心自出家紹隆佛種竟誰耶分明指示聲前路切忌添栽眼裏花夢見日輪高出屋行隨仙衆盡除邪最初一念須眞正只恐中間報分差

第六祖彌遮迦贊

無心無法又無師悟了還同未悟時不見此門成解脫都忘前劫遇阿私在今幸得空諸漏臨滅何妨露一奇截斷死生身便是八千仙侶莫狐疑

第七祖婆須蜜贊

金色祥雲雉堞間道逢六祖便承顏手持酒器長吟嘯身在城隍任往還郤話檀因無量劫須知佛果不相關臨終示現慈三昧化火焚軀只等閑

第八祖佛陁難提贊

迦摩提國小瞿曇肉髻如珠出翠嵐義論体誇風凜凜心明不在口喃喃無言喫棒知多

少有語投機落二三後代兒孫徒費力森羅萬象刦能譚

第九祖伏馱密多贊

毗舍羅家起白光便知此有聖人藏年過五秩瘖無語意恐雙親愛未忘諸佛尚言非我道後昆何處見空王隨機化物來中印所至青山是道場

第十祖脇尊者贊

六十年中處母胎待他白象送珠來中天竺有難生號優鉢花從此地開不夜祥光流日月無眠寶席委塵埃重茵更著高高枕後世禪流可歎哉

第十一祖富那夜奢贊

地性無常可變金衆生但向外頭尋去來不定心非佛問答縱横佛是心語妙須教眞性顯情消豈受妄緣侵前賢後聖清規在華葉重重覆祖林

第十二祖馬鳴大士贊

不識方爲識佛身前身了了是蠶身大心自足收龍藏深願何妨度馬人毗舍離王名不朽波羅奈國化方新有無作者功殊勝到處隨機轉法輪

第十三祖迦毗摩羅贊

初現神通亦異哉轉魔成佛始心開三千眷屬歸依後五百神僧羯磨來巨海包含眞性海仙才變化豈庸才衆生不必論凡聖只一毫端攝九垓

第十四祖龍樹尊者贊

深山孤寂斷人蹤大樹潛藏五百龍常願求師殊未遇有緣聞法幸相逢人間但愛生天

福座上俄瞻滿月容到此不明無相理迷雲
猶鎖一重重

第十五祖迦那提婆贊

佛性猶如滿月輪堂堂無相實爲眞從師聽
法開心地鉢水投針顯智人福業翻成調御
業邪因轉作涅槃因巴連弗邑長幡下蓋色
騎聲一句親

第十六祖羅睺羅多贊

無情說法有來由木菌前身是比丘父子同
餐今未已因緣報復後當休釋尊已記千年
事教主宜爲衆聖儔指點梵宫金鉢飰師資
贏得飽齁齁

第十七祖僧伽難提贊

過去娑羅樹王佛還生塵世度羣迷俄因半
夜天光照直至高巖石窟栖金在井中元不
動飯來天上爲誰携我無我故成於汝此事
分明覿面提

第十八祖伽耶舍多贊

紫雲如蓋出峰頭童子方持寶鑑遊正是善
機年百歲兼將道德繼前修風鈴但爲心鳴
起花果還因地種求内外無瑕何所表莫教
錯認水中漚

第十九祖鳩摩羅多贊

纔聞扣户忽生疑此舍無人答者誰萬里雲
端吐明月千尋水底見摩尼馳求佛祖緣何
事放捨身心正此時一念不生三際斷元來
鼻孔大頭垂

第二十祖闍夜多贊

此心清淨無生滅寂寂靈靈現在前入得此
門皆是佛向來諸祖本無傳重牙石虎山中

吼鬧角泥牛水底眠若更厭人談罪福不惟堪笑亦堪憐

第二十一祖婆修槃頭贊

此日頭陁徧行名前身長樂國中生杖楷晝佛親曾讖祖繼空宗道巳成光度入門回禮竟鄒尼同產寶珠明了知宿業由心現篇聚須當識重輕

第二十二祖摩拏羅贊

捨父從師恰壯年亭亭一朶火中蓮王宮但作浮雲想祖位親承列聖傳宴坐何嘗嫌聚落遊行只是化人天因思後世多庸妄誰汎如來大法船

第二十三祖鶴勒那贊

第四劫中爲比丘龍宮赴會引緇流今來衆鶴飛相伴總爲當時德不修七佛金幢曾有禱二人緋素本同儔闍維復向空中現舍利還將一塔收

第二十四祖師子尊者贊

道人何必用心求畢竟無心是道流弟慧方嗟龍子夭魔強未免鶴師憂白虹直貫緣吾黨黑氣橫分信有由且把伽梨傳嫡嗣縕空不復較恩讐

第二十五祖婆舍斯多贊

婆舍斯多是兩生彼身纔壞此身成方當左手開拳日始得神珠照座明五十九番邪論伏一千餘載祖風清先師表信衣難燬足使天魔外道驚

第二十六祖不如蜜多贊

昔年爲法受拘籠今日還歸太子宮本願出家爲佛事須來嗣祖振玄風年深愈篤沙彌

敬地動皆知羯磨功將度衆生有何法且教梵志伏神通

第二十七祖般若多羅贊

無父無名世混融若非智眼莫能窮當知佛國大勢至即是王都纓絡童印度不居玄化外眞丹皆在妙心中他年二子弘吾道一箇西行一箇東

第二十八祖菩提達磨贊

一言盡破六宗迷在國還除異見非漢土初來空聖諦梁王不免挫天威度僧造寺難論德斷臂安心未入微留得少林花木在翩翩隻履自西歸

第二十九祖慧可大師贊

博覽羣書有正知少林大士是吾師願教句下聞心要來向庭前立雪時徧界皆空無一物衆生不了謾多知屠門酒肆元平等肯捨冤親别起慈

第三十祖僧璨大師贊

當念推尋罪性空不居内外不居中吾人欲懺如何懺底處藏風更有風十載往來無定所多方檀信此心同平生最愛羅浮好末後依前葬皖公

第三十一祖道信大師贊

無人縛汝謾嗟吁何更來求解脫乎到此身心俱放捨從前苦樂免囚拘破頭山上雲如蓋武德年中事已符天子詔來堪一笑浮生萬事總區區

第三十二祖弘忍大師贊

拾得黄梅路上兒能言佛性早非癡前生過去身何限此日還歸母未知但缺如來七種

相傍分信祖一横枝中宵有客傳衣去不復陞堂衆始疑

第三十三祖慧能大師贊

本是新州負擔郎偶聞市客誦金剛便投五祖叅禪去却笑三更寫偈忙議論風幡從此定流傳衣鉢至今藏譲人自謂來無口不道壇經話更長

文殊大士贊

閻浮東北最清涼此有文殊妙吉祥紫府山川行道處黄金宮殿攝身光十千菩薩為徒衆五百那伽護道場雖是當來普見佛看他伎倆亦尋常

普賢大士贊

如來長子普賢尊行願宏深口莫論一色爛銀鋪世界六牙香象振乾坤無邊刹海微塵數不可思議大法門始末何曾離當念凡夫只是弄精魂

佛日普照慧辯楚石禪師語録卷第十

音釋

漪於宜切音猗水波也　姸倪堅切音研媚也　陂逋眉切音碑陂也　鯨鯢上渠京切音擎下研奚切音猊海魚之最大者雄曰鯨雌曰鯢　蛙烏瓜切音蛙蝦蟆屬　糝桑感切音傪以米和羹也一曰粒也　嵐盧含切音婪山氣烝潤也　緋芳微切音非帛赤色　翩紕連切音篇疾飛也

佛日普照慧辯楚石禪師語録卷第十一

侍者文晟正隆編

佛祖偈讚

觀音大士贊

海上名山多聖賢慈悲願力最居先面如寶月當三五化等油雲覆大千纓絡叢中常説妙栴檀林裏每談玄何時此界無生佛直待虚空落地年 正坐

過去如來正法明須知佛道已圓成再爲菩薩酬深願常向娑婆度有情廵禮寶陁巖上去引歸極樂國中生六根互用君知否滿耳青黄滿眼聲 補陁示現

東大洋西西海南海雲深處善財叅山頭有月光流永水面無風影在潭自遠尋聲先救苦因聞入理併除貪闇浮界上根尤勝日夜香燈共一龕 水月善財

前觀音即後觀音不離衆生信解心三十二身隨所應百千萬劫在如今根塵盡向聲塵脱業海咸歸願海深早晚蓮舟蒙救度盲龜值木芥投鍼 蓮舟

本自端居不動身隨機説法化天人波間頓現孤輪月雪裏潛行萬國春迷去有情償業果悟來無耳著聲塵堂堂密密圓通境大地山河爲指陳 天人水月

文殊子細揀圓通一一根門一一功諸聖盡推聞理妙六塵皆到用時空隔垣響徹無遐邇入道言詮有始終收得光明如意寶利人利已樂何窮 珠瓶寶座

聖師莫把古今論真教難將體用分無相未嘗離有相我聞終不異他聞全憑一念慈悲

力亦藉多生定慧熏末法比丘皆可證如來
實語不欺君 有僧作禮

遙瞻補怛洛伽山小白花開正可攀拍岸潮
聲時浩浩穿林鳥語日關關普門一品長宣
誦薄福衆生當等閒只箇聞思修不昧經行
坐卧見慈顔 海岸花巖

東林僧景潜一夕夢觀音大士謂曰
我以三珠施女起起檀越來矣明日
某氏至願莊嚴寶像因發像腹得方
寸之鏡一銀泥細書經一瑠璃瓶一
瓶之大如指三舍利於中躍躍有光
出試以鐵錐錐陷而舍利無損余適
見之百拜稽首而爲贊曰

世間之聲皆以耳聽而此大士獨以眼觀眼
旣觀聲耳亦聽色色不自色聲不自聲一心
不生六用俱寂以俱寂故能與大悲以大悲
故度諸衆生或爲畫師自畫其像或爲雕者
自雕其形或現鷹巢或現蛤觳及種種相而
此大悲無與火悲受大悲者我作是説如眼
於色如耳於聲雖不可取要不可滅皆如幻
故皆如夢故稽首如幻如夢之像稽首如幻
如夢之經稽首如幻如夢之珠稽首如幻如
夢之鏡願令如幻如夢之衆皆悟如幻如夢
之心皆成如幻如夢之佛稽首此方真教體
廣大無礙徧沙界隨諸衆生顛倒想一切所
求無不獲雖應其身三十二所説法句惟一
音此音不從舌根生亦復不從耳根入如是
六處本寂滅故稱名者得解脱我亦譜此解
脱門與觀世音等無異異無異者亦寂滅亦
無寂滅寂滅者故我同是觀世音一切衆生

亦同證
凡心淨如水聖化圓如月一影落千波高低共澄徹本來非垢淨豈復論圓缺同一不思議如何妄分别我觀觀音氏體用俱超絶於此蚌蛤中攝受微塵刹彈指阿僧祇大千一毛髮衣冠儼可數纓絡知誰設欲將心喻珠乃以身為舌大啓圓通門令除煩惱結隨機三十二一一熾然說說者言語斷聽者心行滅大士長現前清涼洗炎熱

蚌蛤像

湛然不動體若虛空高下隨入根塵互融在耳何觀幽谷傳聲而荅響在眼何聽春華發色而耀叢大地山河咸宣妙智金石絲竹盡演圓通頂奉如來之像眉横帝釋之弓爍迦羅首清淨寶目毋陁羅臂皆具八萬四千無求而不得者衆生行住坐卧長在其中只者蒲萄新巻葉都因幻妄顯全功

我觀三界塵勞羣生擾擾自性不明貪欲所障溺於苦海隨於識浪從劫至劫捨妄取妄故聞思大士以慈悲方便為蓮葉之舟出而置之於彼岸之上頓明自性不向外尋觀音即汝汝即觀音

稱名者同六十二億恒沙菩薩之福逗機則異三十二應國土說法之身法身無為不墮諸數無方不現無感不赴我觀此像如月在天其輪雖一而光徧百川者焉

空覺覺空覺空空覺重重幻滅念念道圓統八萬四千波羅蜜門為一普門無門可闢即不可思議妙觀察智為一聖智無智可詮烈燄堆中撈得月須彌頂上浪翻天

一稱名拔無量苦一覩相與無量樂不動神

情而頓現十方普運悲智而長居五濁聞無所聞覺無所覺長天月皎兮片石雲收大野風生兮四溟潮落

宴坐磐石心無所緣㝠應萬機道何可議能使苦者樂晦者明夭者壽死者生聽十方之色像觀徧界之音聲巍巍乎蕩蕩乎葢不可得而名也

念念與慈運悲人人離苦得樂一瞻一禮同證常住法身若聖若凡咸令成等正覺久從無量刼中來月在滄波撈不着

眼裏耳裏鼻裏小千中千大千隨一有情受苦便蒙大士哀憐水在地月在天真體堂堂在目前

天上月水中月同古今共圓缺只這圓通門何曽費言說大海茫茫一葉蓮虛空有盡香無絶

聖師無所說童子無所聞青山自青山白雲自白雲揀盡圓通二十五文殊之辯謾紛紛

一卷普門品縱横在筆頭通身無影像滿紙黑蚍蜉虛空撲落須彌碎度盡衆生願未休

大士衆生父衆生大士兒父憐兒最苦寧不起慈悲芳草座緑楊枝正是全超八難時

隨類應身即身爲舌其圓通門熾然常說能以眼聽音無間歇巍巍堂堂常住不滅

籃不見魚通身是眼眼若有見如魚墮籃見不見離聞非聞滅善哉大士常現娑婆

覺天空澗心月孤圓宴坐不動光明無邊狹則一毫寛則大千捲却幮子真身現前

現天女相攝衆生心如青蓮花出大火聚清涼熱惱是二俱空稽首慈悲不離當處

從聞而入即思以修衆生解脫非向外求大
地一塵大海一漚正體不動分身徧周
圓通面目描寫難成直下便是多少分明風
動綠楊千萬葉曉來黃鳥兩三聲
妙智之力眼聲耳色遍塞虛空了無痕迹遮
身向上數重雲應念現前元不隔
慈悲誓願如山重業識塵勞似海深十字街
頭賣魚去護生心是殺生心
金剛石畔善財參未免慈悲爲指南但道現
前無可說一輪明月在寒潭
圓通不許離塵寰道在尋常日用間數抹淡
煙籠碧樹一條飛瀑下青山
水中月影如何取脚下蓮舟不用撑提起數
珠一百八何曾佛外覓衆生
聞思修悲智願此身本空無剎不現碧落光
明白月輪玉毫突出黃金面
娑婆人有大因緣但一稱名現在前只這如
今誰動口却須問取白衣仙
分明覺觀離根塵普度羣迷出苦輪須信熾
然聲色裏如如不動現全身
出海鯨魚擺浪開銜花鸚鵡自空來淨瓶口
裏喃喃地盡說圓通向善財
見色心先現聞聲道已彰慈容一輪月瞻禮
獲清涼
石露珊瑚樹山含瑪瑙雲虛空無說說大地
不聞聞
雨過碧天空雲擴紫霧重忽然聽妙相滿海
是芙容
浪打蒼崖石風吹紫竹林飛來兩鸚鵡相對
說惟心

遇苦救苦隨流入流無邊刹海一葉蓮舟鄽市賣魚腥風滿途衆生易度邪法難扶

如意寶輪王菩薩贊

稽首大士如意輪王本無一法彌滿十方是故誦真言者聲未發而身心安樂瞻聖像者目未舉而動靜吉祥成就萬德滅除千殃我今以四大海水爲乳以五須彌山爲香以山川草木爲供養之具以日月星辰爲燈燭之光世界不可說虚空莫能量與一切衆生同修如法供養極未來際劫嚴淨菩薩道場者也

地藏王菩薩贊

從久遠劫現慈悲身處地獄如遊園觀使衆生永脱苦輪一顆寶珠提掇處照開黑暗六環金錫動搖時增長威神持其名者免生死罪覩其像者了涅槃因不可思議大願力無邊刹海未來人

文殊問維摩疾圖贊

不二法門離分别三十二人探水月文殊童子本無言却是維摩大饒舌此圖之作非偶然意在語默思惟先天花落地拂在手萬象聽他師子吼

文殊大士贊

山玉有輝盤珠無滯毗贊空王激揚勝義即衆生根本無明是諸佛簡擇妙智或持千鉢或現五髻或教導十六王子爲妙光法師或提奬六千比丘於覺城東際象王回旋師子遊戲一切處金色世界一切處文殊室利直說與人人不會虚空更展黄金臂

維摩居士贊

三萬二千猊座不離方丈室中只因當時一默喚作多口老翁

彌勒菩薩贊

五十六億萬歲方始下生人間知足天中不住身心到處安閒

辟支佛牙贊

日本成藏主入呉逢一童子施辟支佛牙得而寶之請贊贊曰

有一衆生出無佛世曾從往劫受獨覺記花開葉落心融神會觀此因緣豁然超詣於三界中如鳥出籠雖不説法但現神通手捫日月身卧虚空十有八變開豁羣蒙至涅槃時吐三昧火自化形骸惟留骨鎖妙設利羅雨若干顆累累如珠頭頭而墮維道人成得其大牙堅若金剛淨如蓮花砧杵不碎玉雪無瑕再拜稽首寧小幸耶我作贊辭仰其高躅冥熏法界淨洗心目神物訶護無忘付囑人能敬信莫不生福

十六大阿羅漢贊

第一位西瞿耶尼洲賓度羅跋羅墮闍尊者

三明六通八解脫乃是人天良福田設供能招來果勝敷牀且驗坐花鮮龍王殿裏饒珍饌牛貨洲中有大緣海水攪成甘露味檀波羅蜜此心圓

第二位迦濕彌羅國迦諾迦伐蹉迦尊者

迦濕彌羅大士居巖間樹下更清虚時來利物先忘我食取資身不顧餘聽法青龍安鉢内銜花白鹿走階除長宵皓月光如洗坐聽

沙彌讀梵書

第三位東勝身洲迦諾迦跋釐墮闍尊者

聖者常居東勝身坐來但見海揚塵渡河且自分三獸標瑞終能效一麟天上時長何倏忽世間劫短太逡巡性空念念離貪欲珍重全拋火宅人

第四位北俱盧洲蘇頻陁尊者

大千沙界北俱盧此地常言佛法無劫樹衣裳心不貴長粳米飯飽何須但令受化人心伏豈患迯方刹土拘此道周流四天下衆生業果易凋枯

第五位南贍部洲諾詎羅阿氏多尊者

在世分明出世間或遊鄽市或居山自來鳫蕩栖心久長向龍宮說法還巨石迸開雲片片高崖飛下瀑潺潺經行坐卧無非定誰道清宵白晝閑

第六位耽沒羅洲跋陁羅尊者

耽沒羅洲八百里漫空海浪隔雲巒衆生有念頭頭錯大士無心處處安近澗水縈紅瑪瑙踈林雪洒碧琅玕諸天所散花成積早晩風來掃石壇

第七位僧伽荼洲迦理迦尊者

如來付囑固難忘利物何曾密處藏久住世間終不厭暫遊天上亦無妨麤衣綴鉢資生具曠野深山聖道場自在還同師子子從他節序變炎涼

第八位鉢囉羅洲伐闍羅吠多羅尊者

仙洲住在鉢囉羅有識俱令出愛河美甚雪山生樂味竒哉火聚粲芬陁龍宫水湧階前地鷲嶺雲連户外坡况乃禪居人不到銜花時見鹿麋過

第九位香醉山中戍博迦尊者

香醉山中水石竒折旋俯仰四威儀身心脱去閑糠粃語嘿由來妙總持秀草自然香旖旎遙山無限碧嵾差天人向午供甘露正是城隍乞食時

第十位三十三天中半托迦尊者

三十三天帝釋宫圓顱方服住其中黄金鉢有酥陁飯白日心如般若空永脱苦輪須利物行登寶所不施功前時預受菩提記尚待莊嚴勢力克

第十一位畢利颸䛒瞿洲羅怙羅尊者

畢利颸瞿海上洲神通不礙往來遊真心本自離生滅大道何曾假證修西竺幻人擎麈尾上方仙子爇牛頭六時唱禮黄金像無相須從有相求

第十二位半度波山中迦那犀那尊者

半度波山揷太空白雲掩映碧玲瓏名標五伯聲聞上道被三千世界中定起影斜金殿月齋餘香裊玉爐風有時走入軍持浴須信沙彌亦具通

第十三位廣脇山中因竭陁尊者

廣脇名山處處聞其中別是一乾坤雨龍聽講天花濕野鹿依禪砌草温萬化皆從無相出十虚但有假名存了然此理超生死何用

他求解脱門

第十四位可住山中伐那波斯尊者

萬古山垂可住名隨時坐卧與經行身雖屬幻須脩幻果證無生在度生犀柄頻揺花片落寶書試展月輪明自從五結消亡後煩惱菩提悉等平

第十五位鷲峯山中阿氏多尊者

如來已滅鷲峯虛千五百人龍象居定慧圓明猶日月身心清淨似芙蕖竒禽異獸來圍繞瑞靄祥雲復卷舒此地時時鐘梵作儼然佛轉法輪初

第十六位持軸山中注荼半托迦尊者

持軸山中大士家明珠絶纇玉無瑕晝披般若千行偈天雨曼陁四色花楗椎遠傳僧布薩香煙濃染佛袈裟白牛自可兼羊鹿先引兒童駕小車

第九祖伏馱蜜多贊

從曠大劫來未嘗譚一字誰道五千年方纔啓脣齒有説與無説且莫謗祖師折筋攪大海燈心拄須彌口不揺古足不踰户五十年宴坐一牀三千界禪門九祖諸佛非道父母非親若心若行何僞何眞山頭翻白浪井底起紅塵

布袋贊

花衢柳巷任經過虎穴魔宫不奈何背上忽然揹隻眼幾乎驚殺蔣摩訶

烏藤只麼徃來挑布袋雖輕未肯拋無盡重重華藏海都將一個肚皮包

十字街頭等個人不知滿面是埃塵重重破

紙包乾糞一度拈來一度新靠着布袋打瞌睡百千萬年只一忽娑婆界上無此僧龍華會中無此佛

寒拾贊

閭丘未到國清前誰識文殊與普賢三寸舌頭輕漏泄有何伎倆掣風顛大圓覺海是伽藍到了何曾有聖凡兩箇頭陁高拍手從教人道太襤褸國清寺裡豈無人只話寒山拾得貧窮帚糞箕常在手可憐淨地却生塵遙望東南紫氣堆崩雲潑雨轉崔嵬聖賢面目分明在莫道斯人去不回

智者大師贊

眷分八彩目曜重瞳法本無得辯何有窮太虛絕兆赫日方中銀地佛窟玉泉神工總持禀戒灌頂承風禪河香象教海大龍瞻之仰之極天高而地厚名也實也非鼠唧而鳥空夫是之謂祖龍樹宗北齊師南嶽靈慧禪師之幻容

清涼國師贊

無明本空法界如幻誰爲普賢圓滿行願十地鳥跡二覺波文凡聖平等迷悟同羣稽首清涼洞明智理疏毗盧藏稱真佛子千龍發浪四海流慈十大願王七帝門師遺像現前麈尾在手常住世間太虛不朽

達磨大師贊

初辯寶珠半文不直次破六宗全無旨的離南印來入震旦國再對梁王還云不識一住少林九年面壁堪笑神光分明是賊及乎安心覓心不得看他什麼奇特未免許多狼藉

葱嶺那邊逢宋雲破履至今遺一隻
長江一葦大地一華廓然無聖到處逢他且
道他是阿誰香至親子神光老爺
誰云打落當門齒椎殺深深掘窖埋自是梁
王不唧𠺕放他走入魏朝來
當時我若作神光三拜無疑是詐降側立看
他開口纔進前推倒葛藤椿
少林冷坐幾經春鼻孔依然搭上唇只爲鄉
談改不得被人喚作婆羅門
西天二十八頭驢踏碎支那獨有渠後代兒
孫多執拗箇箇强一箇觜盧都
三年泛海神通力一葦浮江鬼怪多將謂末
梢遮得盡依前不奈宋雲何

因陁羅所畫十六祖閒上人請賛

初祖

易掩當門齒難藏葢膽毛神光三拜後熊耳
一峯高

六祖

惹起風幡話流傳卒未休有人來問我六耳
不同謀

牛頭

盤陁石上坐幾度見春來百鳥無消息山花
落又開

鳥窠

太守名居易禪師號鳥窠相逢休話險一片
好山河

南嶽

試問曹溪印令人下口難只因無染污突出
萬重關

馬祖

磨甎不成鏡坐禪不成佛泥牛鬬折角虚空
揣出骨
百丈
從他鼻頭痛不是祖師機日日江湖上紛紛
野鴨飛
趙州
南泉王老師有此寧馨兒勘破臺山話回來
人不知
雪峯
對衆輥木毬當陽拈鼈鼻明明出冑襟一一
葢天地
玄沙
抛却釣魚船走上飛鳶嶺觸著脚指頭當下
便心肯
雲門

打佛乞狗喫知恩方報恩後來真凈老又要
罵雲門
慈明
骨董箱兒裏拈來幾百般白金歸壽母覷著
骨毛寒
楊岐
踢出一頭驢只有三隻脚寸步不曾移踏徧
長安陌
白雲
雲門上大人白雲丘乙巳從此化三千清風
來未巳
圓悟
哥哉認得聲有意却無情一片碧巖集開將
肝膽傾
大慧

華擘首山禪深爲衲子兎竹箆生鉄鑄石火迸青天

因陁羅所畫諸聖聞上人請贊

空生

寂寂巖間坐喃喃口更多只言無法說爭奈雨花何

豐干

寺裏隨僧住山前跨虎過閭丘太守到道你是彌陁

寒山

不居妙喜界不戀清涼山箇箇求成佛輸他道者閒

拾得

當初因拾得便以此爲名欲識這箇意無生無不生

寶公

刀尺杖頭懸時時走市鄽蕭家菩薩子只解說因緣

布袋

浪走草鞋穿長挨布袋眠天宮衣鉢在歸去是何年

懶瓚

爐中煨芋火香不到青霄世主緣何事頻令敕使招

船子

曉出天連水昏歸月滿舟錦鱗如不遇垂釣幾時休

趙州和尚贊

叅見南泉早會得平常道行脚債已酬住山年益老隨機說法不用思量信口答禪何勞

尋討古佛重來羣魔盡掃庭前栢樹子敲風打雨滿目森森狗子佛性無照雪吹毛殺人草草至今道播乾坤非獨話行燕趙

雲門大師贊

候睦州三日開門空撥折脚被雪峯一問杜口便低却頭靈樹會中人天眼目大唐國裏衲子寬瞥用轆轢鑽穿虛空作窟籠因乾屎橛向平地起戈矛得路塞路看樓打樓若是真淨老師見你必然罨殺且問丹青妙手畫他著甚來由

臨濟大師贊

龍驤虎驟馬領驢腮黃檗室中三度親遭打出大愚肋下三拳便被托開老婆心當時太切風顛漢特地回來未續佛祖慧命先結宗門禍胎痛棒白日雨勢喝青天雷正法眼藏既滅盡大千沙界無纖埃

楊岐祖師贊

從來不會說禪隨例紙裹麻纏坐斷楊岐雲葢賣弄栗棘金圈一轉公案欺謾大衆三脚驢子踍跳上天荷慈明重擔喜白雲卸肩神仙無秘訣父子不相傳

五祖和尚贊

鄧師翁多法喜愛念聰明呪慣唱囉羅哩唆破鐵酸賺却是雞冠花一首詩拈起好怕人誰信白額蟲九條尾攤世界作棋盤把虛空書祖意紅粉佳人風流公子見神見鬼說道說理真非真是不是天上人間知幾幾

圓悟祖師贊

雞鳴飛上闌干驀地打失布袋開口動舌披露此聲截鐵斬釘發揮下載篆不雕之心印

迥絶言詮提本分之宗乘初無向背納須彌於芥中擲大千於方外七處妙敷揚九重親奏對若論正眼流通直至盡未來際咄

大慧祖師贊

湛堂室中跨跳滿口談禪佛果句下掀翻從頭改轍悟既無悟説即不説精金爐鞴火迸星流黒漆竹篦雷訇電掣師子踞地哮吼野干從腦迸裂十八年衡梅游戲趙璧本無瑕數千里川陸歸來生薑不改辣再上凌霄峯重行臨濟喝小釋迦云一人指南吳越令行也是證龜成鼈

日本淵默菴畫二十二祖請贊

初祖

三周寒暑汎重溟撞著蕭家有髮僧對朕者誰云不識爲誰辛苦到金陵

二祖

幸是巍巍好丈夫却來少室受塗糊雖然拜了知慚愧索得娘生一臂無

三祖

握節當胷懺罪人罪從何起要知因遠來更不論僧俗一句無私達本真

四祖

脇不沾牀三十秋初無心法副人求黄梅道上逢童子昔日冤家又聚頭

五祖

母子師資也是閒分明此道播人間後來話柄憑誰舉多種青松滿四山

六祖

多少黄梅會裡僧一時放過嶺南能至今大庾山頭石歲歲春風長葛藤

南嶽

何物堂堂與麼來人皆不識起疑猜電光石
火分緇素無限勞生眼豁開

馬祖

即心即佛口喃喃非佛非心轉不堪八十四
人門户别何曾一箇是同叅

百丈

野鴨髙飛落遠汀嫌人扭得鼻頭疼思量箇
様無滋味笑不成兮哭不成

黄檗

大機大用顯家風坐斷乾坤獨此翁後代兒
孫皆有耳如何十箇五雙聾

臨濟

無位真人在面門阿師大似弄精魂臨行滅
却正法眼何止三千海嶽昏

興化

紫羅帳裏撒真珠今日分明驗過渠説得自
知行不得更言還識老僧無

南院

啐啄同時立話端當人總是自欺謾棒頭突
出摩醯眼付與諸方子細看

風穴

祖師心印鐵牛機早是重安眼上眉對陣不
能擒縱得令人千古笑盧陂

首山

有口何妨誦法華無端繼祖事如麻楚王城
畔東流水曾與時人掛齒牙

汾陽

十智同真一句收魚龍鎖户向汾州夜來逈
覺風霜緊佛祖聞名也縮頭

慈明

一劍橫安水一盆草鞋委地杖臨門西河師子生獰甚來者須教喪膽魂

楊岐

不因堂上鼓聲嚴爭得慈明出晚叅住後栽田慱飯喫方思說夢老瞿曇

白雲

要識茶陵落髮師須還除夕夜胡兒一莖草上春風轉玉殿瓊樓幾箇知

五祖

鐵酸豏子向人誇拈出雞冠一朶花常為先師言語拙盡拋弓冶立生涯

圓悟

金鴨香銷錦繡幃風流全在一聲雞如今處處逢昭覺野鳥山花不更迷

妙喜

背觸俱非驗學人竹篦三尺沒蹤親年來此話憑誰舉日炙風吹又過春

徑山寂照先師元叟和尚贊

這慈尊真滅門是非盡刻佛祖平吞藏雲克家之子妙喜四世之孫用首山竹篦全提正令瞎摩醯頂目巨闢重昏二十年天下徑山綿裹泥團錦包特石千七百堂中衲子棒如雨點喝似雷奔掀翻海岳震動乾坤把斷牢關一句子金香爐下鐵崑崙

道場晋翁和尚贊

胡達磨不是祖老枯禪何必數若非滅族子孫誰紹潑天門户石從空裏立徧界絶遮攔火向水中焚大地無寸土言其體也誰論生滅去來當其用也不離聲色言語即性即相

全規全矩直下分明現前薦取

受業先師天寧訥翁和尚賛

大道體寛虛堂響荅面目現在人天交接破草鞋走五十四座軍州麤坐具禮不可思議祖塔南海瘴重重北山雲疊疊既了行脚大事盡見諸方老衲開荊棘之地而作寶坊化屠沽之人而修淨業單傳直指之妙非文字所可形容潛利陰益之心如虛空自然周帀夏復夏臘復臘要識天香子孫且看少林花葉

自題

臨濟本黍黃檗向大愚肋下築拳雪峯承嗣德山在鼇山店上成道可使千古流芳未免一回落草觀此形骸具何眼腦入門那箇得升堂三尺竹篦如電掃

問此陋質從何而生一漚巨海片雲太清本來無體描邈難成舉筆即錯覿面相呈燒却幡子我要話行

五十年住院三千里行脚撞著破竈墮勘破一宿覺白首看雲山是身隨飲啄夜來風雨過壁上胡蘆落

透頂透底徹骨徹髓體不離用用不離體勉强形容初無倫比打成一片五十年擬議相隔三千里

虛空爲口萬象爲舌一句全提六時常說約住德山棒拈却臨濟喝別別烈燄爐中撈得月

有口無舌三緘不發露柱燈籠替他演說和南不審君子可入斫額看魚焚香祭獺日面月面蘇州常州全無本據却有來由剎

竿頭上翻筋斗三十三天築氣毬

正法眼藏瞎驢滅般若妙心全體空佛祖相傳只遮是亘塵沙界振宗風萬寶坊中睡起崇天門外鼓鳴拾得紅爐片雪日午恰打三更

古鼎和尚遺像祥符林長老請贊

四坐道場一生孤硬具眼宗師超方哲匠三玄三要擘破完全一抑一揚背馳皈向傳列祖之燈息六宗之諍身非身相非相天教孽在千峯上

紹興崇報行中和尚壽像上乘明長老請贊

以一毫端智徧量法界空佩文章正印於肘間魔外窺覷無路握黑漆竹篦於掌上佛祖甘立下風淮山以西淛河以東踞三禪剎伏諸鉅公譬如秋月在川下非升而上非降春風扇木葉自綠而花自紅賢哉上乘似而有之述而明之庶不愧於奚家之祖翁

西白禪師壽像祇園文長老請贊

道邁古今學兼內外白牙香象蹴踏而截流金毛師子哮吼而踞地機用可謂逸羣文章乃其遊戲青天白日放古佛之瑞光鬧市紅塵闡南湖之祖意直得大海波翻須彌粉碎少林不識曹溪不會却淨慈道逾高笑諸方進爲退乃古鼎之的傳妙喜之六世者也

佛日普照慧辯楚石禪師語録卷第十一

音釋

幀 猪孟切音倀開張畫繪也　旖旎 上隱綺切音倚下乃倚切音柅旖旎旌旗從風貌　罨 衣檢切音奄以罔魚也　嗛 呼韽切咸去聲餅中豆也　啐 內切音倅驚也　肘 止酉切音帚臂節也　蹴 子六切音噈蹴蹋也

佛日普照慧辯楚石禪師語録卷第十二

侍　者　善　成　編

法語

示覺首座

不與萬法爲侶者是什麽人這裏悟去一生叅學事畢只麽饑飡渴飲閑坐困眠雖涉百萬阿僧祇刦如彈指頃更論什麽諸佛菩薩畜生驢馬瓶盤釵釧都來鎔作一金酥酪醍醐盡與攪成一味不遷不變無始無終奐作常住法身受用惟心淨土以至紅塵閙市枯木寒灰逆順縱横卷舒出沒又何拘礙者哉永嘉所謂非但我今獨達了恒沙諸佛體皆同

示觀提點

昔日楊岐老人放下金剛圏抛出栗棘蓬呑跳得者固多呑跳不得者亦不少如今去聖逾遠舉此話者漸稀要在大力量人能成大力量事廓然自省非在别求方知自已便是金剛圏更教誰跳自已便是栗棘蓬更教誰呑管取楊岐老人不勘自敗

示辯長老

既稱長老出世爲人喻如金錍刮眼膜非是小事若傷鋒犯手未免破睛危乎險哉間不容髮豈可恣矇袋掉三寸舌說脫空謾人你看他夾山初住京口寺已有發明到垂手處不無滲漏後往華亭見船子及船子向他道離鈎三寸子何不道道不得劈口一橈竿頭絲線從君弄不犯清波意自殊始大徹所以道叅禪須是悟始得悟了須是見人始得若不見人只成杜撰禪和說拍盲禪到處教壞

人家兒女去也第一本領要端正履踐須明白院子大小正當置之度外臨濟下風穴首山何嘗聚三百五百衆來至今道行天下所謂山不在高有仙則名也

此宗示弘首座

釋迦不出世達磨不西來衆生鼻直眼横世界晝明夜暗蜜甜蘗苦鵲白烏玄風不待月而凉火不待日而熱一一見成公案頭頭本分生涯喚什麼作此宗此宗作何面目石頭南嶽啓口不得臨濟德山袖手旁觀聚百千萬雷爲一喝是甚熱椀鳴聲東無邊虚空作一棒當甚蓬蒿箭子淨倮倮絶承當赤洒洒没可把奴呼菩薩婢視聲聞高揖釋迦不拜彌勒直饒與麼未稱此宗若解舉一明三目機銖兩未言先領未舉先知如斯品格不凡略有少分相應此宗門下難得其人只許俊流不論犢袋選佛若無如是眼假饒千載亦奚爲首座勉之

示觀藏主

黄面老子深入雪山冷坐六年只餐一麻一麥不以爲苦忽於臘月八日夜半子時仰睹明星忽然大悟歎云奇哉一切衆生具有如來智慧德相但以妄想執著而不證得我當教以聖道令離諸著是以有偏圓半滿之説充塞塵區然猶未愜本懷乃至靈山會上拈花示衆方了末後大事是皆從曠劫積習而來誠不容易所以教中云我法海中無有一文無有一句非是捨施轉輪王位而求得者非是捨施一切所有而求得者謂之無上法寶兩手分付與人自宜頂戴奉持不可返生

輕慢天寧曾有一問且道雪山得底與靈山傳底是同是別若道同一是教一是禪若道別亦無初亦無末試着一轉語看

偈頌一

侍者文斌等編

送智維那往江西

智不到處道一句生鐵稱錘被蟲蛀南北東西禿學人莫教蹈着無生路無生路上荊棘多將心覔佛還成魔閑伸兩脚睡一覺任他日月如飛梭誰管你天誰管你地說妙談玄弄粥飯氣馬祖出八十四人問着無有不會直饒歸宗較些子也是瞎驢趂大隊如今好箇太平時佛法兩字誰論之堂前青草深一丈徃徃口角生膠黐拈却德山棒不用臨濟喝寒則普天普地寒熱則普天普地熱要行便行歇便歇切忌逡巡守途轍

送默菴淵首座

默默默無上菩提何所得得無所得便歸來錯認藩籬爲閫域陞堂入室見其人若語若默皆非真至於此語亦不受但有纖毫即是塵德山棒臨濟喝從上門庭巧施設子承父業幾時休大似烏龜唤作鼈不如付與山河說晝夜熾然無間歇就中一句尤直截盡大地人須結舌默菴聞得笑呵呵啣花百鳥如余何

示善禪人

不思善不思惡十二時中空自縛善亦思惡亦思老僧使得十二時問渠善惡何頭面逆順縱横千百變只因不識主人公所以臨機少方便善師善師聽我言從古至今無聖賢

着衣喫飯只者是不然去學諸方五味禪

送中竺月首座遊江西

珊瑚枝枝撑着月南北東西興難過五千餘里到不到八十四人徹不徹夜來桂子飄天香此意分明難覆藏天宮畢竟說何法至今雙澗流湯湯去亦可住亦可麒麟不帶黃金鎖草鞋索斷雲路深拾取龜毛穿耳朶

送福州諸禪人再叅天童

主人翁惺惺着潦倒瑞巖自呼自諾虵吞鱉鼻口生煙虎咬大蟲頭戴角會不會知不知大唐國裏無禪師玲瓏巖主七十四優鉢羅花第一枝送君此去君知麽莫把草鞋輕踏破前頭更有最高峯不獨飛猨嶺難過

送朗藏主禮栴檀像文殊聖師

如來身相非聲色目連謾自勞神力幾回往返忉利天剛把栴檀細雕刻當時匠人三十二盡道梵音雕不得既是梵音雕不得十分相似終何益邇來流落在人間南北東西隨意看不識如來真實相人間無處無栴檀如來身誰不有挑囊負笈空奔走未了之人聽一言只這如今誰動口心亦不是佛佛亦不是心清涼山裏萬菩薩流水落花何處尋

送圭侍者歸天台

靈隱山中圭侍者骨目風神甚瀟洒入門要我送行篇句短句長隨意寫一句短蟭螟裏着不滿一句長徧虚空界莫能量國師三喚露肝膽侍者三應含氷霜趙州古佛更饒舌暗中書字文彩彰以此送行須記取若到諸方休錯舉家在赤城千嶂深夜來木葉吟風雨

送贊禪人遊台雁

菩薩子百歲光陰一彈指尚無剪爪閒工夫而况尋山并翫水雖然山水有何過刹刹塵塵皆可喜撞頭撞着自家底方知因我得禮你我聞天台之衆峰五百聖者栖其中又聞詎那在雁宕坐看瀑雪飛晴空青蘿直上寒松樹花落鳥啼猿掛處山前一片古寺基直至如今沒人住沒人住處不可行從教千古萬古青苔生與其孤峰頂上訶佛祖曷若十字街頭踏塵土

送顯侍者遊四明

學佛被佛魔叅禪被禪礙不學又不叅孤負這皮袋祖師門下客志氣何慷慨撥動濟人舟了償行脚債去去只麼去路在紅塵外來來只麼來眼上雙眉葢任你萬重關鐵鞭都擊碎一切但平常莫作平常會

送昇禪人遊金陵

達磨未來東土前白雲片片在青天達磨既來東土後黄鳥雙雙啼翠栁蕭公作帝知幾秋度僧造寺何悠悠金鱗透網不透網可惜三度空垂釣官路崎嶇行不得後代兒孫轉荆棘尺鷃徒能掠地飛大鵬謾有垂天異長江南北浙西東一花五葉當秋風深山無人大澤靜但見狐兔栖蒿蓬昔年遺下一隻履不獨無頭亦無尾如今颺在垃圾堆贏得清風來未已昇禪昇禪胡爲哉遠自鳳山登鳳臺糲竭節有頂門眼鮮笑吾師特地來

送能仁顯首座遊金陵

君不見天禧之塔高復高下視刹海如塵毛人家處處見塔影塔影家家行一遭一一家

中有一塔以手遮影終難逃人家不遷塔不動去地非遠天非遥東江首座江東去鐵錫横飛留不住石頭城中亦不多一人越州館内亦不空一處去不去兮來不來衲僧行止無纖埃一番雨過寒侵骨江上諸峰翠作堆

用南楚和尚韻送玫書記往天童禮寶陁

如來禪祖師禪文字禪是何禪一筆勾下白日青天笑殺湖南長老大書楷字深鐫不見毗耶居士嘮嘮擊小彈偏及乎被人問着直得杜口無言禪禪靈石書記作麼流傳竹月生寒籟松風入夜絃既善騎聲盍色何妨説妙談玄潮音洞裡敲金鐙太白峰頭駕鐵船

送印禪人

印泥印水印空當頭錦縫重重靈利衲僧搆得何拘南北西東有把柄無背面聽之不聞覷之不見通方作者知機變一任蒼苔生古殿透青眼不瞬照物手寧虚百鍊精金出大治南詢步步超毗盧

送大梅元維那

即心即佛非心非佛目機銖兩講若畫一大梅山中忽相逢耳朶卓朔頭髮鬆克賓維那法戰勝饡飯之香熏太空無不無有不有黒黒明明三八九幸是金毛師子兒參方志氣衝牛斗

送祥禪人

諸方舊話無人舉舉者直須眉卓豎木馬雙雙帶月行泥牛對對臨風舞從閩入浙參訪誰直下便是休狐疑喫粥了也洗鉢去趙州古佛曾提撕

送延聖世首座還日本

兩堂首座齊下喝當時臨濟王饒舌傳來此話知幾年船底依前用邠鐵昔者乘桴遊大唐如今挾複歸扶桑到家拈出賓主句針眼魚吞金翅王

送淨慈妙藏主

龍河老師巧方便再索侍者犀牛扇求明門前水一湖忽然迸出摩尼珠扇兮珠兮俱颺却瘥病不假驢馱藥好箇翱空五色麟如何絆得黃金索活潑潑明落落無限清風滿寥廓

送天寧敬藏主

看底是甚麼經經中說甚麼義遠辭萬里扶桑近別四明雙檜低頭問訊叉手殷勤一一明妙一一天真不妨提起坐具且與茶濕口脣走徧大唐無佛法金香爐下鐵崑崙

送觀藏主還里

對一說倒一說佛祖從來無秘訣更問靈山付囑誰葛藤未免生芽蘖道人放下馳求心當念廓然超古今直上扶搖九萬里大鵬不比尋常禽

送報本禧都寺

鼓山一隻聖箭子射入九重城裏去却被老孚輕把住雪峰未免從頭註因思古德老婆心瓦礫拈來要作金後人但隨聲色轉千里萬里徒衆尋自家識取天真佛碧眼黃頭恣輕忽

送中竺偉藏主

大藏五千餘卷卷卷皆說自心不是語言文字徒勞紙上搜尋中天竺有善知識兩眼明

如秋水碧開時只是看雲山纔見僧來便面
壁如來禪祖師意藏主聰明會不會百萬人
天擁從時香花飄滿階前地

送一禪人

江東西湖南北一條古路如絃直出門綠水
繞青山脚下麻鞋生兩翼無位真人沒處尋
秋高落葉飄山林叅方帶眼不帶眼是處法
堂青草深老宿見來多指註與他掀倒禪牀
去

送了禪人

甚麼物恁麼來蝦蟇吞却月鐵鋸舞三臺拄
杖頭邊草鞋底一聲雷震清飈起相逢不用
口切切踏着無非自家底譬如雁過長空影
沉寒水機先透徹祖師關坐見千花生碓觜

送雲禪人回仰山

小釋迦大禪佛四藤條下甘埋沒撑天拄地
好男兒肯學狐狸戀窠窟誰不頂門眼正人
皆肘後符靈因甚淈淈湑湑更待丁丁寧寧
直下是直下是早涉流沙十萬里撞着知音
舉似伊何須待問廬陵米

送喜禪人

藕絲竅中世界濶大鵬挨落天邊月山僧半
夜驚覺來此意茫茫向誰說十箇五雙行脚
伴叅方不帶叅方眼德山挾複見溈山多少
葛藤多截斷兩口無一舌千車同箇轍道士
倒騎牛烏龜嚼生鐵移取瓢苗石上栽泥牛
滴盡通身血

送宜禪人

舉一不得舉二抹過京三汁四回天轉地何
難點石化金亦易無索摸絶忌諱張公喫酒

李公醉孤峯頂上任縱横鬧市門頭恣游戲
當陽點破堅實心水面捺得葫蘆沉拄杖横
擔千萬里青天白日雨淋淋

送日本東藏主遊台鴈

台山之東鴈山西有一句子無人提忽然蹉
口道得着五百尊者俱掀眉磵下水流峰頭
雲起青松瑟瑟白石齒齒賓頭盧或往或來
諾詎那乍彼乍此直饒回向如來乘也是陳
年爛葛藤教外別傳重舉似千尋海底剔金
燈

送徑山空維那

井底蓬塵山上鯉大家坐聽爐邊水三登九
到不惺惺少室誰云有皮髓此事將心諼度
量山河爲汝長數揚虛空開口笑不已露柱
燈籠爭放光興化打克賓叢林如鼎沸須是
金毛師子兒一聲哮吼吒沙地

送訢侍者叅松月翁

二祖安心三祖懺罪依俙無孔鐵鎚彷彿冬
瓜印子只因祖父相謗殃及兒孫未已拈来
糞埽堆頭抛向洞庭湖裏扶桑有箇衲僧愛
弄些兒唇觜暗中一踏踏着明處一提提起
山僧撫掌呵呵畢竟是何道理論賞也擊碎
驪龍明月珠論罰也敲出鳳凰五色髓賞郎
是罰郎是去見松月老人必有方便爲你

送月侍者江西禮祖

但有一月真無非復無是靈山話不出曹溪
亦空指往見馬大師皺箕月相似團團無縫
罅落落全終始八十四人中歸宗較些子其
餘善知識總在光影裏自已不是渠渠正是
自已逗到光影消吸盡西江水

送義禪人遊台鴈

昔年有箇閭丘老不識豐干空懊惱寒山拾得恣顛狂走入深林無處討永嘉得得訪曹溪遶牀振錫呈威儀松風江月只如舊悟老自悟迷者迷也無迷也無悟俊鷹不打籬邊兔萬里無雲海月髙脚頭脚尾通天路

送徹侍者禮補陁兼省師覲親

寶陁大士逢不逢千里萬里圓光中本生父母見不見動靜去來常會面離師太早古所嗤無師自悟今其誰看他臨濟省黄檗是真弟子超於師徹禪好箇赤梢鯉辰錦砂兮未爲比一聲霹靂飛上天蝦蟇蚯蚓空攀緣

送哲禪人伏錫省師并東仲黙和尚

伏錫老師七十八眼如點漆眉如雪分明畫出須菩提坐聽孤猿吟落月深山古寺天正寒禁深一尺堆牀前地爐燒火薫不捲袈裟黒似爐中煙客來只恐放煙出爭奈山林藏未密喧喧道價滿江湖負笈挑囊固非一千里東歸頻寄聲乃翁終是有鄉情目連鶖子神通妙何必區區圓相呈

送淨慈明侍者回東山

南屏山中五百衆大有神通并妙用可憐辛苦賔頭盧無時不赴檀門供就令侍者托鉢歸眼上不惜長長眉問渠扇子在何處臨風更索犀牛兒犀牛兒怎描貎王維筆下丹青薄西湖煙雨漫遮藏日出東山露頭角

送哲藏主省師

正月六日初得春千花百草皆精神壽山拄杖活鱍鱍敲風打雨尤驚人哲禪得之不妄用臨機殺活能擒縱洞山五位敢施呈臨濟

三立休賣弄尋常放在卧牀頭直與佛祖爲寃讐頂門眼照大千界是何起滅同浮漚一卓卓碎鴛湖雪一點點開鄞嶠月與師平出固難爲見過於師豈虛說却因拄杖思壽山翻然又逐春風還

送均禪人禮祖

佛法不怕爛却一任塡溝塞壑普天匝地漫漫直是無人說着而今舉起又何妨也勝供養燒楓香一大藏教閑故紙信手拈來聊拭瘡震旦雖濶無別路四七二三面相覷馬駒踏殺天下人般若多羅休寐語

贈智浴主誦經化柴

好箇金剛正體廓然無表無裏從來不受一塵畢竟如何澡洗既不洗體亦不洗塵沒蹤跡處切忌藏身却來聲色堆頭坐枯木花開別是春藥王昔日然兩臂一念道心終不退正體堂堂忽現前後人不省焚身意七軸蓮經豈在多只將者箇化檀那時時打鼓邀僧浴免使無柴閣冷鍋

送石霜在首座歸國

家住海門東扶桑最先照迷即天陰性地昏悟來日出心光曜玉在山而木潤珠沈淵而媚川肘後符靈兮掃除佛祖頂門眼正兮開鑿人天風颯颯時寶華座無說而說冷湫湫地枯木堂不禪而禪袖中取出唐朝物兔角龜毛一串穿

送彭禪人歸里

一二三四五甘草甜黄連苦新羅國裏曾上堂大唐國裏未打鼓五四三二一黒似漆明如日牧羊海畔女貞花拒馬河邊望夫石妙

中更妙玄中更玄現成公案白日青天天上天下三指七馬釋迦彌勒是空名不知誰是安名者大海一滴水須彌一寸山若將心放捨處處是鄉關

送的藏主歸里

日本師僧皆可喜不憚鯨波千萬里捐軀爲法到南方如此出家今有幾的禪的是禪家流寓謚潛符更奇偉從來佛祖是生寃肯認山河爲自己五千餘卷紙上語却笑癡蠅鑽未已自家寶藏無一物盡大地人提不起提得起歸去來東風入律梅花開

送天寧謚藏主回淨光

永嘉老子錯行脚被人呼爲一宿覺曹溪只是箇樵夫佛法何曾解叅學三千威儀八萬行一撈清風頓銷鑠偶然撰得文字成被人喚作眞丹經泥裏洗土不唧𠺕畫虵添足空丁寧看渠兩箸渾未是學者焉能出生死如來藏裏本無珠萬古虛名掛唇齒謚禪之口吞諸方爲我殷勤問淨光有珠無珠要渠荅永嘉老人應著忙說與如今甚時節莫戀松風與江月

送因維那省親

人人有箇生緣快馬只消一鞭達磨不來東土二祖不往西天道人生緣在何處萬水千山任來去去來曾不隔纖塵日用堂堂全體露葢天葢地亘古亘今不是正法眼藏亦非涅槃妙心諸佛非我道虎頭戴角出荒草父母非我親掣斷金鎖天麒麟出門隨步清風發千里萬里阿剌剌

送澤禪人

抻鋒戍削荆山之璞雖是後生甚堪雕琢鳳凰臺上鳳凰兒羽翼觧笑雲鵬邂諸方往往罩不住要識弟子觀其師南嶽磨甎不成鏡打牛是中當時病馬駒踏殺天下人具眼方能辨邪正古今得道如雲煙上人齒少宜勉旃但盡凡情無聖觧饑餐渴飲且隨緣

送與藏主遊金陵

春山青春水緑一枝兩枝梅花開十里五里村路曲石城雲影聚復散草店雞聲斷復續描也描不就畫也畫不成檢盡五千四十八更無一字能品評道人笑我虛開口矢上加尖成漏逗背却法堂穿草鞋井深綆短終難搆

送心禪人

心不是佛知不是道南北東西何處尋討稀復稀少復少二千年事只虛傳三寸舌頭胡亂掃麥浪堆中鈎得蝦紅爐燄上拈來草

送蔣山皎藏主

鍾山龍蟠石城虎踞覿面相呈更無回互笑他多口老瞿曇乘之二兮乘之三衆生根器既不等往往玉軸堆琅函道人見處天然別四句皆離百非絶鐵網忽捲滄溟乾珊瑚枝枝撐着月

送源維那

羣靈一源假名爲佛春雨濛濛春風拂拂梨花淡白桃深青滿目江山如畫出髑髏常干世界鼻孔摩觸家風會得虵吞鱉鼻不會虎咬大虫會與不會著甚死急道人行處火燒氷萬仞峰頭獨足立

送森藏主

鐘樓上念讃牀脚下種菜猛虎當路坐雞嶼洋無荅森禪日東來意氣何慷慨開口吞佛祖不嫌牙齒礙諸方奇特語無一念心愛只是舊時人方能明下載山僧却喜渠早晚付鉢袋

送基禪人

現成基業不用安排直下搆取好箇生涯寒郎著衣饑喫飯梵行已立所作辦若將知解汙胷襟如象溺泥深更深却須叅扣善知識百城煙水逢知音山僧略爲施方便楚越毗吴曾歴徧笠下清風只自知杖頭明月無人見

送道場傳維那

佛祖不傳之秘訣百草頭邊俱漏泄海神怒把珊瑚鞭須彌燈王痛不徹等閒驚起著弁峰走入傳禪懷袖中金鎚一擊百雜碎散爲七十二朵青芙蓉拋向面前人不薦更饒抖擻裙衫看猛虎依巖百步威目光爍爛如飛電却憶大雄山下客狹路相逢曾築着廟勝將軍坐碧油聽他猛士施籌策

送寧禪人禮祖

青山白骨非祖師脚下過去都不知覔得伽陁要何用穿雲度水空奔馳阿魏無真水銀無假本自現成徒勞知觧長慶走出僧堂門捲起簾來見天下

送性禪人

色不到耳聲何觸眼靈利衲僧切忌擔板便與麼去猶欠一槌光前絶後流俗阿師貶上眉毛早蹉過撩起便行成滯貨孟嘗門下客三千檢點將來無半箇

送清禪人之九江

近離浙右遠居江西我有一機覿面親提船過鄱陽湖裏浪却來五老峰頭望靜耶動耶試甄別心也境也俱凋喪和羅飯骨董羮隨家豐儉暢子平生如何南北馳求者本有光明却面墻

送吉禪人

道道道紅爐燄上一莖草禪禪禪河裏盡是木頭船出世遇人不着苦口勸渠行脚衣內自有明珠晝夜光輝烜赫會即便會慎勿沉吟墻壁瓦礫總是知音不見廣額屠兒業識全無本據放下手中屠刀我是千佛一數

送直藏主

宗門下事如鐵壁使盡神通入不得拈起吹毛一口劍西天此土血滴滴天寧豈是趂諸方凡聖同凥常寂光各有生涯無欠少大千捏聚一毫芒如來藏裏珠呈似山僧看拂袖出門去迅雷同閃電泥塑金毛師子兒野干之輩何能爲

送珠藏主回廣

廣南鎮海明珠當甚泥搓彈子拋向垃圾堆頭直得價增十倍與麽疇君顛倒欲樂不樂兮足不足自家屋裏奇特事回天輪兮轉地軸囉羅哩羅囉哩教外別傳有什麽一狐疑了一狐疑

送方禪人回仰山

譬如室有六窻內外獼猴相喚忽然一箇睡着兩箇同得相見仰山親到中邑來淨潔地上飛塵埃大丈夫兒殺活手逢人拶着青天雷多處添些子少處減些子不論是不是對

面三千里

送福禪人回閩

玄沙不出飛猨嶺大地拈來作胡餅兩箇泥人努眼睛從他一肯一不肯秋到菊花黄蝦蟇着錦襠叢林鬧浩浩徧界絕遮藏甘草甜黄連苦五五從前二十五鼻孔人人搭上唇猫兒箇箇捉老鼠

送覩禪人禮五臺

五臺山裏文殊坐斷清凉世界幾回劫火洞然畢竟燒他不壞舉頭便見攝身光南北東西古道場利劍分明截人我普天帀地何茫茫牽牛老子如相遇叉手進前輕把住前三三與後三三歸到南方無問處

送道禪人

四七二三無授受一一面南看北斗刹竿頭上仰蓮心風攪叢林師子乳真不掩僞曲不藏直拄杖昂頭草鞋生翼百鍊精金無變色善財行處無荆棘東平撲碎溈山鏡臨濟未是白拈賊

送慶禪人

要識無位真人尋常少喜多嗔遇夜熟眠一覺起來沒處藏身喫粥了洗鉢去太分明休莽鹵大地撮來無寸土南泉不打鹽官鼓

送幸禪人

從上祖師鬼門貼卦後代兒孫千變萬化訶釋迦慢彌勒金剛取泥處屋裏人知得好不資一毫䰢不資一毫虛空釘鐵橛平地輥波濤心吃吃口嘮嘮殊不知我王庫內無如是刀

送密禪人

通身是眼不見自已罵之則嗔贊之則喜阿呵呵好大哥知恩者少負恩者多江上青山不改天邊白日如梭閙浩浩靜悄悄直須當處觧脫不被塵勞纒繞冒甚諸方五味禪糞箕苕帚從頭掃

送全首座回仰山

須彌槌打虛空鼓萬象森羅齊起舞驚倒南泉王老師踈山失却曹家女寛時徧法界窄處不容針短綆四五尺古井千萬尋莫謂仰山年代遠天宫正説摩訶衍不知誰是白槌人夢裏覺來空眨眼大道體寛無好無惡離心意識叅出聖凡路學鐵牛背上刮龜毛石女腰邊裁兔角

送宗禪人回雪峰

天地與我同根萬物與我一體好箇脫洒衲僧切忌坐在這裏不慕諸聖不重巳靈觧粘去縛拔楔抽釘翻身烏石嶺觸目望州亭到家記取叮嚀問訊曾郎萬福輥動三箇木毬嚇殺叅方瞎禿

送普禪人還閩

青山青白雲白欲識一貫兩箇五百福州名品荔枝多是鶻崙呑却玄沙築破脚指頭直得通身白汗流如今所謂善知識接物利生沙壓油脚未跨門先勘破何須待踞燈王座五湖四海覓知音一曲陽春少人和

送一禪人禮補陁

稽首補陁大士只這語音便是與麽接嚮承虛如何出離生死鈍鳥逆風飛一日三千里鐵樹夜開花朝來還結子西瞿耶尼瞌覺東弗于逮經行南贍部州打鼓北欝單越搊箏

且道是何曲調聽時却又無聲

送俊禪人

魯祖見僧便靣壁被人打破成狼藉壽山門户向南開件件現成殊省力要坐便坐要行便行譬如平地掘甚溝坑衆生即是諸佛諸佛即是衆生不出一念心徹頭又徹尾茫茫帀地普天徃徃離波求水

送可禪人

即心是佛無心道不覺全身入荒草語拙今人笑古人古人却笑今人巧後生晚長忌聰明且要低頭學老成却憶南泉好言語要渠癡鈍過平生初三十一中九下七四溟東海流般若波羅蜜

送理禪人

如來無禪祖師無意枯木石頭泥團土塊老臊胡既道不識賣柴漢又云不會烏窠初不離烏窠打地一生長打地跳出漫天網子名爲了事衲僧百尺竿頭進一步壽山手裏有烏藤

送巳禪人

過去諸佛巳滅未來諸佛未生現在中間無佛且放天寧話行天寧有甚麽長處業識茫茫無本據昆明池裏失却劍却向西江撈得鋸拈來又是鐵蒺藜自南自北隨風吹扶桑天子呵呵笑尺二眉毛頷下垂

送性禪人之江湘

秋雨垂垂秋風颯颯或彼或此乍離乍合湘江那畔鴈初來漁唱穿雲笛韻哀更有蘆花飛似雪遠山重疊錦屏開咄哉漆桶不快喚作真如境界闍黎幸自可憐生莫向宗門立

知解

送匡禪人

三世諸佛不知有大地山河顛倒走狸奴白牯却知有火中迸出紅蓮藕朝看東南暮西北落落盤珠無影跡長連牀上飽喫飯坐卧經行不費力說妙談玄也是癡本來無事出家兒江西湖南與麽去不須更問毗盧師

送證禪人省親

父母未生以前追風木馬如煙無量劫來未悟任他寒暑推遷萬年一念一念萬年神通妙用大道虛玄頂上摩醯亞目途中道伴交肩總是發明這箇事金烏長出海東邊

送淨禪人

繩牀走入枇杷樹須彌踍跳上天去不叅死句叅活句活句蹉過河沙數無所說師子吼有所說野干鳴坐斷兩頭築著鼻孔打開八字刺破眼睛水牯牛兒甘水草從他岐路亂縱橫

送化禪人

本色道人行履處千人萬人把不住湘南潭北恣游行拄杖一尋生鐵鑄所至解針枯骨吟秋風蕭索秋雲陰諸方殺有善知識要辨龍虵須訪尋君不見潦倒趙州年八十行行尚爲叅方急又不見馬祖一喝大雄峯百丈聞之三日聾

送中竺恭藏主回東浙

近從中竺來却往四明去玲瓏巖接玉几峰總是尋常行履處大梅即心即佛實陁聞熏聞修岳林一箇布袋天台五百比丘寒山子往來華頂諾詎那坐斷龍湫一大藏教陳葛

藤自餘是甚梡脱丘火本無火承言者紛紛自我鼇山店上喚師兄黄檗樹頭生蜜果

送天童證侍者再叅

鳥窠吹布毛侍者便悟去天童親切句不要重指注十月天漸寒早過西興渡相望一千里往復行大路入室再叅時嗔拳須照顧

送應侍者禮補陁

眼聽聲耳觀色清冷雲中飛霹靂此是圓通自在門衲僧幾箇知端的昔年未出扶桑時親見寶陁之聖師再到海山深處覔須彌頂上戴須彌

送瑛維那禮補陁

興化打克賓罰錢趂出院諸方舊話子反覆叅詳看有耳誰不聞有眼誰不見露柱掛燈籠山門朝佛殿横拖拄杖去却繞鄞江轉築着脚指頭通身流白汗寶陁巖上人日夜長對面咄

送高麗蘭禪人禮補陁

道人且以何爲道切忌區區外邊討外邊討得枉勞神只箇心珠常皎皎吳水碧越山青白雲三片四片黄鳥一聲兩聲三世如來提不起歷代祖師難下觜要見家家觀世音分明因我得禮你

送俊禪人浙東叅禮

學人自已遊山翫水雲門大師事不孫起此去浙東尋訪誰肩横七尺烏藤枝初登玉几謁舍利更向寶陁叅聖師一二三四五六七七六五四三二一傑出叢林俊衲僧何須特地從人覔

佛日普照慧辯楚石禪師語録卷第十二

音釋

鞞賓彌切音卑鋻鞞斧也　刮古滑切音鴰刮削也　黐抽知切音摛黐黏也　舶傍伯切音白海中大船　猋卑遥切音標扶摇謂之猋　鏄虛訏切音嚇裂也又孔鏄　嗤充之切音蚩笑貌

佛日普照慧辯楚石禪師語録卷第十三

侍　者　文　斌　編

偈頌

送徑山英首座歸鄞

凌霄峰頭第二座摩訶衍法會明破百非四句俱已離白雪陽春有誰和直得含暉亭蹲跳上梵天東坡池吞却四明山驀然倒騎佛殿出門去碁盤石任苔痕斑君不見寒山子歸太早十年忘却來時道又不見明覺老無處討十洲春盡花凋殘珊瑚樹林日杲杲

送炬首座遊台温

飲光論劫坐禪未免把纜放船文殊三處度夏大似遼天索價英俊道流去住自由朝遊檀特暮往羅浮天宮說法了也知是般事便休人人釋迦彌勒箇箇寒山拾得走徧天台雁蕩抹過山城海國從來鼻孔大頭垂莫道相逢不相識

送孚侍者之浙東

新昌彌勒佛脚不離地走夜半過扶桑面南看北斗却入天台雁蕩又到清涼補陁撞着寒山拍手聽他拾得高歌阿呵呵阿呵呵依舊堂中疊足坐不勞萬里涉鯨波

送信首座叅禮育王寶陁

離四句絶百非摩訶衍法誰當機能令寂子縮頭去可使吾道生光輝東浙西州恣探討箇中誰了誰不了果然識得本來人萬別千差俱一掃法身元無設利羅方便示現降羣魔聞思大士應塵剎至竟不曾拘寶陁謾道石横方廣寺未容薄地凡夫至瓊樓玉殿緜雲間正眼觀來何足貴手點曇華亭上茶最

先勘破盞中花幾人麻上生繩想又復將繩認作蛇背却天台遊雁蕩詎那尊者空遺像大龍湫與小龍湫瀑雪翻雲千萬丈盡塵沙界一般天歷歷分明在目前未動步時都歷徧誰能空費草鞋錢

送寶陁鼎維那

浙東山浙西水五湖四海皆自巳明月高挑拄杖頭寒雲亂踏芒鞋底從門入者非家珍勘破寶陁巖上人菘色騎聲也奇特一枝古洞桃花春此行遮邏回天育去去優曇遠山緑爲我寄聲二尊宿出門未免重叮囑

送順禪人并東乃師

蘇州有常州有兩兩不成雙三三亦非九有一句子到你秃却我舌無一句子到你啞却我口靈利衲僧知不知汝師自是眞宗師如何棄却甜桃樹只管沿山摘酸梨

送萬年楚藏主回日本

萬年一念一念萬年不在天台南嶽亦非東土西乾會得則風行草偃不會則紙裏麻纏本來無一物教外有何傳昔入大唐來眼不見鼻孔今歸日本去脚不跨船舷入海泥牛奔似電沿江木馬走如烟

送汀州文禪人

達磨西來不立文字見性明心落在第二還他出格道流坐斷報化佛頭眼裏着沙不得水中捉月何由諸方老宿河沙數學者擔簦如蟻慕拈却那吒第一機其餘總是閑家具四海叅尋善知識談玄說妙空勞力當陽勘破老呲耶一句了然超百億汀泉福建明越温台門門巨闢法法全該老鼠滿地走抱取

猫兒來

送昰禪人回三平

父母未生已前好箇本來面目日用何曾欠少誰云是事不足山又青水又緑早便起晚便宿烏不日黔鵠不日浴拄杖但喚作拄杖屋但喚作屋莫問如來禪祖師禪下里曲陽春曲昔日三平見大顛斷絃須待鸞膠續

送弘藏主還徑山兼東西白首座

上上上上到最高高處望望見青山起白雲雲山出沒如波浪大華藏海知幾重重重圍繞凌霄峰須彌絕頂只這是耳聞迦葉敲金鐘百千萬億四天下信手拈來無一把束作龜毛一管筆經頭一字如何寫寫得分明說得親還他眼目人天人

送高丽順禪人歸國

普賢身中行一步超過恒河沙佛土昨日方離海岸來今朝便往高丽去我此浙江何異汝鄉冬寒向火夏熱乘涼達本心者頭頭是道昧眞性者處處迷方父母未生有甚麽與他辛苦擔皮囊効善財叅知識禮文殊謁彌勒不知放下馳求心內外中間絕消息或遊山或面壁或垂手入鄽或韜光晦跡煆凡成聖只須臾拄地撑天也奇特順禪人須委悉紅日照中春清風生八極

送欽首座南還

六祖到廣州寓止法性寺因舉風幡話略與二僧議從此引葛藤蔓延南海地後人不解剗一歲多一歲珍重欽禪老頗有英靈氣叅方本無得問法總不會我保任此人高踞佛祖位

送叅侍者

叅須實叅悟須實悟好箇師僧便恁麽去靈山會裏人總是天麒麟百千年滯貨拈弄越精神蹉過趙州禪遭他文遠笑闘劣不闘勝驢糞中着到因思老古錐節外更生枝一筆都勾下方爲跨竈兒吾家白雪曲且要高人和佛祖出頭來與渠都按過

送寧侍者叅方禮祖

佛祖叢中無位次叅方行脚誰家事隨與一念便乖張莫向禪門求意旨須知眞正道人家到處忘懷泯自他爛炒浮漚盛滿鉢却來石上種蓮花國師三呼侍者三應呼兮應兮頭正尾正尋師必是達其源密意明明在汝邊他日歸來無折合必須痛喫老爺拳

送雪竇榮藏主歸國

心地法門匪從人得便與麽去天地懸隔師子教兒能返擲羚羊掛角無蹤跡以字不是八字非覺天日月增光輝百尺竿頭五兩垂大唐又向扶桑歸火熱風動搖水濕地堅固打破鐵圍山古今無異路臨行何待重分付

送叅侍者叅方

佛法徧在一切處莽莽鹵鹵河沙數驀劄相逢喚得回穿雲度水從君去頭上笠腰下包清風明月杖頭挑不會咬破一粒米萬兩黃金也合消開却門須識主彼此相知何必舉背靠法堂着草鞋初非密室中私語山未高兮海未深趙州文遠沒絃琴當時公驗分明過四海誰人識此心

送越藏主

一大藏教只說這箇東土西天分明勘破我

今以百千萬億閻浮洲拈來掛在牀角頭揀甚麽新羅日本佛誓流求鬧浩浩泠湫湫有時放有時收收放縱横了無礙卷舒出没常自由誰道客來無供養不妨滿鉢炒浮漚

送志禪人

道人三次到來今始索吾長偈此事直下分明問渠何須特地十方只在目前大道初非物外若也會卽便會干木逢場作戲不會亦無欠少總是自家活計踏着諸佛頂門拽脫祖師巴鼻四大海水壁立五須彌山粉碎好箇大丈夫兒可與禪林增氣

送吳中滋禪人

蘇州有常州有歷歷面南看北斗主伴參隨與麽來象王回旋師子吼喫鹽聞鹹喫醋聞酸一有多種二無兩般口中說食終不飽身上著衣方免寒不見道家山好家山好家山內有無根草時當臘月正春風五葉一花香未了

送中竺海維那

當念不生空諸有海坐斷釋迦文全超觀自在中峰頂上鳴揵椎盡大地人俱絶疑陳如尊者有長處一句分明舉似誰坐臥經行卷舒出没齧鏃之機如同電拂三十三天築氣毬兩手扶犁水過膝

送廣南慧藏主

鎮海明珠只一顆如來藏裏深扃鎖忽然突出拄杖頭照見山河千萬朶若問此珠作何色圓陁陁兮明歷歷南山之南北山北直截示人人不識歸去來歸去來依然高掛越王臺

送進禪人之浙東

百尺竿頭進一步家家門口長安路浙西之水浙東山鶻眼龍睛多罔措是佛不識佛騎驢更覓驢我今獨自往到處得逢渠畫虵不必重添足六六元來三十六

送東侍者之天平

天平卓筆峰最奇入門便看浮山碑其中九帶不到十讀者未免心狐疑上人來自扶桑國慣見瑠璃浸天碧夜半金雞啼一聲鼻孔眼睛俱打失走徧東西與南北依然無處尋行跡

送常上人

秋風涼秋夜長井梧飄敗葉巖桂噴清香莫作世諦流布切忌佛法商量便與麽玉殿瓊樓初無葢覆不與麽銀山鐵壁特地遮藏兩頭截斷十字縱橫却笑長眉老尊者跏趺會不下禪牀

送萬壽通侍者

通身是徧身是拈却無位眞人坐斷空劫自已向上一路不許商量討甚空花陽燄更尋虵足鹽香仲冬嚴寒孟夏漸熱自古自今誰巧誰拙烏窠吹起布毛直下斬釘截鐵道人若也有疑歸家問取禪月

送淨慈道藏主還景德

黃面瞿曇不動舌縱橫四十九年說葛藤往往疊成堆畢竟天無第二月一菴近日離南屏驀劄問渠看甚經只麽默然义手處青天白日轟雷霆龍灣老龍灣老叔姪相忘情更好鎭海明珠待索時與他傾出一栲栳

送愚叟如西堂

本色住山人且無刀斧痕如斯三十載道譽塞乾坤列下從前諸佛祖須彌槌打虛空鼓却完全揭示當陽主中主主亦不必論賓亦不必誇妙喜竹篦分背觸誰能撒土更抛沙遇飯喫飯遇茶喫茶弟兄相見豈儉隨家露地白牛甘水草不妨到處納些些

送宗藏主

大士揮尺一下趙州繞牀一轉古今多少葛藤二老當頭截斷寶華藏主飽叢林訪友尋師年歲深臘月花開無影樹陽春曲奏沒絃琴東風急東風急上下四維挨不入水底青天盡踏翻何曾亂打鞋頭濕

送聖壽政維那

不用低頭思量難得眞不掩僞曲不藏直流出音聲佛事豁開賢聖閫域洞山麻三斤雲門乾屎橛會勘諸方來必竟如何說拄杖如龍活潑潑橫拈倒用乾坤濶

送淨慈壽首座還日本

富士山頭月祖龍溪上水月既不來此水亦不往彼正當水月交輝時萬里何曾隔一絲石女裁成火浣布泥牛踏斷珊瑚枝有佛無佛俱是誑即心非心盡同謗教網高張未入徽宗門直指還流浪所以道正法眼破沙盆古今此道喧乾坤黃金滿國難酬價付與休居的骨孫椿庭提起百雜碎不要被渠相負累擲過那邊更那邊尋常只守閑閑地便與麽實奇哉諸方大可笑嚼飯喂嬰孩但恐空中釋梵來曇華又爲無心開

送延壽梓知客

臨濟大師賓主句趙州見僧喫茶去旋風頂

上屹然棲走徧天涯不移步九九從來八十一尋常顯示尤綿密撑天拄地丈夫兒手眼通身赫如日

送蔣山澄知客

獨龍岡頭跳珠峰下客來須看賊來須打還上古之風規贊升平之法社師子之爪既呈羚羊之角斯掛善能和其光同其塵自可忘其情絶其解蟭螟吞却妙高山草菴卸下瑠璃瓦

送日本昜上人

巳躬下事元明白動念却成雲水隔老胡謾自度流沙不會當頭箇一着日日日東上日日日西沉何用有口說無絃方是琴道人拄杖握在手是聖是凡劈脊摟掇轉扶桑作大唐驚起法身藏北斗

送靈隱福藏主

三業清淨佛出世步步踏着黄金地三業不淨佛滅度黄金地上難移步與麽與麽當陽明皎皎不與麽不與麽徧界黑漫漫兩處牢關打脫千里藏海枯乾阿那箇是菩提煩惱喚甚麽作生死涅槃盡大地人齊斫額飛來峰月照人寒

送亮侍者叅方

國師三喚侍者侍者三應國師蚯蚓抹過東海藕絲穿却須彌從來此道無今古不動纖塵超佛祖逃也悟也何必云語兮默兮自看取春風日夜吹天地是處園林變紅翠一一交羅帝網珠頭頭揭示靈山會咄

送觀首座

雲門未到靈樹已見知聖大師首座悟道了

也一對無孔鐵鎚前無釋迦後無彌勒聖固難知凡安可測且道悟箇什麽面赤不如語直七月八月秋風涼千山萬山客路長太平菴中疊足坐任運施爲無不可

送雙林湛侍者

來也與麽來去也與麽去佛祖不爲人古今無異路尋常喫飯喫粥何待說性說心端坐受他供養日消萬兩黄金打破大唐國覓一箇會佛法底了不可得我見兩箇泥牛鬬入海直至如今没消息

送靈隱聚藏主

冷泉湯湯廣長舌無晝無夜無間歇畢竟不知何所說卷盡五千四十八塞却耳根作麽聽聽得分明心路絶心路絶處正眼開燈籠淴壁上天台

送默維那

雲峰見翠巖投誠而入室豈無娘生口不肯爲渠說一朝桶箍爆通身白汗出披衣上方丈且喜大事畢汝自象山來問吾求旨訣置之雜務中擾擾經歲月抛却土木場使就維那職職滿要叅方須依善知識西川復東浙畢竟承誰力

送隆侍者

此事分明非授受靈光一點從來久釋迦迦葉同虚空少室神光亦何有吾負汝兮汝負吾侍者三應國師呼我在大唐汝日本半夜飛出金老烏

送四明瑞巖潤藏主

從來無一法海口莫能宣霜風卷黄葉喚作止啼錢若遇明眼人且拈放一邊撲碎摩尼

珠大海浮鐵船能可空兩手不爲物所纏經行及坐臥在處莫非禪

送乆藏主游天台雁蕩

佛佛授手面南看北斗祖祖相傳鑿石種紅蓮一氣轉一大藏教水流濕兮火就燥萬里風摶海上鵬幾年霧隱山中豹益無所益爲無所爲拔苦與樂與慈運悲黃檗樹頭得蜜果没底籃子盛將歸直下是休揀擇新羅在海東日本多商舶發弓飲羽兮兩岸俱玄鞭石吼升兮纖毫不隔台岳雲浮點點青靨江月汎茫茫白

送玹侍者還里

烏窠吹布毛便有人悟去而今作麽生莽鹵河沙數玹禪既磊落須會超方句見色與聞聲不可第二度秋風吹木犀馨鬆開滿樹夢裏忽聞香覺來無覓處翻身摸著枕元是木頭做便與麽承當重疊關山路

答道場清遠禪師

吾姪僧中龍爲人施法雨根雖有利鈍心本無差互壁立萬仭表青山常獨露誰言師弟子此事須寄付達磨不會禪妙喜亦非祖處處是道場何勞辨能所勉之從今日高步追前古

寄尼孫静山主

我有一機向上全提超佛越祖海裏須彌天上天下知之者寡擬議不來劈脊便打五祖鄧師翁掃除臨濟宗圓悟與大慧一一龍生龍有箇尼無著至今流正脉古今常現前看是何標格

送道場濬藏主

心不是佛智不是道天上人間何處尋討西齋今年六十八分明一老一不老慚愧青山人相看寂寞濱問余有甚奇特處追風鐵馬戴麒麟昨夜月輪如火熱晒得烏兒白似雪天眞靈妙不思議一語標宗言下徹

送智門斯道

眼有三角頭峭五岳枯木糝花炎天飛雹旣善解粘去縛不須績鳧截鶴斯人斯道今千載一時日面月面今古之今之句後聲前竟莫測棒頭喝下終無私君不見老智門彈一曲斷絃更待何人續蓮華荷葉甚分明也是訓君顚倒欲

示徒弟心安叅方

一人所在亦須到半人所在亦須到入門休問主是誰看渠開口提綱要一言相契便叅堂不憚辛苦充街坊縫箇布袋馱齋糧朝叅暮請聽舉揚出家只要了心地終不圖他名與利古德皆從恁麽來後生晩長須睎驥泰山之石溜滴穿蟠桃著花三千年忽然水底火燒天那時歸來喫痛拳

送日本春侍者

七佛已來皆有侍者輔弼宗師作成法社香林在韶陽聞指示暗抄臨濟驗洛浦拽拄杖便打拚性命斷知解豈肯認奴作郎隨他指鹿爲馬近來車載斗量漫說雲興缾瀉春禪幸自英靈見地須交脫洒忽然光明盛大可見風流儒雅何也阿魏無眞水銀無假

送進侍者

踈山賣却布單三千里外行脚忽然打破漆桶恰似虎頭生角進禪得得來中州三萬里

截滄溟流解笑瞎驢趂大隊倒拈拄杖風颾颾扶桑那畔一輪日直至黃昏後方出戳瞎摩醯頂門眼東土西天無祖佛

送用首座

道人日本來將甚歷過海有語涉商量無言成窒礙譬如金翅鳥王須彌頂上翱翔不學栖蘆鈍鳥卑飛只戀池塘摩訶衍法如何說四句皆離百非絕楊栁絲絲舞碧烟梅花片片飄香雪

送權維那

三世諸佛不知有一一面南看北斗狸奴白牯却知有拈得鼻孔失却口袖裏金鎚未舉時分明超過毗盧師忽然一下百雜碎石虎吐出木羊兒渠渠渠我我我折旋俯仰無不可識得西來祖意傳白雲影裏青山朶

送志侍者

短歌數十丈長句三兩言不長又不短石火迸青天圓悟作侍者何曾叅得禪當時鄧師翁未免所見偏法久乃成弊須忘魚與筌後生逐隊走紙裹仍麻纏決擇要明白卷舒機用全道人日本來可拍佛祖肩駿馬不受羈長途自騰騫日馳三萬里頃刻撫八埏妙喜臭皮襪楊岐金剛圈臨濟正法眼滅向瞎驢邊鼻孔畧彷佛諸方誰敢穿

贈前西隱玉磵血書華嚴經

毗盧性海無邊表非古非今非大小有時揑聚一毫頭血滴滴地從揮掃有時伸作廣長舌一卷百番宣未了玉澗老金溪寶如來樣向心中造善財童子未知歸度水穿雲謾尋討當砌華映簾草雪白蕤甌香裊裊自然覺

者處其中終不隨他打之繞

次韻贈西隱白石

釋迦掩室金粟無言同條共貫拔本塞源聞無聞見無見如投師子一滴血六斛驢乳皆星散藏中自有摩尼珠須知不在龍宮殿襟懷蕩蕩眉宇津津滄溟半勺大地纖塵直得飛來峰踔跳鼜雷亭下兩翻盆

贈五臺體法師

惟一文殊無二文殊百千萬億徧滿塵區或作老人或爲童子或在山林或居廛市或乘獅子跨空行或現光明從地起法師久矣駐五臺一雙淨眼長舒開黃金雖貴著不得六凡四聖皆塵埃如今更莫思量著六用門頭空索索不坐禪不看經白雲自白青山青飯罷繞廊行一轉剎那圓滿菩提願

送徒弟巘書記參方

當年洛浦辭臨濟不比尋常赤稍鯉未落夾山虀甕中好將一喝重扶起巘禪卓錫泰水濵再涉寒暑忘艱辛何獨叢林重名節灼然父母非我親黃龍只是南書記道德文章可名世還他直截老楊岐流出胸襟葢天地

送有侍者游天台

天台一萬八千丈正眼觀來平似掌不待崎嶇走路岐塵塵剎剎皆方廣頭上笠腰下包青山綠水長逍遙衲僧本自無羈絆萬兩黃金也合消

送虎丘應藏主

眞參第一著妙悟第一藥若是過量人其心自昭廓虎丘掃蕩邪見師電光石火舒先機伶俐衲僧俱直截不須更問今何時大藏小

藏從此去豈有意根椿立處十字街頭没底
鞋千年石上無根樹

送淨慈海藏主

永明門前一湖水更有荷花香十里三世如
來說不到一大藏教提不起禪和未許亂承
當刼是虛空解舉揚塞刼耳根何處聽舌頭
不動語琅琅諦觀堂上老師偈勿以區區情
識會昨日下雨今日晴張公喫酒李公醉

送印侍者遊南岳

君不見馬祖坐禪圖作佛奈何無事尋窠窟
讓師渾不費鈎錐平白家財遭籍没又不見
五百比丘常在定獼猴各佩菱華鏡問君底
處是誵訛切忌逢人說邪正盤陁石上青松
根日輪卓午天無雲曜古騰今只這是蹦跌
印出莓苔痕放卽收收卽放天下衲僧爲榜
樣新羅依舊海東邊門口不在舌頭上七十
二峰皆可游異花靈草無春秋石橋踏斷成
兩截方見橋流水不流

送心姪叅方

慈明鼠身火隊中只要勘辨汾陽翁半夜亡
親索祭祀明朝大嚼盃盤空其時在座多象
龍未免散去隨西東滚滚白川流入海皮膚
脫落眞實在將軍疋馬過袁州臨行記茢增
光彩如今滿地皆兒孫未有一人能滅門壽
山但道看脚下佛祖不勞開口吞

送雲居玉維那禮補陁

玉禪南方轉一遭會佛法底如牛毛拄杖頭
邊撥得着爲渠畫斷天雲高撲滅祖燈掃除
胡種諸聖不慕己靈不重連城白壁本無瑕
滿掬摩尼爲誰捧嘗愛踈山老解云肯諾不

得全又聞雲居翁闐闠中物須棄捐破家散宅作活計透出威音王以前天台南石橋北觀音院裏有彌勒發揮二十五圓通屋角桃花露春色

送義藏主

你問訊了一邊立地不是如來禪亦非祖師意用時便用没商量説甚了義不了義衆生本來是佛更要靈山授記七縱八横遠問近對如此師僧果然伶利等閑撒出摩尼珠直得神光照天外

送玄禪人之江西

馬祖自從胡亂後分明對衆揚家醜來來去去是龎公吸盡西江不開口方外八十有四人摇頭擺尾皆金鱗却從平地起波浪大坐當軒據要津殘羮餿飯不知數縱展炊巾無着處好提古劒髑髏前日炙風吹全體露

送成侍者叅方

侍者叅得禪我未敢相許職滿説游方臨行求贈語後生眞可畏老僧全望汝諸方善知識説法如雲雨行脚要帶眼入門須辨主壽山一句子請分明記取

送大藏主歸里奔喪

父母俱亡覓偈奔喪誰是報恩者何處是故鄉行徧天涯海角没叅學處叅學十方不離目前只麽寂寥寛廓君不見荷澤師走向僧堂裏白槌摩訶般若未開口露柱燈籠已哮吼

送晟侍者

秋風處處飄黄葉正坐蒲團縫壞衲道人別我去游方三度問渠渠不答試看如今是甚

時千鈞祖道懸於絲師求弟子固未暇可有弟子求其師君不見投針徹底驚龍猛叉手向前叅瑞像拈得山僧兔角杖他年卓在孤峰上

送奚藏主

一大藏教是切脚平上去入切不着釋迦老子口門窄煩惱菩提盡拈却所在叢林黄葉落生天癩狗翔雲鶴從他夷岳而盈壑且把烏藤東高閣

送淨慈顏藏主游廬山

拈起一片木葉移來一座廬山古人眞實相爲且免區區往還着草鞋拖拄杖游州獵縣極意妄想若是出格道流必然別有伎倆恁麽中不恁麽擊木無聲不恁麽中却恁麽敲空作響欲知廬山高更聽廬山謡百億贍部洲都盧入秋毫東西二林在山北自古遠公標勝跡結社同修十八人臨終盡向蓮華國南則歸宗開先萬杉栖賢羅漢慧日六刹相連五老峰明月泉香爐師子金輪玉淵遙瞻瀑布不可近迸雪崩雷崖石穿千樹萬樹青松交加屈曲一箇兩箇白鶴鼓舞蹁躚滿地嘉華美草隨時瑞靄祥烟何消尊宿開口但管森羅説禪不是長行短偈亦非直指單傳華五宗之舊轍掃諸祖之頹傳針眼魚吞大千界扶桑人種陜西田

送聰禪人

出門步步清猋起一棹鐵船三萬里大魚剛被小魚吞縮却龍頭展虵尾未到中原俱歷徧浙山如黛江如練臨風側耳聽鄉談故國依然海西岸佛不論先後道不揀精麤禪不

屬迷悟智不得有無釋迦彌勒是他奴那箇男兒不丈夫

送大慈讓維那

折旋俯仰須臾頃抹過普超三昧頂靈利衲僧終不凡徧叅豈為覩風景一毫端上慈雲峰草鞋踏破山重重當年法戰既得勝後來自可與吾宗陷虎之機險崖句何待西齋再分付

送中天竺吾藏主還日本

初來大唐國此道已圓成而況歲月多煆煉金愈精添不得減不得應用恒沙有何極莫問凡流與上賢誰論大智并情識西湖之水西湖山動靜不離方寸間月在中峰夜將半天香桂子誰能攀亦不喚作心亦不喚作佛亦不喚作半滿偏圓亦不喚作照用權實掇轉船頭是故鄉龍吞不盡瑠璃碧

送儀侍者游天台鴈蕩

前釋迦後彌勒心不見心無相可得出門綠水青山到處花紅草碧如斯舉似魚魯叅差直下承當天地懸隔寒山子道千年石上古人蹤萬丈巖前一點空此一點空不可取天台鴈蕩隨西東衲僧行脚休輕議略以虛懷標此位非凡非聖強安名高踏毗盧頂上行

送伊藏主游四明天台

出門拈起拄杖子不擇山林與城市第一穿過玲瓏巖先聽主翁敷妙音翻身直上玉几峰踏着從前自家底八萬四千設利羅須知不在金壜裏好風穩送寶陁船剎剎塵塵逢大士訪雪竇游清涼觸目無非聖道場天寧定水善知識師子哮吼羣狐藏霞城豈獨觀

風景五百聲聞須喚醒一一教他出世來闍中不礙身心靜直饒茶盞現奇花也待衆生心自肯國清三聖誰不知興發到處題新詩虛空作紙大海墨稻麻竹葦皆毛錐諸方說禪浩浩地解舉此話今其誰滑石橋難措足下有龍蟠無底谷多少游人不敢窺懸崖日夜飛銀瀑舉頭更望華頂雲千里萬里長相逐摩挲拄杖又向西州還一毫頭上忽然突出須彌山

送諸侍者游天台鴈蕩

台山青鴈山碧滿眼滿耳非聲非色先過嵊縣禮彌勒莫道通身是崖壁撐天拄地更有誰往往示人人不識試點五伯羅漢茶一枚盞現一枝花分明拈出這壹著多少師僧蹉過他游華頂了國清去名藍正在幽深處豈干寒拾面目眞屈曲寒藤上高樹欽欽行入芙蓉村奇峰峭壁雲吐吞靈巖左右十八寺寺寺皆有山當門詎那終日抱膝坐仰觀瀑布從空墮勿云尊者不說法撒出驪珠千萬顆逐事與君提話頭如今不了何時休大唐國裏無佛法看取鐵船水上浮

送壽禪人

眞正舉揚誰辨的白雲鎖斷寒山色叅方衲子太惺惺剔起眉毛雙眼碧有祖以來提唱多而今莫問如之何饑餮渴飲無餘事脫却籠頭卸角馱

送吾禪人

古藤橫瘦肩兩屨踏殘雪陽烏啼未休春山若爲別朦朧睡眼何處開應向前途指明月

送日本建長佐侍者之廬山

大唐國裏宗乘未有一人舉唱信手拈起布毛慚愧鳥窠和尚此話傳來幾百秋五雙十箇徒悠悠燈籠露柱太饒舌萬象森羅齊唱酬此行舟過湓城口峰頂已聞獅子吼五老同時笑展眉瀑布不溜青山走除却平常與奇特逢人作麽通消息倒騎鐵馬上須彌巓得清風生八極

送明禪人參徑山兼東古鼎和尚

近離何處來曾到此間否不許俊衲僧人前亂開口天寧拄杖子未免劈脊摟決不至三十但打二十九留一棒自喫諸方若爲剖凌霄老宗匠管取横點首不作野干鳴亦非師子吼若人會此意堪續牟尼後

送日本侍者

大唐日本東西國一様眼横并鼻直海底泥牛摘角牽雲中石女拋梭織日禪幸自可憐生卻道西來有消息西來本也無消息平地茫茫種荆棘文遠何曾見趙州善財亦不參彌勒

送天寧元首座

靈山第二座不與諸方同解笑小釋迦夢昇兜率宮百非及四句落落開談叢說處却成默塞時無不通毒虵吞鼈鼻猛虎咬大蟲坐斷佛祖舌初非修證功三冬枯木秀九夏雪葉紅持此似老僧將以明已躬直下兜一喝未免三日聾三日聾尚可嚇殺東村翁

送中竺宏侍者

大機大用無傳授誰解金毛獅子吼千歲巖頭七十翁通身是眼通身手若道今年已涅槃男兒終不受人謾犀牛扇子依然在直得

清風滿座寒

送徑山一藏主

一大藏教閑葛藤盡大地人跳不出夢菴本是奇衲子夜半扶桑吐紅日拈起凌霄峰頂茶却是洞庭湖上橘三千世界菴摩勒放開捏聚誰能詰松風磵水自談玄却笑區區論權實權非權實非實白雲道箇鉢囉娘帶累兒孫空受屈

送中竺岳藏主

道人特地咨叅我有我有人成話墮纔跨門來剔起眉分明寶藏開金鎖唐國之西日本東都盧攝在微塵中珊瑚樹林知幾幾照見海日三更紅釋迦四十九年説貴買朱砂畫明月中竺果然機用別金剛寶劍當頭截

佛日普照慧辯楚石禪師語錄卷第十三

音釋

迤邐 上養里切音以下良以切音里迤邐旁行也 栲栳 上苦浩切音考下魯皓切音老栲栳盛物器也 屹 魚乞切音仡獨力壯武貌 睎 香依切音希望也睎驥之馬亦驥之乘也 驥 凡利切音冀千里馬也 蹁躚 上蒲眠切音跰下蘇前切音先蹁躚旋行貌

佛日普照慧辯楚石禪師語録卷第十四

侍者文斌編

偈頌

贈遠侍者

佛佛授手祖祖相傳黄頭碧眼白日青天動念即乖開口即錯不用續鳧截鶴何必夷岳盈壑參之者離心意識參學之者出聖凡路學昔年日本來紅爐一朵芙蓉開此日諸方去鐵鞭擊碎珊瑚樹東西南北任縱横贏得清風布地生

送靈隱文藏主

古釋迦不先今彌勒不後兎角不用無牛角不用有何人同得入與誰同音吼叨叨四十九年說帶水拖泥裙半截出格還他俊衲僧打刀須是邠州鐵眼對眼機對機冷泉收得摩尼歸逢人傾出一栲栳白日青天雷電飛

送慧藏主

入門便棒德山老入門便喝臨濟師子孫一一滅胡種曠大劫來曾絶疑此行正值風帆便吹落梅花三五片一大藏教只說這箇法趙州老人空繞禪牀轉且喜南湖職已圓拈花百萬人天前飲光笑眼自開合良馬不用珊瑚鞭

送日本卯侍者之金陵

十月朔風號古木金陵遠也行何速菩提達磨未來前淮北淮南山簇簇不立文字直指人心盲龜值木艉芥投針從本以來無佛祖了知此事非今古國師侍者意如何汝負吾兮吾負汝

送端侍者

趙州文遠侍者白雲清疑二師相與作成法社象王獅子交馳靈山幸自龍鍾了左右無人話懷抱慚愧端禪日本來鐵牛不喫欄邊草朝來問訊客至燒香上一畫短下一畫長若更近前求指示山僧正值接官忙

月菴

天上月水中月惟一月無二月再三撈漉也無端十五團欒又何別憶着當年馬大師渾家共翫清秋時南泉拂袖便歸去豁開户牖當軒誰數百年來無此作遇夜纔昇曉還落自家屋裏暗昏昏向外馳求都是錯喚回頭爲伊道靈光一點同昏曉輝天鑑地如未知江北江南問王老

雲海

未明雲海直截且就一波上說一波動則萬波生一波止則萬波滅所以衆生煩惱不離生滅一法到得諸佛之地煩惱翻爲智慧智慧煩惱本虛衆生諸佛皆如却向其中指出浩浩滔天沃日滔天沃日也無端未審流從何處畢或時作百億洲中盡潮落或時乾三千界内起波瀾海雲大士觀雲海但見重重無障礙我觀雲海初不同顛倒日月吞虛空聲聞不是馬兎菩薩亦非象龍釋迦老子謾多口欲談雲海詞先窮謂之雲非五色謂之海絶涓滴碎須彌消劫石盡未來時不可測不可測對現分明有何極

雲庵

雲兮飄忽太虛出沒謂其出也本無心謂其沒也離窠窟或從龍千里萬里長相逢或抱石一片兩片不可覔水邊林下露幽奇好手

丹青誰貌得收來直是沒纖毫放去從敎吞八極一有多種二無兩般遠在方寸近隔大千凡夫不證法雲地聖人不住無雲天德雲長在妙峰頂海雲普應衆生前百帀千重是何人境界左舒右卷乃列聖機權君不見闍西子沒頭腦假號雲庵顯其道佛手未伸驢脚開灼然孤負黃龍老汝今亦復號雲庵此義蒼茫吾未了三問渠儂三不知白雲依舊連芳草

鏡庵

有一物黑似漆明如日六窗無處着塵埃萬象不能逃影質東平盡力撲不碎靈利師僧欠靈利獼猴各佩古菱花落落神光照天地胡來漢現幾經春認主人人是甚人更問中間并內外無塵未免又生塵

古航

陰陽未判形殼未離上無片瓦下無卓錐敢與龍王鬬富從敎衲子生疑不此岸不彼岸不住中流隨機應變揚清激濁兮浪靜風恬滅跡收聲兮雷奔電轉三世諸佛知不知六代祖師見不見擬議隄防驀口橈逡巡賣弄竿頭線便與麼涉波瀾不與麼隔關山兩頭坐斷乾坤濶一棹江西十八灘

無文

始從鹿野苑終至跋提河未嘗談一字笑倒病維摩維摩大士默然處演出演入河沙數三十二說徒紛紛一切數句非數句缺齒老禪面壁九年分皮擘髓漢語胡言直饒以龍龕手鑑唐韻玉篇從頭註解解不得自攜隻履歸西天冬瓜印子傳來久古篆分明拈在

手上人一擊百雜碎露柱燈籠盡哮吼錢塘十月天風高示余頌軸如牛腰白者是紙黒是字香墨何曾蘸紫毫

斯道贈萬壽由藏主

佛佛授手祖祖相傳直下便是不涉言詮所以匡徒領衆因而說妙談玄譬如接竹打月又似膠柱調絃分明日用中逼塞虚空內築着又磕着誰會誰不會貴如土賤如金須彌山未高大海水未深東西南北謾叅尋塵世幾人知此心

梅隱

七百年前老古錐松花爲食荷爲衣人皆欲見不可得茆屋四面青山圍採藤衲子忽然到口縫纔開遭怪笑從此惡名傳世間誰知出語無玄妙即心即佛錯承當非心非佛也尋常殘羮餿飯誰肯喫好肉更來剜作瘡有佛處不得住無佛處急走過勸君莫學守株人七箇蒲團空坐破

大徹贈中竺鴦藏主

大徹投機一句子突出咽喉與牙齒藕絲竅裏騎大鵬蟭螟眼中放夜市片言不爲少全藏不爲多燈籠見露柱拍手笑呵呵虚空撲落在地上鉢盂開口呑山河蜜怛哩孤蜜怛哩智一字不着畫兄弟添十字當年黃蘗太無端六十蒿枝打臨濟

松石贈中竺貞書記

青松落落白石鑿鑿上摩星漢下帶雲壑若使爲棟爲梁爲政事之堂爲珪爲璋爲公矦之光不如道人無事日與松石相忘清風起而龍吟芳草映而虎踞紅塵閙市任諠譁家

在青山更深處

無相贈日本訥藏主

法身無相直下分明眼不見色耳不聞聲雖是不聞不見却解隨幾應變自從打破太虚空舜若多神常對面

龍淵贈驪藏主

龍無龍句淵非淵句要問龍淵在甚麽處盡大地是浪忽青天起雷日月陡黒山嶽傾摧散四海五湖之甘澤活三草二木之枯荄葉公不解描貌未免將錯就錯赤手誰來得領珠古今不露眞頭角

無外贈日本嚴藏主

有不有空不空聖凡總在圓光中浮幢王刹香水海莫問南北并西東一即一切一切即一亘古亘今誰得誰失都盧只在毫端却向那邊尋覔縱然覔得亦非眞直下分明能幾人諸佛假言三十二切須體認本來身

鼇山贈仙巖金長老

有鼇山兮甚奇特鎭蒼巖兮浮翠色峭崔嵬兮高崱屴直上雲端望何極君不見雪峰昔遇巖頭老三十年來盡傾倒流出胷襟葢天地鼇山店上方成道龍鱗鱗流鱗鱗幾番滄海飛紅塵毘嵐猛風鼓不動十洲三島長如春

古木贈榮藏主

天地未分時槎牙第一枝閻浮雖有樹争柰結根遲幾回寒幾回熱柯似青銅葉如鐵挺立何愁動地風高標可怕連山雪楩楠杞梓總凡材莫不皆從尺寸裁不是千年萬年物轉頭便化爲塵埃莊生之椿今已朽少林之

桂君知否撑天拄地是何物一一面南看北斗

心源贈悦維那

三點如流水曲似刈禾鐮佛祖莫能説餘人誰解拈吾聞寒山子有偈非極談徒然掛唇齒秋月照碧潭更誰知無物比冷涵空兮清徹底回光返照剎那間一脉本從何處起

碩林贈中竺果首座

瞎州老人識臨濟陰凉大樹親授記果然蓋覆天下人今日兒孫鋪滿地一一高枝撑太空重重密葉來清風碩林挺出萬物表非與尋常花木同徧界氷霜渠不受隨時變異渠不朽等閑鳥獸那敢棲長有金毛獅子吼

大機贈日本全藏主

大機須兼大用説機用直教心路絶德山一棒山岳崩臨濟一喝虛空裂君不見長沙岑大蟲作用不與諸方同寂子親曾舉到此被渠一踏傳無窮道人素有冲霄志發明宗門向上事等閑拈起蒺蔾槌百億須彌成粉碎

無盡贈登山主

百億三千大千界拈來地上土一塊虛空尚有消損時塵世光陰易凋謝不滅不生唯此心縱經曠劫長如今如今直至未來際却笑目連窮佛音

智隱贈愚禪人

有無但較三十里晦跡韜光樂於巳詔書飛出鳳凰樓三度入山徵不起聖人具足凡夫法凡夫具足聖人心非凡非聖盡趍絶路在白雲深更深

無隱贈吾禪人

日用堂堂全體露着衣喫飯朝還暮靈山拈起一枝花百萬人天皆罔措色且不是色聲且不是聲描也描不就畫也畫不成只在目前休外覓青山緑水轉分明

思遠贈日本聞侍者

一念普觀無量劫無去無來亦無住三際求之不可得生鐵稱錘被蟲蛀達磨度流沙特地到中華雖云十萬里畢竟不離家饒君走徧浮幢刹南北東西沒差別寒則普天普地寒熱則普天普地熱這一處心行滅虛空包不盡千聖莫能說靈利衲僧知不知不知却問天邊月

桂巖贈日本淨居月長老

月中桂子飄巖幽長成一樹三千秋秋風吹開枝上花花所及處清香浮月公本是管公裔道譽之香塞天地金粟如來夢幻身不須更受菩提記

絶照贈用首座

淨倮倮絶承當赤灑灑沒可把龍潭吹滅紙燭時眼光爍破四天下日月不到處乾坤難覆藏三千大千界正體露堂堂緣見因明暗成無見明暗兩忘心靈百變目前無闍黎座上無老僧一念不生三際斷扶桑夜半日輪昇

香山贈果長老

五分法身收不得非栴檀也非薝蔔妙峰孤頂露堂堂少室眞機明歷歷嗅着能令鼻觀通白雲掩映碧玲瓏花開葉落年年事依舊須彌聳太空

中山贈顗首座

乾坤之内宇宙之間丹青莫狀手足難攀通上既孤危直下尤峭絶曠劫無動摇羣峰自環列君不見混沌開闢分七金須彌坐斷滄溟心衲僧不解中山義只管區區向外尋

大岳贈日本積首座

除却須彌山總小只消芥子都吞了與他拈起一微塵富士嵯峨接蓬島中國岱衡華霍嵩寳刀削出青芙蓉回光返照方寸裏積塊浮漚三界中揑不聚吹不碎是何物在乾坤外臨崖望海海茫茫觸石起雲雲隊隊

大心

摩訶兩字如何譯不落時人情與識上乘菩薩信無疑中下之流豈能測古釋迦今彌勒是處分身千百億怛怛忉忉空費力爲人曲指何曾直饑飡渴飲任天真便是降魔轉法輪

無方

一拳打破虛空一脚踏翻大地東西南北不分上下四維安寄大華藏界雲水寛百千剎土秋毫端放開揑聚總在我左拋右擲胡爲難既非穢染與清淨畢竟如何辨邪正直下全提摩竭令繁興永處那伽定

南隱

五十三人善知識善財無處尋蹤跡文殊指示太分明踏破草鞋空費力不住山林不住塵非凡非聖非疎親衲僧了了見得徹大道茫茫没却身謂之有離窠臼謂之無塞寰區閻浮夜半日卓午只在目前何不覩

實庵

棒打虛空鳴剥剥石人木人齊應諾十方惟

一堅窓身鐵壁銀山難入作無形相亘古今不除妄想覔眞心牛頭自見四祖後百鳥啣花何處尋

笑雲

山中人笑雲來去幾度欲留留不住一片西兮一片東爲誰掛在青松樹有時卷不論高低并近遠有時舒南北西東滿太虚本自無心休問跡悠揚散漫隨風力白衣蒼狗任縱橫返寂還空何處覔却恐山中雲笑人區區未免走紅塵但能放下便安樂所以長將雲俞身

少林

達磨面壁可祖安心二株嫩桂布影垂陰上撐天兮下拄地往不古兮來非今自從隻履歸西域歲歲春風添翠色莫道庭無立雪人一花五葉香何極

西源贈遠首座

阿耨達池分四河四河競注同其波不獨魚龍與蝦蟆大身復有阿修羅天台遠也侍吾久出紙乞我西源歌歌西源無滴水佛也祖也徹頭徹尾今兮古兮透頂透底更說甚麽竺乾震旦南嶽石頭馬大師龐居士只因一口吸西江無限波濤從此起

一源

羣靈一源假名爲佛佛既假名源從何出釋迦老子曾未悟四十九年曲流布誰言教外有別傳百萬人天空罔措先聖道流泉是命湛寂是身從本不清不濁即今非古非新四大海收歸涓滴五須彌卷入微塵徧界金波常帀帀與他凡聖無交涉

海屋

普門道人索我謂未免平地生風波屋爲海耶海爲屋海屋之義當如何百千瀛渤從此起起亦不離涓滴水沃日滔天也大奇卷舒只在軒窗裏我觀觀音心海空一一佛屋羅其中接影連輝寶樓閣珠幢玉樹光玲瓏及乎歛念元無有試問道人知此否不下禪床徧十方春風自裊金瓶柳

谷隱

龍以角聽蟻以身聽人聽在耳風鳴谷應聽到無聲谷自空山河石壁遙相通直饒千手掩不得所以八面俱玲瓏雖然隱也何曾隱

閒閒

白日青天雷輥輥

終日忙忙那事無妨行住坐卧一絲不掛看經費眼力作福受奔波饑來喫飯困來睡如此閑閑快活何

明眞頌二十八首

我有摩尼一顆埋在五蘊身田昨向泥中取出光明照燭無邊所爲莫不如意日用尋常現前世上誰無此寶昏迷未脫蓋纏死生生死縈絆果報或人或天一旦逢善知識豈非有大因緣　右一

只這言語聲色非根非塵非識釋迦親見燃燈故號能仁寂默平治自家田地淨除瓦礫荊棘身光充徧十虛豈止百千萬億一念成佛不疑多方轉化何極雖云妙行莊嚴畢竟歸無所得　右二

觸目無非此道莫揀精麤大小衆生與佛何殊總是自心所造修善天堂化生受用珍奇

異寳地獄皆由作惡鐵牀銅柱圍繞臨終罪業現前方恨悔之不早覺悟煩惱菩提迷惑菩提煩惱　右三

禪師不假多知饑飡渴飲隨時將心用心大錯在道修道堪悲内外推尋不見中間亦絶毫釐衆生别求智慧諸佛何異愚癡一等黃金作器瓶盤釵釧環兒自體元無改變千般任用爐鎚　右四

貪嗔癡號三毒三毒起於一心本來空寂三毒三毒自此平沉頓獲金剛正體親聞大覺圓音了然不生不滅解者非古非今智士現前究竟愚人向外推尋妄情造業難斷如象溺泥漸深　右五

觀心常坐習定便欲此生親證證得常住法身堪續如來慧命若也沈空滯寂墮於二乘禪病澄潭不許龍蟠大象豈游兎徑隨處逍遙快樂洞明自巳眞性可中不亂不定向上非凡非聖　右六

法離言語文字返着文字語言假使精進三藏何如直截根源巡行數墨不悟轉讀令人轉昏心地本無一物澄空逈絶塵痕胡爲自起障礙日夜隨他六根一念空諸所有魔外窺覷無門　右七

昔有維摩大士示疾毘耶城裏三十二箇菩薩各談不二玄旨文殊請問維摩維摩一默而巳如今博地凡夫未學音聲三昧剛把公案批判妄將賢聖訶毀若非了悟自心般若妄談招罪　右八

末法比丘不讓多因忿怒鬬諍既依大戒出家須禀六和爲尚羅漢深證無生未曾與人

相抗善哉圓頂方袍便是當來佛樣心内坦然平夷世間靡不歸仗莫起一念嗔火赫赫燎原難向　右九

衆生業識茫茫心裏渾如沸湯只管隨聲逐色何由返照回光參禪發明自性譬似遠客還鄉曠劫收歸當念當念含攝十方觸境逢緣不變着衣喫飯如常無明從此消滅熱惱自然清涼　右十

不了第一義諦因茲名曰無明我觀無明無性無住無滅無生菩薩雙亡理事聲聞怕怖色聲一居逍遥樂土一在解脱深坑離却二邊中道洞然清淨光明人間天上隨意廣度恒沙有情　右十一

靈空元自無像不用斷除妄想妄想即是眞心何須分一作兩氷消爲水溫和水結爲氷嚴冷濁惡衆生可化清淨諸佛堪仰諸佛衆生本性豈同外物消長金剛座上剎那永絶從前影響　右十二

法身不見邊表日用何曾欠少語默動靜施爲無心自然合道但有絲毫罣礙便遭魔境纒繞大海普納百川須彌合成四寶到頭難免無常徒自汪洋峻峭一悟眞空妙理涅槃生死俱了　右十三

衆生本來自佛甘墮無明窠窟若悟無明本空輪迴從此超出譬如一點明燈能破千年暗室決了貪嗔體性空華陽燄非實直須立志參究不可隨情放逸惟有禪門捷徑別無入道要術　右十四

佛口初無言説法身豈有生滅只因隨順世間便見千差萬别細辨凡夫因果廣標諸聖

旨訣玄門歷歷開張教網重重施設末上拈花示衆盡除方便直截譬如十斛驢乳散在一滴獅血　右十五

大有世間癡漢隨他聲色流轉不知萬境縱然總是心靈所變墮在塵勞海中無由脫離魔羂牛車即是牛車我面何殊佛面直下回頭便是不勞苦口相勸一朝颺下皮囊免到閻公業案　右十六

小小如螢之火能燒大地叢林莫教一念嗔起滅盡無邊道心佛祖令人保護防他境界來侵衆生與佛何別棄却眞如外尋流出葢天蓋地本來非古非今要知般若靈驗入海鐵船不沈　右十七

覺道無過自悟參禪不要他求却來心外覓佛如向沙中取油演若達多發笑也曾棄鏡尋頭白雲千里萬里黃葉前秋後秋要了即今便了未休何日當休拍手浩謌歸去倒騎露地白牛　右十八

古今得道賢聖當念無修無證煩惱菩提兩亡涅槃生死俱淨境風飄鼓不動常處那伽正定應佛圓如太虛臨機湛若明鏡堂堂世出世間在在法王法令一切凡夫本同不離法界體性　右十九

愚夫背惡向善佛道轉求轉遠放下身心便休一時善惡俱遣天堂快樂不思地獄煎熬亦免好箇天眞古佛十方法界充滿既無生滅去來寧有是非長短性地自然坦平塵勞何用除斷　右二十

法王出現世間方便談空破有有者必歸於無是爲聖師子乳玉毫金相莊嚴前取涅槃

非久天地至時崩壞誰論貧富好醜可憐外
道愚癡妄執梵天長壽八萬大劫既終難免
輪迴不受　右二十一

何處出離生死幾人悟解眞空眞空非有形
貌更問南北西東瞥起纖毫妄念頭頭窒礙
不通執之必落邪道放之未免昏蒙身心直
下透脱如鳥飄然出籠無病何須服藥愚癡
智慧雙融　右二十二

任你多般取捨如同水上浮漚漚生漚滅難
止念去念來不休努力要須猛省回光更莫
他求一間空舍無主傾壞何勞再修鐵把鉢
盂噇飯睡時塊石枕頭十二時中快樂誰能
似我無憂　右二十三

幻士化成大宅園林花果爭鮮其中羅列男
女車馬往來市廛取性歡呼鼓舞乘時放逸
狂顛死生骨骸盈地婚嫁笙歌滿前愚者執
爲實有不知幻化使然至竟都無一物雲開
依舊青天　右二十四

法性本無造作且非内外中間聲色何須苦
猒塵根亦不相關斷除煩惱轉遠求證菩提
即難有念便沈生死無爲自契涅槃兩途俱
是障礙中道又隔河山打破鏡來相見身心
索爾虛閑　右二十五

悟向迷中尋悟迷從悟裏發迷被他二法纏
縛何日解成菩提佛祖元無指示癡狂妄有
思惟常情執著不捨斷見由來自欺智者不
求解脱一言可破羣疑貪嗔即是大道背捨
心王問誰　右二十六

燃燈授記釋迦於法了無所得我觀天上人
間不見當來彌勒濁惡衆生可怪目前覩佛

不識何須轉腦回頭便合騎聲蓋色盡未來
時度生分身百千萬億即今揭示龍華一切
人間罔測　右二十七

欲識自家實藏六時常放光明本非青黃赤
白不離坐卧經行三世如來骨髓歷代祖師
眼睛大似水中月影還同色裏膠青灼然不
可取捨畢竟難論壞成在在逢緣利益塵塵
救度迷情　右二十八

招提德嚴法師講首楞嚴經説偈一十
八首寄之

得道應須廣度生度生必使性心明閻浮提
有梵天咒捺落迦無婬欲情慶喜出遭魔網
縎文殊來護法舟頃多聞未可爲奇特曠劫
薫修在力行

外洎虛空內色身都盧不出此心眞浮漚未
足窮瀛渤棄揞須當認月輪聽法緣心非本
性掌亭實主豈游人離聲與色無分別石上
栽花井底塵

手開手合實光飛左右回觀是阿誰須信此
頭搖動處不妨全體寂然時明心見性無舒
卷認物隨流妄覺知無上法王眞實語豈同
虛假末伽梨

波斯匿性未嘗遷老見恒河似幼年莫景不
須悲白髮浮雲終是散音天來從曠古人何
在去作荒丘骨已捐刼火洞然無一物分明
父母未生前

七處徵心心不有八還辨見見元無擘開祕
密千重鎖迸出圓明一顆珠從此聖凡知解
絶有何生死性情拘話頭拈起知音少留與
人間作楷模

地水火風空見識徧周法界本來圓當知實
義非言說妄計因緣與自然起滅無從常住
體麤浮不悟此經詮衆生那箇不成佛與作
當來得度緣
根塵識是如來藏於一毫端洞十方大地無
時相助發虛空有口自敷揚衆生不守眞如
性諸佛皆居常寂光生滅去來何所礙鳥飛
不盡碧天長
覺明明覺異還同畢竟山河大地空演若多
心狂自歇摩登伽女咒難籠直教根本無明
斷便與如來妙理通三世有爲皆有滅十虛
無始定無終
一六義生圓湛中一亡盡使六銷鎔脫粘內
伏心非有勞發前塵性本空自在浮沈魚出
網無妨去住鶴離籠根根互用如何說正與
花巾解結同
良哉二十五圓通各各熏修不滯空證入法
門雖有異悟明心地本來同思惟妙德言尤
審選擇觀音耳最聰堤畔綠楊新過雨數聲
黃鳥囀春風
斷婬除殺又離偷成佛難將妄語求此四律
儀持不染彼諸魔事及無由道場既立心身
淨神咒弘宣刹海周無量金剛來護法願將
杵破惡魔頭
八萬四千顛倒想想爲十二類生因妙明覺
性如閑悟虛妄浮心即本眞龍鬼天仙紅肉
髻羽毛鱗甲紫金身誰能靜坐思量看內外
中間絕點塵
三界衆生依食住永除酒肉斷婬心相生相
殺既無業外境外魔終不侵刻骨銘肌持淨

戒隨方覩佛奉玄音瑠璃中更懸明月一片光華耀古今

智慧初明欲習乾位從四十四心安信初中道純眞性灌頂如王付國看利行度生心愈曠回眞向俗道何寛欲登十地須加行行覺重重複又單

吾聞地獄元非有十習纔成六報來惡念轉教爲佛福刀山喝使作金臺不貪天上歡娛事肯受人間愛慾胎本性彌陀常顯現蓮花一朶待時開

十類元從十鬼分命終報盡復爲人十仙徒此短長壽三界不離生死身色究竟天居有頂大阿羅漢出凡塵窮空大道無歸處未免從頭再入輪

旋消五陰十禪那十五重重破惡魔明月不愁幽暗隔堅氷爭奈沸湯何自心了悟非登聖如水平流豈異波直至菩提無少乏大家稱贊阿難陁

五陰由來體是虛五重妄想待消除不離本覺妙明性要識根元生起初多劫受熏嗟莫算六根互用滅無餘盈空寶施微塵佛若比弘經福不如

示諸禪人九首

四七二三何所傳分明佛祖是生冤拈來的的無多子點破區區在一言猶自將心求悟解不須特地覓根源晝明夜暗尋常事屋角風鈴語更繁

都緣昧却自家心只管茫茫向外尋不識綵雞呼作鳳還將黃葉認爲金求師跋涉山川遠逐境因循歲月深有問却須向伊道誰家

屋裏沒觀音
而今謾説普通年此話無人舉得全臨濟何
曾見黄蘗趙州亦不到南泉道風木馬來如
電入海泥牛去似烟船在須彌山上泊一篙
撑破水中天
立處孤危用處親不知蹉過那邊人宗師未
免抛機境學者須令辨主賓熱喝嗔拳同閃
電普天帀地盡揚塵果能着着超方外十影
神駒五色麟
喃喃唱道因非眞默默酬機也未親刼是山
河大地説徒勞文字語言陳敲牀竪拂休稱
妙簇錦攢花枉闘新可信吾宗無此事分明
不認本來人
樹凋葉落正斯時體露金風幾箇知未入玄
門難下口從來大悟不存師炊巾謾爲衆方

展掣電猶嫌佇思遲五十三人爐鞴熱鑄成
一箇善財兒
不除妄想不除眞也是朱砂畫月輪脱體承
當能幾箇將心湊泊有多人寒山直忘來時
道布袋横拖滿眼塵世出世間常快活從他
物我競疎親
瑞巖自喚主人公口與心違道不同千里持
來須粉碎滿盤托出盡虚空隨聲逐色黿投
網得意忘言鶴脱籠何必升堂求指示現前
無法不圓通
日用分明問阿誰談玄説妙謾多知新新固
是無停識念念何曾有住時若遣衆生修定
慧還令諸佛起愚癡五雙十箇難吞透自作
金圈與栗皮
閲藏諸僧求偈六首

以字不成八字非普天帀地解人稀生獰師
子纔開口忿怒那吒頓失威三簌圓珠言下
得十方法界目前歸如來禪許師兄會還我
宗門向上機
敎外别傳傳底事言前便領領何遲纔求妙
悟心昏昧未透玄關眼瞎瞎佛字道來須漱
口禪牀掀倒不容師偏圓半滿何須舉盡是
空拳誑小兒
案頭故紙已多年中有摩尼曜大千了了示
人人不會明明標旨旨難宜牛欄馬廐如何
說海藏龍宮作麽詮一句包容無量義閻浮
樹在海南邊
覔心不得便心安因甚禪流入作難往古來
今多少樣改頭換面百千般須教兔子離窠
窟更遍鮎魚上竹竿自已靈臺如未悟藏經
只爲别人看
拈來更問是何經寶藏玲瓏夜不扃露柱伸
眉萬象說須彌合掌太虛聽雲門特地攧拄
杖百丈無端指淨瓶頂上撥開三隻眼知君
猶自大惺惺
心是光明妙法幢煞今照古信非雙沿堦凍
蟻空尋穴撲紙癡蠅未透窗達磨大師轅轢
鑽釋迦老子葛藤樁尋常只麽閑閑地可使
波旬外道降

送僧住庵九首

住菴門戶潑天開且竪拳頭接往來方便許
人呈漆器等閑垂釣得黃能是窗是壁心心
現非聖非凡法法該佛祖位中留不得從教
金殿鎖蒼苔
大隋燕坐木庵時問答何曾巧設施拄杖挑

蚍付猛火草鞋信手蓋烏龜無論正定兼邪
定盡使深疑頓絶疑東土西天無佛祖説禪
不動口唇皮
滿屋黄金眼不開山居豈是大癡呆鉢中飯
少枯堪喫身上衣單紙可裁日出道人鉏地
去夜深童子㸃燈來須知佛法無高下悟了
方堪養聖胎
白雲深護碧巖幽成現生涯免外求一箇衲
衣聊掛體三間茅屋且遮頭長松片石閑無
事淡飯麤茶飽即休拈出㽕溪長柄杓不風
流處也風流
昔人久矣住巖阿撞着燒庵施主婆十字街
頭無向背孤峰頂上却譊訛侵晨自拾枯柴
去向晚還衝猛虎過妙用神通只這是來人
未免問如何

走徧禪林却住庵臨行别我語喃喃揮毫寫
偈寧非錯杜口吞聲轉不堪萬法空來知有
幾十成踐過問前三古人爲佛垂慈切不歇
城隍入鬧藍
四祖當年訪懶融牛頭山下忽相逢一言見
性方成道百鳥銜花便絶蹤不怕菸菟號永
夜長猥榾柮過深冬流泉疊嶂分明語要引
禪流達此宗
青山影裏钁頭邊爲法求人也可憐打地初
非閑打地磨磚却是亂磨磚直教桶底和墻
脱要把繩頭驀鼻牽分付滅胡眞種草大家
明取未生前
穿雲渡水又何疑轉腦回頭更是誰粟米粒
中攤世界藕絲竅裏挂須彌把茅不換千間
屋一飽能忘萬劫饑若問住山何境界人人

鼻孔大頭垂

佛日普照慧辯楚石禪師語録卷第十四

音釋

蘸莊陷切斬去聲以物投水也　奯呼括切音豁空大也　荄古哀切音該草根也　崱屴上實側切音萴下郎狄切音力崱屴山高貌　䁯得合切音荅大垂目也

佛日普照慧辯楚石禪師語錄卷第十五

侍　者　文　斌　編

偈頌

示華嚴會諸友八首

正覺山前大雪中明星夜照普天紅慈尊正
眼旣打失覺苑從頭談脱空要與古今爲榜
様直教凡聖絶羅籠依然廣大門庭在豈假
潛鞭密煉功

大千經卷在微塵剖出還他過量人無始衆
生盡成佛本來大果不離因漚生漚滅重重
海花落花開樹樹春可信入荒田不揀横拈
倒用總奇珍

開題七字甚分明早隔西天十萬程未展霞
條先領會何勞玉軸更施呈花枝朶朶分紅
白溪水條條間濁清觸目無非眞法界都收
有識與無情

騎聲蓋色大毗盧可惜男兒不丈夫枉去藍
田尋美玉誰知布袋裏眞珠口頭豈假多言
說經裡元來一字無抛却殘羹與餿飯趙州
東壁掛葫蘆

於刹那時覺道成了無一法可留情十方法
界從心現大地山河似掌平鐵樹枝頭紅果
熟泥牛頷下白毛生分明指出通天路南北
西東自在行

知識門庭五十三一針鋒上悉包含心能契
理無難事脚不沾塵是徧參谷口黄鶯聲啞
吒簷頭紫燕語呢喃玄門畢竟如何入向道
西川出漏籃

彌勒般勤慰善財一聲彈指閣門開身心俱
向此時捨境界却從何處來皎皎青天飛霹

霳茫茫白晝輥塵埃看他無手人揮袂石上蓮花取性栽

文字雖多義一般衆生骨髓佛心肝何勞經卷開時讀但就香煙起處看俊鶻常思空外翥癡蠅只向紙中鑽直饒講得天花墜不達斯宗盡自謾

送僧入蜀四首

西川五十四軍州滿目風光爛不收一笠一包行脚去好山好水任君游昔年大士居昭覺今日何人接勝流道路八千如咫尺還同自已屋簷頭

去去峨眉禮普賢莫教錯認妬羅綿華嚴會上咨參在妙德空中主伴圓側耳但聞菩薩現回身仍見象王旋區區不用從他覔密意分明在汝邊

此行須到大隋家照顧潭中鼈鼻虵十箇五雙俱蹉過一千七百謾周遮悟來大地山河窄迷去他鄉道路賒纔有纖毫須剗却免教人道摘楊花

嘉州大像接青雲猶是如來小小身正體虛空包不盡衆生肉眼見何因有緣處處逢彌勒無語琅琅轉法輪合掌低頭三拜起方知全假即全真

送僧之廬山

簡寂觀中甜苦笋歸宗寺裡淡醎虀廬山面目分明露衲子身心特地迷秋到樹頭黄葉落夜深峰頂白猿啼參禪若也求玄妙十萬流沙更在西

寄雙林東溟

門椎拍板付禪翁衣鉢長留覩史宮檮樹兩

株爲佛事竹篦三尺展神通泥牛嶺上吞黄犢石虎山前咬大蟲我有家書無處寄金刀剪破太虚空

寄聖壽千巖

伏龍山上老頭陀轉覺無明業識多堪笑古人施棒喝却成平地起干戈傳來一道聰明咒寫出平生快活歌謝事尋常懶開口聽他石臼念摩訶

悼焦山道元

我在錢塘住兩年幾回同買過湖船張家寺裡春方半楊子江頭月屢圓只望先師公案了皆稱寂照子孫賢誰知轉眼成千古淚灑伽陁唱和篇

悼江心石室

幾年石室老師兄今日胡爲喚不譍八萬塵勞空蕩蕩三千刹海冷澄澄摧殘世上無根樹撲滅人間不夜燈末後光明難葢覆紅爐猛火結寒冰

賀徑山永首座

摩訶衍法若爲宣五髻崢嶸高揷天一喝虚空成粉碎重提佛祖舊因緣分明劍向眉間掛豈待瓢從地上旋彈壓滿堂龍象衆方知法社有英賢

示僧四首

不是風兮不是幡祖師一擊破重關自心又把心來認無手重將手去拔金屑徒勞增瞖膜劍峰直下斬癡頑可憐滯句承言者也道尋常語默間

不是幡兮不是風癡人特地受羅籠張良謾立安邦計李靖休誇斫陣功十影神駒猶礙

道九苞祥鳳不離空如今要識曹溪旨舉足
西行却向東
一切衆生有佛性如何狗子獨言無趙州善
用吹毛劍衲子全拋待兎株門外雪深人跡
少渡頭風緊浪花麤當陽若更求玄解笑倒
西天碧眼胡
一切衆生無佛性髑髏箇箇有龍吟東平解
撲溈山鏡龎老曾彈馬祖琴曠劫本來無背
面古人真箇好知音癡兒也道忘言路平地
翻爲荆棘林
荅浮慈和尚韻送燄藏主三首
一氣轉一大藏教却來北斗裏藏身撥開猛
烈紅爐焰拈出清涼白月輪覿面相呈全體
露到頭不出此心真宗師有語皆超卓多少
拈鎚舐指人
一氣轉一大藏教塵毛剎海現全身洞明自
性無生理能轉如來正法輪三句劈開玄與
要兩頭坐斷僞和真狂機大似藍田石誤殺
彎弓射虎人
一氣轉一大藏教金毛獅子解翻身聖凡頓
現高臺鏡魔外橫飛熱鐵輪纔涉語言皆是
妄但隨聲色便乖真如今却憶長汀老十字
街頭等箇人
宗鏡錄華嚴十種無礙成十偈示僧
一理事無礙
真性皆同剎相殊廓然清淨大毗盧香披菡
萏千重葉影現摩尼五色珠法界森羅元不
有宗乘舉唱亦非無憑君更莫論心境荆棘
從來是坦途
二成壞無礙

空中佛國壞還成水面漚花滅又生體用何須論彼此根塵不必較虧盈三千刹土隨心變二八蟾光逐候明古往今來手翻覆黃河知是幾回清

三廣狹無礙

廣狹須知不滯形聖凡迷悟在心靈諸般水入方圓器一等空隨大小瓶菩薩天人依法界修羅蚊蚋飲滄溟自來平等真如體就急移寬也只寧

四一多無礙

十虚揑聚一毫頭百億毫頭刹海周習習和風薰草木茫茫大海攝川流絲絲直把明珠貫金像都將寶鏡收細看目前相入處盡歸方寸莫他求

五相卽無礙

萬法圓成一念中衆生世界盡牢籠光明大小珠相似赤白青黃色不同畢竟未知何處起如今方信本來空平常一句如何會日出西方夜落東

六微細無礙

曲折皆能一一隨窮幽極渺固委移纖毫蜜滴蜂吞處九曲珠穿蟻度時芥子孔中藏大海藕絲竅裏著須彌燎原起自如熒火智者猶因取喻知

七隱顯無礙

千差萬别任縱然不落高低染淨邊聖處卽凡凡卽聖圓時能缺缺時圓節文竝似初生笋因果渾如未剖蓮但屬自心非外境陰晴同是本來天

八重現無礙

一塵一刹一如來刹刹塵塵靡不該帝釋殿前珠作網梵王宮裏鏡臨臺風休巨浸星辰入日照芳池菡萏開包裹虛空只這是靈明廓徹信奇哉

九主伴無礙

大華藏海舍那身眷屬莊嚴處處眞列宿光明瞻玉兎諸王富貴屬金輪江河浪動無非水草木花開總是春一念十波羅蜜滿此中誰我復誰人

十三世無礙

水中葫蘆捺得沈非來非去亦非今空花亂落隨流水石笋新抽出遠林休把此言論妙道待將何物比眞心永明老子輕饒舌輸我西窓茗椀深

澄靈散聖山居偈如寶藏主求和

因僧問我西來意我話山居是幾年佛祖位中休著脚凡愚社裏且隨肩三間屋子藏山塢萬樹松花照石泉曠大劫來無改變阿難依舊世尊前

寄天童乎中和尚

長庚峰頂白雲間捧劄西來笑展顏幾疊巖巒圍丈室萬株松樹繞禪關當年金碧誰將去今日天龍合送還老我恰如窺豹者管中時復見斑斑

寄大慈晦谷和尚

靈巖又復轉花巖數到慈雲恰好三我望鄉關千里隔君將佛法一肩擔金毛踞地誰能近玉麈生風不倦談握手未知何處是晚天涼月出東南

四料揀

奪人不奪境三竿曉日千門靜桃花樹樹近
前池不見佳人來照影
奪境不奪人玉鞭金鐙賞殘春千紅萬紫歸
何處驀地風來卷作塵
人境兩俱奪漠漠長虵圍偃月誰敢當頭犯
太阿直教萬里人蹤絶
人境俱不奪上下四維春似潑聖主垂衣日
月明將軍放馬乾坤濶

總頌

一具枯骨成牙齒兩片薄皮爲耳朶昨夜三
更失却牛天明起來失却火

四賓主

賓中賓魚目將爲無價珍瞎眼波斯來打合
一般病痛一般貧
賓中主東西不辨喃喃語手中杖子不曾離
錯認燈籠爲露柱
主中賓德不孤兮必有鄰玉殿瓊樓無草蓋
不知誰是帝鄉人
主中主大用現前沒規矩金毛獅子一滴血
迸散驢兒十斛乳

總頌

何門不向此門歸萬煅爐中鐵蒺蔾不是山
僧多指注大家惜取兩莖眉

四喝

一喝如金剛寶劍劈面揮時難韓閃不論佛
祖與天魔纔有纖毫須痛斬
一喝如踞地師子古塚野狐逢卽死若是金
毛師子兒展開四足搖雙耳
一喝如探竿影草可中誰了誰不了碧眼胡
兒舉鐵鞭玉門關透長安道

一喝不作一喝用十月黄河連底凍小小狐兒掉尾行這回不要虚驚恐

三玄三要

第一玄釋迦彌勒有何傳人間天上來還去古井茫茫把雪填

第二玄未曾開口在言前電光石火親提得鼻孔依然被我穿

第三玄胡孫上樹尾連顛只因掣斷黄金鎖便把心肝樹上懸

第一要了無奇特并玄妙未曾噇飯肚皮空久不喫茶唇舌燥

第二要門外讀書人來報烏有先生作狀元子虚聽得呵呵笑

第三要只爲慈悲成落草非我非渠也大奇蟭螟眼裏山河繞

首山綱宗偈

郎君拙非拙體瑩如冰雪背挽兎角弓射落天邊月

女兒巧非巧一老一不老騎却水牯牛莫教入荒草

汾陽三訣

第一訣佛祖曾超越莫話未生前休論心路絶

第二訣動靜誰甄别龜毛扇子扇泥牛一點血

第三訣江南并兩浙春和萬樹花冬冷千巖雪

十智同真

甚人同得入俊鶻趂不及打破鳳林關穿靴水上立

與誰同音吼面南看北斗猴愁摟搜頭狗走抖擻口
作麽同生殺向上一路滑潘閬倒騎驢梵志翻著襪
甚人同得失判官手裡筆冷水浸冬瓜大家厮㴪湑
那箇同具足如賊入空屋拾得麗水金却是藍田玉
什麽同徧普蟭螟吞却虎船子下揚州大地無寸土
何人同眞智無是無不是雪峰曾輥毬俱胝亦豎指
孰與總同參特地口喃喃苦瓠連根苦甜瓜徹蔕甜
那箇同大事山形拄杖子北人不相鼻南人不相耳
何物同一貿三九二十七年年是好年日日是好日

黃龍三關

我手何似佛手兩兩三三九九李公醉倒街頭元是張公喫酒
我脚何似驢脚這裏踏他不著合眼跳過黃河徧界紅輪爀赫
人人有箇生緣不知誰後誰先趙州八十行脚謝郎只在漁船

寄高麗檜巖至無極長老

當年自說游高麗近日人傳住檜巖會下不知多少衆前三三與後三三
五冠山上看飛瀑下有寒潭萬丈深見說神龍吟已久全身入鉢大如鍼

眞身舍利無方所東國西天共一家不見彥
陽通度寺神光長繞佛袈裟
聞道江陵有五臺放光石寄一枝來文殊大
士分明現莫道迷雲掃不開
鳴沙灘上試揚鞭無數琵琶自動絃一色玫
瑰三百里渾將錦繡裹山川
金剛一萬二千峰遠近高低各不同那箇峰
頭堪著我他年縛屋隱其中
千重暗室萬年冰喚作瑠璃是假名不隔弟
兄相見眼扶桑夜半日輪明

和梁山十牛頌

尋牛

天涯海角徧黎尋直入萬重煙嶂深摒得今
朝與明日綠楊隄畔聽鸎吟

見跡

東西南北路頭多踏踏遺蹤可是麽仔細看
來無兩箇便從今去莫疑他

見牛

隔墻認角又聞聲雨過前村草正青一對眼
睛烏律律通身毛色畫難成

得牛

遼天鼻孔要穿渠直待金繩爛始除向去不
須分皁白和泥合水且同居

牧牛

從來一箇不羈身滿眼雲山滿眼塵今日稍
能知觸淨肯緣苗稼犯他人

騎牛歸家

前坡咫尺是儂家疊疊春山橫暮霞好箇歸
來時節子一鉤新月掛簷牙

亡牛存人

千重雲樹萬重山倒卧橫眠任我閑此景畫
圖收不得誰言身在畫圖間

人牛俱亡

返身踏破太虛空一處纔通處處通帀地普
天無影跡不知誰解立吾宗

返本還源

一一根門自有功聞聲見色不盲聾晨昏總
是尋常事睡起三竿海日紅

入鄽垂手

珍御全拋與歷來分明烏觜與魚腮斕天鑑
地能奇特盡使勞生眼豁開

十二時頌

子時大地黑漫漫不待重將正眼觀枕子忽
然拋落地須彌崩倒海枯乾
丑時遠近盡鷄鳴萬想千思睡不成身在世
間閑不得又穿衣服下皆行
寅時那箇是閒人貴賤賢愚總為身只管瞳
眠呼不起奴兒婢子也生嗔
卯時漸見日輪高已向堦前走幾遭鼻孔眼
睛忙似鑽千般不顧是眉毛
辰時未免去烹煎火澀柴生滿竈煙四隻鉢
盂三隻破一雙匙筯不完全
巳時作務也奇哉門戸支持客往來對坐喫
茶相送出虛空張口笑咍咍
午時赤日正當中五色摩尼耀太空撲碎都
來無一物依然赤白與青紅
未時樹影過窻西覿面相呈剗地迷從曠劫
來無間斷今朝何事隔雲泥
申時一日幾光陰早被桑榆暮景侵抖擻精
神休瞌睡啾啾烏雀滿園林

酉時紅日下西山草屋柴門及早關幾箇老烏松頂泊淸晨飛去夜方還

戌時無事莫開門靜卧寥寥四壁昏自有光明看不見見時生死不能吞

亥時洗脚上牀眠生在閻浮大可憐眠不多時天又曉未知休歇是何年

送琁上人禮祖

珠不曾穿玉不磨渾崙句子絶誵訛江西特地犇靈骨却是無風帀帀波

送道場磬維那

堂裏宣揚十號時陳如尊者亦開眉轉身問訊出堂去不覺踏翻瑤席池

送立禪人還七閩

玄沙不度飛鳶嶺百億山河拄杖頭子若歸鄉須驗看秤錘到井忽然浮

送遂藏主歸靈隱

從來佛祖碎玄關萬論千經下口難未動舌頭俱吐露白蓮峰月照人寒

送賢禪人

聖賢有甚麽奇特鼻孔元來搭上唇若起一毫增損見當知不是箇中人

送英禪人

英靈衲子久無聞一句當陽玉石分不把草鞋輕晒却吳山紅樹越山雲

送玄侍者

學道參玄俊衲僧千山萬水一枝藤始終不墮人窠臼他日方堪繼祖燈

送虎丘定藏主

睡虎元來是大蟲翻身跳出草窠中是凡是聖俱吞却方見楊岐正脈通

送玉泉昌侍者

布裩赫赤紙衣鮮不寫文殊與普賢抖擻更無塵一點肯將淨解污心田

送虎邱順侍者

白雲飛落劍池傍紙襖新糊玉一方塔影忽然顛倒卓爲渠懸筆寫提綱

送問禪行者

鳳凰山下劄一寨搴旗斬將罕逢人饒伊出得長蛇陣頂罩燒鍾一萬斤

送徑山志書記

山上鯉魚生一角忽然踍跳上青天俱胝道者無尋處却把龍王鼻孔穿

送容禪人

未別便行多少好須將白紙問人求鳳山未有工夫答且聽松風舉話頭

送昌禪人

一片寒雲海上横道人正泛鐵船行夜深珠向龍宫出無限光明動地生

送與禪人之天台

秋風剪剪葉飄飄去向天台度石橋一踏便須成兩截普通年事在今朝

謝人送炭

晚來燒起滿爐紅潦倒無能一病翁因憶古人生意在正當臘月有春風

夜坐

地爐兀坐燒殘葉童子酣眠喚不譍空盡大千無佛祖老蟲翻下夜龕燈

送一禪人

出叢林又入叢林渡水穿雲路轉深誰謂他鄉元不隔草鞋步步踏黄金

送日禪人遊南岳

南岳岧嶤插太虚道人獨往果何如老猿啼在雲深處露滴松梢月上初

送明禪人遊天台

五百聲聞不住山何拘天上與人間只消一盞黄茶水供罷依然舊路還

送贇禪人遊南岳

古路迢迢往復同白雲終日冷成堆半千尊者無尋處石上幽花帶露開

送宜禪人之姑蘇

洞庭一望水漫漫去路迢隨眼界寬紅蓼白蘋秋正好不知誰把釣魚竿

翫月

兎有形兮桂有枝何如光影未生時古今翫月人無數獨許南泉王老師

送清禪人叅方

雪盡莎根轉舊青幽房宿火響空瓶吳山越岫知多少那取工夫到祖庭

聞子規

啼來啼去一聲聲却笑離人不解聽何處故鄉歸未得白雲空鎖亂山青

送巳禪人

露濕長松曉未乾殷勤送別下層巒前途有問山居事但道冬來十月寒

因僧請益五祖演和尚語示之

滿城開盡牡丹花未免逢人撒土沙拈起庭前柏樹子趙州門戶隔天涯

寄憲使士敬王公

綉衣直指向東南百郡趨風盡聳瞻長羡昔年裴相國解從黄檗句中叅

此事當機覿面提休將祖意問東西相公判筆丘山重誰謂昇天別有梯

贈南嶽山禪人

舊結茅菴岳頂居年深且與世人疎曾垂一釣千峰上得箇黃鱗綠尾魚

寄同叅

試把虛空打一量虛空只抵一絲長一絲摘斷重量看赤脚波斯走大唐祖師留下一隻履東土西天誰往來拋向洞庭湖裏了却教滄海起塵埃

漁者

釣魚船上謝三郎只在蘆花深處藏高枕綠蓑歌一曲不知蓬背有嚴霜

因雪示衆

長空片片雪花飛眼底青山見亦稀最是禪庭消未得五雙十箇不知歸

道童叅政見訪

隼旟光裏昔曾培人我山高喝使摧記得省堂重會面禾城又是第三回祖意明明百草頭長江自古向東流須知此物非他物坐卧經行免外求

寒夜寄友

欲問平安半字無天寒夜冷坐圍爐因思熊耳峰前客謾有青青桂兩株

用韻答國清夢堂和尚

從來眼不見鼻孔東土西乾無祖師八十老僧頭雪白蒲團禪板且隨時天人日日雨旁陁怪爾空生黙坐何無夢老禪僧愛盡新豐曲和莫徭歌

答東山楚材和尚

我昔與君叅徑塢罕逢弟子過於師一千七百浩浩地翻憶太平無事時

鉢盂倒覆四天下拄杖横吞諸佛師不用腕頭些子力放開捏聚總臨時

答妙庵玄首座

飲光不得阿難陁續燄聯芳奈老何千里同風一句子漁人舞棹野人謌

好與法燈三十棒却將公案謗先師幸然寂照無傳授誰記拈槌竪拂時

答瓊西堂

同叅寄我妙伽陁不問如何與若何白雪陽春無此曲一回擊節一回歌

題船子夾山圖

劈口一橈天在水離鈎三寸水連天夾山不解抽身退尚待華亭覆却船

洞山云直道本來無一物亦未合得他衣鉢頌云

主人手裏秤高低買賣商量總不齊直是無人酬價數黄金白璧賤如泥

有僧下九十六轉語末後云設使將來他亦不受頌云

一路通時路路通誰分南北與西東春風不管鄉談别到處桃花似舊紅

送傳禪人

傳到無傳是正傳千鈞大法一絲懸當人不費纖毫力烜赫靈光滿目前

送舜禪人

叅見諸方尊宿來草鞋不枉踏塵埃深村古院無奇特慚愧高人到一回

送瓊禪人之天台

百煉爐中鑄鐵牛一莖草上現瓊樓豐干拍手寒山笑誰似渠儂得自由

送因禪人之江西禮祖

百億須彌鞋袋裏無邊刹土鉢囊中叅方若具叅方眼列祖齊教拜下風

送圓禪人

九夏功圓正此時鉢囊花綻一枝枝東西南北從君去頂後神光幾箇知

送敬禪人叅方

九到洞山雙眼碧三登投子兩眉横家家門外通霄路莫向古人行處行

送初禪人禮五臺

百城初友是文殊行脚叅方信不虛休問清涼山遠近有緣處處得逢渠

送德禪人之南岳

拈來拄杖化爲龍吞却乾坤不見蹤有問又須向伊道萬年松在祝融峰

送福知客之江西

誰是主人誰是客入門一著已先知馬駒踏殺人無數只有歸宗眼似眉

送省侍者省母

空花要覓生時蒂陽艷須尋起處波不是出家恩愛重夢魂偏在故鄉多

送安禪人往叅天童

誰道葫蘆醋不酸衲僧帶眼若爲謾長松一望二十里脚未跨門先膽寒

送先禪人用蔣山韻

曾在獨龍岡上住實公刀尺合將來將來呈似山僧看何故囊藏不肯開

送勤禪人禮白塔栴檀像五臺文殊

紫栴檀把黄金裹喚作如來丈六軀端的要知眞與妄五臺山頂問文殊

送人禮寶陁十首

大士分明立險關黑風裏面浪中間拚身入得翻身出潮到沙頭日上山

重重緑樹垂肩髮片片紅霞覆足裙合掌向前稱不審大千沙界一時聞

海潑爛銀千萬里山堆濃緑兩三重要知大士深相爲聽取朝朝暮暮鍾

恒沙菩薩盡同名唱出一聲千萬聲禿却舌頭啞却口青山盡處白雲横

有一觀音在面門舒光烜赫照乾坤曉風吹上盤陁石東望扶桑特地昏

觀音頂上戴彌陁心法何曾猒琢磨莫道聖凡相去遠須知大海本同波

萬種千般在一心寶陁巖上覓觀音直饒見得分明了依舊雲遮紫竹林

上人發足往南方大士眉間已放光記取重重相爲處海濤推日上扶桑

五更日上金鎔海萬里朝來雪滚沙一念信心知是妄普門曾不隔天涯

補陁巖是石頭堆日夜潮聲到兩回莫道觀音不曾現山高海濶賺人來

竺堂

西土大仙門戸别古今能有幾人登黄頭碧眼藩籬外入室輸他俊衲僧

鐵壁

千彝峭石勢崔嵬總是純剛打就來碧眼胡僧覷不破春風日日綉蒼苔

友巖

最難知是結交心鐵壁銀山百萬尋生死兩
岐俱識破石頭大小盡黄金
寶山
空手入來空手去黄金堆垜玉玲瓏等閑提
起一根草萬劫千生用不窮
無住
機輪轆轆見應難盤走珠兮珠走盤猶恠盤
珠有痕跡暮雲飛盡碧空寒
汝海
楚王城畔水東流未入滄溟不肯休到了何
曾分爾我一般波浪拍天浮
流出胸襟蓋天地小爲一滴大無邊明知不
是他家事只者波濤漲百川
太虛
内外空空無一物山河大地盡包藏踏翻有
海塵勞息打破乾城劫數長
元庵
三間茅屋從來住百鳥銜花幾度春户底門
頭雖换了依然不改舊時人
大經
釋迦老子口門窄般若華嚴小脫空將謂涅
槃包得盡摩訶兩字未開封
大愚
用巧人多用拙稀心如木石太無知就中自
有分明處懵懂元來不是癡
無盡
祖祖相傳只這是佛佛授手亦如斯海波乾
又須彌碎不見虛空有爛時
定山
屹然常在白雲中不比飛來小小峰幾度毗

嵐翻海岳何曾動著一株松

竹所

香嚴一擊便忘知大地平沈正此時打雨敲風千萬箇青青總是歲寒枝

春泉

東風浩浩水潺潺不隔千山與萬山識得根源何處起任流花片落人間

梅叟

看到南枝又北枝從教兩鬢白如絲幻華滅盡留眞實正是青青著子時

無旨

世尊何法可敷揚迦葉從來不覆藏且自栽田博飯喫說禪浩浩任諸方

蓬隱

圓嶠方壺深更深白雲一色蓋瓊林從來不與時人隔却笑人來海上尋

道林

本因言語顯無言不住中間與兩邊荆棘栴檀俱剗却免教枝葉惹風煙

無得

石女腰邊栽兎角鐵牛背上刮龜毛草庵忽卸瑠璃瓦古井蓬塵十丈高

道山

無心尚隔一重關險峻方知到頂難試問六年成底事凍雲深鎖雪漫漫

竺隱

五天居處絶埃塵只見青天不見人畢竟藏身没蹤跡没蹤跡處莫藏身

正宗

掀翻海嶽振乾坤南北東西此道尊臨濟德

山無棒喝不知將底付兒孫

大綱

四海都將一網收不須重下釣鼇鈎看他衆目分張處無限魚龍在裏頭

翠庭

歲寒常愛色青青曾是神光立到明階下任堆三尺雪祖師門户未常扃

劍關

一握吹毛凛似霜揮來那箇敢當場與君放出其中主百萬魔軍總被降

大千

百億須彌方揑碎恒沙世界又摶成藕絲竅裏挨紅日一片山河似掌平

靈仲

虚明一點從何起只在尋常日用中畢竟難謾破竈墮但將泥瓦合虚空

别峰

峭巍巍地揷天青峻壁懸崖有路登莫謂此中山勢險前頭更有最高層

象外

有形有相落凡塵無相無形未是真不在範圍天地内數聲清磬一閑人

無邪

偏中正與正中偏仔細推來著兩邊和這二邊都掃却一輪明月掛中天

一初

纔舉此心成第二寂然不動也非親須知佛法無多子坐斷乾坤日見真

實庵

拈却虚頭一著子入門不要問西東單單只

把空拳豎大坐當軒振祖風

天然

昔日丹霞騎聖僧馬師方便爲安名人人具足如斯體不是因緣造作成

鏡堂

鑄出元非百錬銅照時方信本來空白銀爲壁黄金瓦試問何人住此中

復初

返本還源一句子恰如混沌未分開明明數一爲千萬千萬重歸一上來

佛日普照慧辯楚石禪師語録卷第十五

音釋

蚊無分切音文齧人飛蟲也　鐙都鄧切音隥馬鞍兩旁足所踏也　鳶于權切音緣鷙鳥也　岧徒聊切音條岧嶤山高貌　混沌上户衮切音俱下徒損切音圂混沌元氣未分也

佛日普照慧辯楚石禪師語録卷第十六

侍者中端正㳟編

雜著 附水陸陞座及行狀塔銘

入上人血書華嚴經跋

夫常住眞心舉一塵而塵塵頓現難思妙德修一行而行行全彰踰衆色之依空若千波之帀海始從信地無位不周終至覺場本體何別㸔衆生迷於妄念不知卽妄以明眞諸佛照於圓宗所以唱玄而設教事非報化之末跡理絶凡聖之常談今古熾然物我交徹此雜華之大旨爲羣經之元首也與比丘悟入證十法界入重玄門泯性相而不無示身心而非有刺血爲墨書寫是經下筆時親見普賢彈指處已㳟慈氏積刧求之而不足半偈得之而有餘當令神物護持廣作世間餘益

血書蓮經跋

妙理虛玄眞乘湛寂念而無念甘露沃其心持而不持金印封其口所以分身佛集多寶塔來遠近同歸古今共貫三世如來法施之式十方菩薩悟入之因謾勞歷刼證修不出刹那圓具然鍾鼓非禮樂之本而器不可去文字非宗乘之極而書不可無因筌以得魚藉指而觀月昔藥王然身於淨明德佛釋迦屈體於阿私陁仙卽以不堅之身了於常住之法慧光蘭若比丘德慧刺血而書此經畢命以弘斯道毫端散綺諸天莫不雨花紙上流金大地爲之震動譬夫膏油相續而燈不滅條甲無間而木向榮愼厥終惟其始佛法無多子火長難得人勉之

經王尊貴秘藏幽深究竟絶於名言方便令其悟入自如來開演出彼千齡及羅什再翻成玆七軸受持讀誦如飲海以無邊書寫流通若量空而不盡潛利陰益妙用恒沙隨喜讚揚神功叵測粤有比丘惟德者丹誠貫日素檢懐霜念得度之縁非師不具臻報恩之極捨佛何由由是發起行雲煉磨心地瀝十指血終七軸經以報師恩以酬佛廕推此志也豈小縁哉凡我同流宜加讚歎

書楞嚴經

性覺妙明亘古今而不變本覺明妙在迷悟而皆如假喻虚空而不空發揮羣相而非相超乎聞見異彼因縁交光相羅彌滿清淨十方諸佛同宣了義之玄旨一切衆生咸具圓通之正體只爲客塵擾擾豈知日用昭昭耳目所拘執解騎聲葢色根塵未脱安能息慮忘縁墮情想之樊籠感昇沈之業報譬如眚目暈此明燈宛若漚花發於巨海外列山河世界中分鬼畜人天本因織妄而成莫匪瞪勞而現四三宛轉十二輪環生死死生有無無有直下斷除愛欲還他調御丈夫自今疾至菩提教我多聞弟子超越五藴區宇廓清十種禪那如能宣此咒心乃可制諸外道利人利已世出世間證不動尊成無上覺禾城澄照沙彌智祚少年苦行鋭志禪門具足爍迦羅心書寫首楞嚴典一誠注相十帙奏功誓畢世以受持命謭才而稱述姑伸梗槩甚愧荒蕪云爾

題十六羅漢畫卷

梵語阿羅漢此翻殺賊應供無生中含三義

故東土不翻殺賊者是殺無明賊應供者應天上人間之供無生者了自性涅槃本自不生今亦非滅般若云斷順上分五結永盡名阿羅漢上五結者一色愛謂色界愛二無色愛謂無色界愛三無明謂心不了四掉謂心躁動五慢謂心自高華嚴云上品十善以智慧修習心狹劣故怖三界故闕大悲故從他聲聞而解了故名聲聞乘此阿羅漢唯佛一人能訶責之令其進修不已而圓佛果餘小衆生不宜輕忽但當恭敬供養求福世出世間而爲津梁外書云千里之行始於足下九層之臺起於累土夫豈不然哉

大悲像記

大悲千手眼者觀音大士應化之身也恭惟大士因地行願可得而言者已備載於諸經若曰神功聖德千變萬化蓋不可得而思議也假使有人以百億須彌山爲筆以百億大海水爲墨以百億娑婆世界爲紙始從今日盡未來際大書特書屢書不一書以捃摭之於百千那由他恒河沙不可說不可說轉分中未能書一分也復次有人以十方空諸佛國土稻麻竹葦草木叢林悉爲微塵一一塵悉化無量身一一身悉具無量舌一一舌悉縱無量辨始從今日盡未來際顯說密說晝夜說無間歇以贊詠之於百千那由他恒河沙不可說不可說轉分中未能說一分也雖然多之所宗之謂一一卽一切一切卽一其小無內其大無外若然者雖以一丸之土一指之木一銖之金爲之像設亦何異於百萬三千大千世界之身座乎至正四年秋子來

主壽山明年與衆議建萬佛寶閣又明年閣
成又明年而得耆舊比丘若欽施財造大悲
像明年而功就於戲法身固不可以數測今
示其小者特丈六之軀耳其面二千有一其
手一千有八其目則如其手之數而加面焉
其四十二手各有所執光暎於座座承於足
由足下座石至頂上化佛高凡四十尺有奇
木用楠桐椺用朱漆金用純金日光在左月
光在右善財龍女韋天大權以次列侍驟開
戸而望之晃晃乎若七金之山來從海上而
屹立於前也大哉施心固不可以物計今標
其信者特緡錢一萬餘耳亦豈易耶嘗歎欽
之積財儉不爲巳既重飾大殿佛像而復力
爲此像人方口之而不置欽獨謙之而不伐
斯人也將欲警夫後人也故有作焉後人也
將欲繼夫斯人也宜有述焉若無作又無述
雖有此記誰無記記若有作又有述雖無此
記誰有此記是不可不記也龍集巳丑至正
九年春住持梵琦撰

重修釋迦如來眞身舍利寶塔頌

諸佛如來出現於世莫不皆示八種之相從
初降神誕生乃至出家修道降魔成佛轉法
輪最後入涅槃碎紫金軀爲八萬四千舍利
使天人龍鬼造塔供養罪滅福生終在菩提
我本師釋迦牟尼如來此云能仁寂默當現
在賢劫第四佛住兜率天爲護明大士滿足
天尊四千歲補處時至於是下生迦維羅衛
國淨飯王宮乘日象入摩耶夫人胎十月滿
足從右脅而誕當東震旦國周昭王二十四
年甲寅歲四月八日也至四十二年二月八

日遊四門踰城出家時年十九歷試邪法摧伏外道穆王三年癸未歲二月八日明星現時成道爲憍陳如等五人轉四諦法輪皆證道果住世說法四十九年後告上首神足摩訶迦葉云吾以清淨法眼涅槃妙心實相無相微妙法門分付於汝汝當護持并敕阿難副貳傳化無令斷絕又付金縷僧伽梨衣轉授慈氏付囑訖即於熈連河側娑羅雙樹間右脅累足泊然而逝實穆王五十二年壬申歲二月十五日也闍維火滅八王共分舍利歸國建塔競留供養滅度一百年有王名阿育此云無憂取諸塔中所有舍利八萬四千顆造八萬四千塔閻浮聚落滿一億家者耶舍尊者遣鬼神以一塔鎮之按宣律師感通録震旦塔凡十三所劉薩訶所禮者獨明州阿育王寺舍利光明特盛至誠祈禱必彰感焉梵琦生緣象山九歲出家便聞建塔功德最大往往默感於心天曆元年戊辰歲二月三日住持海鹽州天寧永祚禪寺時年三十四壬申歲建千佛閣元統二年甲戌歲夢龍王獻寶因募塔緣檀施日臻後至元二年丙子歲春龍化蜿蜒之形於丈室五彩畢備四方來觀之凡兩月而去及塔成復來隱見非一至今祀爲應夢龍王夏塡築塔基三年丁丑歲九月二十三日子時起手建塔至辛巳歲奏功凡七層八面高二十四丈莊嚴綺麗見者皆悅越十二年兵興己亥秋失寶瓶計白金二百兩當是時謝事嘉禾天寧結菴開居衆請再領寺事乃造鍮石寶瓶取至正二十四年甲辰秋九月二十四日奉瓶修塔天

雨寶花明年乙巳歲七月泥葢方畢自丁丑至乙巳凡二十有九年矣梵琦年七十瞻禮旋繞歡喜踊躍百拜稽首而說頌言

如來舍利無有邊不啻八萬四千顆天上人間所造塔其數過於恒河沙金銀眞珠與瑠璃車渠琥珀及瑪瑙或用玻璃水晶等并黑沈水赤栴檀種種雕鏤巧嚴飾所獲妙果不思議或奉一花供一香或但低頭合指爪或繞一帀禮一拜莫不皆坐菩提場或以香水洒其地或磨香泥塗其壁或燒油燈作光曜無有不圓佛智者已去釋迦滅度以塔爲第一之福田盤如棗葉刹如鍼其影巍然至梵世譬如虛空平等入不離塵隙芥子孔我今興建大浮圖亦有先佛眞身住廣博嚴麗包法界一切如來處其中諸大菩薩及聲聞莫不俱來受供養天龍八部咸訶護凡有目者悉觀瞻明月寶珠置其頂寶篋眞言實其腹入夜銀釭射星斗熾然花開天樹王八角風鈴演妙音七層欄楯共圍繞普爲衆生作饒益功德高厚若須彌亦如大海納百川亘古亘今鎮長在願共法界諸含識同得往生極樂國

韋陁尊天贊

妙高四埵南有提婆其下將軍名曰韋陁位在童眞護我支那兜鍪鎖甲持杵降魔二十八部三十二將將中最賢帝釋所仗坐則爲起背則爲向護善遮惡積德修行末世比丘稟戒不全起居食息實賴尊天如跛得杖如渡得船受佛付囑願海無邊

水陸陞座

洪武元年九月十一日欽奉
聖旨於蔣山禪寺水陸會中陞座
師云眞如淨境界一泯未嘗存能隨染淨緣遂成十法界法界者衆生心也衆生心即佛心大哉心乎無形無相充徧十方亘古亘今包含萬有但在衆生分上一向染用謂之無明諸佛分上一向淨用謂之佛性無明佛性是二俱空然而衆生不了於空無明所惑從無量劫而至今世因身口意起貪嗔癡貪行多者二萬一千嗔行多者二萬一千癡行多者二萬一千等分行者二萬一千共造八萬四千諸煩惱業生羅王憲死在地獄動經劫數未有出期古德有言一切苦果因業而受受盡還無何苦之有豈不見梁朝傳大士心王銘云觀心空王微妙難測無形無相有大神力能滅千災成就萬德體性雖空能施法則觀之無形呼之有聲爲之法將心戒傳經水中鹽味色裏膠青決定是有不見其形又云欲求成佛莫染一物心性雖空貪嗔體實入此法門端坐成佛豎起拂子云還見麽無量壽世尊即今在拂子頭上放大光明普照十方盡虛空徧法界不可說不可說又不可說極微塵數三千大千世界百億日月百億四天下百億四大海百億五須彌百億欲界天宮殿百億色界天宮殿百億無色界天宮殿於中一一世界天宮殿内皆有菩薩海衆圍繞隨機說法各各不同頓說漸說實說權說縱說横說顯了說葢覆說凡有所說皆說此心何一理而

不圓何一事而不備何一塵而不攝何一剎而不收這裏見得未度令度未解令解未到彼岸者令到彼岸未證涅槃者令得涅槃

皇恩佛恩一時報畢其或未然更添注脚去也擊拂子云還聞麼這裏聞去諸人耳在一聲中一聲普徧諸人耳此是觀音大士圓通法門十方俱擊鼓十處一時聞此是圓眞實隔垣聽音響遐邇俱可聞此是通眞實聲無旣非滅聲有亦非生生滅二緣離是則常眞實是故諸佛於此得之徧十方界成等正覺菩薩於此得之圓滿六度萬行獨覺於此得之洞明十二緣生聲聞於此得之三明六通證八解脫諸天於此得之高超十地人倫於此得之具足衆善修羅於此得之永絶憍慢地獄於此得之咸脫苦輪乃至餓鬼旁生并及四生九類一切含識於此得之莫不悟自心佛成自心佛金剛般若云過去心不可得未來心不可得現在心不可得心旣不可得佛亦不可得菩薩亦不可得獨覺亦不可得聲聞亦不可得諸天亦不可得人倫亦不可得修羅亦不可得餓鬼旁生四生九類一切含識亦不可得此不可得亦不可得永嘉大師道了了見無一物亦無人亦無佛大千沙界海中漚一切聖賢如電拂所以二祖神光參初祖菩提達磨曰我心未寧乞師安心初祖云將心來與汝安神光云覓心了不可得初祖云與汝安心竟以拂子劃一劃云劃斷葛藤正與麼時果滿功

圓一句作麽生道將此深心奉塵刹是則
名爲報
國恩欽惟
皇帝陛下英武仁聖削平海内子育兆民九
夷八蠻罔不賓服是以梯山入貢航海獻
琛元年大赦天下洽以寛恩無辜寃枉亦
蒙濟拔
特賜銀帑命善世院就蔣山禪寺修建冥陽
水陸
大齋一晝夜於中作諸佛事供佛賢聖天
地神祇三界鬼神并召臣僧梵琦舉唱宗
乘所集功勛並用超度四生六道無辜寃
枉悉脱幽冥往生佛土成就菩提所願如
意珠爍破無明窟智慧劍截斷生死根因
大法以悟心趣樂邦而見佛復舉梁朝武
帝請傅大士講經大士登座揮尺一下寶
公菩薩謂帝曰陛下還會麽帝默然菩薩
云大士講經竟師拈云今日
聖恩令臣僧梵琦陞於此座舉揚第一義諦
普願逝流同成佛道釋迦老子四十九年
説不盡底細大法門盡被傅大士一時吐
露了也且道節文在什麽處冥陽水陸大
齋縁徧滿三千與大千東走金烏西玉兎
上窮碧落下黄泉永抛業識無明海高坐
如來妙寶蓮恩重須彌何以報祝延
聖壽萬斯年
洪武二年三月十三日欽奉
聖旨於蔣山禪寺水陸會中陞座
師云震法雷擊法鼓布慈雲令洒甘露卽
今法雷已震法鼓已擊慈雲已布甘露已

洒且道山僧說甚麽法說向聲聞乘法耶說向獨覺乘法耶說向菩薩乘法耶說向阿耨多羅三藐三菩提法耶說向凡夫界法耶教中道法界中無有法名向聲聞乘向獨覺乘向菩薩乘向阿耨多羅三藐三菩提無有法名向凡夫界無有法名向染向淨向生死向涅槃何以故諸法無二故譬如虛空若去來今求不可得然非無虛空據實而論只遮虛空早是釘橛了也雲門手中扇子踍跳上三十三天觸著帝釋鼻孔東海鯉魚打一棒雨似盆傾諸人又作麽生會良久云不起纖毫修學心無相光中常自在又云不是心不是佛不是物是箇什麽明白道了也更要解註那此事不在言語上十雙五箇作言語會苦哉屈哉香嚴和尚道如人上樹手不攀枝脚不踏枝樹下忽有人問祖師西來意若荅他則喪身失命若不荅他則違他所問荅則是不荅則是大慧和尚云我這裏禪如一團火相似若觸他則燒殺你若背他則凍殺你只如永嘉大師有兩句子與賊過梯道什麽鏡裏看形見不難水中捉月爭拈得平如鏡面險似懸崖金剛取泥處是我屋裏人知得更饒箇古話吾宗第四祖優波毱多尊者因一族姓子出家夜投天寺宿尊者乃作方便化一夜义擔一死人來更有一夜义空手而至二鬼共諍一言我擔死人來第二者言我擔死人來前一鬼言我有證人此人見我擔死人來時此人念言我今必定死應作實語語後鬼言此

死人者前鬼擔來非是汝許後鬼大瞋拔其一臂前鬼以死人臂還續如故後鬼復拔一臂前鬼更拔死人臂還復補處後鬼拔其兩脚前鬼悉以死人脚補之如本如是二鬼共食所拔新肉卽便出去此族姓子豁然大悟今日

聖天子普度幽冥令臣僧梵琦說法度諸佛子所冀一言之下泮然無疑知一切法卽心自性成就慧身不由他悟如夢忽覺如蓮花開正恁麼時如何舉似一百五日近清明上元定是正月半復舉昔有士人撰無鬼論鬼現身云我輩士人無對後來五祖演和尚代以兩手合作鵓鴣觜云谷谷呱師拈云五祖和尚可謂是千聖頂上拈來萬人叢中指出語默所不到情解所不及向上一句作麽論量常憶江南三月裏鷓鴣啼處百花香

楚石和尚行狀

師諱梵琦字楚石小字曇曜明州象山人姓朱氏父杲好善有隱德母張事佛惟謹以大元元貞二年丙申之歲六月丁巳夢日墮懷中而生師師在襁褓中有神僧來見之謂其父曰此兒佛也他日必當振佛法照曜濁世宗族鄉黨因以曇曜字之四歲失怙恃祖母王氏鞠之口授以論語輒能成誦或問書中所好者何語卽應曰君子喻於義六歲善屬對七歲能書大字詩書過目不忘一邑以奇童稱之九歲抵西浙從海鹽天寧訥翁模公受經業又依從族祖晉翁洵公於湖之崇恩趙文敏公以

先朧在崇恩數往來其間每見師異之爲鬻僧牒禮訥翁得度年十六於杭之昭慶受具戒爲大僧是時文采炳蔚聲光藹著兩淛名山宿德爭欲招致座下徑山虛谷陵天童雲外岫淨慈晦機熈各有龍象數百更稱譽之年二十晉翁還道場命爲侍者旣又俾典藏鑰一日閱首楞嚴經至緣見因明暗成無見不明自發則諸暗相永不能昏因有省入由是閱内外典籍宛如宿習然於佛祖向上一著終有滯礙元叟端和尚主徑山道望重天下師往叅次卽問如何是言發非聲色前不物叟遽云言發非聲色前不物速道速道師擬進語叟震威一喝師乃錯愕而退會英宗皇帝詔善書者赴闕金書大藏經師在選中辭叟遂行旣至館於萬寶坊近崇天門一夕睡起聞綵樓上鼓鳴豁然大悟徹見徑山爲人處述偈曰崇天門外鼓騰騰蓦劄虛空就地崩拾得紅爐一片雪却是黃河六月氷實甲子正月十一日也是歲東歸再叅元叟於徑山叟迎笑曰且喜汝大事了畢自是師資徵決佛祖機緣渙然矣叟遂以第二座延之而學者多咨扣焉未幾以行宣政院命出世海鹽州之福臻一香供元叟是爲妙喜五世云天曆戊辰遷州之天寧至元乙亥還杭之報國至正甲申遷嘉興郡之本覺丁亥帝師錫號曰佛日普照慧辯禪師丁酉遷郡之天寧巳亥有退休志以海鹽天寧有山海之勝遂築寺西偏以居別自號西齋老人癸卯寺主者祖光

告寂州大夫强師復主寺事戊申舉得法上首景巘自代而復老於西齋焉
皇明啓運混一海宇
天子念將臣或没於戰民庶或死於兵宜以釋氏法設寘以濟拔之於是以洪武元年九月十一日徵師説法於蔣山廷臣奏其説
上大悦明年三月復用元年故事再徵於蔣山説法
上聞其説又大悦十五日賜宴文樓下親予勞問
詔館於天界寺十日及行出内府白金以賜又明年秋
上以鬼神之理甚幽意先佛必有成説宜徵其徒之嘗爲師德者問焉於是淛水東西被召者凡十有六人予與師洎夢堂噩公與焉七月十二日至天界館於方丈
上命禮部官勞又命膳部賜薪米等物尋以所問命講究明白候齋日奏對而師以二十二日示微疾然與諸師援據經論辨覈其理自若也二十六日忽索浴更衣跏趺書偈曰眞性圓明本無生滅木馬夜鳴西方日出置筆謂夢堂曰師兄我去也堂曰何處去師曰西方去堂曰西方有佛東方無佛耶師乃震威一喝而逝禮部官以遺偈聞
上爲嗟悼久之翰林學士宋公景濂危公太樸與師爲方外友尤痛惻焉龕奉四日顔

色愈明潤緇白瞻禮如佛涅槃天界住持白菴金禪師乃古鼎銘和尚嗣法上首師之法門猶子也凡後事莫不盡禮同召諸師咸以法供養焉時例禁火化
上以師故特開僧家火化之例是日天宇清霽送者千餘人火餘牙齒舌根數珠不壞舍利五色紛綴遺骼粂學弟子文晟奉其遺骼及諸不壞者歸海鹽以八月二十八日葬於西齋而塔焉師平日度人或以文字而作佛事六會語梓傳已久外有淨土詩慈氏上生偈北遊集鳳山集西齋集又有和天台三聖詩永明壽禪師山居詩陶潛詩林逋詩總若干卷並行於世師所在施者雲集凡所營建咄嗟成功在海鹽天寧建大毘盧閣範銅肖毘盧遮那佛千佛文殊普賢大悲千手眼菩薩等像位置上下相好殊勝又建寶塔七層高計二百四十餘尺塔成忽偏倚欲仆師懼禱于佛一夕大風雨州民聞空中有聲曰急往天寧救塔明日塔乃四正如初及師再來塔以兵燹殆廢且失頂之寶瓶師復鳩施完葺之時景瓛爲徑山書記以錢命鑄寶瓶補之上瓶之日天花紛雨異香滿空州民聚觀駭歎無已在本覺建大閣上以奉萬佛下以奉大悲菩薩十地菩薩閣之雄偉像設之莊嚴殆冠西淛師爲人身短小而志器弘大體無爲而神應莫測熾然作用無非以實相示人俾之悟焉證焉而後已故雖有營建之美辭辨之富而實無作也無說也譬猶春之於花月之於水所可形容

者影與色香耳道化所被薄海内外高麗日本學者尤欽慕焉世壽七十五僧臘六十有三得度者若干人嗣其法者若干人景瓛文晟將謁辭於當代大手筆以銘其塔以昭示來學請予録其行實予始在徑山與師交甚契又同稟法於元叟和尚其後往來東西浙得師出處爲詳洎師示滅又親覩其光明之効不可辭也第以衰病紀次繁陋然立言君子於斯或有所稽焉

洪武庚戌九月初吉前住紹興府崇報禪寺法弟至仁謹狀

佛日普照慧辯禪師塔銘有序

皇帝卽位洪武之元年端居穆清憫念四海兵爭將卒民庶多歿於非命精爽無依非佛世尊不足以度之秋九月詔江南大浮圖十餘人於蔣山禪寺作大法會時楚石禪師實與其列師升座說法以聳人天龍鬼之聽竣事近臣入奏

上大悅二年春三月復用元年故事

召師說法如初錫燕於文樓下親承

顧問暨還出内府白金以賜三年之秋

上以鬼神情狀幽微難測意遺經當有明文妙柬僧中通三藏之說者問焉師與夢堂噩公行中仁公等應

召而至舘于大天界寺

上命儀曹勞之既而援據經論成書將入

朝敷奏師忽示微疾越四日趣左右具浴更衣索筆書偈曰眞性圓明本無生滅木馬夜鳴西方日出書畢謂夢堂曰師兄我將去矣夢堂曰子去何之師曰西方爾夢堂

曰西方有佛東方無佛耶師厲聲一喝泊然而化時七月二十六日也天界住持西白金公法門猶子也爲治後事無不盡禮時制火葬有禁禮部以聞

上特命從其教荼毘之餘齒牙舌根數珠咸不壞設利羅粘綴遺骨纍纍然如珠其弟子文晟奉骨及諸不壞者歸於海鹽卜以八月二十八日建塔于天寧永祚禪寺葬焉旣葬嗣法上首景瓛復偕文晟以仁公所造行狀來徵銘仁公博通内外典文辭簡奥有西漢風其言當可信弗誣謹按狀師諱梵琦楚石其字也小字曇曜明州象山人姓朱氏父杲母張氏張夢日墮懷而生師方在襁褓中有神僧摩其頂言曰此佛日也他時能照燭昬衢乎人因名之爲曇曜云年七歲靈性穎發讀書卽了大意或問所嗜何言卽應聲曰君子喻於義至於屬句倣書皆度越餘子遠近號爲奇童九歲棄俗入永祚受經於訥翁模師尋依晉翁洵師於湖之崇恩洵師師從族祖也趙魏公見師器之爲鬻僧牒得薙染爲沙門繼往杭之昭慶受具足戒年已十有六矣洵師遷住道場師爲侍者居亡何命司藏室閱首楞嚴經至緣見因明暗成無見處恍然有省歷覽羣書不假師授文句自通然膠於名相未能釋去纏縛聞元叟端公倡道雙徑師往問云言發非聲色前不物其意何如元叟就以師語詰之師方擬議欲荅叟咄之使出自是羣疑塞胸如塡鉅石會元英宗詔粉黄金爲泥書大藏經

有司以師善書選上燕都一夕聞西城樓鼓動汗下如雨拊几笑曰徑山鼻孔今日入吾手矣因成一偈有拾得紅爐一點雪却是黄河六月氷之句翻然東旋再入雙徑元叟見師氣貌充然謂曰西來密意喜子已得之矣遽處以第二座且言妙喜大法盡在於師有來叅叩者多命師辯決之元泰定中行宣政院稔師之名命出世海鹽之福臻遂升主永祚永祚師受經之地爲剏大寶閣範銅鑄賢刧千佛而毘盧遮那及曼殊師利普賢千手眼觀音諸像並寘其中復造塔婆七級崇二百四十餘尺功垂就勢將偏壓師禱之夜乃大雨風居氓聞鬼神相語曰天寧塔偏亟往救之遲明塔正如初還杭之報國轉嘉興之本覺更搆萬佛閣九楹閎宏偉壯麗儼如天宮下移人世帝師嘉其行業賜以佛日普照慧辯禪師之號佛日頗符昔日神僧之言識者異焉會報恩光孝虚席僉謂報恩一郡巨刹非師莫能居之師勉徇衆請而往尋退隱永祚築西齋爲終焉之計至正癸夘州大夫强師主其寺事時塔燬于兵師重成之景𤅎爲代復歸老于西齋云師爲人形軀短小而神觀精朗舉明正法滂沛演迤有不知其所窮凡所涖之處黑白嚮慕如水歸壑一彈指間湧殿飛樓上揷雲際未甞見師有作君子謂師縱横自如應物無跡山川出雲雷蟠電掣神功收斂寂然無聲由是内而燕齊秦楚外而日本高麗咸咨決心要奔走座下得師片言裝潢

襲藏不翅拱璧師可謂無愧妙喜諸孫者矣師世壽七十五僧臘六十三得法者若干人受度者若干人其說法機用則見於六會語其遊戲翰墨則見於和天台三聖及永明壽陶潛林逋諸作別有淨土詩慈氏上生偈北遊鳳山西齋三集通合若干卷並傳於世余慕師之道甚久近獲執手護龍河上相與談玄因出賸語一編求正師覽已歎曰不意儒者所造直至於此善自護持之師善誘推此一端亦可槩見及聞師殁與國史危公哀悼不自勝危公亦深知師者也銘曰

大鑒密旨餘十傳妙喜起蹴龍象筵有如大將據中堅鐵卒十萬佩櫜鞬或觸之者命髮懸誰歟五世稱象賢佛日曉出瀛海暎紅燄閃閃行中邊流光所至無幽玄憶初飛錫來北燕彤樓畫鼓金星纒一擊三際皆廓然火中新敷清淨蓮紺色涵空絶葷羶自茲口噴百丈泉洗滌五濁離腥羶內而諸夏外朝鮮紛紛來者人駕肩示以實相非空言塔廟赫赩名山川一佛能變萬與千會萬歸一道則全不識謎爲有漏緣

帝敕中使來傳宣鍾山說法超沈緜萬人瞻依曲兩拳一朝入滅同蛻蟬西方彈指卽現前白玉樓閣瑠璃田金鈴寶樹演眞詮師之往矣神弗遷寂光常定無偏圓我作銘詩翠琰鐫昭朗盛烈垂年年翰林學士亞中大夫知

制誥兼修

國史金華宋濂撰并書

翰林侍講學士中順大夫知

制誥同修

國史臨川危素篆題

佛日普照慧辯楚石禪師語録卷第十六

音釋

燹蘇典切音銑火也　纍倫追切音欙纍纍乎端如貫珠　繈褓上舉兩切音鏹下補抱切音保繈褓小兒衣也　櫜居勞切音豫馬上盛弓矢器子　暵而宣切音褻城下田也　艴許極切音奭大赤也

佛祖歷代通載

嘉興路大中祥符禪寺住持華亭念常集

清刻龍藏佛說法變相圖

佛祖歷代通載卷第一

序

浮圖氏之論世動以大劫小劫爲言中國文字未通蓋不可知也摩騰竺法蘭至漢而後釋迦佛之生滅可以逆推其歲年自是中國之人得以華言記之自天竺及旁近諸國東來者莫盛於西晉至於姚秦石趙等國其人則鳩摩羅什佛圖澄那連耶舍曇無讖諸師而東土卓絶竒偉之士生肇融叡等相爲羽翼翻譯經義盡爲華言而佛理之精無不洞究先覺之士至有逆知其至理之未至者佛學之行莫慱於此時矣爾天道安至於遠公辟地東南佛陁耶舍遠相從游而辟世君子相依於離亂之世乃若寳公雙林諸公起而說法而佛學大盛於東南矣若夫智者弘法

華於天台三藏開般若於唐初清凉廣華嚴於五臺密公說圓覺於草堂宣公嚴律教於南山金剛啓秘密於天寶大小三乘唯識等論專門名家毫分縷析汗牛充棟學者千百有皓首而不能窮極者焉達磨之來則有五傳其衣五宗斯立同源異派自梁歷宋謂之傳法正宗我

國朝秘密之興義學之廣亦前代之所未有此其大略也記載之書昔有寶林等傳世久失傳而傳燈之録僧寶之史僅及禪宗若夫經論之師各傳於其教宰臣外護因事而見録豈無遺闕近世有爲佛祖統紀者倣諸史記書事無法識者病焉時則有若嘉興祥符禪寺住持華亭念常得臨濟之旨於晦機之室禪悅之外博及羣書乃取佛祖住世之本末說法之因緣譯經弘教之師衣法嫡傳之裔正流旁出散聖異僧時君世主之所尊尚王臣將相之所護持論駁異同參考訛正二十餘年始克成編謂之佛祖歷代通載凡三十六卷其首卷則言彰所知論器世界情世界道果無爲五論則我

世祖皇帝時

發思八帝師對

御之所陳說是以冠諸篇首其下則以天元甲子紀世主之年因時君之年紀教門之事去兵繁雜謬妄存其證信不誣而佛道世道汙隆盛衰可並見於此矣嗟夫十世古今不離當念塵影起滅何足記哉嘗見溈山有問於仰山仰山每有年代深遠之對則亦憫先覺之無聞者乎而法華一經前劫後劫十號

無二又曰觀彼久遠猶若今日則此書宜在所取乎至正元年六月十一日微笑菴道人虞集序

華亭梅屋常禪師本傳通載序

夫語言文字載道之器傳遠之用歷千古微簡牘何以紀事考實耶

大成至聖春秋作而賊亂懼

大覺世尊經律集而賢哲與其五經六藝諸子百家立言垂訓後之來學明今酌古遊心仁義非編冊之益乎佛祖歷代通載梅屋禪師之所作也其文博其理明叙事且實出入經典考正宗傳殊有補於名教至正辛巳翰林道園虞公序冠其首益尊礼之禪師世居華亭黃姓父文祐母楊氏初祈嗣於觀世音忽一夕夢僧厖眉雪髮稱大長老託宿焉因而娠至元壬午三月十有二日誕于夜神光燭室異香襲人逾日不散既長喜焚香孤坐風骨秀異氣宇英爽年十二懇父母求出家母鍾愛之誘以世務終莫奪其志遂舍之依平江圓明院體志習經書尚倜儻疎財慕義棲心律典元貞乙未江淮總統所授以文憑薙髮受具弱冠遊江浙大叢林博究群經宿師碩德以禮爲羅延之皆撝謙弗就至大戊申佛智晦機和尚自江西百丈遷杭之淨慈禪師往參承值上堂佛智舉太原孚上座聞角聲因緣頌云琴生入滄海太史遊名山從此揚州城外路令嚴不許早開關有省於言下投丈室呈所解佛智頷之遂俾掌記室囑之曰真吾教偉器外護文苑之奇材也服勤七年延祐乙卯佛智遷徑山禪師職後版表

率明年

朝廷差官理治教門承遴選瑞世嘉興祥符

至治癸亥夏五乘驛赴

京繕寫黃金
佛經暇日得以觀光三都遊覽勝槩禮五臺
曼殊室利披燕金遺墟之跡由以動司馬撰
書之志出入翰相之門討論墳典陞諸名師
堂與講解經章如司徒雲麓洪公别峯印公
皆尊愛之
帝師命坐授食聞大喜樂密乘之要自京而
回姑蘇萬壽主席分半座以延說法衆服其
有德自非宿有靈姿禀慧多生曷以臻其明
敏著述祖禰彰顯正教致公卿大人篤敬也
耶至大間愚執侍佛智獲奉教於禪師知梗
槩而序之禪師諱念常梅屋其號焉至正四
年三月松江余山昭慶住持比丘覺岸謹序

佛祖歷代通載凡例

一世祖皇帝玉音一百段出弘教集實帝師大臣欽承對旨謹置于編

一帝師所說彰所知論冠于篇者尊之也

一吾佛世尊未生以前時代本不與書欲便初學故自太古始

一往古帝王即位改元崩殂及僣國之主宰臣護教尊法者略見始末餘不書

一帝王於聖教御製贊序及大臣碩儒撰述其間有關大教者皆具載焉

一僧道對折論辨詳收始末以備參考

一世尊示滅之後凡經百年必書其於梅檀像及教被東土之年倣此

一佛祖傳法偈翻譯詳見梁大同六年

一教門隆替並依史籍編録使來學知有自焉

一諸祖事實備載于示寂之年倣先經終義之例

一屏山居士鳴道集說凡二百一十七篇今録一十九篇蓋彰其識見耳

一教門事要異同訛正略加考定據諸傳記摭集不以私臆謬加論辨或恐繁失於冗簡失於陋以竢博雅之士改而正之

一太史公史記稱黃帝三十八年命風后定甲子始因而編之隨年列爲横曆于上

佛祖歷代通載

第一卷

目錄

厲王
二祖阿難　上座大衆二部
宣王
三祖商那和修　王殺杜伯感報
平王
四祖優波毱多
莊王
五祖提多迦
襄王
六祖彌遮迦
定王
老聃生于楚　七祖婆須蜜
靈王
孔子生于魯
景王

八祖佛陀難提
敬王
九祖伏馱蜜多
貞定王
十祖脇尊者
第五卷
周安王
十一祖富那耶舍
顯王
十二祖馬鳴大士
赧王
十三祖迦毘摩羅
秦始皇
室利防等十八化人　十四祖龍樹尊者
西漢文帝

十五祖迦那提婆
武帝
十六祖羅睺羅多
昭帝
十七祖僧迦難提
宣帝
論師無著天親
成帝
十八祖伽邪舍多
新室王莽
十九祖鳩摩羅多
東漢明帝
帝夢金人　教流東土
摩騰竺法蘭　釋道比較焚經
二十祖闍夜多

第六卷
安帝
二十一祖婆修盤頭
桓帝
安世高至洛　二十二祖摩拏羅
靈帝
竺佛朔至洛　黄巾作叛
獻帝
牟子理惑論　漢史范曄論釋
袁宏論佛　康猛竺大力至京
二十三祖鶴勒那　道始作靈寶醮章
三國魏文帝
蜀先主
吴大帝
維祇難支謙

明帝
曹植傳
齊王芳
康僧會至吳　吳闞澤論佛
二十四祖師子尊者　曇摩迦羅等傳律
高貴鄉公
罽賓賊亂累釋
陳留王
沙門朱士衡講經始
第七卷
西晉武帝
吳皓毀神祠及梵宇　竺法護至京論
育王塔緣起
惠帝附見十六國
鮑靖撰三皇經　竺耆域至洛

愍帝
維衛迦葉石像至吳
元帝有敘
沙門吉友至建康
明帝
二十五祖婆舍斯多
成帝
三藏惠理至杭　庾氷議令僧拜俗
何充議不應拜俗
穆帝
佛圖澄示寂論　釋涉公入寂
沙門于法開醫術
哀帝
詔竺潛講經　詔支遁繼講
郗超慕佛

第十卷

詔三藏實叉難提　泗洲大聖
召道岸律師受戒　菩提流志譯寶積經
詔一行赴闕不起

第十六卷

唐睿宗

六祖惠能大師

玄宗

永嘉玄覺禪師　詔一行禪師赴闕
嵩岳元珪禪師論　天竺三藏無畏至京
宋璟禮六祖塔　詔一行改撰大衍曆
智昇上藏經目録　一行製黄道儀成
郭行女嘗齋感報　牛雲求聰感應
日本始有律　三藏菩提流志卒
嵩山破竈墮　一行示寂論
般若心經序張説作　重定五服制
三藏金剛智卒　義福禪師卒
恒州張果先生　三藏無畏卒
不空三藏降狂象論

第十七卷

法秀獻回向寺王簫　李長者著華嚴合論
青原行思禪師　興唐寺普寂卒
太子詹事嚴挺之　詔本淨禪師赴闕
南嶽懷讓禪師　詔道士呉筠問道
制僧尼給祠部始　詔不空驗羅思遠
鶴林玄素禪師　詔立毘沙門天王祠
台宗左溪玄朗禪師　天台法門議梁肅作
魯山元德秀卒論

肅宗

閬州斬畫像　納錢度僧道始
新羅無漏變空立化　詔南陽惠忠禪師

英宗

詔各路建帝師殿碑　五臺普寧了性講師

玉山普安寶巖講師　天目中峯明本國師

大都妙善尼舍藍藍　臨壇大德惠汶律師

今上皇帝萬萬歲

佛祖歷代通載卷第一

音釋

駮甫角切似馬身白尾黑　雜祖合切集也　韙于匪切是也　雜詭計切　撝呼為切手指也　版布眼切判也　遴旅振切行難也又貪也　瞱千輙切目動也　闞口濫切視也又呼咸切　郄綺戟切　䂂音畧利也　旻音明　瑗為眷切玉名也　瑾奇鎮切美玉也　靚音淨　䛒音辯　覯公侯切詩曰我覯之子覯見也

佛祖歷代通載卷第二

嘉興路大中祥符禪寺住持華亭念常集

七佛偈

毘婆尸佛(過去莊嚴劫第九百九十八尊)偈曰身從無相中受生猶如幻出諸形像幻人心識本来無罪福皆空無所住長阿含經云人壽八萬歲時此佛出世種利利姓拘利若父槃頭母槃頭婆提居槃頭婆提城坐婆羅樹下說法三會度人三十四萬八千神足二一名騫茶二名提舍侍者無憂子方膺

尸棄佛(莊嚴劫第九百九十九尊)偈曰起諸善法本是幻造諸惡業亦是幻身如聚沫心如風幻出無根無實性長阿含經云人壽七萬歲時此佛出世種利利姓拘利若父明相母光曜居光相城坐分陀利樹下說法三會度人二十五萬神足二一名阿毘浮二名婆婆侍者忍行子無量

毘舍浮佛(莊嚴劫第一千尊)偈曰假借四大以爲身心本無生因境有前境若無心亦無罪福如幻起亦滅長阿含經云人壽六萬歲時此佛出世種刹利姓拘利若父善燈母稱戒居無喻城坐博洛叉樹下說法二會度人一十三萬神足二一名扶遊二名欝多摩侍者寂滅子妙覺

拘留孫佛(見在賢劫第一尊)偈曰見身無實是佛身了心如幻是佛幻了得身心本性空斯人與佛何殊別長阿含經云人壽四萬歲時此佛出世種婆羅門姓迦葉父禮德母善枝居安和城坐尸利沙樹下說法一會度人四萬神足二一薩尼二毘樓侍者善覺子上勝拘那

含牟尼佛賢劫第二尊　偈曰佛不見佛知是佛若實有知別無佛智者能知罪性空坦然不怖於生死長阿含經云人壽三萬歲時此佛出世種婆羅門姓迦葉父大德母善勝居清淨城坐優曇婆羅樹下說法一會度人三萬神足二一舒槃那二欝多樓侍者安和子導師

迦葉佛賢劫第三尊　偈曰一切衆生性清淨從本無生無可滅即此身心是幻生幻化之中無罪福長阿含經云人壽二萬歲時此佛出世種婆羅門姓迦葉父梵德母財主居波羅柰城坐尼拘類樹下說法一會度人二萬神足二一提舍二婆羅婆侍者善友子進軍

釋迦牟尼佛賢劫第四尊　偈曰法本法無法無法法亦法今付無法時法法何曾法姓刹利父淨飯王母大清淨居舍衞城坐菩提樹下說法一會弟子一千二百五十人度人無數神足二一舍利弗二目揵連侍者阿難子羅睺羅

古佛應世綿歷無窮不可以周知悉數也世尊有云我以如來知見力故觀彼久遠猶若今日故按佛名經紀過現二刼千如來曁于釋迦但標七佛阿含經云七佛精進力放光滅暗冥各各坐諸樹於中成正覺佛祖偈翻譯乃高僧雲啓一同天竺那連耶舍三藏於龜茲國譯出本末載於梁大同六年

大元帝師發合思巴說

彰所知論

宣授江淮福建等處釋教總統法性三藏弘教佛智大師沙羅巴譯

器世界品

器世界所成之體即四大種種具生故地堅水濕火煖風動是等大種最極微細者曰極微塵亦名隣虛塵不能析釋彼七隣虛爲一極微彼七極微爲一微塵彼七微塵爲一透金塵彼七透金塵爲一透水塵彼七透水塵爲一兎毛塵彼七兎毛塵爲一羊毛塵彼七羊毛塵爲一牛毛塵彼七牛毛塵爲一遊隙塵彼七遊隙塵爲一蟣量彼七蟣量爲一蝨量彼七蝨量爲一麥量彼七麥量爲一指節三節爲一指二十四指橫布爲一肘四肘爲一弓五百弓量成一俱盧舍八俱盧舍成一由旬此是度量世界身相成世界因由一切有情共業所感云何成耶從空界中十方風起互相衝激堅密不動爲妙風輪其色青白極大堅實深十六洛叉由旬廣量無數由煖生雲名曰金藏降注大雨依風而住謂之庇海深十一洛叉二萬由旬廣十二洛叉三千四百半由旬其水搏激上結成金如熟乳停上凝成膜即金地輪故水輪減唯厚八洛叉餘轉成金厚三洛叉二萬由旬金輪廣量與水輪等周圍即成三倍合三十六洛叉一萬三百五十由旬其前風輪娑婆界底地水二輪四洲果底於地輪上復澍大雨即成大海被風鑽擊精妙品聚成妙高山中品聚集成七金山下品聚集成

輪圍山雜品聚集成四洲等其妙高體東銀南琉璃西玻瓈珂壯金所成餘七唯金四洲地等雜品所成彼輪圍山唯鐵所成其妙高量入水八萬踰繕那比於餘山皆悉高妙故曰妙高然後次第七金山者一踰乾陀羅高四萬由旬二伊沙陀羅高二萬由旬三佉得羅柯高一萬由旬四修騰婆羅高五千由旬五阿輸割那高二千五百由旬六毘泥怛迦那高千二百五十由旬七尼民陀羅高六百二十五由旬藏論疏云一持雙山二持軸山三檐木山四善見山五馬耳山六象鼻山七魚觜山四大洲外有輪圍山高二百一十二由旬半彼等廣量各各自與出水量同七金山間諸龍王等游戲之處名曰戲海八山間七海近妙高者一踰乾陀羅海廣八萬由旬二伊沙陀羅海廣四萬由旬三佉得羅柯海廣二萬由旬四修騰婆羅海廣一萬由旬五阿輸割那海廣五千由旬六毘泥怛迦那海廣二千五百由旬七尼民陀羅海廣一千二百五十由旬盈八功德水八山七海其相咸方外海味醎尼民陀羅至輪圍山二山相去三洛叉二萬二千由旬其外海水雖無有分由妙高色東海色白南海色青西海色紅北海色黃現是等色故稱四海是彼周邊三十六洛叉七百五十由旬外輪圍山周圍三十六洛叉二千六百二十五由旬其外海南贍部洲者狀如車廂狹向鐵圍三由旬半餘三邊者各二千由旬周圍六千三由旬半有二中洲東遮摩羅此云猫牛西婆羅摩羅此云勝猫牛贍部中央

摩竭陀國三世諸佛所生之處次此向北度九黑山有大雪山名具吉祥其山北邊有香醉山是二山間有大龍王名曰無熱所居之池曰阿耨達(此云無熱)其狀四方面各五十由旬周圍二百由旬池內徧滿八功德水從此池內出四大河東殑伽河從象口中流出銀沙共五百河流歸東海南辛渡河從牛口中流出琉璃沙共五百河流歸南海西縛芻河從馬口中流出玻瓈珂沙共五百河流歸西海北悉怛河從師子口中流出金沙共五百河流歸北海是彼四河從無熱池右遶七匝隨方流轉是香山北度二十由旬彼處有岩名難陀岩面各五十由旬周圍二百由旬高三由旬半又有八千小岩其岩北邊二十由旬有娑羅樹王名曰善住其根入地四十弓量高八十弓量七重行樹羅列圍繞東邊度二十由旬有緩流池其狀圓相廣五十由旬周圍一百五十由旬又有八千小池盈八功德水內有蓮華葉若牛皮其莖如軸花若車輪味美如蜜是處又有帝釋臨戰所乘象王名曰善住與八千象寒四月時住金岩所熱四月時住善住所雨四月時住緩流池無熱池側有贍部樹果實味美其量如甕熟時墮水出贍部音龍化為魚吞噉是果殘者遇流成贍部金由此樹名故號贍部此洲向西有烏佃國大金剛宮持種所居金剛乘法從彼而傳南海之中山曰持舡觀音菩薩居止其頂聖多羅母居止山下東有五峯文殊菩薩居止其上有

十六大國千數小國又有三百六千種人七百二十種異音其外海東洲曰勝身狀若半月對妙高邊三百五十由旬餘邊六十由旬周圍六千三百五十由旬其洲二邊有二中洲北提訶(此云身)南毘提訶(此云勝身)是彼三洲越餘洲等七多羅樹或曰洲人相貌端嚴其身勝故名曰勝身其外海北洲曰鳩婁其狀四角叒方相似邊各二千由旬周圍八千由旬其洲二邊有二中洲一名鳩婁(此云有勝)二高羅娑(此云有勝邊)彼洲人等所有受用出如意樹臨沒七日其如意樹出不美音報曰當七日死或曰洲人畢舌即割食肉鬼音故曰鳩婁是不美音其外海西洲曰牛貨形如滿月徑二千五百由旬周圍七千五百由旬有二中洲南舍搋(此云具諂)北搵怛羅曷怛哩拏(此云儀上)彼洲人等多寶牛貨故曰牛貨洲海山等向下皆毖八萬由旬近金地故近贍部洲星割棘洲金洲月洲等者係贍部洲餘大洲等小洲亦尒次上空中四萬由旬純淨無礙勝堅風輪從右而旋日月星宿空居天等依正而住

日輪者火珠所成徑五十一由旬周匝百五十三由旬厚六由旬零十八分上有金緣其上復有金銀琉璃玻瓈珂等秀成四角日天子等所居宮殿由風運行一晝一夜遶四大洲日行向北時日即長南行時短行南北閒時晝夜停由遊處光即有寒暑為冬夏際北行六月南行六月行至中道曰日月迴星輪歷徧謂之一歲

月輪者水珠所成徑五十由旬周圍百五十由旬厚六由旬零十八分其上復有金銀琉璃玻瓈珂等秀成四角月天子等所居宮殿是彼日月相去遠近自影增減由增一分即生上半十五分畢謂之圓滿由減一分即生下半自影覆彼十五分畢曰不圓滿由增減故名曰宿空由一晝夜名曰宿地如是三十名曰一月

諸星宿者空居天宮諸寶所成其形皆圓小一牛吼中三牛吼大六牛吼周圍三倍係四王衆

妙高山者有四層級始從水際向上相去十千由旬即初層級從妙高山傍出十六千由旬向上相去一萬由旬即二層級傍出八千由旬向上相去一萬由旬即三層級傍出四千由旬向上相去一萬由旬即四層級傍出二千由旬彼妙高山其頂四角各秀一峯高四由旬半廣百二十五由旬周圍五百由旬有藥叉神於中止住是山頂上三十三天中央城曰善見純金所成高一由旬半面各二千五百由旬周萬由旬其城体金俱用百一襍寶嚴飾其地柔軟如兜羅綿是城四面有一萬六千寶柱寶桴寶椽寶簷四面四門又有千數闘一小門四大衢道有諸小衢其四門側五百天子皆服堅鎧守護是門城中有帝釋殿曰寂勝處亦曰殊勝殿其狀四方高四百由旬半面各二百五十由旬周千由旬百一却敵一一却敵各有七樓一一寶樓各七小樓一一小樓各七池沼一一池沼

各七蓮華一一華上各有七數童男童女奏種種樂歌舞歡娱善見城東有諸所乘曰衆車苑高千由旬南臨戰處曰麁惡苑西諸行處曰相雜苑北游戲處名歡喜苑縱廣同前其苑等外度二十由旬有善地曰衆車麁惡相雜歡喜量同四苑善見東北有如意樹名波利闍多亦名圓生樹根深五十由旬高百由旬枝條傍布五十由旬能施欲樂下有盤石曰阿嘌摩𤘽歌色白如氎面各五十由旬周二百由旬善見西南諸天集處名善法堂周九百由旬其狀圓相是堂中央有帝釋座純金所成其座周圍有三十二輔臣之座咸皆布列三十三天向上度八萬由旬於空界中依風而住諸寶所成○離諍天宫量若妙高山頂二倍上度一億六萬由旬於空界中依風而住諸寶所成○兜率天宫量如離諍縱廣二倍上度三洛义二萬由旬於空界中依風而住諸寶所成○化樂天宫量如兜率縱廣二倍上度六洛义四萬由旬於空界中依風而住諸寶所成○他化自在天宫量同化樂縱廣二倍此即欲界上有初禪如是四洲七山妙高輪圍欲界六天并初禪等謂四洲界一數至千爲小千界一小鐵圍山圍繞此小千界一數至千爲中千界一中鐵圍山圍繞此中千界一數至千爲三千大千世界一大鐵圍山圍繞如是有百億數四洲界等皆悉行布鐵圍山等諸洲山間黑暗之處無有晝夜擧手無見○初禪天量等四洲界○二禪天量

等小千界○三禪天量等中千界○四禪天量等三千大千世界其相去量皆倍倍增謂曰色界○無色界者無別處所若有生者何處命終即彼生處住無色定故曰無色

情世界品

謂情世界總有六種一者地獄二者餓鬼三者傍生四者人五者非天六者天此等六種名義云何謂斫壞肢體故曰地獄飢渴所逼故曰餓鬼傍覆而行故曰傍生意多分別故名曰人摩㝹沙義身及受用雖與天同微分鄙劣或由無酒故曰非天阿修羅義從梵身生遊戲娛樂或應供養故謂曰天是提婆義一地獄者贍部洲下過二萬由旬曠廓四方二萬由旬純鐵所成火焰洞然有八熱獄一曰更活二曰黑繩三曰衆合四曰號叫五曰大號叫六曰炎熱七曰大炎熱八曰無間○更活獄者生彼有情先業所感執衆器仗互起寃憎遞相斫害段段墮落悶絕暫死空音更活彼等有情即便更活復相斫害彼壽量者四天王天一生之期為一晝夜如是算數壽五百歲受是苦楚○黑繩獄者其獄卒等於有情身從頂至足拼界黑繩以火鋸鉞解斫肢体由先業力解下上生彼壽量者忉利天一生之期為一晝夜如算數壽一千歲受是苦楚○衆合獄者生彼有情以鐵槌打或二鐵山猶如羊頭二山相合研磕摧壞二山開時復自然火又被摧壞彼壽量者離諍天一生之期為一晝夜如是

算數壽二千歲受是苦楚○號叫獄者生彼有情怖熱鐵池入稠林中火焰熾盛永歲焚燒由先業力其舌縱廣千由旬量有一大牛鐵角鐵甲架鐵犁鏵火焰熾盛耕犁其舌彼壽量者兜率天一生之期爲一晝夜如是算數壽四千歲受是苦楚○大號叫獄者亦與前同其苦倍增彼壽量者化樂天一生之期爲一晝夜如是算數壽八千歲受是苦楚○炎熱獄者三重鐵城火焰洞徹內受苦楚彼壽量者他化自在天一生之期爲一晝夜如是壽數萬六千歲受是苦楚○極炎熱獄者亦同其前其苦倍增彼壽量者等半中刧受是苦楚○無間獄者於鐵室內身一聚焰受極苦楚彼壽量者等一中刧○十六增獄者八熱獄傍面各四所一煻煨增深皆沒膝有情遊彼才下足時皮肉與血俱焦爛墜餘剩其骨舉足還生平復如本二尸糞增不淨淤泥沒有情腰於中多有攘矩吒蟲觜利如針鑽皮透骨唼食其髓三峯刃增復有三種一刀刃路謂於此中仰布刀刃以爲大道有情遊彼才下足時皮肉與血俱斷碎墜舉足還生平復如本二劍葉林謂此林樹純以銛利劍刀爲葉有情遊彼風吹葉墜斬刺肢體骨肉零落有烏駮狗攎掣食之三鐵刺林名銛摩利謂此林樹有利鐵刺長十六指有情被逼上下樹時其刺銛利上下劖刺是等有情血肉皮等掛染刺上唯剩觔骨有鐵觜烏探啄有情眼睛腦髓爭競而食刀刃路等三種雖殊而鐵

仗同故一增攝四烈河增名曰無渡徧滿極熱烈灰汁水有情入中或浮或没或逆或順或横或竪被蒸被煮骨肉糜爛如大鑊中滿盛灰汁置稻米等猛火下然米等於中上下迴轉舉體糜爛有情亦然設欲逃避於兩岸上有諸獄卒手執刀鎗禦捍令回無由得出此河如塹前三似苑彼等名曰近邊地獄○八寒獄者一曰水疱二曰疱裂三阿吒吒四阿波波五嘔喉喉六裂如欝鉢羅華(此云青蓮華)七裂如蓮華八裂如大蓮華○水疱獄者生寒氷間極甚嚴寒隨身生疱曰水疱獄彼壽量者摩伽陀國所有大斛八十斛麻百年除一若芝麻盡彼壽亦爾○疱裂獄者由極嚴寒其疱而裂黄水漏流彼壽量者倍前二十○阿吒吒獄者由大嚴寒咬齒忍耐彼壽量者倍前二十○阿波波獄者忍寒音聲彼壽量者倍前二十○嘔喉喉者由寒號泣出是苦聲彼壽量者倍前二十○裂如欝鉢羅華獄者嚴寒身裂如欝鉢羅華葉彼壽量者倍前二十○裂如蓮華獄者嚴寒身裂如蓮華開彼壽量者倍前二十○裂如大蓮華獄者身裂越前如大蓮華開敷多葉彼壽量者倍前二十孤獨獄者在贍部提曠野山間一晝一夜受苦受樂相雜受故八熱地獄八寒地獄近邊孤獨如是名爲十八地獄

二餓鬼者王舍城下過五百由旬有餓鬼城名曰黄白亦名慘淡彼鬼王曰閻羅法王共三十六眷屬等居其類有四一者外

障二者內障三者飲食障四者障飲食一外障者飲食音聲亦不得聞二內障者獲徵飲食口若針竅不能得入設能入口咽如馬尾無能得過設若過咽腹若山廓不能飽滿雖滿腹中脛如草莖無能舉動受此大苦三飲食障者見飲食時無量獄卒執諸器仗守禦無獲四障飲食者食飲食時由業所感鐵丸銅汁瀉置口中從下流出如是四種皆是餓鬼彼壽量者人間一月爲一晝夜如是算數壽五百歲即當人間一萬五千歲或居人間寒林等處食血肉等皆餓鬼類

三傍生者多居河海亦如酒糟混漫而住以大食小以小食大互相驚怖由海波濤住所不定或處人天彼壽量者長如龍王壽半中劫短如蚋等壽一刹那身量無定

四人者住四大洲八中洲等及諸小洲彼壽量者如贍部洲人初成劫時其壽無量次後漸減今六十歲次後漸減至十歲間次復漸增無有定量北鳩婁人定壽千歲東勝身人壽五百歲西牛貨人壽二百五十歲除北鳩婁餘有夭橫彼等受用北鳩婁中食自然稻衣服瓔珞出如意樹餘三洲者食穀肉等資寶受用彼等身量贍部提人身量四肘東勝身人身量八肘西牛貨人身十六肘北鳩婁人身三十二肘人等面相亦如洲狀其小洲人亦如大洲身各減半故如是說五非天者妙高水際下過一萬一千由旬山壙廓間光明城內阿修羅王曰羅睺羅（此云攝腦）衆眷屬居又過一

萬一千由旬星髮城內阿修羅王名曰項髮衆眷屬居又過一萬一千由旬堅牢城內阿修羅王名曰妙鎮又曰大力衆眷屬居又過一萬一千由旬甚深城內阿修羅王名曰毘摩質多羅此云絲種種亦云紋身衆眷屬居常共帝釋比對鬬諍城曰具金殿名秦樂如意樹王名即怛鉢嘌聚集之處名曰賢財石名善賢苑名普喜妙喜寂喜甚喜善地亦名普喜妙喜寂喜甚喜臨戰所乘象名無能敵遊戲所乘象名疊雪馬曰峭睟是等非天共三十三天諍須陀味及修羅女爲戰諍故從山廓出身服金銀琉璃玻瓈珂等堅固鎧甲手執劒槊標鎗弓箭領四部軍彼阿修羅王羅睺羅項髮妙鎮毘摩質多羅等或前三來或四皆來是時帝釋五守護衆一住戲海頷樂白法龍王等衆與非天軍鬬戰今廻龍若不勝去堅守所共二守護復與修羅鬬戰又若不勝去持鬘所共三守護復與鬬戰又若不勝去恒憍所共四守護復與鬬戰又若不勝去四王所共五守護復與鬬戰四大天王率四軍衆服寶堅鎧執諸戈杖鬬戰多分四天王勝若不能却去忉利天前白帝釋曰我等守護不能回彼修羅王應却敵如是白已天主帝釋乘善住象告三十三天衆等曰汝等應知今修羅軍至妙高頂當服堅鎧取所乘車與修羅戰說是語已彼諸天子各服寶鎧執持戈仗去衆車苑取所乘車入麁惡苑身心轉惡出善見城共修羅戰若修羅勝侵至城內若天得勝逐

修羅軍至第一海鬪戰之時天與非天斷其頭腰彼等即死手足若斷復生如本若薄伽梵辟支佛轉輪聖王住世間時諸阿修羅不起諍心設若相持諸天必勝世間善增天衆亦勝世不善增阿修羅勝是故諸天護持善事

六天者欲界六天色界十七無色界四欲界六天者蘇迷盧山第一層級堅首衆居第二層級持鬘衆居第三層級恒憍衆居持雙山上北方有城名阿那迦縛帝多聞天王藥叉衆居如是東方城名賢上有大天王名曰持國乾闥衆居西方有城名曰衆色有大天王名曰廣目龍神衆居南方有城名曰增長有大天王名曰增長焰鬘衆居餘四層級七金山等日月星宿鐵圍輪山贍部洲山多羅樹所四王部衆亦共止住眷屬四王是謂一部彼壽量者人五十歲為一晝夜如是壽量經五百年若其身量一俱盧舍四分之一三十三天妙高頂上天主帝釋住宸勝處共非天女名曰妙安同衆天女受諸欲樂無有厭足復有臨戰所乘象王名曰善住遊戲苑中所乘象王名曰藹羅筏拏（此云持地子）二象周圍各七由旬各以八千小象衆居又有馬王名迅疾風與八千馬居天主輔臣數三十二是故名曰三十三天諸天子等耽五欲樂若放逸時有大天鼓鼓聲出音警諸天曰諸行無常有漏皆苦諸法無我寂滅為樂與修羅軍鬪戰之時出除苦音警曰天領得勝領修羅敗宮殿城池樹集石等如前

所辨彼天壽量人間百歲為一晝夜如是算數壽一千歲其天身量半踰闍那○焰摩天者三十三天共非天諍此離諍故名離諍天彼天壽量人二百歲為一晝夜如是算數壽二千歲其天身量二踰闍那○兜率陀天者有慈氏尊紹世出世法王之位受大法樂謂曰兜率是俱樂義人間四百年彼天一晝夜壽四千歲身量四踰闍那○化樂天者自化受用謂之化樂人間八百年彼天一晝夜壽八千歲身量八踰闍那○他化自在天者受用他化謂之他化自在彼中天王威德自在即是魔主人間千六百年彼天一晝夜壽一萬六千歲身十六踰闍那下從無間至他化自在天謂之欲界耽著欲樂所食段食故如是說

○色界一十七天者四靜慮攝○初禪三天者謂梵衆梵輔大梵彼天壽量梵衆半刼梵輔一刼大梵一刼半彼天身量次第半由旬一由旬一由旬半○二禪三天者謂少光無量光極光彼天壽量少光二刼（此上四天四十中刼為一大刼已下諸天八十中刼為一大刼）無量光四刼極光八刼彼天身量少光二由旬無量光四由旬極光八由旬○三禪三天者謂少善無量善廣善彼天壽量少善一十六刼無量善三十二刼廣善六十四刼彼天身量少善十六由旬無量善三十二由旬廣善六十四由旬○四禪八天者無雲福生廣果三是凡居無煩無熱善見善現色究竟五是聖居名曰五淨居彼天壽量無雲百二十五刼福生二百五十刼廣果五

百刼無煩一千刼無熱二千刼善見四千刼善現八千刼色究竟一萬六千刼彼天身量無雲一百二十五由旬福生二百五十由旬廣果五百由旬無煩一千由旬無熱二千由旬善見四千由旬善現八千由旬色究竟一萬六千由旬始從梵衆至色究竟皆名色界出離欲樂非離色故故名色界○無色界四天者無有身色亦無處所從定分四謂空無邊處識無邊處無所有處非想非非想處彼天壽量空無邊處二萬大刼識無邊處四萬大刼無所有處六萬大刼非想非非想處八萬大刼彼等四處謂無色界非離定色出離麁色故名無色彼等壽量謂歲刼時其量云何時㝡少者名為刹那百二十刹那為一怛刹那

六十怛刹那為一羅婆三十羅婆為一牟休多（此云須臾）三十牟休多為一晝夜三十晝夜即為一月十二箇月即為一年刼有六種一中刼（或名歲刼）二成刼三住刼四壞劫五空刼六大刼一中劫者或贍部人從無量歲漸漸減至八萬歲時即成刼攝從八萬歲減至十歲謂中刼初復增八萬歲減至十歲為一轆轤如是增減十八數者為十八中刼然後十歲至八萬歲中刼後際前後中間十八轆轤為二十中刼二成刼者始從風輪至無間獄生一有情器世界成經一中刼如前已說

情世界者此三千界火壞後成從極光天天人命終生大梵處孤生疲倦嗚呼若有同分生此界者有何不可發如是心雖非

念力極光天人有命終者即生彼處先生之心而作是念由我貪生故世咸稱人祖大梵如次梵輔梵衆他化自在乃至四王次第而生北鳩婁洲西牛貨洲東勝身洲南贍部洲次第而生時贍部洲人壽無量歲飲食喜樂有色意成身帶光明騰空自在如色界天有如是類地味漸生其味甘美色白如蜜其香馥郁時有一人禀性耽味嗅香起愛取嘗便食亦告餘人隨學取食食段食故身光隱沒由衆業感日月便出照曜四洲次地味隱復生地餅其味甘美色紅如蜜競耽食之地餅復隱次林藤生競耽食故林藤復隱有非耕種自然稻生衆共取食此食麁故即餘滓穢根道俱出尒時諸人隨食早晚取香稻食後時有人禀性懶墮長取香稻儲宿為食餘亦隨學香稻隱沒隨共分田慮防遠盡於巳分田生悋護心於他分田有懷侵奪故生爭競是時衆人議一有德封分田主衆所許故謂曰大三末多王(此云衆所許)王多有子相續紹王嫡子號曰光妙彼子善帝彼子寂善彼子靜齋是等謂曰成劫五王靜齋王子名曰頂生彼子妙帝彼子近妙彼子具妙彼子嚴妙是等謂曰五轉輪王嚴妙王子名曰捨帝彼子捨雙彼子捨固尼彼子固室彼子善見彼子大善見彼子除礙彼子金色彼子具分彼子離惡彼子妙高彼子定行彼子甚吼音彼子大甚吼音彼子能安彼子方主彼子賢塵彼子能廣彼子大天此王種族五千相承其寂後子七千

相承曰阿思摩迦王寂後子八千相承曰鳩婁王其寂後子曰具頭王有九千王其寂後子名曰龍音有一萬王其寂後子怛弥留怛一萬五千其寂後子名瞿曇氏即甘蔗裔彼子相承甘蔗王種一千一百數其寂後子甘蔗種王名曰增長即懿師摩王王有四子一名面光二名象食三名調伏象四名嚴鐲稱釋迦氏嚴鐲有子名嚴鐲足彼子致所彼子牛居彼子獅子頰王有四子一名淨飯二名白飯三名斛飯四名甘露飯淨飯王子即婆伽梵次名難陀白飯王二子一名帝沙即調達二名難提迦斛飯王二子一名阿尼婁馱二名跋提梨迦甘露飯王二子一名阿難二名提婆達多婆伽梵子名羅睺羅釋迦種族至斯已矣〇又別種王依法興教如来滅度後二百年中印土國王曰無憂於贍部提王即多分中結集時而為施主興隆佛教後三百年贍部西北方有王名曰割屋尸割三結集時而為施主廣興佛教梵天竺國迦濕弥羅國勒國龜茲國捏巴辣國震旦國大理國西夏國等諸法王衆各於本國興隆佛法如来滅度後千餘年西番國中初有王曰呀乞嘌賛普二十六代有王名曰袷陀朶嘌思顛賛是時佛教始至後第五代有王名曰雙賛思甘普時斑弥達名阿達陀譯主名曰端美三波羅翻譯教法修建袷薩等處精舍流傳教法後第五代有王名曰乞嘌雙提賛是王名請善海大師蓮華生上師迦摩羅什羅班弥達衆成就

人等毘盧遮那羅佉怛及康龍尊護等七人翻譯教法餘斑弥達共諸譯主廣翻教法三摩禁戒興流在國後第三代有王名曰乞嘌倈巴膽是王界廣時有積那弥多并濕連怛羅菩提斑彌達等共思割斡吉祥積酌羅龍幢等已翻校勘未翻而翻廣興教法西番王種至今有在斑弥達等翻譯譯主善知識衆廣多有故教法由興

北蒙古國先福果熟生王名曰成吉思二合始成吉思從北方王多音國如鐵輪三彼子名曰斡果戴時稱可罕紹帝王位疆界益前有子名曰古偉紹帝王位成吉思皇帝次子名朶羅朶羅長子名曰蒙哥亦紹王位王弟名曰忽必烈紹帝王位降諸國土疆界豐廣歸佛教法依法化民佛教倍前光明熾盛帝有三子長曰真金豐足如天法寶莊嚴二曰麗各辣三曰納麻賀各具本德係嗣亦尒茲是始從釋迦王種至今王種

始帝王祖三末多王是時田分互起侵盜初發偷盜被王推問言不曽偷始起妄語王法誅戮即有殺害不善法生尒時衆生造不善法命終之後即生傍生次生餓鬼漸生地獄次無間獄生一有情時成刧終如是有情行諸不善壽量漸減受用乏少閻浮提人壽八萬歲無間地獄生一有情是二同時如是情世界成十九中刧器世界成即一中刧如是成刧二十中刧閻浮提人八萬歲時始為住刧住刧亦經二十中刧至十歲時刀兵災起唯七晝夜疾疫

灾起七月七日飢饉灾起七年七月七日多分死歿餘者相覩起希有心互相睦戀遠離殺害漸生善故壽量受用復增益盛至八萬歲增上之時轉輪王出依法化民下減之時娑伽梵出拔濟衆生增減時間獨覺出世令諸有情而作福田住劫亦經二十中劫始壞劫初情世界壞無間獄中無有情生先生業盡即生別趣若有未盡生上地獄或別世界地獄中生無間獄空如是向上地獄漸空生餓鬼趣如是餓鬼傍生趣空人趣之中除鳩婁人餘共欲天無師法然獲初靜慮生初禪天北鳩婁人生欲界天獲初靜慮生初禪天無師法然獲二靜慮生二禪天從無間獄至梵世空如是亦經十九中劫然後四洲有七日出初不降雨藥草叢林悉皆枯槀二日出時溝池乾涸三日出時殑伽河等悉皆枯竭四日出時無熱池竭五日出時海水沒膝六日出時大海亦竭七日出時彼器世界一聚火聳從無間獄直至梵世以火燒壞經一中劫壞劫總經二十中劫空劫亦尔如是成住壞空即八十劫總此八十名一大劫為梵衆等壽量之數

器世界壞有其三種火水風壞者亦如前說如是七次後世界復成又被水壞至二禪天從極光天即生大雲降注大雨其器世界如水化鹽消鎔皆盡彼水自竭一水灾次復七火灾度七火灾還有一水如是水灾滿至七次復七火灾後世界成被風灾壞至三禪天其風之力次散妙高何況

其餘第四禪天雖無外災是等有情生與
殿生命盡殿隱如是器情世界并成壞等
咸皆說已
念常讚曰輙書所謂五百年必有王者興
其間必有名世者誠哉是言也迨我
皇元混一區宇萬邦咸寧敬崇佛乘禮請
法王上師薩思迦大斑孫達發思巴惠幢吉
祥賢為帝師廣興好事詔製
大元國字師獨運摹畫作成稱旨即頒行朝
省郡縣遵用迄為一代典章今兹彰所知
論迺
裕宗潛邸時請師所說也大旨約標器情道
果無為五法總攝一切所知故名此論大
槩依念處日藏起世等經論對法相應之
義而錯綜其宏綱尔尚非具大智辯窮法
實相其孰能明空劫隣虛之細大昭然如
庵摩勒果觀於掌中哉欽惟
世祖聖德神功文武皇帝道契佛心德超義
聖弘護大教錫以
皇天之下一人之上西天佛子大元帝師璽
篆寵優其尊師重道豈特為萬世
帝王之彝典耶抑亦燦昏塗迷惑之真燈也
姑録器情一章著于編首餘道果無為三
章具於本論云

佛祖歷代通載卷第二

音釋

佃同見切　捬音摑　塭烏困切没也　㗚音栗　拼補耕切揮也
劖士咸切斷也刺也　脖薄骨切　倦達眷切　鐲竹角切又音蜀
祫古洽切衣無袈也　倈力代切勞也又音來　摹莫奴切　邸都禮切
切合也　錝子宋切金毛也　闕丘月切音缺少也

佛祖歷代通載卷第三

嘉興路大中祥符禪寺住持華亭念常集

太古諸君太至極也古兆今也君主也白虎通群也群下之歸心也

盤古首君治一萬八千歲列子曰運即盤古也北山曰天日高一丈地日厚一丈盤古日長一丈頭極東足極西左手極南右手極北開目爲曙閉目爲夜呼為暑吸爲寒吹氣成風雲吐氣成雷霆四特行馬萬物生馬八統九圍之大其孰與多三皇五紀之尊其孰與先古今記盤古死後形分物象也

天皇氏一身十三頭韋昭曰兄弟十三人分地治化各一萬八千歲古今記曰天皇一身上十三首也

地皇氏一身十一頭韋昭曰兄弟十一人治一萬一千年帝王甲子云九千年也有云三皇皆一萬八千年

人皇氏一身九頭韋昭曰兄弟九人分治九州帝王甲子云四千五百年人皇六十五代四萬五千六百年

五紀

五龍紀五姓在位二十七萬三千六百年時人食葉居巢

攝提紀七十二姓在位六十四萬九千五百二十年始分晝夜日時月朔月爲玉兎蝦蟆金烏三足出扶桑沒咸池也

合熊紀三姓在位六萬三千年也

連逕紀六姓在位六萬九千年韋昭曰三萬二千年叙命紀四姓在位四萬年也

有巢氏百代不記年禮曰昔先王未有宮室冬則居營窟夏則居橧巢未有火化食草木之實鳥獸之肉飲血茹毛也

燧人氏鑚木出火禮曰燔黍擘豚注曰中

古未有釜甑擇米脾肉加于燒石之上食矣古今記曰以木德王治八萬年大古以還四時既序晝夜長短分至斯與書曰朞三百有六旬有六日以閏月定四時成歲大體至圓周圍三百六十五度四分度之一繞地左旋常一日一周而過一度日麗天而少進故日行一日亦繞地一周而在天為不及一度積三百六十五日九日四十分日之二百三十五而與天會是一歲日行之數也月麗天而尤遲一日常不及天十三度十九分度之七積二十九日九百四十分日之四百九十九而與日會十二會得全日三百四十八餘分之積又五千九百八十八如日法九百四十而一得六不盡三百四十八通計得日三百五十四九百四十分日之三百四十八是一歲月行之數也歲有十二月月有三十日三百六十者一歲之常數也故日與天會而多五日九百四十分日之二百三十五者為氣盈月與日會而少五日九百四十分日之五百九十二者為朔虛而閏生馬故一歲閏率則十日九百四十分日之八百二十七三歲一閏則三十二日九百四十分日之六百單一五歲再閏則五十四日九百四十分日之三百七十五十有九歲七閏則氣朔分齊是為一章也三年不置閏則春之一月入于夏而時漸不定矣子之一月入于丑而歲漸不成矣積之之久至於三失閏則春皆入夏而時全不定矣十二次失閏子皆入丑歲全不成矣

三皇中庸子曰皇大也內外無為以道化民者也

雷氏曰上古洪荒起自三皇羲農軒轅

太昊伏羲氏風姓虙太昊母曰華胥履巨人跡感而生馬蛇身人首養犧牲以庖廚亦曰庖犧安國首之王諡靜民則法曰皇木德都陳留令兖州小黄縣界在位一百一十年始畫八卦造書契以代結繩之制由是文籍生馬制嫁娶女適曰嫁男婚曰娶設網罟以取魚網羅也爾雅鳥罟謂之羅魚罟謂之筌兎罟謂之罝造二十五絃瑟長七尺二寸廣一尺八寸

女媧氏性風伏羲之妹能變化萬物也造笙簧長四尺列管匏中施簧大者十九簧小者十三簧竽三十七簧長四尺二寸用竹為之形狀參差如鳥羽鍊五色石以補天缺斷鼇足

以立四極在位一百四十年

共工氏　大庭氏　栢皇氏　中央氏

陸栗氏　驪連氏　赫胥氏　尊盧氏

混沌氏　昊英氏　葛天氏　朱襄氏

陰康氏　無懷氏凡一十五代通一萬七千七百八十七年經史不載

社神昔共工氏有子曰后土能平九州祀爲社神五土之主五土者謂山川陂澤丘陵墳衍原隰也土遠廣潤封土祀之以報土功不知何代配乎后土更侯知者

炎帝神農氏姜姓號炎帝母女登氏感神龍而生人身牛首長于姜水因以爲姓也王火德都陳遷曲沃在位一百四十年葬長沙易曰神農氏斲木爲耜揉木爲耒始教天下播種五穀又嘗百味爲本草治醫藥演八卦爲六十四作市井貨易作祭䄍製五絃琴象五行也

自下帝承帝臨魁帝明帝直帝来帝哀帝榆罔凡八代五百四十年

丁亥黃帝有熊氏姓公孫名軒轅少典次子生而神靈弱而能言幼而循齊長而敦敏成而聰明榆罔末年諸侯相伐帝作弧矢征之天下咸伏伏虎貔貙貅之于堺坂有蚩尤兄弟八十一人銅頭鐵額啖沙吞石是山海之精以亂天下戰于涿鹿之野受斬于中冀鑄鼎成飛仙攀龍去也壽二百一十歲葬衣冠於橋山在位一百年臣左徹刻木爲相率諸侯朝十年行政造合宮製衣服使魯班造舟車舟游也可以濟水車舍也可以行居建屋宇制棺槨以送死始有葬禮禮曰天子七日而殯七月而葬諸侯五日而殯五月而葬大夫及士庶人三日而殯三月而葬天子墳高三仞樹以松諸侯半之樹以栢大夫八尺樹以栗適士官高四尺樹以槐庶人無墳樹以楊柳作咸池樂用天老力牧太山稽爲相

甲子

風后定甲子一云帝即位三十八年大橈○始命大橈作甲子故以三十八年爲第一甲子逆推元年得丁亥歲也容成造曆隷

首筭數問道廣成子蒼頡爲史岐伯辨草木俞附定脉經伶倫制律呂以調律呂管長九寸以竹爲之或損或益以定五音置九州歷帝紀云黄帝有子二十五人得姓者十二人姬酉祁己滕箴任荀僖始儇休不治九州謂輿青徐豫雍梁楚揚豫從長至幼以次封之後子孫五帝一王並其苗裔帝娶大庭氏生二子長曰玄枵幼曰昌意凡十八代一千五百二十年

五帝中庸子曰帝者體也內心無爲而迹涉有爲以德教化民也德象天地曰帝

雷氏曰少顓嚳唐堯虞舜傳夏

丁[illegible]

少昊金天氏姓己名摯字青陽母曰女節有星如虹下流感意而生被髮洗足無冠冕黄帝之子壽一百歲丁卯立在位八十四年王金德都窮桑又遷曲阜立坊市用度作樂置一百二十行以鳥紀官鳳皇至凡十代四百九十年

甲子

顓頊高陽氏姓姬名顓頊黄帝孫昌意子有星如虹女嫗感而生壽九十八崩葬于項丘書跡載辛卯立在位七十八年王水德都帝丘今濮陽縣作曆以孟春爲元造平冠冕廣八寸長一尺六寸至周始制旒前後各十二用藻玉制三公九儀二十四司養材任地載時象天神人不襍萬物有序生八才子謂之八凱平九黎之亂制氣以教化潔誠以祭祀辯君臣之道作五莖之樂合爲五行之根基也凡八代五百二十年

[illegible]

帝嚳高辛氏姓姬名岐黄帝曾孫玄枵孫蟜玄子壽一百五歲崩葬于宜湯已酉立在位七十九年王木德都亳今偃師縣師赤松子置五行官以勾芒爲木正少昊之子祝融爲火正顓頊之子蓐收爲金正少昊之子玄冥爲水正亦少昊子后土爲土正高陽之子生八才子謂之八元造鏞鏤鞞鼓鐘

磬塤篪敔以皮合木擊乃鳴鐘範金合土似鈴而不圓高二尺二寸半厚八分名懸鐘磬前長三律二尺二寸後長二律一尺八寸名黃鐘塤燒土爲之大如鵝卵銳上平底而有五孔白虎通云形如秤鉛而有六孔與周禮少別篪以竹爲之一尺四寸圍三寸小者尺二上有六孔也凡九代三百五十年左傳曰蒼舒隤敱檮戭大臨龐降庭堅仲容叔達謂之八凱伯奮仲堪叔獻叔豹季仲伯虎仲熊季貍謂之八元也

甲子

帝堯陶唐氏姓伊祁名放勛黃帝玄孫帝嚳次子娠十四月而生眉分八采土堦茅室甲辰立在位九十八年王火德都平陽今晉州又遷安邑通舜爲政一百一十八年始丙寅終癸卯舜喪服二年至乙巳壽一百八十崩葬穀林謚翼善傳聖曰堯號年曰載師具英先生命羲和曆象日月星辰敬授民時天降牝羊名觸邪死埋殿右生莢莢草高八尺月朔生一葉至望全十五葉望後凋一葉至晦凋盡有一羔名獬豸死葬殿左生朱草長一丈名指佞草立衞室作圍棊三百六十路象三十六旬教丹朱矣作大樂章嘉禾茂鳳皇来有賢人三十二人未詳名姓立敢諫鼓洪水九年命鯀及禹治之十日並現命羿射之九奮斃于地儒說東南有羲和國有女名羲和生十日浴于海中主將十日並現羿射之九唯一在焉〇張羿善射人也嘗於西王母處得不死藥乃獸芝也妻盜食之奔入月宮名嫦娥因此月名蟾蜍即田父矣

甲戌

帝舜有虞氏姓姚名重華字都君顓頊六代孫龍項大口日有重瞳年二十以孝聞於天下三十登庸南巡崩於蒼梧壽一百五十矣王土德都蒲坂今河中府堯時攝政二十八年通治五十年丙午即真終乙未葬九疑山謚仁聖惠明曰舜詠南風詩舉十六相謂八凱八元也去四兇左傳曰驩兜黃帝子不才人也掩義隱德好行兇暴謂之渾敦共工少昊不才子也毀信廢忠崇飾惡言謂之窮奇鯀顓頊不才子也傲很明德以亂天常謂之檮杌三苗黃帝之臣縉雲氏不才子貪于飲食冒于貨利謂之饕餮也臣倕造漆器使皋陶斷獄定五刑書曰五刑起自舜代鄭注禮曰墨謂封額涅之以墨非事出入不以道義者以此加之劓即去鼻華輿服改制度者

以此加之刵乃刖足決關渠踰城郭以此加之宮謂男去其勢女閉幽室男女不以禮義交通者以此加之大辟死罪也寇盜刧掠者以此加之**作韶**

樂造總章韶有九數十一堂上樂有六謂柷如漆桶方二尺四寸深一尺八寸中有椎柄以此起樂也敔如伏虎背上爲二十四鉏語刻以木長尺許法三九陽數之窮戞之以止樂也琴長三尺六寸象三百六十日廣六寸象六合上竅曰池下竅曰濵前廣後狹象尊卑也上圓下方法天地七絃練朱絲爲之長七尺二寸法七十二侯有誂周文武王足五絃琴成七絃大小二絃以合君臣之恩矣風俗通云琴者樂之統也君子御之不離於身非若鍾鼓陳于宮廟列於簨簴也以其大小得中而聲韻和雅大不諠譁而流湧小不湮滅而不聞足以發人之意氣也瑟如前注搏拊形如鼓以韋爲之實之以糠擊之以節樂球玉也爲磬擊之使鳴也○堂下樂有五簫如鳳翼編竹爲之長一尺五寸大者二十三管曰洞簫小者十六管曰雅簫周禮有二雅簫長一尺四寸二十四管頌簫二十三管洞簫長一尺二寸鼗鼓持柄搖之旁耳自擊鏞大鐘也笙如前注管竹爲之而有七孔也**立十二州葬用瓦棺**少昊之前天下之號象其德顓頊以來天下之號因其名若高陽高辛皆所與之地

劉氏外紀以三皇五帝之號爲俗傳

三王中庸子曰王往也加以刑防政謚仁義所往之謂王**謂夏商**

周三代

夏雷氏曰禹啓三康相宁槐芒泄降扃廑甲皐發桀主合十七

四百三十二年

甲子

夏后氏姓姒名文命字高密黃帝八代孫鯀之子號禹王初舜舉禹治水不貴尺璧而重寸陰三過其門而不入**王金德都安邑**今均州迁陽翟**爲堯司徒**地官也鄭注一吏部尚書亦曰天宮冢宰太宰二兵部尚書夏官亦名大司馬三戶部地官亦曰大司徒四刑部秋官亦曰大司冠五禮部春官亦曰銓長六工部冬官亦曰大司空禹乃第三部**冶水十二年乘四載**陸行車水行舡泥行橇山行樺**開九州**冀州東河西西河南南河北兗州東南據濟西北距河青州東北海西南距岱徐州東至海北至岱南及淮揚州北距淮南距海荊州北山據荊南及衡陽豫州西南據荊北距河梁州東距華山西據黑水雍州西距里水東據龍門西河通九道陂九澤度九山決九川堯錫玄圭告厥成功舜薦之于天下爲嗣焉**在**

位十六年始甲戌終巳酉東巡至會稽崩壽一百年謚受禪成功曰禹號年曰歲建寅爲正作大夏樂葬用

聖燒土爲之時有防風氏長四十尺

甲子

啓禹之子母化爲石一云生石中癸未立在位九年一云十年郊禘祖宗禘黃帝文祖郊鯀配天祖祖顓頊配文祖祖宗禹太父啓祀立廟祧壇　太祖禹二昭二穆五廟

甲子

太康啓之子畋于洛十旬不返五子作歌風之遂失其位壬辰立治

二十九年

仲康太康之弟辛酉即位

帝相仲康子徙都商丘爲有窮后羿所殺而篡其位治二十八年羿立二年爲臣寒浞所殺寒浞殺羿自立十年復爲夏臣靡誅之巳山三主通合四十年相之子母曰有仍氏有田一成有衆一旅滅于澆殪還禹舊邦是爲中興

甲子

少康癸未立治四十九年作箕箒秫酒

宁少康子癸卯立治十七年

槐宁之子庚申立在位二十六年

芒槐之子丙戌立治十八年

甲子

泄芒之子甲辰立在位十六年

不降泄之子庚申即位治五十九年

扃不降弟巳未立在位二十一年

甲子

廑扃之子庚辰即位治二十年

孔甲不降子好事鬼神淫亂夏氏德衰諸侯叛之辛丑立在位

三十一年湯王始生

皐孔甲之子壬申立治十一年

發皐之子癸未即位治十年一云十一

甲子

桀發之子名履癸嬖有施氏女曰妹喜淫湎暴虐荒色迷酒峻宇彫墻民墜塗炭以諫爲妖殺關龍逢焚黃圖二臣太廢夏道時有二日鬭明晦自分湯伐之放于南巢而死謚賊仁多殺曰桀壬寅即位都安邑治五

十二年

凡十七代通四百三十二年

商
雷氏曰降及商湯外丙仲壬太甲沃丁太庚小甲雍己太戊仲丁外壬河亶甲祖乙祖辛沃甲祖丁南庚陽甲盤庚小辛小乙武丁祖庚祖甲廩辛庚丁武乙太丁帝乙帝辛王三十主六百二十九年

甲子
湯姓子氏其先高辛子契十四世孫始祖卨爲堯司徒官王水德都
亳今偃師縣即穀熟也昭明○相上○昌生○曹
圉○冥○振○微○報丁○報乙○報
丙○主壬○主癸生子履也王名履字天乙以乙日
生也黄帝二十一代孫其先契母簡狄吞於玄卯剖背而生契以玄鳥因子而生故姓子氏有攺祝德及禽獸矣夏桀不道舉伊尹爲
相伐之承祚東征西怨南征北怨大旱
七年自責六過燒身乃雨乙未立大治
十三年壽一百歲建丑爲正號年曰祀
謚曰除虐去殘代有彭祖姓錢名鏗賢大夫也壽八百歲好述古事
謚曰彭祖
外丙湯次子治三年○仲壬外丙弟治四年

太甲湯長孫太丁子立而不明伊尹放諸桐宮三年悔過復迎歸亳政其位
治三十三年立廟六卨二昭湯二穆太甲郊祀
祖宗禘帝嚳文祖郊冥配天祖祖契配文祖太祖宗湯父
太甲祀

甲子
沃丁太甲子辛巳立治三十年八年伊尹卒

甲子
太庚沃丁弟治三十年一云二十五年古今紀三十五年
小甲太庚子治十七年七年二月甲申朔起曆
雍巳小甲之弟商道廢治十二年

甲子
太戊雍巳弟初立不道諸侯叛之以伊尹子陟爲相商道復興治七十
五年

甲子
仲丁太戊子自亳迁開封陳留治一十七年一云十一
外壬仲丁弟治十五年○河亶甲外壬弟後迁于相商
又衰治九年
祖乙亶甲子又迁于耿今河東皮氏縣巫賢任職輿治一十九年

甲子
祖辛乙之子治十六年○沃甲祖辛弟治二十

五年

祖丁(沃甲兄祖辛子)治二十五年○南庚(沃甲子)治二十九年

陽甲(祖丁子)治十七年

甲子

盤庚(陽甲弟改商曰殷復遷都于亳)治十八年

小辛(盤庚弟)治二十一年(殷道衰百姓思先帝作盤庚三篇)

甲子

小乙(小辛之弟)治二十二年

武丁(小乙子以傅說為相脩德布政天下咸歡書曰高宗諒闇三年君不言禮云三年之喪君不言百官咸聽冢宰)治五十九年壽一百歲廟號高宗

甲子

祖庚(武丁子)治七年○祖甲(祖庚弟殷道廢)治十六年

廩辛(祖甲子)治六年○庚丁(廩辛弟遷于朝歌今衛州界)治二十一年

武乙(庚丁子不道慢神虐民獵河渭間暴雷震死)治四年

甲子

太丁(武乙子)治三年○帝乙(太丁子殷道衰)治三十七年

甲子

紂辛一名受(帝乙之子微子啓弟啓之母賤在朝不得嗣位辛母正后承祚不道內嬖妲己外用惡來設酒池肉林糟丘使男女裸形相逐其間作長夜宮計一百一十日為一晝夜制炮烙刑熱熨斗剗娠婦胎剖賢人之心斮朝涉之脛諸侯叛亂武王克)治三十一年(之以衣蒙頭赴火而死諡曰殘義損善曰紂)殷有三仁(箕子微子炑比干也)丁位即位

凡三十主通六百二十九年

周

雷氏曰(下追有周文武成康昭穆共懿孝夷厲宣幽攜平桓莊僖惠襄頃匡定簡靈景悼敬元貞哀考威烈安夷顯聖慎靚至赧歸秦王三十七主八百六十七年)

甲子

文王(姓姬氏至武王都于鎬今京兆)王木德其先起于后稷(帝嚳之妃姜嫄履大人迹而生多有異相棄之阨路牛馬不踐移山獸育置水禽養復收而育故名棄姓好種植事堯為稷官功封于邰曰后稷也)不

寤○鞠○公劉○慶節○皇僕○差弗○毀渝○公非○高圉○亞圉○公祖類○大王亶父一曰古公生三子太伯虞仲季歷文王父也初國于豳古公迁于岐伯仲知古公欲立季歷以傳昌乃奔荊蠻果立歷以傳昌也古今記世紀有異于史記王名昌季歷子一名大王少子都豊為紂西伯大有賢德在位五十年壽九十七謚忠信接禮曰文重八卦之爻為周易☰乾六宮數有九三十六老陽也☵坎一宮七數二十八少陽也☶艮八宮七數二十八少陽也☳震三宮七數一十八少陽也☴巽四宮八數三十二少陰也☲離九宮八數三十二少陰☷坤二宮六數二十四老陰☱兌七宮八數三十二少陰每卦有六爻六神名主吉凶之事謂青龍朱雀白虎玄武螣蛇勾陳伯夷叔齊姓墨孤竹君子聞西伯善養老歸之虞芮有爭愬于西伯又請紂去炮烙之刑

甲子

武王發文王子周公兄既立以太公望為師周公旦為輔召畢之徒為左右同謀伐紂起兵洧水諸侯不期會者八百皆云紂可伐矣戊午日兵臨孟津癸亥夜陳于商郊甲子戰于牧野前徒倒戈血流漂杵既克殷大定天下歸馬華山之陽放牛桃林之下倒載干戈在位七年壽九十三葬于鎬謚克定禍亂曰武禮曰天下有王分地建國置都立邑古制王畿千里公百里侯七十里伯子男各五十里不及曰附庸周置王畿千里公五百里侯四百里伯三百里子二百里男一百里不及曰附庸葬之以翣世本曰武王作翣其形如扇置墻以飾棺乙卯立建子為正十四國諸侯隨王代封各山其次雷氏曰鄭宋晉吳衛秦齊魯陳杞曹蔡燕召楚蠻諸侯十四

吳太伯太王子與弟虞仲奔于荊蠻斷髮文身示不可用以辟季歷荊人立為君號曰勾吳武王克殷封章為吳章至壽夢十九世稱王夢生四十次曰季扎大有賢德欲立扎扎讓兄諸樊吳人同立扎扎又全之至餘祭立封扎于延陵自太伯至夫差二十五世越王勾

戕滅之周章至夫差二十一君六百五十五年敬王時也

列子曰昔吳太宰問孔子曰夫子聖者與曰丘博識強記非聖人也三王聖者與曰三王善用智勇聖非丘所知五帝聖者與曰五帝善用仁信聖則非丘所知三皇聖者與曰三皇善用時政聖則丘弗知太宰嚭駭曰然則孰為聖者與夫子有聞動容而對曰西方有聖者焉不治而不亂不言而自信不化而自行蕩蕩乎民無能名焉

齊太公望亦名呂尚東海人也本姓姜氏其先佐禹治水有功封于呂文王卜得非熊之兆獵渭而會曰吾望子久矣因名呂望一名武師伐紂亦名尚父封于營丘今青州臨淄也至小白稱桓公始霸自太公下丁公呂伋乙公癸公哀公胡公獻公武公厲公文公成公莊公釐公哀公桓公孝公昭公懿公惠公頃公靈公莊公景公儒子悼公簡公平公宣公康爲田和纂滅共三十君七百四十七年當周安王十七年也

管仲鮑叔寗戚晏子之徒景公之前後也

陳胡公滿有虞之後姓媯氏昔舜為庶人堯妻二女居于媯汭因以為姓武王克殷乃求舜後得滿封于陳以奉舜祀是為胡公自胡公下申桓孝慎幽釐武英平文桓厲莊宣穆共靈成哀惠懷湣二十三君六百五十三年敬王四十一年為楚滅之也

杞東樓公夏禹之後殷時或封或絕武王克殷于杞陳留雍丘縣是也自東樓公至簡公春一十九君五百三十九年定王二十四年楚惠滅之

曹叔振鐸文王第六子武王弟封之于曹今濟陽定陶縣也至伯陽好田弋怠政而亡後曹伯背晉于宋自振鐸下太伯仲君宮伯孝伯夷伯幽公戴伯惠伯碩伯穆公桓莊僖昭共文宣成武平悼襄隱靖伯陽二十六世六百四十五年敬王二十三年為宋景公滅之也

蔡叔度文王第五子武王弟克殷後封炑鮮于管封度于蔡使二柏紂子武庚一名祿父治殷餘民自度至侯齊二十七君五百二十七年當定王時為楚滅之

魯周公旦文王第四子武王克殷封少昊之墟今兖州仙源縣也公不就留佑武王武王崩後輔成王使子伯禽代就于魯公誡曰我文王子武王弟成王卝于天下亦不賤矣然我一沐三握髮一食一吐哺起以待士恐失天下賢人子之魯母以國驕人伯禽受命于魯自伯禽下考煬幽魏厲獻真武懿伯御孝惠隱桓莊閔僖文宣成襄昭定哀悼元穆共康景平文頃三十四君九百一十五年至秦莊襄元年楚考烈王滅之○隱公春秋始哀公卒哀公十六年孔子卒

燕召公奭與周同姓武王克殷封于燕成王時召為三公主陝西甚得兆民之意巡行鄉邑有甘棠樹決獄其下召卒民思伯不敢伐之作甘棠詩馬自公之下元世王惠侯釐頃哀鄭繆宣桓莊襄桓宣昭武文懿惠悼元平簡獻孝成湣釐桓文易王子噲昭惠武成孝今喜三十七君八百九十四年秦始皇滅之

成王誦武王子都于洛年十三即位周公攝政制禮作樂天下和睦七年歸政于王卜世三十卜年七百治四十七年周公定君

臣禮樂成王褒之制三公太師太傅太保九卿一太常主音樂二光祿主酒饌三大理主刑律四宗正主皇親五太府主庫藏六司農主種植七鴻臚主蕃客八太僕主車馬九衛尉主敷設二十七大夫九品各三八十一元士重定五刑立七

廟制禮曰王制天子七廟三昭三穆與太祖之廟而七注曰此周制七廟太祖及文武二祧與清廟四七太祖社稷也昭明也察下為義穆簡也敬上為義太祖居西面東三昭面南三穆面北凡穆主藏文廟昭主藏武廟有禱出主祭于壇文武二祧朝亨之皆四孟月○五代𥘵主藏之于祧有禱則出祇祭之無禱乃止矣

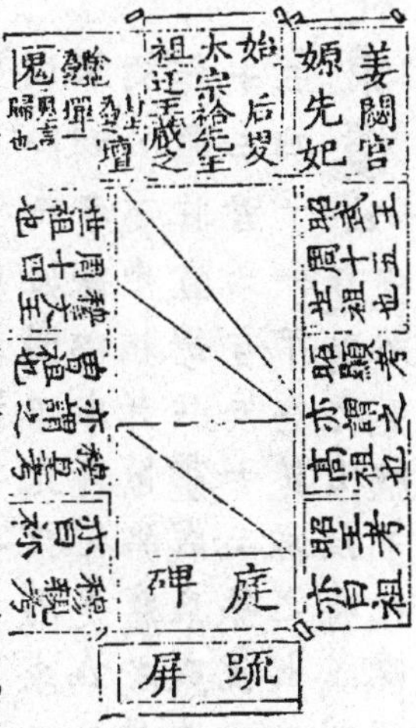

祭法曰凡祭有四春祭曰礿薄也夏祭曰禘弟也秋祭曰嘗嘗百穀味冬祭

日烝進也品物進之天子祭天地一年九
祭三祭昊天六祭五方大帝諸侯祭社稷
大夫祭五祀司命中霤門行厲五也○諸
侯五廟太祖與二昭二穆大夫三廟太祖
與一昭一穆適士官師二廟庶
士一廟庶人無廟祭之于寢矣

郊禘祖宗

禘帝嚳文祖○郊稷配天未祖文
配文祖太祔王宗武王夕也

成王

祭三

天曰祭地曰祀
人鬼日享也

明堂制

布政之宮也
在國之陽三
里之外七里之內丙巳之地東西九筵南
北七筵東西凡五室南北亦然上員法天
下方法地八窗象八風四闥法四時九室
法九州十二階法十二月三十六戶法三
十六旬七十二牖法七十
二氣四廟九室十三位也

制冕旒衮服

十有
二章

○○

日月星辰

三象
其明

龍

象其變化
表聖人德

華蟲

雉也象
其文也

宗彝宗廟虎蜼
之蜼也象其孝

藻

水草也
象其潔

粉米

為米而粉
象其養人

山

貴靜取其性
不取其勢也

火

以圜也取
其神不取

其銳

白與黑謂之黼為己黑與青謂之黻
之斧形取其善斷弓兩已相背取其
能辨是以
繪繡服上

丙戌即位

稷神

昔厲山氏之子名桂善植五穀夏為
之前皆配祀稷周公后稷代之自周
而下皆配祀矣五穀之長祀以報其
功也五穀者稻粱菽麻麥分成百也

宋晉衛楚四國成王封

同姓者長
曰伯父幼
曰炑父異姓者長
曰伯舅幼曰炑舅

宋微子啓

紂之庶兄武既克殷啓乃持
祭器造于軍門祖肉面伏左
牽羊右把茅櫱行而前武王遂釋微
子封紂子武庚以續殷祀使管蔡二
炑傳之武王崩周公輔成王殷叛王
命誅武庚乃封啓代殷為宋令雎陽
也後至襄公始霸自啓下微仲稽丁
湣湯厲釐惠襄戴武宣穆殤莊湣姑
桓偃成昭文共平元景昭悼伏辟別
成襄公稱王湣亂無道諸侯與齊魏
楚伐之三分其地凡三十三君八
百三十年當周赧王三十九年也

晉叔虞

字子干武王子成王弟成王與
炑虞戲削桐葉為圭以與虞曰
以此封君史佚因請擇日立炑虞王
日吾與戲焉佚曰天子無戲言遂封
于唐今河東皮氏也炑虞子燮是為
晉侯至獻公滅虢始都後文公重耳
始霸自炑虞下燮武成厲靖釐獻穆
殤文昭孝鄂哀湣獻惠懷文襄靈成
景厲悼平昭頃定出哀幽烈孝靜公
也三十六君七百四十九年安王時
韓魏趙
滅之

衛康叔

文王第九子武王同母弟成王
以殷餘民封康炑為衛公居河

洪之間故商墟也至元公徙野王縣今河內也自康叔下康伯孝嗣康靖真項釐共武莊桓宣惠辛懿文成共穆定獻殤襄靈出莊班起悼敬肥懷慎聲成平公嗣懷元君角凡四十三君九百年也秦二世廢君角為庶人

楚熊繹 顓頊之後至季連以芊為氏後裔熊繹也成王舉文武勤勞之後嗣封繹于楚蠻今江陵枝江縣也至申君徙都壽春自繹至負芻二十五君計七百八十九年歸秦

康王釗 成王子 召畢二公受顧命而相之三世安寧刑錯不用四十餘年治五十二年癸亥即位

佛祖歷代通載卷第三

音釋

猊 音昆正作貔

禼 先結切字林云虫名也又人名也

圉 音宇養馬也

汭 而稅切

殤 詩羊切說文曰不成人也

黼 方宇切白與黑相雜

黻 方物切黑與青相次文

䄍 音乍年終祭名也